Moritz Pirol

HALALÍ

1 von 2

ISBN 978-3-938647-17-2

M O R I T Z   P I R O L

HALALÍ

Ein Thema
mit zwanzig Variationen

Erster Band:
Zehn Porträts

<ORPHEUS UND SÖHNE> VERLAG

Umschlag dreistmedia / Alexander Beitz
unter Verwendung eines Fotos von istock

Bildbearbeitung Veit Kenner

HALALÍ

ist ein Ausdruck der Jägersprache und stammt aus der Parforce-Jagd des Mittelalters.

Par force heißt auf Deutsch *mit Gewalt.*

Parforce-Jagden waren schon bei den Kelten, bis ins 18. Jahrhundert hinein in ganz Europa (und in Frankreich gelegentlich noch heute)

beliebte Hetzjagden,

bei denen das Wild von einer Hundemeute, die zwar langsamer, aber ausdauërnder als ihr Opfer ist, verfolgt und gestellt wird: *"zur Strecke gebracht".* Von hinterher reitenden Jägern kann es dann mühelos abgeschossen werden.

In Deutschland ist diese Technik, die oft auch querfeldein zu empfindlichen Flurschäden führte, seit 1934, in England sei 2004 verboten.

Bei solchen Hetzjagden diente der Ausruf *"Halalí"* zur Anfeuërung ursprünglich der Hunde, später auch von Jägern und Burschen, Treibern und Knechten.

Er erweiterte sich zum Gruß und Signal aller Jagenden.

Etymologisch leitet *Halalí* sich vom französischen Verb *haler* ab, das heutzutage meist im Sinne von *einholen,* von *heranziehen* oder *treideln* verwendet wird, noch im 17. Jahrhundert aber *nachhetzen* hieß und bis ins 18. Jahrhundert hinein als *antreiben, hetzen* lexikalisch nachgewiesen ist.

"Hal à lui!" war ein Imperativ und bedeutet also *"Hetz ihn!".*

Das wurde nicht nur gerufen, sondern auf dem Jagdhorn auch geblasen: *Halalí !*

In seinem Jagdroman *"La Grande Meute"* von 1953 definierte Paul Vialar (1898-1996), französischer Schriftsteller, *"Femina"*-Preisträger 1939 und Kommandeur der *Ehrenlegion,* dieses *Halalí* als

"Jagdruf oder Schrei der Jäger, der das baldige Ende des gehetzten Tieres ankündigt. Man bläst L'HALLALI SUR PIED OU DEBOUT, wenn das gehetzte Tier noch aufrecht steht und seinen Kopf zur Verteidigung gegen die Hunde wendet. Man bläst L'HALLALI PAR TERRE OU LA MORT, wenn das Tier am Boden liegt" – auf jeden Fall immer

Halalí !

DER INHALT

All den Unbemerkten, Übersehenen, Verkannten ...

DAS THEMA

HEWEL (ABEL)

Hewel ist Hebel, und Hebel ist Abel.

Abel ist also auch Hewel.

Denn etwa seit dem 3. Jahrhundert vor Christos wurde die hebräisch überlieferte *Torah* für die griechisch sprechenden Juden im ägyptischen Alexándria von hellenistischen Glaubensbrüdern ins gebräuchlichere Altgriechisch übersetzt.

Wohl hierbei wurde aus ihrer *Bereschit* unsre heutige *Genesis*

und im *Vierten Kapitel* dessen, was die Christen später das *Erste Buch Mose* ihres *Alten Testamentes* nannten,

wurde aus originalem Hewel oder Hebhel oder Hebel oder Häbel der seither recht globale Abel.

Dieser Abel oder Hewel also war der zweite Sohn, den Adam mit Eva (der hebräischen Chawah) zu zeugen wußte, nachdem die beiden ihre Unschuld verloren hatten und das Paradies verlassen mußten.

Ihr erster Sohn hieß *Kajin*. Das bedeutet ebenso *Erwerb* wie auch *Waffe*, vage sogar *Schmied*, also zugleich auch den inneren Zusammenhang aller dieser semantischen Scheinkontraste bereits – wie heutzutage noch von Marktwirtschaft und Rüstungsindustrie.

Aber *Hebels* Name bedeutete in ihrer Sprache *Atem* oder *Windhauch* oder *Luft*, warnend auch schon *Vergänglichkeit*, sogar *Nichtigkeit*, ein *Nichts*: im Verhältnis zum *Waffenschmiede* also was völlig Nutzloses, Ineffektives, Ätherisches, Spirituëlles – gar schon was Geistiges oder Seelisches, was Poetisches, alles sowas.

Die erste Geschichte nach jener Austreibung ihrer Eltern aus dem Paradiese ist also in Torah wie Bibel ein Ereignis nicht etwa zwischen Mann und Frau, sondern zwischen diesen beiden Brüdern. Alle seither bekannten Spannungen zwischen Männern dürften da zwischen jenen beiden schon bestanden haben: oder vorgegeben gewesen sein. Es sind die Spannungen auch zwischen konträren Prinzipiën.

Kajin als der außerparadiesich Erstgeborene mußte natürlich seinem sündhaften Vater behilflich sein. Den hatte *Das Ewige Wesen* dazu verdammt, daß er *"im Schweiß deines Angesichts"* und auf verfluchter Scholle *"das Feld baute, davon er genommen ist"*:

"mit schwerer Arbeit sollst du dich von ihr ernähren".

So also wurde auch aus dem Erstling Kajin naturgegeben anfangs ein Bauernknecht, dann *"ein Ackersmann"*.

Aber Hebel wurde *"ein Schaf- und Ziegenhirte"* oder *"Schäfer"*: ein Aufseher also eher als ein Landarbeiter. Einer, der fähig war, seine Schafe und Ziegen abzuzählen. Und abgegraste Weide von unabgegraster zu unterscheiden. Also seine Standorte zu wechseln. Also schon ein Nomade oder reiselustiger Wandersmann eher als ein reglos tumber Schollenknecht. Das läßt auf Hebels Intelligenz und begabte Überlegenheit schließen.

Zwar tat auch er ja nur dringend Benötigtes, aber so, daß ihm Freizeit zum Nachdenken bleiben mochte: für Beobachtungen. Anfangs für die Beobachtung von Schafen und Ziegen, dann auch von Wetter und Pflanzenwuchs, von Natur überhaupt. Schließlich von Vorgestelltem, möglichen Gefahren für Schaf und Ziege: für Gedankenspiele, Fantasieën. Er war kein Waffenträger mit gutem Erwerb, auch kein Schmied. Eher ein früher Theoretiker oder Wissenschaftler, ein Philosoph. Ein Amateur, gar schon Theologe. Gar schon Poët.

Kein Zweifel, daß er seinen älteren Bruder so allmählich ausstach. Er verdrängte den Erstgeborenen aus den Privilegiën eines scheinbar Auserkorenen. Hebel war erfolgreicher als Kajin: insofern auch lebenstüchtiger.

Aber auf Hebräisch heißt der Erstgeborene *bechor*. In den einzig schreibbaren drei Konsonanten dieses Wortes hat die kabbalistische Zahlenmystik die Ziffern 2 – 20 – 200 aufgespürt und folglich die Zwei als eine innewohnende Dominante begriffen. Demnach also ist der Erstgeborene ein Zweiter und erst der Zweite ein Erster.

In Thailand gilt noch heutzutage von Zwillingen der als der Ältere, der als Zweiter geboren wird: weil er lebensklug genug sei, den Benjamin lieber vorauszuschicken und notfalls aufzuopfern. Das könnte auch damals schon auf halbem Weg nach Südostasiën von der Familië Adam auf ihren oriëntalischen Gefilden so verstanden worden sein. Denn manche halten gar heute noch Kain und Abel für Zwillingsbrüder.

Wie auch immer: Hebel selbst jedenfalls begriff es als seine Aufgabe, nicht nur Schafe und Ziegen zu hüten, sondern auch jenen Lehmklotz Kajin aus all seiner klobigen Gottesferne zu erlösen und mit ihrer beider göttlichem Ursprung wieder neu zu verbinden. Er spürte Verantwortung.

Nur blieb das ein Geheimnis: dem tumberen Kajin verborgen.

Aber vollends offenbarten sich diese beiden unterschiedlichen Gebrüder schließlich in ihren Gottesdiensten. Die bestanden damals noch aus der Darbietung von Geschenken oder Opfergaben für *Das Ewige Wesen*. Opfer hieß *korban* und bedeutet wörtlich *sich annähern* oder *näherbringen* und sollte nostalgisch einer Wiederverschmelzung des ausgetriebenen Menschen mit *Dem ewigen Wesen* wenigstens symbolisch dienen: so ihrem etwas sinnlosen Dasein im irdischen Exil zumindest eine Zielrichtung geben.

Kajin opferte daher *"von den Früchten des Feldes"*, was er gerade hatte: weder das Schlechteste also noch das Beste, sondern einfach das erste Beste eines vegetarischen Schmalhans.

Hebel aber brachte *Dem Ewigen* demütig *"von den Erstlingen seiner Herde und von ihrem Fett"*: also Festessen, Tafelfreuden, Leckerbissen oder Gaumenkitzel, Schnabelweide, Hochgenuß als schwelgend opulente Huldigung und das Beste, was er eben kannte und hatte. Ein Panegyriker in Demut. In Verehrung und Anbetung, Amen.

Fischl Weinreb, dieser Kluge aus Lwiw, begriff noch 1978: *"Abel tat, was die Seele, wenn sie frei ist, von selbst tun will, nämlich das Beste vom Leib Gott darbringen, um es mit Gott wieder zu vereinigen"*.

Aber nicht nur das. *"Wenn der Mensch Gott ein korban, ein Opfer, bringt, worin er sich selbst ganz eingeschlossen hält, dann kommt ihm Gott entgegen und nimmt das Opfer an"*.

Das muß Hewel getan und so erfahren haben.

So nämlich trug es sich tatsächlich zu:

"Der Ewige wandte sich zu Hewel und seinem Geschenk.

Zu Kajin aber und zu seinem Geschenke hat er sich nicht gewandt."

Diese verhängnisvollen Sätze der Torah in ihrem aufgeklärten Deutsch von Moses Mendelssohn hatte Martin Luther schon für Protestanten ziemlich ähnlich übersetzt:

"Der Herr sah gnädig an Abel und sein Opfer;

aber Kain und sein Opfer sah er nicht gnädig an."

Woran man das erkennen konnte?

Daran rätselt die Menschheit bis heute und wohl noch lange weiter: wie denn Gottwohlgefälligkeit zu erkennen sei. Wie sie sich kund tut?

Fischl Weinreb, der als Chasside auch hierüber vieles wußte, hat im *Sefer ha jaschar*, jenem *"Rechten Buch"* der Juden irgendwann aus dem 9. bis 11. Jahrhundert, nachgelesen, daß *"eine Flamme vom Himmel"* die Delikatessen Hebels aufgenommen habe.

Das erinnert natürlich sofort an Goethes faustischen Euphoríon, an all seine sonstigen Geniën und göttlichen Knaben mit ihren

A u r e o l e n

oder Geistesflammen und Heiligenscheinen. Alles Geniale leuchtet da. Gottwohlgefälliges leuchtet erst recht. Ist es gar dasselbe? Denn immerhin: Euphoríons *"Aureole steigt wie ein Komet zum Himmel auf"* (*"Faust II"*).

Von Kajin und Hebel scheint zumindest der Bauerntölpel derlei am willkommeneren Opfertier seines frommen Brüderchens deutlich und schmerzlich wahrgenommen zu haben. Denn seine eigene Gabe aus Rüben und Wurzeln oder Zwiebeln wurde mit keinerlei himmlischer Gloriole bedankt. Wie sollte das ihrem Spender entgehen?

"Dies verdroß Kajin sehr, und sein Angesicht sank".

Schon herrschte also zwischen diesen ersten Brüdern oder ersten Rivalen um Gottes Gunst just, was man im Wettbewerb eines freien Wirtschaftslebens später *Allerersten Weltkrieg* nennen sollte, und Kajin wurde spätestens jetzt depressiv und zum tatsächlichen Waffenschmied:

"Als sie nun einst auf dem Felde waren", der eine trostlos ackernd, der andere elitär meditierend, da *"erhob sich Kajin über seinen Bruder Hewel und erschlug ihn"*.

Luther wurde da noch unbarmherzig deutlicher: *"und schlug ihn tot"*.

Das soll in einer Grotte am *Jabal Arbain*, dem *Berge der Vierzig* nordwestlich von Damaskus, geschehen sein. Eine kleine Moschee erinnert da heute sogar noch die dortigen Moslems an diesen Meuchelmord.

Oder erinnert sie da vielmehr an dieses andere Opfer, mit dem ein Erfolg- und Glanzloser jene strahlend angenommene Gabe eines klassischen Unschuldslammes auszustechen getrachtet hatte? Brudermord demnach als vermeintlich oder hoffentlich gottwohlgefälliges, als ein jenen *Ewigen* bestechendes Menschenopfer: statt Zwiebeln und Rüben? Um sich selbst zu steigern und zu überbieten? Aus lauter verschmähter Liebe also und verfehlter Sehnsucht nach verweigerter Wiederverschmelzung mit Gott?

Denn schwerlich huldigt da jene heutige Moschee noch einem simplen Brudermörder. Eher dessen maßlos glühendem, maßlos enttäuschtem und grenzenlos scheeläugig süchtigem Opfer- und Gottesbedürfnis.

Wie aber konnte *Der Ewige* diese Untat an seinem Liebling geschehen lassen?

Diese Auschwitzfrage quält seither die ganze Menschheit sehr: warum werden auserkorene Himmelsfavoriten leichthändig preisgegeben, und ihre Mörder überleben?

Aber nicht das allein.

Jenes *Ewige Wesen*, doch gleichermaßen allwissend, verstellte sich damals sogar, es heuchelte Ahungslosigkeit und nötigte in alle Ewigkeit den Mörder zur Beantwortung dieser Seiner Frage:

"Wo ist Hewel, dein Bruder?"

Eigens als Notausgang aus dieser hinterlistigen Gottesprüfung erfand da der
zur Rede gestellte Missetäter einen Text gleich für die ganze folgende
Menschheitsgeschichte mit und sagte also

"Bin ich der Hüter meines Bruders?"

Oder auch: *"Bin ich der Hirte meines Bruders?"*

Damit spielte er unmißverständlich auf seinen niedrigen Stand als Landarbeiter an, der eben keinerlei Aufseher, Grübler, Nomade oder intellektuëll
Verantwortlicher, sondern proletarischer Arbeitnehmer ohne Freizeit und
Überblick, also Unterschicht und schon in juristischem Sinne gar nicht
schuldfähig war.

Viel eher hätte da doch ein so professioneller Hirte und Hüter oder akademischer Kustos wie sein Bruder umgekehrt ihn, den einfachen Bauern, davor
bewahren müssen, einen solchen Brudermord zu begehen.

Aber so vorgetrickste Unschuld ließ ihm sein *Ewiger* da nicht durch, sondern verkündete ein- für allemal:

*"Die Stimme von deines Bruders Blut schreit aus der Erde zu mir. Von nun
an sei verflucht von der Erde hinweg".*

Von der Erde hinweg: für einen Landwirt konnte es keine härtere Strafe geben. Von nun an war er bodenlos:

e n t w u r z e l t .

Aber mehr noch: *"Unstet und flüchtig sollst du auf dem Erdboden sein"*, ein
obdachloser Flüchtling also: nicht einmal totzuschlagen wie sein beliebterer,
sein bevorzugter Gebruder, denn *"niemand wage es, Kajin umzubringen!
Siebenfältig soll er gerächt werden!"*

Und *"der Ewige machte dem Kajin ein Zeichen, daß ihn nicht jeder erschla-
ge, der ihn finde"*. Der Mörder wurde der Gnade eines eigenen Todes, einer
Heimkehr zum *Ewigen Wesen* beraubt und erbarmungslos zum irdischen
Weiterackern verurteilt – nur ohne seine heimische, jede bergende Scholle.

"So ging Kajin von dem Antlitz des Ewigen weg und ließ sich nieder in der Landschaft Nod" gegen Morgen, im Osten oder *jenseits von Eden* im Jammertale und begriff: *"Meine Sünde ist größer, denn daß sie mir vergeben werden möge"*.

Also lebte er in der Not dieses Landes Nod, das dem hebräïschen *nad* für *schuldloses Umherziehen* ähnelt, aber ohne jede weitere Sehnsucht nach einer Wiedervereinigung mit dem verprellten *Ewigen* oder nach einer Rückkehr in den *Garten Eden* oder einem dermaleinstigen Wiedertreffen mit seinem gottwohlgefälligeren Bruder Häbel.

Stattdessen heiratete Kajin in seinem Nod (oder seiner Not). Aber wen denn? Wo eine Frau finden dort und damals? Außer Mutter Chawah gab es nur die dämonische Lilit, mit der aber Adam schon zusammenlebte, seit Abel tot war. Das nämlich war *"die Folge des unverarbeiteten Schmerzes"*, erklärt uns Weinreb, denn dieser Vater *"konnte über den Tod Abels und die Missetat Kains nicht hinwegkommen"*. Wirklich vermochte er die Mutter einer solchen Brut daher erst nach 130 Jahren wieder zu berühren.

Aber Lilit, diese babylonische Hexe und Hure seiner Nächte (hebräïsch *lailah* oder *lajil* für *Nacht*), schenkte ihm keine Kinder, sondern nur Dämonen: zwar in Gestalt von Menschen, aber ohne Menschlichkeit.

Kajin also mag unter diesen argen Stiefgeschwistern eine passende Frau gefunden haben, die ein Unmensch gewesen sein und sich nur umso lieber einem Unhold oder Ungeist verbunden haben dürfte.

Aber viele Jahrtausende später ließ ein anderer, ein neuer Abel, der koreischitisch in Mekka geborene Prophet A b u l Kasim Muhammad Ibn Abdullah, seine geistlichen Offenbarungen in arabischer Sprache als das Heilige Buch des Islam notieren: als *Qur'anu'-Madschid* oder *glorreichen Koran*. Hier berichtet die *Fünfte Sure* von der *"Geschichte der zwei Söhne Adams, wie sie sich in Wahrheit zutrug"*.

Diese nunmehr also endlich verifizierten Brüder heißen hier arabisch *Habil wa Qabil*. Jeder der beiden, lösten spätere Kommentatoren dieser mystischen Texte die genealogischen Probleme, sei der Zwilling einer Schwester gewesen und über Kreuz also *nolens volens* so auch zum eigenen Schwager vorherbestimmt oder auserkoren.

Qabil aber, unser Kajin, habe sich störrisch geweigert, diese vorbestimmte Zwillingsschwester seines Bruders zu heiraten, ohne freilich preiszugeben, wer ihm da lieber gewesen wäre als dieses weibliche Gegenstück zu Habil. Denn was hier wie tugendhafte Ablehnung argen Inzestes aussieht, mag bei besagtem Rohling noch viel wildere Gelüste verheimlicht haben.

Diese Bredouille nun mit all ihren auch noch sexuëllen Implikationen sollte hier im islamischen Oriënt, wo Verwandtschaftsehen traditionell sanktioniert und üblich sind, endlich durch die höchste Instanz eines Brandopfers befriedet und geschlichtet werden. Habil, gotteinvernehmlich, brachte jenes fetteste Schaf seiner Herde, Qabil aber, wohl auch hierin ein Tölpel vom Lande, eben abermals einen Scheffel nur seines schlechtesten Getreides dar.

Dem bekannten und unveränderten Fortgang widmet der Koran da nur einen einzigen Satz:

"Sein Trieb bestrickte ihn zur Tötung seines Bruders, und er erschlug ihn" – offenkundig nicht gerade lustlos. Sondern triebhaft getrieben: gar in einem Lustmord?

Nur daß dieser muselmanische Triebtäter Kajin jene Leiche seines ermordeten Bruders Habil, diesen allerersten Toten seiner Familië und Gattung, nicht einmal zu bestatten wußte und ihn unversorgt oder unentsorgt und unentwegt, unstet und flüchtig, stetig mit sich schleifte: ganze dreißig Kilometer weit.

Erst Allah persönlich mußte ihm einen schnarrenden und scharrenden Raben schicken, um diesen sonst so notorischen Pflüger endlich auch im Eingraben seiner Schande anzulernen. Das geschah traurig gefiedert schließlich irgendwo an der heutigen Autobahn von Damaskus nach Beirut.

Irgendwo dort also dürfte damals dieses Rabenschwarz als Farbe von Tod und Trauër installiert worden sein. Irgendwo dort aber dürfte jener Qabil, fortwährend unstet, endlich auch geheiratet haben: sei es nun die eigene Zwillingsschwester nach altoriëntalischem Brauchtum oder sei es einen stiefgeschwisterlichen Nachtmahr vom Kebslager Vater Adams mit Hexe Lilit.

Aber Frau und Kind, wie auch immer, zu ernähren, schien einem Landmann ohne Acker völlig unmöglich. Also wurde der eingeschworene Vegetarier, wiederum *nolens volens*, zum hemmungslosen Fleischverzehrer, und der Bauër zum jagend bewaffneten Wanderschmied.

Als der aber mangels Bevölkerung nirgends Kundschaft fand, baute dieser Obdachlose für Chanoch (oder Henoch), seinen Sohn, in all seiner Not eine Stadt: als Versammlungszentrum und Treffpunkt für Verstreute. Das war das Einzige, was diesem völlig überforderten Landmann ohne Land da noch einfiel. Aus chronischem Ideënmangel nannte er diese erste städtische Siedlung dann ebenso Chanoch (oder Henoch) wie auch schon seinen Sohn. So lieb war sie ihm auch stellvertretend.

Wohl um beide nachhaltig zu schützen, baute er in all seiner Freizeit rings um seine beiden Chanochs auch noch eine Mauër und machte dadurch die natürliche Weltordnung unnötig kompliziert. Denn für immer und ewig schloß er mit diesem ersten sinnlosen Mauërbau der Weltgeschichte auch *Das Ewige Wesen* aus. Seither sind Städte gottlose Widernatürlichkeiten und beten ratlos Idole an: Götzen wie zum Beispiel Technik, Zivilisation und all das Viele, das mit Multi- anfängt.

Auch Fischl Weinreb, dieser kundige Chasside aus Lwow, spricht weise von der *"Zerstreuung der Vielheit"* und informiert uns Spätgeborene: *"In der Bibel ist die Stadt immer das Zeichen des Götzendienstes, das Gerichtetsein auf einen Nutzen"*.

Eben deshalb vermutlich führte dieser unglückselige Kajin, dieser unbeholfene Qabil da in seiner künstlichen Zitadelle, aus Erwerbsgier auch noch das selbst erfundene

A u s m e s s e n

ein: wohl um Nützliches von Nutzlosem irgendwie überhaupt unterscheiden und scheiden zu können. Seither wird alles Natürliche hierzulande abgemessen, dann berechnet und hat *Den Unermeßlichen, Unberechenbaren* natürlich vollends ausgemeindet: heillos verloren.

Es hat auch alle Einheit verscherbelt und gegen eine Vielheit eingetauscht, die allen nachfolgenden Kaïniten, Keniten oder sonstigen Gnostikern gnadenlos über den Kopf wuchs. Christen konnten später, etwa seit dem Jahre

100, jenen sogenannt katholischen *Brief des Judas* lesen, der am Ende ihres *Neuen Testamentes* jeden *"Weg Kains"* schlicht für gottlos erklärt.

Aber gleichzeitig wurde im vielfach stigmatisierten Ephesos, heute türkischen Efes, für diesen selben Bibelteil auch jener *Erste Brief des Johannes* mit seinem logischen Nachweis geschrieben, daß alle Übeltäter immer *"Kinder des Teufels"* sind: eben *"wie Kain, der dem Teufel verfallen war und seinen Bruder ermordete"* – nur weil

"seine eigenen Taten schlecht waren und die seines Bruders gut" (3, 12).

So einfach war das damals noch.

Erst hiernach verquaste sich alles.

Denn inzwischen hat Chanoch, jener Sohn des Kajin, sich weiter fortgepflanzt und einen ganzen Stammbaum dieses genetisch seither so argen Erbgutes hinterlassen: Jahrtausende lang.

Den Namen Kajin freilich trug da erst wieder *"im siebenten Geschlecht"*, also sechs Generationen nach dem Brudermorde im *Jabal Arain*, ein anderer: jener Tuwal- oder Tubal-Kajin nämlich, der in der Torah schon *"glänzendes Werkzeug von Kupfer und Eisen zu machen verstand"*, also wie schon sein Urahne vom Erwerb eines Waffenschmiedes lebte und noch dem Übersetzer Luther als ein *"Meister in allerlei Erz- und Eisenwerk"* galt. Kein Mann des Geistes demnach, wurde er so schon zum Stammvater aller Rüstungsindustrie und solchen Teufelszeuges sonst.

Aber nicht nur in ihm schlug die fatale Basis wieder durch. Denn Tubals Bruder Jabal wurde Hirte wie Ahne Hebel, wenn auch nunmehr seßhaft: *"der erste Zeltbewohner und Viehtreiber"* in einem, aber *"von dem sind hergekommen, die in Hütten wohnten und Vieh zogen"*. In so fixierter und kommunaler Nachbarschaft eines nahverwandten Waffenschmiedes und ersten Kriegsgewinnlers lebte dieser neue Hebel nur umso gefährdeter. Vielleicht eben deshalb hieß er Jabal und erinnerte hiermit warnend nicht nur an Abel, sondern auch gleich an den Tatort dieses ersten Brudermordes in jenem *Jabal Arain*.

Nur daß dieser Tubal-Kajin und sein Jabal gar kein solches Zwillings- oder Dioskurenpaar war wie Kain und Abel:

Jabal seinerseits nämlich hatte nicht nur eine andere Mutter als Tubal, sondern sich selbst auch noch aufgespalten und seinen Urahnen Abel oder Hebel gleichsam verdoppelt. Oder auch halbiert.

Denn dieser Hirte Jabal hatte einen Bruder oder Zwilling, der hieß Jubal und *"war der erste Harfen- und Zitherspieler"* der Torah, *"und von dem sind hergekommen"*, weiß auch noch unsere Genesis, *"die Geiger und Pfeifer"* oder *"Harfen- und Flötenspieler"*: jubilierende Musikanten also, Musensöhne, Künstler, kultivierte Juwelen – auch erst in eben diesem selben städtisch siedelnden Kajins- und magisch siebenten Jubiläums-Gliede: *juvivallera*!

Wie aber kam dieser Jubal plötzlich zu einem solchen Talent? Wo kam das her?

Wohl weil Bruder Jabal da in Wahrheit ja durchaus kein so allererster Hirte war wie lange vor ihm schon der fromme Hebel, so dürfte nun auch dieser hälftige Jubal in Wahrheit schwerlich ein wirklich allererster Musikus gewesen sein. Auch Hebel Abel nämlich dürfte in den Einsamkeiten mit seiner Herde nur teils meditiert haben, teils aber zweifellos auch schon musiziert. Denn Hirten haben immer schon Flöte gespielt: jene

P a n f l ö t e ,

die ja auch eben deswegen Hirtenflöte heißt. Oder sie haben ihren Schafen und Ziegen was vorgesungen, unumgänglich: Madrigale und Hirtenlieder, ganze tragische Bocksgesänge, derlei. Von Anfang an, in *Olims Zeiten* schon.

Wenn aber weder *Bereschit* noch *Genesis* noch auch jene *Fünfte Sure vom Tisch*, also weder Torah noch Bibel noch auch der Koran berichten, daß Hebel Abel-Habil schon ein Musiker und Künstler war, dann nur, weil seine wenigen Zuhörer damals noch solche Banausen und viel zu amusisch waren, um sich an seinen Darbietungen schon zu delektieren.

Also überhörten sie schnöde allen Abelsgesang, nahmen ihn einfach überhaupt nicht zur Kenntnis, ignorierten ihn wirklich und verschwiegen ihn all den jüdischen, christlichen und islamischen Jahrhunderten und Jahrtausenden hinfort. (Selbst bei den Dogon im afrikanischen Mali und vielerorts sonst war noch mitten im 20. Jahrhundert die Meinung global verbreitet, daß Sänger ruhig totgeschlagen werden könnten: *"Es wäre nicht schade um sie, sie arbeiten nichts".*)

Weil Singen eben all ihren messenden Traditionen maßlos, also nutzlos scheint.

Bruder Kajin, der Erwerber, hielt es auch für völlig brotlos.

Drum also ließen sie alle ihren Bruder und Schwipp- oder Schwieger-Ahnen Abel, diesen Skalden und Chronisten jener Anfänge, rigoros in ihren sämtlichen eigenen Rapporten und Zeugnissen lieber einfach verstummen.

Vielleicht erschlug ihn ja Kajin, als sie *"einst auf dem Felde waren"*, eher deshalb – also gar nicht im vorgetäuschten Anschluß an ihre unterschiedlich gelungenen Opferungen, sondern deutlich deshalb: weil Abel auf besagtem Felde für seine Herde Madrigale sang. Oder für seine Seele Flöte spielte. Oder für sein *Ewiges Wesen* auf der Harfe jubilierte. Wahrscheinlich sogar schon bei jener gottwohlgefälligen Opferung: auch noch zugleich mit einem *Musikalischen Opfer*.

Kajin hörte das alles mit an, und es störte ihn: weil er selbst dazu gar nicht imstande war. Es gefiel ihm auch nicht hinlänglich. Auch deshalb vermutlich *"erhob er sich wider seinen Bruder"*, protestierte insofern aus Mißgunst, also umso aggressiver – und *"schlug ihn tot"*.

Dieses sein wahres Motiv freilich hielt er vor den Eltern geheim. Oder sie vielmehr verheimlichten es ihrer Nachwelt: weil es so peinlich war. Oder auch so belanglos. Für Dokumente und Historiker doch gar nicht erwähnenswert.

So verklang es also ebenso resonanzlos wie Abels Gesänge und tauchte nun mit diesem abgesplitteten Hirtenclon eines *siebenten Gliedes* erst wieder in der mosaïschen Geschichtsschreibung auf.

Aber dieser Juwal verhinderte nun als magischer Dritter, daß die beiden andern, Jawal und Tuwal-Kajin, jenen *Allerersten Weltkrieg* ihrer Urahnen weiterführten. Mit all seinen Flöten- oder Schalmeiëntönen kultivierte und befriedete er die beiden klassischen Kampfhähne beizeiten.

Nur: wie lange?

Aus diesem Kunst- und Friedens-Juwel und seinem seßhaft behütenden Hirtendouble, aus Juwal und Jawal eben, kann einleuchtend rückgeschlossen werden, was aus jenem jungen Hewel noch alles hätte werden können, wenn Neider Kajin ihn damals sein Leben hätte leben lassen. Erst in ihnen beiden nämlich mendelte sich nunmehr jener mythisch Hingeopferte zu so später Stunde dennoch in historische Körperwelt. Heilige sieben Generationen später erschien er also trotzdem und verdoppelt: *jubilate*!

Fischl Weinreb, dieser Chasside, jedoch, der seinen Lemberger Horizont in Amsterdam und Djakarta, in Ankara und Zürich um Mathematik und bemessende Statistik, aber auch um konträre Kabbalistik beträchtlich erweitert hatte, sah just in Chanoch, dieser urbanen Zusammenballung von Technik und Kultur mit Macht, Machtmißbrauch und Götzenverehrung, jenes eigentliche Kainsmal, das ein faustisch zivilisatorisches Dasein des Hebelmörders so lange durchaus schützte, bis dieses neuerlich geklonte Brudertrio des *Siebenten Gliedes* einen Fortgang kaïnitisch gottesferner Vielheit garantierte.

Da erst soll endlich Lamech,

Vater eben im *Sechsten Gliede* von Jawal, Juwal und Tuwal-Kajin gleichermaßen, auf ebendessen bösen Rat hin und mit dessen böser Waffe

ihrer aller Urahnen Kajin, einen Mega-Methusalem inzwischen, beim Jagen irrtümlich erschossen haben, halalí: jetzt erst! (Weil sich das bewahrende Tabu seines Kainsmals in all den wehrhaft multiplen Städten inzwischen erübrigt oder ins unauffälig Normale verflüchtigt hatte.)

Aber den schuldigen Namensvetter und siebenfachen Urenkel Tuwal-Kajin erschlug dessen Vater Lamech dann auch noch gleich: bei ein und demselben Aufwasch, Kain ist Kain – mit oder ohne Tubal.

Seither jedoch zeugt sich das alles, mehr oder minder kaïnitisch, so fort und fort.

Lucanus aber, jener musische Arzt aus dem syrischen Antióchia, dann Mitarbeiter des Apostels Paulus auf dessen vielen Reisen und einer der frühesten Mariënmaler, notierte um 90 nach Christos in seinem kryptischen *Lukas-Evangelium*:

*"Darum spricht die Weisheit Gottes: Ich will Propheten und Apostel zu ih-
nen senden, und derselben werden sie etliche töten und verfolgen;*

*auf daß gefordert werde von diesem Geschlecht aller Propheten Blut, das
vergossen ist, seit der Welt Grund gelegt ist*

von   Abels   Blut   an ... " (Lukas 11, 49f.),

und Primo Levi, italiënischer Chemiker und Literat von Rang, schrieb noch
zwei knappe Jahrtausende später von einer *"Scham der Überlebenden"* und
brachte persönlich aus Auschwitz diese Erkenntnis mit:

*"Jeder ist der Kain seines Bruders, jeder von uns hat seinen Nächsten ver-
drängt und lebt an seiner Statt".*

Gar im Lande Judäa schließlich gab es da deshalb längst schon

auf der Strecke von Hebron, der Stadt Davids immerhin mit der Grabstätte
Abrahams, Isaaks und Jaakobs, just zum *Toten Meere* hin, das früher noch
vielsagend *"Meer von Sodom"* hieß, im Gebiete jener suspekten Keniter

eine ganze Stadt namens Kajin.

Das *Buch Josua* listet sie gleich im Anschluß an Pentateuch (oder sei es Torah) sehr penibel auf. Dieses Kajin mag da den Weg vom mythisch magischen Hebron, wo der gottesfürchtige Abram zu Abraham, dem namentli-
chen *"Vater der Menge"* mutierte, nach Sodom, in jenes Sündenbabel, ge-
wiesen haben, das Gott sehr viel später für seine ganze arge Geschichte so

*"mit Schwefel und Salz verbrannt hat, daß es nicht besät werden kann noch
etwas wächst":*

Brachfeld also.

Apokalypse also.

Oder Endzeit, Weltuntergang. Armageddon.

Kajin liegt auf dem Wege oder weist gar den Weg dorthin.

(Quellen und Anmerkungen zu diesem Kapitel auf Seite 579)

DIE VARIATIONEN

ÁBRAHÁM PÁL (PAUL ABRAHAM)

Am 2. November 1892 wurde Ábrahám Pál als Sohn ungarischer Eltern in der Kleinstadt Apatin geboren, die an der Donau liegt, damals noch zum kaiserlich-königlichen Habsburgerreich gehörte und mehrheitlich von deutschen "Donauschwaben" bewohnt war. Heute gehört sie zur serbischen Provinz Wojwodina.

Dort besuchte der kleine "Páli", der schon fünfjährig eigene Lieder ersann, die schwäbische Volksschule. Ersten Klavierunterricht gab ihm seine Mutter, eine früh verwitwete Musiklehrerin.

"Entdeckt wurde ich mit sieben. Es war an einem Sonntag: ich saß am Klavier und begleitete dröhnend die Feuerwehrkapelle, die draußen vorbeimarschierte. Da ging plötzlich die Tür auf, und ein Herr fragte 'Wer spielt hier Klavier?'. Das war Adolf Schiffer, ein Cello-Professor aus Budapest" (zitiert nach [10]).

Diese Anfrage hatte eine Übersiedlung nach Budapest zur Folge, wo Páli bald die Bürgerschule, eine Art Mittelschule, besuchte, aber auf Empfehlung seines einflußreichen Entdeckers auch in die Musikakademie aufgenommen wurde. *"Ich brauchte dafür eine Sondergenehmigung des Kultusministers, weil ich damals noch zu jung war"* (zitiert nach [10]), bald jedoch erhielt er hier vom Staate auch noch ein Begabten-Stipendium.

Trotzdem trat dieser Sohn eines früh verstorbenen Bankdirektors nach seinem Abitur an einer Handelsschule zunächst eine Banklehre an, kombinierte sie aber weiterhin mit Kursen am Konservatorium.

Erst achtzehnjährig begann er, nunmehr selbst schon angestellter Bankkaufmann, definitiv und exklusiv mit dem Studium von Klavier und Komposition an der *Königlich Ungarischen Musikakademie*, der heutigen *Liszt Ferenc Zenemüvésteti Egyetem*, die in Budapest 1875 eine Gründung von Franz Liszt, später das Katheder Béla Bartóks wie Zoltán Kodálys war und auch Ferenc Fricsay und Georg Solti, Géza Anda und Andor Foldes, András Schiff und Sylvia Geszty zu ihren namhaften Absolventen zählt.

Ábrahám Pál jedoch gehörte da keineswegs, hat ihm sein Landsmann Hans Habe (eigentlich Békessy János) aus Budapest noch 1967 freundschaftlich gehuldigt, *"zu den 'Zigeunern', die ohne Noten spielen. Deine Liebe galt der großen, symphonischen Musik"* [1].

Sein prägender Lehrer in den Fächern Musikgeschichte, Theorie und Komposition war hier der namhafte Preßburger Geiger Victor von Herzfeld.

1916 beëndete Ábrahám diese Studiën und wurde von derselben Akademie zum Professor für Musiktheorie und liturgische Musik berufen. Gleichzeitig widmete er sich der Komposition von Cellokonzerten, Streichquartetten und Serenaden (*„Magyar szerenád"*), die teils in Akademiekonzerten des Konservatoriums, teils vom Budapester *Philharmonischen Orchester*, teils sogar bei den *Salzburger Festspielen* aufgeführt wurden, aber dennoch wenig erfolgreich waren.

Nach dem *Ersten Weltkrieg*, den er zuletzt noch als Soldat miterlebte, versuchte er finanziëlle Schwierigkeiten durch Klavierspiel in Kaffeehäusern, Börsenspekulationen und im Spielkasino zu beheben, aber vergrößerte sie dort nur umso alarmierender.

Als sich ein Chanson, das er fürs Theater geschrieben hatte, als Ohrwurm bewährte, erprobte er sich hastig als Komponist von etwa hundert Schlagern.

Aber erst 1927 erregte er mit seiner Begleitmusik zum Stummfilm *"Die Frau aus dem Morgenland"*, dann auch noch zu anderen tonlosen Streifen umso größeres Aufsehen, als er sie persönlich im Kino

m i t   e l e g a n t e n   s c h n e e w e i ß e n   H a n d s c h u h e n

dirigierte und sich dabei von einem "Effektlicht" beleuchten ließ.

Jetzt erst, 35jährig, entschied er sich, gern oder nicht, prinzipiëll für die leichte Muse, wurde bestallter Kapellmeister am *Fővárosi Operettszínház*, dem *Hauptstädtischen Operettentheater* in Budapest.

Dort brachte er bald auch seine ersten drei eigenen Operetten zur Uraufführung – mit mäßigem Erfolge, aber wiederum einigen "Ohrwürmern": *"Zene-*

bona" (noch als Gemeinschaftsarbeit mit anderen Autoren 1928), *"At utolsó Verebély lány"* oder *"Der Gatte des Fräuleins"* (1928) und *"Szeretem a felségem"* oder *"Es geschehen noch Wunder"* (1929).

Da jedoch geschah das Wunder, daß von Mai bis September 1929 die deutsche *Ufa* ihren Spielfilm *"Melodie des Herzens"* (Arbeitstitel auch *"Sonntag um halb vier"*) mit seiner ungarischen *story*, unter Leitung des legendären Produzenten Erich (später Eric) Pommer und mit den Hauptdarstellern Willy Fritsch und Dita Parlo just in Budapest, Temesvar, der Hortobagy und an anderen magyarischen Schauplätzen drehte. Noch als Stummfilm konzipiert, wurde unter der Regie von Hanns Schwarz (später *"Cœurs joyeux"* mit Jean Gabin und *"Bomben auf Monte Carlo"* mit Hans Albers) eben hieraus der erste abendfüllende Ton-Spielfilm dieser mächtigen Berliner *Universum-Film AG (= Ufa)*.

Für die hörbar integrierte Film-Musik also zeichnete Werner Richard Heymann verantwortlich, aber unter ausdrücklicher *"Verwendung von ungarischen Volksliedern und anderen Kompositionen"*, für deren *"Musikalische Vorlage"* der Vorspann keine geringeren Komponisten als Franz von Suppé, Robert Stolz, Richard Fall und andere, aber eben auch schon einen Ungarn auflistete, der hier, westeuropäisch seitenverkehrt, Paul Abraham hieß.

Inmitten dieser prominenten Entourage, zu der sich im Vorspann wahrhaftig auch schon solche Filmlegenden wie der Architekt Erich Kettelhut (*"Metropolis"* bis *"Haie und kleine Fische"*) und hinter der Kamera Günther Rittau (*"Die Nibelungen"* bis *"Kinder, Mütter und ein General"*) mit Hans Schneeberger (Partner auch von Leni Riefenstahl) gesellten, und unter der "Musikalischen Leitung" also des nicht minder legendären Werner Richard Heymann gelang es jenem ungarisch-jüdischen Branchen-Novizen, seinen allerfrühesten Filmschlager zu placieren, den Willi Fritsch vielfach auch mit Lilian Harvey, später gar die *Comedian Harmonists* gesungen und eingespielt haben: *"Bin kein Hauptmann, bin kein großes Tier"*.

Nach dem Uraufführungserfolg dieses Liedes und Films im Berliner *Ufa-Palast am Zoo* lockte Erich Pommer ihn mit einem nächsten Filmangebot nach Berlin. Dem stand jedoch für Februar 1930 im Budapester *Fővárosi Operettszínház* die Uraufführung seiner nächsten Operette hinderlichst im Wege: *"Viktória"* nach einer Textvorlage von Imre Földes, aber immerhin schon mit Gitta Alpár in der Titelrolle. Dieses Stück wurde dort bereits auch 130 Male wiederholt, doch in den Augen ihres Komponisten mit seinen Lockrufen aus Berlin *"damals begraben. Niemand außerhalb Ungarns wollte sie haben. Wer war schon Abraham? Ich blieb in Budapest"* (zitiert nach [10]).

Er heiratete Sarolta Feszelyi, eine Kommilitonin vom Konservatorium, dirigierte und arrangierte nach wie vor meist fremde Operetten und lebte von Vorschüssen.

Aber irgendwann noch im selben Jahre 1930 zog er dann doch nach Berlin um. Berlin war *"damals das Mekka der Talente",* hat Hans Habe nie vergessen können: *"wahrscheinlich die einzige Stadt der Welt, wo keine Begabung auf der Straße liegen blieb. Berlin war ein gesegneter Asphalt"* [1].

Als dieser Abraham da nun erstmals *"in einem Berliner Filmatelier erschien, war er ein dunkelhaariger, hagerer, langer Mann, Ende der 30",* hat sich Franz Lehárs Biograf Bernard Grun (damals noch Bernhard Grün aus Mähren und selbst Operettenkomponist in Wien) erinnert, *"und die Mär von seiner außerordentlichen Begabung war bald der Gesprächsstoff der Berliner Cafés. Die Nachrichten über seine Vergangenheit waren widersprechend und abenteuerlich. [...] Er machte kaum den Eindruck eines konsolidierten Menschen, sah eher zerfahren aus, entwurzelt und hilfsbedürftig"* [2].

Hans Habe hat das ergänzt: *"Hager, mit eingefallenen Wangen unter den hohen Backenknochen, mit großen, glühenden Augen, von der graziösen Eleganz eines französischen Marquis: so wandeltest Du, etwas verständnislos, über den Kurfürstendamm"* [1].

Aber wirklich war Berlin nicht zuletzt auch das *"Zentrum damaliger Operetten- und Revueproduktion, aber auch der Kinoindustrie, die den vielbegehrten Komponisten gleichermaßen beanspruchte"* [3].

Also ließ ihn die *Ufa* sofort für die englisch-deutsche Co-Produktion *"Die singende Stadt"* (auch *"City of Song"* oder *"Napoli"*, 1930) unter der Regie von Carmine Gallone und mit den Hauptdarstellern Brigitte Helm und Jan Kiepura Lieder schreiben, und die Berliner *Greenbaum-Film* übertrug ihm noch im selben Jahr die Musikalische Leitung ihres Films *"Die Privatsekretärin"* mit Renate Müller, Hermann Thimig und Felix Bressart unter Wilhelm Thiele (vorher *"Die drei von der Tankstelle"*, später in Hollywood).

"Die Privatsekretärin" war so erfolgreich, daß sie schon 1931 unter dem Titel *"Sunshine Susie"* (oder *"The Office Girl"*) ihr englisches *remake*, wieder mit Renate Müller, erlebte, deren Erfolg bei beiden Fassungen in einem Liede gipfelte, das Robert Gilbert getextet und Paul Abraham komponiert hatte: *"Ich bin ja heut' so glücklich, so glücklich, so glücklich"* oder auch *"Today I feel so happy, so happy, so happy"*. Es blieb bis heute ein internationales *Evergreen*.

Dem folgten drei deutsch-französische Filme (*"Dactylo"* mit Renate Müller wieder unter Thiele, *"Cœurs joyeux"* mit Jean Gabin und *"Madame, Monsieur et Bibi"*) und in den nächsten zwei Jahren noch sechs weitere deutsche Filme: *"Ein bißchen Liebe für dich"* (*"Zwei glückliche Herzen"*) und *"Glück über Nacht"*, beide 1932 mit Magda Schneider und Hermann Thimig, *"Zigeuner der Nacht"* 1932 mit Jenny Jugo, *"Das Blaue vom Himmel"* nach einem Drehbuch von Billy Wilder und Max Colpet 1932 und mit Martha Eggerth, damals einer Neuentdeckung ihres Landsmannes Paul Abraham.

Inzwischen aber hatte Erich Pommer ihn *Alrobi*, dem damals führenden Berliner Musikverlag speziell für Operetten, empfohlen. Dort wurde er mit Fritz Löhner-Beda und Alfred Grünwald, den erfolgreichen Librettisten Franz Lehárs und Emmerich Kálmáns, für eine textliche Neufassung seiner ungarischen *"Viktória"* zusammengeführt.

Das Ergebnis hieß jetzt *"Viktoria und ihr Husar"* und wurde im Wiener *Theater an der Wien* mit größtem Erfolg gestartet, dann im Berliner *Metropoltheater* (der Gebrüder Rotter) und bei den Leipziger Operettenfestspielen im Opernhaus (wieder mit Gitta Alpár) gespielt, dann in Paris, schließlich als *"Victoria and Her Hussar"* im Londoner *Palace Theatre*: immer (oder meist) mit dem Komponisten auch am Pult –

m i t   e l e g a n t e n   s c h n e e w e i ß e n   H a n d s c h u h e n .

"Ungarland, Donauland" und *"Pardon, Madame"*, *"Meine Mama war aus*

Yokohama", "Reich mir noch einmal zum Abschied die Hände" und andere *Evergreens*, aber auch *"Jazznummern, wie sie in der Operette nie zuvor gewagt worden waren"*, mit *"fulminant gesteppten Tanzeinlagen und rhythmischen Improvisationen den dadaistischen Grundimpuls der Gattung"* offenbarten und eigens *"um eine komplette Jazzband erweitert"* [15] wurden, garantierten einen Welterfolg dieser *"Jazz-Operette"*, die mit ihrer *"musikalisch ausgemalten Weltläufigkeit"*, ihrem frühglobalistisch mondänen oder versnobt collagierenden *"Ausbruchsexotismus"* und ihrem *"klangfarbenfrohen Bühnenpotpourri"* schon der *"zeitgenössischen Prachtrevue"* [3] zustrebte.

"Schlagkräftiger wirkt sie dort", gibt auch der kritische Operetten-Analytiker Volker Klotz zu, *"wo Abraham eigene Töne dem Allerweltsstil zeitgenössischer Tanz- und Salonmusik abgewinnt; wo er ihre Klangfarben und Rhythmen szenisch ausreizt und überpointiert"* [3] .

Aber Hans Habe mit einer viel persönlicheren Sympathie für seinen *"Lieben Pali"* begriff: *"Weil Du im Grunde ein ernster Musiker warst, waren Dir die Rhythmen fremder Länder nie fremd"* [1] .

Franz Lehár soll ihn jetzt schon als seinen kaiserlichen *"Kronprinzen der Operette"* bezeichnet haben, aber *"anders als jener liebäugelt er nicht mit einer veralteten Opernkunst, sondern mit Kino und Revue"* [3] . Folgerichtig prunkte der Name *Paul Abraham* bald *"in Leuchtbuchstaben an 100 Theaterfassaden und in Riesenlettern an allen Litfaßsäulen Deutschlands"* [2] . Weltweit soll dieses *"Viktoria und ihr Husar"* schon in seinem ersten Jahr an dreihundert Theatern aufgeführt worden sein.

Es spielte, heißt es, *"rund eine halbe Million Mark ein, was gemessen an den Lebenshaltungskosten zirka 1,4 Millionen Euro entspricht"* [4] . Bernard Grun spricht da gar von einer ganzen Million, demnach 2,8 Millionen Euro.

Die Legende berichtet nunmehr von mehreren Luxuslimousinen mit Chauffeur, von seiner zweistöckigen Zehn-Zimmer-Wohnung in Wilmersdorf, auch von einer Rokoko-Villa mit Butler in der Charlottenburger Fasanenstraße 33 und von deren Ausgestaltung mit kostbaren Porzellanen, Teppichen und Gemälden. Sechzig Anzüge und dreihundert Seidenhemden soll er ebenso schlagartig geordert haben wie Schmuck und Pelze für Sarolta, Champagner und Kaviar für Freunde, Gäste oder Kollegen und nicht zuletzt Mokkatassen *en gros*: denn in dieser Villa, die ihm und seinen Mitarbeitern auch als "Studio" diente, fand *"jede zweite Tag mindestens ein Gulasch-Party"* statt, referiert der ungarische Schauspieler Miklós Königer und resümiert: Paul Abraham hatte damals *"mit der Realität nichts zu tun"* (zitiert nach [10]).

Aber gleichwohl hielt er gern auch immer bereit, was hilfsbedürftige Freunde, Kollegen oder sonstige Bittsteller dringend benötigten.

"Er unterstützte auch eine Reihe ernster Musiker wie Arnold Schönberg, der sich um Pauls Arrangements und um die Orchestrierung seiner Werke kümmerte", hat Robert Stolz bezeugt: *"Es ist eine Ironie der Musikgeschichte: Schönbergs grundlegende Zwölftonmusik wurde unabsichtlich finanziert vom letzten – und geschäftstüchtigsten – der großen ungarischen Operettenkomponisten und seiner Unterhaltungsmusik"* [14].

Mit so bizarrer Schützenhilfe also ließ Abraham nur anderthalb Jahre später, wieder nach einer Vorlage von Imre Földes, seine nächste Operette folgen: *"Die Blume von Hawaiï"*. Diese frivole Verarbeitung historischer Vorgänge im zeitgenössischen Nachklang der Amerikanisierung jener *Sandwich*-Inseln von 1898 wurde Mitte 1931 im *Neuen Theater Leipzig* uraufgeführt und war mit ihrem Libretto von Alfred Grünwald und Fritz Löhner-Beda eine Mischung aus Touristenschnulze, politischer Komödie und erotischer Revue.

"Die Musik bietet einen gefälligen Verschnitt", befindet Volker Klotz halb herablassend, halb bewundernd, *"von vielerlei schmissigen Modetänzen mit den melancholischen Legato- und Glissandoklängen der Südsee und singender Säge. Wirksam schmeichelt sie sich ins Ohr und Bein des Publikums"* [3]. Sie griff hier harmonisch und instrumental mit Sousaphon, Hawaiïgitarre, Bongos und Vogelpfeife zu Mitteln, *"die weit über die Gepflogenheiten der Unterhaltungsmusik in der Zwischenkriegszeit hinaus gingen"* und ein betörendes *"Neben- und Gegeneinander von Sentiment, Show, Selbstironie und Exotik"* [11] ergaben.

Allein in Deutschland stand diese *"Blume"* daher schon in der nächsten Spielzeit auf der Bühne von sechzig Theatern. In Rom spielte Siegfried Arno sie noch 1934 auf Italiënisch, im englischen Sprachraum hieß sie *"The Flower of Hawaii"*, im französischen *"La fleur d'Hawaii"*. Mit Songs wie *"My Golden Baby"*, *"Bin nur ein Jonny"*, *"Blume von Hawaii"* oder gar mit schien der Welterfolg unaufhaltsam. *"Ausgemalt in aparten Klangfarben aus Vibraphon und Celesta, Hawaiigitarre und Xylophon, chinesischen Trommeln und gedämpften Blechbläsern"*, war das, *"ein Jahr nach dem Höhepunkt der Weltwirtschaftskrise, der Höhepunkt exotisierender Revueoperette in Deutschland"*[3] .

Also startete Paul Abraham andre anderthalb Jahre später, noch zu Weihnachten 1932, wieder mit denselben Librettisten, aber diesmal gleich im Berliner *Großen Schauspielhaus* (gleichfalls der Gebrüder Rotter) und mit Gitta Alpár in der Hauptrolle seine nächste Operette: *"Ball im Savoy"*. Mit Blues und Tangos und mit Schlagern wie *"La Bella Tangolita"*, *"Toujours Amour"*, *"Wenn wir Türken küssen"*, *"Känguruh"* und *"Es ist so schön, am Abend bummeln zu gehn"*, die es schon neun gespenstische Monate später, seit September 1933, auch im *"Ball at the Savoy"* des Londoner *Drury Lane Theatre* zu hören gab, gilt sie inzwischen als seine meistgespielte Operette. Selbst einem akademisch distanzierten Nachgeborenen wie Volker Klotz beweist sie *"Abrahams Gespür für modischen Tonfall und unmittelbar eingängige Wirkung, sein ausgepichtes Klangarrangement, seinen wachen Sinn für die Möglichkeiten der neuen Massenmedien"*[3] .

Alle diese drei Operetten, deren Einzeltitel prompt auf zahlreichen Schallplatten erschienen, wurden auch unverzüglich verfilmt: *"Viktoria und ihr Husar"* gleich 1931 mit Friedel Schuster und Michael Bohnen unter der Regie einer so changierenden Filmlegende wie Richard Oswald, der dann schon ein halbes Jahr später, in Leipzig und Berlin seine Verfilmung der *"Blume von Hawaiï"* mit Martha Eggerth startete.

"Lieber Pali", bilanzierte Hans Habe liebevoll: *"Gleichzeitig mit den großen Amerikanern, und früher als manche von ihnen, hast Du die Brücke von der verstaubten Operette zum modernen Musical geschlagen. Noch halb Husar, schon halb Victoria. Noch halb Paprika, schon halb Broadway"*[1] .

Wirklich griff er gern Foxtrott und Charleston, Quickstep oder *English Waltz* auf und wußte sie effektvoll zu verwenden. *"Auf ganz eigene Weise*

Paul Abraham [17]

integrierte er den Jazz in die Operette" [9], und Kevin Clarke, promovierter Musikologe aus Berlin und Direktor des *Operetta Research Center Amsterdam*, bilanzierte: *"Es gibt in der Operettengeschichte keinen anderen Komponisten, der einen solchen Klang, eine solche Wirkung wie Abraham entfaltete"* (zitiert nach [9]).

Aber immer und *"in jede Operette"*, weihte dieser selbst später noch die Wiener Zeitschrift *"Tonfilm, Theater, Tanz"* ein, *"schmuggle ich einige kleine Fugen hinein, denn ich habe immer großen Spaß, wenn nach der Premiere der eine oder andere ernste Musikliebhaber mir dafür dankbar die Hand schüttelt"* (zitiert nach [5]).

Schon das verrät, was Bernard Grun später seine *"komplizierte Natur"* nannte. Tatsächlich war er wohl eine ebenso produktive wie auch gefährdete Rätselmischung: *"Rodomonteur, Phantast, Epikureer, elegisch, depressiv, hypochondrisch, oberflächlich und ein Pedant, lässig und ein Feuergeist. Die Akkuratesse seines musikdramatischen Instinkts und sein Gefühl für die populäre Melodie waren überwältigend; sein Sinn für orchestrale Technik umstürzlerisch und seiner Zeit um ein halbes Menschenalter voraus. Wie der sprichwörtliche Sturmwind fegte er über die europäische Operettenszene und gab ihr einen letzten großen Schwung"* [2].

Das gelang, indem er auch neuë Mediën wie Schallplatte und Rundfunk professionell zu nutzen und einzubeziehen wußte.

Um das alles zu bewältigen und so erfolgreich durchzusetzen, hatte er freilich *"den Produktionsprozeß seiner Werke klar organisiert und streng funktionalisiert"*, berichten die wohlinformierten Biografen seines Librettisten Fritz Löhner-Beda. Aber *"nicht nur das Libretto, auch die Partitur entstand in Kollektivarbeit: Abraham beschäftigte Arrangeure und Instrumentatoren, die seine musikalischen Einfälle ausarbeiteten und aufführungsreif machten. Es war dies eine Arbeitsweise, die damals in der europäischen Unterhaltungsindustrie noch eher selten war, in den USA aber bereits das Standardverfahren des Showbusiness darstellte. Die auf den Geschmack eines Millionenpublikums abgestimmten, technisch perfekt geglätteten Produktionen konnten nur von einem Team von Musikern und Textern auf den größten gemeinsamen ästhetischen Nenner gebracht werden"*[4].

Denn *"Operette war damals noch Zeitgeist – und nicht mottenkugelige Oma-Unterhaltung"*, hat Manuel Brug dieses Genre noch Ende März 2008 der *"WELT-online"* erläutert: *"Sie war frech, frivol und ganz nah dran am Geschmack der Schallplattenkäufer. Vor allem in Berlin, wo sich in dem neuen, leider nicht mehr so goldenen Jahrzehnt auf der Bühne die Csardasfürstinnen und Zirkusprinzessinnen der alten Dreivierteltakt-Könige längst zu Gunsten von singenden Ladenmädchen und Quickstep hüpfenden Eintänzern verabschiedet hatten"*[8].

Ein so sensibles Gespür für jenen Zeitgeist der frühen Dreißiger konnte aber schwerlich ignorieren, was sich rings um die Operettenbühnen in Berlin zusammenbraute. Faschistische Komparsen griffen Paul Abraham ungeniert im Filmstudio an, andere Nazis verwehrten ihm den Zutritt zu seinem *"Ball im Savoy"* im *Großen Schauspielhaus* (der jüdischen Rotters!).

Umso hektischer stürzte er sich in seine diversen Arbeiten oder aber nächtelang in die Ablenkungen von Bars, Cafés und Spielkasinos oder sexuëllen Abenteuërn, die ihm allesamt seine latenten Depressionen vertreiben sollten.

Schon im September 1931 hatte ein ominöser Dr. H. in der Filmzeitschrift *"Licht-Bildbühne"* über Abrahams riesiges Arbeitspensum orakelt:

"es reicht bis 1933".

Das erfüllte sich auf allermakaberste Weise.

Zwar gereichte noch im Dezember 1932 die Uraufführung von *"Ball im Savoy"* zu einem triumphalen Erfolg, über den noch am 4. Februar 1933 (*post festum Hitleri*) sogar die *"New York Times"* ausführlich berichtete.

Da jedoch war ihr Komponist schon Hals über Kopf nach Budapest remigriert: sofort an jenem schaurig legendären 30. Januar 1933 – nur mit ein paar Koffern.

Aber gleich nach dem Kinostart seiner *"Blume von Hawaiï"* im März und April 1933 setzte die Kulturpolitik der neu etablierten NS-Regierung sämtliche Werke von Paul Abraham als *"jüdische Niggermusik"* und *"typisch jüdischen Schmelz"* (*"Der Stürmer"*) auf ihren Index.

Abrahams ganzes Vermögen blieb in Berliner Nazihänden.

Der Tantièmenfluß versiegte sofort.

Damit endete diese Phase seiner unvorstellbaren Erfolge, um sich nie mehr fortzusetzen. Sie hatte in drei Jahren einen dauërhaften Welterfolg begründet.

János Darvas, ungarischer Fernseh-Regisseur meist deutscher Musikfilme oder Biografieën, hat zu seiner aufschlußreichen Dokumentation über Landsmann Abraham 2007 festgehalten:

"Vor seiner Flucht vertraute er seinem Butler den Schlüssel zu einem Safe an, in dem sich die Manuskripte von über 200 unveröffentlichten Melodien von Abraham fanden. Doch statt sie aufzubewahren, verkaufte der Butler die Abraham-Manuskripte nach und nach an 'arische' Komponisten, die die Melodien des Juden Paul Abraham unter ihrem eigenen Namen veröffentlichten und damit zuweilen große Erfolge erzielten" [6].

Hans Habe, Robert Dachs und andere Autoren haben diesen Skandal der Musikgeschichte bestätigt. Welche *Evergreens* hierbei gestohlen und verscherbelt wurden, heute noch unter fremder Flagge segeln und mit Hilfe der ahnungslosen GEMA da Reichtümer anzuhäufen halfen, dürfte für immer und ewig unergründlich bleiben.

Im Exil versuchte Abraham indessen, an die Berliner Erfolge anzuschließen.
"Ball im Savoy" wurde 1934 als österreichisch-ungarische Co-Produktion
mit dem Doppeltitel *"Bãil al Savoyban"*, mit Gitta Alpár und Hans Járay in
den Hauptrollen und mit Géza von Cziffra sowohl als Drehbuchautor wie
auch als Regie-Assistent vom Landsmann Szekely István für den Start in
Wien und Budapest, 1936 als *"Ball at Savoy"* für England verfilmt.

Aber Abraham schrieb hier auch wieder Originalmusiken für viele europäische Filme:

so für den ungarisch-österreichischen *"Rákóczy induló"* 1933 (in einer deutschen Fassung unter der Co-Regie des Hauptdarstellers Gustav Fröhlich und
mit Drehbuch, gar Liedertexten von Ernst Marischka, dem späteren *"Sissi"*-
Regisseur, noch Weihnachten 1933 im NS-Berliner Kino *"Capitol"*),

den ungarischen *"Lila akác"*, den französischen *"Antonia, romance hongroi-
se"* und den französisch-englischen *"Temptation"* 1934,

den österreichischen *"Bretter, die die Welt bedeuten"* (Regie: Kurt Gerron)

und den österreichisch-italiënischen *"Il diario di una donna amata"* 1935

sowie den ungarischen *"Hotel Kikelet"*, außerdem ganze sechs ungarische
Operettenfilme einzig in ein und diesem selben Jahr 1937.

Parallel versuchte er natürlich, in der Operettenstadt Wien auch seine Berliner Theater-Erfolge fortzusetzen. Er schrieb hier mit seinen bewährten Librettisten Grünwald und Löhner-Beda für Uraufführungen immerhin im tra-
ditionsreichen *Theater an der Wien* zunächst *"Märchen im Grand-Hotel"*,
das im Frühjahr 1934, dann *"Dschainah, das Mädchen aus dem Tanzhaus"*,
das zu Weihnachten 1935, schließlich schon einen *"musikalischen Fußball-
schwank"* namens *"Roxy und ihr Wunderteam"*, dessen deutschsprachige
Fassung in Anwesenheit der österreichischen Fußball-Nationalmannschaft
im Frühling 1937, also als Parodie auf die Berliner NS-Olympiade von 1936
zur Premiere gelangte.

Alle drei waren keine Erfolge. Die Wiener mochten von Operette sehr anderweitig zementierte Vorstellungen haben. Im *"Neuen Wiener Tagblatt"*
hatte ihm Ernst Decsey zwar schon 1933 *"mit gezogenem Hut"* (oder gar
ironischem Untertone?) bezeugt, er sei *"ein Richard Strauss der modernen
Operette, stellenweise sogar ein Strawinsky"*[7]. Aber das mag sich da im

Lehár- und Kálmán-Lande gar nicht so verführerisch gelesen haben, wie es bestenfalls gemeint war.

Überdies war es hier *"in Fachkreisen ein offenes Geheimnis, daß Abraham, trotz seines eigenen beachtlichen technischen Könnens, Arrangeure und Instrumentatoren beschäftigte, die seine Einfälle in die allermodernsten orchestralen Formen brachten, sie aufführungs- und druckreif machten. In Wien galten solche Methoden als unehrenhaft, und Musiker, die ihre Melodien nicht selbst zu Papier brachten, sie im Bestfalle anderen vorklimperten, vorsangen oder vorpfiffen – als 'Pfeiferlkomponisten'* "[2].

Außer alledem jedoch dürften die Wiener damals so kurz vor ihrem fiebernd ersehnten *"Anschluß an das Deutsche Reich"* nicht allzu operettenselig, auch nicht allzu philosemitisch gewesen sein, so daß Abraham drei weitere Werke dieses Genres schon in Ungarn starten mußte: *"Viki"*, *"Történnek még esodák"* und *"Julia"*.

Drei von den Operetten aus diesen Jahren 1935 bis '37 wurden wenigstens verfilmt: *"Märchen im Grand-Hotel"*, *"Viki"* und jene Fußball-*"Roxy"* – aber alle drei nur für schwächelnde ungarische Florint.

Als 1938 die deutschen Faschisten tatsächlich auch Österreich annektierten, zog sich Abraham definitiv in sein heimatliches Ungarn zurück. *"Er ist derart höflich"*, attestierte da dem Berliner Superstar sein hiesiger Librettist Imre Harmath (oder Harmath Imre) überrascht und leicht ironisch, *"daß er in größte Verlegenheit kommt, wenn er allein aus einem Zimmer gehen muß. Er weiß dann nicht,*

w e m   e r   b e i   d e r   T ü r e   d e n   V o r t r i t t   l a s s e n   s o l l"
(zitiert nach [5]).

Aber in Budapest regierte seit nunmehr achtzehn Jahren als sogenannter Reichsverweser der ehemals k. u. k. Flotten-Admiral Miklós Horthy de Nagybánya, ein konservativer und inzwischen siebzigjähriger Calvinist, dessen Innenpolitik in autoritärem Stile feudalistisch, revisionistisch und deutlich antisemitisch war. Außenpolitisch hatte er just einen Anschluß Ungarns an Hitlers Achse mit Mussolini vollzogen und die Operettenseligkeit auch seines Volkes damit schwerlich stimuliert.

Trotzdem schrieb der Remigrant Abraham in dieser frustrierenden Atmosphäre fast fieberhaft mehrere neue Werke dieses Genres, die *partout* erfolgreicher sein sollten als die Wiener Produkte. Aber von *"Der weiße Schwan"* (*"A Fehér hattyu"*) und *"Zwei glückliche Herzen"* (mit seinem Libretto immerhin von Robert Gilbert), beide 1938, ist ebenso wenig überliefert, wann und wo sie da gestartet wurden, wie auch von seiner Filmmusik zu *"Úri világ"* aus demselben Jahr. Zwei voreilig offiziëlle "Musicals" blieben vollends unaufgeführt: *"Tambourin"* und *"Wintermelodie"*. Von mehreren anderen Arbeiten aus dieser Zeit sind weder die Partituren noch die Titel überliefert.

In dieser Notzeit trennte sich auch seine ungarische Ehefrau Sarolta Feszelyi von ihm.

Nach insgesamt sechs Budapester Jahren flüchtete Abraham im Februar 1939 zuërst nach Paris, wo die polnische Jura-Studentin Yvonne Louise Ulrich, spätere Ehefrau von Robert Stolz, seine Begleiterin war, dann wohl noch nach London. Aber Frankreich befand sich nur allzubald offiziëll schon ebenso im Kriege mit Deutschland wie Großbritanniën. Nirgends also stand in solchen Zeiten der allgemeine Sinn noch nach so neuzeitlichen Operetten, wie er sie erfunden hatte und wohl auch einzig schreiben konnte. Ganz Europa sah sich von Hitlers deutschen Armeën bedroht und bangte um ein Überleben in unversehrter Freiheit.

In Paris, wo die Schauspielerin Martha Labarr *"seine Freundin"*[14] geworden war, schrieb Paul Abraham noch die Musik für den Film *"Sérénade"*, der 1940 mit Lilian Harvey und Louis Jouvet in Paris, USA und Schweden gestartet wurde, und hoffte dann vergeblich auf neuë Aufträge. Auch die gastlich unverändert generöse Geselligkeit des Mittellosen, jetzt meist schon auf Pump, verhalf da zu keinerlei beruflich stabilem Einstieg. Selbst sein Antrag auf Mitgliedschaft bei der mächtigen Verwertungsgesellschaft SACEM, französischem Pendant zur deutschen GEMA – *"was furchtbar wichtig wäre, weil das Vorschüsse bedeutet"* (zitiert nach [10]) – wurde abgelehnt, weil seine Werke hier schon nicht mehr lukrativ genug erschienen.

Mit einem der letzten verfügbaren Visa emigrierte er im Sommer 1940, kurz vor dem nazideutschen Einmarsch, *via* Casablanca glücklich ins transatlantisch ferne Cuba.

Aber hier kam er nur aus einer Diktatur in die nächste. Denn in Habana herrschte schon damals in wiederum autoritärem Stile der 37jährige Usurpator Fulgencio Batista y Zaldívar, der vorher leibhaftig Friseur gewesen war (wie Chaplin's *"Großer Diktator"*) und sich als Unteroffizier die Militärgewalt im Lande angeeignet hatte. Schon 1940 ließ er sich zum kubanischen Präsidenten wählen, kollaborierte mit den USA und wurde erst 1959 von Fidel Castro vertrieben.

Auf welche Weise Abraham im Lande dieses Diktators überlebt, gar den ganzen Krieg überstanden hat, ist kaum überliefert. Operetten, wie er sie im Stil der Berliner zwanziger Jahre beherrschte, dürften dort schwerlich erwünscht gewesen sein. Sein Schlager

"Una noche en Habana"

soll ihm mit der Vokabel *"nacional"* ein unentgeltliches Wohnen im *Hotel Nacional* eingetragen haben: ein erster Werbeauftrag? Gleichwohl hätte er hier noch zivilen Interessen gedient – anders als in Berlin und ganz Europa: *"längst hatte Musik"* dort *"eine kriegsverlängernde Aufgabe erhalten"* [16] .

Hinweise auf Paul Abrahams Mitwirkung, wie auch immer, an der cubanischen Filmindustrie sind freilich ebenso vage wie die Erwähnung seiner Musik zum kryptischen Film *"It Happened in Odessa"* (1943). Vielleicht schon hierbei gelang ihm der schwierige Sprung in die *Vereinigten Staaten,* der für 1943 ebenso überliefert wird wie für 1945. Niemand hat damals und dort den Verbleib dieses Obdachlosen noch zu dokumentieren versucht.

Aber als Metro-Goldwyn-Mayer auf Cuba (in der Regie von George Sidney und unter Mitwirkung des Komparsen Fidel Castro!) den Spielfilm *"Holiday in Mexico"* (*alias* ausgerechnet *"Ball in der Botschaft"*) drehte, der 1946 in den Nachkriegs-Kinos der USA gestartet wurde und erst 1951 nach Deutschland kam, hat Abraham jedenfalls hierfür die Filmmusik komponiert: vielleicht ja durch Vermittlung eines seiner zahllosen Film-Kollegen, die nach Hollywood emigriert waren. Überdies war Joe Pasternak, spätere Hochprominenz gar im *"Hollywood Walk of Fame"* und damals Produzent jenes Films, ein gebürtiger Ungar aus Szilagy-Somylo und mag behilflich gewesen sein.

Weitere Aufgaben folgten dann freilich nicht mehr. In Miami betrat er lediglich mit Besuchervisum amerikanischen Boden und reiste von dort mit der Eisenbahn ins angestrebte *New York*. Das war acht lebenswichtige Dollar billiger als die direkte Schiffspassage. Denn er immigrierte dort *"mittellos, da er aus seiner alten Heimat keine Tantiemen mehr bekam"* [5].

"Du hattest 'amerikanische' Musik geschrieben", rief Hans Habe, selbst dort US-Emigrant, seinem *"lieben Pali"* noch ins Grab nach, *"aber Amerika, wohin Du flohst, verstand Deine Musik nicht"* [1].

New York und Hollywood nämlich behaupteten, solche Musik wie seine schon längst zu kennen, und fragten ihn weniger nach Partituren als nach bürokratischen Lizenzen. Ohne Aufenthaltsgenehmigung konnte er auf keinerlei Verbleib und erst recht nicht auf Arbeit hoffen. Das Musical *"Tamburin"*, das er hier 1945 mit seinem gleichfalls immigirerten Librettisten Alfred Grünwald vollendete oder renovierte und anpaßte, interessierte gegen Ende des *Zweiten Weltkriegs* hierzulande niemanden. Auch seine hiesigen Songs (*"Constantly"*, *"Madam, can you still remember"* und andere) blieben resonanzlos. Da auch all seine vorliegende Musik hier kaum je gespielt wurde, fristete er seine Existenz unter ärmlichsten Bedingungen im *Hotel Windsor* in der 6. Avenue, Ecke 58. Straße und lebte da als Staatenloser mehr oder minder von kleinen Vorschüssen für diese Songs oder von den Almosen seiner wenigen hiesigen Freunde aus Europa.

"Aber trotz der Unterstützung durch die ungarischen Kolonien in New York und Hollywood", hat Kronzeuge Robert Stolz, selbst dort eingewandert, beobachtet, *"gelang es ihm nicht, in der Neuen Welt Fuß zu fassen"* [14].

Alle beruflichen Versuche schlugen anhaltend fehl. Zwar hatte Oscar Hammerstein II, legendärer Musical-Produzent der USA, schon 1933 in London die Aufführungsrechte für *"Ball im Savoy"* erworben und sie an J. J. Shubert, allmächtigen Broadway-Herrscher, nach *New York* verkauft. Der aber dachte nicht daran, aus diesem Vertrage eine Aufführung zu machen. *"Europas modernster Unterhaltungskomponist war in Amerika mit einem Male veraltet. Vor allem erwarteten die Amerikaner von Operetten Romantik, am allerwenigsten aber Jazz"* [15]. Das hiesige Theater blieb ihm verschlossen.

Gelegentliche Beschäftigungen als Barpianist vermochten da seine chronisch werdenden Depressionen nur zu steigern. Postkarten an seine Frau in

Ungarn wurden immer seltener und blieben allmählich ganz aus. Eine *"hinreißend schöne Unbekannte"*, der er Rollen in seinen nächsten Broadway-Produktionen versprochen hatte, verließ ihn bald schnöde. Er glaubte, *"vor dem Abgrund seiner Existenz zu stehen"* [11].

"Eines Tages", erinnerte sich Hans Habe noch lange, *"weigertest Du Dich, den Fahrstuhl Deines kleinen Hotels in New York zu verlassen"* [1], und *"eines Tages erzählte er"*, erzählte später Robert Stolz, *"er werde den berühmten Hollywood-Star ungarischer Herkunft Ilona Massey heiraten und lud uns alle für den nächsten Tag zur Hochzeit ins Hotel St. Moritz ein. Als wir mit Blumen dort erschienen, wußte er von nichts, konnte sich an nichts erinnern. So begann seine tragische Krankheit"* [14].

Bei einem Friseur ließ er sich *"für seine große Premiere heute abend"* die Haare schneiden [9].

Größere Projekte wie eine *"Karpathen-Rhapsodie"* und eine Oper nach Ferenc (Franz) Molnárs Bühnenstück *"Der Teufel"* (*"Az ördög"* von 1907) mit dem aufschlußreichen Arbeitstitel *"Vögel ohne Flügel"* wurden ihm da bald als Belege größenwahnsinnigen Realitätsverlustes angekreidet.

Anfang 1946 soll er in *New York City* mitten im Verkehr der *Madison Avenue* unrasiert und alle Autofahrer gefährdend, wieder jedoch

"m i t   e l e g a n t   s c h n e e w e i ß e n   H a n d s c h u h e n" [5]

ein imaginäres Orchester dirigiert haben und von Polizisten abgeführt worden sein. *"Sein Blick und seine Gestik wirken geistesverwirrt"* [5].

"Unser gemeinsamer Freund Hans Geiringer", nicht zuletzt Ödön von Horváths Confident, *"wohnte auch im St. Moritz"*, hat Robert Stolz seinen Krankenbericht beëndet: *"Als Geiringer eines Nachts nach Hause kam, saß Paul Abraham im Pyjama in der Hotelhalle und bat Geiringer, bei ihm schlafen zu dürfen. Geiringer, der ein Zimmer mit zwei Betten bewohnte, nahm ihn mit und bestellte ihm, der stundenlang im Central Park gewesen und total verschmutzt war, ein Frühstück; Abraham ging ins Badezimmer. Dort setzte er sich für zwanzig Minuten in eiskaltes Wasser. / Als Geiringer gerade eingeschlafen war, hörte er eine zornige Stimme: 'Dich bring ich um, du bist*

*mein Feind – dich bring ich um!' An seinem Bett stand Abraham, den Tele-
fonapparat in drohend erhobener Hand"* [14].

Er schien gemeingefährlich zu werden. *"Mit Hilfe von Abrahams bestem
Freund"*, dem ungarischen Fotojournalisten Alexander Pal, *"gelang es, den
Unglücklichen ins Bellevue Hospital – ein Nervenkrankenhaus – zu brin-
gen"* [14].

Freund Hans Habe sah ihn dann dort erst wieder: *"als ich Dich im Irrenhaus
besuchte"* [1].

Die medizinische Diagnose seiner Demenz liegt uns heute nach so langer
Zeit nur noch kontrovers kolportiert vor. Jedenfalls *"völlig zermürbt"* [3],
wurde er in die Psychiatrie des *Creedmore State Mental Hospital* in Queens
auf *Long Island* überwiesen und lebte dort in bürokratischem Niemandslan-
de. Denn sein Besuchervisum für die USA war inzwischen abgelaufen, und
Aufenthaltsgenehmigungen durften nur an nachweislich gesunde Bewerber
ausgegeben werden. Insofern gab es ihn da amtlich schon gar nicht mehr.

Er war zum geduldeten *nobody* geworden.

Kollege Robert Stolz, der ihm noch beim Pariser Zwischenstop bei einer
seiner *"berühmten 'Gulasch-Parties' "* begegnet war, *"auf der es nach 'Pa-
linka', Paprika, Puszta und, natürlich, nach Puppen duftete"*, sagte hier und
jetzt:

"So endete einer der talentiertesten Komponisten" [14].

Wirklich schien ihn die Welt dort vergessen zu wollen.

Zehn Jahre lang lebte er weggeschlossen mit vierzehn Zimmergenossen und
als *"freundliche"* Küchenhilfe zwischen sechstausend Geisteskranken im
Vakuum dieses riesigen Irrenhauses, in dessen fünfzig Gebäuden auf hundert Hektar Paul Abraham auch willig die Treppenhäuser fegte.

US-Vormünder finanzierten zehn Jahre lang diesen gespenstischen Aufenthalt aus europäischem Tantièmen-Incasso.

In Deutschland begann es etwa 1953, wieder Radiosendungen und Schallplatten auch mit Kompositionen von Paul Abraham zu geben. Aber *"erst als
eine deutsche Filmgesellschaft eine [...] Neuverfilmung seiner Operette*

'Die Blume von Hawaii' plante, war eine Pressecampagne gestartet worden, durch die er in Amerika gefunden wurde" [5].

Ein *"Abraham-Komitee"* entstand in Hamburg und erreichte mit Initiativen zumal des Schriftstellers Walter Anatol Persich und nach mühseligen Verhandlungen mit der Bonner Bundesregierung ebenso wie mit US-amerikanischen Behörden seinen Rücktransport ins Land seiner größten Erfolge.

1956 wurde er endlich im damaligen *Idlewild-*, heutigen *John F. Kennedy Airport* regierungsamtlich in eine US-Chartermaschine verladen, die 52 nerven- oder geisteskranke Emigranten nach Europa abschob und in einer deutschen Zeitung als

"F l u g z e u g   d e r   V e r d a m m t e n"

angekündigt wurde. Nach einer gespenstischen Odyssee, die hundert Stunden oder vier Tage dauërte, traf diese armselige Fracht nach zwölf Zwischenlandungen sonstwo alles zu guter oder arger Letzt am 30. April 1956 um vier Uhr früh in Frankfurt am Main ein.

"Gedankenlos (da nicht sehr passend)", wußte der österreichische Publizist Robert Dachs noch 1997, *"spielte ein Orchester bei seiner Ankunft 'Reich mir zum Abschied noch einmal die Hände' "* [5]. In Wahrheit spielte da aber kein Orchester, sondern das übernächtigte Trio aus einer Frankfurter Bar.

So also betrat Paul Abraham, den die Deutschen vertrieben und *"jahrelang für verschollen oder sogar tot gehalten"* [5] hatten, nach 23jähriger Zwangsabwesenheit wieder hiesigen Boden und wurde von zwei Ärzten unverzüglich nach Hamburg in die Psychiatrie des Eppendorfer Universitätskrankenhauses abtransportiert.

Chefarzt war dort seinerzeit der legendäre Prof. Dr. Hans Bürger-Prinz: *"eine außerordentlich problematische Persönlichkeit"* [9] in der Sicht auch noch Prof. Dr. Heinz-Peter Schmiedebachs, späteren Eppendorfer Institutsdirektors *"für Geschichte und Ethik der Medizin"*, Jahrgang 1952.

Aber vorrangig dürfte jetzt bei der Behandlung seines remigrierten jüdischen Patienten Paul Abraham die vorherige Vita dieses leitenden Arztes problematisch gewesen sein.

Hans Bürger-Prinz aus Weinheim war 35 Jahre alt und Oberarzt der Universitätsklinik Leipzig, als Adolf Hitler in Berlin die Regierungsmacht übernahm. Sofort, schon 1933, wurde der junge Arzt Mitglied nicht nur des NS-Ärztebundes, des NS-Dozentenbundes und des NS-Lehrerbundes, sondern auch der NSDAP, der SA und einer Kommission, die für die NS-*Reichsstelle für deutsches Schrifttum* unliebsame psycholanalytische Fachpublikationen nach Zensorenart auf den NS-Index setzte.

Das alles beflügelte 1936 die Ernennung des jungen Privatdozenten *"an der Fakultät vorbei, die mit anderen Kandidaten verhandelte"* und *"gegen alle üblichen Regeln"* zum außerordentlichen Professor und *Kommissarischen Leiter* der *Psychiatrischen und Nervenklinik der Universität Hamburg*: *"vermutlich auf Betreiben des Reichsministeriums des Inneren"*[12]. Nur ein Jahr später wurde er hier Ordinarius und Leiter des Hamburger Universitätskrankenhauses Eppendorf, wo er mit Insulin und Cardiazol schon 1937 sogenannte Schockbehandlungen einführte. Die Sterberate seiner Patienten war *"extrem hoch"*[12] und erreichte 1941 ihren Rekord.

Als ehrenamtlicher Richter am Erbgesundheitsgericht war Bürger-Prinz jetzt auch *"an Euthanasie-Projekten insofern beteiligt, als er Patienten kategorisierte – und wissen mußte, was mit denen geschah, die er als hoffnungslose Fälle eingestuft und verlegt hatte. [...] Viele Patienten gingen in Vernichtungslager"*[12]. Aber noch im Juli 2008 gestand dieses selbe Klinikum in der Eigendarstellung seines *website*:

"Die Rolle der Klinik und ihres ärztlichen Leiters Bürger-Prinz bei 'Euthanasie' und Zwangssterilisation ist bis heute noch nicht restlos geklärt. Es besteht der Verdacht, daß Tötungen innerhalb der Klinik stattfanden"[12].

Seit 1938 war dieser Chefarzt auch Mitherausgeber der *Monatsschrift für Kriminalbiologie und Strafrechtsreform*, seit 1940 Senator der *Kolonialärztlichen Akademie der NSDAP*, seit 1941 Dekan der *Medizinischen Fakultät* an der Hamburger Universität.

Dem *Zweiten Weltkriege* diente er nicht nur als Oberfeldarzt, sondern vorrangig als *Beratender Militärpsychiater*, der im Hamburger *Wehrbezirk X* an sogenannten Kriegsneurotikern *"Kuren"* mit Insulinschocks exerzierte, um *"diese Fälle in eine Situation zu versetzen, bei der sie sich dem Arzt notwendig völlig ausliefern"* (Bürger-Prinz, 1943: hier zitiert nach[13]). *"Wenn er Symptome wie Zittern bei einem Soldaten für simuliert hielt, testierte er das – eine solche Beurteilung aber konnte den Betreffenden vor das Kriegsgericht bringen, das möglicherweise die Todesstrafe verhängte. Viele Soldaten nahmen sich angesichts dessen selbst das Leben"* [9] .

Noch 1944, kurz vor Toresschluß also, wurde Bürger-Prinz auch noch *Wissenschaftlicher Beirat* Karl Brandts, des NS-*Bevollmächtigten für das Gesundheitswesen* und Leibarztes beim "Führer". Sehr viel höher ging es für einen Mediziner damals schwerlich.

1945 wurde Bürger-Prinz von der Britischen Besatzungsarmee suspendiert, aber schon 1947 in sein klinisches Amt, 1949 auch als Hochschullehrer wiedereingesetzt. Er gründete auch jetzt noch eine *Forschungsstelle für Erb- und Konstitutionsbiologie.*

In Anbetracht alles dessen war es besonders erschreckend und angstauslösend, daß der überlebende Jude Paul Abraham am Ende seiner erniedrigenden Odyssee als zerstörtes Naziopfer schließlich just diesem

N S - S c h o c k t h e r a p e u t e n   u n d   E u t h a n a s i e - D i a - g n o s t i k e r

in die Hände fiel. *"Daß ausgerechnet ein Arzt mit brauner Vergangenheit den prominenten jüdischen Patienten betreuen sollte"*, schrieb die jüdische Wochenzeitschrift *"tachles"* noch 2008 in Zürich, *"bewog ein empörtes Mitglied zum Austritt aus dem Abraham-Komitee"* [9] .

Wie Bürger-Prinz über diesen Fall seinerzeit gedacht hat, ist heute nicht mehr rekonstruierbar. Auch wie er ihn behandelt hat, nicht. Immerhin hatte er seit 1945 hartnäckig verbreitet, nur *"dank seiner NS-Kontakte sei Hamburger Patienten das Euthanasie-Schicksal erspart geblieben"* [13] .

Vage Aufschlüsse über seine Reaktion auf Paul Abraham erteilte aber unverhofft 2008 ein enger Mitarbeiter und seinerzeitiger Stationsoberarzt der Eppendorfer Psychiatrie in eine spätgeborene Fernsehkamera hinein. Entgegen allen sonstigen Gepflogenheiten seiner Kollegen betonte dieser greise Mediziner jetzt primär seine spontane Sympathie für den Patienten Abraham, dessen *"angenehme Erscheinung"* er *"alle paar Tage"* gesehen habe:

"bißchen klein und arm, ein bißchen krumm", für deutsche Garde- und Leib-
standartenmaße *"klein gewachsen"*; aber *"er erregte Sympathie, wenn man
ihn sah: mit seinen großen Augen, großen Nasenlöchern"* (zitiert nach [10]) –
als wolle er jeder heutigen Unterstellung entgegenwirken, das Mediziner-
team um NS-Bürger-Prinz sei diesem Autor *"jüdischer Niggermusik"* mit
antisemitischen Vorbehalten begegnet: *"Ich mochte ihn gern sehen"*.

Dann jedoch verletzte dieser Fachmann postum seine ärztliche Schweige-
pflicht und überraschte weltweit alle Abraham-Fans mit der unverhofften
Tele-Auskunft, jener Exponent der Musikgeschichte sei als psychiatrischer
Patient das bedauérnswerte Opfer nicht etwa von Verfolgung, Nazizeit, Antisemitismus und Emigration gewesen, sondern seines eigenen unvorsichtigen Lebenswandels. Keineswegs Hitlers Nazideutschand war also schuld,
sondern der Zerstörte selbst.

Aber die hervorragenden US-amerikanischen Kollegen, die eine syphilitische Hirnhautentzündung erst in zweiter Linië, primär jedoch eine veritable
Psychose (*"Psychosis with Syphilitic Meningo Encephalitis"*) diagnostiziert
hatten, seïen mit ihren therapeutischen Aktionen (*"allererste Sahne, erste
Klasse"*) so erfolgreich gewesen, daß Paul Abraham völlig wiederhergestellt
in Eppendorf eingetroffen sei: *"vollkommen saniert"* und *"austherapiert"*.
Von Syphilis keine Spur mehr!

Wie schön: da müssen sie ja in ebenjener argen Nachkriegszeit, als das rare,
aber einzig heilkräftige Penicillin noch vorrangig kriegsverwundeten Heim-
kehrern der US-amerikanischen Armee vorbehalten blieb, diesen illegalen
Immigranten und vogelfreïen Treppenfeger tatsächlich privilegiert und generös mit ihrem neuën Wundermittel zu kurieren nicht angestanden haben!
Vielleicht just deshalb nannte dieser Oberarzt bei Professor Bürger-Prinz
schon die Neurologie jener Klinik *Bellevue* in *New York* ein *"vornehmes
Institut"*: *"Bellevue heißt sie, sehr schön: Bellevue"* (zitiert nach [10]).

Zwar sei Abraham trotz dieser *"allererstsahnigen"* Therapie des Kriegsfein-
des noch *"mit leichten Defekten"* und *"ein bißchen kaputt"* angekommen,
aber *"nicht mehr krank"* [10]: beileibe nicht krank! Von Psychose gar keine
Rede mehr! Die Nazizeit hatte dieser erotische Leichtfuß also blendend
überstanden.

Daß er aber Hamburg-Eppendorf noch für *New York* hielt und sich im dortigen *Bellevue Hospital* wähnte, erachtete dieser Stationsoberarzt des Professors Bürger-Prinz noch im späten Nachhinein als einen *"Restzustand"* und nur *"leicht dement"*: er war nur *"ein wenig gleichmütig, ein wenig ungerührt, ein wenig unterkühlt"* [10].

Also verabreichten sie ihm *"leichte stimulierende Medikamente"* (hoffentlich nicht schon wieder ihr schockierendes Insulin und Cardiazol!), unterzogen ihn einer Psychotherapie *"in der allermodernsten Form"* [10] und stellten ihm ein Klavier zur Verfügung. Da habe er angefangen, *"aus eigenen Kompositionen zu improvisieren"*, aber auch mit den Werken anderer Autoren zu beweisen: *"sein Musikgedächtnis war noch ganz gut"* [10].

"Manchmal spieltest Du Klavier", hat Landsmann Hans Habe bestätigt, aber *"nicht Abraham, sondern Beethoven"* [1]: in Nazi-Ohren vermutlich eine reuige Abkehr von *"jüdischer Niggermusik"* und Symptom einer völkischen Gesundung.

Seinen Brief an einen veritablen oder imaginierten Freund (*"Lieber Armin"*) mögen die behandelnden Ärzte nie gelesen haben. Er berichtete da von einem Vertrag mit *Metro Goldwyn Mayer* über eine Hollywood-Verfilmung seines *"Ball im Savoy"*, eine Honorierung mit dreitausend Dollar pro Song, über geplante Broadway-Inszenierungen von *"Viktoria und ihr Husar"* und *"Ball im Savoy"* und fragte an, ob sein dortiges Zimmer im *Hotel Windsor* *"in Ordnung"* sei: Armin möge sich bitte darum kümmern.

Aber *"allein in einem Krankenzimmer sitzend, teilte er sich und einem unsichtbaren Gegenüber Spielkarten aus. Dann spielte er eine Karte aus und wartete stundenlang ... "* [5]:

also wirklich *"ein wenig gleichmütig, ein wenig ungerührt"*; *"aber nicht krank"* [10]. Nicht krank! Dieser syphilitische Jude hatte die böse Nazizeit absolut unbeschadet überstanden: als Gesunder! Seine *"totale medizinische Heilung in New York hat vollkommen geklappt. Die Amerikaner haben sich nicht geïrrt"*, und *"er blieb gut"* [10].

Trotzdem diagnostizierten die Eppendorfer Experten um Hans Bürger-Prinz damals eine unheilbare Geisteskrankheit dieses Juden Paul Abraham.

Hierauf entmündigten die Behörden der *Freien und Hansestadt Hamburg* diesen Remigranten und versuchten, seine verwirrten finanziëllen Verhältnisse unter angemessener Vormundschaft zu ordnen.

Denn inzwischen wurde seine Musik wieder allenthalben höchst einträglich gespielt. Zwar wurden ihre originären Arrangements jetzt oft ignoriert und *"mit billigstem Geschmack orchestriert. Die Originalaufnahmen zwischen 1930 und 1933 klingen verrückt-synkopisch-jazzig, die Cover-Versions aus unserer Zeit sind so schlecht arrangiert, daß sie Paul Abraham nicht als seine Kompositionen erkennen würde"* [5] .

Noch 2008 bestätigte das *DIE WELT-online*: *"Leider wurde ihre jazzige Orchestrierung genauso lange vergessen und aufgeplüscht, so wie die eigentlich sehr eindeutigen Texte hinter himmelblauen Wolkenstoreträumen zur TV-Operette der Sechziger verrüscht wurden"* [8] . Freilich war die originale Instrumentation vieler seiner Werke (und sei sie von Arnold Schönberg) im Nazireich vernichtet worden oder verloren gegangen.

Aber auch seine drei erfolgreichen Operetten erschienen wieder auf deutschen Bühnen. Sie wurden auch neu verfilmt:

"Blume von Hawaiï" mit Maria Litto, Lonny Kellner und Bruce Low schon 1953 unter der Regie jenes Géza von Cziffra und unter der Musikalischen Leitung von Michael Jary,

"Viktoria und ihr Husar" zuërst 1954 mit Eva Bartok und Rudolf Forster unter der Regie von Rudolf Schündler, dann wieder 1965 für das *Zweite Deutsche Fernsehen* mit Margit Schramm, Johannes Heesters und Rudolf Schock unter dem Operetten-Experten Kurt Pscherer,

"Ball im Savoy" schließlich 1955 mit Nadja Tiller und Rudolf Prack unter der Regie von Paul Martin, dann 1971 wieder mit Christiane Schröder, Grit Böttcher und Theo Lingen unter der Regie von Eugen York für das ZDF.

Aber *"von Deinen neuen Triumphen – Du bist immer noch einer der meistgespielten Operettenkomponisten Deutschlands, ja Europas – hast Du kaum etwas vernommen. [...] Daß Du der letzte König der Operette warst, ein Spätgeborener, ein Unzeitgemäßer, hast Du nicht mehr begriffen"* [1] .

Inzwischen war auch Sarolta Feszelyi nach achtzehnjähriger Trennung aus der *Volksrepublik Ungarn* durch den *Eisernen Vorhang* zu Paul Abraham zurückgekehrt und pflegte den Erloschenen. Denn schon nach einem Jahr in der Eppendorfer Psychiatrie wurde dieser unheilbar geisteskranke Jude 1957 unbeschadet in eine kleine Hamburger Wohnung entlassen, die er noch vier Jahre mit "Charlotte Abraham" bewohnte. Sie war da wieder seine Ehefrau, ebenso wundersam uninfiziert wie auch seine nachweislichen Liebschaften im Exil, und nicht zuletzt seine Erbin.

Von seiner sonstigen Familië hatte nämlich einzig und allein sein angeheirateter Neffe Béla Feszelyi den Holokaust der Nazis überlebt.

Am 6. Mai 1960 starb Paul Abraham 67jährig in Hamburg: an den Folgen einer Krebsoperation. *"Ich muß oft an Dich denken, Pali"*, rief ihm Hans Habe zum 75. Geburtstag nach: *"Denn was könnte bezeichnender für unsere Zeit sein, als daß das Leben des letzten Operettenkönigs, des letzten fröhlichen Monarchen im Reich der leichten Muse, von Schicksalstragödien umwittert war? Nicht nur Österreich ist eine 'Operette mit tödlichem Ausgang' "* [1].

Paul Abraham wurde in Hamburg auf dem Ohlsdorfer Friedhof bestattet.

Drei Jahre hatten diesem Menschen genügt, um nachhaltig einen Welterfolg zu erzielen und in die Musikgeschichte einzugehen.

Im übrigen war er 64 Jahre lang unbekannt oder unerwünscht und wurde verkannt, verfolgt, ignoriert oder eingesperrt, vergessen und verleumdet.

Hiernach war er zerstört.

Peter Schulze-Rohr, *Tycoon* des deutschen Fernsehspiels und Sympathisant Paul Abrahams, nannte ihn noch nach runden vier Jahrzehnten

"einen Mann, der sehr begabt war und an der Welt irre geworden ist" [10].

In Neubrandenburg gibt es inzwischen einen Paul-Abraham-Weg.

(Quellen und Anmerkungen zu diesem Kapitel auf Seite 579 f.)

"Ici, on brise les hommes. / Hier werden Menschen zerbrochen."

Henri Michaux, 46 / Paul Celan, 25: *"Ecce homo" ("Exorcismes")*, 1945

"Der Deutsche will die Juden nicht
Und nennt sie Hunde und Säue.
Doch ihre Lieder singt er gern –
Das nennt man germanische Treue."

Fritz Löhner-Beda (1883-1942)

"Ich glaube, daß Mendelssohn Hitler überleben wird."

Erich Wolfgang Korngold, 37: Interview
während der Überfahrt ins amerikanische Exil, 1934

"Worin besteht die Barbarei anders als darin,
daß man das Vortreffliche nicht anerkennt?"

Goethe, 81: Gespräche mit Eckermann, 22. März 1831

"Tief ist der Haß, der in den niederen Herzen
dem Schönen gegenüber brennt."

Ernst Jünger, 44: *"Auf den Marmorklippen"*, 1939

"Wohin gings? Gen Unverklungen."

Paul Celan, 43: *"Was geschah?"*, 1963

ΑΊΣΩΠΟΣ
AÍSOPOS (ÄSOP)

Er wurde vage und immer noch umstritten für eine Ära geboren, die als *Hallstatt-Kultur* aus der prähistorischen Eisenzeit allererste mitteleuropäische Geschichte zu machen begann und *circa* von 800 bis 400 vor Christos dauërte.

In ihrer Mitte soll er aufgetaucht sein: etwa 620, wird vereinzelt behauptet, also mitten in jenes vorchristlich 6. Jahrhundert hinein, das den humanen Genius zu seinem ersten und kaum je wiederholten Höhenflug steigerte.

"Getrost können wir dieses eine 6. Jahrhundert vor Christos als Wiege der Kulturgeschichte bezeichnen, wie es sie später in solcher Ballung von Genialität nie wieder gegeben hat und wie sie die ganze nachfolgende Humangeschichte bis gar in unsere barbarischen Niederungen hinein nachhaltig geprägt und beeinflußt, überhaupt ermöglicht hat." [1]

Geschöpf und Mitgestalter dieser gigantischen Epoche war jedenfalls auch er: eine prähistorische Gestalt insofern, als uns keinerlei Dokumente über ihn oder von ihm persönlich überliefert sind, und ein Atlant europäischer Literaturgeschichte dennoch. Selbst was von ihm vermutet werden kann, ist wenig und besteht aus Legendärem.

Wohl gebürtig in Phrygiën, heute türkischem Kleinasiën und dort einem vormals hochkultivierten Großreich, *"das historisch im Dämmern, doch mythisch in so hellem Glanze liegt. Es war ein Goldreich"* [2] und soll eben jenes selbe Alphabet erfunden haben, das auch die Griechen später verwendeten und weiterreichten.

Als aber dieser Aísopos dort als der Sohn eines Sklaven oder sogar schon verschleppt oder ausgewandert in griechischer Diaspora zur Welt kam, hatten schon längst legendäre Kimmeriër aus dem südlichen Rußland diese blühende Großmacht und ihre Metropole, jenes monumentale Górdion, überrannt und vernichtet: zerstört.

Aísopos war also, als er für uns endlich sichtbar wurde, Angehöriger einer rechtlosen Minderheit und tauchte zunächst auf der ionischen Insel Sámos als Sklave in einer Diktatur auf, die schon wenig später den balladenerprobten Namen des Tyrannen Polykrátes trug.

Daß hier dieses Kind der geknechteten Unterschicht auch noch häßlich und bucklig, anfangs gar stumm gewesen sei, wird heute eher als fantastische Zutat späterer Kolporteure verstanden, die damit unterstreichen wollten, wie benachteiligt, ausgestoßen und entrechtet dieses Talent sein Leben beginnen mußte.

Etwa als Aísopos mannbar wurde, wanderte aus seinem pseudo-heimatlichen Sámos just das Universalgenie Pythagóras doch lieber aus. Aber der ionische Anakréon und der calabrische Íbykos wurden als Lyriker oder Panegyriker an den Hof dieses musisch ambitionierten Polykrátes gebeten.

Das alles mag den jungen Aísopos ebenso beeinflußt haben wie die politischen Reformen des Kleisthénes, die von Athen aus das ganze Land mit frühen demokratischen Formen infiltrierten. Auch auf Sámos verlagerten sich kulturelle Aktivitäten jetzt mehr und mehr aus den Palästen einer Feudalgesellschaft auf die *Agorá*, den Marktplatz, und so in Volkes Mitte.

Dort scheint auch der jugendliche Aísopos seine Szene gefunden und die Rhapsoden heroïscher Epen abgelöst zu haben, indem er dem Volke auf der Straße, im Hafen, auf den Märkten, bei seinen Aufläufen und Versammlungen solche Geschichten erzählte, wie es sie hören wollte, wie es sie immer wieder aufs Neuë zu hören verlangte. Das waren Alltagsepisoden und Schnurren, Anekdoten und Gleichnisse, Märchen und Parabeln. Sie mußten kurz und witzig, lebensklug und gesellschaftskritisch, praktikabel und volkstümlich sein.

Aísopos muß sie, wohl gerade als eingeborener Sklave, am besten erzählt und erfunden haben: ein wahrer *Logopoiós*. Denn er wußte, wie man die Willkür einer Herrschaft, der man hilflos ausgeliefert ist, durch *"spielerische Erfindung lustiger Geschichten"* [21)] unterwandert und untergraben kann.

Bald war er populär und beliebt für diesen doppelten Boden, für den Mutterwitz, die Moral, die Attacken und Pointen seiner Fabeln, die oft von Tieren erzählten, aber immer Menschliches meinten. Sie griffen auch die Großen,

Aísopos

Antike Büste eines unbekannten Bildhauërs
(in der *Villa Albani*, Rom)

die Reichen und Mächtigen an und zeigten die Schwäche der Machtlosen, ihre Wehrlosigkeit, aber gern auch ihre überlegene Weisheit auf. In solchen Fabeln war Aísopos ein Meister. Mit so unbeweisbarer Rebellion einer rechtlosen Unterschicht wurde er berühmt.

Noch runde anderthalb Jahrhunderte später bestätigte der große Aristotéles in seiner *"Verfassung der Samiër"*, daß dieser Geschichtenerzähler eben als solcher *"damals in hohem Ansehen stand"*.

Seine Mischung aus gewitztem Geist und pragmatischer Lebenshilfe, aus Menschenkenntnis und Menschenliebe, Verspottung und Belehrung, aus Wissen und Empfindung in satirisch zugespitzter Kürze machten ihn zu jedermanns Liebling. Er muß eine glückhafte Mixtur aus Eulenspiegel und Spartacus, aus Harlekin und Sokrátes, aus Papageno und Sarastro in einem, ein früher Schwejk, Sancho Pansa, auch François Villon gewesen sein und das Volk von Sámos hingerissen haben.

Mit alledem scheint es ihm auch gelungen zu sein, seinen philosophierenden Sklavenhalter Xánthos ausgetrickst und seine Freilassung ertrotzt zu haben. Oder er hat es verstanden, sich an jenen gehörlosen Ídmon oder Iádmon weiterverkaufen zu lassen, der ihn vor Bewunderung oder von Bewunderern genötigt aus seiner Sklaverei in die Freiheit entließ.

Als aber Polykrátes, jener segensreich strahlende Tyrann über Sámos, an ein persisches Kreuz genagelt wurde, geriet sein Inselreich in politische Wirren, auch in Kriege gegen Nachbarn und in deren Besitzansprüche. In Verhandlungen mit Lydiën auf dem gegenüber liegenden, einstmals phrygischen Festland soll dessen König Kroĩsos, der ja nicht nur über sprichwörtlich gewordenen Reichtum verfügte, sondern die meisten Staaten des heute türkischen Kleinasiën ringsum schon politisch und wirtschaftlich zu unterwerfen verstanden hatte, auch manche vorgelagerte Insel zwischen Krieg oder Bündnis zu wählen gezwungen haben.

Sámos, zwischenzeitlich dem *Attischen Seebunde* beigetreten, traf sich zu beratender Volksversammlung und lauschte da nicht zuletzt einer warnenden Fabel seines klugen Fabulierers:

"Als alle Tiere noch dieselbe Sprache redeten, war Krieg zwischen den Wölfen und Schafen, und die Wölfe waren weitaus überlegen.

Da verbündeten sich die Schafe mit den Hunden, und diese verjagten die Wölfe.

Nun aber schickten die Wölfe einen Gesandten zu den Schafen und ließen ihnen sagen:

'Wenn ihr mit uns in Frieden leben und nicht immer Angst vor einem Krieg haben wollt, so liefert uns die Hunde aus!'

Die dummen Schafe ließen sich dadurch betören und lieferten die Hunde an die Wölfe aus.

Die Wölfe aber zerrissen zuerst die Hunde, und dann fraßen sie auch in aller Behaglichkeit die Schafe auf.

So wird jeder getäuscht, der mit den Bösen Frieden wünscht." [3]

Sámos wurde durch diese Fabel zwar vor einer lydischen Eroberung bewahrt, aber Aísopos vom lydischen König Kroĩsos, dem diese Fabel imponiert haben mag, an seinen Hof in Sardeís, nordöstlich nahe des heutigen Izmir, eingeladen und *"genoß dort viele Auszeichnung"* [4]. Denn in diesem amüsanten Erzähler entdeckte der König schon bald auch einen geschickten Gesandten, den er mit guten politischen Resultaten hierhin und dorthin delegieren konnte.

Trotzdem hat noch im 1. Jahrhundert vor Christos der Historiker Diódoros aus dem sizilianischen Agýrion in seiner vierzigbändigen Universalgeschichte für festschreibenswert gehalten, daß Aísopos am Hofe des Kroîsos lebte, als dort auch gerade jene legendären *"Sieben Weisen"* zu Gaste waren, die Pláton in seinem *"Protagóras"* namentlich aufgelistet hat. An ihnen soll der fabulierende Hausgast aus Sámos beanstandet haben,

"daß sie nicht wüßten, wie mit einem Herrscher umzugehen sei. Denn mit solchen Leuten müsse man entweder so wenig oder so gefällig wie möglich reden", ihnen also schmeicheln oder aus dem Wege gehen. *"Besiegen kann man sie nämlich nicht durch eine Vielzahl von Händen, sondern nur durch Mut. Er selbst spreche sich daher möglichst in Dichtungen aus"* [5].

Die *"Sieben Weisen"*, zu denen auch der große attische Gesetzgeber Sólon gehörte, beschenkten den mutigen Aísopos mit ihrer Sympathie.

Sein Brotherr Kroîsos aber, der sein ganzes Regime auf den Orakelsprüchen der weltberühmten Pythía in Delphi errichtet hatte, schickte diesen mutigen freigelassenen Dichter und Fantasten, diesen überraschenden Liebling der *"Sieben Weisen"*, eines Tages mit diskreter Botschaft, eher noch mit geheimer Anfrage eben zu jenem prophetischen Sanktuarium des Apóllon am Südhang des fernen Parnassós: als Sonderbotschafter offenbar in sekreter Mission, aber auch mit Opfergaben für das Heiligtum und Geldbeträgen für die dortigen Priester.

Immerhin soll der Aísopos inzwischen hochbetagt gewesen sein: jener *"kluge Alte, dessen Nase alles spürt"* [6], ein wahrer *"Greis, der uns belächelt, aber nie belächelt wird"* [7], und diese seine Reise nach Delphi war damals noch einer Odyssee vergleichbar. Aísopos dürfte in Izmir, damaligem Smýrna, an Bord gegangen sein und die ganze launische Ägäis wagemutig überquert haben müssen: aus dem Schutze des heute türkischen *İzmir Körfezi* heraus und nördlich um die Insel Chíos mit ihren mystisch pfeifenden Drachen herum, dann westwärts-ho! schließlich zwischen Euböa und der Insel Ándros durch den heiklen *Porthmós Kaphereús* hindurch und zwischen der boiotischen Halbinsel und der Insel Kéa in den *Saronischen Golf* von Aígina bis zum Isthmos von Kórinthos.

Dort in Korinth mag der greise Aísopos nach windbedingt mehrwöchiger Segeltour, aber gleichfalls in königlichem Auftrag zunächst den dortigen Tyrannen Períandros aufgesucht haben, den die Welt damals generös zu den *"Sieben Weisen"* zählte.

Auch die andern sechs waren just bei ihm zu Besuch und sollen den hereingeschneiten Aísopos, diesen lydischen Emissär oder samisch fabulierenden Schalksnarren, abermals überaus gnädig in ihren Philosophen- und Gesprächskreis aufgenommen haben. Namentlich von Sólon, diesem welthistorisch bedeutenden Reformator demokratischer Gesetze, hat uns Plútarch in seinem *"Gastmahl der Sieben Weisen"* und anderweitig überliefert, daß er *"gegen männliche Schönheit nicht gerade feuerfest war"*, auch *"nicht den Mut besaß, der Liebe zu widerstehen"* [4] und vielleicht ebendeshalb den würdigen und liebenswürdigen Aísopos nun zu seinen Füßen sitzen und Liebkosungen seines klugen, wahrscheinlich also auch immer noch schönen Alterskopfes entgegen nehmen ließ [8].

Seine provokanten Fragen mögen da, vorsätzlich oder nicht, als Generalprobe auch schon für Delphi getestet worden sein.

Erst hiernach mag der greise Aísopos mit einem Schiff seines Gastgebers Períandros über den *Golf von Kórinthos* hinüber nach Itéa befördert worden sein. Dort muß er dann mit seinen *circa* 75 Jahren knappe sechshundert Meter bergaufwärts gestiegen sein, um jenes ausgedehnte Heiligtum zu erreichen, das am Südhang eines Zweieinhalbtausenders damals mehr oder minder immerhin die ganze mediterrane Welt nicht nur beriet, sondern auch beherrschte.

Nur gab es hier in Delphi nicht allein jene legendär prophetische Pythía mit ihren rätselhaften, aber unabdingbaren Weisungen, sondern auch einen ganzen Pulk von Priestern, Weisen und frühen Theologen. Mit denen scheint Aísopos ins Gespräch und schon bald auch in so handfeste Streitigkeiten geraten zu sein, daß noch ein rundes halbes Jahrtausend später jene allererste Äsop-Ausgabe, die mit ihren 231 Fabeln *"Collectio Augustana"* heißt, zu berichten vermochte, was der Bestürzte einem Gefährten sagte: *"Ich hatte den Rest meines Verstandes verloren, als ich nach Delphi reiste"*.

Denn natürlich stand da sein immer noch frischer und unvoreingenommener Freigeist einem sakrosankten Kanon des Althergebrachten, des Erstarrten, des reglos Regulierten und Sanktionierten, des Vorgeschriebenen, auch Verkrusteten und Verkalkten, den Konventionen also einer mächtigen Clique gegenüber. Es dürfte da alter Geist gegen neuën noch einmal aufgestanden sein, Vorgestriges gegen Übermorgiges: jene Urfehde, alt wie die Menschheit und nie befriedbar.

Aísopos muß ihr wagemutig und offen, aber auf eine so unangepaßte Weise gegenüber getreten oder ins Gehege gekommen sein, daß diese Riege einer verknöcherten Unbelehrbarkeit sich substantiëll bedroht sah – etwa durch eine Wiederholung jener Frage, die er in Kórinthos kürzlich schon den *"Sieben Weisen"* vorzulegen kühn genug gewesen war: *"wie es eigentlich mit Zeus stehe, was der überhaupt noch zu tun habe"*? [9] In Delphi die reinste Gotteslästerung.

Oder aber seine mitgebrachten Geldbeträge enttäuschten diese Kleriker.

Er soll sie ihnen schließlich, immerhin vier ganze Minen pro Kopf, zur Strafe für ihr Mißverhalten sogar vorenthalten haben.

Jedenfalls verwandelten sie das theologische Gespräch mit ihm zur Gerichtsverhandlung, sich selbst dabei aus Priestern flugs zu Richtern und verurteilten ihn kurzer Hand zum Tode.

Auf dem Wege zur unverzüglichen Hinrichtung soll er jene Gefährten schon in der Tonart des späteren Kelches von Golgatha gefragt haben: *"Wie werde ich, der ich sterblich bin, dem, was mir bevorsteht, entrinnen können?"*

Er versuchte es unterwegs mit jenem Mittel, das ihm bis dahin immer dazu verholfen hatte, Menschen für sich zu gewinnen, und erzählte seinen Schergen ganze sieben Fabeln.

Eine davon war diese:

"Als alle Tiere noch dieselbe Sprache redeten, verliebte sich eine Maus in einen Frosch.

Daher lud sie ihn zum Essen ein und führte ihn in die Vorratskammer eines

Reichen. Da gab es Brot, Käse, Honig, Feigen und alle anderen Leckerbis-
sen. 'Nun iß nach Herzenslust, mein lieber Frosch!', sagte die Maus. Der
ließ sich das nicht zweimal sagen, und beide schwelgten in auserlesenen
Genüssen.

Dann sagte der Frosch: 'Nun komm auch einmal zu mir, liebe Maus, und
mäste dich an meinen Schätzen! Damit du aber bei der Reise durchs Wasser
keine Angst bekommst, will ich deinen Fuß an meinen anbinden'.

Das tat er auch und sprang in den Teich. Dabei zog er die Maus gefesselt
mit sich.

Als sie nun merkte, daß sie ertrank, sagte sie: 'Ich werde von dir getötet.
Aber ein Stärkerer wird mich rächen".

Damit starb sie.

Aber wie sie noch auf dem Wasser dahintrieb, flog ein Habicht über den
Teich. Der sah die Maus, schoß herab und ergriff sie.

Aber zugleich ergriff er auch den angebundenen Frosch.

Und er verschlang sie beide." [3]

Der Klerus von Delphi freilich wollte oder konnte solche äsopischen Fabeln nicht verstehen. Er verwehrte sich auch gegen deren Geisteshaltung.

Also stürzten sie ihren Gast und lydischen Gesandten als einen *"Tempel-frevler"* von der Felsterrasse auf ihrem Schieferberge über ganze 573 Meter jener Felswand Hyámpeia am *Kastalischen Quell* in die Tiefe dieses Abgrunds.

Spätere Berichte von einer Wiederkehr des ermordeten Poëten, etwa in Gestalt des Pythagoreërs Pátaikos, entsprangen wohl eher einem Wunschdenken in Verehrerkreisen oder bei Reïnkarnationsfanatikern.

Der Aísopos war tot.

Bischof Eusébios, erster christlicher Kirchenhistoriker um 300, und das byzantinische Lexikon Sũda noch im 10. Jahrhundert datieren diesen peinlichen Tempelmord beide mit dem Jahre 560 vor Christos.

Jenem königlichen Auftraggeber Kroĩsos, der mit all seinen lydischen und phrygischen Vorgängern ihr guter Gläubiger und auch Stifter eines Großteils all der Weihgeschenke und Kostbarkeiten in ihrem *Schatzhause von Korinth* war, ließen die mörderischen Kleriker ausrichten, leider habe sich sein Bote das gotteslästerliche Verbrechen der Hierosylie zuschulden kommen lassen: sträflichen Tempelraubs also, wie er in Delphi nur als Häresie empfunden und mit der Todesstrafe geahndet werden könne.

Daß sie selbst ihm die vermeintlich gestohlenen Sakralpreziosen ins Handgepäck geschmuggelt hatten wie heutzutage bisweilen Dealer im *Goldenen Dreiëck* ihre Drogen in die Reisetaschen ahnungsloser Touristen, blieb lange ein verschwiegenes Priestergeheimnis.

Nur wenig später nämlich wurde der ganze delphische Klüngel von agrarischen Unfruchtbarkeiten mit entsprechenden Hungersnöten, dann auch von unbekannten Seuchen heimgesucht, die ihre Opfer verlangten und ihn mit schuldbewußtem Gewissen an die Ermordung des Aísopos denken ließen.

Das Orakel der eigenen Pythía gebot daher unmißverständlich und im Namen des Apóllon persönlich, ein Sühnegeld zu zahlen, um diese unstreitige Blutschuld schleunigst zu tilgen. Das versuchten sie aber erst, als Griechen, Babyloniër und Samiër sie mit einer Strafexpedition bedrohten.

"Da zogen sie umher", diese schuldbewußten Gottesmänner, berichtet uns Plútarchos, der viereinhalb Jahrhunderte später selbst ein delphischer Priester war und es daher wissen konnte, *"traten in den griechischen Festversammlungen auf und riefen jedesmal dazu auf, daß der, der es wolle, von ihnen Buße für Äsop erhalten werde"* [10].

Aber in Ermangelung von Erben oder Angehörigen konnten sie dieses Bußgeld erst ganze drei Generationen, also runde hundert Jahre später einem neuën samischen Iádmon auszahlen, dessen Großvater oder Urgroßvater gleichen Namens seinerzeit den Sklaven Aísopos in die Freiheit entlassen und sich insofern einen Lohn wohl verdient haben mochte.

Sein jetziger Nachfahre riet den reuïgen Tempelherren, ein Standbild ihres Mordopfers zu errichten, was sie wohl auch taten. Aber mit den Aufwendungen hierfür wie überhaupt mit ihren pekuniären Entschädigungen hielten diese Geistlichen sein Andenken schon für wiederhergestellt. Denn ihre Übel und Gebresten ließen hiernach tatsächlich endlich nach.

Und die literarische Erbschaft des Gemeuchelten: seine Fabeln?

Schwerlich hat er je eine aufgeschrieben. Wahrscheinlich konnte er auch gar nicht schreiben. Auch seine Hörerschaft konnte das größtenteils wohl eher nicht. Umso emsiger also wurden diese wunderbaren Geschichten und Beispiele weitererzählt: genau oder ungenau, wörtlich oder nicht, nur dem Sinne nach oder nicht einmal das.

Aber immer schien des Verfassers Name unverzichtbar miterzählt zu werden. Was da von Mund zu Mund, von Ort zu Ort, von Generation zu Generationen weitergetragen wurde, waren nicht Fabeln, sondern immer *Fabeln des Aísopos*, aisopische Fabeln.

Da war es kein Wunder, daß sich in den nächsten vier Jahrhunderten hin bis zu Christi Geburt und neuer Zeitnumerierung nicht zuletzt mehrere höchstkarätige Ohrenzeugen für das Überleben dieser aisopischen Texte einzusetzen nicht zu schade waren.

Schon nach zwei oder drei solchen ungenauën Menschenaltern zu jeweils *circa* dreißig Jahren beëndete Heródotos (*circa* 485 – 425), dieser fantastische erste Historiker aus dem heute türkischen Bodrum und Touristenmekka, in seinem 5. Jahrhundert vor Christos endlich jene vorgeschichtliche Eisenzeit und hielt es in seiner Weltgeschichte immerhin für beiläufig erwähnenswert, daß *"der Fabeldichter Aísopos"* Sklave des samischen Iádmon gewesen und von delphischen Tempelpriestern getötet worden sei, deren Bußgeld, als man es *"in Delphi auf göttlichen Befehl wiederholt ausrufen ließ"*, erst Jádmon, der Enkel, kassierte [11].

Damit hatte Heródotos den Aísopos nicht nur als Poëten, sondern auch als Mordopfer geschichtlich festgeschrieben.

Als nur ein Menschenalter später jener Aristophánes (etwa 445 – 388), der als erster großer Komödiëndichter in die Theatergeschichte einging, mit seinen vielfach preisgekrönten Dialogen wiederholt den Aísopos erwähnte, tat

er das schon so kommentarlos und wiederum beiläufig, daß es dessen
Volkstümlichkeit offenkundig voraussetzen konnte: ganze viermal in seiner
Komödie *"Die Wespen"* von 422 vor Christos, wo schon der *circa* 22jährige
die Texte des großen Fabulierers zweimal als einen Inbegriff von belachba-
rer Komik, als *"etwas zum Schmunzeln von Aísopos"* oder *"Späßchen von
Aísopos"* [12], ihn persönlich aber zwiefach auch in Gestalt von Anekdoten
thematisierte, das zweite Mal als das Opfer einer Priesterintrige in Delphi.

Das war mutig und von aisopischer Dichterart oder eben schon allgemein
bekannt und gar nichts Neuës mehr.

Aber in seiner Komödie *"Die Vögel"* von 414 vor Christos erzählt dieser
selbe Aristophánes eine ganze aisopische Fabel nach:

"Schulbildung fehlt dir und Weltweisheit, und du hast den Äsop nicht gebüffelt.
Der erzählt, wie bekannt, eine Lerche sei der erste Vogel gewesen,
eh' die Erde noch war. Einer Krankheit sei dann der Vater der Lerche erlegen.
Der lag fünf Tage nun aufgebahrt – noch nicht war Erde vorhanden.
Dann habe die Lerche in äußerster Not ihn im eigenen Kopfe bestattet." [3]

Aristophánes selbst freilich hatte seinen Ahnen Aísopos keineswegs nur
nach Lerchenart im eigenen Gedächtnis aufbewahrt. In diesen *"Vögeln"*
(von 414 vor Christos!) wirft sein Protagonist Pisthetairos den Athenern
vor, *"den Aísop nicht gebüffelt"* zu haben, und empfiehlt da zumindest dem
Wiedehopf: *"Schau dir doch an, was erzählt wird in den Geschichten des
Aísopos"* [12].

Damit läßt er noch uns Heutige wissen, daß schon zu seinen eigenen Lebzeiten, in jenem 5. Jahrhundert vor Christos, die Möglichkeit bestand, die
Fabeln des Aísopos zu büffeln und anzuschauen oder nachzulesen. Sie lagen
da schon vor: als Sammlung, als Buch, als Dokument.

Insofern konnte Aristophánes in seiner Komödie *"Der Friede"* von 421 vor
Christos die berühmte aisopische Fabel von Adler und Mistkäfer schon erwähnen und wußte sich ohne ihre wörtliche Wiedergabe von seinem Publikum verstanden. Sicher war auch allen bekannt, daß es nicht zuletzt eben-

diese Fabel war, die der Aísopos seinen Mördern auf dem Wege zur Hinrichtung erzählte und die damals schon vor der *"Rache der Schwachen"* warnte.

Noch gute hundert Jahre nach ihrer Entstehung also hatten die Griechen diese Texte so lerchenartig in Erinnerung, daß jemand sich bemüßigt fühlte, sie endlich aufzuschreiben. Noch nach mehr als hundert Jahren war das ohne Dokumente möglich.

Leider sind uns diese frühen Niederschriften nicht erhalten. Sie dürften noch knappe zwanzig Jahre später auch dem großen Philosophen

Sokrátes (468-399 vor Christos),

der seine eigenen riesigen Gedankengebäude gleichfalls nie notiert hat, eher gefehlt haben, als die sophistisch oriëntierten Athener all sein kritisch radikales Hinterfragen nicht sehr mochten und es in ihrer Unterlegenheit mit Spott, unverhohlener Verachtung und körperlichen Mißhandlungen quittierten. Schließlich hatten sie es gar für zersetzend oder jugendgefährdend und ihn selbst insofern mit knapper Jurorenmehrheit im Jahre 399 vor Christos für politisch schuldig erklärt.

Pláton, schon seit acht Jahren Eleve des Sokrátes, gleichwohl noch ein Jüngling, soll im Gerichtssaal ans Rednerpult getreten sein, um seinen siebzigjährigen Meister zu verteidigen. Aber schon mitten in seinem ersten Satze fiel ihm einer der argen Richter brutal ins Wort und entzog es ihm nach Freisler-Art:

Pláton: *Als Jüngster, ihr Bürger von Athen, von allen, die die Rednerbühne bestiegen –*

Richter: *Nein, von denen, die sie verließen!*

Hiermit beraubten diese Richter in ihrer Dummheit sich selbst und die ganze Menschheit einer ihrer möglichen Sternstunden.

Sie verurteilten den Sokrátes zum Tode.

Er war der erste Philosoph, der je für seine Wahrheitssuche von Richtern zum Tode verurteilt und hingerichtet wurde. *"Und die Natur hat s i e zum Tode verurteilt"*, soll seine Reaktion gewesen sein.

Aber der junge Pláton dürfte, was er dem Gericht hatte vortragen wollen, später in seine weltberühmte *"Apologie"* haben einmünden lassen und es in dieser für die Ewigkeit niedergeschriebenen *"Verteidigungsrede des Sokrátes"* viel besser placiert haben als in den Akten eines Gerichtsprotokolls.

Jenes Todesurteil freilich, das sie ihn nicht verhindern ließen, konnte aus apollinisch rituëllen Gründen erst nach mehr als einem Monat vollstreckt werden. Während also der siebzigjährige Sokrátes gefesselt in der Todeszelle auf seine Hinrichtung wartete und indessen unverdrossen weiterphilosophierte, verglich er auch das Unangenehme zum Beispiel seiner schmerzhaften Fesselung mit dem tröstlichen Angenehmen *"hiernach"* und orakelte:

"als ob sie zu zweit an einer Spitze zusammengeknüpft wären".

Hiermit verwies er auf seinen delphischen Schicksalsgenossen als auf einen Geistesbruder und orakelte umso rätselhafter (oder nur schlecht übersetzt):

"Ich denke, wenn Aísopos dies bemerkt hätte, würde er eine Fabel daraus gemacht haben, daß Gott beide, da sie im Kriege begriffen sind, habe aussöhnen wollen, und weil er dies nicht gekonnt, sie an den Enden zusammengeknüpft habe, und deshalb nun, wenn jemand das eine hat, komme ihm das andere nach." [13]

Hierauf folgte er einem oft erinnerten Traume seines Lebens, der ihn mehrfach aufgefordert hatte, sich doch lieber musisch zu betätigen. Früher hätte er das als pure Bestätigung mißdeutet, *"weil nämlich die Philosophie die vortrefflichste Musik ist und ich diese doch trieb"* [14].

Nun aber angesichts des nahen Todes habe er beschlossen, *"nicht ungehorsam zu sein"*, sondern auch vordergründig *"dem Traum zu gehorchen"*, also eingesehen, *"daß ein Dichter, wenn er ein Dichter sein wolle, Fabeln dichten müsse und nicht vernünftige Reden"*. Da er aber *"in Fabeln nicht erfindsam sei"*, habe er *"von denen, die ich kannte, den Fabeln des Aísopos, welche mir eben vorkamen, in Verse gebracht"* [14].

Er tat das in Fesseln, obwohl er *"es zuvor nie getan"* und die Prosa-Originale nur in seinem Lerchengedächtnis hatte. Vielleicht ja hat er, als er am Sterbetage endlich von den Fesseln befreit wurde, diese Aisopischen Fabeln noch in Versform notiert, aber seinen Schergen ebenso zur Vernichtung überlassen müssen wie auch alles andere.

Der große Pláton hat uns in all der maßlosen Huldigung für seinen Lehrer diese Vorgänge und ihren Wortlaut, nicht aber jene Verse des Autorenpaares Aísopos + Sokrátes übermittelt. Auch sie sind weg.

Aber der Diogénes Laërtíos hat – wer weiß, woher – in einer ersten Philosophiegeschichte vermutlich aus dem späten 3. Jahrhundert nach Christos wenigstens die beiden ersten Zeilen dieser sokratischen Fassung einer aisopischen Fabel mitgeteilt:

"Richtet nicht über Tugend mit Weisheit, der Masse entlehnet,
So sprach einstens Aisop zu den Bewohnern Korinths" [9].

Das kann der Aísopos nur während seines Besuches beim korinthischen Tyrannen Períandros und dessen sieben weisen Gästen, also kurz vor dem eigenen Eintreffen bei seinen delphischen Mördern so empfunden haben: daß es eine Weisheit gibt, die populär und daher scheinbar, daher falsch ist. Dieser Text könnte aber in der Tat auch sokratisch sein und verbindet insofern diese beiden überragenden Greise auch heute noch. Sozial verstoßen und pseudo-demokratisch, pseudo-juridisch abgemurkst wurde ohnehin der Eine wie der Andere.

Sokrátes starb am befohlenen Gift im Jahre 399 vor Christos. Sein Jünger

Pláton (428 oder '27 bis 348 oder '47 vor Christos)

konnte nach diesem Justizmord an seinem Lehrmeister, Freunde, Idol und Lebensinhalt nicht länger in Athen oder Griechenland bleiben und emigrierte oder floh in die griechische Diaspora oder Kolonie auf Siziliën: vorgeblich zur Besichtigung des dortigen Vulkans.

Doch in Syrakus wurde er für viele Jahre Gast des Tyrannen Dionýsios I.. Nach politischen Kontroversen freilich drohte dem Philosophen auch hier die Todesstrafe. Nur Díon, Schwager und gleichzeitig Schwiegersohn des Tyrannen, aber Plátons Geliebter, vermochte, sie zu verhindern. Stattdessen wurde Pláton als Sklave dem zufällig anwesenden spartanischen Gesandten überlassen.

Richtig nahm dieser ihn auf die ferne griechische Insel Aígina im *Sardonischen Golfe* mit und verkaufte diesen Sklaven dort weiter. Dem aber drohte da abermals die Todesstrafe, weil nach bestehendem Rechte der erste Athener, der diese Insel betrat, *"ungehört des Todes sein sollte"* [9].

Also schwieg nun der angeklagte Pláton aus Athen vor der dortigen Volksversammlung, die das legitime Todesurteil schließlich in seinen Verkauf nach Art eines Kriegsgefangenen verwandelte. Wiederum zufällig war da der Annikeris, nordafrikanischer Philosoph aus Kyréne in der heute libyschen Cyrenaika, zu Besuch. Er erstand den feilgebotenen Pláton für zwanzig Minen (oder zweitausend Drachmen) und schickte ihn nach Athen zurück.

Dort war seit dem Justizmord an Sokrátes inzwischen mehr als ein Jahrzehnt ins attische Land gegangen, und in Sikyón, der Nachbarstadt Korinths, just

Lýsippos,

der bedeutendste Bildhauer der Antike, geboren worden. Er eben sollte später die Büste des Sokrátes wie die des Aísopos in jener tiefen Zusammengehörigkeit dieser beiden hingemetzelten Geister seiner Nachwelt hinterlassen. Da er seine Modelle ohnehin nicht so, wie sie waren, wiedergab, sondern wie sie ihm erschienen, dürften auch diese beiden Plastiken eines Nachgeborenen nur umso authentischer sein.

Seine Büste des Sokrátes, die wir noch heute kennen, wurde von den allzubald schuldbewußten Athenern in jenem Pompeïon ehrenvoll aufgestellt, wo sie sich jeweils zu ihren Festzügen zu versammeln pflegten.

Die Skulptur aber, die dieser Lýsippos vom Aísopos angefertigt haben mag, könnte vom reuïgen Klerus auf Veranlassung des erbenden Iádmon seinerzeit errichtet worden, später aber aus Scham oder sonstigen Ressentiments auch wieder entfernt worden sein: sie ist verschollen und vermutlich zerstört. Wir kennen sie nur noch aus jenem Epigramm, mit dem der poëtische Historiker Agathías Scholastikós aus dem aiolisch kleinasiatischen Myrína sie im 6. Jahrhundert, aber erst nach der Zeitenwende besang:

> *"Würdig betagter Lysippos, Sikyons Bildhauer, treffend*
> *hast du des Samiers Äsop Statue hierher gestellt,*
> *vor die Sieben Weisen. Denn diese lehrten in ihren*
> *Sprüchen die Notwendigkeit, der Überzeugungskraft fehlt.*
> *Jener entwickelt das Richtige uns in poetischen Fabeln,*
> *mischt mit dem Scherze den Ernst, leitet zur Einsicht damit.*
> *Bloße Ermahnungen fruchten nichts; aber des Samiers Fabeln*
> *fordern im hübschen Gewand unser Verständnis heraus."* [15]

Das wurde also – mit oder ohne Kenntnis der lysippischen Büste – über den Aísopos gedichtet, als das geistige und geistliche Abendland schon knappe tausend Jahre lang vom nächsten überragenden Philosophen der griechischen Antike, jenem Mentor auch noch des ganzen christlichen Mittelalters dominiert und geradezu gegängelt wurde: von

Aristotéles (384 – 322 vor Christos).

Dieser Schüler Plátons (und insofern auch des Sokrátes) hat, ein halbes Jahrhundert etwa nach dessen Ermordung und ein Menschenalter vor der eigenen Bedrohung durch eine Anklage auch dieses Sechzigjährigen aus parteipolitischen Gründen,

in seiner nur fragmentarisch überlieferten *"Verfassung der Delpher"* den Ausdruck

"Das Blut des Aísopos"

als eine damals schon stehende griechische Redewendung zitiert. Sie sei

"auf die bezogen, die mit schwer tilgbaren Vorwürfen und Übeln belastet sind. Weil den Delphern, die ungerechterweise Äsop getötet hatten, die Gottheit grollte. Und deswegen habe die Pythía, so sagt man, ihnen geweissagt, für den Frevel an Äsop Sühne zu leisten. Denn so gottgeliebt war Äsop, daß man sagt, er sei [...] wieder ins Leben zurückgekommen" (zitiert nach Zenóbios[16)]).

Aber im *Zweiten Buche* seiner *"Rhetorik"* habe derselbe Aristotéles bei der Definition literarischer Gattungen das Genre der Fabel anhand des Aísopos behandelt und noch mit einem Wortlaut belegt, den dieser auf einer Volksversammlung schon in Sámos vorgetragen habe, um *"einen zum Tode angeklagten Volksführer"* so zu verteidigen:

"Männer von Sámos, laßt mich euch eine Fabel erzählen!

Einst wollte ein Fuchs einen Fluß überqueren. Aber die Strömung trieb ihn ab, und er geriet in eine Felsspalte, wo er festgeklemmt wurde.

Sofort stürzten sich von allen Seiten die Hundeflöhe auf ihn und plagten ihn grimmig.

Da strich ein Blutegel vorbei und fragte ihn mitleidig, ob er die Hundeflöhe entfernen solle.

Der Fuchs sagte: 'Nein!'

'Aber warum denn nicht?' fragte der Blutegel.

'Die sind schon vollgesogen', sagte der Fuchs, 'und zapfen mir nur noch wenig Blut ab. Wenn du aber diese wegnimmst, so werden andre kommen, die noch hungrig sind und dann den Rest meines Blutes trinken'.*

So wird auch dieser Mann, ihr Männer von Sámos, euch nur noch wenig schädigen, denn er ist bereits reich. Tötet ihr ihn aber, so werden andre kommen, die noch nicht reich sind, und euch ausplündern, indem sie das Staatsvermögen stehlen." [3]

Ob der Aristotéles da auch noch aus lerchenhaftem Gedächtnis oder schon Notiertes zitierte, ist nicht bekannt.

Aber was auf so hohem Niveau zwei Philosophen, ein Dramatiker, ein Bildhauër und ein Historiker, alle allerhöchsten Ranges, ohne jedes authentische Dokument nur durch ihr Lobpreis über ganze zwei Jahrhunderte jener Frühzeit hinweg bewahrt und gerettet hatten, wurde jetzt endlich auch offiziëll konserviert.

Denn

Demétrios von Pháleron (~ 350 – 280)

aus der Schule des Aristotéles war zehn Jahre lang, von 317 bis 307 vor Christos, der Prostátes von Athen: dessen Oberhaupt und insofern Staatsmann also ebenso wie auch Philosoph. Diese Mischung bewährte sich in einem Maße, daß die Athener ihm primär für die Steigerung ihrer Einkünfte 365 Standbilder, meist zu Pferde oder auf Zweigespannen, errichteten: für jeden Tag im Jahre eins. *"In so hohem Ansehen stand er"* [9].

Als sich jedoch nach einem ganzen Jahrzehnt seiner segensreichen Tätigkeit ein politischer Rivale gegen ihn erhob, verwandelte sich auch das *"Hosianna"* seiner Athener im Handumdrehen zu einem *"Kreuzige!"*, und sie verurteilten ihren Liebling flugs zum Tode.

Fast wäre da auch noch Ménandros, der namhafte Komödiendichter, vor Gericht gezogen worden: nur weil er ein Freund des Verurteilten war.

Der aber war da gottlob just auf Reisen und fand in Ägypten Asyl, wo er die aristotelische Philosophie importierte, ein wissenschaftliches Zentrum anregte und vom Diadochenkönig Ptolemaîos I. Soter in ehrenvollen Ämtern sei es des Staatsrechts, sei es der Legislative beschäftigt wurde.

Aber dessen Nachfolger verbannte ihn mißtrauïsch *"aufs Land"*, wo der Demétrios im dortigen Gewahrsam einem giftigen Schlangenbiß erlag: ob nun zufällig oder wohlinszeniert, hat bis heute nicht geklärt werden können.

In Athen hatte sich inzwischen längst der Volkszorn an seinen 365 Statuën abgekühlt, die niedergerissen, teils verkauft, teils ins Meer geworfen, teils aber auch zerschlagen und als Nachtgeschirre mißhandelt wurden. Der Kommentar des so Geschändeten soll gelautet haben:

"Aber nicht zertrümmert haben sie die Tugend, um derentwillen sie sie aufgerichtet hatten".

Die nämlich hatte der hochgebildete Demétrios in mindestens 45 Büchern mit breitest gestreuter Thematik hinterlassen. Eines davon enthielt die Sprüche jener *"Sieben Weisen"* in ihrem Wortlaut,

ein andres aber war nun endlich die Sammlung aisopischer Fabeln, deren Niederschrift und Bewahrung so um 300 vor Christos also diesem Demétrios von Pháleron zu danken ist. Sie dürfte wohl das erste Fabelbuch der griechisch-römischen Antike sein. Dabei ist unklar geblieben, ob der Demétrios philologisch oder kreativ zusammengetragen hat: ob er nur tradierte Fabeltexte kollagierte oder mündliche Überlieferungen bearbeitete oder aber auch eigene, neue *Aesopica* erfand.

Diese nunmehr publizierte Buchrolle trug auch zur Popularität der aisopischen Fabeln zunächst in Athen bei, wo bald schon die Schulkinder Lesen und Schreiben, aber auch die Fundamente der hellenistischen Moral anhand jener Fabeln des Aísopos erlernten. Folglich lebte das Volk mit ihnen, es streute sie allenthalben erfolgreich in seinen Alltag ein, Rhetoren und Historiker zitierten sie und machten sie auch zum beliebten Mittel ihrer politischen Streitigkeiten.

So wurde der Name des Aísopos schnell bei jedermann bekannt, und seine Fabeln waren folgerichtig einer der ersten Texte, die aus dem Griechisch der antiken Literaten auch in die Sprache des Volkes übertragen wurden und sie später zum Neugriechisch verwandelten.

Also war es nur noch schlüssig, daß undatierbar irgendwann ein *Volksbuch vom Philosophen Xánthos und seinem weisen Sklaven Aísopos* auf das 6. Jahrhundert vor Christos zurückgriff, später zum Äsop-Roman und so zu einer allerersten picaresken Erzählung mutierte. Mit vielen eingestreuten Fabeln wurde sie so zur Quelle all der zahllosen jüngeren Fabeldichter.

Schon um die Zeitenwende pflegte der Makedoniër

> ***Phaídros*** (*recte* Augustus Brutii Grantavus Phaedrus ad Teutonicii, ~ 20 vor Christos bis ~ 51 nach Christos),

der als Sklave nach Rom kam und hier vom Kaiser Augustus freigesprochen wurde, in fünf Büchern mit *circa* 150 Fabeln in der Tradition des Aísopos diese Gattung lehrhaft-satirischer Tiererzählungen in Kurzform nun auch in lateinischer Sprache und Metrik. Gleichwohl bediente er sich eines leicht verständlichen Stils, schrieb fürs Volk, machte seine Fabeln so zu autarkem Genre und beeinflußte dessen Weiterentwicklung noch weit bis in die sogenannte Aufklärung hinein.

So wurde hier aus dem griechischen *Aísopos*, der auch durch hellenistischen Schulunterricht eingebürgert wurde, der römische *Æsópus* (später auch noch der deutsche *Äsop*).

Aber auch dieser ebenso integrierte Phædrus selbst, der die æsopischen Originale aus der Sammlung des Demétrios um viele eigene Fabeln zu einer eigenständigen Gattung, dem *"Æsopi genus"*, anzureichern und allesamt undividierbar als *"Æsopische Fabeln"* herauszugeben trachtete, wurde wegen ihrer kritischen und satirischen Tendenzen mißdeutet und angefeindet, dann beneidet, verleumdet und denunziert, so daß er, verkannt und abgelehnt, in Armut und Enttäuschung um die Mitte des 1. Jahrhunderts nach Christos gestorben ist.

Etwa gleichzeitig aber wurde im westboiotischen Chairóneia der große antike Autor Plútarchos geboren. Im riesigen schriftstellerischen *Œuvre* dieses weitgereisten und hochgebildeten Popularphilosophen, der in seinem fünfzigsten Lebensjahre selbst in das Priesterkollegium im apollinischen Heiligtume von Delphoí aufgenommen wurde, finden sich sehr bewußte Versuche einer späten Wiedergutmachung dessen, was seine Vorgänger dort vor mehr als einem halben Jahrtausend am unvergessenen Aísopos-Æsópus verbrochen hatten.

In seinem *"Gastmahl der Sieben Weisen"* schildert er deren erwähnte Begegnung mit Aísopos beim Períandros in Korinth. Der gewitzte Fabulierer, hier auf der letzten Station seines Weges ins tödliche Delphi, wird in diesem elitären Kreise vermeintlicher Philosphen als gleichberechtigt anerkannt, vom großen Sólon gar gestreichelt und in eine Debatte über den *"besten Staat"* einbezogen, der er sich aber weise und festgeschrieben zu entziehen weiß: einen besten Staat also mochte es für ihn gar nicht geben. Stattdessen begründete er, warum er es ablehne, aus einem Becher speziëll des *"Allerweisesten"* zu trinken, und erzählt die Fabeln vom Maulesel, der sich für ein Pferd hielt, dann vom Wolf, der die Hirten ein Schaf schlachten sah: telepathische Voraussssicht seiner eigenen Ermordung?

Die *Sieben Weisen* räumten hier ein, daß die bekanntesten ihrer klugen Sentenzen schon in den Fabeln dieses greisen Aísopos vorzufinden seien.

Inhaltlich hieran schließt der Plútarchos in *"De sera numinis vindicta"* eine Schilderung der delphischen Hinrichtung dieses Weisen an. Er versucht zu begründen, zu erklären, zu verharmlosen und abzuschwächen, was zu entschuldigen aber auch ihm nicht möglich ist.

Dafür schildert er die Weisheit des Aísopos als so apollinisch, daß sein Tod daher später von diesem Gott gar persönlich gerächt wird. Das war als Thema also noch reichlich sechs Jahrhunderte später brisant und hat so zum unvergleichlichen Siegeszuge der Fabel als literarisch hochkarätiger Gattung entscheidend beigetragen.

Plútarchos selbst hat drei Bücher mit eigenen Fabeln verfaßt, die aber verloren sind, und noch in seiner römischen Rhetorenschule *"Æsopische Fabeln"* lehren, übersetzen und bearbeiten oder neu erfinden lassen, stand aber hiermit schon in einer lebendigen didaktischen Tradition von Diktaten, Nacherzählungen und Auswendiglernen, aber auch grammatischen und metrischen Exerzitiën.

Auch der anonym überlieferte Äsop-Roman, jene hellenistische Variante des Volksbuchs, trug bis in spätbyzantinische Zeiten ebenso wesentlich zur Volkstümlichkeit dieser Gattung bei wie auch noch die *Æsopica*, die mit 123 Fabeln in sogenannten Hink-Jamben von Valerius Bábrios, einem griechisch-syrischen Römer des 2. Jahrhunderts nach Christos, und mit 98 Fabeln in Prosa von einem Romulus stammen, der um 400 nach Christos eine ursprünglich griechische Sammlung aus dem 1. Jahrhundert noch vor Christos übersetzte und jeder weiteren Verbreitung von Fabeln die Basis lieferte.

Aber mehr noch wurden jene 42 eher didaktischen *"Fabulæ"* des Avianus, eines Römers um die Wende vom 4. zum 5. Jahrhundert, mit ihren elegischen Distichen und frei von allen satirischen Elementen zum Lehrbuch in mittelalterlichen Schulen oder Klosterbibliotheken quer durch Europa und in mehr als hundert Exemplaren populär namentlich in Spaniën und Frankreich (Marie de France um 1160), aber auch in Konstantinopel (Ignatios Diakonos, gestorben 878, und Iohannes Tzetzes, 1110-1180/5), schließlich gar in Deutschland: schon in Aachen am Hofe Karls des Großen (um 800).

Aber *anno Domini* 1349 dichtete der schweizerische Dominikaner Ulrich Boner hundert gereimte Fabeln schon in Berner Schwyzerdütsch (*"Der Edelstein"*), etwa zwanzig Jahre später der Kanonikus Gerhard von Minden gar eine niederdeutsche Fassung nach Romulus und Avianus: den *"Wolfenbütteler Aesop"* von 1370.

Den dauerhaften Durchbruch ins Deutsche erreichten die *Äsopischen Fabeln* freilich erst 1477/78, als der süddeutsche Boccaccio-Übersetzer und Ulmer Stadtarzt Heinrich Steinhöwel sie in einer Zusammenstellung abermals aus Romulus- und Avianus-Texten in Augsburg veröffentlichte und mit ihrer moralisierenden Volkstümlichkeit in ganz Europa viele Übersetzungen und

Auflagen erlebte. Noch bis heute greifen die meisten *"Äsopischen Fabeln"* in Schulbüchern oder Anthologiën auf diesen Steinhöwel zurück. Auch die Fabeln seines Straßburger Zeitgenossen Sebastian Brant (1457-1521), mehr noch Martin Luthers Sympathie für dieses Genre gehen auf ihn zurück.

Luther hielt äsopische Fabeln für voll von *"Nutz, Kunst und Weisheit"*, bei der Kindererziehung daher für unverzichtbar, übersetzte oder schrieb auch selbst gar viele, regte zu eigens evangelischen Fabelsammlungen an und schrieb 1530 seinem Freunde und Mitstreiter Philipp Melanchthon:

"Drei Tabernakel will ich hier in meinem Zion bauen:

einen für den Psalter,

einen für die Propheten

und einen für den Esop."

Das ging wirklich weit.

Luthers hessischer Schüler Erasmus Alberus, später Hofprediger in Berlin und Generalsuperintendent just in Neubrandenburg, stellte schon 1534 seine *"Etlichen Fabeln Esopi"* ebenso polemisch und zeitsatirisch in den Dienst religiöser Reformation wie 1548 sein konvertierter Landsmann Burkhard Waldis, Zinngießer in Riga, seinen populären *"Esopus"*.

Das Barock ließ den fränkischen Poëtiker Georg Philipp Harsdörffer (1607-1658) eine Theorie der Fabel als Lehrgedicht und den badischen Satiriker Ulrich Megerle (1644-1709) *alias* Abraham a Sancta Clara im Wiener Augustinerorden hierzu manches rhetorisch deftige Exempel verfassen.

Erst nunmehr gelang der antik aisopischen Fabel der Durchbruch in die Weltliteratur der Neuzeit. Hierfür bediente sie sich der Fantasie und Feder des Franzosen Jean de La Fontaine (16121-1695) aus der Champagne. In freiën Versen schrieb er 240 Fabeln nach Phædrus, mittelalterlichen Sammlungen und dem Aísopos persönlich, machte so *"das natürliche Reich unserer Triebe gesellschaftsfähig"*, aus der vorgefundenen Gattung ein ironisch ideologisches Florett und feiërte so auch in formaler Perfektion die epikureïsche Lust an vitalem Leben.

Den Impulsen seiner galanten Kleinkunst folgten

der Satiriker John Gay (1685-1732) aus Devonshire, sonst auch Händel-Librettist und Brecht-Lieferant (*"Beggars' Opera"*),

die Schweizer Schulfreunde Johann Jakob Bodmer (1698-1783) und Johann Jakob Breitinger (1701-1776) mit *"Fabeln aus dem Zeitpunkte der Minnesinger"* (1757) und den zeitkritischen Prosa-Epigrammen ihrer *"Fabeln"* von 1759,

der ostpreußische Poëtologe und Literaturpapst Johann Christoph Gottsched (1700-1766), der die Fabel *ex cathedra* zur literarischen Preziose erklärte,

der Hamburger Friedrich von Hagedorn (1708-1754) mit seinem brillanten *"Versuch in poetischen Fabeln und Erzählungen"* nach La Fontaine (1738),

der Engländer Edward Moore (1712-1757) mit seinen *"Fabeln für das weibliche Geschlecht"* (1744),

der Sachse Christian Fürchtegott Gellert (1715-1769) mit seinen nachwirkend einflußreichen und gereimten *"Fabeln und Erzählungen"* (1746-48), die noch Goethe als *"Fundament der sittlichen Kultur"* bezeichnete,

und der Anhaltiner Johann Ludwig Gleim (1719-1813), *"Anakreon des deutschen Rokoko"*, mit leichtfüßigen gereimten *"Fabeln"* nach La Fontaine und Gellert (1756 ff.).

Lessing schließlich (1729-1781) publizierte seine prinzipiëllen *"Abhandlungen über die Fabel"*, in denen er dieses Genre als erdichtetes *"Exempel der praktischen Sittenlehre"* mit *"moralischem Lehrsatz"* definierte. Das unterscheidet ihn freilich vom Aísopos mit dessen sehr viel breiterem Spektrum, das sich *"gerade nicht die Beschränkung auf eine bestimmte ideologische Aussage"* zum Ziele machte, sondern *"die Pluralität ihrer Perspektiven"* [8].

Vermutlich schon im 1./2. Jahrhundert hatte der griechische Rhetor Ailios Théon aus Alexándreia weiträumig definiert, was sein Kollege Aphthónios aus Antiócheia, selbst auch Fabulierer, runde dreihundert Jahre später in den

Theoriën seiner Rhetorenschule aufgriff:

> *"Eine Fabel ist eine fiktionale Erzählung, die eine Wahrheit abbildet"*.

Ihrer beider Nachfahre Lessing hingegen pries den Aísopos eher für dessen *"Präzision und Kürze, worin er ein so großes Muster war"*, daß er sie auch in seinem Leipzig allen Epigonen als *"allgemeine Regel"* hinterließ. Noch La Fontaine, *"dieses sonderbare Genie"*, habe deutlich gewußt, *"daß die Kürze die Seele der Fabel"*, deren *"vornehmster Schmuck"* es also sei, Franzose!, *"ganz und gar keinen Schmuck zu haben"*. Ihr Ziel sei Erziehung, ihr Mittel Satire. Seine eigenen *"Fabeln"* (auch 1759) folgten diesen Regeln, wurden aber von Bodmer in Zürich schon 1760 als *"unäsopisch"* attackiert.

In ihrem Sinne hingegen *"äsopisch"* dürfte wider diesen allzu strikten Aufklärer etwa des Aísopos eigene Fabel über die Zikaden gewesen sein:

> *"Ehe die Musen geschaffen wurden, waren auch die Zikaden Menschen.*
>
> *Als aber die Musen geschaffen waren und erstmals ein menschliches Lied singen hörten, waren einige so hingerissen, daß auch sie nur noch sangen. Sie sangen so begeistert, daß sie völlig zu essen und trinken vergaßen. Auf diese Weise aber richteten sie sich, ohne es zu bemerken, selbst zugrunde. Da erbarmte sich die Gottheit ihrer und verwandelte diese singenden Musen in Zikaden.*
>
> *Zikaden aber haben von ihren musischen Vorfahren die Gabe übernommen, ganz ohne Nahrung leben zu können. Ohne je zu essen und zu trinken, singen sie pausenlos bis zu ihrem Tode.*
>
> *Nach ihrem Tode aber eilen die Zikaden zu den Musen und berichten, wer von den Menschen eine Muse ehrt."* [3]

Goethe letztendlich,

der schon seinen Frankfurter Privatlehrer, den Gymnasialdirektor Doktor Albrecht, noch in *"Dichtung und Wahrheit"* als *"eine der originalsten Figuren von der Welt"* schilderte: *"klein, nicht dick, aber breit, unförmlich ohne verwachsen zu sein, kurz ein Äsop mit Chorrock und Perücke"*,

Goethe also hatte hierbei vielleicht jenes erstaunliche Porträt im Sinne, mit dem 1639/40 Diego de Silva y Velázquez alle Um- und Nachwelt überraschte: in seiner konkreten Vorstellung von der Physiognomie jenes Fabulierers vor mehr als zwei Jahrtausenden.

Dieses Ölgemälde von Velázquez, mit seinen 179 mal 94 Zentimetern *"fast in Lebensgröße"* [17], beeindruckt noch heute im *Museo del Prado* von Madrid als *"eine der tragischsten Gestalten"* [17] dieses Malers und scheint dem unorthodoxen englischen Kunsthistoriker John Berger gar *"mit seinem grauen Haupt und seinem starren fixierten Blick"* als das Spiegelbild eines Geschichtenerzählers:

"Alles, was er gesehen hat, vertiefte seinen Sinn für die Rätsel des Lebens: Für diese Rätsel findet er Teilantworten – jede Geschichte ist eine Antwort, aber jede Antwort, jede Geschichte wirft eine weitere Frage auf, und so kommt er nie zum Ziel, und das hält seine Neugier wach" [17].

Lessing dürfte also dieses Abbild des Aísopos eher unbekannt geblieben sein. Goethe vielleicht nicht. Denn er begreift ja die Physiognomie jenes seines *"über siebzigjährigen"* Pädagogen, *"der überhaupt den Sonderling und zwar in einer auffallenden Weise spielte"*, also wohl recht unangepaßt war, *"durchaus zu einem sarkastischen Lächeln verzogen,*

wobei seine Augen immer groß blieben und, obgleich rot, doch immer leuchtend und geistreich waren" [18].

Berger zu den aisopischen Augen bei Velázquez:

"sie beobachten, und es entgeht ihnen wenig, aber sie reagieren nicht mit einem Urteil. Dieser Mann ist weder Schauspieler noch Richter", sondern *"blickt auf die Welt wie auf etwas, das er hinter sich gelassen hat, und sie zu verlassen, hat ihm ein gewisses Vergnügen bereitet"* [17].

Goethe über seinen so aisopischen Schulmeister:

"Seinem Naturell, das sich zum Aufpassen auf Fehler und Mängel und zur Satire hinneigte, ließ er [...] freien Lauf", ging aber *"niemals direkt zu Werke, sondern schraubte nur mit Bezügen, Anspielungen, klassischen Stellen und biblischen Sprüchen auf die Mängel hin"*. Solche Kritik wurde *"öfters aber durch ein hohles bauchschütterndes Lachen unterbrochen, womit er die beißenden Stellen anzukündigen und zu begleiten pflegte"* [18].

Alles das mag den sechzigjährigen Goethe, als er diesen ersten Teil seiner Autobiografie notierte, samt und sonders an den Aísopos erinnert haben, wie er ihn sich, mit oder ohne Velázquez, denken mochte, seitdem er ihm spätestens sechzehn- bis neunzehnjährig als Student in Leipzig begegnet war, als die ganze literarische Szene dort Fabeln schrieb.

Namentlich von Bodmer und Breitinger sollte damals unter allen *"Dichtungsarten*

diejenige, welche die Natur nachahmte, sodann wunderbar und zugleich auch von sittlichem Zweck und Nutzen sei",

unter allen andern *"für die erste und oberste gelten"*. Dieser Lorbeer wurde schließlich,

"mit höchster Überzeugung, der Äsopischen Fabel" zugeteilt

und hatte damit *"auf die besten Köpfe den entschiedensten Einfluß"*. Daß Gellert, Magnus Gottfried Lichtwer, *"selbst Lessing"* und *"so viele andere ihr Talent dahin wendeten, spricht für das Zutrauen, welches sich diese Gattung erworben hatte"* [18].

Auch Goethe selbst stellte sich bisweilen in den Dienst an diesem Genre und bezeichnete gar als Greis noch in *"Wilhelm Meisters Wanderjahre"* eine seiner eigenen eingestreuten Novellen ganz im Sinne Lessings wie auch jener antiken Nutzanwendung (*"fabula docet"*) just so:

"Da nun jede Fabel eigentlich etwas lehren soll ..." [19] .

Hiermit folgten ihm später sein jüngerer Zeitgenosse Iwan Andrejewitsch Krylow (1768-1844) in Sankt Petersburg in zwei Bänden mit insgesamt 220 Fabeln, auch das deutsche Biedermeier, auch Wilhelm Grimm, noch später Wilhelm Busch, und im 20. Jahrhundert erprobten sich bisweilen gar mit ei-

genen Spielarten dieser aisopischen Gattung so meisterliche Autoren wie
Bertolt Brecht und Franz Kafka.

Deren Zeitgenosse, der wilhelminische Altphilologe Otto Crusius (1857-
1918) gar aus Nietzsches weiterem Umfeld, hatte dieses Genre anno 1895
auf zeitgemäß merkantile Weise so gefeiert:

*"Fabeln spielen in der Weltliteratur dieselbe Rolle wie das Getreide im
Weltverkehr"* [20].

Trotzdem erschien in deutscher Sprache die erste Ausgabe mit allen 231 Fabeln jener *"Collectio Augustana"* aus dem 1. oder 2. Jahrhundert (notiert im
14. Jahrhundert) erst 1978 in einer Übersetzung von Johannes Irmscher
beim Berliner *Aufbau-Verlag* der bereits kränkelnden *Deutschen Demokratischen Republik*: aber auch da noch immer unerschütterlich als *"Die Fabeln
des Äsop"*.

Produkt und Autor scheinen auch hier noch für immer und ewig eine Einheit
zu bilden: untrennbar, undividierbar. Fabeln sind nun schon zweitausendfünfhundert Jahre lang unweigerlich äsopisch, und der Name Äsop ist seit
eben denselben zweitausendfünfhundert Jahren nichts anderes als der große
oder größte Fabeldichter. Sie sind ein und dasselbe in alle Ewigkeit Amen.

Wer zu seinen Lebzeiten aber Priester im Heiligtum von Delphi war, weiß
längst niemand mehr. Kein Name ist da überliefert, da sei Gott auch vor!

So – und alles das nun, was da zwischen dem pseudo-rituëllen Meuchel-
morde in Delphi einerseits und beispielsweise Brecht, Kafka und Crusius
andererseits geschehen oder überwältigend vielfältig fabuliert worden ist:

ist alles das nun mehr als ein anderer neubrandenburgischer Paul-Abraham-
Weg?

Historisch gesehen, bestimmt. Aber ob auch der Aísopos das auf dem Wege
zur Vollstreckung jenes Klerikalmordes von Hyámpeia so hat voraussehen
können? Immerhin versuchte er, seine Schergen nicht zuletzt mit einer Fabel wie dieser abzulenken und umzustimmen:

"Höret mich, Brüder aus Delphi!

Ein Adler verfolgte einst einen Hasen.

Da der Hase sonst nirgendwo Helfer erblickte, wandte er sich schutzflehend an einen Mistkäfer. Dieser sprach ihm Mut zu und bat den Adler, ihn wegen seiner Kleinheit nicht zu verachten: er möge aber bitte das göttliche Schutzrecht achten, beim Zeus!

Der Adler aber wurde zornig, warf den Mistkäfer mit einem einzigen Flügelschlage zur Seite, packte den Hasen und verzehrte ihn.

Doch der Mistkäfer verkroch sich im Gefieder des Adlers und ließ sich so zu dessen Gelege tragen. Dort kroch er in das Nest und wälzte die angebrüteten Eier des Adlers über den Rand des Horstes. Sie fielen zur Erde und zerbrachen.

Der Adler litt unter diesem Verlust seiner Brut und baute sein nächstes Nest an einem noch höheren Platze.

Aber auch dorthin flog ihm der Mistkäfer nach und vernichtete wiederum den Nachwuchs.

Nun war der Adler ratlos, flog hinauf zu Zeus persönlich und flehte den an: 'Schon zum zweiten Male bin ich meiner Brut beraubt worden. Nun vertraue ich sie dir an, damit du sie behütest'.

Sprach's und legte seine Eier auf die Knieë des Göttervaters.

Der Mistkäfer aber rollte eine Kugel aus Mist zusammen, flog in den Himmel und ließ sie dem Zeus da von oben ins Gesicht fallen.

Zeus sprang auf, um diesen Kot aus seinem Götterantlitz abzuschütteln.

Dabei dachte er nicht an die Adlereier auf seinen Knieën: sie fielen zur Erde und zerbrachen.

Jetzt aber erzählte der Mistkäfer dem Göttervater, wie der Adler gegen seine himmlischen Gesetze gefrevelt hatte: 'denn obgleich ich ihn beim Zeus beschworen hatte, tötete er einen Schutzflehenden. Darum werde ich jetzt nicht ruhen, bis ich sein ganzes Geschlecht ausgerottet habe'.

Das ergrimmte Zeus gegen den Adler, und er sagte ihm: 'Zurecht hast du deine Kinder verloren. Das ist die Rache des Mistkäfers.'

Weil er aber doch nicht wollte, daß die Adler aussterben, riet er dem Mist-
käfer, sich mit dem Adler zu versöhnen. Da der das aber hartnäckig ver-
weigerte, verkürzte Zeus die Brutzeit des Adlers auf jene wenigen Monate,
in denen die Mistkäfer nicht auszuschwärmen pflegen.

Mißachtet also auch ihr, ihr Männer von Delphi, nicht den Gott, in dessen
Heiligtum ich gerettet zu werden bitte.

Denn wenn ihr gegen ihn frevelt, wird er es nicht ungeahndet lassen." [3]

So mag der Aísopos vorausgesehen haben, in welchem Götterausmaß seine
Ermordung geahndet werden könnte.

Aber ob er das dann auch noch in den wenigen Sekunden zwischen dem
Schubs jener geistlichen Mörder und seinem Aufprall so empfinden konnte:
als Wiedergutmachung, Entschädigung und Trost?

(Quellen und Anmerkungen zu diesem Kapitel auf Seite 580 f.)

"Gemordet habt ihr, gemordet
Den Künder der Weisheit,
Der Musen Nachtigall, die keinem ein Weh tat."

Euripídes, 70: *"Palamédes"*, 415 vor Christos

"Wer darf das Kind beim rechten Namen nennen?
Die wenigen, die was davon erkannt,
Die töricht g'nug ihr volles Herz nicht wahrten,
Dem Pöbel ihr Gefühl, ihr Schauen offenbarten,
Hat man von je gekreuzigt und verbrannt."

Goethe 59: *"Faust. Der Tragödie Erster Teil"*, 1808

"Das zukünftige Jahrhundert wird über uns urteilen,
denn das gegenwärtige kreuzigt immer seine Wohltäter;
dann aber erwachen sie wieder nach drei Tagen
oder nach drei Jahrhunderten."

Tommaso Campanella, 69: Brief vom 6. Juli 1638 aus Paris
an Ferdinando II. de' Medici, 27, Großherzog der Toscana, in Florenz

"On tue les poètes
Pour les citer après."

Paul Verlaine (1844-1896)

"Du wächst wie alle, die vergessen sind."

Paul Celan, 32: *"Vom Blau ... "*, 1952

ФЁДОР МИХАЙЛОВИЧ ДОСТОЕВСКИЙ
FJODOR MICHAILOWITSCH DOSTOJEWSKIJ

Er kam im Jahre 1821 an unserm 11. November im selben Moskowiter Krankenhaus zur Welt, in dem sein adliger Vater trotz familiär exotischer Herkunft aus dem Dorfe Dostojewo an der hinterwäldlerisch polnisch-litauïschen Grenze als *Leitender Arzt* so angesehen war, daß er, wenn auch mit Hilfe seiner parallelen Privatpraxis und einer vermutlich neurotischen Sparsamkeit, nicht nur sieben Kinder großzuziehen, sondern 1831 in der zentralrussischen Oblast Tula, zweihundert Kilometer südlich von Moskau, auch noch die beiden Landgüter Darowoje und Tschermaschnaja zu kaufen vermochte.

Ebendieser patriarchale Michail Andrejewitsch aus ukraïnischer Priesterfamilië war nämlich schon als fünfzehnjährig bettelarmer Flüchtling nur aus eigenen Kräften ein fleißiger Medizinstudent an der Moskauer Universität, 1812 ein Militärarzt im Kampfe gegen Napoleon und hiernach im Moskauër Militärhospital, 1820 schließlich eine Art Ober- oder Chefarzt in jener Mariënklinik des Stadtteils *Ubogij dom* geworden, der in einem Moskauër Randbezirk lag und fast nur von Armen bewohnt wurde.

Hier wuchs auch sein Söhnchen Fjodor auf und mag da schon früh das Material für manchen Roman gesammelt haben.

Vater Michail Andrejewitsch freilich, der 1825 einen Verdienstorden erhielt und 1830 seinen angestammten Adel auch ins Verzeichnis der erblichen Moskowiter Aristokraten eintragen lassen durfte, achtete umso despotischer auf eine strenge und ehrgeizig elitäre Erziehung seiner Kinder. Religions- und Französischlehrer ließ er ins Haus kommen, aber schon den Elementar-, gar den Lateinunterricht übernahm er persönlich in aller geboten pedantischen Akribie. Abends las er aus der russischen Geschichte vor. Die Pädagogik dieses jähzornig unkonzilianten und militanten Erziehers bestand aber gleichwohl ausschließlich aus konstruktiver Unterrichtung und Bildung seiner Kinder: ohne Strafaktionen, ohne Züchtigungen.

Fürsorge und Zuwendung ergänzte er sommers durch einen Feriënaufenthalt auf einem seiner Landgüter. Zu ihnen gehörte jeweils auch ein Dorf mit siebzig Einwohnern, die ihm leibeigen unterstanden: als seine Sklaven quasi. In deren überraschend liebevoller, gütiger Mitte entstand die später literarisch dokumentierte Zuneigung des kleinen Fjodor zum "einfachen Volke". Er mischte sich unter sie, half ihnen bei der Arbeit, unterhielt sich mit ihnen und erntete eine Liebe, wie er sie so noch nicht kannte.

Sonderlich das Februar-Kapitel in seinem *"Tagebuch eines Schriftstellers"* von 1876 schildert anrührend die Erinnerung noch des sibirischen Strafgefangenen, wie vor zwanzig Jahren dort in Darowoje der pflügende Bauër Marej jene panische Kinderangst des Neunjährigen vor Wölfen beschwichtigte:

"Besonders an seinen dicken erdbeschmutzten Finger erinnerte ich mich, mit dem er behutsam, wie mit schüchterner Zärtlichkeit meine zuckenden Lippen berührte [...] ; selbst wenn ich sein eigener Sohn gewesen wäre, hätte er mich nicht mit innigerer Liebe und wärmerem Blick ansehen können, wer aber hieß ihn das tun? Er war unser leibeigener Bauer und ich doch immerhin der Sohn seines Besitzers; niemand würde es erfahren, daß er so mütterlich zu mir gewesen war, niemand ihn dafür belohnen. [...] Die Begegnung geschah in der Einsamkeit, auf freiem Felde, und nur Gott allein hat vielleicht von oben zugesehen, mit wie tiefem und allwissendem Menschengefühl, mit wie spürsinniger, nahezu weiblicher Zärtlichkeit das Herz manch eines tierisch unwissenden, leibeigenen russischen Bauern erfüllt sein kann, eines Bauern, der doch damals von seiner Befreiung noch nicht einmal träumen konnte" [1] .

So väterlich liebevoll also aus Kinderängsten befreit, wurde Fjodor von seinem leiblichen Vater ins zivilisiertere, kulturelle, elegante Sankt Petersburg ausquartiert, als er sechzehn war. Denn kurz zuvor war da dem Fünfzehnjährigen seine 37jährig schwindsüchtige Mutter gestorben.

Der Trauërnde wurde kurz danach durch die verzögerte Nachricht vom rezenten Duëll-Tod seiner angehimmelten Ikone Puschkin tief getroffen:
"Wenn wir nicht selbst einen Trauerfall in der Familie hätten", gestand die Halbwaise ihrem Lieblingsbruder Michail, *"würde ich Vater um Erlaubnis bitten, Trauer für Puschkin tragen zu dürfen"* (zitiert nach [2]). Die Literatur hatte ihn also da schon infiziert. *"Wir dachten nur an Poesie und Dichter.*

Mein Bruder schrieb Verse [...] , ich aber arbeitete im Geiste an einem Roman aus dem venezianischen Leben"[1].

Nun aber brachte ihr kinderreich verwitweter Vater diese beiden ältesten Söhne außer Haus: Fjodor auf den Freiplatz eben einer Petersburger *Militärischen Hauptingenieurschule* nur für Adlige. Dort trug er keinerlei Trauёr, sondern Uniform. Militärischer Drill umgab den Unterricht in Mechanik, Physik, Geometrie, Artillerie und Festungsbau:

"Ich bewege mich", schrieb er dem Bruder da in dessen Revalenser Diaspora, *"in einer kalten, polaren Atmosphäre, wohin kein Sonnenstrahl vorgedrungen ist"* (zitiert nach [2]).

Aber diese Schule eröffnete ihren Absolventen den Zugang entweder in ein Garderegiment oder aber in die Karriёre eines Zivilingenieurs: zu klingenden Titeln und Ehrungen also und einem Begräbnis später der *Ersten Klasse*. Nur sowas zählte.

Inzwischen hatte der väterliche Witwer seine medizinischen Tätigkeiten aufgegeben, um sich nur noch der Verwaltung seiner Landgüter Darowoje und Tschermaschnaja zu widmen. Aber ohne jede Sicherheit eines monatlich pünktlichen Salärs wuchs sich seine manische Sparsamkeit zu neurasthenischem Geiz aus, der im Verbund mit Existenzangst seine Zuflucht in Alkoholismus suchte und zur Sucht entartete. Vollends Dürre und Mißernten, Bodenerosionen, Grenzstreitigkeiten und eigene Erkrankungen machten das Maß voll und aus dem gewohnt cholerischen Despoten inmitten und oberhalb von Leibeigenen einen überreizten Berserker, der keine Mißhandlung scheute.

Seine Leibeigenen nahmen das hin. Sie nahmen es hin, solange es irgend hinzunehmen war. Dann schlugen sie eines Tages zurück. Sie schlugen zu und schlugen ihn tot. Fünfzehn seiner Bauern schlugen ihren Herrn im Juni 1839 auf dem Wege von einem seiner beiden Güter zum andern auf halber Strecke zwischen Darowoje und Tschermaschnaja zusammen und erstickten ihn dann vollends mit den Kissen seiner herrschaftlichen Kutsche.

Ob unter diesen Mördern auch jener gütige Bauёr Marej war, steht dahin.

Fjodors jüngerer Bruder Andrej hat später in seinen *"Erinnerungen"* wiedergegeben, was ihm die Kinderfrau als Augenzeugin berichtete:

"Aus der Stadt Kaschira kamen Kriminalbeamte. Das erste, was sie wissen wollten, war, wieviel Geld die Muschiks zahlen konnten, um das Verbrechen zu verbergen. Daraufhin übergaben die Leibeigenen den Beamten eine stattliche Summe Geld, die sie zufriedenstellte" (zitiert nach [2]).

Zwei Ärzte dürften hiervon hinlänglich honoriert worden sein, um ihrem erschlagenen Kollegen einen Schlaganfall als Todesursache zu diagnostizieren. Die restliche Familië mit ihren fünf minderjährigen Kindern kuschte schleunigst. Denn andernfalls hätte eine Verurteilung der Leibeigenen sie der benötigten Landarbeiter beraubt und ihre beiden Güter in den Konkurs getrieben.

Von den fünfzehn Mördern kam daher niemals einer vor Gericht.

Aber der inzwischen siebzehnjährige Fjodor, dem später auch noch seine wohlhabende, aber psychotisch geizige Schwester Warwara von ihrem allzu bedürftigen Hausknecht ermordet wurde, fand sich durch den grausamen Verlust seines Vaters nicht nur als Doppelwaise wieder, sondern auch lebenslänglich traumatisiert.

Was ihn hierbei so schockierte und unheilbar belastete, war freilich nicht die Schuld von schuldig gewordenen Leibeigenen. Ihn trieb vielmehr runde vierzig Jahre lang die Schuld der Leibeigenschaft oder jeder Unterdrückung und Verarmung um, die sonderlich liebenswerte und gütige, sonderlich humane Menschen zu Bestiën machen konnte. Denn die Mörder seines Vaters waren zugleich die herzlichsten, hilfsbereitesten und liebevollsten Freunde, denen er bislang begegnet war. Sein Weltbild taumelte.

Fjodor erlitt einen ersten nervösen Kollaps.

Trotzdem setzte er seine doppelte Ausbildung fort, wurde 1841 Feldingenieurfähnrich und bestand 1842 sein Leutnantsexamen. Er wurde auch in die obere Offiziersklasse versetzt, beëndete 1843 dieses ungeliebte Studium und wurde beim militärischen Ingenieursdepartement in der Abteilung für *Technisches Zeichnen* angestellt. Diese Tätigkeit setzte er bis 1845 fort.

Dann schrieb er seinem Bruder:

"Ich bin um meine Entlassung eingekommen, weil ich eben darum eingekommen bin, das heißt, ich schwöre Dir, daß ich nicht länger dienen konnte. Ich bin meines Lebens nicht froh, wenn ich meine beste Zeit umsonst verlie-

ren soll. Die Sache ist die, daß ich ohnehin niemals die Absicht hatte, lange beim Militär zu bleiben. Mache Dir meinetwegen keine Sorge. Ich werde bald mein Brot finden. Ich werde höllisch arbeiten. Jetzt bin ich frei ... " (zitiert nach [3]).

Wirklich hatte er 22jährig den Entschluß gefaßt, sein Leben als Schriftsteller zu verbringen. Gleich seine erste Arbeit war ein Roman, der 1846 erschien und den er *"Bjednyje ljudi"* nannte:

"A r m e   L e u t e ".

Er beschreibt die Unterdrückung der Unterprivilegierten.

Die allgemeine Resonanz war gewaltig: *"Über die Armen Leute spricht halb Petersburg"* (zitiert nach [2]), und der 24jährige erlebte, was ein großer Erfolg, was Öffentlichkeit, was Ruhm, was Prominenz ist:

"Überall begegne ich einer unglaublichen Hochachtung", berichtete er dem Bruder, *"alle betrachten mich wie ein Wunder [...] , so daß ich jetzt von meinem eigenen Ruhm ganz berauscht bin"* (zitiert nach [3]).

Diesen Rausch mochte er noch im selben Jahr mit seiner Novelle *"Dwojnik"* zu steigern versuchen: *"Der Doppelgänger"*. Natürlich mißlang das. Schon spottete die Kritik, *"mit diesem neuen Genie sei man hereingefallen"* (zitiert nach [3]).

Von 1846 bis 1848 folgten neun weitere Erzählungen, hierbei auch *"Weiße Nächte"*. Keine von ihnen gefiel noch. Sie enttäuschten sogar. Denn sie beschrieben die Not der Armen und Unterdrückten. Sie verurteilten russische Zustände. Das war unbeliebt.

Der verwöhnte junge Autor erfuhr leibhaftig, was Mißerfolg bedeutet. Verzweifelt, schuldbewußt und krank irrte er durch Sankt Petersburg, diese *"ausgedachteste Stadt der Welt"*, diese *"Stadt der Wahnsinnigen"* (zitiert nach [2]), in der ihm alles irreal und scheinhaft vorkam. Die Vereinsamung würgte ihn.

Drei tiefe Erschütterungen also waren es, mit denen in der Seele dieser ratlos irrende junge Poët in eine Kommune mit vier Studenten zog: Rausch des

Erfolges, Depressionen im Mißerfolg und die Verwandlung seiner liebsten Menschen zu bestialischen Mördern nur durch äußere Erniedrigung.

Zu diesen Kommunarden, mit denen er auf seiner Suche nunmehr die *"Assoziation"* einer *"Gesellschaft humanistischer Kosmopoliten"* gründete, gehörten auch die beiden jüngeren Gebrüder Bjeketow, später bedeutende Naturwissenschaftler.

Andrej und Nikolaj Bjeketow waren frühe Sozialisten im Gefolge Saint-Simons und namentlich Fouriers, dieses radikalen Gesellschaftskritikers und fantastischen Utopisten. Aber jede Revolution gegen den russischen Polizeistaat jener Jahre sahen sie *"noch in rosigstem und paradiesisch sittlichem Licht"*, beschrieb das Dostojewskijs *"Tagebuch eines Schriftstellers"* noch drei Jahrzehnte später, 1873:

"Alle diese damaligen neuen Ideen gefielen uns in Petersburg ungeheuer, erschienen uns als im höchsten Grade heilig und sittlich und vor allem allmenschlich, erschienen uns als das zukünftige Gesetz der ganzen Menschheit ohne eine Ausnahme".

Auch Dostojewskij erglühte damals für solche Ideën. *"Noch nie war in mir solche Klarheit, solch innerer Reichtum"*, schwärmte er seinem Bruder vor: *"Ich verdanke dies in hohem Grade meinen guten Freunden: Bjeketow, Saljubezkij und den anderen, mit denen ich lebe. Es sind tüchtige, kluge Menschen mit feiner Herzensbildung und edlem, festem Charakter. Der Umgang mit ihnen hat mich geheilt"* (zitiert nach [2]).

Diese Heilung bestand auch in seinem baldigen Anschluß an einen Kreis, der sich nach Michail Wassiljewitsch Butaschewitz-Petraschewskij, seinem adligen Begründer, Mittelpunkt und *spiritus rector*, benannte.

Dieser Petraschewskij gehörte keineswegs zu jenen akademisch oppositionellen Zirkeln, wie sie an der Petersburger Universität damals einen Gegentyp zum eher deutschen *"Dorpater Muster"* bildeten, das überwiegend aus korporativem Kneipen und Duëllieren bestand.

Nein, Petraschewskij war kein ungeduldiger Student, sondern höherer Beamter im zaristischen Außenministerium, wo er mühelos jene konfiszierten Publikationen des westeuropäischen Auslands mit ihrem politischen Gift entführen konnte, um sie im Kreise seiner Anhänger zu verteilen, der aus

Lehrern, Offizieren, Literaten, Juristen, Historikern und Studenten verschiedenster Couleur, aber lauter Regierungskritikern bestand, sich jeden Freitag in Petraschewskijs Salon versammelte und dort auch in der großen Bibliothek des Gastgebers aus indizierten Büchern informierte.

Meist wurde eingangs ein Referat gehalten und im Anschluß diskutiert. Man brandmarkte all die aktuëllen Rück- und Mißstände Rußlands, namentlich die Leibeigenschaft, war da aber geteilter Meinung. Man erörterte auch Umsturzpläne, aber rein verbal. Dostojewskij hat noch Jahrzehnte später bekräftigt, daß da *"natürlich keine Rede war von Attentaten"* [1].

Terrorismus, wie er nahe gelegen hätte, war auch bei diesen Radikalsozialisten, Atheïsten und Anarchisten im Rußland von 1848 noch unvorstellbar. Ihre Opposition blieb rhetorisch und theoretisch. *" 'Ungeheuer' und 'Spitzbuben' gab es unter uns 'Petraschewzen' nicht einen"*, rechtfertigt Dostojewskijs *"Tagebuch eines Schriftstellers"* 1873 diese pseudo-verschwörerischen Umtriebe:

"Daß viele von uns [...] gebildete Menschen waren, das wird wohl auch niemand bestreiten. Doch mit dem bekannten Zyklus von Ideen und Begriffen, die sich damals in der jungen Gesellschaft stark verwurzelt hatten, den Kampf aufzunehmen, dazu war von uns zweifellos kaum jemand imstande. Wir waren mit den Ideen des damaligen theoretischen Sozialismus infiziert. Den politischen Sozialismus gab es damals noch nicht in Europa".

Zu den effektivsten Leistungen dieses Kreises gehörte daher ein *"Taschenwörterbuch ausländischer Worte, die in den Bestand der russischen Sprache eingegangen sind, hg. von N. Kirillow"*. Es diente indirekt der Verbreitung sozialistischer und materialistischer Ideën und wurde von einem Beamten des Innenministeriums als staatsgefährdend durchschaut: *"Der Herausgeber hat die Dreistigkeit gehabt, eine unendliche Vielzahl von Wörtern zu drukken, die erfüllt sind von dem Gift des* Sozialismus *und* Kommunismus, *die es in der russischen Sprache nicht gibt und die die Errichtung der Freiheit und die Vernichtung des Privateigentums zum Ziele haben"* (I. I. Liprandi, zitiert nach [4]).

Dostojewskij war diesem Kreise, der sich seit 1845 traf, schon 1846, also als 24jähriger Erfolgsautor, beigetreten. Angelockt fühlte er sich primär durch den angesagten Kampf gegen alle Leibeigenschaft.

Freilich konnte er deren Überwindung nicht von den Theoriën des westeuropäischen Sozialismus erhoffen wie viele andere Mitverschworene, sondern einzig vom russischen Volke selbst, dessen Dorfgemeinschaften, Arbeiter-, Produktions- und Konsumgenossenschaften oder steuërpolitische "Kollektivbürgschaften" ihm schon erste Potentiale und *"längst solidere und normalere Grundlagen der Gesellschaft als alle Träumereiën St. Simons und seiner Schule"*[5] zu verheißen schienen. In Letzteren ahnte er vielmehr eine zweite, konträre Bedrohung der Entrechteten.

Also überraschte er die revolutionär gestimmte Versammlung bisweilen mit der jähen Verlesung von Puschkin-Versen:

"Werd' ich mein Volk in Freiheit schaun, ihr Freunde?
Werd' ich die Knechtschaft von ihm fallen sehen
Auf einen Wink des Zaren?" (zitiert nach [5]),

aber auch

"Seh ich einst frei mein Volk? Wann lösen sich die Bande
Der schnöden Sklaverei, weil es der Zar gebot?
Wann endlich steigt empor ob meinem Vaterlande
Der wahren Freiheit schönes Morgenrot?" (zitiert nach [3]).

Im Übrigen war Dostojewskij kein allzu aktives Mitglied dieser *"Petraschewzen"*. Er kam nicht eben häufig und wurde von dortigen Augenzeugen als *"stiller, bescheidener und [...] sehr sympathischer junger Mann geschildert: sein Gesicht habe den Eindruck von Kränklichkeit gehabt, und er habe stets wenig und leise gesprochen. 'Wir alle sahen in ihm einen weichen, nervösen Menschen, fähig der zartesten Empfindsamkeit' "*[5].

Andere sahen gerade in alledem die Symptome des *"geborenen Verschwörers"*: er sei *"schweigsam gewesen, habe das Gespräch unter vier Augen bevorzugt und sich eher verschlossen als offenherzig gezeigt."* Zudem sei er *"bei Gelingen des Umsturzes zu einem hervorragenden Posten ausersehen"* oder *"für die zur Propaganda geeignetste Persönlichkeit gehalten worden – gerade seines leidenschaftlichen Naturells wegen, das auf die Hörer stets einen erschütternden Eindruck gemacht habe"*[5].

J. M. Debout, einer dieser mitverschworenen *"Petraschewzen"*, hat berichtet, wie Dostojewskij *"von einem Feldwebel des Finnischen Regiments er-*

*zählte, der Spießruten habe laufen müssen, weil er sich an seinem Kompa-
niechef für dessen barbarisches Benehmen gerächt habe, oder wie die Guts-
besitzer mit ihren Leibeigenen umgehen"* (zitiert nach [5]).

Dennoch stand Dostojewskij dem dezidierten Sozialismus der meisten "Petraschewzen" skeptisch und kritisch gegenüber. Zu ihrer aller Verwunde-
rung oder Ärger ging er auch während seiner Mitgliedschaft in diesem A-
theïstenzirkel unbeïrrt zum Beispiel zur Osterbeichte oder zum Abendmahl
der Ostermesse. Am meisten nämlich stieß ihn in diesem Rebellenkreise
jene plakative Gottesleugnung ab, die zumal sein Anführer ebenso *"provo-
zierend zur Schau"* trug wie auch langen Rauschebart und Hut mit pompöser
Krempe: *"wie ein Narr"* (zitiert nach [5]).

Noch mehr jedoch verstimmten Dostojewskij da der hemmungslose Opportunismus dieses ministeriëllen Rädelsführers, aber auch dessen *"sophisti-
sche Publizistik"* [5] und jene *"offene Verachtung"*, die er mit seiner polnischen Herkunft für alles Russische an den Tag zu legen liebte.

Summarisch vermochte alles das den inzwischen 27jährigen Dostojewskij
nur selten, den freitäglichen *jour fixe* bei Petraschewskij zu frequentieren.

Aber an einem Freitag im März 1849 kam er und verlas vor all den Ver-
schwörungswilligen eine Abschrift jenes Briefes, den

Wissarion Grigorjewitsch Bjelinskij (1811-1848)

schon am 3., unserm 15. Juli 1847 an Gogol geschrieben hatte.

Dieser Bjelinskij, damals 36jährig, aber trotz seines schwedisch-finni-
schen Geburtsorts Sveaborg schon unstrittig alleroberste Instanz der
literarischen Szene Rußlands, war primär selbst ein Opfer.

Als Sohn gleichfalls eines Militärarztes war er überwiegend in
Tschembar aufgewachsen, das *circa* siebenhundert Kilometer südöstlich von Moskau zur noch-europäischen Oblast jenes Pensa an der
mittleren Wolga gehört, wo später das Arsenal aller Chemischen
Waffen der Sowjetunion gelagert und verscherbelt, aber auch ein Bje-
linskij-Park angelegt wurde und das irgendwann aus *Tschembar*
wahrhaftig eben zu *Bjelinskij* mutierte: seinem Sohn und Begründer
der soziologischen Literaturkritik zu Ehren.

Der war freilich schon vierzehnjährig aufs Gymnasium nach Pensa und achtzehnjährig auf die Universität nach Moskau gegangen. Dort aber schrieb der Neunzehn-, Zwanzigjährige im Winter 1830/31 auch ein eigenes Drama: *"Dimitrij Kalinin"*.

Es verarbeitete, was der junge Wissarion bei den Gutsbesitzern in Tschembar und Pensa beobachtet hatte: bestialische Versklavung der Leibeigenen, rücksichtslose Willkür der Herrschaft. *"Wer schuf dieses unheilvolle Recht"*, ließ er seinen Titelhelden da fragen, *"daß es den einen Menschen erlaubt, den Willen anderer, ihnen gleicher Wesen ihrer Macht unterzuordnen, ihnen den heiligen Schatz – die Freiheit zu nehmen?*

Wer hat ihnen erlaubt, der Natur- und Menschenrechte zu spotten? Der Herr darf zum eigenen Vergnügen oder zur Zerstreuung seinem Sklaven die Haut vom Leibe ziehen; er darf ihn wie ein Stück Vieh verkaufen, darf ihn gegen einen Hund oder eine Kuh tauschen, ihn fürs ganze Leben von Vater und Mutter trennen und von allem, was ihm lieb und wert ist" (zitiert nach [4]).

Dieses Drama gegen ein *"Land der Herren und der Knechte"* wurde vom Zensurkomitee als *"unsittlich und die Universität entehrend"* bezeichnet.

Bjelinskij wußte, was ihm damit drohte: Verbannung nach Sibiriën, Zwangsarbeit, Militärdienst, Enteignung.

Noch allzu unvernarbt war damals nämlich das Schicksal

Alexander Nikolajewitsch Radischtschews (1749-1802),

jenes Schriftstellers und Philosophen, der selbst einschlägig Sohn eines Gutsbesitzers in der Oblast Saratow, in Leipzig aber Goethes Kommilitone war und dort auch erfuhr, was Aufklärung ist. Als Zolldirektor in Sankt Petersburg schrieb er den Roman *"Reise von Petersburg nach Moskau"*, der die russische Leibeigenschaft und die Grausamkeiten des Adels authentisch und scharf kritisiert.

In einer fünfzigstrophigen *"Ode an die Freiheit"* heißt es hier gleich zu Anfang (in der Übersetzung von Bruno Tutenberg):

"Die Quelle aller großen Taten,
Des Himmels köstlichstes Geschenk,
Erlaub, o Freiheit, daß ein Sklave
In einer Ode Dir gedenk.
O laß mein Herz von dir erglühen
Und es durch deine Kraft erblühen,
Brich ab des Sklaventumes Nacht,
Laß Tell und Brutus nochmals wecken.
Ergreif die Macht und laß erschrecken
Vor deinem Wort der Zaren Macht".

Aber die 13. Strophe wird dann vollends königsmörderisch:

"Frohlockt, Gefesselte und Knechte:
Man führt kraft angebornem Rechte
Den Zaren selbst auf das Schafott"[6].

So erklärte und entschuldigte Radischtschew dezidiert auch den rezenten Volksaufstand unter dem berüchtigten

Jemeljan Iwanowitsch Pugatschów (~ 1742 – 1775),

jenem Don-Kosaken und Freiheitskämpfer, der sich etwa dreißigjährig als Reïnkarnation des kürzlich ermordeten Zaren Peters III. ausgab, um in dessen Namen 1773 ein Manifest zu veröffentlichen, das das Volk zum Aufstand aufrief. Altgläubige Kosaken folgten ihm, rebellierten als Erste, gefolgt von baschkirischen Soldaten, Arbeitern aus dem Ural und Bauërn von der Wolga.

Dieser weitflächige Aufruhr konnte erst mit militärischer Gewalt erstickt werden, als Zarin Katharina II., Tochter immerhin eines Fürsten von Anhalt-Zerbst und in Stettin geboren, aber Ehefrau und späterhin Mörderin jenes dritten Peter aus dem Hause Schleswig-Holstein, dessen vorgeblichen Wiedergänger Pugatschów 32jährig *anno* 1775 auf dem *Roten Platz* in Moskau hinrichten ließ.

Denn eben sie hatte ihre Position als Landesfremde durch erheblich erweiterte Verfügungsgewalt des russischen Adels über seine Leibeigenen abzusichern verstanden und wollte dieses absolutistische Konstrukt auch von keinem Pugatschów mehr gefährden lassen.

Aber schon zu Bjelinskijs Zeiten setzte kein Geringerer als der große Puschkin diesem mutigen Märtyrer der Freiheit literarische Denkmäler im Roman *"Die Hauptmannstochter"* (1834) und in wahrhaftigen *"Geschichten des Pugatschowschen Aufstands"*. 1918 schließlich wurde die Stadt *Nikolajew* in der Oblast Saratow in *Pugatschów* umbenannt. Aber schon

Radischtschew

also hatte 1790 in seinem aufmüpfigen Roman jenen Völkeraufstand unter Pugatschów dem russischen Adel angelastet. Seine Zarin Katharina II., Mörderin Peters III. ebenso wie Pugatschows, erklärte ihn empört für *"vergiftet vom französischen Irrwahn"* und einen *"Aufrührer, schlimmer als Pugatschów"*. Das bedeutete auch eine Bestrafung nach dem Muster Pugatschows.

Wirklich wurde Radischtschew für diesen Roman zum Tode verurteilt.

Aber kurz vor der Hinrichtung "begnadigte" ihn ein Erlaß der Zarin zu lebenslänglicher Verbannung und ließ ihn nach Sibiriën deportieren.

Nach einer dortigen Fron von sechs Jahren starb seine Zarin, die inzwischen *Katharina die Große* hieß, und ihr Nachfolger, Pawel I., amnestierte Radischtschew nicht nur, sondern ließ ihn nach der Rückkehr auf seine Güter sogar in die ausschlaggebende Gesetzgebungskommission berufen.

Dort aber muß er an der Aussichtslosigkeit, liberale Reformen für Rußland durchzusetzen, mehr und mehr verzweifelt sein. Als er erneut verdächtigt wurde, eine russische Revolution zu begünstigen, mußte er mit abermaliger Verbannung rechnen und nahm sich 53jährig das Leben.

Für den gefährdeten jungen Dramatiker

Bjelinskij

war das erst dreißig Jahre her. Radischtschews Roman war da immer
noch verboten, kursierte nur in Abschriften oder mündlicher Wiedergabe, war aber umso begehrter und wurde teuĕr gehandelt. Erstmalig
gedruckt wurde er freilich erst nach der Revolution von 1905: mehr
als hundert Jahre nach dem Tode seines Autors.

Ein ähnliches Schicksal drohend vor sich, erkrankte der gesundheit-
lich ohnehin labile Studiosus Bjelinskij.

Das nahm seine Universität erleichtert zum Anlaß, diese freidenkeri-
sche *persona non grata*, die sie ohnehin für den Anführer einer stu-
dentischen Protestbewegung hielt, im September 1832 *"wegen schwa-
cher Gesundheit und beschränkter Fähigkeiten"* zu exmatrikulieren.

Der Relegierte war gleichwohl fest entschlossen, seinen Kampf für
eine Befreiung der Leibeigenen fortzusetzen, sah aber allzu deutlich
Gefahren und Schwierigkeiten. Also verfiel er auf den Gedanken,
Journalist zu werden und Literatur zu rezensieren. Im Schutze kriti-
sierter Texte fand er so einen Weg, die eigenen Meinungen relativ
versteckt und unbeschadet zu veröffentlichen.

Damit begann er in einer ärmlichen Behausung über einer Schmiede
und neben einer Wäscherei mit ihren dampfenden Vergiftungen seiner ohnehin anfälligen Atemwege.

Seit 1833, aber nur bis 1836 schrieb er für die Zeitschrift *"Teleskop"*
und deren Literaturbeilage *"Molwa"*.

Da nämlich, 1836, publizierte dasselbe *"Teleskop"* auch einen Essay
von

Pjotr Jakowlewitsch Tschaadajew (1794-1856),

einem etwa 42jährigen Aristokraten aus Moskau (oder Nischnij-Now-
gorod?).

Einer ursprünglich litauïschen Offiziers- und Beamtenfamilië von
sehr altem Adel entstammend, war er der Enkel eines Historikers und

der späte Nachfahre jenes legendären Rjurik, der im 9. Jahrhundert gar das ganze Rußland begründet haben soll.

Früh verwaist, wuchs Tschaadajew auf den Gütern der Verwandtschaft in der Oblast Wladimir zwischen Moskau und Kasan auf und wurde durch zwei deutsche Hauslehrer früh mit der westeuropäischen Kultur vertraut.

1808 ging er nach Moskau, studierte an der dortigen Universität die Philosophie speziëll von Fichte, Schelling und Kant, aber auch Geschichte, Kunstgeschichte, sonstige Geisteswissenschaften und hörte Kollegs über griechische und römische Literatur.

1812 brach er seine Studiën ab, um gegen Napoleon mitzukämpfen. Zuërst als Unterfähnrich in der Leibgarde des Semjonowskij-Regimentes, dann bei der Kavallerie der Achtyrskij-Husaren, ritt er 1814 schmuck und siegreich in Paris ein und kehrte 1816 mit freiheitlichen Ideën im Kopfe nach *Zárskoje Sjeló* heim, wo er mit zwei Orden ausgezeichnet wurde und ins Leibgarde-Husarenregiment dieser Sommerresidenz der Zarenfamilië überwechselte.

Dort aber lernte *"le beau Tchadaef"*, der ein Kleidernarr war und sich angeblich sogar bei seinen Regimentswechseln von der Schönheit der jeweiligen Uniform leiten ließ, auch einen siebzehnjährigen Gymnasiasten des neubegründeten humanistischen Elite-Lyzeums kennen, der sich damals lustvoll mit einem so progressiv und westeuopäisch infizierten Offizier des nationalen Freiheitskrieges befreundete und später ihrem *Zárskoje Sjeló* seinen heutigen Namen gab:

Puschkin (1799-1837).

Dieser Alexander Sergejewitsch aus Moskau war eine glückliche Melange aus alten Aristokraten und äthiopischen Sklaven, entdeckte sich just damals selbst als Poëten und schrieb 1818 als neunzehnjähriger Kollegiënsekretär im zaristischen Außenministerium jenes brüderliche Gedicht *"An Tschaadajew"*:

" ... Doch schlägt uns auch manch tiefe Wunde
Die Willkür der Despotenmacht –

Wir stehn getreulich auf der Wacht
Des Vaterlands im Bruderbunde;
[...]
Freund, sei getrost: bald wirst du sehn
Des Glückes Frühlingssonne schimmern!
Das Volk erwacht beim Lenzeswehn,
Und auf des Thrones morschen Trümmern
Wird unser Name leuchtend stehn!" [7]

Solche Verse, die nur in heimlichen Kopiën zirkulierten, wurden von Freimaurern und revolutionären Dekabristen, Tschaadajews Freunden und Logenbrüdern, ebenso zum Aufruf gegen die Zarenherrschaft verwendet wie auch schon Puschkins Ode *"Die Freiheit"*, die der Achtzehnjährige gleichfalls dem Intimus Tschaadajew gewidmet hatte:

" ... O weh! Wohin der Blick sich kehrt,
Er trifft nur Ketten, Fesseln, Bande,
Das Ohr nur Schmerzenslaute hört,
Gesetzes Glück wird Schmach und Schande,

Es triumphiert die rauhe Kraft,
Die Finsternis, der Aberglaube,
Der freie Mensch, er wird zum Raube
Der Ruhmsucht und der Leidenschaft. [...]

Ihr Herrscher! Krone, Macht und Reich
Ward vom Gesetze euch gegeben.
Ihr mögt euch übers Volk erheben,
Doch das Gesetz steht über euch. [...]

Ihr Fürsten, nehmt die Lehre wahr,
Denn weder Strafe noch Belohnung
Und kein Gefängnis, kein Altar
Kann euch gewähren Schutz und Schonung. ... "

(anonym übersetzt 1937, zitiert nach [8]).

Einzig dank einflußreicher Protektoren wurde die hiernach fällige Deportation eines Autors solcher Verse nach Sibiriën durch eine Verbannung nur aus Sankt Petersburg ersetzt: zuērst in den Kaukasus, dann auf die Krim, schließlich auf das elterliche Gut Michailowskoje. Aber ganze 28 Male fühlte sich dieser junge Puschkin veranlaßt, sich zu duëllieren.

In dieser Zeit ließen er und Intimus Tschaadajew,

der mit belastet gewesen sein dürfte und 1821 den Militärdienst ohne die hierbei übliche Beförderung quittierte (obwohl oder weil er gerade Adjutant des Zaren werden sollte)

ihre Freundschaft sicherheitshalber *pro forma* ruhen.

1824 wurde Puschkin aus dem Staatsdienst entlassen und nach leibhaftiger Audiënz beim Zaren ohne Begrenzung dessen persönlicher Zensur unterstellt. Bis zum Tode des 37jährigen fühlte er sich in seinen Arbeiten erheblich beeinträchtigt.

Tschaadajew

aber hatte sich, inzwischen Freimaurer und in die Agitationen der revolutionären Dekabristen involviert, kränkelnd oder nicht aufs Land zurückgezogen und ging 1823 auf dreijährige Europareise: nach England, Frankreich, Italiën und in die Schweiz.

Als ihm unterwegs das Geld ausging, verkaufte dieser theoretisch so dezidierte Gegner der russischen Leibeigenschaft unbekümmert einige Bauёrn, die ihm auf ebendiese Weise zueigen waren. Folglich konnte er in Deutschland Alexander von Humboldt und im Karlsbade Schelling treffen, mit dem er über den *"Weltgeist"* disputierte und später noch korrespondierte.

Aber er stieß da auch auf Spiritualität oder Mystik seines fieberhaft verehrten Gurus Johann Heinrich Jung-Stilling, über dessen *"Theorie der Geisterkunde"* von 1808 seine Tagebuchnotizen von 1824 und 1825 unter dem Titel *"Mémoire sur Geisterkunde"* ebenso berichten wie auch über Jung-Stillings nachgereichte und später imitierte *"Apologie der Theorie der Geisterkunde"* von 1809.

Entsprechend beeinflußt kehrte Tschaadajew nach dem Fehlschlag der Dekabristen schon im Sommer 1826 nach Rußland zurück und wurde gleich an der Grenze einem politischen Verhör unterzogen.

Dem entronnen, zog er sich mit seinen westeuropäischen Eindrücken auf das Gut einer fürstlichen Freundin unweit von Moskau zurück und schrieb dort zwischen 1828 und 1831 in französischer Sprache nieder, was heute seine acht *"Philosophischen Briefe, gerichtet an eine Dame"* heißt.

Diese Dame war eine Gutsnachbarin, mit deren Ehemann er sich wegen eines Darlehens freilich so zerstritt, daß sie seinem Zyklus von Essays nur noch rhetorisch als Anrede dienen konnte.

1831 nannte Freund Puschkin diese Texte *"bewundernswert an Kraft, Wahrheit und Redegewandtheit"*. Tschaadajews eigene Suche nach einem aufgeschlossenen Verlage blieb gleichwohl erfolglos. Also gingen diese *"Briefe"* nur als inoffiziëlle Kopiën in französischer Sprache von Hand zu Hand.

1832 zeigte sich der Verleger August Iwanowitsch Semkon an einer Publikation interessiert. Aber die *Geistliche Zensurbehörde* lehnte sie ab.

1835 sollte wenigstens der erste dieser *"Briefe"* in der neuen Zeitschrift *"Moskowskij Nabljudatel"* erscheinen: aber nur falls das häufig verwendete Wort *"Rußland"* jeweils gegen die neutrale Bezeichnung *"einige Völker"* ausgetauscht würde. Tschaadajew lehnte das ab.

Auch sein Bemühen um eine Veröffentlichung wenigstens in Frankreich scheiterte.

Aber *anno* 1836 schließlich, sechs ganze Jahre nach seiner Niederschrift in *"Nekropolis"*, einer fiktiv codifizierten Totenstadt, erschien zumindest der *"Erste Philosophische Brief"* von Tschaadajew bei

Bjelinskijs Dienstherrn Nadjeschdin in der Oktober-Ausgabe seiner Monatszeitschrift *"Teleskop"*.

Auch hier war ohne Wissen des Autors eine kurze Passage auf gut Glück gestrichen worden: wo er im Falle *"höherer Glaubensüberzeugungen"* auch eine Emanzipation von konfessionellen Riten des orthodoxen Katholizismus anheimstellt.

Aber auch noch ohne diesen häretischen Freibrief löste Tschaadajews Text, der uns heute weniger philosophisch als ein eher soziologisch polemischer Leitartikel anmutet, wütende Empörung selbst bei jenen Lesern aus, die ihn im unveröffentlichten Französisch noch gebilligt hatten. Jetzt jedoch fühlte sich allenthalben plötzlich der russische Nationalstolz beleidigt: auch in den Salons der urbanen Metropolen.

Michail Iwanowitsch Tschicharew, den Tschaadajew, etwa fünfzehn Jahre älter, nach eigenen Worten *"mehr liebte als jeder andere"* und testamentarisch als *"Neffen"* und Erben bedachte, hat diese allgemeine Empörung in der Biografie seines *"Onkels"* später so geschildert:

"Noch nie, seit man in Rußland zu lesen und zu schreiben versteht, hat irgend ein literarisches oder wissenschaftliches Ereignis [...] einen so ungeheuren Eindruck gemacht und eine so weite Wirkung hervorgerufen und keines ist mit solcher Schnelligkeit und mit solchem Lärm verbreitet worden. Innerhalb eines Monats gab es in Moskau kein einziges Haus, in dem man nicht von dem Briefe und von der Geschichte Tschaadajews gesprochen hätte. Sogar Leute, die sich nie mit Literatur beschäftigten, völlig ungebildete Menschen, Damen, die sich ihrer geistigen Entwicklung nach wenig von ihren Köchinnen und Kammerzofen unterschieden, Amtsschreiber, in Veruntreuung und Bestechlichkeit verkommene Beamte, Schwachsinnige, Ungebildete, halbverrückte Betschwestern, Fanatiker oder Frömmler, in Suff, Liederlichkeit und Aberglaube ergraute und verwilderte Existenzen, junge und alte Patrioten – alle waren sich einig in der einmütigen und restlosen Verdammung und Verachtung dieses Menschen, der es gewagt hatte, Rußland zu beleidigen." (zitiert nach [9]).

Außer Puschkin begriff nur

Alexander Iwanowitsch Herzen (1812-1870),

dieser zweisprachig schreibende Kollege und russisch-schwäbische Mischling, der heute vielen als bedeutendster russischer Publizist des 19. Jahrhunderts gilt, aber wegen eigener Zarenkritik sechs Jahre lang in die Verbannung mußte und hiernach die restlichen 23 Jahre seines Lebens im westeuropäischen Exil verbrachte,

daß dieser Text von Tschaadajew *"ein Trennungsstrich"* war:

"ein Schuß in dunkler Nacht: Ging irgend etwas unter und kündigte seinen Fall an? Ein Signal, ein Hilferuf, die Ankündigung eines neuen Tages? Oder die Botschaft, daß es keinen neuen Morgen mehr gibt? Ganz gleich, es war nötig aufzustehen ... " [10].

Passagen über Rußland, die Herzen zu solchen Formulierungen stimulierten und alle andern in Rage versetzten, waren bei Tschaadajew zum Beispiel solche wie diese hier:

"Es gibt eine gewisse Seite des Lebens, die nicht das physische, sondern das geistige Dasein des Menschen betrifft; man darf sie nicht vernachlässigen.

Es gibt eine Ordnung ebensowohl für die Seele wie für den Leib; man muß sich ihr unterordnen.

Das ist eine alte Wahrheit, ich weiß es.

Aber in unserem Vaterland, scheint mir, hat sie vielfach noch den Wert einer Neuheit.

*

Wir gehören keiner der großen Familien des Menschengeschlechts an; wir gehören weder dem Westen noch dem Osten an und besitzen weder die Überlieferungen des einen noch des anderen.

Gleichsam außerhalb der Zeit stehend, sind wir von der universalen Erziehung des Menschengeschlechts unberührt geblieben.

*

Wir sehen alle aus, als seien wir auf Reisen. [...] In unsern Häusern sind wir Gäste, in der Familie erscheinen wir wie Fremde, in den Städten wie Nomaden ... .

*

Die ursprünglichen Völker Europas – Kelten, Skandinavier, Germanen – hatten ihre Druiden, Skalden und Barden, die auf ihre Art starke Denker waren. [...]

Und nun frage ich Sie: wo sind unsere Weisen, unsere Denker? Wer hat je für uns gedacht, wer denkt jetzt für uns?

Zwischen den beiden Hauptteilen der Welt, dem Osten und Westen, stehend, mit dem einen Arm auf China, mit dem andern auf Deutschland gestützt, hätten wir [...] Phantasie und Verstand in uns vereinigen und in unserer Zivilisation die Geschichte des ganzen Erdballes zusammenfassen sollen.

Das war indessen nicht die uns vorbestimmte Rolle.

*

Vereinsamt in der Welt, haben wir der Welt nichts gegeben, haben sie nichts gelehrt; wir haben keinen Gedanken in die Masse der menschlichen Ideen hineingetragen, in keinerlei Weise am Fortschritt der menschlichen Vernunft mitgewirkt und alles, was von diesem Fortschritt zu uns gelangt ist, nur entstellt.

Vom ersten Augenblick unseres sozialen Daseins an haben wir nichts für das Gemeinwohl getan; kein einziger nützlicher Gedanke erwuchs auf dem unfruchtbaren Boden unserer Heimat; keine große Wahrheit ging aus unserer Mitte hervor; wir gaben uns keine Mühe, selbst etwas auszudenken, und von dem, was andere ausgedacht, übernahmen wir nur die trügende Oberfläche und den unnützen Tand.

*

Hätten wir uns nicht von der Beringstraße bis zur Oder ausgebreitet, man hätte uns nicht einmal bemerkt.

> *
>
> *Wir hatten mit dem großen Werk der Welt nichts zu tun.*
>
> *
>
> *Kurz, die neuen Geschicke des Menschengeschlechts erfüllten sich außerhalb unseres Landes. Wenn wir auch Christen hießen, die Frucht des Christentums reifte nicht für uns."* [11]

Das alles war viel zu viel auch für Zensur und Zaren. Obwohl sich Tschaadajew unverzüglich von diesem skandalösen Text distanzierte und bedauerte, *"daß der Artikel im Druck erschienen ist"*, weil *"niemand weniger als ich ihn gedruckt zu sehen wünschte"* [11], erklärte Zar Nikolai I. ihn persönlich für *"ein Gemisch aus unverschämten Absurditäten"* und *"das Hirngespinst eines Wahnsinnigen"*, seinen Autor gar per offiziëllem Zaren-Erlaß für geisteskrank und stellte ihn ein ganzes Jahr lang unter Hausarrest und *"medizinisch-polizeiliche Aufsicht"*.

Natürlich durfte er da auch weder publizieren noch schreiben.

Nikolaj Iwanowitsch Nadjeschdin,

Verleger und Redakteur eines solchen Skandals, aber immerhin auch Archäologe, Literatur- und Kunsthistoriker mit Professur an der Moskauër Universität, wurde für diesen Abdruck in die Sümpfe des nördlichen Wologda verbannt,

der zuständige Zensor, ein Professor A. V. Boldyrew, ohne jede Pension aller seiner Ämter enthoben

und die Zeitschrift *"Teleskop"* für immer und ewig verboten.

Also hatte durch diesen Essay von Tschaadajew nun auch

Bjelinskij

seine Stellung beim *"Teleskop"* verloren und war so arbeits- wie brotlos.

selbst aber muß mit derlei gerechnet haben und war nun Schelm oder Schwejk genug, sich noch im selben Herbst 1836 problemlos und hurtig wie Saulus-Paulus oder Galileo Galilei als reuïgen Sünder von verblüffender Wandlungsfähigkeit zu präsentieren: mit seinem Fragment *"Apologie eines Wahnsinnigen"*, das ein Hohelied auf das aktuell zaristische Rußland seit *Peter dem Großen* sang und faktisch zur Keimzelle aller folgenden Slawophilie zu werden vermochte.

Hier erklärte er all die beanstandeten Ärgernisse kurzer Hand für *"Übertreibungen"*, und schon im November 1836 überreichte er diesen neuën Text dem Vorsitzenden des Moskauër Zensurkomitees, einem Grafen Stroganow, mit entsprechendem Begleitbrief, der abermals betonte, daß jener *"verfolgte Artikel nicht mein Glaubensbekenntnis"* sei.

"Seit wann ist es aber verboten", eulenspiegelte dieser Brief zum Abschluß, *"seine Meinungen nach einem so langen Zeitraum zu ändern? Seit wann ist es dem Geist des einzelnen Menschen verboten, vorwärts zu schreiten [...] ? Seit wann ist es dem denkenden Wesen befohlen, in aller Ewigkeit an ein und demselben Gedanken festgenagelt zu bleiben wie ein gedankenloser Fakir? [...]*

Aber was für eine Meinung Sie sich auch hierüber bilden mögen: ich konnte mich einzig und allein nur an Sie wenden. Denn was würde ich denen sagen können, die mich für wahnsinnig erklärt haben?" [11]

Vielleicht also war dieser anscheinend oder eben scheinbar so charakterlose Wankelmut auch die pure Dialektik eines philosophischen Geistes. Denn seine skandalierenden Behauptungen von der geistigen und kulturellen Überlegenheit des westlichen Europa blieben auch in dieser Nachgeburt unwiderrufen und unverändert bestehen.

Aber schon 1835, also noch vor der fatalen Veröffentlichung, hatte Tschaadajew in einem Brief an den Publizisten Alexander Iwanowitsch Turgénjew dieses spätere Verhalten schon angekündigt und gefragt:

"Glauben Sie endlich, daß jene Zensurbehörde, die Galilei ins Gefängnis warf, der Unseren des Herrn Uwarow nachstand? Und doch dreht sich die Erde, vom Fußtritt Galileis in Bewegung gesetzt. Also sei man genial, und das Weitere wird sich finden!" [11]

Vielleicht eben deshalb konnte auch diese ganze kryptische *"Apologie"* in seinem hastig rehabilitierten Rußland noch lange nicht veröffentlicht werden.

Folglich scheint nun Tschaadajew auch nichts mehr geschrieben, sondern das konventionelle Musterleben eines Moskauër Aristokraten *comme il faut* geführt zu haben. Jeden Montag war vormittags *jour fixe* in seinem Hausarrest, später besuchte er auch wieder den *Englischen Club* und salonfähige Salons.

Aber allenthalben *"eignete er sich eine so ironische Redeweise an, daß man nicht sofort ergründen kann, ob er etwas verherrlichen oder verspotten will"* (Dimitrij Iwanowitsch Schachowskoj, zitiert nach [9]).

Auch in vielen Briefen dieser Zeit präsentierte er sich als einen solchen Schalksnarren. *"Ich wurde für wahnsinnig erklärt"*, schrieb er seinem Bruder schon im Februar 1837: *"meine Erkrankung erfolgte am 28. Oktober, folglich bin ich schon drei Monate verrückt"*, und an seinen Brieffreund I. D. Jakuschkin, einen Dekabristen in Verbannung: er sei jetzt wahnsinnig *"bis auf neue Anordnung"*. Noch in seinem langen Brief von 1846 an den französischen Diplomaten Graf Adolphe de Circourt, zeitweiligen Innenminister seines Landes, blieb Tschaadajews Darstellung Rußlands in ihrer Tonart schelmenhaft unklar.

Aber in einem Buche seiner Bibliothek fand sich nach seinem Tode ein Blatt in seiner Handschrift und mit diesem Text:

"Geliebte Brüder, unglückliche Brüder, Russen, Rechtläubige, kam die frohe Kunde bis zu Euch, die lauttönende frohe Kunde, daß die Völker marschieren, daß die Bauernvölker in Wallung, in Erregung geraten sind, wie Wellen des weiten Ozeans, des blauen Meeres! Kam bis zu Euch die Botschaft aus fernen Ländern, daß Eure Brüder

Selbst falls es sich bei diesem Fund um die Abschrift eines fremden
Textes handeln sollte, verrät sie viel über das, was diesen unterdrückten Geist bewegte. Aber die Wendung des letzten Satzes deutet
schwerlich ins revolutionäre Westeuropa und gibt eher Tschaadajew
als seinen Autor zu erkennen.

Publiziert wurde derlei natürlich ebensowenig wie auch sein vermutlich letzter Text, den der Sechzigjährige anonym und in französischer
Sprache unter dem Titel *"L'Univers"* verfaßte. Er knüpft gedanklich
an jenen *"Ersten Philosophischen Brief"* an und verrät so die Unbeïrr-
barkeit dieses Autors.

Zwei Jahre später war er tot. Seine wenigen Biographiën benennen
nur kurz und bündig Ort und Datum dieses Sterbens: Moskau am 14.
(26.) April 1856.

Aber umso überraschter liest man auf dem *Alten Domskoje Friedhof*
in Moskau die Inschrift seines Grabsteins:

"Beschloß sein Leben 1856 am 14. April".

Solch einen eigenen Entschluß entdeckten da zwei russische Autoren,
die noch 2007 wußten, daß dieser vermeintliche Freitod von einem
62jährigen gewählt worden war, der *"in Rom ein Brutus und in Athen*
ein Perikles gewesen wäre" [12]. Schon runde zwanzig Jahre vorher
hatte er seinem Briefpartner Alexander I. Turgénjew angekündigt:

"Sie wissen, daß ich von langer Hand auf die Katastrophe gefaßt bin,
die meine Geschichte abschließen muß" [11].

Sein nächster Satz lautet da:

"Mein Land wird mein System nicht Lügen strafen, das ist sicher" [11].

Alles das aber wußte schon allzubald niemand mehr. Denn von seinen acht *"Philosophischen Briefen"*, die das hätten bezeugen können, erschienen jener fatale *Erste* erst postum 1861 in einer Zeitschrift Alexander I. Herzens, der *Sechste* und *Siebente* erst 1862, aber auf Französisch und in Paris, erst 1906 auf Russisch in Kasan und 1921 auf Deutsch in München; alle acht auf Russisch sollte es 1901, also 45 Jahre nach dem Tode ihres Autors geben: aber die Zensur verbot sie auch da noch immer.

Sie galten dann lange für verloren und erschienen in der Sowjetunion erst 1935. Auch *"Apologie"* erschien 1862 in Paris und 1906 in Kasan, *"L'Univers"* schließlich 1934 in der Sowjetunion.

Aber noch zu Freund Puschkins 202. Geburtstag traf sich am 6. Juni 2001 vor dessen Denkmal in Moskau eine Schar seiner unermüdlichen Leser und trug da lauthals aus seinen Werken vor. Eine Augen- und Ohrenzeugin hat das im Internet geschildert:

"Das Mikrofon wechselt von einer Hand zur nächsten. Jeder stellt sich zuerst kurz vor. Junge und alte Stimmen rezitieren; daraus lassen sich Schicksale erahnen. Die einen spiegeln Optimismus und eine gewisse Unbeschwertheit wider [...] . Andere zeugen von der Unsicherheit vieler Menschen im heutigen russischen Alltag. Schwermut befiel Puschkin, als der Aufstand der russischen Adelsrevolutionäre gegen den Zaren, zu denen auch seine Freunde gehörten, niedergeschlagen wurde. Für seine geistige Nähe zu ihnen hatte er Verbannung und später Überwachung und Zensur zu ertragen.

Sascha P. stellt sich als Mathematiker vor, 1990 promoviert, zeitweise lehrte er an der Fachhochschule, nun ist er seit langem arbeitslos. Er deklamiert Zeilen aus dem Gedicht

'An Tschaadajew' von 1818,

Noch *anno* 2001 also progressiv: *"An Tschaadajew"*.

Dessen gleichfalls philosophisch opponierender Zeitgenosse

Bjelinskij nun also

wurde Zeuge und Opfer dieses ganzen tragischen Spektakels um Tschaadajew im *"Teleskop"* und schrieb seit 1836 daher notgedrungen selbst nur noch für die Blätter *"Moskowskij Nabljudatel"*, *"Otjetschestwennyje Sapiski"* und *"Sowremennik"*.

Namentlich in den vierziger Jahren publizierte er hier zahllose Rezensionen, förderte oder entdeckte gar Autoren wie Puschkin oder Ljermontow und war auf diesem Gebiete bald federführend: eine *"Autorität in den fortgeschrittenen Schichten der russischen Gesellschaft"* [13]. Noch für das Lager der Kritisierten gab kein Geringerer als der große Iwan Sergejewitsch Turgénjew zu, daß Bjelinskijs *"ästhetisches Gefühl fast untrüglich war"* (zitiert nach [4]).

Aber er war *"nicht nur ein großer Literaturkritiker und Publizist"*, sondern schnell auch

"ein klassischer Repräsentant der russischen materialistischen Philosophie des 19. Jahrhunderts, ein begabter Soziologe und Historiker der russischen Literatur, ein Begründer der neuen revolutionär-demokratischen Ästhetik" [13].

Er hob auch die bisherige Trennung von Philosophie und Politik auf, erkannte Letztere als Konsequenz der Ersteren, diese als *"Leitfaden des Handelns"* und den literarischen Realismus als ihr Vehikel.

Alles das aber, was erst hundert Jahre später so gepriesen werden konnte, wußte Bjelinskij noch in Rezensionen zu verstecken, die er zum Beispiel über Prosa von Eugène Sue und Wladimir Fjodorowitsch Odojewskij oder über historische Arbeiten von Nikolaj Andrejewitsch Markewitsch, Sergej Nikolajewitsch Smaragdow, Adolphe Thiers oder von einem solchen Exoten wie Friedrich Karlowitsch Lorenz publizierte.

Aber noch wenn er neuë Gedichte von Gawril Romanowitsch Derschawin oder einem unbekannten jungen Lyriker präsentierte, wurde aus seinen akuten Überlegungen zum Sinn des Lebens unverhofft ein Aufruf zum Kampf für *"kühnen, freien Verstand"* und einen aufgeklärten neuen demokratischen Humanismus zwischen Schillers Idealismus und dem Materialismus schon von Marx und Engels, wie dieser verhinderte Pamphletist sie zu verschmelzen versuchte: *"Ich stehe in der Welt als Kämpfer"* (zitiert nach [4]).

Sein namhafter Kollege und Gesinnungsgenosse Alexander Iwanowitsch Herzen bezeichnete diesen Bjelinskij als *"Gladiatorennatur in
einem schüchternen Menschen und schwächlichen Leib"*. Er bilanzierte: *"Ja, das war ein kräftiger Kämpe ... "* (zitiert nach [13]).

Unter der Hand also wie auch unter den immer mißtrauïscher kontrol-
lierenden Augen der Zensur entwickelte er auf so listige Weise einen
neuen Typus von Literaturkritik: *"Publizistisch-politische Rhetorik
und ästhetisches Urteil, humanitäre Predigt und satirisches Pam-
phlet, philosophische Überlegung, gelehrt-historischer Exkurs und
lyrische Stimmung – alle diese Elemente sind darin miteinander ver-
flochten"* [4].

Wer in Rußland damals Bücher las, folgte gehorsam und unterwürfig
jedem Votum des brillanten Formulierers Bjelinskij und geriet unweigerlich auch politisch unter dessen verführerischen Einfluß.

Auch als unser Dostojewskij 1846 auf den literarischen Plan trat,
wurden seine *"Armen Leute"* von Bjelinskij, den er als *"furchtbar und
drohend"* gefürchtet hatte, sofort als *"erster Versuch eines sozialen
Romans bei uns"* erkannt und die außergewöhnlichen Qualitäten dieses Autors, eines *"neuen Gogol"*, hymnisch gefeiërt.

"Dieser schreckliche, dieser fürchterliche Kritiker" bat den jungen
Novizen unverzüglich zu sich. *"Verstehen Sie eigentlich selbst"*, fragte da der 35jährige den 24jährigen, *"was Sie da geschrieben haben?
[...] Es kann gar nicht sein, daß Sie, mit Ihren zwanzig Jahren, das
schon verstanden haben."*

Dostojewskij selbst hat das runde dreißig Jahre später in seinem *"Tagebuch eines Schriftstellers"* von 1877 geschildert. *" 'Sie sind bis auf
den Kern der Sache durchgedrungen, Sie haben gleich auf das Aller-
wichtigste hingewiesen. [...] Ihnen wurde die Wahrheit enthüllt und
sichtbar als einem Künstler' "*, jubelte der oberste Literatenrichter *"in
kreischendem Tone"*: *" 'Bleiben Sie ihr treu, und werden Sie ein gros-
ser Schriftsteller!' Als ich ihn verließ, war ich berauscht."* (zitiert
nach [5]). Noch 1873 gestand Dostojewskij: *"Das war der entzückend-
ste Augenblick meines ganzen Lebens"* [1].

Der so Berauschte wurde dann auch zu einem der beredtesten Dokumentaristen dieses seines Kritikers und damaligen Panegyrikers. *"Bjelinskij war keineswegs gentilhomme, o nein! (Er stammte von Gott weiß wem ab. Sein Vater war, wenn ich nicht irre, Militärarzt)"*, notierte sich dieser Sohn eines andern Militärarztes noch 27 Jahre später: er *"war geradezu eine schrankenlos begeisterungsfähige Persönlichkeit [...] . Als ich ihn kennenlernte, war er leidenschaftlicher Sozialist, und er begann mit mir sogleich vom Atheismus zu sprechen. [...] Er, der Vernunft, Wissenschaft und Realismus am höchsten schätzte, begriff doch zu gleicher Zeit tiefer als alle anderen, daß Vernunft, Wissenschaft und Realismus allein – bloß einen Ameisenhaufen erschaffen können, nicht aber eine soziale 'Harmonie', in der sich ein Mensch einleben könnte. Er wußte, daß die Grundlage zu allem – sittliche Grundsätze sind. An die neuen sittlichen Grundlagen des Sozialismus [...] glaubte Bjelinskij bis zum Wahnsinn und ohne jede Reflexion; das war bei ihm nichts als eine einzige Begeisterung. [...] Als Sozialist mußte er die Lehre Christi unbedingt zerstören, sie eine falsche und ungeliebte Menschenliebe nennen [...] ; aber – immerhin – es blieb das lichte Bild des Gottesmenschen, seine sittliche Unerreichbarkeit, seine wunderbare und wunderwirkende Schönheit"*[1] .

Dostojewskij war jedoch damals schon tief beeindruckt: *"Bei einem so warmen Glauben an seine Idee war er natürlich der glücklichste der Menschen"*, bewunderte er Bjelinskij, aber sah auch: *"Dieser glückselige Mensch, der eine so bewundernswerte Gewissensruhe besaß, war übrigens mitunter sehr traurig, doch diese Trauer war von besonderer Art [...], ihre Ursache war die Frage: Warum nicht schon heute, warum nicht morgen? Er war der ungeduldigste Mensch in ganz Rußland"*[1].

Aber Dostojewskij war nicht nur von Bjelinskijs ungewöhnlicher Persönlichkeit so beeindruckt.

"Schon im Jahre 1846 war ich in die ganze Wahrheit dieser kommenden 'Welterneuerung' und in die ganze Heiligkeit der zukünftigen

kommunistischen Gesellschaft noch von Bjelinskij eingeweiht worden. Alle diese Überzeugungen von der Unsittlichkeit schon der (christlichen) Grundlagen der gegenwärtigen Gesellschaft, von der Unsittlichkeit der Religion, der Familien; von der Unsittlichkeit des Rechtes auf Eigentum; alle diese Ideen von einer Aufhebung der Nationalitäten im Namen einer allgemeinen Brüderlichkeit der Menschen, von der Verachtung gegen das Vaterland als dem Hemmschuh in der allgemeinen Entwicklung usw. usw., alles das waren, wie gesagt, solche Einflüsse, die wir nicht bewältigen konnten, ja, die sich, im Gegenteil, unserer Herzen und Gehirne im Namen einer gewissen Großmut bemächtigten. Jedenfalls erschien uns der Grundgedanke großartig und hoch über dem Niveau der damals herrschenden Begriffe stehend. Und gerade das war es, was verführte" [1].

So blasphemische, so rebellische, so "anarchische" Gedanken und Ziele konnten der wachsamen Zensurbehörde natürlich nicht so verborgen bleiben wie Bjelinskijs private Korrespondenz, gar mit dem Ober-Anarchisten Bakunin, *"wo Bjelinskij turmhoch den Bjelinskij überragt, der in der Presse schrieb"* [4], oder seine persönlichen Gespräche, in denen er *"noch über seinen Briefen"* stand.

Scheeläugig wurde alles das, so gut es ging, observiert. Seitenweise wurden seine Texte amputiert, aber waren auch dann noch *"giftige, vor Ungehaltenheit bebende Artikel"* oder *"Anklageakten, die den Leser erschütterten"* (Alexander Herzen, zitiert nach [4]).

Sein älterer Kollege Faddej Wenediktowitsch Bulgarin, von Bjelinskijs Rezensionen gnadenlos verurteilt, und andere *"untertänigst ergebene"* Literaten des herrschenden Systems, die als Agenten dem Geheimdienst zuarbeiteten, denunzierten Bjelinskij wiederholt als Revoluzzer, der *"aus mangelnder Gelegenheit, auf der Straße Aufruhr zu erregen"*, seine Zeitschriften hierfür mißbrauche.

In der *Kaiserlichen Akademie der Wissenschaften* gab es gar ein Mitglied namens Fjodorow, das alle Aufsätze, die Bjelinskij im *"Otetschestwennyje Sapiski"* publizierte, ausschnitt, in sieben Körben thematisch ordnete (*"Gegen Gott"*, *"Gegen die Regierung"*, *"Gegen die Moral" et cetera*) und diese Körbe der Geheimpolizei überließ.

Als Bjelinskij seine Tuberkulose in einem Kurort des Kaukasus zu therapieren versuchte, traf er dort den General Skobjelew, Kommandanten des zaristischen Zuchthauses in der berüchtigten *Peter-Paul-Festung*, der ihn schon seit vielen Jahren beobachten ließ. *"Wann dürfen wir Sie erwarten"*, fragte dieser General nur halb im Scherz: *"Ich halte eine schöne warme Kasematte extra für Sie frei"*.

Im Februar 1848, als Europa allenthalben zu rebellieren begann, ging beim polizeilichen Geheimdienst eine Anzeige des Schriftstellers Alexander Anfimowitsch Orlow, von Bjelinskijs Rezensionen heftig gebeutelt, namentlich gegen diesen und seine Geistesbrüder ein: *"in ihren Schriften sei so etwas wie Kommunismus enthalten, und die junge Generation könne durch sie völlig kommunistisch werden"*. Also mögen die Herren Zensoren deren Texte bitte *"strengster Prüfung unterziehen"* (zitiert nach [4]).

Einen Monat später ließ Kollege Bulgarin, ebenso gebeutelt, eine Anzeige gegen Bjelinskij, dessen Organ und seinen Herausgeber Krajewskij folgen, weil sie *"des Kommunismus, Sozialismus und Pantheismus"* schuldig seïen. Allzu viele Defätisten (*"Kantonisten, Seminaristen, Kinder armer Beamter"*) und sonstige Regierungsfeinde oder *"Menschen, die nichts zu verlieren haben"*, würden dieses Blatt *"als ihr Evangelium, Krajewskij und seinen ersten Minister – Bjelinskij (einen davongejagten Moskauer Studenten) – als ihre Apostel"* betrachten und sich von denen einen *"kommunistischen und gottlosen Umsturz"* in Rußland erhoffen.

Gleichzeitig sagte eine anonyme Denunziation der Polizei eine baldige Revolution mit dem Ende der Monarchie und ihren *"Trabanten"* voraus.

Polizeichef Leontij W. Dubelt hielt Bjelinskij für diesen Anonymus und wußte sich über dessen früheren Lehrer Popow, der ebenfalls als Spitzel tätig war, eine intrigant beschaffte Schriftprobe des todkrank Verdächtigten einzuholen: freilich ohne jeden Erfolg.

Als jedoch Bjelinskijs geistiger Einfluß auf den Zirkel um jenen Petraschewskij aktenkundig wurde, führte die Geheimpolizei seinen Namen unter den gefährlichsten Staatsverbrechern: als Propagandisten der westeuropäischen Februar- und Julirevolutionen ihres Jahres 1848.

In diesem Augenblick quasi, im März 1848, las Dostojewskij dem Kreise der Petraschewzen also jenen Brief vor, den der kriminalisierte Bjelinskij schon am 3., unserem 15. Juli 1847 an Gogol geschrieben hatte.

Hierzu sollte man wissen, daß sich

Nikolaj Wassiljewitsch Gogol (1809-1852)

schon 26jährig mit der Veröffentlichung seiner Novellenbände *"Arabesken"* und *"Mírgorod" anno* 1835 die ganze Häme der Petersburger Literaten- und Rezensentenclique eingeholt hatte: jener Spitzel Bulgarin gar sprach von *"Sinn- und Geschmacklosigkeiten"*.

Einzig Bjelinskij spürte da sofort das Genie und pries es in einem siebzigseitigen Essay noch im *"Teleskop"* als Rußlands einzig *"wahren Dichter"* ihrer Gegenwart, als *"außergewöhnliches Talent"*, als *"den Kopf unserer Literatur"* und dessen Prosa als *"vollkommene Lebenswahrheit"*.

Das machte Eindruck, anhaltend namentlich auf die Jugend. Sie *"las ihn überall gleichsam im Delirium"*.

Auch Dostojewskij berichtete noch runde dreißig Jahre später, wie er 24jährig seinen Erstling *"Arme Leute"* noch als Manuskript dem grossen Kollegen Njekrassow für dessen Zeitschrift *"Vaterländische Notizen"* anbot und nach der Übergabe mit einem Freunde gemeinsam Gogols *"Tote Seelen"* las:

"Ich weiß gar nicht, zum wievielten Male. Damals war das bei den jungen Leuten so üblich: waren ihrer zwei oder drei beieinander, so hieß es gleich: 'Sollten wir nicht Gogol lesen?' Man setzte sich dann und las, und das dauerte in der Regel die ganze Nacht hindurch" (zitiert nach [5]).

Da aber publizierte Gogol schon ganze zwölf Jahre lang und war von Bjelinskij nicht kritiklos, aber prinzipiëll bewunderungsvoll begleitet und empfohlen worden. Schon 1839 hatte der schüchterne Dreißigjährige schließlich insgeheim auch Bjelinskijs persönliche Bekanntschaft herbeigeführt, weil er fürchtete, für sein großes Romanprojekt der *"Toten Seelen"* Schützenhilfe des allmächtigen Meinungsbildners gegen die vorhersehbaren Einwände der Zensur zu benötigen.

Wirklich wurde im Dezember 1841 das Erscheinen schon seines *Ersten Teils*, der heute zu den wenigen unstrittig allerbesten Romanen der Weltliteratur gehört, von den Moskauër Zensoren ungelesen einzig wegen dieses blasphemisch klingenden Titels verboten.

Der verzweifelte Gogol händigte das Manuskript nun Bjelinskij aus, der es durch einen Mittelsmann im März 1842 tatsächlich von den Petersburger Zensoren unter der Bedingung genehmigen ließ, daß ein Kapitel umgeschrieben und der Titel verändert wurde: in *"Die Abenteuer Tschitschikows oder Tote Seelen"*.

Ein gutes Jahr später, im Mai 1842, erschien das Buch. Bjelinskij mißverstand es zwar und beanstandete, daß Gogols Blick *"von den Ideen und sittlichen Problemen, von denen die heutige Zeit wimmelt"*, hier kaum noch Notiz nimmt. So bestand er also auf seinem Fetisch einer sozialkritisch realistischen Literatur und verkannte Gogols Offenbarung von Absurditäten im Vorfelde schon Franz Kafkas.

Inzwischen träumte er da bereits von der Fortsetzung des Romans in den *"kolossalen Ausmaßen"* seines *Zweiten Teils* und von einer Dankesreise hiernach ins *Gelobte Land:* nach Golgatha.

Trotzdem begleitete ihn Bjelinskij auch noch in diesen erreichten vierziger Jahren mit sehr viel Applaus. Noch zwischen 1846 und '48 sprach er gern und bei diversen Anlässen von Gogols *"riesigem künstlerischen Talent"*, dieser *"Vollkommenheit der Werke"*, *"deren völliger Freiheit und Unabhängigkeit von allen Schulregeln und Traditionen"*, ihrer *"Originalität und Urwüchsigkeit"*, die ihren Autor *"unter allen russischen Schriftstellern auszeichnet"*, weil er so *"die Auffassung von der Kunst selbst völlig verändert"* und *"in Rußland eine neue Kunst, eine neue Literatur geschaffen hat"*, so daß *"seine*

Genialität" weit über Rußlands Grenzen hinaus *"bereits anerkannt ist"*.

Noch 1847 pries Bjelinskij seinen Gogol so:

"Alle Theorien, alle literarischen Traditionen waren gegen ihn, weil er gegen sie war. Um ihn zu verstehen, mußte man sich jene völlig aus dem Kopf schlagen, mußte vergessen, daß es sie gab – und das bedeutete für viele, neugeboren zu werden, zu sterben und wieder aufzuerstehen". Alles das jedoch *"war nur dadurch möglich, daß die Kunst sich, unter Umgehung aller Ideale, ausschließlich an die Wirklichkeit wandte"*. Bei einer so vollendeten Umsetzung von Bjelinskijs fixer Idee eines literarischen Realismus habe dieser Gogol *"nicht seinesgleichen"*.

Ergo: "Der Einfluß Gogols auf die russische Literatur war ungeheuer" [17].

So extreme Begeisterung konnte wohl nur in Enttäuschung enden.

Bjelinskij behauptete, er habe *"stets die Werke Gogols um ihrer selbst und nie um des Autors willen gelobt"*. Eben deshalb machte er wohl jede bilanzierende Rechnung ohne den zuständigen Wirt.

Wirklich wußte er schwerlich, was in Gogols genialer Seele schon lebenslänglich vor sich ging und mit welchen Verdrängungen oder Gewissensqualen er welche Hilfe suchte.

Denn schwerlich ahnte Bjelinskij auch nur das Geringste von Gogols Männerlieben und ihrer zunehmend schuldbewußten Verweigerung. Anderwärts sind sie *in extenso* beschrieben [14].

Gogol hatte da inzwischen seine erotisch lebenslängliche Erfolglosigkeit bei allen begehrten Männern als Gottes Ablehnung dieser sündhaften Liebesart gedeutet und sich schließlich einer bigotten Askese unterworfen, die *"als kompensativer Kult allmählich auch in seinen Arbeiten"* um sich griff. Dort machte sie alles, was ihn quälte, nur noch qualvoller. *"Angeborene Leidenschaften"*, redete er sich ein, *"sind ein Übel und müssen mit allen Mitteln von Vernunft und Willen ausgemerzt werden "* (zitiert nach [14]). Dostojewskij deutete solches Leben als einen *"Untergrund"*.

Umso manischer suchte der früh Verwaiste nach einer väterlichen
Autorität, die ihm hätte helfen, der er hätte beichten, sich offenbaren
können. Die aber fand er nicht einmal bei den Mönchen eines Klosters, obwohl es doch *"kein besseres Los gibt auf der Welt als die Berufung zum Mönchsstand"* (zitiert nach [14]): ihm aber nicht beschieden.

Trotzdem verstärkte er nur noch die Verquickung mit seiner anerzo-
genen Orthodoxie: *"Gott will"*, notierte er in seiner Erzählung
"Schreckliche Reise", *"daß wir himmlische Leidenschaftslosigkeit
bewahren"*. Folglich verteufelte er alles Körperliche, alles Sinnliche
als sündhaft. Bald auch die Sinnlichkeit seiner eigenen Kunst. Jedoch:

"Ich kann mich schwerer retten als jeder andere Mensch" (zitiert
nach [14]).

In solcher Not, die existentiëll geworden war, kompilierte der inzwischen 38jährige 1847 aus echter und fingierter Korrespondenz seine
"Ausgewählten Stellen aus dem Briefwechsel mit Freunden": *"mein
erstes Buch, das etwas taugt"*, das ihn von seinen *"bisherigen Schmie-
rereien"* distanzierte und seinen staatlichen und kirchlichen Obrigkeiten *"nicht fremd sein"* sollte (zitiert nach [15]).

Gleichwohl zögerten die Zensur und sogar der Zarewitsch persönlich
keineswegs, große Teile auch dieses bigotten und rückschrittlichen
Buches zusammenzustreichen.

Die Resonanz war dann eine Katastrophe. Auch beste Freunde waren
entsetzt. Turgénjew nannte es einen *"Mischmasch aus Hochmut und
Liebedienerei, Scheinheiligkeit und Eitelkeit, prophetischem und krie-
cherischem Ton"*. Aber das absolut Reaktionäre dieses Buches dürfte
das Erschreckendste gewesen sein. Einzig dem Kollegen Bulganin,
Bjelinskijs Denunzianten, gefiel es.

Von der Fachwelt radikal verschmäht, schickte Gogol ein Exemplar
dieses verhängnisvollen Buches auch an Matwej Konstantínowskij,
den sein asketischer Gönner Alexander Petrówitsch Tolstoi dem verzweifelt Umherirrenden 1846 zunächst als kompetenten Briefpartner
empfohlen hatte.

Auch diesem radikal orthodoxen Oberpriester des russisch-orthodoxen Katholizismus also schickte Gogol noch aus Italiën sein Buch und hoffte, gerade mit dessen angefochtenen, dessen orthodox patriarchalischen und penetrant missionierenden Passagen bei einem solchen *"spätmanichäischen Fundamentalisten"* [14)] endlich Verständnis und geistesverwandte Anerkennung zu finden.

Denn dieser herrische Pope eines Kirchspiels der *Heiligen Transfiguration* in der zentralrussischen Oblast Twer an der Wolga westlich von Moskau war schon für seine ländliche Gemeinde im provinziëllen Rschjew ein gnadenlos altgläubiger und fanatisch asketischer Christ, der jeden seiner Gläubigen *"bis in privateste Bereiche hinein"* erbarmungslos dominierte, ihm alle außerklerikale Geselligkeit, auch jedes Spielen und Singen, rigoros untersagte und stattdessen gebot, alle fleischlichen Bedürfnisse abzutöten, indem er *"so wenig und selten wie möglich esse, zu schwelgen aufhöre, statt Tee nur noch kaltes Wasser, möglichst zu trocken Brot trinke, weniger schlafe, weniger spreche und noch mehr arbeite"* (zitiert nach [14)]).

Aus der Feder dieser erbarmungslosen Autorität ließ Gogol sich sein allenthalben verurteiltes Buch vollends radikal verdammen. Denn prompt und unumwunden erklärte dieser Pope *"Literatur und Theater, wie sie von Gogol repräsentiert und in diesem Buche immer noch verteidigt werden, zu unverzeihlich sündhaftem Teufelszeug"* [14)].

Vor so fanatischem, diesseitsfeindlichem Christentum floh Gogol 1848 nach Jerusalem. Dort aber stand *"auf der Liste seiner Fürbitten am Heiligen Grabe"* [14)] schon an erster Stelle jener Pope Matwej, dessen Briefe Gogol jetzt immer bei sich trug.

Endlich wieder zurück in Moskau, traf er sich 1849 schließlich im Hause Tolstoi, seinem Obdach, mit diesem selbsternannten Vormund.

ein volkstümlicher und bilderreicher Prediger mit der Fähigkeit zu verzückter Ekstase auf der Kanzel, ist er im Übrigen ein uninspirierter, nichtssagender, ungebildeter, persönlichkeitsloser und engstirniger Funktionär seiner Kirche, den Gogol aber spontan zum 'klügsten Menschen', zum 'teuren Freund und Fürbitter' erklärt.

Wohl gerade der totale Mangel an Menschlichkeit und differenzierter Persönlichkeit, das erratisch Ungespaltene und Unbeirrte dieses reflektionslos radikalen Dogmatikers und dessen zweifelsfrei linientreue Umsetzung des Basilius von Caesarea und anderer östlich-asketischer Kirchenväter werden von Gogol als ungebrochene Kraft und Glaubensstärke empfunden, denen er sich zunehmend unterwirft und die er für eine beglückend patristisch patriarchale Personifikation wahrer Orthodoxie, also der russischen Kirche, also des östlichen Katholizismus, also des Christentums überhaupt, also Jesu Christi persönlich hält. [...]

Matwejs Christentum ist strikt programmiert. Er polarisiert dualistisch Gott und Welt. Er vermag die Welt nur als Verneinung Gottes, Gott nur als die Verneinung dieser Welt zu denken und zu begreifen. Umso ausdauernder besteht er als Gogols Guru auf dessen Absage an alle teuflisch diesseitige Literatur und einem Eintritt ins Kloster" [14].

Aber dagegen wehrte sich Gogol noch, schrieb vielmehr mit seinen restlichen Kräften am *Zweiten Teil* seiner *"Toten Seelen"* weiter und vollendete sie fast.

Da aber kam sein fataler Guru Ende Januar 1852 abermals aus Rschjew zu Besuch ins Moskauër Haus des nicht minder orthodoxen Grafen Tolstoi. Dessen Hausgast Gogol konnte da *"sein ewig ungestilltes Offenbarungs-, Entblößungs- und Geständnisbedürfnis zumal angesichts des unbeugsam starken Übervaters"* [14] nicht mehr unterdrücken:

"Ich will so sehr, daß du meine ganze Seele siehst".

In einer rituëllen Beichte scheint Gogol ausgerechnet diesem rabiaten Lebensfremdling endlich seine Sehnsucht nach Männerleibern eingestanden zu haben.

Zur Buße verurteilte ihn dieser gnadenlose Beichtvater, *"sich unverzüglich auf einen asketischen Christen-Tod vorzubereiten"* [14].

Wirklich unterwarf sich Gogol diesem christlichen Todesurteil, verbrannte weinend sein Manuskript zum *Zweiten Teile* der *"Toten Seelen"*, den literarische und lesende Welt seither entbehren müssen, und trat in einen konsequenten Hungerstreik, aus dem ihn weder die Priester des Moskauër Metropoliten noch die brutalen Roßkuren mehrerer Arztkollegiën erretten konnten.

Am sechzehnten Tage verhungerte er 43jährig nach den Anweisungen seines Seelsorgers, die dieser selbst als *"Reinigung von innerem Schmutz"*, aber Simon Karlinsky, Gogols Biograf in Massachusetts, noch 1976 als Riutalmord bezeichnete.

Wissarion Grigorjewitsch Bjelinskij, sein Entdecker und getreuër Ekkehard, war da schon vier Jahre tot. Aber vorher hatte sich der Moribunde noch zu einer Zeit, als Gogol aller weltlichen Beurteilung seiner Texte schon auszuweichen begann, recht fassungslos zu einer Rezension jener abscheulich *"Ausgewählten Stellen aus dem Briefwechsel mit Freunden"* aufgerafft.

Er publizierte diese Kritik zunächst in der Zeitschrift *"Sowremennik"* mit einer offiziëll zensurgenehmen Fassung, die er selbst als viel zu milde und nachsichtig empfand. Gogol, selbst im fernen Neapel, reagierte hierauf mit einem persönlichen Brief vom 20. Juni 1847 und nannte sich *"betrübt"* und *"bekümmert"*, weil in Bjelinskijs Besprechung *"die Stimme eines Menschen zu vernehmen ist, der sich über mich geärgert hat"*, obwohl er, Gogol, doch *"nicht im geringsten die Absicht hatte, Ihnen mit irgendeiner Stelle meines Buches weh zu tun"* [17].

Dieser neapolitanische Brief, der den todkranken Bjelinskij im niederschlesischen Kurbad Salzbrunn, dem heutigen *Szczawno Zárój*, erreichte, wo nur fünfzehn Jahre später Gerhart Hauptmann geboren wurde, offenbarte Gogols Unterbewertung dieser Ablehnung durch seinen glühendsten Verehrer. *"Wenn Gogol sich beleidigt fühlen soll-te"*, sagte der Angesprochene zu seinem Gast und Intimus, dem Kollegen Pawel Wassiljewitsch Ánnenkow, einem guten Freunde auch Gogols, *"so kann ich ihn niemals so beleidigen, wie er mich in meiner Seele und in meinem Glauben an ihn beleidigt hat"* [17].

Schon am 3., unserem 15. Juli 1847 schrieb Bjelinskij seine Antwort, die eine gnadenlose Abrechnung mit seinem bisherigen Abgott, aber in ihrer Grundsätzlichkeit auch sowas wie sein eigenes geistiges Vermächtnis war und seither als *"eines der wichtigsten Dokumente der russischen Geistesgeschichte im 19. Jahrhundert"* gilt [15].

Da es schicksalhaft auch in Dostojewskijs Leben eingriff, sei es hier in den wichtigsten Passagen seiner elf Oktavseiten exzerpiert:

> *" ... Beleidigte Wahrheitsliebe, beleidigte Menschenwürde lassen sich nicht verwinden; man darf nicht schweigen, wenn unter dem Mantel der Religion und im Schutz der Knute Lüge und Sittenlosigkeit als Wahrheit und Tugend gepredigt werden.*
>
> ***
>
> *Ihnen ist entgangen, daß Rußland seine Rettung nicht im Mystizismus, nicht im Asketismus oder im Pietismus sieht, sondern im Fortschreiten der Zivilisation, der Aufklärung und der Menschlichkeit. Es braucht keine Predigten (es hat ihrer genug gehört!), keine Gebete (es hat ihrer genug heruntergeleiert!), sondern das Wiedererwachen des Gefühls der Menschwürde im Volke, das so viele Jahrhunderte hindurch in Schmutz und Unrat verlorengegangen war – es braucht Rechte und Gesetze, die nicht den Lehren der Kirche entsprechen, sondern dem gesunden Menschenverstand und der Gerechtigkeit [...] . Stattdessen bietet Rußland den abscheulichen Anblick eines Landes, wo Menschen mit Menschen Handel treiben [...] , wo es nicht nur keinerlei Garantien für die Unantastbarkeit der Person, der Ehre und des Eigentums gibt, nicht einmal eine Polizeiordnung, sondern nur riesige Korporationen von beamteten Dieben und Räubern! Die brennendsten und aktuëllsten nationalen Fragen in Rußland sind heute: die Vernichtung der Leibeigenschaft, die Abschaffung der Prü-*

gelstrafe, die möglichst strenge Einhaltung wenigstens jener Gesetze, die es gibt.

*

Wenn Sie wirklich der Wahrheit Christi und nicht des Teufels Lehre teilhaftig wären, Sie hätten in Ihrem neuen Buch [...] dem Gutsherrn gesagt, daß er, da der Bauer sein Bruder in Christo ist und ein Bruder nicht seines Bruders Sklave sein kann, den Bauern entweder die Freiheit geben oder sich wenigstens ihrer Arbeit zu ihrem eigenen denkbar größten Nutzen bedienen [...] müsse.

*

Aber warum haben Sie Christus mit ins Spiel gezogen? Was haben Sie Gemeinsames zwischen ihm und irgendeiner, vor allem aber der orthodoxen Kirche entdeckt? Er brachte den Menschen als Erster die Lehre von der Freiheit, Gleichheit, Brüderlichkeit und besiegelte und bekräftigte mit seinem Martertod die Wahrheit seiner Lehre. Und sie war nur so lange eine Heilslehre für die Menschen, bis sie sich zur Kirche organisierte und die Orthodoxie zu ihrem Grundprinzip erhob. Die Kirche aber trat als Hierarchie in Erscheinung, mithin als Vorkämpferin der Ungleichheit, als Liebediener der weltlichen Macht, als Gegner und Verfolger der Brüderlichkeit unter den Menschen ...

*

Wissen Sie denn wirklich und wahrhaftig nicht, daß unsere Geistlichkeit in der russischen Gesellschaft und im russischen Volk allgemein verachtet wird? Über wen erzählt sich das russische Volk zotige Geschichten? Über den Popen, die Popenfrau, die Popentochter, den Popenknecht. Ist der Pope in Rußland nicht für jedermann der Inbegriff der Gefräßigkeit, des Geizes, der Unterwürfigkeit und der Schamlosigkeit? Und Sie tun so, als wüßten Sie das alles nicht? Seltsam! Ihrer Ansicht nach ist kein Volk der Erde so religiös wie das russische: Lüge! [...]

Blicken Sie schärfer hin, und Sie werden sehen, daß es ein von Natur tief atheistisches Volk ist.

*

Bjelinskij, der nach der Niederschrift dieses Briefes an Gogol nur
noch ein knappes Jahr zu leben hatte, dürfte sich der prinzipiëllen Bedeutung dieser Zeilen bewußt gewesen sein. Er las ihn Freund Ánnenkow vor und schickte eine Kopie zumindest an Alexander Herzen, der

den Text *"genial"* fand und ihn als *"Testament Bjelinskijs für einige Generationen von Revolutionären in Rußland"* weiterreichte.

Bald waren Tausende von Kopiën in ganz Rußland verbreitet. *"Es gibt keinen Gymnasiallehrer in den Gouvernementsstädten"*, schrieb noch 1856 Gogols Kollege Iwan Sergejewitsch Aksákow an seinen Vater, *"der den Brief Bjelinskijs an Gogol nicht auswendig wüßte"*.

Umso fanatischer und gnadenloser war da dieser ganze Text natürlich offiziëll verboten worden.

Er war es nur umso mehr, nachdem Bjelinskij, der seine letzten Lebensjahre in materiëller Not und unter strenger Überwachung durch Zensur und Geheimpolizei verbrachte, aber noch im letalen Fieber *"Reden an sein Volk"* hielt, am 26. Mai, unserm 7. Juni 1848 in Sankt Petersburg an seiner Schwindsucht gestorben war.

Er wurde nicht einmal ganze 37 Jahre alt.

Leontij Wassiljewitsch Dubelt, Chef der Geheimpolizei und für Dostojewskij *"ein unangenehmer Mensch"*, rief dem Verstorbenen nach:

"Wir hätten ihn in der Festung verfaulen lassen" (zitiert nach [13]).

Der Name dieses bedeutenden Publizisten durfte bis 1856 in der russischen Presse nicht mehr genannt werden. Trotzdem war er *"jedem auch nur einigermaßen denkenden jungen Menschen bekannt"* (Iwan S. Aksákow, zitiert nach [13]).

Bjelinskijs fataler Brief an Gogol blieb bis zur Revolution von 1905 verboten, erschien schon vorher im Ausland, 1855 auszugsweise in Herzens Zeitschrift *"Poljarnaja Swjesda"*, aber vollständig erstmals 1914. Der belesene Lenin nannte ihn da schon lange *"eins der besten Erzeugnisse der nicht-zensurierten demokratischen Presse, die bis zum heutigen Tage ihre riesige lebendige Bedeutung bewahrt haben"* (zitiert nach [13]). Er galt noch viele Jahrzehnte lang in der ganzen Sowjetunion jedem Journalisten als Vorbild und war Pflichtlektüre in allen Schulen.

Aber im März 1849, nicht einmal zwei Jahre nach der Niederschrift dieses

Fjodor Michailowitsch Dostojewskij

Bleistiftzeichnung von K. Grunowskij, 1847

Briefes, den er von seinem Moskowiter Kollegen Alexej Nikolajewitsch Pljeschtschejew erhalten hatte, war es sehr mutig von unserm

Fjodor Michailowitsch Dostojewskij,

ihn in ganzer Länge und mit seiner verführerisch *"sympathischen Stimme"* dem Petraschewskij-Kreise vorzulesen. *"Er war ein Meister im Vorlesen"*, hat Ohrenzeuge Jasstreschembskij überliefert, der ihn da erstmalig sah und hörte.

Aber unter seinen Zuhörern befand sich da auch jener halbitaliënische Malersohn Antonelli, Petraschewskijs Kollege im Außenministerium, aber nebenamtlich auch als Spitzel der Geheimpolizei im Einsatz. Um auch in diesem Zirkel erfolgreich spionieren zu können, bestätigte ihm Staatsanwalt Liprandi, *"auf der gleichen Höhe des Wissens mit denjenigen Personen zu stehen, in deren Kreis er eintreten sollte,"* und außerdem, *"oberhalb des Vorurteils zu stehen, das einem solchen Menschen durch den Namen eines Spitzels brandmarke. Solche Agenten könne man für Geld gar nicht ausfindig machen"* (zitiert nach [5]).

Schon bei seinem ersten Besuch in diesem Zirkel freilich hielten alle ihn, berichtet Dostojewskij, sofort für einen Spion und schlugen daher sämtlich dessen Einladungen in die eigene Wohnung aus.

Dostojewskij las denselben Bjelinskij-Brief dann auch noch einem gleichgesinnten Kreise im Hause Burow vor und überließ ihn dann Nikolaj Alexandrowitsch Mombelli zum weiteren Kopieren.

Aber am 23. April (also unserm 5. Mai) 1849 wurde Dostojewskij gegen fünf Uhr früh verhaftet. Seine Wohnung wurde gefilzt: *"Papiere und Briefe"*, schilderte der Arretierte das noch fünfzehn Jahre später in einem Brief an die Tochter seines Freundes Alexander P. Miljukow, *"banden sie sorgfältig mit einer Schnur zusammen. Der Polizeimeister bewies hierbei viel Umsicht. Er kroch auch in den Ofen und fuhr mit meiner Tabakspfeife in der kalten Asche herum. Ein Unteroffizier der Gendarmerie stellte sich auf seine Aufforderung auf einen Stuhl und kroch auf den Ofen, er glitt aber vom Karnies herab und fiel krachend auf den Stuhl und dann mit dem Stuhl auf den Boden. [...] Auf meinem Tisch lag ein altes verbogenes Fünfkopekenstück. Der Polizeimeister betrachtete es aufmerksam [...] und fügte es dann dem Belastungsmaterial hinzu"* (zitiert nach [5]).

In der *Peter-Pauls-Festung*, damaligem Staatsgefängnis mit vier Meter dikken Mauёrn, stellte Dostojewskij bald fest, daß auch Petraschewskij und 32 weitere "Petraschewzen" im Alter zwischen 19 und 39 Jahren am gleichen Morgen verhaftet worden waren. Auf der Liste in der Hand eines hohen Beamten konnte er den Namen Antonelli entziffern, dem ein Bleistift da hinzugefügt hatte: *"Agent für die aufgedeckte Angelegenheit"*.

Damit war ein Bankett gemeint, das die Verhafteten am 7./19. April 1849 dem Frühsozialisten Charles Fourier zu Ehren gegeben hatten. In seiner Laudatio hatte Petraschewskij da verkündet:

"Wir haben den gegenwärtigen Zustand der Gesellschaft zum Tode veurteilt; wir müssen aber dieses Urteil auch vollstrecken!" (zitiert nach [5]).

Nikolaj Dmitrijewitsch Achscharumow, 27, vormals Elite-Gymnasiast in *Zárskoje Sjeló*, dann Beamter des Kriegsministeriums und Romancier, hatte noch hinzugefügt, auch Familië, Eigentum, Staat, Gesetze und Heer, auch Städte und Kirchen müßten vernichtet werden.

Das alles hatte Antonelli offenkundig denunziert.

Die hierauf Arretierten waren durchschnittlich 27 Jahre alt und aus allen Gesellschaftsschichten: Studenten, Beamte, Lehrer, Offizere, Künstler und Kleinbürger.

Ihre Untersuchungshaft dauërte insgesamt acht Monate. In den ersten acht Wochen war ihnen jede Tätigkeit verboten. Drei der Gefangenen wurden da schon geisteskrank, einer kam in die Irrenanstalt.

Dostojewskij hat seinem Bruder später berichtet, er habe in dieser Zeit *"von meinem Kopf allein"* und wie unter einer Glocke gelebt, *"aus der man die Luft herauspumpt"*: *"alles sei einerlei"* gewesen (zitiert nach [5]). Hierbei habe er aber zwei Romane und drei Novellen ersonnen.

Als er seit dem dritten Monat dieser Untersuchungshaft lesen und schreiben durfte, brachte er die sonderlich heitere Erzählung *"Ein kleiner Held"* zu Papier, die von erwachender Kinderliebe berichtet und von ihm *"so con amore gearbeitet"* worden sei wie noch nichts je zuvor. Denn dort *"konnte man nur Unschuldiges schreiben"* (zitiert nach [5]).

Trotzdem erwähnte er in diesen Bruderbriefen *"fürchterliche Träume"* und eine *"Nervenzerrüttung, die crescendo verläuft"* (zitiert nach [5]). Aber *"man kann dabei leben"*, und *"heitere Stimmung hängt schließlich doch nur von mir allein ab"* – auch noch in verschimmelter Kleidung.

Die Anklage des Staatsanwalts bezichtigte ihn revolutionärer Umtriebe, da er *"den Versammlungen bei Petroschewskij nicht nur beigewohnt habe"*, sondern dort auch *"Anteil genommen an Unterhaltungen über die Strenge der Zensur, und auf einer Versammlung im März 1849 habe er einen aus Moskau von Pljeschtschejew erhaltenen Brief Bjelinskijs an Gogol vorgelesen. Das gleiche habe er auf Versammlungen bei Burow getan, und schließlich habe er diesen Brief zur Herstellung einer Abschrift an Mombelli übergeben"* (zitiert nach [5]).

Bei den Verhören durch die Untersuchungskommission versuchte deren Vorsitzender, der General Rostowzew, wiederholt, Dostojewskij durch die Aussicht auf Begnadigung zur heutigen "Kronzeugenregelung" zu bewegen: einem vorbehaltlosen Geständnis mit Denunziation aller andern Beteiligten. Als das fehlschlug, wurde er zu schriftlichen Aussagen gezwungen, in denen er mit fast kindlicher Ehrlichkeit über sein kritisches Interesse am Sozialismus Auskunft gab.

Zur Verlesung jenes Briefes von Bjelinskij an Gogol gab er sich überzeugt, *"dieser Brief habe niemanden in Versuchung führen können, da er ja ganz angefüllt mit Schimpfereien und mit giftiger Galle geschrieben sei und deshalb abstoßend wirken müsse. Übrigens sehe er jetzt ein, daß er einen Fehler begangen habe, als er diesen Text laut vorlas ... "* (zitiert nach [5]).

Ende September 1849 begann der Prozeß: vor einem Petersburger Kriegsgericht unter Vorsitz des Generals Perowskij. Just der aber war in den Verhören durch die Untersuchungskommission als Lieferant von verbotenen Büchern selbst schwer belastet worden. Da auch der verhörende General Rostowzew ein passionierter Gegner von Versklavung und Seelenbesitz und später gar der Vorsitzende einer *"Kommission zur Aufhebung der Leibeigenschaft"* war, neigte dieses *"auf Allerhöchsten Befehl"* fungierende Gericht zu einem Freispruch für alle diese Angeklagten: wegen Mangels an Beweisen.

Aber wider alles gültige Recht wurden deren Fälle nunmehr einem Generalauditariat übergeben, das einem regulären Gerichtshof *"auf Allerhöchsten Befehl"* juristisch normaliter unterstellt war.

Es legte am 16. November 1849 mit der Unterschrift von acht Generälen ein Urteil vor, das nach angewendetem Kriegsrecht zwischen Hauptschuldigen und Mitläufern keinen Unterschied machen konnte und sämtliche Angeklagten daher *"des Verbrechens gegen den Staat"* für schuldig befand. Also wurden sie (mit einer einzigen Ausnahme) allesamt

"z u r   T o d e s s t r a f e   d u r c h   E r s c h i e ß e n   v e r u r t e i l t"
(zitiert nach [5]).

Dieses Urteil wurde erst fünf Wochen später, am 22. Dezember 1849, verkündet. Im *"Russischen Invaliden"* dieses Tages wurde es so begründet:

"Eine Handvoll völlig nichtiger, größtenteils jugendlicher und sittenloser Leute träumte von der Möglichkeit, die heiligsten Rechte der Religion, des Gesetzes und des Eigentums umzustoßen ... [...] . Gotteslästerung, freche Worte gegen die geheiligte Person des Kaisers, Darstellung der Regie-

rungshandlungen in entstelltem Lichte und Tadel hochgestellter Persönlichkeiten – das sind die Waffen, deren sich Petraschewskij bediente, um seine Besucher zum Aufruhr zu bewegen ... " (zitiert nach [5]).

Die Angeklagten selbst ahnten da noch nichts von ihrer Verurteilung.

Am selben 22. Dezember 1849 wurden sie früh um sieben Uhr zur Urteilsverkündung nicht etwa in den Gerichtssaal, sondern auf den Semjonow-Platz gefahren, wo Exekutionskommando, Schafott und Särge sie schon erwarteten. Sie mußten ihre Oberkleidung ablegen und etwa zwanzig Minuten lang bei zwanzig Minusgraden vor dieser Szene stehen.

"Dort verlas man uns das Todesurteil", hat Dostojewskij brieflich noch am selben Abend seinem Bruder berichtet: *"Man ließ uns das Kreuz küssen, zerbrach über unsern Köpfen den Degen und zog uns weiße Totenhemden an. Dann stellte man drei von uns an Pfähle, um das Todesurteil zu vollstrecken. Ich war der Sechste in der Reihe, wir wurden in Gruppen von je drei Mann aufgerufen, und so war ich in der zweiten Gruppe und hatte nicht mehr als eine Minute noch zu leben ... "* (zitiert nach [2] und [5]).

Ein Priester erschien und forderte die Delinquenten zur Beichte auf. Nur einer von ihnen beichtete. Dann wurden *"Petraschewskij, Mombelli und Nikolai Grigorjew mit Ketten aneinander geschweißt"*, hat ein Augenzeuge überliefert, *"und mit verbundenen Augen an die Pfähle gefesselt"* (zitiert nach [2]). Vor ihnen stand je ein Offizier mit einer Abteilung Soldaten und eröffnete das Kommando.

Da aber *"wurden die Trommeln gerührt"*, beschrieb auch das Dostojewskij schon selbigen Abends, *"man band die an den Pfahl Gefesselten los, führte sie zurück und las uns vor, daß Seine Kaiserliche Majestät uns das Leben schenkte"* (zitiert nach [5]).

Die ganze Hinrichtungsprozedur scheint mitsamt ihrer höchst blasphemischen Beichte vor veritabel orthodoxem Priester ein Potjomkinsches Dorf gewesen zu sein: eine sadistische Inszenierung!

Aber einer der Verurteilten hatte da schon den Verstand verloren.

"Darauf wurden die wirklichen Urteile verlesen".

Der Offizier Dostojewskij wurde mit vier Jahren Zwangsarbeit "zweiten Grades" in sibirischer Verbannung und mit anschließend unbefristetem sibirischen Militärdienst als degradierter *Gemeiner Soldat* bestraft. Damit war als besondere Gnade des Zaren eine Rückerstattung der *Bürgerlichen Rechte* verbunden: die wären sonst auf Lebenszeit verloren gewesen.

Schon zwei Tage später, am 24. Dezember 1849, wurde Dostojewskij mit den Leidensgenossen Durow und Jasstreschembskij *"abgeführt, weil uns die Fesseln angeschmiedet werden sollten. Punkt zwölf Uhr, also gerade in der Stunde, da der Heiland geboren wurde, bekam ich zum ersten Mal Fesseln an die Füße. Sie wogen zehn Pfund, und es war äußerst schwierig, damit zu gehen"*, schrieb er seinem Bruder: *"Dann setzte man uns in offene Schlitten; jeden einzeln, von einem Gendarmen bewacht, und in vier Schlitten ging es fort aus Petersburg. Wir froren fürchterlich. Zehn Stunden im Reiseschlitten sitzen, ohne sich zu rühren – mir erstarrte das Herz förmlich vor Frost. Im Gouvernement Perm hatten wir in einer Nacht vierzig Grad unter Null. Es war recht unangenehm. Qualvoll war der Übergang über den Ural. Pferde und Schlitten blieben im Schnee stecken, Es stürmte heftig. Wir mußten mitten in der Nacht aus dem Schlitten steigen und stehend warten, bis die Fahrzeuge wieder flott waren. Ringsum Schnee und Sturm, wir an der Grenze Europas und Asiens, vor uns Sibirien ... "* [16].

Als sie nach siebzehntägigem Schlittentransport am 11. Januar 1850 zunächst im Transportgefängnis der Metropole Tobolsk untersucht, ihres Geldes beraubt und in einer schmutzigen kleinen Kammer angekettet wurden, wo sie nur durch einen Bretterzaun von randalierenden Kriminellen separiert waren, hatte Durow schon wundgescheuerte Beine und abgefrorene Finger und Zehen, Jasstreschembskij eine abgefrorene Nasenspitze und Depressionen mit Selbstmordplänen, Dostojewskij "nur" Frostbeulen, einen Ausschlag um den Mund, aber eine *"ganz frauenhaft"* weiche und trostreich zarte Seelenverfassung.

Dort in Tobolsk verbüßten auch 120 überwiegend adlige

Dekabristen

jener gescheiterten Dezember-Revolution von 1825 eine 25jährige Zuchthausstrafe für ihren Versuch, die Leibeigenschaft in Rußland abzuschaffen.

Dreizehn von ihnen wurden hier seit 24 Jahren von ihren Ehefrauen begleitet und betreut, die freiwillig dieses Martyrium auf sich genommen hatten, obwohl sie schuldlos und unverurteilt waren.

"Diese großen Dulderinnen", referiert Dostojewskijs *"Tagebuch eines Schriftstellers"* von 1873, überredeten seinen Gefängniswärter, in seiner privaten Wohnung ein geheimes Treffen zu gestatten: *"sie hatten alles hingegeben: Adel, Reichtum, Verbindungen und Verwandte, hatten alles geopfert für die höchste sittliche Pflicht, für die freieste Pflicht, die es überhaupt gibt. Sie, die selbst in nichts schuldig waren, ertrugen in langen fünfundzwanzig Jahren alles mit, was ihre verurteilten Männer zu tragen hatten"* [1].

Jetzt aber fädelten sie mit diesen unbekannten neuën Häftlingen auf der Durchreise *"eine heimliche Zusammenkunft"* ein, die nur eine Stunde dauërte, *"aber sie schickten uns Nahrung und Kleidung und munterten uns auf"* [16].

Aus ihrem Bretterverschlag in diesem Tobolsk mit seinen Samariterinnen wurde Dostojewskij schon nach sechs Tagen in Gesellschaft von Mördern und Dieben, die mit ausgeschnittenen Nasenflügeln und eingebrannten Buchstaben auf Stirn und Wangen unverkennbar gebrandmarkt waren, ins rund zweihundert Kilometer südlichere Omsk am Zusammenfluß von Om und Irtysch transportiert: drei Tage lang.

"Omsk ist ein elendes Nest", schrieb er noch vier Jahre später an den Bruder: *"Bäume gibt es fast gar nicht. Im Sommer leidet man unter der Hitze und dem Wind, der den Sand aufwirbelt, im Winter unter den Schneestürmen. Die Stadt ist schmutzig, steckt voll Militär und hat eine sittlich ganz verdorbene Bevölkerung"* [16].

Im hiesigen Zuchthaus war er mit rund 150 meist kriminellen Mitgefangenen in einem morschen Holzhaus kaserniert. *"Im Sommer ist es darin unerträglich stickig, im Winter unerträglich kalt. Alle Fußbodenbretter sind durchgefault. Auf dem Fußboden liegt der Dreck einige Zoll hoch. Die klei-*

*nen Fenster sind so stark zugefroren, daß man fast den ganzen Tag nicht lesen kann. Von der Decke tropft es, und überall zieht es. Wir sind zusammengepfercht wie Heringe in einer Tonne. In den Ofen werden sechs Holzscheite geschoben. Wärme gibt das nicht – kaum daß das Eis an den Wänden
auftaut – , aber einen unerträglichen Qualm, den ganzen Winter hindurch.
Hinausgehen, um seine Notdurft zu verrichten, darf man von der Abenddämmerung bis zum Morgengrauen nicht, denn die Kaserne wird mit Einbruch der Dunkelheit verschlossen und im Flur ein Kübel hingestellt, der
natürlich einen unerträglichen Geruch verbreitet. Flöhe, Läuse, Schaben
gab es in solchen Mengen, daß man große Getreidesäcke damit hätte füllen
können ... "*[16].

Die Ketten wurden hier nicht einmal im Bade entfernt. Allwöchentlich wurden die Köpfe der Arrestanten zur Hälfte kahl geschoren, um Ausbrüche zu
erschweren.

Dostojewskij war hier einer Abteilung zugeteilt, die militärisch bewacht und
organisiert war. Sie wurde von einem Offizier namens Kriwzow befehligt,
der ein alkoholischer Sadist war und sich nur mit willkürlich vollzogenen
Züchtigungen behaupten zu können glaubte. Noch bei seinen nächtlichen
Kontrollen prügelte er einen Schläfer, weil der nicht auf der rechten Seite
lag, einen anderen, weil er im Schlaf gesprochen hatte.

Unter dem Kommando dieses unberechenbaren *"Barbaren und Säufers"*
verrichtete Dostojewskij tags über die verordnete Zwangsarbeit. Das Zerkleinern und Verbrennen von Alabaster oder Beseitigen sibirischer Schneemassen bei vierzig Minusgraden zählte da zu den leichteren Verrichtungen.
Schwerer waren das tagelange Drehen des großen Schwungrades für einen
Schleifstein oder das Tragen von Ziegelsteinen zu einem entfernten Kasernenbau. Aber wochenlang stand er auch beim Abriß einer alten Baracke
knietief in eiskaltem Wasser.

Abends war er dann dem *"Abschaum des Zarenreiches"* [3] ausgeliefert: *"es
sind rohe, gereizte und erbitterte Menschen"*, erfuhr der Bruder später: *"Der
Haß gegen den Adel ist grenzenlos; sie empfingen uns, die wir alle von Adel
sind, feindselig und mit Schadenfreude.[...] 150 Feinde wurden nicht müde, uns zu verfolgen; dies war ihr Vergnügen, ihre Zerstreuung, ihr Zeitvertreib"* (zitiert nach [2]).

So litt Dostojewskij hier lange am meisten unter dem Mangel an Alleinsein. *"Man ist nie allein, immer von Soldaten begleitet"*, nachts *"inmitten von Flüchen und Zynismen und schamlosem Gelächter"* auf einer harten Pritsche mit der eigenen Kleidung als Kopfkissen und dem Sträflingsmantel als viel zu kurzer Decke – *"und das vier Jahre lang!"* [16]

Schicksalsgenosse Durow, der *"jung und hübsch"* hier eingeliefert wurde, verließ das Zuchthaus später *"halbtot, ergraut, hinkend und asthmatisch. Er starb ganz kurze Zeit nach seiner Entlassung"* (zitiert nach [5]). Dostojewskij überstand das alles, aber mit einem abgefrorenen Fuß, ruiniertem Magen, Rheuma in den Beinen, zerrütteten Nerven und manifester Epilepsie, die ihn nahenden Wahnsinn befürchten ließ. Schon in Omsk war er *"mehrere Male ernstlich krank"* und *"lag oft krank im Lazarett"* [16].

Was ihn da einzig überleben ließ, war *"die Flucht in mich selbst"* [16]. Dabei half ihm allenfalls als seine einzige Lektüre jenes *Neue Testament der Dekabristenfrauen*, in dem er las, aus dem er vorlas und das er auch benutzte, um einen anderen jungen Häftling lesen zu lehren.

Zwischen zwei zusammengeklebten Seiten fand er sogar einen 25-Rubel-Schein: vier Jahre lang sein einziges Geld, um sich Seife, Tabak, Wäsche oder zusätzliches Brot zu kaufen.

"Was aus meiner Seele, meinem Glauben, meinem Geist und Herzen in diesen vier Jahren geworden ist, sage ich Dir nicht" [16].

Das alles konnte er seinem Bruder erst 1854 berichten: nach der Entlassung. Denn während jener vier Jahre in Omsk hatte er keinerlei Kontakt zu Familië und Petersburger Freunden. Seine Verwandtschaft mußte als Anhang eines geächteten Verschwörers um die eigene Sicherheit bangen. Alle sonstige Korrespondenz war sowieso verboten. *"Ich war wie ein abgeschnittener Ast"* (zitiert nach [5]).

Erst 1856, zwei Jahre nach der Entlassung aus diesem Inferno, gestand er seinem Freunde und Kollegen Apollon Nikolajewitsch Majkow bieflich, *"wieviel Qual ich dadurch ausstand, daß ich im Zuchthaus nicht schreiben konnte. Dabei kochte meine innere Arbeit nur so. [...] Ich schuf damals im Kopfe eine große, für mich entscheidend bedeutsame Erzählung"* (zitiert nach [5]).

Es waren sogar zwei Erzählungen: *"Onkelchens Traum"* und *"Das Gut Stjepantschikowo"*, die beide aber erst nach der Entlassung notiert werden konnten.

Diese Entlassung fand Ende Februar 1854 statt, war aber eine Entlassung nicht in die Freiheit, sondern in den zweiten Teil seiner kaiserlich anberaumten "Begnadigung". Am 2. März 1854 trat der inzwischen 32jährige, aber körperlich und seelisch kranke Ingenieursoffizier seinen Dienst als *Gemeiner Soldat* im *Siebenten Sibirischen Linienbataillon* an, das in Semipalatinsk stationiert war.

Dieses heute offiziëlle Semei im östlichen Kasachstan liegt dort in jener *"Kasachischen Steppe"*, die der Sowjetunion ein halbes Jahrhundert lang als Testgelände ihrer Atomwaffen diente, ist der Geburtsort des ukraïnischen Boxers Wladimir Wladimirowitsch Klitschko und war zu Dostojewskijs Zeiten eine weltabgelegene Garnison und Festung im Dreiländereck nicht mehr fern von chinesischer und mongolischer Grenze.

Dort stationiertes Militär versah insofern einen Frontdienst, dem der völlig entkräftete Dostojewskij anfangs freilich kaum gewachsen war. *"Aber ich murre nicht"*, schrieb er nur dem quasi mitbefreiten Bruder nach Petersburg: *"Ich erfülle meine Dienstpflichten, exerziere und marschiere und denke dabei an vergangene Zeiten"* (zitiert nach [3]). Das alles nahm den Überforderten so in Anspruch, *"daß ich kaum Zeit zum Schlafen fand"* (zitiert nach [5]).

Nach einigen Monaten freilich hatte er sich *"einigermaßen eingewöhnt"*, genoß es nun, *"endlich einmal auch allein sein zu können"*, wurde aber allabendlich bald zum beliebten Vorleser seiner Kameraden. Schon im Winter 1854/55 durfte der beflissene Soldat die Kaserne verlassen und mit einem baltischen Verehrer seiner Bücher in ein kleines Bauernhaus am Stadtrand ziehen.

Dort mögen seine Lebensgeister wiederzukehren begonnen haben. Längst schon hatte er den Bruder angefleht, *"mir Bücher zu schicken. Vor allen Dingen Geschichte, Volkswirtschaft, wenn möglich, alle Geschichtsschreiber der Antike: Herodot, Thukydides, Tacitus, Plinius, Flavius Josephus, Plutarch usw. Du wirst begreifen, wie mich nach dieser geistigen Nahrung verlangt"*, daher auch noch *"den Koran und die 'Critique de raison pure' von Kant"*, aber *"inoffiziell"* sogar *"unbedingt Hegel, besonders aber Hegels*

'Geschichte der Philosophie'. Davon hängt meine ganze Zukunft ab" (zitiert nach [2]).

Denn tatsächlich fing er an, wieder eine schriftstellerische Zukunft zu sehen, auch zu planen und schon wieder zu schreiben. Bereits in Omsk hatte er gewußt: *"Wenn ich das Zuchthaus verlasse, werde ich wieder anfangen zu schreiben"* (zitiert nach [5]). Das war also stärker als Zar und Zwangsarbeit.

"Erkundige Dich auch bei Leuten, die Bescheid wissen", bat er den Bruder brieflich, *"ob es mir möglich sein wird, etwas zu veröffentlichen, und an wen man sich zu wenden hat, um die Erlaubnis zu erhalten. Ich will in zwei oder drei Jahren ein Gesuch einreichen"* [16].

Zwei Jahre später, im Frühjahr 1856, wieder an den Bruder: *"Es kennt doch noch niemand meine Kräfte noch den Umfang meines Talentes – aber gerade darauf baue ich!"* Ein weiteres halbes Jahr später gar: *"Ich bin mir meiner selbst gewiß, hoffe, bekannt zu werden, mir Bedeutung und Anteilnahme zu erringen und endlich auch die Aufmerksamkeit auf mich zu richten"* (zitiert nach [5]).

So also wurden nun in Semipalatinsk erste Zuchthauserinnerungen und jene beiden Erzählungen seiner Omsker Fantasiën zu Papier gebracht:

"die beiden heitersten Werke,

die aus seiner Feder fließen" [2].

Umso mehr jedoch kam er auch seinen militärischen Pflichten nach. Im Januar 1856 wurde er nach zweijährigem Soldatendasein zum Unteroffizier befördert, im Oktober desselben Jahres *"auf Allerhöchsten Befehl wegen Auszeichnung im Dienste"* gar zum Unterleutnant oder Fähnrich in neuerlichem Offiziersrang.

Das ermutigte ihn, sich an einen ehemaligen Kameraden von der Ingenieurschule zu wenden, der Eduard Iwanowitsch Totleben hieß, inzwischen General und seit dem rezenten Krimkrieg von 1853 bis 1856 der russische *"Held von Sewastopol"* war. Dessen Wünsche konnte derzeit keine Obrigkeit unerfüllt lassen. Wirklich erreichte er beim inzwischen neuën Zaren Alexander II., daß der Fähnrich Dostojewskij ab 1858 seinen im Zuchthaus aberkannten Erbadel zurückerhielt und unter eigenem Namen wieder publizieren durfte.

Seit 1859 tat er das: zunächst mit den beiden imaginierten Erzählungen aus dem Zuchthaus, das für ihn inzwischen ein *"Totenhaus"* war, dann mit den hieraus resultierenden *"Aufzeichnungen aus einem Totenhaus"*(1860 ff.).

Im Mai 1859, immer noch in der *"Kasachischen Steppe"*, gestand er brieflich: *"Ich weiß sehr wohl, daß ich schlechter schreibe als Turgenjew, aber doch nicht allzu sehr, und ich hoffe, endlich einmal überhaupt nicht mehr schlechter zu schreiben als er"* (zitiert nach [5]).

Aber auch mit diversen Petitionen bemühte er sich nun um Entlassung aus dem Militärdienst: offiziëll wegen seiner aggressiven Epilepsie. Im Herbst 1858 reichte er seinen Abschied ein, im Frühjahr 1859 wurde er unter der Bedingung genehmigt, daß ihm Moskau und Sankt Petersburg weiterhin versperrt blieben.

Also wählte er eine Stadt an der Eisenbahnstrecke Moskau – Sankt Petersburg zum neuen Wohnort und zog im Juli 1859 nach Twer an der Wolga, ins sowjetische Kalinin: *"tausendmal übler als Semipalatinsk – finster, kalt, steinerne Häuser, keinerlei Bewegung, keinerlei Interessen – nicht einmal eine anständige Bibliothek. Das richtige Gefängnis!"* (zitiert nach [5]). Wirklich war es just dasselbe höllische Twer, wo jener Matwej Konstantínowskij erst kürzlich oder jetzt noch Pope war: Gogols Mörder.

Also betrieb Dostojewskij seine baldige Rückkehr nach Sankt Petersburg und schrieb Anträge oder Petitionen an den Gouverneur von Twer, den Petersburger Polizeipräsidenten und schließlich sogar an den Zaren persönlich. Dem stellte er sich aber nicht etwa als erfolgreichen Schriftsteller, sondern schonungslos als *"politischen Verbrecher" vor*, faßte dessen Verurteilung, absolviertes Strafmaß und folgliche Erkrankung zusammen und bat aus gesundheitlichen Gründen um die kaiserliche Gnade, *"nach Petersburg übersiedeln zu dürfen, um sich mit den Ärzten der Hauptstadt beraten zu können"* (zitiert nach [5]).

Der Zar erlaubte ihm zwar, *"in allen Städten des Reiches frei zu wohnen"*, aber seine zuständige Behörde verzögerte ihre Einwilligung bis zum Frühjahr 1860.

So konnte Dostojewskij erst nach elf Jahren wieder in sein Petersburg zurückkehren und dort an sein früheres Leben anzuschließen versuchen.

Gemeinsam mit seinem Bruder Michail gab er zunächst eine Zeitschrift heraus, die *"Wremja"* hieß: *"Die Zeit"*. Termingerecht zur Aufhebung der Leibeigenschaft eröffnete er da mit einem Abdruck seines Romans *"Die Erniedrigten und Beleidigten"*.

Als dort aber auch ein Artikel von Nikolai Strachow, seinem ersten Biografen, zum aktuëllen Polenaufstand von 1863 erschien, wurde *"Die Zeit"* über Nacht als *"unpatriotisch"* verboten.

In ihrem Nachfolgeblatt *"Epocha"* ließ Dostojewskij die *"Aufzeichnungen aus einem Totenhaus"* erscheinen.

Auch seine nächsten Romane konnten zunächst nur fortgesetzt in Zeitschriften veröffentlicht werden und fanden auch hiernach keinerlei Verleger: *"Schuld und Sühne"* (*"Raskolnikow"*), *"Der Idiot"*, *"Die Dämonen"*. Manches erschien dann im Selbstverlage seiner Frau.

Für die restlichen zwanzig Jahre seines Lebens blieb Dostojewskij Epileptiker und immer auch ein Objekt geheimpolizeilicher Observationen.

Als er 1881 im Alter von 59 Jahren an den Folgen eines Lungenemphysems verstarb, waren die heute weltberühmten *"Brüder Karamasow"* fast vollendet. In seinem Kopfe sollen da zehn weitere Romanprojekte auf ihre Niederschrift gewartet haben. Aber sein kaiserlich und polizeilich strapazierter Körper hatt keine Kraft mehr für sie.

An seiner Trauerfeiër nahmen *circa* sechzigtausend Menschen teil.

Nur ein gutes Jahr später begann in vierzehn Bänden eine erste Gesamtausgabe seiner Prosa zu erscheinen. Seither ist sie unbestrittene Weltliteratur.

(Quellen und Anmerkungen zu diesem Kapitel auf Seite 581 f.)

"Daß er ein Dichter war, machte ihn der Polizei verdächtig."

Ernst Toller, 40: *"Eine Jugend in Deutschland"*, 1936

*"Wehe dem Schriftsteller, der in unserer Zeit nachdenklich wird.
Wenn er dann gar noch erklärt, daß er seinen Gedanken
nun aussprechen wolle,
so wird er im Handumdrehen von allen verlassen."* (leicht gekürzt)

Fjodor M. Dostojewskij, 52: *"Tagebuch eines Schriftstellers"*, 1873

*"Ich habe kein jüdisches Blut in den Adern.
Aber verhaßt bin ich allen Antisemiten.
Mit wütigem, schwieligem Haß,
so hassen sie mich –*

wie einen Juden."

Jewgenij Jewtuschenko, 29 / Paul Celan, 42: *"Babij Jar"*, 1961/1962

*"Es scheint zur tragischen Ordnung der Welt zu gehören,
daß mit dem Heros auch sein Gegenspieler geboren wird.
Überall, wo das heroische Element
ursprünglich aus dem Boden hervorwächst,
erzeugt es, wie das Licht den Schatten, auch den Verrat.
'Wo ist ihr Judas?' kann man bei jeder der großen Figuren fragen."*

Ernst Jünger, 71: *"Siebzig verweht"* I, 4. Juni 1966

*"Man verdient wenig Dank von den Menschen,
wenn man ihr inneres Bedürfnis erhöhen,
ihnen eine große Idee von ihnen selbst geben will."*

Goethe, 37: *"Italienische Reise"*, 1786

CÆCILIA

Was wir halbwegs authentisch über diese starke und begabte Frau erfahren können, sind ihre vagen Lebensdaten. Sie wurde um 200, eher etwas später in Rom geboren und vermutlich 230 hingerichtet: auch in Rom. Ihr ganzes Leben dürfte, so kurz es war, auf dem urbanen Pflaster dieser Weltmetropole stattgefunden haben.

Wir wissen auch sonst noch so manches von ihr, aber nur vom Hörensagen. Beglaubigende Dokumente fehlen völlig.

Aber wenn sich Volk und Völker über einen Menschen viele Jahrhunderte lang immer wieder dasselbe erzählen, hat auch das seine Glaubwürdigkeit. *Vox populi vox Dei.* Der Volksmund mag da beschönigt, erweitert und ausgeschmückt, er mag auch weggelassen haben, was einer Überlieferung nicht wert oder allzu kompliziert schien. Doch wo gar nichts war, kann auch nichts verändert werden. Wo was berichtet wird, war was. Wo ganze Generationen wieder und wieder dieselben Geschichten weiterreichen, kann das nur schwerlich alles erstunken und erlogen sein.

Was also haben sie uns alle von dieser Cæcilia überliefert? Dies:

Wahrscheinlich hieß sie gar nicht Cæcilia. *Cæcilia* bedeutete damals auch *die Cæciliërin.* Da sie eine Tochter des alten Patriziërgeschlechtes der Cæciliër war und in ihrem kurzen Leben mehrfach die allgemeine Aufmerksamkeit auf sich lenkte, meinte, wer *Cæcilia* sagte, wohl eher *jene Cæciliërin.* Wie sie wirklich hieß, weiß niemand mehr: verweht.

Zu ihren Lebzeiten war das Christentum in Rom keine kleine jüdische Sekte mehr, aber eben auch noch lange nicht die später so mächtige Staatsreligion. Zwar wurden

Christen

derzeit nicht nur darum verfolgt, weil sie Christen waren. Aber unter vorherigen Kaisern wie Nero und Domitian waren sie schon den ab-

scheulichsten Pogromen ausgesetzt gewesen. Kurz nach dem Tode
der Cæcilia ließen die Kaiser Decius und Diocletian dann alle Gläubigen dieser jungen Religion wieder systematisch verfolgen und massa-
krieren.

In einer solchen Großwetterlage der Feindseligkeiten und Nachstellungen
also gehörte für Cæcilia auch in einer kurzen Atempause gleichsam mitten
im Zyklon sehr viel Zivilcourage und Überzeugsstärke dazu, sich als Tochter einer unchristlichen Familië zielbewußt christlich taufen zu lassen. Sie
vollzog das heimlich und fühlte sich seither gebunden.

Den Entschluß muß sie hierzu in wirklich jungen Jahren, fast noch als Kind
getroffen haben: deutlich vor ihrer Hochzeit.

Römerinnen durften damals nämlich schon ab ihrem 13. und mußten noch
vor ihrem 20. Lebensjahr verheiratet werden. Sonst setzte es empfindliche
Strafen: für die Eltern. Denn namentlich in so vornehmen Sippen, wie es die
Cæciliër waren, sprachen jeweils die Eltern eine Verheiratung ihrer Kinder
miteinander ab.

Die Cæciliër nun hatten ihre Tochter, die schön, also sicher auch noch sehr
jung und überdies gebildet war, einem Valerianus versprochen, der gleichfalls aus vornehmem Hause und ebenso ungetauft war wie die ganze sonstige edle Sippschaft: kein Christ. Aber diese Marotte ihrer pubertierenden
Tochter, hofften alle, würde sich durch Ehe und Mutterschaft sicherlich bald
auf allernatürlichstem Wege geben.

Für *"die Cæcilia"* jedenfalls gab es da keinerlei Verweigern ihrer elterlich
verfügten Verheiratung lediglich aus konfessionellen Gründen. Also dachte
sich ihr findiger Geist einen andern Ausweg aus.

Sie war musikalisch. Sie liebte auch Musik. Sie war musikalisch ausgebildet
und hatte eine schöne Singstimme. Vielleicht komponierte sie sogar selbst –
wenn auch nicht gerade das, was Rom damals offiziëll unter Musik verstand: Militär- und Zirkusmusik, immer nur von Blasinstrumenten, selbst
noch bei religiösen Zeremoniën. Gar bei Hochzeiten wurden dort und damals allenfalls gräßliche Spottlieder gegrölt.

Aber als Valerianus planmäßig diese Cæciliërin bekam, da *"sangen die Geigen und Saitenspiel erklang"*. Die Braut soll sogar selbst die Orgel gespielt und persönlich gesungen haben. So hat sich das in der Überlieferung festgebissen: wohl weil es so ungewöhnlich war. Ungewöhnlich wie eine so musikalische, so musische, diese fantasiebegabte Braut.

Die Stimmung der Hochzeitsfeiër dürfte durch dieses Musizieren allgemein angehoben worden sein: sensibilisiert. Hiernach wurde schwerlich noch ein vulgäres Spottlied gegrölt.

Das dürfte diese Braut und Cæciliërin so geplant haben: inszeniert. Wirklich war es eine Weichenstellung. Es führte in andere, in unkörperliche, in vergeistigtere Dimensionen.

Denn schon vor dieser Hochzeitsfeiër hatte sie unter ihrem Brautkleid *"ein Schmerzen bereitendes Hemd"* angelegt – was immer das gewesen sein mag: ein Stachelpanzer? Brenn-Nesselgewebe? eine *création* aus Opuntien-Ohren? ein Nessus-Hemd?

Schließlich im Brautgemach, eröffnete sie ihrem "heidnischen" Valerianus, daß ein Engel unerbittlich ihre leibliche Unschuld beschütze.

Valerianus respektierte das unter der gewitzten Bedingung, daß auch er diesen Engel sehen dürfe.

Sie versprach ihm das ihrerseits unter der Bedingung, daß Valerianus sich auf der *Via Appia* mit dem greisen Urban treffe.

Urban (gestorben 230)

saß acht Jahre lang, von 222 bis 230, auf Petri Stuhl. Aber sein Titel war damals noch nicht Papst, sondern *Bischof von Rom*.

Zuvor hatte er seinem Gott und dessen junger Kirche unter jenem Vorgänger

Calixtus I. (gestorben 222)

gedient, der dieses Amt fünf Jahre lang bekleidete.

Selbiger war vorher Sklave eines Christen gewesen, hatte wegen ver-
untreuter Gelder in der Tretmühle büßen, dann auf Sardiniën im
Bergwerk frönen müssen und war da nur freigelassen worden, damit
er christlicher Priester werde. Er wurde sogar Archidiakon, verwaltete
den Gemeindefriedhof an der *Via Appia* und wurde *anno* 217 Papst,
aber ohne noch so betitelt zu werden.

Seine Herkunft mag ihm einen freiën Geist und liberale Maximen gesichert haben.

So verfügte er *ex cathedra* den Generalablaß: rest- und vorbehaltlos
Vergebung aller bereuten Sünden – ohne folgende Bußzeit.

Er gestattete ferner,

daß *"Unzüchtige"* getrost auch Mitglieder der Gemeinde bleiben,
Sklaven und Aristokraten sich heiraten durften,

weihte gar Ehemänner zu Priestern, erlaubte die Hochzeit von Geistlichen

und beließ schließlich einen Bischof im Amt, der sich *"schwerer Ver-
gehen"* schuldig gemacht hatte. Ob das etwa jener

Urban,

sein späterer Nachfolger, war, steht dahin. Allzu viele Unterbischöfe
mag es damals noch nicht gegeben haben. Von diesem Urban jedenfalls ist so auffallend wenig bekannt, daß da verschwiegen worden
sein dürfte.

Aber diese enorme Freigeistigkeit seines Vorgängers rief mit dem
kleinasiatischen Hippolytus erstmals einen *"Gegenpapst"* ins Feld.
Der warf jenem ersten

Calixtus

wohlüberliefert vor, daß er *"Frauen sogar erlaubte, daß sie sich,*

*wenn sie unverheiratet waren und vor Leidenschaft brannten und das
in einem unschicklichen Alter*

Mit so extrem gelockerten Gesetzen lockte der Calixtus natürlich sogar noch Frauën aus Senatorenfamiliën an seinen Taufstein.

Er versuchte auch, sein Christentum attraktiv zu machen, indem er
erstmalig seine Kirchen künstlerisch ausmalen und dadurch sinnlich
ansprechbarer machen ließ: alles in allem wohl ein Sensualist und
schwer widerstehlicher Rattenfänger.

Wirklich war sein Freigeist tollkühn und seiner Zeit um mindestens
zwei Jahrtausende voraus.

Freilich war das nur in einem politischen Umfelde und vor religiösen Hin-
tergründen möglich, die derlei allesamt begünstigten.

Nach der Ermordung des populären Kaisers Caracalla nämlich

im selben Jahre 217, als Calixtus *"Bischof von Rom"* wurde,

wußten zwei einflußreiche, mächtige und noch machtversessenere Frauën
aus kaiserlichen Kreisen

ihren Sohn und Enkel als uneheliches Kind des gemeuchelten Imperators
auszugeben

und nach hinlänglicher Bestechung von einschlägig caracallatreuën Legio-
nen

zum neuën Kaiser ausrufen zu lassen.

Dieser untergeschobene Kaiser war damals, *anno* 218, ganze vierzehn
Jahre alt und ist als

Heliogabal (204-222)

in die Geschichte eingegangen. Aber er hieß Varius Avitus Bassianus und nannte sich als römischer Kaiser *in officio* ebenso Marcus Aurelius Antoninus wie auch schon Vorgänger Caracalla.

Der Vater dieses scheinbar kindlichen Cæsaren war aber keineswegs Caracalla,

sondern römischer Senator, aber Syrer und zuletzt Statthalter des *Imperium Romanum* im exotischen Nordafrika.

Mütterlicherseits hingegen war dieser andere, dieser knäbische Marc Aurel zwar vielfach in römischen Kaiserfamiliën verwurzelt, aber gleichfalls syrisch. Im syrischen Emesa, heutigen Homs, hatte schon sein Urgroßvater das Amt eines Priesters verwaltet, das da erblich war und insofern unweigerlich nun auch auf diesen Urenkel Varius gekommen war.

Schon dieser Vierzehnjährige, der in Rom aufgewachsen war, wurde also als Kleriker eines höchsten oriëntalischen Sonnen-Gottes, der Elagabal genannt wurde, Kaiser in Rom.

Hierher kehrte er zwar erst ein Jahr später, also immerhin schon fünfzehnjährig, aber unübersehbar in syrischen Priestergewändern zurück, mit denen er Volk und Senat nicht unbeträchtlich provozierte,

und erwies sich auch sonst als überraschend eigenwillig und stark. So heiratete er auch dreimal schnell nacheinander und hatte außerdem viele inoffiziëlle Liebschaften.

Nur durch die Wahl seines dreizehnjährigen Neffen Alexander zum Mitregenten blieben ihm Zeit und Freiräume, sein wichtigstes Regierungsziel in Angriff zu nehmen, das religiös war. Er importierte den oriëntalischen Elagabal-Kult nach Rom und strebte hier seine Verschmelzung mit der tradierten römischen Staatsreligion an.

Deren unabdingbar zementierten Monopolismus versuchte er zum Beispiel dadurch zu relativieren, daß er seinen eigenen Sonnengott Elagabal mit dem römischen *Sol invictus* kombinierte, ihn mit der römischen Göttin Minerva, aber auch mit der carthagisch afrikanischen Göttin Tinit vermählte und diese *"Heilige Doppelhochzeit"*

durch seine eigene Verheiratung mit einer vestalischen Priesterin krönend sanktionierte; hierauf aber stand in Rom seit *Olims Zeiten* die Todesstrafe.

Diese provokant rebellisch-häretische Religionspolitik war wenig aussichtsreich,

aber weichte auch für andere Randreligionen wie das junge Christentum die allgemeine Situation hinlänglich auf,

um auch sie nun in den Bereich des überhaupt Möglichen zu rücken: denn die römische Staatsreligion war nun erst einmal in ihrem Alleinanspruch rigoros in Frage gestellt und jählings nicht mehr die einzig denkbare dieses riesigen Weltreichs.

Das alles unterstützte der junge Kaiser mit Unterstützung seines noch jüngeren Nebenkaisers, indem er durch seinen persönlichen Lebenswandel auch den ganzen Sittencodex des traditionellen Rom verwarf und durch Sexual-Exzesse ersetzte, die seiner altersbedingten Triebhaftigkeit entspringen mochten,

aber keinerlei Kontrolle oder Reglementierung erfuhren und im konventionellen Rom für pervertiert galten. In all seiner legendären Schönheit aus dem Morgenlande tobte dieser kaiserlich Pubertierende sich da mit erotisch kreativer Fantasie und meist in Frauënkleidern aus. Seine Geliebten beiderlei Geschlechts wurden mit den höchsten Ämtern des Staates honoriert.

All derlei machte dieser Knabe möglich und setzte es durch. Aber in all seiner uferlosen Exzentrik wurde es unvermeidbar auch zum allgemeinen Gesprächsgegenstand, insofern diskutabel und mochte alldem durch die exotische, aber strikte Religiosität dieses jungen Potentaten auch einen Hauch von seriöser Legitimität verleihen.

"Papst" Calixtus jedenfalls dürfte sich in seiner eigenen römischen Missionsarbeit an diesen kaiserlich etablierten Attraktionen oriëntiert

haben, als er seine laxe Moral in die Gemeinde jener frühen Christen
Einlaß finden ließ.

Das konservative Rom hielt freilich dagegen.

Schon nach vier Jahren wurde dieser Kaiser, der zweifellos auch ein
radikaler Emanzipator und mutiger Synkretist war, im Auftrag seiner
leiblichen Tante und gemeinsam mit seiner machtversessenen Mutter
ohne viel Federlesens von meuternden Soldaten seiner eigenen Garde
ermordet. Er war da achtzehn Jahre alt. Sein Leichnam wurde in den
Tiber geworfen. Der Senat verfügte, ihn durch *damnatio memoriæ*
auch in der historischen Erinnerung zu tilgen.

Das mißlang. Runde hundert Jahre später setzte sich vielmehr sogar
die nominelle Gleichsetzung seiner Person mit jenem Gotte Elagabal
durch

und erinnerte in ihrer kryptisch gräzisierten Form als Heliogabalos
nur umso mehr (und etymologisch gar verdoppelt) an seine Idee eines
ökumenischen Sonnenkultes.

Noch fast siebzehnhundert Jahre nach seinem Tode dehnte der deutsche Lyriker Stefan George jenes historische Erinnerungsverbot primär und gegenläufig auch auf die *damnatio memoriæ* des römischen
Senates selbst aus

und schrieb unter einfühlsam nachempfundenem Titel *"Algabal"* seinen Zyklus von 22 rauschhaften Gedichten über ein herrscherlich ar-
tefaktisches Leben, dessen Inhalt die Züchtung einer riesigen schwarzen Kunstblume mitten im Absoluten ist:

späte Ausstrahlung dieses Prinzen aus fantasievollem Morgenlande
und ein strahlender Sieg über jedes profane Philistertum!

In dessen Metropole des frühen 3. Jahrhunderts freilich fühlten sich
auch die kopfscheu gewordenen jungen Christen durch so viel rebellische Emanzipation doch vorwiegend eher irritiert,

vom orthodoxen Gegenpapst Hippolytus überdies sicherlich auch
noch schuldig gesprochen oder angestachelt

und stürzten daher diesen

Calixtus I.,

ihren allzu laxen päpstlichen Bischof und unkonventionellen Reformator, noch im selben Jahre aus dem Fenster seiner Residenz. Unten
hängten sie ihm einen schweren Stein um den Hals und warfen diesen
couragierten Hirten und unangepaßten Missionar in einen Brunnen.
Er ertrank und wurde in Trastevere,

weit entfernt von jener Papstgruft, der er an der *Via Appia* seinen Kult
und Namen gewidmet hatte,

ebendort beigesetzt, wo schon in seinem Pontifikat mit dem Bau der
heute ältesten und sonderlich schönen Mariënkirche begonnen wurde.
Eindrucksvoll steht sie heute auf jedem touristischen Besichtigungs-
programm.

Aber Calixtus I. wird in der christlichen Kunst seither als Märtyrer
stets mit einem Stein um den Hals abgebildet. Oft droht dann in der
betreffenden Darstellung nicht eben allzufern auch schon ein gähnen-
der Brunnen.

Aber nur runde 150 Jahre später war ebenjenes Christentum dieses
"Bischofs" Calixtus die einzig geduldete Staatsreligion des gesamten
constantinischen *Imperium Romanum*

und trat ihr unbarmherziges Schreckensregiment an.

Doch wenn sich jener Calixtus damals durchgesetzt und länger am-
tiert hätte: vielleicht wäre da seiner katholischen Kirche das ganze
Desaster des christlichen Mittelalters mitsamt ihrer unheilvollen Ver-
strickung in gnadenlose Unduldsamkeit und mit all den grauënvoll
widernatürlichen Umwegen, auch über Inquisition und Hexenprozes-
se, über Folterungen und Autodafés erspart geblieben.

Die Sexualmoral dieses ersten Calixtus war schon dort, wo die außer-
christliche Öffentlichkeit aller christlichen Zivilisationen des frühen
21. Jahrhunderts nach zahllosen klerikalen Bestialitäten endlich ange-
langt scheint. Warum nicht gleich so?

Bischof aber unter diesem liberalen Papst und dessen Nachfolger war
jener

Urban,

dem Valerianus also auf Geheiß seiner angetrauten Cæciliёrin tatsächlich auf der *Via Appia* begegnete.

Niemand weiß heute mehr, was dieser Pontifex über die sexuёlle Freizügigkeit seines Amtsvorgängers dachte. Als Widerstandskämpfer ist er freilich ebensowenig in die Kirchengeschichte eingegangen wie als Anhänger jenes reaktionäreren Gegenpapstes. Er dürfte also die laxe Geschlechtsmoral des damaligen Vatikan gebilligt, übernommen und auch jener Cæciliёrin eine freiё Partnerwahl zugestanden haben.

Vielleicht erklärt sich ja so auch ihr Engel.

Dem elterlich zwangsvermählten Valerianus, der sicherlich einen selbstgewählt leibhaftigen Herzensschatz seinen eigenen Engel nannte, kann im appianischen Gespräch mit "Papst" Urban diese neuё Sexualmoral der Christen nur gefallen haben. Für Männer war sie ja auch maßgeschneidert.

Wohl so nur erklärt sich, daß der junge Valerianus unverzüglich und unbegreiflich schnell bekehrt und getauft wurde, diesem generösen Christentum also beitrat. Es lieferte ja wirklich ihm und seiner unbegehrten Frau den willkommenen Schlüssel für ihre anbefohlene Ehe: Freiheit für sie beide und ihre Engel!

Als Valerianus zu seiner Cæciliёrin zurückkam, fand er tatsächlich ihren Engel bei ihr vor. Sicher holte er dann auch seinen eigenen hinzu, und alles wurde gut. Denn die beiden Engel brachten als höfliche und wohlerzogene Kavaliere versöhnliche Blumen mit: Liliёn und Rosen, deren starker Duft den ganzen Raum erfüllte.

Da kam auch Tiburtius, Bruder des Valerianus, in dieses aromatisierte Liebesnest und ließ sich den berauschenden Duft und alles andere erklären, was zuvor geschehen war. Vom Rosenduft zusätzlich narkotisiert, ließ sich da auch dieser anderer Jüngling in seinen besten Jahren von der verlockenden Libertinage dieser Christen zu einer prompten Konversion verführen.

Aber dieses junge Trio nutzte nicht nur die erotischen Annehmlichkeiten seiner neuen Religion, sondern fühlte sich durchaus auch deren Ethos verpflichtet, wie sie es erstaunt in der Bergpredigt lasen. Also verteilten sie bereitwillig ihren ganzen Reichtum an die römischen Armen, aber besuchten auch all die vielen Brüder und Schwestern *in Christo*, die ihrem Glauben zu Ehren in den römischen Kerkern und Verliesen Verfolgung erlitten, und halfen da nach Kräften.

Als aber einige von denen in jenen geistlich turbulenten Zeiten nur deshalb hingerichtet wurden, weil sie Christen waren, bestatteten Valerianus und Tiburtius die Leichname der Exekutierten in der römischen Erde. Das war damals Provokation in höchstem Maße.

Denn in Rom war da noch überwiegend die Feuĕrbestattung üblich. Die kam für Christen mit ihrer Gewißheit von einer leiblichen Auferstehung von den Toten nicht in Frage. Also beĕrdigten Valerianus und Tiburtius ihre gemeuchelten Glaubensbrüder.

Hierfür wurden sie beide selbst verhaftet. Als Maximus, zuständiger Gerichtssekretär und Offizier, sie im Kerker enthaupten sollte, weihten sie ihn zuvor noch eben in die reizvollen Großzügigkeiten ihrer neuĕn Sekte ein. Auch diesem jungen Angehörigen einer engen Bürgermoral gefielen natürlich jene Freiheiten des christlichen Liebeslebens, vielleicht ja auch Hilfs- und Opferbereitschaft dieser konsequenten Sektierer.

Als auch er jedoch sich von ihnen bekehren ließ, griff Turcius Almachius, Präfekt in Rom (wie in Jerusalem seinerzeit Kollege Pontius Pilatus), persönlich ein. Er dürfte konservativen Beamtenkreisen und vielleicht gar dem Widerstande gegen all die kaiserlichen Reformen jener Jahre angehört haben, war mit Sicherheit nicht mehr jung oder allzu bedürftig und ließ sich daher auch in längeren Disputen von den Argumenten dieser Glaubensgebrüder nicht mehr überzeugen.

Daher griff er zunächst zum Mittel der bedrohlichen Abschreckung in Gestalt einer willkürlichen Bestrafung seines unbotmäßig konvertierten Untergebenen, ebenjenes Staatsdieners Maximus. Er ließ ihn mit Bleiklötzen schlagen.

Als das nichts fruchtete, ließ er alle drei, den halbtot Geprügelten ebenso wie die beiden Eingeschüchterten, Maximus also ebenso wie auch Valerianus und Tiburtius, rigoros enthaupten. Das war damals ein übliches Strafmaß. Bürger der römischen *urbs* durften nur auf diese Weise getötet werden.

Da die beiden Häftlinge unverkennbar höchsten römischen Kreisen angehörten, forschte der Präfekt im Anschluß an ihre Hinrichtung nach ihren Besitztümern, die vielleicht wert waren, eingezogen, beschlagnahmt und ausgeschlachtet zu werden, und traf so auf die Ehefrau eines seiner beiden Delinquenten: jene Cæciliërin.

Die hatte just alle drei Enthaupteten eigenhändig in der Erde begraben und sich insofern ebenfalls hochgradig schuldig gemacht. Der Präfekt und plündernde Schatzräuber Turcius Almachius fand sie inmitten ihrer weinenden Dienerschaft, die diese starke Frau nach so grausigem Verluste des Hausherrn nur mit ihrer eigenen Haltung und mit christlichen Argumenten zu trösten und aufzurichten wußte.

Vielleicht ja spielte sie auch hierzu wieder auf der Geige oder auf der Orgel.

Jedenfalls gelang es ihr, selbst ihre verstörte Belegschaft zu überzeugen, und

"Urban

taufte sie mit vierhundert andern": dieses ganze Personal.

Seine Missionserfolge pflegten gerade unter so bizarren Umständen immer sonderlich groß zu sein.

Almachius, der Präfekt, indessen sah sich auf seiner Beutepirsch jählings von dieser starken Witwe eines Hingerichteten zur Rede gestellt. Aber da gab es kaum Verständigungsmöglichkeiten zwischen einem so konservativen Staatsbeamten und dieser ätherischen, musischen Frau mit ihren unmateriëllen, ihren metaphysischen, geistlichen Oriëntierungen.

Almachius empfand ihre Stärke nur als ungehorsamen Starrsinn, der ihn wütend machte. Er ließ sie im Dampfbade ihres eigenen Hauses in einen Bottich mit kochend heißem Wasser steigen, den Raum verschließen und *"furchtbar"* überheizen, *"um sie zu dörren oder zu verbrennen"*.

Noch nach einem ganzen Tage und der folgenden Nacht in solchem Verbrennungsofen entstieg die Cæciliërin ihm gleichwohl unversehrten Leibes und spöttischen Geistes: *das sei ja wohl doch etwas kühl gewesen!*

Hierauf ordnete der rabiate Präfekt, der sich inzwischen ungestört im Hause seiner Opfer bedient haben dürfte, die sofortige Enthauptung auch der Cæciliërin gleich in ihrem Dampfbade an.

Aber der eingeteilte Scharfrichter war wohl kein Meister seines Faches oder auch schon gar ein heimlicher Christ. Jedenfalls schlug er dreimal zu, ohne die Cæciliërin zu köpfen. Wahrscheinlich hatte er – mit Absicht oder nicht – ein stumpfes Schwert benutzt oder immer mit der stumpfen Seite zugeschlagen. Als die schwer Verletzte nach all dem Gehacke immer noch lebte, ergriff ihr Scherge in panischer Angst die Flucht und ließ die Mißhandelte inmitten ihres eigenen Dampfbads in ihrem Blute liegen. Sie starb erst drei Tage später an den Verletzungen dieser fehlgeschlagenen Metzelei.

Vorher vermachte sie die Reste ihres geplünderten Besitzes den römischen Armen und bekehrte viele Augenzeugen ihres Martyriums zum Christentum, das es verbietet, andere Menschen zu töten. Mit vergehendem Atem verfügte sie noch, aus ihrem Hause, diesem Schauplatze menschlicher Verirrung, ein christliches Gotteshaus zu machen.

Die Cæcilia starb an einem 22. November, vermutlich 230, immer noch in jugendlichstem Alter.

Papst Urban I.

ließ sie vermutlich in derselben Gruft bestatten, in der auch sein Amtsvorgänger, Calixtus I., jener scheinbar so zügellose Sexualreformer, beigesetzt lag. Das stellte deutliche Bezüge her.

Aber noch im selben Jahre 230 wurde auch Urban selbst kaiserlich verfolgt, mit Bleikolben gegeißelt und enthauptet.

Er wurde in derselben Prætextatus-Katakombe beigesetzt, in der auch Valerianus, Tiburtius und Maximus ruhten. Später ließ ihnen hier ein irgend Befugter auch die Gebeine der Cæciliërin noch beigesellen.

Zweihundert Jahre später wurde auf dem Fundament jenes Hauses, das diese Märtyrerin als Ehefrau des Valerianus im Stadtteil Trastevere bewohnt hatte, eine Kirche erbaut und ihr geweiht: *Santa Cæcilia in Trastevere.* Noch heute können von der Krypta aus die Grundmauërn ihres Wohnhauses besichtigt werden, die von manchen Reiseleitern gar als die gruseligen oder schaurig-schönen Reste jenes fatalen Dampfbades ausgegeben werden.

Schon seit *annum* 545 gibt es da in Trastevere alljährlich ein *"Fest der Cæcilia".*

Knapp weitere dreihundert Jahre später, um 820, ließ der zweite Papst, der sich Paschalis I. nannte, die Überreste der Cæciliërin, des Valerianus, des Tiburtius, jenes Maximus, aber auch ihres Bischofs, Urbans I., in diese Kirche überführen, als deren Patronin die Cæcilia heute noch gilt.

Als Märtyrerin einer so frühen Stunde wurde sie ohnehin längst als Heilige verehrt und *ex officiis* anerkannt. Dabei hat die Kirche sie spätestens seit dem 15. Jahrhundert zur Schutzpatronin der Musik, speziëll natürlich der Kirchenmusik, aber generell auch aller Sänger, Musiker und Poëten, der Instrumenten- und namentlich der Orgelbauër erkoren. Sie gilt auch als Erfinderin des Orgelbaus, obwohl die Musikgeschichte dieses Instrument erst ein gutes Jahrhundert später datiert: doch wer weiß ... !

Vielleicht ja haben Kirchenfürsten in den Geheimarchiven des Vatikans entsprechende Notizen Urbans I. gefunden, die niemand sonst zu lesen bekommt. Giovanni Palestrina jedenfalls, eigentlich Giovanni Sante aus Palestrina, Kapellmeister des Petersdoms, Autor überwiegend sakraler Vokalkompositionen und Reformator der Kirchenmusik, begründete im 16. Jahrhundert mit päpstlicher Zustimmung und zur Pflege geistlicher Musik die römische Bruderschaft *"Verein der Heiligen Cæcilia"*, der im 19. Jahrhundert zur *Akademie* befördert wurde, für besondere Leistungen auf dem Gebiete der Kirchenmusik den *Cæcilienorden* verleiht und die *"Cæcilianische Bewegung"* zur Erneuërung der Kirchenmusik in die Wege leitete.

Inzwischen gibt es international unzählbar viele Musik- und Gesangsvereine, Madrigal- oder Kirchenchöre, auch spezifische Männergesangs- oder Instrumentalvereinigungen, Blasorchester, Laiënspielgruppen, Spielmanns- oder Grenadierzüge und Schützenkompaniën, die sich alle nach dieser gemeuchelten Römerin benennen und an ihre musische Militanz erinnern.

Cæcilia

Ausschnitt aus einem Gemälde
von Raffael Santi, um 1514/16
(in der *Pinacoteca Nazionale*
in Bologna)

Sie werden von ebenso unzählbaren Malern flankiert, die von Raffael Santi angeführt werden und diese Heilige fast immer mit Orgel, Geige oder Harfe, oft auch mit Buch und Engel unter Rosen und Liliën dargestellt haben.

Ihre veritablen Reliquiën, gar Armbein und Teile der Kinnlade, gibt es inzwischen auch im provençalischen Albi, im normannischen Acquigny und im niedersächsischen Hildesheim anzustaunen.

Nicht minder veritable Reliquiën Papst

Urbans I.

liegen auch in *Châlon-sur-Marne*. Heute heißt es *Châlon-en-Champagne* und ist die Hauptstadt der Region *Champagne-Ardenne*.

[Just hier schrieb runde anderthalb Jahrtausende später der geniale

Heinrich von Kleist (1777-1811)

an seiner genialen *"Penthesilea"*. Auf dem Wege von Königsberg nach Berlin war der Dreißigjährige im Februar 1807 als Diätar der *Preußischen Domänenkammer* von der siegreichen Armee Napoleons aufgegriffen, der Spionage verdächtigt, verhaftet, und *"unter entwürdigenden Umständen wie ein Verbrecher"* zuërst ins *Fort de Joux bei La Cluse-et-Mijoux* im französischen Jura, dann in dieses *Châlon-sur-Marne* deportiert worden, wo *anno* 450 inzwischen auch die Schlacht auf den *Katalaunischen Feldern* gegen den Hunnenkönig Attila stattgefunden hatte.

Ebendort also setzte der Häftling Kleist, guantanamesk weder kriegs- noch zivil-interniert und rechtlos, folglich ohne auch nur die mindestübliche Löhnung eines Gefangenen, die Arbeit an seiner *"Penthesilea"* fort.

Als er nach sechs Monaten endlich freigelassen wurde, fehlte das Geld für eine Heimkehr, und er mußte weitere Wochen bis in den August 1807 hinein in diesem *Châlon-sur-Marne* auf Geld aus Preußen warten und an der *"Penthesilea"* weiterschreiben.

Vielleicht ja dort und jetzt beschrieb oder konzipierte er zumindest, wie jene amazonische Frauënfreundin Penthesilea, *"von Hunden rings umheult"*, dem geliebten und begehrten Männerfreunde Achilles, nachdem sie ihn mitten in seinem huldigenden Kniefall in den Hals geschossen hat, mit ihrer Hundemeute die Flucht sogar noch in ein waidwundes Weiterleben vereitelt: denn

" 'Hetz!' schon ruft sie: 'Tigris! hetz, Leäne!
Hetz, Sphinx! Melampus! Dirke! Hetz, Hyrkaon!' [...] ,
Gleich einer Hündin, Hunden beigesellt" –

halalí! Aber dieses Urbild einer meuchlerischen Menschenjagd und -zerfleischung sollte erst 65 Jahre nach dem Tode ihres gehetzten Visionärs, 1876 in Berlin, zur Uraufführung gelangen. Heute gehört es zu den Spitzenwerken der Welt-Dramatik und mag insofern auch als das *"größte Drama von Selbstzerstörung eines Menschen"* gelten (Hohoff).

Doch auch von seinen andern Dramen hat dieses zur Strecke gebrachte Genie nie selbst eins auf der Bühne gesehen.

Diese Geringschätzung trug mit dem Ausdruck einer Treibjagd entscheidend zum Freitod des 34jährigen am Berliner Wannsee bei.]

Urban I.

aber ist heute Patron von Maastricht, Toledo, Troyes und Valencia. Seiner Verehrung widmet sich namentlich die elsässische Reichsabtei Erstein.

Calixtus I.

wurde auf dem Friedhof Calepodius an der *Via Aureliana* begraben.

Seine Reliquiën werden seit dem 9. Jahrhundert auch in Cysoing bei Tournai im belgischen Hennegau, auch in Reims, in Fulda, Neapel und in diversen Kirchen Roms angebetet.

Aber am 22. November, dem vermeintlichen Todestage der *Cæcilia*, begehen Katholiken, Griechisch-Orthodoxe, Anglikaner und Protestanten in aller Welt gleichermaßen den Gedenktag dieser Musikpatronin und feiërn ihn unangefochten ökumenisch. Viele ihrer Töchter heißen seither Cäcilie oder Cecily oder Cécil oder Cecilia oder Celia oder Cilly: nicht das schlechteste Neubrandenburg!

Wer nun aber immer noch an der bündigen Wahrheit von Legenden zweifelt, der lese in den *"Werken und Tagen"* des großen boiotischen Poëten und Mythografen Hesíod die Verse 763, 764 und beherzige sie einsichtig:

"Nie wird ganz ein Gerücht sich verlieren, das vielerlei Volkes
häufig im Munde geführt; denn ein Gott ist auch das Gerücht selbst".

(Quellen und Anmerkungen zu diesem Kapitel auf Seite 582)

*"Das Geistige Reich
hatte und hat mit und ohne sieg
die ganze welt zum feind."*

Stefan George, 50: Brief an Friedrich Wolters, 1918

*"Sophisten trat einst Sokrates entgegen;
Tyrannen Kato; Christus selbst beschämte
Mit seinem Himmelslicht der Heuchler Zunft;
Und alle opferten ihr Leben hin."*

Tommaso Campanella (1568-1639): *"Accorgimento a tutte nazioni"*,
deutsch von Johann Gottfried Herder (1744-1803)

*"Nicht das macht frei,
daß wir nichts über uns anerkennen wollen,
sondern eben daß wir etwas verehren, das über uns ist.
Denn indem wir es verehren, heben wir uns zu ihm hinauf
und legen durch unsere Anerkennung an den Tag,
daß wir selber das Höhere in uns tragen."*

Goethe, 77: Gespräch mit Eckermann, 18. Januar 1827

*"Wir sind nicht da um des Besitzes willen,
nicht um der Macht willen; auch nicht um des Gückes willen,
sondern wir sind da
zur Verklärung des Göttlichen aus menschlichem Geiste."*

Walther Rathenau (1867-1922)

JOHANN SEBASTIAN BACH

Von seinen Zeitgenossen konnte er musikgeschichtlich schwerlich auf jenen Spitzenplatz eingeordnet werden, den er heute unumstritten einnimmt. Trotzdem wußten die meisten, die mit ihm zu tun hatten, daß sein musikalisches Talent und Können ungewöhnlich groß waren.

Das offenbarte sich für Menschen um 1700 zunächst am deutlichsten in einem Orgelspiel, das schon in seinen jungen Jahren virtuos gewesen sein muß. Denn er solle, wußte Johann Nikolaus Forkel (1749-1818), selbst Organist, Musikologe und erster Bach-Biograf in Göttingen,

"mit einer so leichten und kleinen Bewegung der Finger gespielt haben, daß man sie kaum bemerken konnte. Nur die vordern Gelenke der Finger waren in Bewegung [...] , und wenn der eine zu thun hatte, blieb der andere in seiner ruhigen Lage. Noch weniger nahmen die übrigen Theile seines Körpers Antheil an seinem Spielen" (zitiert nach [1]).

Als sich der Siebzehnjährige im Sommer 1702 nach einem schulischen Abgang, der unserm Abitur entsprochen haben dürfte, an der Marktkirche St. Jakobi in

S a n g e r h a u s e n ,

heutiger Hauptstadt des sächsisch-anhaltinischen Landkreises Mansfeld-Südharz in der *Goldenen Aue* zwischen Kyffhäuser und Harz an der Gonna, aber 1944 als berüchtigte Einflugschneise anglo-amerikanischer Bombenwerfer aus NS-großdeutschen Sondermeldungen populär und gefürchtet,

als Bach sich also da um die Organistenstelle, vakant geworden durch das Ableben jenes "Figuralorganisten" Gräffenhayn, der auch problemlos als Stadtrichter amtierte, zu bewerben genötigt sah, machte sein Probespiel einen so überwältigenden Eindruck, daß alle Juroren, klerikale wie kommunale, einstimmig ihm, diesem allzu jungen Bewerber, die verantwortungsvolle Position zu überlassen beschlossen. So hinreißend hatte er gespielt.

Trotzdem bekam er, der als doppelte Waise dringend seinen Lebensunterhalt verdienen mußte, diese Stelle, nachdem sie ihm amtlich schon zugesprochen war, mitnichten.

Denn Herzog Johann Georg von Sachsen-Weißenfels war der dortige Landesherr, griff als solcher ein und verfügte es anders. Ohne Bach gehört zu haben, ernannte er stattdessen einen Johann Augustin Kobelius, der elf Jahre älter, Mitglied der Hofkapelle in Weißenfels und mütterlicherseits Urenkel jenes Nikolaus Brause war, der selbst im herzoglichen Weißenfels Hoforganist gewesen war (und in der Genealogie Richard Wagners kryptisch herumspukt). Solcher Nepotismus überwog und gab den Ausschlag gegen Bachs Talent. Der aber nannte seinen siegreichen Rivalen brieflich ein *"durch hohe Landesobrigkeit zugeschicktes Subjekt"* (zitiert nach [2]) und resignierte notgedrungen.

Aber er lernte hiervon auch. Er bewarb sich in

W e i m a r ,

wo sein eigener Großvater schon als Spielmann und *musicus instrumentalis* oder *"Lakai und Geiger"* dem Hofe dienlich gewesen war. Jetzt wurde auch Enkel Sebastian im selben Weimar Geiger. Aber fiskalisch wurde auch er hier als *"Laquey"* geführt und honoriert. Zumindest die soziale Einstufung war dadurch eindeutig. Er mußte wohl unmißverständlich auch beim Musizieren im Orchester mit einer Lakaienlivree bekleidet sein: Künstler waren hier Domestiken.

Überdies spielte Bach da nicht einmal in der offiziёllen Hofkapelle des damals regierenden Herzogs Wilhelm Ernst, sondern im kleinen Kammerorchester des mitregierenden herzoglichen Bruders Johann Ernst III., der die Dienste dieses musizierenden Lakaien geschätzt und, selbst 39jährig, so gefördert zu haben scheint, daß Bach schon damals, noch achtzehnjährig, stellvertretend auch als *"Fürstlich Sächsischer Hoforganist"* tätig werden durfte. Jedenfalls verwendete er schon bei seiner nächsten Bewerbung wohlweislich diesen Titel aus einem Ratsprotokoll des Weimarer Bürgermeisters.

Trotzdem blieb er damals allenfalls sieben Monate uniformierter Bedienste-
ter des Weimarer Hofes. Noch im selben Herbst 1703 ging er, immer noch
achtzehnjährig, nach

A r n s t a d t ,

"alte Sammelstelle seines Geschlechts" [3] und Residenz des Grafen Anton
Günther II. von Schwarzburg-Arnstadt südlich von Erfurt: als *"Organist in
der Neuen Kirchen"*, vormals abgebrannter Bonifatius-, heutiger Bachkir-
che. In der klerikalen Hierarchie war das damals nach Liebfrauen- und Bar-
füßerkirche das geistliche Schlußlicht und mußte musikalisch *"von den Bro-
samen leben, die vom Tisch der Hauptkirchen-Musik fallen"* [4] .

Aber dort war Bachs Vorspiel immerhin so beeindruckend, daß es ohne
Konkurrenten blieb.

Vertraglich fixierte Bedingung war aber, *"in andere Händel und Verrichtungen Euch nicht zu mengen"* und *"auch sonsten in Eurem Leben und
Wandel der Gottesfurcht, Nüchterheit und Vertreglichkeit zu befleißigen,
böser Gesellschaften und Abhaltung Eures Berufes Euch gänzlich zu enthalten"* (zitiert nach [3]).

Seine Freiheit hatte also auch dort reglementierte Grenzen. Nur daß sich das
"Gräffl. Schwarzb. Consistorium etc.", sein Vertragspartner, seinerseits
nicht allzu streng an das Vereinbarte hielt. So sparte es zum Beispiel am erforderlichen Kantor und verlangte vom Organisten Bach eine ehrenamtlich
außervertragliche Tätigkeit auch noch als Chordirigent. Bach fügte sich,
aber lustlos. Denn der Chor bestand aus verwahrlosten Gymnasiasten.
Selbst der Arnstädter Rat attestierte in einem Schriftsatz von damals (1706):

*"Vor ihren Lehrern haben sie keine Scheu, raufen sich in ihrer Gegenwart
und begegnen ihnen in der anstößigsten Weise. Sie tragen den Degen nicht
nur auf der Straße, sondern auch in der Schule, spielen unter dem Gottes-
dienste und während der Unterrichtsstunden Ball und laufen wohl gar an
ungeziemende Orte. Ihre freie Zeit bringen sie mit Hazardspielen und Trinken, man wolle nicht sagen mit anderen schlimmen Dingen zu, nehmen des
Nachts allerlei Mutwillen mit Schreien, Tournieren und Musiken vor und*

treiben alle bösen Stücke" (zitiert nach [3]): als hätten sie heutige Schüler aus Neukölln, aus Kreuzberg bei sich in die Schule gehen lassen.

Wie sich solche Gymnasiasten bei Chorproben unter einem Kantor, der weder ihr Kantor war noch zum Lehrerkollegium gehörte, aufgeführt haben dürften, läßt sich mühelos denken. Eines Abends jedenfalls kam dieser ihr Vize-Dirigent in Begleitung einer Kusine vom gräflichen Schloß Neideck, wo musiziert worden war, in die Stadt zurück. Da trat ihm zwischen Ledermarkt und Marktplatz in der sogenannten Galerie, Nähe Kohlgasse, auf der Höhe des Rathauses einer dieser Gymnasiasten, Johann Heinrich Geyersbach, in Begleitung von fünf andern Choristen in den Weg und verlangte von Bach mit drohend erhobenem Stocke eine Entschuldigung dafür, daß er sein Fagottspiel im Choristenorchester bei einer Probe jüngst beanstandet hatte. Als Bach sich weigerte, sagte er *"Du Hundsfott!"* und prügelte mit seinem Stocke so lange auf ihn ein, bis Bach seinen Degen zog, ihm hiermit das Hemd zerfetzte und nur von den Umstehenden an noch Ärgerem gehindert wurde.

Doch zeigte er den Übeltäter an. Zehn Tage später wurden sie im Konsistorium miteinander konfrontiert. Bach gab zu, ihn bei jener Probe mit Recht und Fug einen *"Zippelfagottisten"* genannt zu haben, Geyersbach aber stellte sich als den eigentlich Angegriffenen und von Bachs Degen gefährlich Bedrohten dar und war mit solchen Lügen für die Gottesmänner glaubhafter als Bach mit seiner Augenzeugin. Denn *"das Zeugnis einer Weibsperson"*, berichtete er später, *"wurde als nicht suffizient anerkannt"* (zitiert nach [2]). Er wurde ermahnt, seine Sänger freundlicher zu behandeln, um sie so zu besseren Resultaten zu stimulieren.

Fortan weigerte sich Bach, dieses ungeliebte Ehrenamt eines Kantors ohne vertragliche Verpflichtung weiterhin auszuüben, und bestand auf einem vierwöchigen Erholungsurlaub.

Er nützte ihn zur Weiterbildung und wanderte 1705 zehn Tage lang 450 Kilometer nordwärts nach

L ü b e c k :

zu Dietrich Buxtehude, dem meisterlichen und ungewöhnlich autarken Or-

ganisten der dortigen Mariënkirche, den er da schon bald vertreten durfte.
Er hätte auch Nachfolger des 68jährigen werden können, aber hierfür dessen
reizlose, zehn Jahre ältere Tochter Anna Margreta ehelichen müssen. Wie
schon Händel und Kollege Mattheson vor ihm, lehnte auch Bach diese Erpressung ab, blieb aber trotzdem vier Monate statt vier Wochen und kehrte
Ende Januar 1706 mit derart erweiterten Fähigkeiten und Kenntnissen nach
Arnstadt zurück, daß sein dortiges Konsistorium ihn schon nach den ersten
Gottesdiensten dieses endlich wiedergekehrten Organisten durch den Superintendenten Johann Gottfried Olearius zur Rede stellen ließ: keineswegs
aber wegen Urlaubsübertretung; vielmehr spiele er jetzt einen Gottesdienst,
"zu dem die Gemeinde kein Gesang-, sondern ein Kursbuch braucht" [5].

So verwirrend waren seine mitgebrachten Improvisationsgelüste, Tonart-
wechsel, überdehnten Zwischenspiele, seine Seitenmelodiën und Gegen-
themen selbst zu althergebrachten Chorälen: *"viele wunderliche Variatio-
nes"*, *"tonum peregrinum"* und *"tonum contrarium"* (zitiert nach [4]). Auch
habe der Organist, so Olearius, während einer einstündigen Predigt nicht ins
Wirtshaus zu gehen und auf der Orgelempore keine *"frembde Jungfer"* zu
empfangen.

Der inzwischen zwanzigjährige Bach gelobte Besserung, war jedoch zutiefst
verärgert, fühlte sich gegängelt und tat nur noch, was heute *Dienst nach
Vorschrift* heißt. Seine zugesagte schriftliche Erklärung zu alledem kam nie.

Ostern 1707 bewarb er sich stattdessen als Organist der Kirche *Divi Blasii*
in

M ü h l h a u s e n   a n   d e r   U n s t r u t

und wurde dort vom weltlichen Gemeinderat dieser eben abgebrannten
Freien Reichsstadt prompt und außer Konkurrenz zu wesentlich verbesserten Konditionen, freilich auch hier nur mit der wohlinformierten Ermahnung
eingestellt, *"aller guten wohlanständigen Sitten sich befleißigen auch unge-
ziehmende gesellschafft und verdächtige compagnie meiden"* zu wollen (zitiert nach [5]).

Also wurde er, 22jährig und inzwischen verheiratet, Bürger einer *Freien
Reichsstadt* ohne Landesfürsten, aber mit einer patriarchalischen Hierarchie,

42 Ratsherren, sechs Bürgermeistern, frühen Demokratieversuchen, freilich dennoch mit einem Klerus, der theologisch überdies zerstritten war. Zu den Piëtisten zählte auch Bachs Superintendent Johann Adolph Frohne, aber mit Georg Christian Eilmar, einem Pionier der konträr orthodoxen Lutheraner, war er befreundet. Zwischen diesen Fronten also, konnte er sich aus musikalischen Gründen nur ins Lager der Orthodoxen schlagen, weil die Piëtisten alle Kirchenmusik für weltliche Ablenkung und überflüssig verderbliche Störung ihrer Andacht hielten. Auch sein Frohne bremste Bachs musikalischen Eifer bei den Gottesdiensten. Aber Eilmar schrieb ihm Kantatentexte.

So fand sich dieser gottbegnadete und exklusive *Laudator ad maiorem gloriam Dei* oder *Soli Deo Gloria* in seiner piëtistisch oriëntierten Blasiuskirche recht eigentlich an einer Entfaltung seiner musikalischen Gottesverehrung behindert.

Schon nach einem knappen Mühlhausener Jahre kündigte er daher am 25. Juni 1708 mit der Begründung, daß er hier *"eine regulirte kirchen music zu Gottes Ehren [...] gerne aufführen mögen"*, was sich aber *"ohne wiedrigkeit nicht fügen wollen"* und *"ohne verdrießlichkeit anderer"* als sein eigentlicher *"endzweck"* nicht zu verwirklichen sei.

Wo man sein Lobpreis Gottes gar nicht wünschte, fühlte er sich fehl am Platze.

Er ging nach

W e i m a r

zurück und war dort diesmal recht am Platze, weil er nun ab 1708 *"Hoforganist und Kammermusicus"* beim regierenden Herzog Wilhelm Ernst (1662–1728), einem kinderlos geschiedenen Manne von 46 Jahren, war, dessen Wahlspruch *"Alles mit Gott"* hieß. Also zeichnete ihn nicht nur eine wohltätig gottgefällige *Caritas*, sondern zum Lobe Gottes auch ein weitgefächert kulturelles Interesse aus, das für Weimars Ruf als Musenhof eigentlich den Grundstein legte.

Persönlich einsam, stand dieser Fürst im Zentrum einer musischen und gebildeten Geselligkeit. Daher begründete er auch die berühmte Weimarer Bibliothek, hatte sich früher gar Komödianten gehalten, die er inzwischen freilich lieber durch ein Hoforchester und Herzoglichen Chor ersetzte: er ließ in seiner Schloßkapelle, der sogenannten *"Himmelsburg"*, viel musizieren – wenn auch in Husarenuniform. Sie trat auch für Bach nun an die Stelle seiner früher hiesigen Lakaienlivree.

Denn dieser Herzog war auch passionierter Jäger: *halalí*!, sonst aber noch viel puritanischer als jene fluchtauslösenden Piëtisten in Mühlhausen. Er ließ die Lichter seines Hofes sommers um neun, winters schon um acht erbarmungslos für jedermann löschen, lebte asketisch und freudlos, katechisierte seine Untertanen nach jähem Belieben, verbot den Sonntagsmarkt, reduzierte die Jahrmärkte, kontrollierte Wandel und Ausgaben seiner Bürger und reglementierte deren Alltag und Festlichkeiten bis in ihre Kleidungs- und Eßgewohnheiten hinein – wirklich *halalí*!

Für diesen spröden und tyrannischen Puritaner also machte der immer selbstbewußtere Bach nun als Organist die ersehnte *"music zu Gottes Ehren"* und als Cembalist oder abermals Geiger, sei es in Uniform, auch weltliche Musik.

Dennoch waren Konflikte hier fast unausweichlich.

Denn der mitregierende Bruder dieses Herzogs, Johann Ernst III., war im Vorjahr verstorben und hatte dem Hofe seine beiden Söhne hinterlassen. Der ältere, damals neunzehnjährig, wurde 1709 *formaliter* als Herzog Ernst August I. zum Mitregenten seines Onkels, war aber politisch noch viel reaktionärer als dieser.

Der jüngere, Prinz Johann Ernst, inzwischen fünfzehnjährig, war schon vormals Bachs Schüler und Gönner gewesen.

Mit diesen jungen Gebrüdern, die beide musikalische Talente waren, sinnenfroher lebten und dem inzwischen 24jährigen auch näherstanden als jener früh vergreiste Griesgram auf dem Thron, verbanden Bach die Vorlieben für musikalische Experimente nach italiënischer und französischer Tradition in fast freundschaftlichem Maße. Als Johann Ernst eben neunzehnjährig an Tuberkulose starb, schrieb Bach eine seiner ergeifendsten Kantaten: *"Ich hatte viel Bekümmernis"*.

Irgendwann hat er später mindestens zwei musikalische Werke dieses Prinzen postum geadelt, indem er sie unter seine eigenen Klavierbearbeitungen von sechzehn Violinkonzerten des bewunderten Vivaldi, also in beste Gesellschaft aufnahm.

Aber unweigerlich war Bach da in das Spannungsfeld geraten, das sich zwischen diesen beiden Neffen und ihrem eifersüchtigen Onkel bedrohlich und ungut entfaltete. So durften zum Beispiel die Herzoglichen Orchestermusiker nur für den Onkel, nicht aber für dessen eigene Neffen spielen.

Bach ignorierte dieses Verbot und zog sich damit erste Ungunst zu. Er spielte mit dem Feuer. Denn sein junger Herr reagierte auf den älteren mit schmerzhaften Repressaliën.

Da konnte es nicht ausbleiben, daß aus der piëtistischen Entourage des Onkels Proteste auch gegen fünfzehn Kantaten laut wurden, die Bach hier nach den lutherisch orthodoxen Texten von Erdmann Neumeister aus Weißenfels oder Salomon Franck, hiesigem Oberkonsistorialsekretär, in opernhaft ariosem Stile zu schreiben und ihren Weg aus der Kirche in den Konzertsaal einzuleiten begann. Das fand höfische und klerikale Gegner, die das als Verunreinigung, als luxuriöse Theatralisierung, als fleischliche Versündigung an Gott kritisierten.

Seines Bleibens konnte also in diesem Weimar nicht mehr allzu lange sein. Wirklich versuchte

Halle an der Saale ,

die Geburtsstadt Händels, ihn 1713 als Organisten ihrer Liebfrauënkirche zu gewinnen. Das war reizvoll. Aber nach seinem Vorspiel, das unverzüglich eine "Vocation" zur Folge hatte, taktierte Bach. Das brachte ihm in Weimar zwar die Beförderung zum neu etablierten Konzertmeister, orchesterhierarchisch den Aufstieg von einem der letzten Pulte zur dritthöchsten Position mit entsprechender Gehaltserhöhung, aus Halle aber eine Absage ein.

Bachs langes Lavieren zwischen beiden Möglichkeiten hatte ihn freilich auch in Weimar vollends diskreditiert. Als hier 1714 das Amt des Kapellmeisters neu zu besetzen war, wurde Bach, der den kränkelnden Vorgänger schon lange vertreten hatte und für jedermann, auch den jungen Herzog, der zwingende Nachfolger war, höchst schnöde übergangen. Stattdessen wurde sein befreundeter Rivale Telemann aus Frankfurt hergebeten. Nach dessen Absage wurde abermals Bach ignoriert und der talentlos dilettierende Sohn des Vorgängers nicht nur bestallt, sondern auch noch mit achtmonatiger Studiënreise ins musikalisch paradiesische Italiën honoriert.

Für Bach, der also jedes Nachsehen hatte, war das Maß nun voll. Er unterbrach seine Arbeit an der nächsten Kantate und ließ sich am 5. August 1717 als Hofkapellmeister nach Köthen verpflichten.

Aber nach neun Jahren in Weimar war auch dieser Abgang hier äußerst gefährlich. Bach wußte, daß ein kujonierter Kollege, der Waldhornist

Adam Andreas Reichardt,

bei jedem seiner Kündigungsversuche zu hundert Schlägen und Gefängnis verurteilt worden war; als er schließlich flüchtete, wurde er für vogelfrei erklärt und jedenfalls *in effigie*, vielleicht sogar leibhaftig aufgehängt.

Da jener Reichardt kein Sebastian Bach war, riskierte dieser jetzt mit seinem Weggang nur umso mehr. Selbst als Fürst Leopold von Anhalt-Köthen mit seiner Schwester bei diplomatischem Besuch im verschwägerten Weimar persönlich darum bat, Bach ziehen zu lassen, witterte der Weimarer Herzog hierin eine Intrige seines mitregierenden Neffen, eben mit jener Schwester Leopolds frisch verheiratet, und verweigerte seine Zustimmung brutal.

Zur Strafe durfte Bach 1717 zur Zweihundertjahrfeier der Reformation die beiden hierfür geplanten Kantaten erst recht nicht komponieren. Hiermit wurde sonstwer beauftragt. Bachs eigene überragende Reformationskantate blieb unbeachtet liegen. Fortan wurde ihm sogar die bisherige Kostenerstattung für Notenpapier verweigert. Die Schikanen blühten.

Als Bach umso energischer um seine Entlassung bat und den Herzog sogar mit seinem jüngsten Auslandserfolg bei einem Konzert in Dresden unter Druck zu setzen versuchte, wurde er am 6. November 1717 kurzer Hand verhaftet: *"wegen seiner Halßstarrigen Bezeugung von zu erzwingender dimission"* (zitiert nach [2]) .

Dabei war der Verhaftete legaliter schon seit vier Monaten Hofkapellmeister im verschwägerten Köthen.

Diese "Beugehaft" dauerte zwar nur einen Monat. Aber ohne jedes Gerichtsurteil war sie natürlich unbegrenzt und beliebig offen. Der Häftling mußte auf einen endlosen Arrest gefaßt sein. Da er aber Johann Sebastian Bach hieß, nutzte er diese vor ihm gähnende Leere und vollendete oder korrigierte sein angefangenes *"Orgelbüchlein"* mit sämtlichen 164 Chorälen von seiner Hand. Albert Schweitzer hat es später als Bach-Biograf und Organist das *"Wörterbuch der Bachschen Tonsprache"* und *"eines der größten Ereignisse in der Musik überhaupt"* genannt (zitiert nach [4]) .

Aber für ein solches Werk war seine Haft denn doch zu kurz. Schon nach vier Wochen ließ der Herzog ihn mit Rücksicht auf die Sippschaft in Köthen frei: am 2. Dezember 1717, aber nur *"mit angezeigter Ungnade"*, also Streichung in allen Weimarer Registern: einem biografischen Makel, einem argen Schandfleck in allem künftigen Leumundszeugnis.

So gebrandmarkt also, ging Bach im Dezember 1717 von Weimar ins anhaltinische

K ö t h e n inmitten der *Magdeburger Börde*.

Dort hatte Fürst Leopold, Liebhaber der Musik, erst im Vorjahr seinen Thron bestiegen und war noch frischen Mutes. Er selbst spielte Cembalo und *Viola da Gamba*, sang *"einen hübschen Bariton"* [5], liebte Oper und Lully, hatte im Berliner Opernballett persönlich mitgetanzt und war jetzt, nach Reisen durch halb Europa, 23 Jahre alt, Bach mittlerweile 32 und nunmehr *"Hochfürstlich Anhalt-Cöthnischer würcklicher Capellmeister"*.

Endlich war er das wirklich. Er blieb es faktisch fast sechs Jahre, mußte sich zwar auch hier wieder uniformieren, wenn er musizierte, aber in das modische *"Heyducken-Habit"* der fürstlich-köthenschen Dienerschaft, war da dennoch immerhin so gut dotiert wie der zweite Beamte dieses kleinen Staates und wohnte wohl gar in einem Flügel des fürstlichen Schlosses.

Johann Sebastian Bach

Porträt von Johann Ernst Rentsch dem Älteren,
Hofmaler in Weimar, 1715
(im Angermuseum Erfurt)

Sein Landesherr trug keine Perücke mehr, hatte langes blondes Haar, war noch ledig und galt als moderner schöner Mann. Doch als Sohn eines calvinistischen Vaters und einer unebenbürtigen lutherisch orthodoxen Mutter inkarnierte er doch auch wieder das religiöse und soziale Schisma jener Zeit, zumal seine Untertanen mehrheitlich Lutheraner waren. Aber von seinem Vater hatte Leopold ein religiöses Toleranzedikt vorgefunden, das er mühelos respektierte.

Für seinen Hofkapellmeister war aber Köthen nach Mühlhausen und Weimar schon der dritte Ort mit solchen Konfessionsproblemen: Grund genug für Bach, an erneuten Wechsel zu denken. Inzwischen komponierte er bevorzugt so weltliche Musik wie die *"Köthener Suiten"*, *Französischen Ouverturen*, *Concerti Grossi*, Violin-, Flöten- und Gambenkonzerte, Partiten, Cello- und Geigensonaten.

Dies alles konnte er hier von siebzehn hochkarätigen Musikern spielen lassen, die wohlfeil in Berlin zu haben waren, weil Friedrich Wilhelm I. dort *"Soldatenkönig"* war, der einen Komponisten und Flötenspieler zwar zum Sohne hatte, aber eine Hofkapelle nicht benötigte und sein ganzes

Königlich-Preußisches Hoforchester

daher 1713 von heute auf morgen einfach gekündigt hatte: weg damit! Haut ab: *halalí*!

Umso besser gelangen in Köthen die Konzerte des Kapellmeisters und Hofkomponisten Bach. Umso produktiver war der dort auch. Er verlebte da vermutlich einige seiner besten, seiner angenehmsten Jahre: nicht angefochten, sondern angemessen geschätzt und respektiert. Dieser Leopold, den er brieflich später als *"einen gnädigen und Music so wohl liebenden als kennenden Fürsten"*[6) bezeichnete, nahm ihn gar auf seine Badereisen ins böhmische Karlsbad mit. Erstmalig bat da Bach diesen Brotherrn und dessen fürstlichen Bruder August Ludwig um die Patenschaft bei seinem nächsten Sohne Leopold August. So freundschaftlich stand man da miteinander.

Aber dieses Glück währte nicht lange. Schon 1720 verstarb unverhofft Bachs Frau, 36jährig, und hinterließ vier kleine Kinder. Die Not war plötzlich groß und dieses Köthen ein Ort des Jammers. Bach wollte weg.

Da bot sich schon acht Wochen später, im September 1720, eine Vakanz als Organist für die Schnitger-Orgel der Jakobikirche im attraktiven

H a m b u r g .

Von acht Bewerbern war Bach da schon der prominenteste und begehrteste. Trotzdem schlug er das Angebot aus. Warum? Weil Johann Joachim Heitmann, den der Hamburger Komponist Johann Mattheson als *"wohlhabenden Handwercks-Mannes Sohn"* bezeichnete, *"der besser mit Thalern als mit Fingern präludieren kunnte"*, dann an seiner Stelle aus *"Erkäntlichkeit"* viertausend Kurantmark für die Wahl auf diesen Posten zu zahlen bereit und fähig war. Solche Bestechung war dort hanseatisch-pfeffersäckisch üblich, doch für Bach ganz undenkbar. Es wären für ihn auch mehrere Jahresgehälter gewesen.

"Das heißt", schloß Mattheson: *"Männer mit Ämtern, nicht aber: Ämter mit Männern versehen"* (zitiert nach [5)). Erdmann Neumeister freilich, Hauptpastor an ebenjener Jakobikirche in Hamburg, predigte dort schon zu Weihnachten 1720 über Engelsmusik zu Christi Geburt und aktualisierte spitz:

"Wenn auch einer von den Bethlehemitischen Engeln vom Himmel käme, der göttlich spielte, und wollte Organist zu St. Jacobi werden, hätte aber kein Geld, so möge er nur wieder davon fliegen" (zitiert nach [5]) .

So also kam nach Hamburg damals nicht Johann Sebastian Bach, sondern Johann Joachim Heitmann. Bach kehrte in sein Trauer-Köthen zurück.

Dort lieferte er schon wenige Wochen später *"six concerts avec plusieurs instruments"* als Geburtstagsgabe an den Markgrafen Christian Ludwig von Brandenburg, der diese *concerti grossi* für sein Orchester in Auftrag gegeben hatte. Ihm gewidmet, sollten sie wohl auch ihrem Komponisten Türen zu öffnen helfen. Denn im Begleitbrief bezeichnete Bach diese Werke als *"Gaben, die mir der Himmel für die Musik verliehen hat"*. Wirklich gehören sie seither zu den Spitzenwerken nicht nur dieses Komponisten, sondern der ganzen Musikgeschichte und sind seit Jahrhunderten auch noch höchst populär.

Aber der Eingang dieser Sendung bei ihrem Empfänger wurde nie bestätigt. Denn das so beschenkte brandenburgische Orchester war mit diesen *"Brandenburgischen Konzerten"* überfordert. Sie wurden dort nie gespielt. Sie tauchen nicht einmal im Katalog der markgräflichen Bibliothek auf. Nach dem Tode ihres Auftraggebers 1734 wurden sie verramscht. Erst viel später gelang es dem Bach-Schüler Kirnberger, sie für die Nachwelt überhaupt zu retten.

Inzwischen war es dem 36jährigen Witwer noch in Köthen gelungen, seinen schon anderthalb Jahre verwaisten Kindern am 3. Dezember 1721 eine neue Mutter zu geben: eine zwanzigjährige Sängerin und Tochter eines Hoftrompeters just aus Weißenfels.

Aber nur acht Tage nach dieser Hochzeit heiratete endlich auch sein Landesfürst, 27jährig, die eigene Kusine Friederica Henriëtta, Tochter des Fürsten Carl Friedrich von Anhalt-Bernburg. Bach nannte sie bald die *"Amusa"*, denn die *"musicalische Inclination am Hofe"*, schrieb er, sei seither *"etwas laulicht"* [6] . Schon seine Gratulations-Ode für das fürstliche Brautpaar ist verschollen.

Denn fünf Wochen lang wurde diese Eheschließung mit Festen, Maskeraden, Bällen und Illuminationen gefeiert, zu denen nicht Bach mit seiner fürstlichen Kapelle musizierte, sondern der Stadtmusikus Würdig mit seinen sehr viel weniger würdigen Stadtpfeifern.

Auch alle ferneren Werke Bachs gerieten jetzt im Fürstenhause in Mißkredit: *nicht leicht genug, zu ernst!* Lieber ließ die junge Fürstin neu eine Garde etablieren, freute sich an flotten Offizieren oder hochgewachsenen Absolventen der Ritterakademie in schmucken Uniformen und langweilte sich in Konzerten. Vermutlich war da auch Eifersucht im Spiele. Sie äußerte sich unverhohlen mißvergnügt, und Gatte Leopold kuschte.

Da starb im Juni 1722 der Leipziger Thomaskantor Johann Kuhnau. Sechs Kandidaten bewarben sich um seine Nachfolge in diesem reputierlichen Amte. Denn Leipzig war *de facto* damals und offiziös inmitten all der vielen Fürstentümer die deutsche Hauptstadt, auch kulturell. Gewählt wurde hier nun Georg Philipp Telemann, damals schon ein Star dieser Szene und Grund für Bach, diese Konkurrenz gar nicht anzutreten.

Aber Telemann wollte lieber in Hamburg bleiben, pokerte dort erfolgreich und sagte in Leipzig ab. Dort gefiel aber keiner der neuën sechs Bewerber. Heimlich suchte man daher prominentere und fand im späten Herbst gleich zwei: Graupner aus Darmstadt und Bach aus Köthen. Graupner behagte in Leipzig mehr als Bach. (Oder Darmstadt mehr als Köthen.)

Aber nachdem man sich für

Johann Christoph Graupner (1683-1760)

entschieden und Monate lang auf dessen Zusage gewartet hatte, gab der bekannt, von seinem Landgrafen gar nicht freigestellt zu werden. Angeblich wollte er nach Leipzig, aber durfte nicht. (Bekam jetzt in Darmstadt freilich auch mehr Geld als vorher.)

Er empfahl statt seiner den Rivalen aus Köthen.

Den kannte man in Leipzig schon seit jener ehrenvoll erfolgreichen Prüfung der Scheibe-Orgel in der dortigen Universitätskirche *St. Pauli* durch den Weimarer Organisten vor mehr als fünf Jahren: Ende 1717. Trotzdem hatte er nun im Februar 1723 für Leipzig vorgespielt, auch seine Frömmigkeit hochnotpeinlich examinieren lassen, wartete inzwischen auch seinerseits seit drei Monaten auf den Bescheid aus Darmstadt und konzertierte seither wiederholt in Leipzig.

Am 9. April 1723 sah Graupner sich gezwungen, endgültig abzusagen. Schon vier Tage später hatte Bach da die geforderte Bescheinigung seiner Freilassung aus Leopolds Diensten in Händen. Aber erst nach unübersehbarer, deutlicher Bedenkzeit von sechs Tagen händigte er sie als seine schriftliche Zusage auf die Leipziger Offerte tatsächlich aus. Am 5. Mai 1723 erfuhr er seine Wahl.

Lange Zähne gab es hierbei wohl auf beiden Seiten.

Bach, dem es *"anfänglich gar nicht anständig seyn wolte, aus einem Capellmeister ein Cantor zu werden"* [21], wußte seinerseits mit all seinem Selbstgefühl genau, daß er nach Telemann und Graupner, vielleicht auch noch erst nach

> *Johann Friedrich Fasch* (1688-1758),
>
> jenem namhaften Komponisten des Barock und Hofkapellmeisters in Zerbst, heute Landkreis Anhalt-Bitterfeld, dem sein dortiger Brotherr, der Fürst von Anhalt-Zerbst, den ehrenvollen Karriëresprung in die Messe-, Handels- und Weltstadt Leipzig gleichfalls kurzer Hand untersagte,

daß er nach allen denen also trotz seines ofterprobten Könnens, Talents und Wissens nunmehr zu guter Letzt an der Pleiße eine dritte oder vierte Wahl war: ein Ersatzmann. Eine Notlösung.

Wirklich gab da im Leipziger Stadtrat der Appellationsrat Abraham Christoph Platz mit seiner gescheiterten Vorliebe für einen weiteren Kandidaten auch noch aus Pirna schamlos zu Protokoll: *"... da man nun die besten nicht bekommen könne, müsse man mittlere nehmen"* (zitiert nach [4]).

Unter solchen Vorzeichen also trat Bach sein scheinbar schicksalhaft musikhistorisches Amt an: als Thomaskantor in

L e i p z i g .

Am 22. Mai 1723 traf er in Leipzig ein. Er folgte da einem Vertrage, der ihn minutiös verpflichtete, *"einem hochweisen Rathe allen schuldigen respect und Gehorsam erweisen und deßen Ehre und reputation aller Orthen bester maßen beobachten und befördern"* zu wollen (zitiert nach [3]). Ferner dürfe er sich ohne Genehmigung des Bürgermeisters nie aus Leipzig entfernen und müsse immer den Anweisungen wechselnder Inspectoren und Vorsteher der Schule *"in allem und jeden"* folgen.

Schon in alledem waren heillose Blanco-Versprechen mit verfänglichen Fußangeln verborgen.

Aber auch das vereinbarte Arbeitspensum gab Konflikte vor.

Die Thomasschule, damals schon mehr als fünfhundert Jahre alt, war eine Armenschule unter Aufsicht des Stadtrats. Da ihre Schüler also weder Schulgeld noch im obligaten Internat das Kostgeld zahlen konnten, mußten sie als Gegenleistung für Unterricht, Logis und Verpflegung in allen Leipziger Kirchen mit ihren Stimmen (oder Instrumenten) den musikalischen Teil von Gottesdiensten und sonstigen klerikalen Anlässen übernehmen.

Dieses Musizieren aber wurde natürlich nicht vom Rat, sondern von der Kirche geregelt, beaufsichtigt und alimentiert. Da diese Alimente knapp bemessen waren, mußten die 55 Alumnen zweimal wöchentlich auf den Leipziger Straßen und Plätzen als Kurrende singen. Das so ersungene, eigentlich erbettelte Geld wurde nach festgelegtem Schlüssel auch an die Lehrer verteilt, deren festes Gehalt entsprechend niedrig war.

Bachs Fixum als Kantor dieser Schule lag inclusive Holz- und Lichtgeld mit 100 Talern nur knapp über den Bezügen zum Beispiel eines Maurerpoliers (91 Taler) und betrug nur ein Sechstel dessen, was ein städtischer Schreiber bekam (600 Taler); der Bürgermeister kassierte 1500 Taler, ein Professor der Theologie gar 2500 Taler steuërfrei.

Also war der knapp gehaltene Thomaskantor auf "Akzidenziën" wie Begräbnisse, Hochzeiten, Taufen, prominente Geburts- und Feiërtage und sonstige Sonderleistungen angewiesen, die er tarifgebunden in Rechnung stellen konnte, aber eben auch auf seinen Anteil am Erbettelten der Kurrende.

Schon hier beginnt begreiflich zu werden, inwiefern Franz Rueb, Bachs späterer Biograf, dieses Amt eines Leipziger Thomaskantors als *"Demutsposten"* bezeichnete: *"abhängig von Räten, Rektoren. Konsistoriumsmitgliedern, selbst von Schülern"* [2].

Seine festgeschriebenen Gegenleistungen waren überdies sehr umfangreich. In der Schule, die ein humanistisch-theologisches Gymnasium mit mathematischem und sprachlichem Zweig war und in deren Hierarchie nach Rektor und Konrektor der Kantor erst als der dritthöchste Funktionär galt, oblagen ihm primär die Erziehung der 55 Alumnen aller Altersklassen und ihre Unterrichtung in Latein, antiken Autoren, Religion und Musik.

Der Musik- und Gesangsunterricht dieser 55 professionell agierenden Solisten und Chorsänger bestand aus sieben Wochenstunden, fand also täglich statt. Daher waren auch für die Aufnahme eines neuen Thomaners dessen Musikalität und Singstimme ebenso ausschlaggebend wie das diesbezügliche Votum des prüfenden Kantors.

Dieser hatte ferner das gesamte klerikale Musizieren der Thomasschüler in den Gottesdiensten von vier Leipziger Kirchen zu gestalten, zu leiten, zu verantworten, zu beaufsichtigen. Hierzu war er der alleinige Musikbibliothekar und einzige Notenkopist dieser Thomasschule, also fast des ganzen Leipziger Musiklebens, das er, nicht zuletzt, mit eigenen Kompositionen zu beliefern hatte.

Vorgeschrieben waren da pro Sonntag und pro sonstigem Feiërtag je eine neuë Kantate von etwa zwanzig bis dreißig Minuten, pro Kirchenjahr demnach 59 Kantaten, ferner je eine Passion und ein *Magnificat*. Von Bachs 190 überlieferten Kantaten entfallen 165 auf seine Leipziger Jahre: all die verlorenen mitgerechnet, müssen es in seiner dortigen Kantoratszeit mindestens 265 gewesen sein. Von den allfälligen Passionen, die er nicht alle selbst verfaßte, sind nur zwei eigene erhalten, zwei andere verschollen.

Außerdem mußte er mit Chor, Orchester und passender Musik auch bei ausserkirchlichen Anlässen zur Stelle sein: für *"Gedenkfeste, Krönungen, Erbhuldigungen, Prinzengeburten, Dankfeste, Friedensfeiern, für das Reformationsfest, bei Begräbnissen, für den Ratswechsel und für Geburtstagsfeiern des Fürsten"* [2].

Ausgenommen, weil kurz vor Bachs Amtsantritt listenreich weggenommen war da einzig die Universität mit ihrer eigenen Kirche *St. Pauli* und ihren anspruchsvoller musizierenden Studenten. Diese *Alma Mater Lipsiensis* war jetzt mit ihren rund dreihundert Jahren eine der ältesten und angesehensten deutschen Hochschulen, unabhängig von Stadtrat und Gerichtsbarkeit, *"eine Art Staat im Staate"* [5)] und entsprechend erstarrt. Noch 1716, kurz vor Bachs Ankunft, wurde hier *"eine Verordnung am schwartzen Brete angeschlagen, daß*

die Professores

und andere, welche bei der dasigen hohen Schule läsen, alle verdächtigte Meynungen und neue Arten zu reden und zu schreiben vermeiden sollten".

So hielt das schon 1737 ein *"Grosses vollständiges Universal Lexicon"* als immerhin notabel fest (zitiert nach [4)]).

Mit ihrem Musizieren war die Universität neben Kirche, Hof und Stadtrat autonom, überließ es aber meist ihrer theologischen, sonderlich konservativen Fakultät. Hier also hatte Bach nur partiëlle Rechte und Pflichten, die er sich einzig in jahrelangen Auseinandersetzungen und mit einer Petition gar beim sächsischen König im fernen Dresden erstreiten konnte. Das Professoren-*Concilium*, unumgänglich aus lauter kuschenden Liebedienern jener Maulkorb-Verordnung bestehend, war hier ebensowenig willens oder imstande, seine Genialität zu erkennen wie die Funktionäre des Stadtrats und die Kleriker des Konsistoriums.

Aus alledem ergibt sich, daß sein Leipziger Kontrakt zwischen vielen Fronten zu lavieren verdammt war.

Die nächstgelegene im Alltag war der vorgesetzte Rektor der Thomasschule. Da waren Bach drei unterschiedliche Phasen beschert.

Die erste dauërte immerhin sieben Jahre, bis Johann Heinrich Ernesti, seit fast fünfzig Jahren Thomas-Rektor und Universitätsprofessor, 77jährig verstarb. Seiner akademischen Oriëntierung waren Ansprüche und Leistungen dieses neuën Kantors ebenso belanglos wie seiner Vergreisung. Bachs Neuerungen und Forderungen kämpften da vehement gegen Windmühlenflügel.

Ernestis Nachfolger war jedoch seit 1730 kurze vier Jahre lang

Johann Matthias Gesner (1691-1761),

39jähriger Altphilologe, Theologe und Pädagoge, schon aus Weimarer Zeiten Freund und einsamer Bewunderer Bachs, jetzt ein kompetenter und energischer Förderer, Protektor und Gönner.

Aber die Universität Leipzig verweigerte ihm aus Scheelsucht die angestrebte Professur, so daß er schon 1737 mit einer *venia legendi* für Poësie und Rhetorik als erster Professor an die neugegründete Universität Göttingen ging, wo er auch Direktor der Universitätsbibliothek wurde.

Noch in einen seiner dortigen Kommentare zum spanisch römischen Rhetor Quintilianus aus dem 1. Jahrhundert integrierte er eine Huldigung an Bach.

Aber dessen dritter Leipziger Rektor hieß Johann August Ernesti, war nur ein Namensvetter des ersten, aber sechzehn Jahre lang ein fanatischer Feind seines Kantors.

27jährig ging er frisch absolviert aus der Leipziger Studentenschaft hervor, war Hauslehrer beim Bürgermeister, dann Konrektor unter Gesner und wurde schließlich schon 35jährig Professor seiner *Alma Mater* zunächst für *Alte Literatur*, später auch noch für Theologie. Unbeschadet seiner späteren Bedeutung als Autor, Textkritiker und Hermeneutiker mit dem Ehrentitel eines *"Germanorum Cicero"*, war er als Leipziger Thomas-Rektor ein dezidierter Gegner aller musischen Erziehung und musikalischen Ausbildung seiner Schüler. Einem so überzeugten Rationalisten und Aufklärer waren alle künstlerischen Bereiche nicht nur unzugänglich, sondern auch nutzlos. Also hielt er auch Musikunterricht in Schulen nur für *"ein Hindernis auf dem Wege zu freier geistiger Entwicklung"* [3]. In seiner positivistisch utilitaristisch reformierten Schulordnung kam Musik nicht mehr vor. Er verachtete und bekämpfte auch die Konzerte der Leipziger Thomaner und ihres derzeitigen

Kantors Bach, dessen Bedeutung er eifersüchtig nicht wahrhaben wollte und ignorierte.

Ernestis Unterdrückungs- und Demütigungsstrategiën kleinstkarierten Kalibers hatten ebensolche Machtkämpfe mit ehrgeizigen Verleumdungen, rufmörderischer Kriminalisierung und peinlichsten Auswüchsen bis hin zur öffentlich angesetzten Prügelstrafe für Bachs 29jährigen Mitarbeiter und Protégé zur Folge.

Bach, damals fünfzig, beschwerte sich beim Rat über die *"Anmaßung"* seines 29jährigen (mehr als zwei Jahrzehnte jüngeren) Rektors und dessen *"großen Despekt und Prostitution"*, der Rat blieb indolent, Bach wandte sich an den Kurfürsten, der deligierte salomonisch und ebenso indolent.

Mit diesem Widersacher als seinem nächsten Vorgesetzten verbrachte Johann Sebastian Bach also die letzten sechzehn Jahre seines Lebens.

Eine Kollision wie diese ist bis heute historisch absurd geblieben.

Sie potenzierte sich freilich noch in der Geringschätzung, mit der Johann Christoph Gottsched, Leipzigs aufgeklärter "Literaturpapst", Bachs gesamte Anwesenheit und Tätigkeit vor Ort 26 Jahre lang ignorierte. Das ging so weit, daß er in seinem *"Versuch einer Critischen Dichtkunst"* von 1730 ein eigenes Kapitel (II. Abschnitt, III. Hauptstück) dem Schreiben von Kantaten widmete und dort Hurlebusch, Händel, Graun, Hasse und Gräfe als Meister dieser Kompositionsart pries, Heinichen kritisierte, aber Bach, der da immerhin schon zwei Kantatentexte just auch von ebendiesem selben Gottsched vertont hatte und allsonntäglich in ihrer beider Leipzig mit dieser Musikform zu hören war, gar nicht erwähnte: es gab ihn gar nicht [7].

Freilich spielte da für Gottsched auch noch mit, daß dieser Musicus *"unstudiert"*, kein Akademiker war.

Das machte ihm auch Gottscheds Schüler (und Bachs Kollege) Johann Adolph Scheibe als *"Sprachrohr der neuen Strömungen in der Musik"* [2] zum Vorwurf, als er Bach 1733 in seiner Abhandlung *"Erste Gründe der gesamten Weltweisheit ... "*, vier Jahre später auch noch anonym in seiner Hamburger Zeitschrift *"Der critische Musicus"* aggressiv attackierte und als ungebildeten *"Musikanten"* diffamierte, dessen Produkte *"verworren"*, *"schwülstig"* und *"wider die Vernunft"* seien.

Wirklich bediente Bach ja nicht, was die Aufklärung damals schon bevorzugte und was wir heute *Unterhaltung* nennen: *"galante Musik"* einzig *"für den Liebhaber, nicht für den Kenner"* (zitiert nach [2]). Noch lange nach Bachs Tod definierte Immanuel Kant als der Stern aller Aufgeklärten jede Musik als *"parfümiertes Schnupftuch"* und *"mehr Genuß als Kultur"* (*"Kritik der Urteilskraft"*).

Aber diese Attacken einer modischen Strömung waren für Bach da nur eine unter mehreren solchen Feindseligkeiten ringsum.

Der juristisch recht eigentliche Brotherr des städtischen Angestellten Bach war in diesem Leipzig der Stadtrat. Der führte sich von allen künstlerischen Impulsen dieses nörgelig empfundenen Schulmeisters und von all dessen unbequemen Verbesserungsvorschlägen eher nur belästigt. Sein Verhalten *"gegenüber Bach*

war beinahe drei Jahrzehnte lang geleitet von Unvermögen, Gleichgültigkeit und Ignoranz, die Konflikte hatte der Rat durch seine Intransigenz geschaffen. Die Musik interessierte die Herren offenbar nicht. Ihr Anliegen war das angepaßte Wohlverhalten des Kantors, der ihr Angestellter war. Die Kirchenmusik sollte nach festgelegten Regeln, routiniert und ohne Aufhebens ablaufen. Mehr wollten die Herrschaften nicht" [2] .

Bachs Musik als große Kunst zu hören, hatten sie wohl auch weder die Ohren noch den guten Willen. Daher überhörten sie auch gern das legale Votum dieses Thomaskantors, wenn es um die Aufnahme neuёr Alumnen ging, und entschieden sich autark auch gegen seine ausdrückliche Empfehlung.

Überdies gab es unvermeidbar und dauёrhaft Reibereiёn mit Bachs anderem Dienstherrn: der Kirche. Kompetenzgerangel wurde da schnell zum Machtkampf aus Prinzip und blockierte den konkret Betroffenen.

Bisweilen rief Bach auch den Rat gegen das Konsistorium zur Hilfe: so im Falle der Gemeindelieder, die nach altem Brauche hier überwiegend der Kantor für den Gottesdienst auszusuchen pflegte. Als ein Subdiakon ihm das, schwerlich ohne Auftrag seiner Oberen, streitig machte, entbrannte ein weiterer Machtkampf von langer Dauёr.

Ohnehin fanden diese Kleriker auch Bachs eigene Kirchenmusik viel zu weltlich und theatralisch. Nach seinem Tode wurde sie prompt gänzlich aus den Gottesdiensten verbannt. Zu seinen Lebzeiten kontrollierte man ihn wenigstens so weit wie möglich. Als seine *"Johannes-Passion"* schon 1724 alle musikalischen und finanziëllen Grenzen der hier üblichen Kirchenmusik zu sprengen und überschreiten drohte, verhalf ihr nicht das zuständige Konsistorium zur Verwirklichung, sondern eine Leipziger Bürgerin, die sich aber selbst noch als Mäzenin einem letzten Wort des zensierenden Klerus zu unterwerfen hatte.

Überhaupt mußte Bach sich alle Texte seiner allwöchentlichen Kantaten und alljährlichen Oratoriën von einem Superintendenten genehmigen lassen. Tatsächlich wurde ihm ein ganzer Passionstext, der in Leipzig früher schon gehört worden war, 1739 abgelehnt.

So rigorose Zensur mochte freilich auch mit seinem bevorzugten Textdichter zusammenhängen. Dieser

Picander (1700-1764)

hieß eigentlich Christian Friedrich Henrici und war der Sohn eines Posamentierers oder Bortenwirkers aus der *Sächsischen Schweiz.* Schon vierzehnjährig *"applicirte er sich, aus eigenem Trieb, auf die teutsche Poesie und bekam darinnen eine große Fertigkeit"* (zitiert nach [8]), die dem früh verwaisten Schulabgänger ein Stipendium seiner Vaterstadt Stolpen eintrug.

Zuërst in Wittenberg, dann in Leipzig studierte er zwar Jura, aber liebte die Literatur und fing schon selbst an zu schreiben. Von den neunzehn Gedichten des 21- bis 23jährigen waren neun bereits Hochzeitspoëme und strotzten daher vor frivoler Sinnlichkeit.

Um solcher Begabung weiter dienen zu können, verdingte er sich als Informator oder Hauslehrer eines Leipziger Patriziërsohnes, dem er schon bald auf das väterliche Rittergut im Kreise Delitzsch folgte. Dort unterstützte ihn finanziëll, wenn auch *"unzureichend und unbequem"* [8], die Witwe eines Krämermeisters.

Eine mißlungene Elsternjagd trug dem 22jährigen hier zunächst Arrest, dann seinen Spitznamen ein: der *Elstermann* – aus lateinischem *pica* und griechischem αν∂ρός (*andrós*).

Um seine Studiën in Leipzig fortzusetzen, ohne ausgehalten zu werden, bewarb sich dieser *"Picander"* um einen Platz im Studentenheim und in Meißen um ein *"Procuraturstipendium"*. Beides gelang seiner Umtriebigkeit, die gewitzt war und sich bestechend mit allseitig schmeichelnden Huldigungsgedichten für die Landesherrschaft, hohe Dresdner Beamte und Leipziger Honoratioren zu würzen wußte. Zum Beispiel so:

"Gewähre meinen Wunsch, der nur darauf besteht:
Daß mich der Hunger nicht aus Leipzig darf verjagen,
Und gib mir freyen Tisch in der Communität" (zitiert nach [8]).

Das brachte ihm Gelächter, Sympathiën und mancherlei Titel, auch Überlebenshilfe ein und machte aus dem Amateur einen hauptberuflichen *"Gelegenheitsdichter"*. Von Überheblichen wurde derlei auch als *"Hunger-"* oder *"Lumpendichtung"* verachtet.

Jetzt belieferte er die Gesellschaft mit Versen *"über zeitgeschichtliche und städtische Ereignisse"*, aber mehr und mehr auch mit *"meist auf Bestellung verfertigten Huldigungs-, Geburtstags-, Hochzeits- und Trauergedichten"*, die *"Leben, Sitten und Bräuche im Leipzig Bachs"* widerspiegeln und *"vom Fühlen und Denken jener Menschen"* berichten [9]. So entstanden Begriff und Beruf eines *"Gratulanten"* [10].

Dem Gratulanten Picander war hierbei vornehmlich sein Talent für Komik dienlich: ein Blick für Lächerliches und die Gabe, es ungeniert und spöttisch dem Gelächter preiszugeben. Es war dann so, daß seine Leser es nur allzugern belachten.

Hiervon war er bald abhängig. Nur wer seine *Carmina* komisch fand, bestellte sich neuë bei ihm und bezahlte die. Das ließ ihn auch schnell zum Mittel des Obszönen greifen, weil ihn das bei Auftraggebern und Lesern nur umso begehrter machte. Sexuëlle Zoten beherrschen seine Poëme, wurden bisweilen durch lateinischen Wortschatz oder griechische Buchstaben scheinbar verschleiërt, aber lagen seiner Begabung wohl doch jederzeit greifbar und lustvoll auf der Zunge. Satire sei, *"wie er selbst erklärt, sein eigentliches Element"* [7].

Sonderlich beliebt waren hierbei seine gern belachten und umso vorherrschenderen Satiren auf Frauën.

Ernstere Liebeslyrik fehlte fast ganz. Sie schien auch lange nicht vermißt zu werden.

Aber eine solche Erwartungshaltung des Publikums gab ihrem kleingewachsenen Bediener leicht das Gefühl, *"immer unter der Aufsicht seiner Gönner"* zu stehen und so ein gesellschaftlich eigentlich *"Ausgestossner"* zu sein [8] . Umso spitzer und schärfer wurde sein Witz.

Doch umso mehr scheint er selbst auch die Form des *Quodlibets* genossen zu haben, das er selbst *"ein Mischmasch vieler Dinge"* nannte, aber weit darüber hinaus und mit Hilfe meist von Knittelversen bis in die Höhen oder Tiefen von *Nonsense* und absurdem Humor trieb, *"wo womöglich in jeder Zeile der Inhalt sprunghaft wechselt"* [8] .

Gerade das aber rief natürlich in so präsurrealistischen Zeiten seine Gegner und deren akademisches Sprachrohr Gottsched auf den Plan, der aus *"Picander"* später einfallsreich und geschmackvoll *"Schmierander"* machte. Die empörten Leipziger Frauën dankten ihm das, aber Picander konterte in seinem feinkalibrig satirischen *Offenen Briefe* unter dem Motto *"Weh dem! der thöricht ist, und dennoch klug will heißen"*. Doch die *"besseren Kreise"* Leipzigs brachten ihr Entsetzen über seine Frauënkritik und all jene Obszönitäten vor den Stadtrat.

Picander selbst hatte da schon 24jährig im *Vierten Stücke* seiner *"Nouvellen"* von 1724 berichtet oder fabuliert, wie Leipzigs Poëten ins Rathaus befohlen wurden, um sich dort Vorwürfe ihres Bürgermeisters anzuhören:

"Man hat bey uns geklaget,
daß ihr die gantze Stadt mit Stachel-Schrifften plaget".

Hierauf haben, noch in diesem selben Gedichte, alle Satiren hinfort verboten sein sollen. Das stand da poëtisch kurz bevor.

Doch ein ernster und würdiger Greis aus dem Kreise der hier erdichteten Dichter habe diesem hohen Banausen *"eine feurige Verteidigungsrede der Satiren vorgetragen: Pasquinaden auf Personen seiën zu verdammen, aber Satiren auf Laster seiën heilsam;*

'die Sitten bessern wir in angeführten Schrifften.
Wer kan ein besseres Heil in einem Lande stifften?
Hat Aristophanes nicht weiland mehr gefrucht,
als was der Solon selbst durch sein Gesetz gesucht?'

Der Rat habe, damit vollständig zufriedengestellt, ihnen die Er-
laubnis erteilt, 'die Thorheit, wo sie herrscht, zu tadeln und zu
schrauben' " [8] .

Hierauf, behauptete immer noch der 24jährige Fabulant, sei eine Me-
daille geprägt worden, auf deren Vorderseite eine Frau dem Satyr eine Blume überreicht, kommentiert von der Inschrift *"Satyr. libert. Re-*
staurata" (= *"Die befreite und wiederhergestellte Satire"*) und von
der Frage *"Ridendo dicere verum Quis vetat = Wer verbietet, lachend*
die Wahrheit zu sagen?" (zitiert nach [8]).

Geschehenes und Ersehntes vermischten sich hier wohl auf schwer
noch dividierbare Weise.

Picanders unbestreitbarer Publikumserfolg jedoch, der ihn über die
Leipziger Grenzen hinaus auch im übrigen Sachsen, in Thüringen, in
der Lausitz oder sonstwo als witzigen Schweineïgel und Stegreif-Poë-
ten populär zu machen begann, stimulierte ihn bald, auch größere literarische Formen zu erproben.

Er versuchte sich als

D r a m a t i k e r

und schrieb (vermutlich 1724/25) zumindest drei Komödiën. Sie
befassen sich mit erlebten Mißständen des Universitäts- und Stu-
dentenlebens, aber auch der Leipziger Gesellschaft und heißen *"Der*
Academische Schlendrian", *"Der Ertzt-Säuffer"* und *"Die Weiber-*
Probe oder die Untreue der Ehe-Frauen". Sie sind kritisch und komisch, gradezu und handfest, wiederum konkrete Satiren also, wiederum meist auf Frauën: denn *"eine Comödie und ein Stachelgedichte"*,
gab ihr Autor in seinem *"Vorbericht"* zu, *"sind Kinder einerley Mut-*
ter" (zitiert nach [8]). Sie trafen damals wohl genau ins Schwarze und

sollen das Beste sein, was dieser sprudelnde Vielschreiber je verfaßt
hat.

Trotzdem wurde eine 1725 geplante Aufführung des *"Academischen
Schlendrian"* vom Leipziger Stadtrat verboten: vielleicht gar auf Veranlassung Gottscheds, der noch 1730 in seinem *"Versuch einer Critischen Dichtkunst vor die Deutschen"* unverhohlen gegen den Dramatiker Picander polemisierte. Aber auch ein *"noch dunkel seyn wollen-
des Schicksal verhinderte das ganze Vorhaben"*: Machenschaften vermutlich, Intrigen. Vielleicht ja ebenfalls von Gottsched. Denn auch
die beiden andern Stücke waren dann gleich mitverboten. Auch ihr
Druck.

Dabei waren sie keinesfalls literarisch, als Lesedramen gemeint, sondern veritabel als Bühnenstücke: *"nicht zum öffentlichen Druck"*, sagt
derselbe *"Vorbericht"*, *"sondern zum Dienst und nach dem Geschmack des hiesigen Schau-Plazes und deren Zuschauer abgezielt"*
(zitiert nach [8]).

"Der Ertzt-Säuffer" war dann sogar so ernst, so moralisierend und in
seinen Liebesszenen so prüde (oder unerfahren?), wie Gottscheds Po-
etik sich das wünschte. Trotzdem sind wohl alle drei Picander-Stücke
nie auf einer Bühne erschienen und ausprobiert worden. Sie bekamen
keine Chance, nie.

Ihr Autor hat dann eher darauf verzichtet, weitere Theaterstücke zu
schreiben. Aber an diese drei unterdrückten glaubte der 26jährige in
einem Maße, daß er sie 1726 im Ausland als *"Teutsche Schau-Spiele"*
seines Selbstverlages, *"Auff Kosten des Autoris"*, drucken und in Berlin, in Hamburg und Frankfurt am Main mit der provokant satirischen
Widmung *"Dem schönen Geschlechte"*, in *"allersinnlichster Verehrung"* und mit einem Zusatz im Untertitel erscheinen ließ, daß diese
Stücke *"zur Erbauung und Ergötzung des Gemüths entworffen"* seien.
In all diesen andern Städten des Auslands jedoch müssen Leipziger
Satiren damals allzu exotische Blüten und nicht sehr ersehnt gewesen
sein.

Nur ein Anonymus, der 1729 ein eigenes Lustspiel *"Der junge Greis"*
herausgab, wies in seiner Vorrede mutig darauf hin, *"dass man ausser*

Weisens, Andr. Gryphii und Picanders Stücken wenig taugliches von deutschen Comödien hätte" (zitiert nach [8]). Da war der so verunglimpfte Dramatiker plötzlich in der allerbesten Gesellschaft und hoffähig geworden.

Vielleicht ja deshalb ist noch heute jene selbstfinanzierte Buchausgabe seiner Bühnenstücke in so mancher Universitäts- oder Staatsbibliothek aufzustöbern und kann dort ebenso nachgelesen werden wie auch jene *Allgemeine Deutsche Biographie*, deren *Elfter Band* noch 1880 mit einem Text von Jacob Franck und just in Leipzig einräumen mußte, daß die Dramen dieses Henrici oder Picander ebendeshalb *"von bleibendem Werthe"* seien,

"weil sie nicht blos mit komischer Kraft und Lebendigkeit des Dialogs ausgestattet sind, sondern auch weil er in denselben [...] die Lebensweise der Studenten auf den deutschen Universitäten seiner Zeit und namentlich zu Leipzig sowie die verderbten Sitten des damals herrschenden Geistes überhaupt auf eine anziehende und drastische Weise schildert" [11].

Auch das *Biographisch-Bibliographische Kirchenlexikon* von 1990 nennt diese Stücke, auch noch 2002 im Internet, *"kulturgeschichtlich von Bedeutung"*.

Aber das Leipziger *"Gewandhausmagazin"* mußte noch *anno* 2000 widerwillig zugeben, daß dieser Henrici *"durch derb laszive Lustspiele [...] von sich reden"* machte. Der Frankfurter *Alpha Literatur Verlag* hingegen hatte da schon 1973 von der *"Weiber-Probe"* einen kommentierten Neudruck in seiner Reihe *"Historische Raritäten"* ediert.

Henrici aber muß durch jenes Verdikt seiner Leipziger Machthaber so verschreckt oder traumatisiert gewesen sein, daß er darauf verzichtete, sein Leben hinfort nur von Autorenhonoraren zu fristen. Er sicherte sich bürgerlich ab und wurde 1727, also 27jährig, als Reaktion Kurfürst Augusts des Starken auf eins seiner Bittgedichte, im *"Aktuariat"* des Oberpostamtes Leipzig als ehrenamtlicher Adjunkt *"cum spe succedendi"* sozusagen zur Probe eingestellt. Tatsächlich war er dann schon vier Monate später besoldeter für 350 Taler im ganzen Jahre. Freilich stand ihm auch von allen eingetriebenen Strafgebühren noch ein ganzes Viertel persönlich zu.

Aber auch auf der Leipziger Post ließ sich seine literarische Kreativität nicht drosseln. Er schrieb weiterhin zahllose Gelegenheitsgedichte und publizierte sie, zunächst noch unter anderem Pseudonym, schon 1726 in seinem Leipzig als *"L'Art de baiser, Das ist, Die Kunst zu küssen: nebst einem Unterricht von allen dabey vorfallenden Umständen"*, von der *Bibliothek der deutschen Literatur* in München 1990 bis1994 immerhin neu herausgegeben.

Henrici aber hatte schon 1723 beschlossen, aus seinem Schimpfnamen *Elstermann* einen wahrhaft gefiederten *nom de plume* zu machen, und nannte sich als Autor nur noch *Picander*. Wahrscheinlich kannte er auch jene Emblemsammlung des Joachim Camerarius, die schon 1596 eine fliegende Elster mit Lorbeerzweig im Schnabel zum Symbol aller Unabhängigkeit erklärte und es so kommentierte: *"Ich schaffe mir selbst herbei, was nützlich ist"* (zitiert nach [10]).

Das nämlich tat nun eben als Elster-Mann hinfort auch der Postsecretarius Henrici.

Von 1727 bis 1737 veröffentlichte der als sein offiziëlles Hauptwerk die Anthologie *"Picanders Ernst-Schertzhaffte und Satyrische Gedichte"*, vierteilig heute noch ausleihbar.

Er selbst behauptete, 436 solcher Gedichte, oft auch *"bey Nacht und Nebel"* geschrieben zu haben, *"wenn mir auch nicht der allergeringste poetische Stern geschienen"* (zitiert nach [4]). Andere zählen gar 650 solcher mehr oder minder inspirierten Poëme, von denen auf immerhin 2540 Seiten ein ganzes Sechstel, nämlich 124 Gedichte, Texte bereits zu vorhandenen Musiken waren. Sie alle gemeinsam jedenfalls haben aus diesem Henrici einen populären Erfolgsautor machen können.

In dieser Position ließ er es sich in Leipzig, dieser Metropole damals schon auch eines aufblühenden Journalismus, nicht entgehen, sich an jenen modischen Gelegenheitsscherzen zu beteiligen, die Form und Aussehen einer Zeitung nur zu imitieren pflegten, um auf diese Weise den *"galanten"* wie den moralischen Journalismus jener Tage als parodiertes Vehikel für *"Curiöses"* oder *"Vermischtes"* zu mißbrauchen: aber in Versen. Meist erschien solch eine Frühform von Bier-Zeitung nur einmalig zu konkretem Anlaß. Auch Picander hat zwischen 1725 und 1736 ganze sieben solcher Gazetten publiziert. Aber zwei von ihnen waren so erfolgreich, daß er sie fortsetzen mußte: *"Nouvellen"* und *"Aufgefangene Briefe"*.

Sein Leipziger Dissertant, der Thomaner Paul Flossmann, der es wissen dürfte, hielt Picander noch 1899 gar für den *"Erfinder dieser poetischen Journale"* und fühlte sich vom Autor persönlich bestätigt:

"Nur dieses jammert mich, daß ich den Weg gebrochen,
da mir ein großer Schwarm mit Hauffen nachgekrochen"
(zitiert nach [8]).

Auch in diesen seinen Zeitungs-Travestiën mit ihrem schmuddelig-satirisch gereimten Lokalklatsch dominiert wieder Frauënsatire, sei es die weibliche Tabak-, die Kaffeesucht.

Als Picander später nachhaltig angefeindet wurde und ein Verbot solcher Zeitungen ebenso ins Haus stand wie auch ihre Bestrafung durch die zensierende Bücherkommission, kam er dem allem zuvor, stellte das Erscheinen dieser vorgetäuschten Blätter ein, aber ließ sie nun handschriftlich herstellen: so entfiel die leidige Zensur, die er auch sonst so einfallsreich wie tollkühn zu umgehen wußte, und Kopiën von Schreiberhand zirkulierten nunmehr unbehindert bei ihren zahlenden Liebhabern.

Aber bei derselben Bücherkommission beschwerte er sich auch seinerseits über die hemmungslosen Verleumdungen seiner Feinde und bat um Schutz und Ehrenrettung nicht zuletzt vor Zweifeln an seiner ehelichen Geburt. Andernorts befürchtet er gar Mordanschläge. So wütend tobte da die Schlammschlacht.

Schließlich distanzierte er sich gereimt:

*"Beisst immer wie ihr wollt, und murmelt mit einander,
ich thu, als hört ichs nicht, und bleibe doch Picander"* (zitiert nach [8]).

Ob aber Post und Poësie ihren Elstermann nicht ernähren oder aber sonst nicht befriedigen konnten, steht dahin. Jedenfalls reimte er damals:

*"Bin ich nicht auch ein Mensch, der Witz im Busen führt,
Wie kommt es, daß die Welt mich nicht mit Ehren ziert?"*
(zitiert nach [8]).

Schmerzlich verkannt also, hatte der 24jährige daher schon 1724/25 im selben Leipzig mit seiner *"Sammlung Erbaulicher Gedanken, Bey und über die gewöhnlichen Sonn- und Festtags-Evangelien"* zwar gereimte, aber sehr andersartige Reflexionen herausgegeben und jeweils mit einem Strophengedicht versehen, das auf eine populäre Choralmelodie gesungen werden konnte. In seiner Vorrede stellte er klar:

"Ich behalte mir die Freyheit, meine Gedanken nach eignen Belieben abzufassen" (zitiert nach [10]).

So unabhängigen Geistes also erweiterte der berüchtigte Sottisenreimer jählings sein Spektrum und widmete dieses unverhoffte Büchlein dem Reichsgrafen Franz Anton von Sporck oder František Antonín Špork, jenem generösen Mäzen aller Künste und Begründer des Kukusbades an der ostböhmischen Oberelbe südlich von Dresden. Mit den Herrensitzen Lissa, Gradlitz, Hermanitz, Maleschau, Konojed und Kukus war dieser versprengte Westfale einer der reichsten und exzentrischsten Böhmen, hiesiger Statthalter und einflußreicher Förderer musikalischer Begabungen wie zum Beispiel Vivaldis. Er könnte auch, mutmaßt Klaus Häfner in Kenntnis betreffender Bach-Dokumente [9], den Kontakt zwischen diesem seinem Dedicator und dem Thomaskantor, mit dem er damals in Verbindung stand, hergestellt haben.

Eine erste Zusammenarbeit Bachs mit dem 23jährigen Picander scheint jedenfalls, mit oder ohne böhmischen Nabob, schon mit 1723 datierbar. Da mag Bach Picanders Texte schon zur Ratswahl und für Neujahr 1724, dann auch dessen Strophengedicht *"Weg, ihr irdischen Geschäfte"* für seine geistliche Kantate *"Bringet dem Herrn Ehre"*

(Bachwerke-Verzeichnis BWV 148) verwendet haben. 1725 folgten zumindest die Texte zu den weltlichen Kantaten *"Entfliehet, verschwindet"* (BWV 249a) und *"Zerreißet, zersprenget"* (BWV 205), 1726 die Kantate *"Es erhub sich ein Streit"* (BWV 19).

Der genauë Beginn dieses rätselhaften *team works* ist noch immer umstritten. Aber vermutlich wurde Picander von Bach als

L i b r e t t i s t

zunächst nur für profane Kantaten beansprucht. Erst allmählich hat er ihm dann Texte auch für Sakrales zugetraut.

Denn schon 1728 publizierte Picander einen ganzen Jahrgang seiner Kantatentexte mit dem Titel *"Cantaten Auf die Sonn- und Fest-Tage durch das gantze Jahr"* und mit einem Vorwort, in dem er zugab:

"Ich habe solches Vorhaben desto lieber unternommen, weil ich mir schmeicheln darf, daß vielleicht der Mangel der poetischen Anmut durch die Lieblichkeit des unvergleichlichen Herrn Capell-Meisters, Bachs, dürfte ersetzet, und diese Lieder in den Haupt-Kirchen des andächtigen Leipzigs angestimmet werden" (zitiert nach [10]).

Bach seinerseits erprobte auch so manchen anderen Librettisten: sogar den "päpstlichen Gottsched" und die Tochter des Leipziger Bürgermeisters Romanus. Aber mit keinem arbeitete er so oft zusammen wie mit Picander. Von dessen 68 Texten zu geistlichen Liedern soll Bach ganze 46 vertont, aber oft schon vorher mitgeschrieben haben. Von den 124 Libretti, die Picander eigens für Komponisten geschrieben hat, seiën mindestens 32, nach Klaus Häfners Wahrscheinlichkeitsberechnung sogar 83 oder 85 von Bach vertont worden [9]. Das wären dann zwei Drittel.

Ganz besonders geschickt erwies sich dieser Poët beim sogenannten Parodieren. So nannte man damals die Wiederverwendung einer Musik durch ihren Komponisten, aber mit neuëm Text. Bach, für den es zwischen E und U so wenig trennende Unterschiede gab wie zwischen *Ernst* und *Unterhaltung*, tat das sonderlich gern im wechselseitig spielerischen Austausch geistlicher und weltlicher Kantaten. Etwa ein Fünftel seiner Kantaten, Messen und Oratorien sind solche "Parodiën". 72 weltliche Sätze vergeistlichte er so, 75 geistliche wurden zu andern geistlichen und 61 weltliche zu andern weltlichen. Originalitätszwänge waren da noch fremd.

Bei alledem erwies sich Picander als besonders dienliches *"Anpassungsgenie"*. So jedenfalls bezeichnete ihn noch 1989 derselbe Bach-Biograf Christoph Rueger, der ihn schon vier Zeilen später freilich als *"Filou der flinken Feder"* nicht mehr ernst nahm.

Aber auch drei seiner Oratoriën komponierte Bach nach Picander-Libretti: für 1725 *"Erbauliche Gedancken auf den Grünen Donnerstag und Charfreytag über den Leidenden Jesum"* mit einer Bach-Musik, die verschollen ist; für 1729 die *"Matthäus-Passion"* und 1731 die *"Marcus-Passion"*, die gleichfalls verloren ging.

Dienlich dürften bei allen solchen Arbeiten Picanders Musikalität und Kenntnis von Musik gewesen sein. Schon manchem Gedicht ist das abzulesen, und einer Arië seiner *"Nouvellen"* hat er gar von sich aus Noten hinzugefügt. Seit 1730 könnte er auch im *"Collegium musicum"*, jenem flexibleren und potenteren Studenten-Orchester, mitgewirkt haben, das Bach seit 1729 ganze zwölf oder fünfzehn Jahre lang leitete und das ihm bei allen seinen größeren Arbeiten eine Aufführung überhaupt erst ermöglichte. Denn manche seiner Mitglieder waren so *"gute Musici"*, daß häufig, verriet noch 1739 eine Annonce der Leipziger *"Neu eröffneten Musikalischen Bibliothek"* von Lorenz Mizler, *"nach der Zeit berühmte Virtuosen aus ihnen erwachsen"* seien (zitiert nach [5]).

Auch unter denen also scheint sich der vielseitig begabte Picander hinlänglich behauptet zu haben. Denn in einem seiner Gelegenheitsgedichte steht zu lesen:

"Wer sich will auf das Freyen legen,
der hält, wie wir zuweilen pflegen,
ein musicalsch Collegium.
Wenn wir uns an das Pult verfügen
und sehen eine Stimme liegen,

So kehren wir sie fleißig rum,
wir sehen nach, ob schwer zu spielen;
so muß man auch erst insgemein
Dem Mädgen auf die Zähne fühlen,
wie sie gesetzt im Hertzen seyn" (zitiert nach [5]).

Freilich war dem Picander damals schwerlich zum Freiën zumute: er war noch immer unverheiratet und wurde wohl eben deshalb in Leipzig bezichtigt, *"ein lüderliches leben zu führen"* (zitiert nach [7]). Er selbst behauptete, in all seinen Dichtungen zwar bisweilen *"verliebtes Zeug berührt zu haben"*, aber ohne die Liebe persönlich und praktisch zu kennen [8]. Dem läßt er manchmal gar gereimte Sehnsuchtsrufe nach einer passenden Ehefrau folgen: aber selten. Das mag dann auch Taktik sein, um all die vorher so scharf kritisierten Frauën wieder zu besänftigen.

Irgendwann in all den Jahren freilich soll aus seiner guten Zusammenarbeit mit Bach gar eine Freundschaft geworden sein. Philipp Spitta, Bachs früher und präziser Biograf, wußte schon 1873: die beiden *"standen nicht nur in geschäftlichen, sondern seit langem schon im freundschaftlichen und künstlerischen Verkehr"* (zitiert nach [12]).

Solchen Verkehr konnte der Rat der Stadt Leipzig zwar nicht verhindern, aber mit üblem Leumund dauërhaft begleiten.

Doch aus ganz anderen, aus inneren Gründen hörte Bach 1728 zunehmend damit auf, seine indolenten Kleriseiën und überforderten Gemeinden mit neuën eigenen Kantaten zu versehen. Also war Picander auch im eigenen Interesse bemüht, ihm Anregung zu solcher neuën Zusammenarbeit auf profanerem Gebiete zu liefern.

Vermutlich im Herbst 1729 entstand so ihre Kantate *"Der Streit zwischen Phoebus und Pan"*. Mit ihrer Gattungsbezeichnung *"dramma per musica"*, einer zeitgenössisch üblichen Bezeichnung für Opern und sonstige szenische Vorlagen, mochte sie an das unterdrückte dramatisch-theatralische Talent des Librettisten oder auch die latente Sehnsucht ihres Komponisten erinnern sollen, es dem erfolgreichen Jahrgangsgenossen Händel endlich gleich zu tun.

Wirklich ist ihr jetziger Gegenstand zutiefst dramatisch: jener Wettstreit Phoîbos Apóllons und Pans oder von Kithára und Panflöte um
die bessere Musik. Er fand im lydischen Tmõlos-Gebirge statt, ist
wohltradierter Mythenstoff und wird noch heutzutage gern nacher-
zählt [13].

Für Bach mag dieser Götter-*Concours* willkommen gewesen sein, um die
zeitgenössische Kontroverse dessen zum Ausdruck zu bringen, was Philipp
Spitta 1873 mit dem *"kunstvollen, gebundenen, ernsten und dem leichten,
blos gefälligen Stil"* einander gegenüberstellte: was wir heute gehetzt als E-
und U-Musik labeln.

Bach muß sich und seine Musik, seinen ganzen hohen Anspruch da vom
Phoîbos Apóllon haben vertreten lassen, der ja schon im Tmõlos-Gebirge
siegreich aus diesem Wettbewerb hervorging. Jetzt sollte er mit seiner Arië
auch einem Bach zum persönlichen Sprachrohr dienen und über alle Trivial-
musik triumphieren.

Umso höher wird diese Arië von der Bachforschung inzwischen eingeschätzt und bewertet. Sie gilt als einer seiner zärtlichsten, also meisterhafte-
sten

L i e b e s g e s ä n g e

und wurde mit all ihrem *"edelsten melodischen Reiz"* schon von Karl Hermann Bitter *anno* 1865, also mitten im postbiedermeierlich-präwilhelmini-
schen 19. Jahrhundert, überschwänglich gefeiert, weil neben und in der
Singstimme auch die begleitenden Streicher, (Pan)-Flöte und Oboe d'amore
"nicht blos in süßem Wohlklang geführt" werden, sondern *"auch in kunst-
voller Verschlingung mit und nebeneinander und neben dem Gesang daher"*
gehen. Bach habe hier *"das Beste geben wollen, was er in dieser Richtung
zu geben vermochte, und [...] ein Meisterstück geliefert"* (zitiert nach [12]).

Bitters Zeitgenosse Philipp Spitta trug 1873 nach, daß sich Bach hier *"in der
wunderschönen und mit ersichtlicher Hingabe geschriebenen h-moll-Arie
selbst abgebildet"* habe (zitiert nach [12]).

Auch folgende Bach-Exegeten wie Albert Schweitzer, Robert L. Marshall, Alberto Basso, Piero Buscaroli, W. Murray Young und fast alle andern preisen diese Arië über alle Maßen, aber analysieren sie nach rein musikalischen Kriteriën. Hierbei übersehen sie geflissentlich, an wen dieser Gott Apoll, den Bach hier sein eigenes musikalisches Bekenntnis zur E-Musik verkünden läßt, seine Liebeserklärung richtet, wen er hier leidenschaftlich zu küssen begehrt. Es ist der Hyákinthos: eine der großen Männerlieben des mythischen Apoll.

Nur jener postbiedermeierliche Bitter hat es frühzeitig ausgesprochen:

"Wir sehen die Götter-Gestalt des schönen Sängers vor uns [...] und wir sehen neben ihm die blühende Schönheit des Knaben, dem der weiche schwärmerische Gesang ertönt" (zitiert nach [12]).

Der betreffende Text des singenden Apoll hat hier diesen Wortlaut:

"Mit Verlangen
Drück ich deine zarten Wangen,
Holder, schöner Hyacinth.
Und deine Augen küß ich gerne,
Weil sie meine Morgen-Sterne
Und der Seele Sonnen sind" [14].

Mit solchen Worten und in so sinnensüßer Vertonung, wie sie auch *"der Feder des unsterblichen Sängers der Liebe, Mozarts, Ehre gemacht haben würde"* (Bitter, zitiert nach [12]), liegt vor, was jedenfalls Bruce-Michael Gelbert in der *"Encyclopedia of homosexuality"* (New York-London 1990), Dominique Fernandez (Paris 1984), Frederick W. Sternfeld (Oxford 1993) und wörtlich schließlich Frank Schrader die *"erste eindeutig homoërotische Liebesarië der Musikgeschichte"* nennen. Frank Schrader pointiert es gar so: diese Arië des Phoebus (in BWV 201) sei *"jedenfalls bis in die heutige Zeit hinein die musikalisch bedeutsamste Schilderung einer eindeutig homoerotischen Liebesbeziehung in der abendländischen Musikgeschichte"* [12].

Schrader betont auch, daß Bach *"insbesondere bei dieser Kantate, mit der er seine musikalischen Ansichten verteidigt"* [12] und als den apollinischen Anspruch gegen Satyrspiele der Panflöte behauptet, so penibel auch auf jedes Wort des Librettos geachtet haben dürfte wie kaum je sonst.

Gleichwohl hätten ihm ja die mythischen Vorgaben durchaus gestattet, den Apoll hier nach einer seiner 42 überlieferten oder legendären weiblichen "Courtisanen" lechzen zu lassen. Aber hierauf verzichteten Bach und Picander mit Bedacht.

Ein Studium der Partitur bestätigt, was ein Hörer da auch akustisch wahrnimmt: in dieser Arië läßt Bach zwischen männlichem Momus und bisexuellem Merkur mit ihren jeweiligen Sopranstimmen seinen Phoebus, einen ebenso untuntig unkastrierten, einen unfeminin virilen Baß wie auch den böckischen Pan, solche Phrasen wie etwa jenes *"mit Verlangen"* und *"holder, schöner Hyazinth"* nicht nur häufig insistierend wiederholen, sondern auch mit sonderlich lang gehaltenen Tönen, mit Triolen, Trillern und Koloraturen nachdrücklich ins Bewußtsein auch jedes Hörers rücken [14]:

schätzte er doch auch seinen vierzehnjährigen Schüler Johann Theophilus Goldberg aus Danzig, einen Favoriten des russischen Gesandten Hermann Carl Grafen von Keyserlingk aus Livland, in einem Maße, daß er ihm noch 1741 den *Vierten Teil* seiner *"Clavierübungen"* widmete und mit ebendiesen *"Goldberg-Variationen"* unsterblich machte, ehe der so Beschenkte als *"Kammermusikus"* in der Privatkapelle des Reichsgrafen Brühl schon 29jährig verstarb.

Jene ganze Phoebus-, Pan- und Hyazinth-Kantate freilich wurde vermutlich *"für den sächsischen Hof geschrieben"* [15], wo dieser bald schon allmächtige Reichsgraf Heinrich von Brühl mit seinen Favoriten zwar selbst erst 29 Jahre alt und just vom Silberpagen zum *Vortragenden Kammerjunker* ernannt war. Aber schon alle dessen Beförderungen und Begünstigungen bis hinauf zum Premierminister dürften in einem angemessen und einvernehmlich intimen Klima stattgefunden und sich daher wohl auch gern von solchen musikalischen Dramen mit so schwulen Ariën haben *"angenehm"* begleiten lassen.

In Leipzig fand die erste Aufführung dieser Kantate, die Teil vermutlich einer musikalisch ansonsten fast völlig verschollenen Trilogie war und mit Picanders Libretti *"Murmelndes Rauschen, vermengtes Getöse"* und *"Du angenehmes Pleiß-Athen"*, zwei andern *"Drammi per musica"*, ein undividierbares Ganze bildete [9], 1729 statt und zelebrierte da exponiert auch die Übernahme jenes *Collegium musicum* durch seinen neuen Dirigenten Bach.

Das dortige Publikum scheint an dieser homoërotischen Arië damals keinen Anstoß genommen zu haben. Denn die ganze Kantate wurde in größeren Zeitabständen noch mindestens zweimal in Leipzig ohne jede Änderung des Textes so wiederholt: Ende der dreißiger Jahre und noch 1749. Das widerfuhr da nicht vielen Kantaten von Bach und zeichnet sie aus.

Frank Schrader hält es heute im allwissenden *Internet* für möglich, daß das Leipziger Konzertauditorium hierin eine peinliche Episode ihrer jüngeren Stadtgeschichte schlürfend wiedererkannte oder wiedererkennen sollte. Demnach hätten die Autoren mit dieser homo-erotischen Arië an einen der Vorgänger Bachs im Thomaskantorat erinnert: an

Johannes Rosenmüller (1619 (?) – 1684),

der mit Schütz, Buxtehude und Pachelbel zu den bedeutendsten Komponisten direkt vor Bach gehörte.

Bach, der jedenfalls schon in Lüneburg, Weimar und Weißenfels auf Rosenmüllers Arbeiten gestoßen sein dürfte, war auch Mitarbeiter jenes maßgeblichen ersten deutschen *"Musicalischen Lexicons"*, das just 1729, dem Jahre also auch dieses "schwulen" Bachschen *"Dramma per musica"*, vom Weimarer Stadtorganisten Johann Gottfried Walther, Bachs gleichaltrigem und befreundetem Großneffen und Paten seines Sohnes Gottfried Bernhard, abgeschlossen wurde und das in einem ausführlichen Artikel auch alle gesellschaftlichen Einwände gegen diesen Komponisten indiskret zur Sprache bringt.

Aber da hatte Bach selbst ihn schon persönlich zum kollegialen Ritter geschlagen, indem er 1726 Rosenmüllers fünfstimmigen Chorsatz *"Welt ade, ich bin dein müde"* in seine eigene Kantate *"Wer weiß, wie nahe mir mein Ende"* (BWV 27) übernommen hatte: eine solidarische Reverenz, die Bach nicht eben jedem Kollegen erwies.

Rosenmüller war Voigtländer, während des Dreißigjährigen Krieges aufgewachsen und seit 1640 Theologiestudent in Leipzig. Dort wußte er sich früh *"durch die Music Patronen"* zu machen [16], wurde 23jährig in der Thomaskantorei zum Hilfslehrer, dann auch fünfzehn Jahre lang stetig zum Stellvertreter des amtierenden Kantors.

1651 wurde er Organist der Thomas- und Nicolaikirche. Da hatte er schon *Geistliche Hymnen* komponiert, aber auch Tanzstücke, Kammersonaten, Suiten und Chorlieder.

1653 wurde ihm die baldige Nachfolge des Kantors verbrieft. Aber im Frühjahr 1655 wurde der etwa 35jährige plötzlich verhaftet und aller Ämter sofort enthoben. Denn sein Thomasrektor bezichtigte ihn eines *"unnatürlichen Vergehens"*, und sein Konsistorium als oberste Behörde in Kirchensachen hatte ein *"böses geschrey"* gehört und daß *"etliche Schulknaben beygesteckt und in gefänglicher hafft behalten"* seiën.

Aber der Leipziger Stadtrat bestätigte brieflich, Rosenmüller sei *"per publicam famam grober Excesse bezüchtiget, so wohl auch etliche Schulknaben in der Schule zu S. Thomas"* von ihrer Obrigkeit *"in Verdacht gezogen worden"*, inquisitorisch *"examiniert"* und die Protokolle hierüber dem *"Schöppenstuhl zum rechtlichen Aufspruch übergeben"* (zitiert nach [17]). Ein solches Ratsprotokoll erwähnt *"Verbrechung"*.

Einer der verdächtigten Alumnen aber verließ sofort diese Thomasschule, *"um dem gänzlich grundlosen Gerede zu entgehen, Rosenmüller lasciviam suam mecum exercuisse"*: er habe seinen Spaß mit mir gehabt (zitiert nach [17]).

Freilich keinerlei Gerücht warf diesem Kantor vor, knäbische Soprane geschändet zu haben. Alle Vorwürfe gegen ihn und seine Scholaren betrafen *unisono* ihre gleichgeschlechtlichen Exzesse von Mann zu Mann.

Aber Rosenmüller entzog sich allen hochnotpeinlichen Verhören, Torturen und Strafen, gar der juristisch angesagten Verbrennung bei lebendigem Leibe durch die Flucht: über Hamburg

nach Venedig, wo er dann 24 Jahre lang unbehelligt Posaunen-Bläser im Markusdom, Kapellmeister an jenem selben musikalisch so bedeutenden Waisenhause *Ospedale della Pietà* wie schon wenig später auch der große Vivaldi

und überhaupt allenthalben der fruchtbare Komponist Giovanni Ro-
senmiller war.

Mehr ist über diesen historisch gewordenen Skandal im Thomaner-
kantorat überhaupt nicht bekannt geworden. *"Es darf der Verdacht
geäußert werden"*, schrieb Paul Derks noch 1990, *"daß hier Spuren
verwischt worden sind"*[17]. Aber noch gute 75 Jahre später behauptete das ansonsten so ehrenwerte Musiklexikon von Walther hemmungslos, Rosenmüller sei *"wegen Sodomitery in Verdacht und Ver-
hafft"* geraten, aber geflohen und in Italiën durchaus wieder *"in ae-
stim"* gekommen [16].

Heikler war das alles für die Herausgeber von Kirchengesangbüchern
und Agenden. Denn einige Liedsätze des Verdächtigten hatten dort
schon *"Einlaß gefunden"*[17] und wurden in vielen Kantoreiën mit In-
brunst gesungen. In den Gesangbüchern figurierten seine Choräle
seither als anonym (*"incerti autoris"*) oder ohne jede Autorenangabe.
Rosenmüller wird da leitmotivisch allenfalls wegen *"einer heßlichen
Sünde contra sextum"* (das Sechste Gebot) erwähnt, im Übrigen verschwiegen und faktisch *in effigie* hingerichtet.

Erst 1682 kehrte der 63jährige wieder in deutsches Sprachgebiet zurück und wurde Hofkapellmeister des Herzogs von Braunschweig-
Wolfenbüttel. Zwei Jahre lang komponierte er hier noch *"kühne
Klangeffekte"* und *"imposante Massenwirkungen"*[18], 1686 starb er
wohl – *"Denn an. 1685 hat er noch gelebt"*.

Er wurde in der Wolfenbütteler St.-Johannis-Kirche unter einem ungewöhnlich wortreichen Epitaph beigesetzt, der ihn immerhin ohne
jede Anspielung als *"Krone der Musik"* preist und mit jenem mythischen Amphíon vergleicht, der seinerzeit die thebanische Leiër von
vier auf sieben Saiten erweiterte und den weltbeherrschenden *Lydius
modus* erfand: das Tongeschlecht *Dur*.

Heute haben Rufmord und üble Nachrede über die Eklogen dieses
Grabsteins den Sieg davongetragen. Denn wer von uns stellt neben
Heinrich Schütz, Pachelbel und Buxtehude ebenso ehrenwert diesen
Rosenmüller? Wer ist Rosenmüller? Sogar die Musikgeschichte zö-
gert mit Auskünften über diesen Totgeschwiegenen.

Einzig Bachs lexigrafischer Orgelneffe Walther betonte *post festum* gerade die *"Reinigkeit seiner Composition"* [16] .

Aber in Leipzig war sein Skandal auch nach 75 Jahren noch so unvergessen, daß Bach diese seine Arië der Männerliebe noch als späten Protest dagegen gemeint haben könnte. Zivilcouragiert wäre auch das gewesen.

Diese Lesart wird durch seinen Librettisten

Picander

begünstigt, der ein manischer Erot, aber fast dreißigjährig immer noch unverheiratet war. Wirklich verehelichte er sich erst 1736, also im ungewöhnlichen Alter von ganzen 36 Jahren. Aber diese Ehe blieb kinderlos. Vielleicht deshalb bat Freund Bach nach Ablauf eines Jahres diese Johanna Elisabeth Picander, 1737 die Patenschaft bei Johanne Carolina, seinem eigenen 19. Kinde, zu übernehmen.

Aber diese Patin starb, als ihr Täufling achtzehn Jahre alt und dessen Vater, der große Bach, schon tot war. Witwer Picander war jetzt 55 Jahre alt, wartete wiederum ganze vier lange Jahre, heiratete 1759 erneut, aber auch diese seine Christiana Eleonora Adler blieb kinderlos.

Insofern läge es nahe, ihn als Initiator jener schwulen Arië von 1729 zu verdächtigen, zumal ja seine schmalen Tantièmen als Kantatenpoët durch die wachsende Unlust seines Komponisten an diesem Genre peinlich geschrumpft sein dürften. Bei der Post, die ihn nicht eben sehr viel üppiger honorierte, wurde er 1732 zum *Secretarius*, 1734 zum *Ober-Post-Secretarius* befördert.

Das mag ihn ja stimuliert haben, noch im selben Jahre auch Bach erneut für den Stoff eines andern *dramma per musica* zu interessieren, den der städtisch geknebelte Dramatiker schon 1727 satirisch verarbeitet hatte: die modische Kaffeesucht in Leipzig wie in ganz Europa und ihre moralisierende Gegnerschaft allenthalben.

Hieraus wurde Bachs populäre Kaffeekantate *"Schweiget stille, plaudert nicht"*, eigentlich ein Singspiel, dem noch Albert Schweitzer begeistert eine Umarbeitung zum szenischen Einakter wünschte, weil man als ihren Komponisten *"eher Offenbach als den alten Thomas-kantor"* vermuten würde (zitiert nach [5]). So stark schlägt hier auch noch das Theaterblut des verhinderten Picander durch und gab vor, was der Bach-Biograf Franz Rueb noch 2000 als *"eine unterhaltende, witzige, ja geradezu aktuelle und moderne musikdramatische Posse"* nennt [2] und Martin Geck schon 1992 den stark verbindenden *"unergründlichen Humor der Picander und Bach"* (zitiert nach [12]).

Diese Posse also wurde 1734 im *"Zimmermannschen Caffeehaus"* uraufgeführt, wo Bachs akademisches *"Collegium musicum"* ohnehin ein- bis zweimal wöchentlich vor Bürgern, Studenten, Messebesuchern, Durchreise-Gästen oder solchen Zuhörern, *"die den Werth eines geschickten Musici zu beurtheilen wissen"* (zitiert nach [5]), konzertierte oder öffentliche Proben abzuhalten pflegte, und war da mit ihrem brisanten Thema aus dem bürgerlichen Leipziger Alltag sicherlich ihrem Librettisten ähnlicher als seinem genialen Vertoner eines ihm so exotischen Stoffes.

Ein nächstes gemeinsames *dramma per musica* regte Picander 1737 wieder für die Dresdener Hofclique an. Dort war Heinrich Graf Brühl nach triumphal bewältigtem *"Zeithainer Lustlager"*, einer Truppenschau Kurfürst Augusts des Starken mit vierwöchigen Festlichkeiten für 47 regierende Fürsten, hierfür vom Kammerjunker zum Kämmerer, in den Folgejahren hastig auch zum Obersteuereinnehmer, Generalaccisdirektor, Director des Departements des Inneren und Geheimrat, schließlich zum Kammerpräsidenten avanciert. Nachdem er seinem Kurfürsten 1734 in Personalunion auch noch den Titel eines Königs von Polen gesichert und selbst 37jährig endlich auch geheiratet hatte, wurde er 1737 in den Reichsgrafenstand erhoben.

Bei Johann Christian Hennicke, seinem vormaligen Lakaiën, dann Mitkämpfer, Mitwisser, Zuarbeiter und Adlatus fürs Gröbere, der sich als Verwaltungsbeamter bürgerlicher Herkunft *"durch dubiose Hilfeleistungen am Dresdner Hofe beliebt gemacht"* [19] hatte und so zu Brühls Faktotum, Favorit und *"Intimus"* (sic!) , kurz: zu seiner "Kreatur", offiziëll bereits zum Konferenzminister, Vice-Kammerpräsidenten, Geheimrat *"et cetera"* geworden war, bedankte er sich zunächst mit der Nobilitierung, 1737 aber mit dem Geschenk einer Latifundië, die südlich von Leipzig lag, damals Wiederau hieß und mitsamt ihrem Barockschloß auch als angenehmes Schweigegeld gedacht sein mochte. Denn später wurde dieser Erb-, Lehn- und Gerichtsherr auf Wiederau vom Premierminister Brühl auch noch zum Freiherrn, schließlich zum Grafen ernannt. Liebe oder Schuldgefühle müssen unermeßlich gewesen sein.

Hennicke seinerseits wird von *wikipedia* heutzutage als *"geldgierig, korrupt und eitel"* beschrieben, aber von der *Allgemeinen Deutschen Biographie* 1880 schon so:

"weder an Geist noch Charakter hervorragend, vielmehr eine gemeine Natur, aber durch Geschick, Schlauheit, Gewissenlosigkeit zu allem brauchbar, schwang er sich, namentlich als Günstling und Werkzeug Brühl's, immer mehr empor" (zitiert nach [19]). Dafür soll er sich seinerseits für all die Gaben und Wohltaten seines Gönners skrupellos mit *"unliebsamen Entscheidungen"* revanchiert und weiterhin lieb Kind gemacht haben.

1737 also wurde Hennicke 56jährig zum Rittergutsbesitzer und Schloßherrn auf Wiederau, und der umtriebige Picander schrieb zur Einweihung, wenn nicht gar im Hinblick auf kommende Aufträge dieses unaufhaltsamen Aufsteigers einen Kantatentext, den Johann Sebastian Bach ihm für diese Mischpoche vertonte:

"A n g e n e h m e s   W i e d e r a u " (BWV 30a).

Beide Autoren waren sich da als eingespieltes *Team* wohl darüber einig, hierfür jene schon vor zwölf Jahren gemeinsam geschriebenen drei Kantaten einer *Abend-Music* für den Leipziger Stadt-Gouverneur eigenhändig zu plündern und diese "Parodie" schon andern Jahres, 1738, mit ausgewechseltem Sakraltext in der *"Johannis"*-Kantate *"Freue dich, erlöste Schar"* (BWV 30) abermals zu "parodieren": als angenehm tröstendes Pflaster vielleicht für all ihre Demütigung in diesem obskuren Opportunismus von Wiederau.

Was so entstand oder vorgetäuscht wurde, wird vom peniblen Exegeten Klaus Häfner später zu Bachs *"gelungensten Gelegenheitsmusi-*

ken" gezählt, die *"einen herausragenden Platz im späten Vokalschaffen des Thomaskantors"*[9] einnehme.

Schon just am 28. September 1737, als Hennicke die Übernahme dieser angenehmen Immobiliё von seinem Vorgänger, einem Hauptmann Mordeisen, eben unterzeichnet hatte, wurde dieses *dramma per musica* zur Huldigung des Herrn von Hennicke auf Wiederau im dortigen Gutspark am Elsterufer uraufgeführt.

An Picanders Libretto, das den Herrensitz Wiederau schmeichlerisch und komisch in *"Hennicks-Ruhe"* umtauft, ist zunächst ein erotischer Subtext auszumachen, der mitten in den konventionellsten Gratulationsfloskeln plötzlich auch mühelos sexuёll, noch müheloser als Ironie verstanden werden kann.

Weniger deutlich ist in diesem hypertrophen Dramolett mit seinen allegorischen Rollen *à la mode* die Aufgabe des Tenors. Während Sopran, Alt und Baß nach barockem Usus *Die Zeit*, *Das Glücke* und *Das Schicksal* verkörpern, wird der Tenorpart mit *Elster* angegeben. Das erklärt sich nur halbwegs und unzulänglich mit dem Flußlauf jener *Weißen Elster*, die dieses *Hennicks-Ruh* passiert und in Hennickes Geburtsort Halle in die Saale mündet. So weit, so künstlich. Denn zu Begriffen wie *Schicksal*, *Glück* und *Zeit* paßt *Elster* auch noch ohne jedes färbende Adjektiv nur umso dissonanter. Eher schon als *Fluß* zu *Bach*. Aber dafür war Picander wohl nicht überheblich genug.

Doch wer sich daran erinnert, daß der Librettist all dessen ein pseudonymer *Elster-Mann* oder Elster-Schütze und Mitglied jenes Leipziger *"Collegium musicum"* war, wird diesem Multitalent und Tausendsassa recht mühelos auch noch eine Tenorstimme zutrauёn können, jedenfalls für so hinterwäldlerischen Anlaß: wer weiß das schon heute noch? Die Ariё der Elster hatte jedenfalls diesen mehrdeutigen Wortlaut:

"So wie ich die Tropfen zolle,
Daß mein Wiedrau grünen solle,
So fügt auch euren Segen bei!
Pfleget sorgsam Frucht und Samen,

zeiget, daß euch Hennicks Namen
Ein ganz besonders Kleinod sei!"

Dem eitlen Parvenu von Hennicke muß eine so doppelbödige Hommage dieser populären Elster persönlich in einem Maße geschmeichelt haben, daß Bach nun endlich, nach den vielen Bücklingen jahrelangen Antichambrierens ein ersehntes und gesellschaftlich vermutlich unverzichtbares Ziel erreichte:

für die Übersendung von *Kyrie* und *Gloria* aus der späteren *h-moll-Messe* und einen Begleitbrief, der sich am 27. Juli 1733 beim neuën Kurfürsten Friedrich August II. darüber beklagte, daß sein Verfasser seit vielen Jahren

"ein und andere Bekränckung unverschuldeterweise auch iezuweilen eine Verminderung derer mit dieser Function verknüpfften Accidentien empfinden müssen" (zitiert nach [3]),

wurde er nun endlich *Churfürstlich-Sächsischer Hof-Compositeur*. Durch die Personalunion seines Dresdner mit dem Krakauër Landesherrn war er sofort auch noch *Königlich-Polnischer Hof-Compositeur*.

Die erste Huldigungskantate, die er mit diesem wertvollen Titel komponierte, war besagtes *"Angenehme Wiederau"*. Dennoch ließ Hennicke in ihrem Einzeldruck nach ausführlicher Aufzählung all seiner eigenen Titel von den beiden Autoren nur Picanders Namen nennen: Bach blieb einfach unerwähnt.

Trotz alledem (oder deshalb?) schrieb ihm Picander noch acht Jahre später ein Gedicht *"Auf die Erhebung in des Reichs-Grafen Stand Sr. Exc. Herrn Johann Christian von Hennickes"*: ganze vier Strophen lang.

Aber bei seinen chauvinistischen Brot- und Auftraggebern in Leipzig machte Bachs neuer Titel aus dem fernen Dresden nur wenig Eindruck, und die erhoffte Einladung, nun auch an einen seiner beiden Höfe überzusiedeln, blieb kommentarlos aus. In Schulterschluß und Tuchfühlung wollte man diesen anspruchsvollen Querkopf nun wohl lieber doch nicht haben.

Gleichwohl ließ König Friedrich August II. just durch jenen Geheimrat von Hennicke aus seinem *"angenehmen Wiederau"* die Leipziger Universitätsdekane wissen, daß er im April 1738 mit Frau und Tochter zu deren bevorstehender Vermählung mit dem König von Siziliën just Leipzig zu besuchen und abends im Kreise der Studentenschaft einer Serenade zu lauschen beabsichtige, die seinen Hofkomponisten Bach zum Verfasser haben solle.

Dieses Konzert fand am 28. April 1738 *"mit vielen Wachs Fackeln, unter Trompeten und Paucken Schall"* auf dem Marktplatz statt und wurde den Majestäten persönlich als Noten-Sonderdruck überreicht – aber nicht etwa von ihrem Komponisten selbst, sondern von vier aristokratischen Hofherrn, die hierfür *"zum Hand Kuß gelaßen worden"* (zitiert nach [9]): es war die Kantate

"Willkommen, ihr herrschenden Götter der Erden" (BWV Anhang 13).

Auf Wunsch der Universität (oder eben ihres Professors Gottsched?) blieb

Picander,

wiewohl inzwischen zum Wirklichen Ober-Post-Commissarius aufgestiegen und derzeit prominenter als Bach, hieran unbeteiligt: wohl doch zu vulgär. Statt seiner wurde mit dem Libretto ausgerechnet sein akademischer Todfeind, der Universitätsprofessor Gottsched, beauftragt, gegen den Picander in jüngeren Jahren schon vielfach so aggressiv zu polemisieren sich erdreistet hatte, daß 1726 ihrer beider Pamphlete (Gottscheds *"Tadlerinnen"* und Picanders *"An die Tadlerinnen"*, sächsische *"Antitadlerinnen"*) von der städtischen Bücherkommission des Rates konfisziert worden waren: allesamt beschlagnahmt!

Da lohnten sich dann andererseits für einen so kontaktbegabten und ungehemmten Panegyriker wie Picander so maßlose Huldigungen wie die in Wiederau zumindest insofern, als dem Vierzigjährigen *"im Jahre 1740"*, bestätigt Zedlers zeitgenössisches *"Universal Lexicon"* mit seinen 68 Bänden von 1732 bs 1754 nunmehr auch schon *on-line*,

"die Creyss-Land-Steuer- auch Stadt-Tranck-Steuer-Einnahme zu Leipzig und die Wein-Inspection ertheilet"

und er als Finanzbeamter und *"Visir"* (Wesir) nun ein bürgerliches Arbeitspensum zu bewältigen hatte,

"bey welchem allen die Poesie ihm nicht wenig förderlich gewesen" (Band XXVIII, 1741: zitiert nach [19]).

Dasselbe "Universal"-Lexikon ihrer Zeit fand für Bach zunächst in all seinen 68 Bänden überhaupt keinen Platz und erwähnte ihn erst mit einer Abschrift aus Walthers Lexikon im Ergänzungsbande von 1751: als Bach schon tot war. Da jedoch war Picander bereits im 28. Bande mit ausführlichem Artikel als *"berühmter deutscher Poete"* gewürdigt und so beschrieben worden:

"darbey empfand er von selbst einen eigenen Trieb zur Poesie, und übte sich in solcher, daß er nicht allein seinen Unterhalt damit erwarb, sondern auch sein gäntzliches Glücke machte".

Das alles mag dessen Leben zumindest pekuniär erleichtert haben und brachte ihm überdies die Bekanntschaft mit Carl Heinrich von Dieskau ein, der im "Amts-Haus", Sitz des Leipziger Schatzamtes und Steuërgerichtes, als Kammerjunker und Kreishauptmann zu den höchsten Leipziger Beamten zählte und als Vorsteher der *"Land-, Trank-, Pfennig- und Quatembersteuer"* (*"Leipziger Adreßkalender 1736"*, 1746) nunmehr der unmittelbare Vorgesetzte auch des neuën Steuëreinnehmers Henrici war.

Dieser Dieskau nun, aus einflußreich uraltem Adelsgeschlecht mit rund fünfzig *"Ritter-Sitzen und Güthern"*, überdies wohl auch Ahnherr des späteren Opernsängers Fischer-Dieskau, hatte lange Jahre zuvor als Kurfürstlich-Sächsischer Kammerherr am Dresdner Hofe gedient und war dort auch Kollege jenes Hennicke nunmehr auf Wiederau gewesen, der später gar, gemeinsam mit dem polnisch-sächsischen Königspaar, bei Dieskaus erstem Sohne die Patenschaft übernahm: so eng waren ihre Bande, die sich nicht zuletzt auch auf Gespräche über Kunst und Künstler erstrecken mochten.

Denn Dieskau war ein musischer Mensch, der später am Dresdener Hofe zum *"Directeur des Plaisirs"* auch noch das Amt eines *"Directors der Königl. Capell- und Cammermusic"* übernahm.

Umso naheliegender oder ehrenvoller war es, daß Dieskau im Sommer 1742 seinen 36. Geburtstag noch vor dem großen Feuerwerk mit einer Kantate begehen wollte, die zugleich auch die Ergänzung seiner Rittergüter Dieskau bei Halle, Cospuden, Altschönfeld und Knauthain um das mütterlich just angeërbte Kleinzschocher südwestlich von Leipzig feiërn und vom bewährten Autorenpaar Picander und Bach verfaßt werden sollte.

In Wertschätzung dieses noblen und humorigen neuen Guts- und Gerichtsherrn auf Kleinzschocher schrieb Picander zu dieser groß zelebrierten Erbhuldigung eine *"Comische Cantata"*, die ihr Vertoner Bach gar als *"Cantate en burlesque"* bezeichnete. Später ging sie einfach als *"Bauërnkantate"* (BWV 212) in die Musikgeschichte ein, traf da mit Spuren obersächsischer Mundart ein und trug den Titel

"Mer   hahn   en   neue   Oberkeet".

Bach vertonte Picanders Dialoge hier überwiegend mit Tanzmelodiën und vermeintlicher Dorfmusik. Fast sind sie schon ein Singspiel und wurden am 30. August 1742 im Kleinzschocher wohl gleich szenisch uraufgeführt. Bauërn huldigen da ihrem neuën Gutsherrn. Natürlich geht das volkstümlich, komisch, derb, auch obszön und handfest zu. Es enthält sogar konkrete Spitzen wie zum Beispiel jene Bitte an Frau von Dieskau:

"Gib, Schöne,
Viel Söhne
Von artger Gestalt [...],
Das wünschet sich Zschocher und Knauthain fein bald!"

Sohnlosen Eltern von fünf Töchtern muß das spitz in die Ohren gestochen haben.

Aber alle sonstige Sozialkritik ist hier zwar sehr wohl vorhanden, aber unbeweisbar kaschiert:

"Unser trefflicher
Lieber Kammerherr

Ist ein kumpabler Mann
Den niemand tadeln kann".

Unter dieser Devise versäumten die Autoren keineswegs, *"die armselige Situation der Bauern unter Stichworten wie 'Armut', 'Strafen',
'Militärdienst' detailliert zu beschreiben und über den neuen Herrn
nicht ganz harmlose Späße zu machen"* [4]. Auch Steuërn, Fischerei-
Recht, Feldarbeit, Insektenplage, Sparsamkeit und bekannte Einzelpersonen kommen hier beiläufig vor.

Aber nie wird ein Vorwurf laut, nie wird gejammert, keinmal angegriffen. Warum auch? Der besungene Herr ist ja so, wie eine Obrigkeit sein muß:

*"Es bleibt dabei,
Daß unser Herr der beste sei"*.

Picander hat Bach hier einen Text vorgelegt, dessen Ironie naïvlich
kostümiert war: Satire auf höchstem Niveau. Denn er verherrlicht ideale Obrigkeit und schildert sie just, wie beide Autoren sie ebensowenig je erlebten wie auch die dargestellten Bauërn. Solche Obrigkeit
gab es noch nie. Aber wer sie jemals erlebte, der hätte wahrhaftig eine ganz und gar *"neue Oberkeet"*.

Das ist Sozialkritik in vorsichtigster, aber auch in nobelster Komö-
diënform. Der Herr von Dieskau hatte ihren Text zuvor gelesen und
unbeanstandet passieren lassen. *"Es lebe Dieskau und sein Haus"*!
Über Bewußtsein und Hintergedanken von Sängern und Publikum ist
nichts überliefert.

Mit diesem Schelmenstreich neigte sich Picanders Zusammenarbeit
mit Bach ihrem Ende zu. Es war ihre letzte gemeinsame Kantate,
wohl auch Bachs letzte überhaupt. Er war da schon 57 Jahre alt, hatte
nur noch acht Jahre zu leben und nutzte sie vorwiegend für seine
großen Alterswerke, denen zuliebe er sich möglichst zurückzog.

Picander, in seiner jahrelangen Polemik gegen Gottsched inzwischen
längst unterlegen, widmete sich pfleglich den Neuauflagen seiner
vierbändigen *"Ernst-Schertzhaften und Satyrischen Gedichte"* und ergänzte sie gar. So gern scheint sein Publikum sie noch immer gelesen

zu haben. Der erste Band mit seiner genuïnen Widmung *"Dem guten Glücke"* erlebte nun, schon in zweiter Auflage viel gewitzter dem Grafen Brühl dediciert, 1748 bereits seine vierte Auflage, der zweite, 1749, und der dritte 1750 jeweils die dritte und der vierte Band, wahrhaftig dem Konferenzminister von Hennicke in seinem angenehmen Wiederau an der Elster zugeeignet, 1751 seine zweite Auflage.

Das alles war damals Rekord. Also gab der inzwischen 51jährige 1751 noch einen *"fünften und letzten Theil"* heraus: das Material war vorhanden oder machbar.

Aber auch dieser Band war nicht wirklich der letzte. Picander starb zwar 1764, aber noch 1768 gaben berechtigte Erben in Frankfurt und Leipzig eine *"Sammlung vermischter Gedichte von Christian Friedrich Henrici"* heraus: einem unerschöpflichen Poëten.

Der hatte sich schon 26jährig einen eigenen Epitaph persifliert:

"Schreibt, werd ich einst gestorben sein,
Auf die Beerdigung:
Hier ist Picanders Leichen-Stein,
Er war noch gut genung" (zitiert nach [8]).

Sein leibhaftiges Grab dürfte nicht einmal so kümmerlich gewürdigt worden sein. Denn um sein Nachleben war es wirklich miserabel bestellt. Zunächst wurde er ebenso vergessen wie Bach. Mit dessen später Renaissance jedoch rückte unvermeidlich auch dessen Librettist wieder in das Licht einer Öffentlichkeit, die inzwischen freilich vom Biedermeier, dann vom Wilhelminismus des 19. Jahrhunderts geprägt war und große Schwierigkeiten hatte, ihren neu entdeckten *"großen Bach"*, den Deutschlands Liebling Beethoven gar als *Meer* bezeichnet hatte, trotz *"Matthäus-Passion"* und *"h-moll-Messe"* mit einem Zotenproduzenten in Einklang zu bringen.

Kaum eine Kurzbiografie, kaum ein Lexikon erwähnt Picander, ohne ihn primär als Post- und Steuërbeamten, der auf der Elsternjagd einen Bauërn niederschoß, und als Wein-Inspektor vorzustellen. Professionell also Alkoholiker (schon als Kassier der Getränke-Steuër!), sei er leider ein unzügelbar schweinischer Lüstling, gar Sodomit gewesen: pfui Teufel!

Allenfalls in Relativsätzen wird er dann bisweilen auch heute noch als Gelegenheitsdichter desavouiert und so zum Dilettanten erniedrigt. Vielleicht wird sogar die Erfolglosigkeit jener drei Komödiën seiner Studentenjahre betont. Seine Erfolge werden da nie betont.

So sieht überwiegend der

N a c h r u h m

des wichtigsten Mitarbeiters aus, den Johann Sebastian Bach sich erkoren hatte. Noch 1991 bestätigt Hans Joachim Kreutzer im *Bach-Jahrbuch* der *Neuen Bachgesellschaft*:

"An Bachs Hochschätzung für Picanders Können besteht kein Zweifel".

Kreutzer räumt da auch ein, daß Picander nur noch *"in literarhistorischen Fußnoten"* existiere, denn *"Die Philologen haben sich nicht für ihn interessiert"* [10].

Picanders Nachwelt nämlich glaubte es besser zu wissen als der geniale Bach und diffamierte eifrigst dessen beneideten Vorzugslibrettisten.

Schon Goethes Freund Zelter hatte Picanders Kantatentexte *"mit dem dicken Glaubensqualm"* als *"ganz verrucht"* verachtet.

Oder jene Leipziger *"Allgemeine Deutsche Biographie"* zum Beispiel, deren Elfter Band 1880 noch als *"Historische Commission bei der Königl. Akademie der Wissenschaften"* erschien, gestand ihnen mit dem Wortlaut eines Jacob Franck zunächst zwar zu, *"nicht ohne Talent zur Poesie"* verfaßt zu sein. Aber wie schon in seinen *"berüchtigten Quodlibeten"* versuchte dieser Picander auch hier, *"durch geschmacklosen Witz und grobe höchst unsittliche Scherze rohere Seelen zu vergnügen und dieß ist ihm denn auch trefflich gelungen. Dafür aber ward ihm die Verachtung des feineren Theiles seiner Zeitgenossen sowol als der Nachwelt zum verdientesten Lohne.*

*Aber damit noch nicht genug zu jenen fragwürdigen 'Reimereien'.
Denn überdies verdankt ihm in anderer Beziehung die Sprichwörter-
kunde und deren Lexicographie sehr schätzbare noch ungewürdigte
Beiträge, da alle seine Gedichte von Sprichwörtern und sprichwörtli-
chen Redensarten und mitunter den seltensten strotzen, die allerdings
sehr oft obscönster Natur sind und aus sehr groben Unfläthereien he-
rausgelesen werden müssen"* [11] .

Ein gutes Vierteljahrhundert später machte ihm der Christ, Humanist
und Organist Albert Schweitzer, dessen Bach-Buch von 1908 sicher
Maßstäbe auch in der Picander-Verachtung setzte, den Vorwurf, daß
er schon als Lyriker die *"widerwärtigsten und gemeinsten Sachen
drucken"* ließ, und verübelte seinem Bach einen solchen Librettisten:
*"Man wundert sich, daß der Meister sich zu einem so unfeinen und
wenig sympathischen Menschen hingezogen fühlte"* (zitiert nach [12]).

Schweitzer, dieser Philanthrop in Lambarene, ging dann sogar so
weit, Bach für Kantaten nach Picander-Texten rigorose Strichvor-
schläge nachzureichen oder seinen künftigen Dirigenten nahezulegen.
In der Kantate *"Es ist nichts Gesundes an meinem Leibe"* (BWV 25)
fand dieser Mediziner das folgende Rezitativ so *"grauenvoll"*, daß er
radikale Entfernung anempfahl:

*"Die ganze Welt ist nur ein Hospital,
wo Menschen von unzählbar großer Zahl
und auch die Kinder in den Wiegen
an Krankheit hart danieder liegen.
Den einen quälet in der Brust
ein hitz'ges Fieber böser Lust;
der andre lieget krank
an eigner Ehre häßlichem Gestank;
den dritten zehrt die Geldsucht ab
und stürzt ihn vor der Zeit ins Grab"* (zitiert nach [20]).

Gar in Bachs Passionen leidet Schweitzer noch empfindlicher unter
Picanders Versen, etwa in einem, dessen Bach-Musik gar nicht über-
liefert ist. Da müsse man, auch unvertont, darüber empört sein, wie
Petrus sich bei Picander über den Verrat des Judas Ischariot empöre:

"Verdammter Verräter, wo hast du dein Herze?
Haben es Löwen und Tiger verwahrt?
Ich will es zerfleischen, ich will es zerhauen,
daß Ottern und Nattern die Stücke zerkauen,
dann du bist von verfluchter Art" (zitiert nach [20]).

Natürlich haben so prominente Verdikte noch nachhaltig Epigonen im Gefolge. Werner Creutziger zum Beispiel beanstandete noch 1985 im DDR-Monatsheft *"Neue Deutsche Literatur"* die folgenden Kantenverse des Paares Picander/Bach (BWV 145):

"Nun fordre, Moses, wie du willt,
das dräuende Gesetz zu üben.
Ich habe meine Quittung hier
mit Jesu Blut und Wunden unterschrieben" (zitiert nach [20]).

Creutziger bilanziert: *"Lösen wir Picanders Poesie von der suggestiven Macht der Bachschen Musik, so bleibt die nackte Plattheit"*; Bach habe da nämlich wissentlich Perlen vor die Säue geworfen [20].

Wirklich müssen solche Verse wohl in jeder piëtistischen, erst recht in jeder romantischen Tradition blasphemisch klingen. *Anno* 2008 mit all den überraschenden Erfahrungen auf literarisch-geistigem, gesellschaftlichem, sei es politischem Terrain und durch zahllose Fernseh-*"Worte zum Sonntag"* abgebrüht, sind Picanders Verse ohne jeden *haut goût* und eher reizvoll. Sie vermischen eine Unschuld, wie wir sie zum Beispiel beim Zöllner Rousseau und andern Naïven schätzen, mit dem gewitzten Bewußtsein eines Bilderstürmers und Tabuverletzers. Kühne Bildsprünge – Katachresen, Kakozelonen, Oxymora – , wie erst Gottfried Benn sie mühsam literaturfähig machte, werden hier schon für ein Weltbild verwendet, das Kontraste und Dissonanzen ohne jede versöhnliche Idyllik collagiert. So entstanden da schon *"lyrics"* ohne alle gängige "Lyrik":

"Ich stürme den Himmel mit meinem Gebete
und schreie, bis mich Gott erhört" (zitiert nach [20]).

Für derlei war es 1730 noch allzu früh. Auch Albert Schweitzers und seiner Konsorten Verwurzelung im bigotten 19. Jahrhundert konnte schreiënde Gebete noch unmöglich nachvollziehen. Ihre Gebete muß-

ten unweigerlich leise sein und geflüstert, geraunt, gehaucht, gemur-
melt werden: auf keinen Fall geschriën.

Aber sie alle hätten dulden, sie hätten respektieren können, für wen
und für was sich ihr großer Johann Sebastian da entschieden hatte.

Der nämlich collagierte auch seinerseits schon gern. Die ganze *"Mat-
thäus-Passion"*, hat Kristof Magnusson plausibel bemerkt, ist eine
Collage aus Bibeltexten, tradierten Chorälen und Picanders Ariën und
Rezitativen [21].

Oder was Bach noch Parodie nannte und sein ganzes Werk dominiert:
diese Nutzung ein und derselben Musik für profane wie sakrale Texte
– gleichfalls eine Vereinigung des denkbar Konträrsten in einem geschlossenen Weltbild. Dieses Weltbild ist zuïnnerst fromm und emp-
findet alles unterschiedslos als Teil einer göttlich einheitlichen
Schöpfung.

Darum hatte Bach vermutlich ebenso wenig Probleme wie Picander,
Texte aus der *"Matthäus-Passion"* in der Anthologie seiner Gedichte
neben zum Beispiel seinen dortigen *"Unterricht vor die Braut am
Hochzeitstage"* zu placieren. Alles ist eins.

Aber ihrer Zeit war das weit voraus: das sei ihren Kritikern zugestanden. *"Die ältere Bachforschung"*, hält noch 1993 auch Martin Geck
fest, *"hat sich zwar in toto von Picanders Frivolitäten distanziert, jedoch nie die Frage gestellt, weshalb Bach mit diesem angeblichen
Tunichtgut auf so vertrautem Fuße gestanden zu haben scheint"* [4].

Nicht zuletzt scheint sie auch übersehen zu haben, daß nicht nur jener
angeblich so versaute Picander, den sogar Flossmann noch 1899 *"einen kleinen Frivolitätenhändler"* nannte [8], sondern auch der so gottesfürchtige Bach persönlich

e i n   g r o ß e r   E r o t   v o r   s e i n e m   H e r r n

war: zwanzig Kinder brachte auch ihm wohl schwerlich der Klapper-
storch. Da dürfte Verwandtes im Spiele gewesen sein und sich ja

auch fast immer in Bachs Rhythmen spiegeln, in denen sich Sexus
und Ewigkeit magisch und sinnlich vereinigen.

"Fest steht nun allerdings", wußte jedenfalls Hans Heinrich Egge-
brecht (1919-1999), dem Franz Rueb noch 2000 als dem *"Altmeister
der Musikästhetik"* huldigt, *"daß Bach kompositorisch in höchst in-
tensiver, vielschichtig darstellender und tiefsinnigst ausdeutender
Weise auf die Texte seiner Kirchenmusik eingegangen ist"* (zitiert
nach [2]): also auch und zumeist auf Picanders Texte.

Noch im Jahre 2000 weist Frank Schrader gar elektronisch darauf hin,
daß ein Komponist wie Bach *"nichts dem Zufall überließ und auch
Einfluß auf die textliche Gestaltung nahm"* [12], die ihm also keineswegs gleichgültig war. Schrader zitiert auch Lucia Haselböck, die
schon 1989 unterstellte, daß für Bach *"die Textgestaltung seiner Vokalwerke ein hohes Anliegen war"*. Also müssen Picanders Angebote
seinen Ansprüchen meist entsprochen haben.

Wenn auch all jene Kritikaster Picanders Arbeiten ähnlich bemüht gefördert hätten statt sie zu verachten, zu verbieten, zu ignorieren: sie
dürften seine sprudelnde Sprachbegabung, sein uferloses Verbalisie-
rungstalent zu Steigerungen, Reinigungen und Qualifizierungen stimuliert haben, die vielleicht in Höhen geführt hätten, wie sie ihnen
selbst noch fremd waren.

Eigentlich erst 1991 erfreute sich Kreutzer des Poëten Picander und
"seines eminenten Talents, Verse zu formulieren". Er bestand auch
auf *"Henricis ganz außerordentlichem prosodischen Können"*:

*"Er behandelt das Sprachmaterial mit einer Korrektheit, die auch ei-
nem Autor der Goethezeit Ehre gemacht hätte. Er wußte darüber hinaus augenscheinlich, welche Konsonanten sangbar sind, so daß man
sie am Versanfang gebrauchen kann, und was für Silben aus analo-
gem Grund in die Hebungen eines Verses gehören. Da brauchte Bach
nichts nachzubessern. Picander schreibt grundsätzlich wirkliches
Hochdeutsch"* [10].

Nachzutragen bleibt da immer noch, daß dieser Picander mit seiner
locker spitzen Zunge, seinem Reichtum an Reimen und der ganzen
Leichtigkeit seiner Verse schon ein Vorläufer, wenn nicht gar ein Be-

gründer jener deutschen Tradition war, die sich später mit Heinrich Heine und Wilhelm Busch, mit Detlev von Liliencron und Erich Kästner, mit Eugen Roth, Robert Gilbert und Robert Gernhardt tänzelnd, viel belacht und nie genug bewundert fortzusetzen glücklich genug war.

Nicht anders ging es ihm als Theaterautor. Denn auch noch *"die Neueren"*, hat Paul Flossmann promovierend registriert, *"verurteilen Henricis Dramen meist in Bausch und Bogen"*. Dabei ahnen sie nichts von seinem verschollenen, wohl auch nie gedruckten Schäferspiel

"Die Liebe in den Schäferhütten",

das immerhin von einer so progressiven Theatermacherin wie der großen Neuberin von 1727 bis 1729 aufgeführt wurde, 1733 auch noch in Hamburg: mitten in Picanders bester und wichtigster Bach-Zeit.

Aber einer der Schauspieler damals im Ensemble der Neuberin,

Johann Friedrich Schönemann (1704-1782),

später auch autonom ein großer Reformator des deutschen Theaters in Hamburg und Breslau, in Berlin wie in Leipzig, hat, als er dieses selbe Stück von Picander für interessant genug hielt, auch ins eigene Repertoire übernommen zu werden, hierzu später vermerken müssen:

"von der Akademie cassiert" (zitiert nach [22]).

Mit *"Akademie"* ist jene Mischform aus Betriebsrat und früher Mitbestimmung gemeint, wie Konrad Ekhof, Schönemanns *Erster Acteur* und sowas wie ein Doyen der deutschen Schauspielkunst, sie 1753 in Schwerin zur allgemeinen Hebung des Niveaus in ihrer Wanderbühne erfunden und mit kurzer Lebensdauer realiter etabliert hatte. In der *"Verfassung"* dieser *"Akademie"*, die den *"Anfang einer Theatergesetzgebung"* bildet, erklärte Artikel 15a die *"Vorlesungen derjenigen Schauspiele, die gespielt werden sollen"*, zu einer der *"Hauptsachen"* künftiger Schauspielerversammlungen. Es solle hinfort *"kein Stück eher aufgeführet werden, bis es in der Sitzung abgelesen worden"* (zitiert nach [22]).

Es blieb aber nicht beim *"Ablesen"*. Diese *"Akademie"* pflegte nach solchem Lesen alle unliebigen Stücke auch zu *"cassieren"*: ihre Inszenierung abzulehnen. In jenem einen einzigen Jahre ihres Bestehens "cassierte" sie so ganze 67 Stücke, die der große Schönemann zur Aufführung vorgeschlagen hatte.

Meist dürften hierbei Besetzungs-Chancen die ausschlaggebende Rolle gespielt haben. Denn unter diesen 67 Abgewählten befanden sich nicht nur Stücke solcher zeitgenössischen Mode-Autoren wie Johann Elias Schlegel, Christian Weiße, Johann Ulrich von König und die sogenannte Gottschedin, sondern auch der doppelt talentierte Adam Gottfried Uhlich, Kollege im eigenen Ensemble, und keineswegs zuletzt so prominente Autoren wie Voltaire, Thomas Morus, Calderón und Racine. Auch der *"Ödipus"* des Sophoklēs wurde da frühgenossenschaftlich *"von der Akademie cassirt"*. Da war jene *"Liebe in Schäferhütten"* vom Picander in wirklich allerbester Index-Gesellschaft!

Aber auch dies war da prägewerkschaftlich beschlossen worden: es

"sollen keine Stücke, die in der Akademie einmal Cassirt sind, wieder aufs Theater gebracht, oder jedes als ein neues Stück angesehen werden" (zitiert nach [22]).

Also einmal abgelehnt, für immer abgelehnt. Terror gibt es nicht nur von Obrigkeiten, sondern auch von unten: mit Mehrheitsbeschlüssen.

Vielleicht ja eben deshalb ist von Picanders *"Liebe in Schäferhütten"* heutzutage nicht einmal mehr ein Textbuch vorhanden: wahrhaftig kassiert.

Flossmann aber findet die *"volkstümliche, regelfreie Kunst"* schon in Picanders früheren Stücken *"durchaus nicht so roh und lüderlich, wie man immer behauptet"*; er entdeckt vielmehr *"eine scharfe Betrachtung des gemeinen Lebens, eine frische Lebendigkeit der Darstellung, eine ausgelassene derbe Lustigkeit"* und erklärt ihren Autor für einen der Ersten, die *"eine einigermaßen kunstmäßige Komödie wagen"*[8].

Er sieht hierin Elemente, die ihn an Gellert, "die Gottschedin" oder gar schon an Lessing denken lassen.

Hans-Joachim Kreutzer erkannte diese Dramen noch 1991 als *"Zeit-stücke"* und deren *"kritischen Realismus"* als *"ganz unabhängig"*, denn sie *"halten nur wenig mittels motivierender Handelsverknüp-fung zusammen"*. Trotzdem sei *"das Nebeneinander einzelner Szenen"* noch für neuzeitliche Augen *"durchaus kalkuliert, nämlich nach dem Stilprinzip des grotesken Aufeinanderpralls der Situationen"*: also collagiert (zitiert nach [10]).

Flossmann aber schloß seine Picander-Arbeit von 1899 mit einem eigenen schwachen Protest gegen den Germanisten Gustav Waniek, immerhin einen zeitgenössischen Spezialisten für jenes 18. Jahrhundert:

"Henrici habe von Natur das Zeug gehabt zu einer Minna von Barn-helm" [8].

Um aber solche Meisterkomödiën endlich zu schreiben, hatte er nach Bachs Tod 1750 sicher die Zeit, aber schwerlich noch den Mut. Denn *"Dichten"*, wußte auch Goethe, *"ist ein Übermut"*.

Der konnte ihm da in den 64 Jahren seines Lebens schon vergangen sein. Denn ganze vierzig Jahre vorher hatte er bereits erfahren müssen:

"Verfolgung   ist   mein   Lohn".

Und der 27jährige hatte mitten in die Auftragsgratulation zu einer Magisterpromotion hineingedichtet:

"Ich kann davon ein Lied, mein Herr Magister, singen,
Die Neider stehn mir nach, und martern ihren Sinn" (zitiert nach [8]).

Bach jedoch, der seine Librettisten sonst eher zu verschweigen pflegte, hat auf der Titelseite der *"Matthäus-Passion"*, ihrer wichtigsten gemeinsamen Arbeit mit seiner einzig sorgfältig geschriebenen Partitur, in penibel kalligrafierten Buchstaben nahezu trotzig festgehalten:

"Poesia per Dominum Henrici alias Picander dictus".

Das war sein freundschaftlich solidarisches Bekenntnis schon damals zu einem Verleumdeten.

Doch auch Bach war es zunehmend leid, vermutlich lebenslänglich von Stadtrat, Konsistorium, Thomaner-Rektorat und Schülerschaft abzuhängen und sich im hochvoltig aufgeladenen Spannungsfelde zwischen Kommune und Kirche von dilettantischen Funktionären beiderseits beckmessern zu lassen.

Allzubald nur begriff er schmerzlich, daß jener ganze Schritt von Köthen nach Leipzig, aus der Provinz in die Metropole für seine Karriëre zwar dienlich, für die *Vita* ein Schmuckblatt und pekuniär verführerisch, aber *de facto* das war, was sein Biograf Christoph Rueger später *"eine Fehlentscheidung"* nannte. Denn seinem angeborenen Talent nach war er *"eher Kapellmeister als Lehrer und eher Organist als Kantor"* [5].

Als *Städtischer Musikdirektor* hatte er überdies zwar für vier Kirchen allwöchentlich eine neue Kantate von *circa* zwanzig Minuten zu liefern. Aber hierbei war die Universitätskirche *St. Pauli* nicht mit einbegriffen, wurde daher schnell zur Drachensaat und zum Anlaß endloser Streitigkeiten und Eingaben bis zum sächsischen Kurfürsten oder König im fernen Dresden hinauf.

Folglich ignorierte die Universität diesen unakademischen Musikanten, und mit Johann Gottlieb Görner, einem Usurpator an der akademischen Orgel und angeblich *"elenden Komponisten"*, focht Bach endlose Kontroversen aus, die meist um Honorare oder deren angemessene Aufteilung gingen und bisweilen gar handgreiflich wurden. Vielleicht gerade deshalb hielten die Studenten zu Bach und ermöglichten in dessen Chören und *collegium musicum* die Aufführung seiner Oratoriën.

Aber nicht nur mit der Universität, auch mit Konsistorium und Rat legte Bach sich streitbar an, wenn es um die Verteidigung eingeschränkter Rechte ging.

Er fühlte sich hier auch künstlerisch stetig unterschätzt.

Umso lieber kehrte er da bisweilen nach Köthen zurück, dessen Titel eines *Fürstlich Köthenschen Kapellmeisters* er ja auch in Leipzig immer noch trug, und führte da, zumal 1723 jene arge *"Amusa"* dort 21jährig verstorben war, ihrem kompetenten Witwer fünfmal an Fürstlichen Feiertagen oder bei repräsentativen Anlässen seine Arbeiten vor: mit angemessener Resonanz und generösem Honorar.

Im Februar 1729 konzertierte er ähnlich auch am Hofe des Herzogs Christian von Sachsen-Weißenfels, einem Bruder jenes argen Johann Georg vor 34 Jahren, um sich zum 47. Geburtstage dieses jetzigen Landesherrn vielleicht mit einer Wiederholung jener *"Jagdkantate"* zu dessen 31. Geburtstage 1713 nunmehr endlich *"von Haus aus"* den Titel eines *"Hochf. Sachsen Weißenfels. Capellmeisters"* zu erspielen, den ihm der dortige Sekundogeniturhof 1731 endlich verlieh und den er dann bis zum Tode dieses Herzogs 1736 ausdrücklich trug.

Zwar mag er ihm in Dresden die erhoffte Ernennung zum dortigen *"Hof-Compositeur"* so lange verhindert haben, aber es dürfte ihm eine Genugtuung gewesen sein, hier den Titel eines Hofes zu tragen, der ihm seinerzeit siebzehnjährig jene erste Organistenstelle in Sangerhausen vereitelt hatte. Dieselbe Stelle eines Organisten in Sangerhausen trat dann schon 1737 sein eigener Sohn Johann Gottfried Bernhard Bach an.

Vater Bach aber war 1729 ungewohnt titellos nach Weißenfels gekommen. Denn Köthen, dessen *Hochf. Capellmeister* er ja seit 1717 gewesen war, hatte 1728 seinen Landesfürsten, jenen musischen Leopold, im Alter von nur 34 Jahren verloren und Bach mit diesem Mäzen auch seinen dortigen Titel.

Aber bei den calvinistischen Funeraliën für diesen einzigen wirklichen Gönner seines ganzen Lebens spielte er eine Trauërmusik, die mit dem Titel *"Klagt, Kinder, klagt es aller Welt"* und der Nummer 244a ins Bachwerke-Verzeichnis einging und dort verloren wurde. Sie verwendete aber auch schon zehn Sätze aus der *"Matthäus-Passion"*, die damals gerade kurz vor ihrer Vollendung stand.

Ihre Uraufführung fand dann am 15. April 1729 in der Leipziger Thomaskirche statt und ersetzte da überraschend im Karfreitagsgottesdienst die obligaten beiden Kantaten. Die Resonanz war entsetzlich. Man langweilte sich und kritisierte die lange Dauër ebenso wie eine allzu gefühlsbetonte opernhafte Theatralik, die beide auch Bachs Vertrag widersprachen, *"zu Beybehaltung guter Ordnung in denen Kirchen die Music dergestalt ein[zu]richten, daß sie nicht zu lang währen, auch also beschaffen seyn möge, damit sie nicht opernhafftig herauskommen, sondern die Zuhörer vielmehr zur Andacht aufmuntere"* (zitiert nach [4]).

Klerus wie Ratsherren fanden dieses Werk unbequem, anspruchsvoll und exotisch. Das gehöre nicht in die Kirche, hieß es in der folgenden Sitzung des Stadtrats. Man sprach nicht mehr darüber, sondern feindete den Komponisten nur umso mehr an und beschloß, ihm zur Strafe *"die Besoldung zu verkümmern"*.

Auch keine Zeitung berichtete über diese Passionsmusik. Dieses heute unumstrittene Meister- und Gipfelwerk der Musikgeschichte wurde auch zu Bachs Lebzeiten allenfalls nur noch ein- oder zweimal wiederholt und verschwand dann für hundert Jahre in irgendwelchen Schubladen oder Truhen, die niemand mehr zu öffnen irgend einen Anlaß verspürte.

Als aber hiernach schleichend seine Honorierung auch aller nicht fixierten "Akzidentiën" oder Sonderleistungen bei Begräbnissen, Hochzeiten, Taufen, prominenten Geburts- oder Feiërtagen und sonstigen Legaten schmerzhaft "verkümmert" oder reduziert zu werden begann, wehrte sich Bach mit einem kämpferischen Memorandum ohne obligate Demutsfloskeln, aber mit barockem Titel:

"Kurtzer, jedoch höchstnöthiger Entwurff einer wohlbestallten Kirchen Music; nebst einigen unvorgreiflichen Bedencken von dem Verfall derselben".

Zwar beanstandete er hier zehn Seiten lang nur Unzulänglichkeiten in den Prämissen seiner hiesigen Arbeit, aber unter Verweis auf die ungleich günstigeren Bedingungen am Hof in Dresden.

Das verhärtete die Fronten und schmälerte die Subsidiën seiner Arbeit nur noch weiterhin. Er galt jetzt für *"incorigibel"* und arbeitsscheu.

Dreißig Jahre lang wurde das Verhalten des Leipziger Stadtrats *"geleitet von Unvermögen, Gleichgültigkeit und Ignoranz"*, bestätigt Martin Geck [4].

Aber zwischenzeitlich schien das Maß voll zu sein. Am 28. Oktober 1730 schrieb Bach seinem Jugendfreunde Georg Erdmann, der inzwischen als Kaiserlich-russischer Hofrat diplomatische Missionen in Danzig erfüllte, und klagte dem sein Leid: dieser Leipziger Posten sei *"bey weitem nicht so erklecklich, als man mir ihn beschrieben"*, und sein hiesiger Brotherr *"eine wunderliche und der Music wenig ergebene Obrigkeit"*, so daß er hier *"fast in stetem Verdruß, Neid und Verfolgung leben müsse"* und sich nunmehr genötigt fühle, *"meine Fortun anderweitig zu suchen"* und den Jugendfreund zu bitten, andern Ortes gegebenenfalls eine *"hochgeneigte Recommendation einzulegen"*: ihn wegzuempfehlen [21].

So entschlossen war der 45jährige, irgendwo in der außerthüringisch-außersächsischen Fremde,

im Exil wo auch immer

einen Neubeginn zu wagen.

Aber der Attaché in der preußischen Hansestadt scheint dem Spielmann in der sächsischen Messestadt nicht einmal geantwortet zu haben. An der Schwelle zum Greisenalter war Bach also ohne Alternativen und mußte bleiben.

Im verwünschten Leipzig hatte er inzwischen freilich notgedrungen auch begonnen, seine Werke selbst zu verlegen, zu drucken und zu vertreiben.

Obwohl 1719, vor einem guten Jahrzehnt, der Gastwirt Bernhard Christoph Breitkopf in seinem Leipziger *"Goldenen Bären"* den ersten Musikverlag der Welt gegründet hatte und dieser in naher Umgebung eben von Thomas- und Nicolaikirche zu einem heute noch marktbeherrschenden Tantièmengiganten erblühte, mußte Nachbar Bach, als er ein gestandener Mann von 41 Jahren und Urheber kaum zählbar vieler Kompositionen war, *"in Verlegung des Autors"*, also im Selbstverlage, für die Verbreitung seiner Arbeit sorgen.

Heute brüstet sich Breitkopf mit Härtel in ihrem *website* mit *"Schemellis Gesangbuch"*, das schon 1736 in ihrem Verlage auch schon Choräle von Bach enthalten habe.

Da aber hatte Bach, von 1726 bis 1731, schon seine *Sechs Partiten* und erste Teile seiner *"Clavierübung"* auf eigene Kosten stechen lassen und das in den *"Leipziger Post-Zeitungen"* kostspielig inseriert. Es folgten einzelne Ariën, Huldigungskantaten und Kammermusik auf eigene Rechnung. Eine erste Ausgabe *Sämtlicher Werke* erschien auf Anregung Robert Schumanns erst ab 1850, dem hundertsten Todesjahr Bachs, und im Laufe von dreißig Jahren.

Breitkopf & Härtel, die 1821 mit dem Druck der populären Bachkantate *"Ein feste Burg ist unser Gott"* einen Ladenhüter produziert hatten, fungierten dann dreißig Jahre später als Verlag jener ersten Gesamtausgabe.

Sie enthält auch alle abschließend großen Werke der späten Jahre, in denen Bach sich aus der Kantatenproduktion des kirchlichen und gesellschaftlichen Alltags mehr und mehr in eine Innerlichkeit zurückzog, wo er nur noch eigenen Inneren Stimmen gefolgt sein mag.

An Diskussionen des Zeitgeistes, der den Kontrapunkt als *"Papiermusik"* verachtete und einzig die schnelle Gunst eines eiligen Publikums zum *"Endzweck der Musik"* erklärte, nahm er ebenso wenig Anteil wie an den *Großen Kaufmanns-Konzerten*, die in Leipzig seit 1743 eine bürgerliche Kultur zu entwickeln begannen, wie sie später zur Gründung des Gewandhausorchesters führte.

Bach kontrapunktierte und fugierte da inzwischen unerschütterlich weiter und arbeitete vornehmlich am *"Musikalischen Opfer"*, an der *h-moll-Messe* und an der sogenannten *Kunst der Fuge*, mit denen allen er freilich ein Leipziger Auditorium seiner vierziger Jahre zu erreichen wohl gar nicht mehr im Sinne hatte. Sie entstanden, entnimmt Biograf Christoph Rueger dem vorhandenen Notenmaterial, für keinerlei konkrete Aufführung mehr, die Bach unter den gegebenen Umständen auch für aussichtslos halten mochte, sondern

"als eine Art Vermächtnis an die Nachwelt"[5] .

Franz Rueb bestätigt: *"Was Bach hier niederschrieb, war zeitlos, scheinbar beziehungslos, schwebend, eher für den Kosmos als für den Alltag in der Mitte des 18. Jahrhunderts; der Kunstszene der Zeit war diese Musik fremd. Bach kümmerte sich nicht im geringsten um die praktische Aufführung dieser Schöpfungen, er ließ alle Angaben weg, überließ diese Entscheidungen der Zukunft"*[2]

Noch 62jährig, drei Jahre vor seinem Tode, reiste Bach nach

Berlin und Potsdam.

Er mochte dort seinen eben zweijährigen ersten Enkel und dessen Mutter kennenlernen und seinen Sohn Philipp Emanuel wiedersehen wollen, der am Preußischen Königshofe Friedrichs II. Kammercembalist gewesen und nunmehr für ganze 27 Jahre *"Kammermusicus"* und Klavierbegleiter des königlichen Flötisten war.

Aber Bach mochte vom Reichsgrafen Keyserlingk, dem Liebhaber seines Schülers Goldberg, über das Interesse dieses anderen, dieses Königlich-preußischen Jünglingsverehrers, ihn kennenzulernen, erfahren haben. Jedenfalls traf er im Mai 1747 in Potsdam ein und soll stehenden Fußes ins Stadtschloß beordert worden sein, wo er an diversen Hammerklavieren fantasieren, dem 35jährigen König unverblümt seine Skepsis zu diesen neuen Instrumenten offenbaren und schließlich diesen musischen Potentaten um ein musikalisches Thema bitten durfte, das er aus dem Stegreif zu einer improvisierten, aber meisterhaften Fuge entwickelte.

Anderntags spielte sich dasselbe an den Potsdamer Kirchenorgeln, abends wieder im Schlosse ab, wo er Friedrichs gestern vorgegebenes Thema diesmal gar sechsstimmig fugieren mußte. Friedrich der Große bewunderte Bachs Genie, aber ließ es ohne jede Honorierung oder Erkenntlichkeit für all die stunden- und tagelange Bemühung sang- und klanglos wieder nach Leizig reisen.

Spätestens dort aber muß der alte Bach beschlossen haben, den preußischen Geizhals zu beschämen. Er gab vor, daß ihm zu jenem königlichen Fugenthema in Potsdam neulich *"wegen Mangels nöthiger Vorbereitung die Ausführung nicht also gerathen wollte, als es ein so treffliches Thema erforderte"*; also habe er nun in der heimischen Muße versucht, *"dieses recht Königliche Thema vollkommener auszuarbeiten und sodann der Welt bekannt zu machen"* (zitiert nach [3]).

Was so entstand und schon acht Wochen später fertig war, *"galt früher als buntscheckig und konzeptionslos"*[3], nannte Christoph Rueger heutzutage *"die Mischung aus musikalischem Rätsel und Raritätenkabinett"* und ist auf seine Weise wohl wiederum eine Collage. Sie besteht aus zwei drei- oder sechsstimmigen Fugen, zehn kompliziert verschachtelten Kanons und einer viersätzigen Triosonate für Flöte, Violine und Generalbaß. Sie alle beruhen auf jenem (vermeintlichen oder vorgeblichen) Thema des preußischen Königs und enthalten alle nur denkbaren kontrapunktischen Raffinessen, *"die Gelehrtheit und Spiel in einem sind"* [2].

Schon am 7. Juli 1747 war Bach mit dieser vielfach verrätselten Artistik fertig, widmete sie Friedrich dem Großen und schickte sie nach Berlin. Im Titel mag anklingen, daß es auch wieder unhonoriert bleiben dürfte und insofern ein Opfer seines Autors darstelle.

Das blieb es tatsächlich. König Friedrich II. von Preußen, dieser Musensohn und Kollege, dessen eigenes Flötenspiel hier von einer eingefügten Sonate sonderlich respektiert wurde, verzichtete nicht nur auf jegliche Bezahlung oder Erwiderung dieses unverhofften großen Geschenkes. Er hat nicht einmal sein Eintreffen je bestätigen, es wohl auch nie in seinen fast allabendlichen Konzerten zu Gehör bringen lassen, sondern überließ die Partitur seiner Schwester, der Äbtissin Anna Amalië, zum Blättern: wahrhaft königlich!

Der alternde Bach hingegen widmete sich unverzüglich einer Fertigstellung jener *h-moll-Messe*, deren ersten Teil er, *Kyrie* und *Gloria*, vor vierzehn Jahren seinem Dresdner Kurfürsten geschenkt und gewidmet hatte. Jetzt vollendete er sie fieberhaft mit *Credo* und jenem *Sanctus*, das schon seit 23 Jahren vorlag.

Dieses Werk, das viele Kenner für sein größtes halten, trug ihm später auch die Titel eines *"fünften Evangelisten"* (bei Theologen) und eines *"Luther der Musik"* (bei Rueger [5]) ein. Denn es collagiert nunmehr synkretistisch und dient einer überkonfessionellen Ökumene aus all den religiösen Schismata, die Bach im Laufe seines Lebens leibhaftig erlitten hatte. Wohl insofern sprach Richard Osborne noch 2005 hier von *"the summation of his life's work"* [23].

Die hierbei entstandene Universalität mit ihren archaïschen, traditionellen und modernen Elementen spiegelt sich nicht zuletzt in Sätzen, die just Hanns Eisler, selbst überzeugter Schönberg- und Webern-Schüler, Marxist und Atheïst, 1962 in einem Berliner Vortrag vor dem *"Verband Deutscher Komponisten und Musikwissenschaftler"* der damals sowjetisch oriëntierten *Deutschen Demokratischen Republik* aussprach. Er nannte da diese scheinbar so artfremd katholisch-lutherisch-gregorianisch geistliche Musik *"das genialste Werk der Musikgeschichte"* und *"ein Stück des großen Humanismus"* (zitiert nach [2]).

Auch Otto Klemperer, Dirigent von Weltrang, aber in jüngeren Jahren auch durchaus skandalierender Avantgardist an der Berliner Kroll-Oper, doch mit eigenen ökumenischen Neigungen, seit 1970 israëlischer Staatsbürger und selbst ein vielfach leidgeprüfter "Schmerzensmann", hat seine wiederholte Beschäftigung mit diesem Werke so kommentiert: es sei

"die größte und unvergleichlichste Musik aller Zeiten" (zitiert nach [19]).

Mit einer Aufführung zu Lebzeiten scheint Bach selbst gar nicht mehr gerechnet zu haben. Denn die hierfür erforderlichen Chor- und Orchesterstimmen hat er nicht einmal zu den früher komponierten Teilen herausgeschrieben. Er machte sich da wohl keine Illusionen mehr.

Wirklich ist dieses königliche Spitzenwerk erst 83 Jahre nach seinem Tode erstmals im Zusammenhang erklungen: 1833 in Frankfurt am Main. Die Partitur zum *Ersten Teile* erschien 1833 in Zürich, zum *Zweiten* 1845 in Bonn. Da war Bach fast schon hundert Jahre tot.

Aber auch sein allerletztes Werk

h a t   e r   n i e   h ö r e n   k ö n n e n :

schon weil er sich weder auf eine Instrumentation noch auf eine Reihenfolge seiner Einzelteile festlegte, solche Angaben nunmehr wegließ und *"diese Entscheidungen der Zukunft überließ"* [2]. Es wurde auch nicht mehr ganz fertig und erst von seinen Erben fälschlich als *"Kunst der Fuge"* bezeichnet. Martin Geck, der es gründlich genug studiert hat, hätte *"Kunst des Kontrapunkts"* oder *"Ars canonica"* für angemessener gehalten [4].

Es besteht zwar aus vierzehn Fugen und vier Kanons, aber zu einer Grundfigur, die keine *"identifizierbare Melodie"* mehr ist, *"sondern eine eigens zum Zwecke ihrer Verarbeitung erfundene Tonfolge, die man zwar nicht als abstrakt, wohl aber als bis ins letzte durchgeformt bezeichnen kann"* [4].

Dieses *"soggetto"* wie auch seine Umkehrung lösten Fugen, Gegenfugen, Doppel-, Tripel- und Quadrupelfugen, auch über weitere *soggetti*, und Spiegelfugen aus, die sich um ihre horizontale Achse reproduzieren ließen. Sie sind nur Anlaß, *"im Medium der Musik Gültiges zu sagen"*, oder Material, um Universelles zu modellieren; oder ein Beispiel zur Darstellung von Musik oder *"von Affekten und Ausdruckscharakteren oder auch zur Auseinandersetzung mit Gattungsmerkmalen"*. Dabei erschloß er schon Perspektiven, *"die zu Beethoven, Brahms und [...] zu Arnold Schönberg und Anton Webern führen"*, weil sie *"jenseits bestimmter Formen und Gattungen zum Wesentlichen, zur 'Vollkommenheit' zu gelangen trachten"* [4]. Martin Geck hat das einleuchtend beschrieben: *"die Suche nach solcher Art Vollkommenheit"* müsse freilich *"in stilistischer Vielfalt, ja Uneinheitlichkeit enden"*. Es sei so *"Bachs Philosophie der Musik"* und daher unendlich konzipiert: *"als Steine eines Baukastens [...] , die sich unterschiedlich zusammensetzen lassen"* [4].

Aber während Bach 63-, 64jährig und sehr verinnerlicht an diesem monströsen Unterfangen arbeitete, sannen seine vereinigten Arbeitgeber schon ungeniert auf eine Nachfolge dieses lebenslänglich bestallten Thomaskantors, der im Krankheitsfalle selbst für eine Vertretung hätte sorgen müssen, und ließen am 8. Juni 1749, fast ein Jahr vor dem plötzlichen Tode Bachs, den bisherigen Leiter der Brühlschen Privatkapelle, mit dem *"heutigen brillanten Gusto bestens bekannt"* und *"mit größtem Applauso"* (zitiert nach [5]) im Konzertsaal eines Leipziger Gasthofs *pro forma* und unter stark erleichterten Bedingungen seine Kantoratsprobe ablegen: *"wenn der Capellmeister und Cantor Herr Sebast: Bach versterben sollte"* – man konnte es kaum noch erwarten und nahm den Affront, der es für Bach nach 27 Leipziger Jahren war, eher achselzuckend in Kauf. Er war wohl auch wirklich nicht mehr der Richtige für diese Leute.

Im Jahre 1750 verlor er 65jährig zuerst das Augenlicht, dann das Leben.

Seiner Witwe mit einigen minorennen Kindern wurden vom Leipziger Fiskus zehn zuviel gezahlte Taler peinlichst wieder abgezogen. Sie starb zehn Jahre später, 59jährig, als Almosenempfängerin: an *"Hartz IV"*, sozusagen.

N a c h r u f e

gab es für Johann Sebastian Bach überhaupt nicht. Auch in den Leipziger

"Nützlichen Nachrichten" nur eine kurze Sterbenotiz ohne jeden Kommentar.

Sein Thomas-Rektor Ernesti verzichtete in seiner obligat bilanzierenden Jahresrede auf jede Erwähnung dieses Todesfalls, und Johann Adam Hiller, Nachfolger von Bachs unmittelbarem Nachfolger als Thomaskantor, war sogar bemüht, in seinen singenden Thomanern *"Abscheu gegen die Kruditäten"* Bachs zu erregen.

Das mag ihm denn teils auch gelungen sein. Denn selbst Lorenz Christoph Mizler, noch leibhaftiger Schüler Bachs und Begründer jener *"Societät der Musicalischen Wissenschaften"* mit Bach als ihrem 14. Mitglied, eröffnete seine hierarchisch geordnete Liste der bedeutendsten deutschen Komponisten mit Johann Adolph Hasse, dem auf den Plätzen 2 bis 6 Händel und Telemann, dann die Gebrüder Graun und Gottfried Heinrich Stötzel in Gotha folgten. *"Bach bildete den Abschluß"* [5].

Sogar in den Leipziger Kirchen wurden seine Werke ja möglichst ausgespart und der liturgische Vortrag einer Passion nur noch als Lesung, also ohne Bachs Musik gestattet. Mancher seiner Schüler verleugnete jetzt diesen Lehrer; schon sein äußerst *"galant"* und erfolgreich komponierender Sohn Johann Christian gab zu, nicht imstande zu sein, *"das zu spielen, was sein Vater gesetzt hatte"* (zitiert nach [5]), und die übrige Musikwelt, die das noch weniger können mochte, vergaß ihn schnellstens völlig.

Sogar sein Grab, ohne Stein und Namen, war bald unauffindbar. 150 Jahre lang wußte niemand mehr, wo Bach begraben liegt. Der Leipziger Johannisfriedhof, der ihn angeblich barg, war schon lange zu *"weltlicher Benutzung freigegeben"* [3], als der Leipziger Stadtrat 1885 in der Nähe der vermeintlichen Grabstatt eine vage Gedenktafel befestigen ließ.

Neun Jahre später fanden sich dort bei Ausschachtungen für neuё Grundsteinlegung drei Särge, deren Inhalt auch Bach gewesen sein konnte. Durch Schädelvergleiche mit Bachporträts, Gipsabguß, nachmodellierten Kopf und dessen *"wissenschaftlicher Untersuchung"*, was immer das in "prägenetischen" Zeiten gewesen sein mochte, einigte man sich auf ein Skelett, das in schmucklosem Kalkstein-Sarkophag jetzt im Altarraum der Johanniskirche deren Zerstörung durch Bomben des *Zweiten Weltkriegs* überdauёrte. Erst zu Bachs 200. Todestage wurden seine vermeintlichen Gebeine 1950 in die

Thomaskirche überführt und dort zur Touristen-Attraktion und Zeugen der Montags-Demonstrationen von 1989. Aber Franz Rueb, sein Monograf, warnte noch 2000, sie seien *"nicht mit Sicherheit Johann Sebastian Bachs sterbliche Überreste"*[2].

Aber auch Bachs Geburtshaus in Eisenach ging im Nebel mangelnden Interesses verloren. Zwar wurde es 1904 zum Verkauf angeboten, mittels Spenden und Sammlungen erworben und als erstes Bach-Museum der Welt eröffnet. Aber spätestens seit 1984 steht fest, daß Bach in diesem Hause nicht einmal gewohnt hat. Wo er geboren wurde, bleibt ebenso geheim wie der Verbleib seiner authentischen Gebeine. Sein Alpha entzieht sich wie sein Omega.

Einzig einige wenige Kollegen waren zu begreifen imstande, was für eine Epiphanie es mit diesem Erdengast Bach hier gegeben hatte. Schon sein zeitgenössischer Rivale Telemann hatte dem Verstorbenen nachgedichtet:

" ... Und was für Kunst dein Kiel aufs Notenblatt getragen,
Das ward mit höchster Lust, auch oft mit Neid betracht'."

Auch oft mit Neid.

"So schlaf! Dein Name bleibt vom Untergange frei" (zitiert nach[5]).

Hier irrte Telemann. Aber Mozart, als er im Frühjahr 1789, also kurz vor dem eigenen Tode 33jährig nach Leipzig kam und dort schon als der Autor fast seines ganzen Lebenswerkes in der Thomaskirche *"ohne vorausgehende Ankündigung und unentgeltlich auf der Orgel [...] eine Stunde lang schön und kunstreich vor vielen Zuhörern"*[24] improvisierte, wurde dort vom Thomanerchor mit Bachs doppelchöriger Motette *"Singet dem Herrn ein neues Lied"* und der Kantate *"Ich komme vor dein Angesicht"* überrascht. *"Was ist das?"* soll er schon nach wenigen Takten geflüstert haben. *"Nun schien seine ganze Seele in seinen Ohren zu seyn"*. Anschließend bat er um die Partituren. Doch es gab keine: einzig Chor- und Orchesterstimmen, die er auf Knieën, Stühlen und ringsum ausbreitete, da ausführlich studierte, verglich und schließlich für sich kopieren ließ. *"Das ist wieder einmal etwas, woraus sich was lernen läßt"*.

Der Leipziger Musikschriftsteller Friedrich Rochlitz, selbst Thomaner und damals zwanzigjähriger Augenzeuge, hat das so überliefert[5].

Aber 38 Jahre später schickte der Berliner Komponist Carl Friedrich Zelter, selbst Schüler von Bachs Konkurrenten Fasch und Kritiker Picanders, die Noten des *"Wohltemperierten Klaviers"* an seinen Duzfreund Goethe. Denn er selbst hielt diesen weitgehend eher verachteten Kollegen für *eine Erscheinung Gottes: klar, doch unerklärbar"* (zitiert nach [5]).

Goethe ließ sich diese Präludiën und Fugen vom Organisten in *Bad Berka* vorspielen und schrieb am seither historischen 21. Juni 1827 darüber an Zelter:

"... als wenn die ewige Harmonie sich mit sich selbst unterhielte, wie sichs etwa in Gottes Busen, kurz vor der Weltschöpfung möchte zugetragen haben. So bewegte sichs auch in meinem Innern und es war mir, als wenn ich weder Ohren, am wenigsten Augen, und wieder keine übrigen Sinne besäße noch brauchte".

Dieses Votum hat Zelter sicher hinlänglich beeinflußt, um ihn schon bald danach sehr positiv auf einen größenwahnsinnig scheinenden Vorschlag zweiër seiner Schüler eingehen zu lassen. Der 20jährige Felix Mendelssohn-Bartholdy und der 28jährig damalige Opernsänger Eduard Devrient, die sich als Bach-Entdecker später selbst *"einen Komödianten und einen Judenjungen"* nannten, wollten mit Hilfe von Zelters *Berliner Sing-Akademie* die kürzlich neu gedruckte *"Matthäus-Passion"* von Bach und Picander in Berlin zur Aufführung bringen. Sie alle hielten dieses Oratorium für *"das größte und wichtigste deutsche Musikwerk"*, hat Devrient überliefert, aber *"Zelter, auch Felix hielten eine Aufführung des Wunderwerks für unmöglich"* (zitiert nach [3]).

Trotzdem fand sie unter Mendelssohns Leitung, mit Devrient in der Partie des Christus und vierhundert ehrenamtlich Mitwirkenden am 11. März 1829, just hundert Jahre nach der Leipziger Uraufführung, statt, war ein triumphaler Erfolg, wurde noch zweimal in Berlin, 1841 auch im Gewandhause des fatalen Leipzig wiederholt und leitete so just von dort aus eine Bach-Renaissance ein, die noch heute anhält.

Hierbei halfen 1833 auch die erste Wiederaufführung der *"Johannis-Passion"* seit 1749 und die Uraufführung der *h-moll-Messe* durch den Frankfurter *Cäcilienverein*, der dann 1858 auch das *"Weihnachtsoratorium"* wiederentdeckte. Alle diese Konzerte waren so erfolgreich, daß Robert Schumann nach Gründung einer englischen Bachgesellschaft 1843 auch eine deutsche anregen konnte, die 1850 unter Vorsitz des Thomaskantors Moritz Hauptmann wirklich gegründet wurde. Die Geschäftsführung ließ sich nun der Verlag *Breitkopf & Härtel* nicht entgehen und leitete 1851 auch seine Bach-Gesamtausgabe in die Wege.

Aber das blieb notgedrungen Flickwerk. Allzu viele Werke von Bach waren da schon verloren, verschollen, vernichtet. Noch immer wieder tauchen plötzlich neuë auf: so etwa 1984 noch 33 Choralsätze in der Handschriftensammlung der Yale-Universität in *New Haven, Connecticut*.

Doch auch mit den notdürftig überlieferten Fragmenten ist Johann Sebastian Bach von der Spitze des globalen Musiklebens längst nicht mehr wegzudenken.

Aber als Swjatoslaw Richter, einer der größten Pianisten des 20. Jahrhunderts, zum Begräbnis seines Landsmannes Stalin 1953 in Moskau eine Fuge von Bach spielte, löste er damit in der Trauërgemeinde Mißfallen, sogar Pfiffe aus. Später sagte er, er habe so die Parteifunktionäre verärgern, den toten Diktator beleidigen und beschämen wollen[2].

(Quellen und Anmerkungen zu diesem Kapitel auf Seite 583 f.)

*"Mei Christian is e dummer Junge,
drum macht er ooch gewiß emal sei Glück in der Welt."*

Johann Sebastian Bach (1685-1750)

*"Ich habe halt hier auch wieder meine Feinde.
Wo habe ich sie aber nicht gehabt? –
Das ist aber ein gutes Zeichen."*

Wolfgang Amadeus Mozart, 22: Brief vom 1. Mai 1778 aus Paris
an Vater Leopold Mozart in Salzburg

*"Wir sehen oft große, begnadete Menschen
an Widerständen zugrunde gehen, mit welchen der Kleine
spielend fertig wird,
und der gesunde Durchschnittsverstand hat es leicht,
die Begnadeten als Psychopathen zu erklären. ...*

Aber weit darüber hinaus sind sie Helden."

Hermann Hesse, 48: Nachwort
zu *"Hölderlin. Dokumente seines Lebens"*, 1925

*"Die Künstler gehören mit Füßen getreten
sagt der Kaplan
Mit Füßen getreten
die Künstler die Künste
mit Füßen getreten ... "*

Thomas Bernhard, 44: *"Der Präsident"*, 1975

REGINA KALISCH (GITTA ALPÁR)

Dem Kantor Kalisch in Budapest wurde an einem 5. Februar (oder 5. März oder 17. März oder 3. März) jene Tochter geboren, die er Regina nannte. In welchem Jahr? Regina Kalisch selbst hat später meist 1903, manchmal auch 1904 angegeben. Andere halten 1900 für richtiger.

Denn als sich diese Zeitgenossin jedenfalls des 20. Jahrhunderts, ein äußerst musikalisches Kind, 1916 an der Budapester *Hochschule für Musik* immatrikulierte, war sie doch wahrscheinlich eher sechzehn als zwölf oder dreizehn. Dort studierte sie Gesang, auch Klavier und beschloß 1917, wohl eher siebzehn- als dreizehn- oder vierzehnjährig, sich gemeinsam mit ihren ebenso musikalischen Brüdern nicht mehr Kalisch zu nennen, sondern Alpár.

1923 wurde sie, auch wieder eher 23- als 19jährig, als Koloratursopran an die Budapester Oper engagiert und war da eine der Ersten, die in *"Hoffmanns Erzählungen"* von Jacques Offenbach alle drei Sopranpartieën an ein und demselben Abend selbst sang.

Dort und damals wurde sie von einem ungarischen Großunternehmer geheiratet. Ihr bürgerlicher Name war jetzt Regina Stangel, ihr Künstlername *Gitta Alpár*.

Bei einem Gesamtgastspiel ihres Theaters mit *"Lakmé"* von Léo Delibes in München muß sie 1925 mit ihren bravourösen Koloraturen auch Erich Kleiber, dem damaligen Generalmusikdirektor der Berliner Staatsoper, oder dessen Sbirren hinlänglich aufgefallen sein. Jedenfalls wurde sie nach Gastspielen in München und Wien für Partieën des *Ersten Faches* fest nach Berlin engagiert.

Dort sang sie von 1927 bis 1930 an der Staatsoper die *Königin der Nacht* in der *"Zauberflöte"*, die Rosina im *"Barbier von Sevilla"* und Gilda in *"Rigoletto"*. Ihrer *"Traviata"* bestätigte kein Geringerer als der weltberühmte Tenorkollege Helge Rosvænge noch 1953 in seinen Memoiren und nach einer eigenen Karriere mit unzählbar vielen Vorstellungen dieser Oper:

"Sie ist wohl die beste Violetta gewesen, die mir je auf der Bühne begegnet ist" [1].

Bei einem Gastspiel ihres Hauses in der Londoner *Covent Garden Opera* wurde sie gar mit der Sophie im *"Rosenkavalier"* besetzt. Daß sie dann *"vorwiegend in Wagner-Opern"* auftrat, dürfte wohl eher zu den Phantasmagorieën von *GOOGLE* gehören.

"Es war ihre ungewöhnliche Ausstrahlung, mit der sie weniger die Ohren als die Herzen der Zuschauer und Zuhörer eroberte", erinnerte sich noch 1981 Carl H. Hiller (oder wußte es vom Hörensagen): *"Natürliche Stimmschönheit ging bei ihr einher mit der seltenen Gabe, Menschen aus Fleisch und Blut mit den Mitteln des Gesangs darzustellen. Sie war das, was man heute unter einem Sänger-Darsteller versteht"* [2].

Rare Schallplattenaufnahmen dokumentieren diese Frühzeit ihrer Karriere als klassischer *Lyrischer Sopran* mit beachtlichen Koloraturen. Aber ihre Mozart-, Rossini- oder Leoncavallo-Aufnahmen von 1929 und 1931 beeindrucken heute nicht nur durch eine technische Perfektion und Artistik, die bei einem Mitglied jenes damaligen Kleiber-Ensembles eher eine selbstverständliche Voraussetzung gewesen sein dürfte. Sie betören darüber hinaus durch eine schlafwandlerische Musikalität, sehr flexible Stilsicherheit und musikantisches Temperament, eine sehr persönliche Präsenz und spontane Frische: als sänge sie diese klassischen Preziosen als Erste.

Aber 1930 hatte sie im Berliner Metropoltheater einen triumphalen Erfolg als Laura in Carl Millöckers Operette *"Der Bettelstudent"*. Es folgte im selben Jahr ein "Heimspiel" in Budapest mit der Titelpartie in der Uraufführung von Paul Abrahams Operette *"Viktoria und ihr Husar"*, die sie dann höchst erfolgreich in Leipzig wiederholte.

In Berlin sang sie, auch noch 1930 im Metropol-Theater, neben Richard Tauber die Operette *"Schön ist die Welt"* mit der Musik von Franz Lehár und einem Libretto von Fritz Löhner-Beda. 1931 präsentierte sie im Berliner *Admiralspalast* Millöckers *"Dubarry"*, wie Theo Mackeben sie eigens für "die Alpár" neu bearbeitet hatte, 1932 dort die Uraufführungen von Eduard Künnekes *"Liselott"*, Ernst Steffans *"Katharina"* und Paul Abrahams *"Ball im Savoy"*.

Die Fachkritik bestätigte ihr einstimmig jubelnd, was Christoph Dompke noch im Jahre 2000 als *"den Eindruck [...] von Raffinement und charmanter Textbehandlung"* beschreibt; *"auch klingt die Stimme runder"* [3]. Viele Rezensenten waren auch der Meinung, *"sie hätte als Opernsängerin eine internationale Karriere machen können. Nur wäre dazu ein bißchen mehr Ausdauer vonnöten gewesen"* [2].

Denn selbst *"Variety"*, das US-amerikanische Fachblatt der Unterhaltungsindustrie, applaudierte und avisierte am 20. September 1931:

"There is a very strong probability that you will hear Miss Alpár on Broadway at the end of this season. She is the best, that Central Europe has to offer".

Aber kein Geringerer als der überaus anspruchsvolle Offenbach-Spezialist Karl Kraus würdigte Gitta Alpár gerade damals einer ehrenvollen Notiz sogar in seiner hochgestochen elitären Wiener Zeitschrift *"Die Fackel"*:

"Unter den vielen weiblichen Begabungen, die es unstreitig heute wieder gibt, muß der souveränsten Operettengestalt, die das jetzige Berlin aufweist, gedacht werden: Gitta Alpárs, der einzigen Sängerin seit der Stojan [...], bei der – selbst in der Niederung der 'Dubarry' – Singen und Sprechen, Ton und Gebärde selbstverständliche und nicht in Mühsal vereinte Funktionen bilden, für Offenbach geboren und an Rotter verloren." [4]

An Rotter?

Die Brüder Rotter

hießen eigentlich Alfred und Fritz Schaie, waren die Söhne eines jüdischen Getreidehändlers in Leipzig und widmeten sich anfangs literarischen Studiën. Aber in den zwanziger Jahren begannen sie als Gebrüder Rotter, Berliner Privattheater zusammenzukaufen oder zu pachten. Schließlich besaßen sie einen Konzern, dem jedenfalls das Trianon-Theater, das Lessingtheater, das Metropoltheater, der Admiralspalast, das *Große Schauspielhaus*, das *Lustspielhaus in der Friedrichstraße*, das *Theater des Westens* in der Kantstraße, das Centraltheater an der alten Jacob- und Oranienstraße und das Varieté *"Plaza"* (gar mit Schiller im Spielplan!) angehörten.

Dort wurden zwar teils Operetten und Revuën gespielt, teils aber auch Klassiker (Aißchýlos, Sophoklẽs, *"Hamlet"*, *"Othello"*, *"Nathan der Weise"*, *"Faust"*) und zeitgenössisches Schauspiel (von Strindberg, Ibsen, Wedekind, Hauptmann oder Shaw). Bedeutende Schauspieler ließen sich dort von den Rotters entdecken oder wesentlich fördern: so Tilla Durieux und Adele Sandrock, Käthe Dorsch und Harry Liedtke, Paul Wegener, Emil Jannings und Hans Albers, Curt Goetz und Gustaf Gründgens, aber auch Sänger wie Leo Slezak, Johannes Heesters oder eben Richard Tauber und Gitta Alpár.

"Die Theaterdynastie Rotter allein mit dem Boulevard in Zusammenhang zu bringen, ist mit Sicherheit falsch" [15].

Gegen Ende der zwanziger Jahre gereichte ihnen ihre glänzende Sequenz von Lehár-Premieren zur erfolgreichen Bekämpfung der akuten Wirtschafts- und Theaterkrise ebenso wie auch zu strahlenden gesellschaftlichen Höhepunkten für *tout Berlin*. Selbst zur umstrittenen Uraufführung der Goethe-Operette *"Friederike"* (von Fritz Löhner-Beda und Ludwig Herzer) erschienen da am 4. Oktober 1928 im Metropoltheater immerhin einerseits der Kronprinz mit seinem Bruder Prinz August Wilhelm, mit Reichswehr-General Hans von Seeckt, Rüstungs- und Pressemogul Alfred Hugenberg und den Familiën Hohenlohe, Henckel von Donnersmarck, Mendelssohn und Bleichröder, andererseits Albert Einstein, Heinrich Mann, Henny Porten, der linksliberale Polizeipräside Bernhard Weiß und die vielfache Eiskunstlauf-Welt- und Olympiameisterin Sonja Henie, aber dritterseits auch Ivar Kreuger, der schwedische Zündholzkönig und Sponsor dieser Uraufführung im Hause Rotter.

Franz Lehár bestätigte diesem Brüderpaar in Berlin: *"Herrliche Direktoren, herrliche Künstler, herrliche Stadt!"* (zitiert nach [14]).

Bei eben diesen "herrlichen Direktoren" hatte sich einige Jahre zuvor ein Gundolf-Schüler aus Heidelberg um die vakante Dramaturgenposition beworben. *"Ob der junge Mensch im Direktionsbüro der Rotter-Bühnen vorsprach, ob er empfangen, vertröstet oder abgewiesen wurde, bleibt unverbürgt. Fünf Jahre später war er – Dr. Joseph Goebbels – als Gauleiter von Berlin – der wildeste Rotter-Gegner"* [14].

Mit antisemitisch fanatisiertem Rufmord trieb er sie gnadenlos in künstlerisch-geschäftliche Engpässe und machte sie zu Opfern *"einer nazifizierten deutschen Justiz [...] , die die berühmte Theaterdynastie geplant in den schuldhaften Konkurs"* [15)] und *"gezielt [...] in den wirtschaftlichen Zusammenbruch"* [16)] zu treiben trachtete.

Aber schon 1931 nahmen die Rotters rassistische Morddrohungen des NS-*"Kampfbundes für deutsche Kultur"* und die zunehmend randalierende SA immerhin ernst genug, um rechtzeitig im Fürstentum Liechtenstein das Landesbürgerrecht zu erwerben und dort Bürger der Gemeinde Mauren zu werden. Sie transferierten auch ihr Vermögen, emigrierten selbst sofort nach Hitlers Machtübernahme dorthin und erklärten sich in Berlin für bankrott. Das nutzte die dortige NS-"Justiz", um ihnen *in absentia* den Prozeß zu machen.

Anfang April 1933 unternahm eine Horde von grenzüber eingeschleusten SA-Männern aus Konstanz mit vier Liechtensteiner Nazis vollends den Versuch, die Brüder Rotter nach Deutschland zu entführen und sie dort der Nazi-"Justiz" auszuliefern. Unter dem Vorwand, sie zum Vorsingen eines Bauernburschen mit außergewöhnlichem Tenor zu fahren, lockten sie die beiden mitsamt ihren Frauën in einen paraten Autokonvoi.

Von jenem legendären *Waldhotel*, das in Vaduz seinerzeit als eine Arche Noah diente, *"in die sich Menschen unterschiedlichster Herkunft und Nationalität aus den Fluten des Jahrhunderts gerettet"* [15)] und wo seit wenigen Wochen auch die Rotters Asyl gefunden hatten, wurden sie zum vermeintlichen Tenor-Mirakel ins Gebirge chauffiert.

Unterwegs stellte sich heraus, daß dieses Vorsingen ebenso eine Nazi- oder Gestapo-Falle war wie ihre ganze Bergtour. Ein Handgemenge entstand. *"Ein zur Verteidigung eingesetzter Spazierstock geht zu Bruch, und es beginnt eine wilde Verfolgungsjagd"* [17)]. An deren Ende sprangen Alfred Rotter, 49jährig, und seine Frau Gertrud in der Erblerrüfe unterhalb von Gaflei zwischen *Mittlerem* und *Hinterem Profatscheng* kopf- und ausweglos in eine Felsschlucht: in den Tod. Ihre Leichen sind bis heute verschollen.

Fritz Rotter, 47, versuchte, aus dem weiterfahrenden Wagen zu springen, wurde aber festgehalten und schwer verletzt mit seiner Freundin Julie Wolf verschleppt. Ihr Schicksal ist ungewiß. Pflegepersonal des Krankenhauses in Vaduz will damals einen Wachdienst eingerichtet haben, der diesen deutschen Patiënten rund um die Uhr vor weiteren Gewalttaten des liechtensteinischen Nazi-Pöbels beschützen sollte. In Frauënkleidung soll er später nach Paris geflohen und dort verschollen sein. Aber auch ein tödliches Ende in der NS-Untersuchungshaft wird kolportiert. So oder so hat seine Spur sich verloren und ins Unerfindliche aufgelöst ...

Von den Tätern gerieten die deutschen SA-Leute auf der Flucht nach Deutschland in eine Polizeikontrolle und wurden festgehalten, aber vom Fürstentum Liechtenstein an die deutsche Justiz überstellt, die sie unbehelligt ließ.

Die vier liechtensteinischen Beteiligten hießen Rudolf Schädler, Franz Röckle, Peter Rheinberger und Eugen Frommelt. Alle stammten aus *"ehrbaren liechtensteiner Familiën"*. Also *"dumme Buben waren das nicht, [...] alles andere als naiv"* [15] : denn Schädler, gar Komponist, war zur Tatzeit schon 30, Röckle gar 54 Jahre alt.

Schon am 6. Juni 1933 begann vor dem Vaduzer Kriminalgericht

d e r   P r o z e ß   g e g e n   a l l e   v i e r .

Die Anklage lautete auf versuchten Menschenraub und verzichtete auf Anschuldigungen wegen Attentats mit Todesfolge.

Neben dem Staatsanwalt traten als Vertreter der privaten Nebenklage die Rechtsanwälte Dr. Ludwig Marxer aus Vaduz und Wladimir Rosenbaum (1894-1984) aus Zürich auf, der als gebürtiger Weißrusse Sohn eines zionistischen Politikers war und damals zu den angesehensten, auch politisch sensibelsten Schweizer Juristen aus dem Umkreise immerhin C. G. Jungs gehörte.

Rosenbaum hatte eine 65seitige Anklage vorbereitet,

die zunächst den vermeintlichen Berliner Konkurs der Rotters als nationalsozialistisches Lügengebäude juristisch entlarven,

ihre sämtlichen in Berlin zurückgelassenen Vermögenswerte eindrucksvoll auflisten

und den künstlerischen, moralischen und politischen Wert ihrer deutschen Theaterarbeit darlegen und belegen sollte,

bevor sein Plädoyer dazu überging, die Repräsentanz ihres Falles beim Namen zu nennen:

hier seien *"zwei Menschen in erschütternder Weise, gehetzt wie wilde Tiere, ums Leben gekommen"*. Denn *"heute sagt voll Stolz der Propagator des neuen Regimes, Herr Reichsminister Dr. Goebbels: 'Das Zeitalter der Humanität ist zu Ende!' Und die große Masse der Nachläufer jubelt ihm nicht nur zu, sondern beweist durch Schreckenstaten die Richtigkeit des von oben verkündeten Grundsatzes. 'Ausrotten', 'Vernichten', das sind die immer wiederkehrenden Mahnungen und Weisungen in den Reden der Führer."*

Solchem Zeitgeist gelte es, hier in Liechtenstein entgegenzutreten:

"Herr Präsident, meine Herren Richter! [...] In jedem von uns schlummert auch die Bestie. Wem Moral und Sitte, wem Religion und Vernunft keinen genügenden Halt bieten, dem weist das Gesetz die Schranke. [...]

Strafe auszusprechen und so [...] ein höheres Gebot zu befolgen, ist der Richter, der Verwirklicher des Rechtsgedankens, ohne den wir nicht leben können, berufen.

Die Aufgabe des Richters ist das höchste Amt, das wir Menschen zu vergeben haben. Der Richter ist der Vollstrecker des Prinzips der Gerechtigkeit, ohne die, wie Kant einmal gesagt hat, es keinen Sinn mehr hat, daß Menschen auf Erden leben.

Fiat iustitia!" (zitiert nach [16]).

Zu diesem Plädoyer jedoch des streitbaren Wladimir Rosenbaum kam es gar nicht. Schon nach wenigen Minuten unterbrach ihn der Richter und entzog ihm das Wort: wie weiland sein Kollege dem Pláton im Prozeß gegen Sokrátes.

Nach kurzem Hin und Her wurde die Verhandlung unterbrochen und später ohne diese Auslassungen des Nebenklägers fortgesetzt: denn *"Rosenbaums Worte waren unerwünscht. [...] Sie waren nicht opportun"* [16].

Die Täter wurden von ihrem befangen sympathisierenden Richter *"an der untersten Grenze des rechtlich Möglichen"* zu nachsichtig milden Gefängnisstrafen verurteilt. Als siebenhundert Liechtensteiner eine Petition zugunsten ihrer vorzeitigen Freilassung unterschrieben, wurde dem gerichtlich stattgegeben.

Rosenbaums Plädoyer gelangte erst im Jahre 2002 zu den Dokumenten des liechtensteinischen Landesarchivs und wurde am 5. April 2003, dem 70. Jahrestage des Massakers an den Rotters, bei einer Gedenkveranstaltung des *Vereins Schichtwechsel* im *Literaturhaus Vaduz* erstmals öffentlich verlesen.

Die Organisatoren sprachen von jenem *"liechtensteinischen Pogrom"*, das am 5. April 1933 *"an die Wurzeln des Faschismus im Eigenen"* gegangen sei.

Kurz vor alledem noch war es Gitta Alpár freilich auf den Berliner Rotterbühnen zunehmend gelungen, mit geschulterer Stimme und kultivierterem Gesang die allmählich alternde Fritzi Massary auf dem Throne ihrer unangefochtenen Alleinherrschaft abzulösen und – gern auch mit zeitgenössischeren und tanzenderen Werken – zur Berliner Operettendiva zu werden.

Prompt machte die *Ufa* sie auch zum Filmstar und drehte noch 1932 schnell zwei Filme mit ihr unter der Regie von Carl Froelich: *"Gitta entdeckt ihr Herz"* und *"Die – oder keine"*, angelsächsisch *"This one or None"*, aber in den USA als *"She, or Nobody"* und schwedisch *"Hon eller ingen"* (mit Ausschnitten aus *"La Traviata"* und zahlreichen Filmliedern wie *"Blaue Augen, blondes Haar"*, *"Wir sind jung, uns gehört das Leben"*, *"Irgendwie, irgendwo, irgendwann"* und *"Ich bin die Diva"*).

Gitta Alpár

im August 1932 bei einer Wohltätigkeits-Matinee
(mit Richard Tauber)
für die Künstleraltershilfe im Berliner Zoo
Fotograf unbekannt (im Bundesarchiv)

Im zweiten dieser Filme war der Sänger Max Hansen ihr Partner, im ersten jedoch Gustav Fröhlich, damals schon Protagonist auf den Bühnen von Piscator oder Max Reinhardt, in G. W. Pabsts Welterfolg *"Metropolis"* und zahllosen anderen Stumm- oder Tonfilmen, damals gerade erfolgreich aus Hollywood zurück und

am Tage ihrer gemeinsamen Filmpremiere im Berliner *Ufa-Palast am Zoo* bereits seit genau einem Jahr Gitta Alpárs zweiter Ehemann.

Aber just als sie von Fröhlich schwanger war, erklärte Dr. Goebbels alle jüdischen Künstler für unerwünscht. Nach einer Vorstellung von *"Schön ist die Welt"* just mit seinem Titelsong *"Schön ist die Welt"* wurde ihr und ihrem Partner

Richard Tauber (1891-1948)

aus dem Publikum des Berliner Admiralspalastes zugebrüllt:

"Juden runter von der Bühne!" [5]

Unverzüglich emigrierte die Alpár: zunächst in ihre ungarische Heimat zurück. Ehemann Fröhlich weigerte sich, sie zu begleiten. Noch nach mehr als einem halben Jahrhundert sagte die über Achtzigjährige in einem Interview mit der Fotografin Herlinde Koelbl über Gustav Fröhlich:

"Er hat nicht zu mir gehalten, sondern mich verleugnet. Andere haben zu mir gehalten. Mein Mann war der erste, der mir einen Tritt gegeben hat. [...] Mein Mann hat sich von mir distanziert. Obwohl ich schwanger war".[6]

Da aber hatte Gustav Fröhlich kurz zuvor, selbst auch schon über achtzig, in seinen Memoiren *"Waren das Zeiten. Mein Film-Heldenleben"* (1983) einen Fortbestand seiner Ehe mit Gitta Alpár theoretisch und prinzipiell in den Konjunktiv verbannt und dort behauptet,

"daß Gitta und ich uns auch ohne Adolf Hitler früher oder später betrogen, zerstritten und auseinandergelebt hätten". Er wisse das *"heute mit einiger Gewißheit"* und sehe daher für eine solche Verbindung auch im Nachhinein keinerlei Zukunft. Denn diese Gitta *"war eine heißblütige Ungarin, die mich bei geringsten Anlässen mit Ohrfeigen bedrohte. Ich andererseits war leichtsinnig und kein Tugendbold"*. Na, dann hätte das ja sowieso nicht gut gehen können. Immerhin: *"Obwohl das der Versuch einer Rechtfertigung ist, bleibt die Trennung, gerade in jener Zeit, eine Gewissenslast, die sich mit der Zeit nicht vermindert hat"*.[7]

Aber als Gitta Alpár aus Budapest, wo ihr die gewohnten Primadonnen-Bedingungen nicht angemessen zugestanden werden konnten, weiter nach Wien emigrierte, brachte sie dort 1934 die Frucht jener zerstörten Leidenschaft zur Welt: Tochter Julika Fröhlich. Erst hiernach reichte sie offiziëll die Scheidung vom Vater dieses Kindes ein. 1935 wurde ihre Ehe mit Gustav Fröhlich geschieden.

Aber in NS-Deutschland wurden im selben Jahre ohnehin alle Ehen *"zwischen Juden und Staatsangehörigen deutschen oder artverwandten Blutes verboten"* und auch rückwirkend noch für illegal oder *"nichtig"* erklärt (*"Gesetz zum Schutze des deutschen Blutes und der deutschen Ehre"* vom 15. Septembrer 1935[8]).

Gustav Fröhlich hatte da freilich schon bei den venezianischen Dreharbeiten zum Spielfilm *"Barcarole"* unter der Regie von Gerhard Lamprecht und zu den Klängen just aus Gittas Opernerfolg mit *"Hoffmanns Erzählungen"*, also "jüdischer Musik" von Jacques Offenbach, im Winter 1934/35 die heimisch bereits erprobte tschechische Schauspielerin Lída Baarová kennen und lieben gelernt. Aus Venedig wieder zurück in Berlin, bezog er zusammen mit dieser zwanzigjährigen Schönheit eine Villa auf der Insel Schwanenwerder mitten im Ausgang des *Großen Wannsees* in die Havel und ließ sich dort fast täglich zum unentwegt weiteren Filmen, teils auch wieder mit seiner Lída gemeinsam abholen: so zu *"Ein Teufelskerl"* (1935) und *"Die Stunde der Versuchung"* (1936) unter der Regie von Paul Wegener. Ein gemeinsames Kind hatten sie da durch Fehlgeburt oder Abtreibung bereits verloren.

Gitta Alpár hatte etwa gleichzeitig unter der Regie von Szekely István und der Regieassistenz schon Géza von Cziffras zu den Klängen Paul Abrahams die ungarisch-österreichische Verfilmung von dessen Operette *"Bál al Savoyban"* oder *"Ball im Savoy"* mit dem schönen Hans Járay und dem komischen Felix Bressart als Partnern abgedreht und im Februar 1935 zur Wiener Uraufführung gebracht. Hier sang sie wohl auch wieder das Evergreen aus der Berliner Bühnenfassung dieses Werkes noch zu Zeiten ihrer Ehe mit Fröhlich:

"Toujours l'amour, das ist mein Prinzip,
Ich liebe die Liebe allein,
Toujours l'amour, wohin es mich trieb,
Da wußte ich glücklich zu sein".

Im Wiener Theater hatte sie da schon 1934 auch wieder mit der Vaudeville-Operette *"Die verliebte Königin"* von den Librettisten Alfred Grünwald und Fritz Löhner-Beda sowie jenem ungarisch-ukrainischen Komponisten Miklós Brodszky glücklich zu sein gewußt, der ihr schon vor zwei Jahren die Lieder für ihren ersten Berliner Film geschrieben hatte: *"Gitta entdeckt ihr Herz"* (1932).

Jetzt war diese Wiener *"Verliebte Königin"* ein triumphaler Erfolg zumal für die Alpár und mit Liedern oder Couplets wie diesem:

"Kleiner Leutnant Annemarie
von der Damenkavallerie,
wenn ich so ein süßes Mädel wär,
möcht ich auch zum Frauenmilitär".

Während in Deutschland schon Rüstung und nächster Weltkrieg geplant und nicht zuletzt mit polemischen oder verführerischen Gustav-Fröhlich-Filmen indirekt vorbereitet wurden (*"Abenteuer eines jungen Herrn in Polen"*, *"Stadt Anatol"*, *"Alarm in Peking"* und vielen so beschwichtigenden Unterhaltungsfilmen wie *"Es leuchten die Sterne"*), hatten hier in Wien die jüdischen Librettisten noch *"Feldzugsplan"* auf *"Marzipan"* reimen dürfen, *"Bajonett"* auf *"kokett"* und

"solche Blicke treffen schärfer
als die besten Minenwerfer".

Das Wiener Publikum war hingerissen, zumal von Gitta Alpár, und ließ sich seine Begeisterung in der Presse bestätigen:

"Gitta Alpár ist der weibliche Richard Tauber der Operette. Ihr Gesang, in allen Registern meisterhaft, kultiviert bis in den Silberrand der Koloratur, aber darüber hinaus auf eine sinnliche Art weiblich durchwärmt, daß in jedem Lied Erleben fühlbar wird; sie bezaubert, obwohl keineswegs eine landläufig schöne Frau, bezaubert durch den erotischen Reiz ihrer Stimme; durch die delikaten Finessen ihres Gesangs. [...] Während sie singt, wirkt sie elementar."

So jubelte am 22. Dezember 1934 *"Der Wiener Tag"*, und am selben Wiener Tage schwärmte so ähnlich auch die *"Neue Freie Presse"* von der Alpár:

"Wie sie dasteht, eingehüllt in ihr leuchtendes Blond, entkleidet von phantastisch zugeschnittenen Gewändern, alles ahnen lassend mit einem verrucht wissenden Lächeln, alles beschwichtigend mit dem Zauberklang der Stimme, das gehört zum erlesensten der Operettenbühne von heute."

Also ein dekorativer, ein erotischer, gar sexuëller Magnet? Nein,

"auch ohne den Reiz der äußeren Erscheinung würde so vollendete Gesangskunst ihr einen besonderen Rang anweisen, die Leistung über alles Triviale in eine höhere Sphäre heben. Eine Operettendiva von Format, das ist Gitta Alpár."

Freilich wußte diese Diva damals schon mit den Wiener Paparazzi oder deren Ahnen und dortigen Artverwandten so umzugehen, wie man das erst heutzutage für nötig zu erachten scheint, um Karriëre zu machen. Sei es von ihr persönlich, sei es von einer ausgebufften Agentur: die damaligen Mediën wurden mit Exklusivitäten gehätschelt und mit Interviews, Intimitäten und Informationen über Gitta Alpár gefüttert. In ihrem Barockschlößchen gab es

schon Audiënzen bei der *"Verliebten Königin"*, frühe "Heimreportagen",
Fototermine mit dem Töchterchen, Auskünfte über die Ehe mit Gustav
Fröhlich, es gab Liebeserklärungen an die Fan-Gemeinde und Reisegrüße
von Verhandlungen in Paris: *"Grüßen Sie mir Wien, grüßen Sie den schönen
Ring und den herrlichen Kobenzl, grüßen Sie den Prater, und grüßen Sie
mein Publikum!"* Kurz, es gab *public relations*, es gab die erste Mediënpfle-
ge eines neuzeitlichen Stars.

Die viel gelesene Wiener *"Kronenzeitung"* mochte da spüren, was ihr un-
sympathisch, aber nicht zu leugnen, erst recht nicht zu ändern war und teilte
ihrer bürgerlichen Leserschaft am selben 22. Dezember 1934 mitten im konformen Applaus für die *"Verliebte Königin"*, die sie schon als *"Mischung
aus Operette, Revue und Tonfilm"* brandmarkte, interlinear auch eine heimliche Verachtung einer solchen Moderne mit:

*"Sie ist schon ganz gescheit und unterhaltlich arrangiert, diese große, für
den Excport bestimmte Alpár-Operette".*

Dieser Export ließ nicht lange auf sich warten. Schon 1935 gab sie in London ein Rundfunkkonzert und drehte dort unter Marcel Varnay eine englische Fasssung ihrer *"Dubarry"* (*"I give my heart"*, in Amerika *"The Loves of
Madame Dubarry"*). Noch im selben Jahre drehte sie in Frankreich unter der
Regie von Richard Pottier einen "Sensationsfilm" mit dem französischen Titel *"Symphonie d'amour"* (international als *"Disk 413"* verliehen) und wurde
sie in Paris für eine Revue der *Folies Bergères* zumindest angekündigt.

1936 drehte derselbe Pottier mit ihr in Großbritannien unter dem Titel
"Guilty Melody" auch noch eine englische Version dieses Films, der Regis-
seur J. Elder Wills den Alpár-Streifen *"Everything in Life"* (in den USA:
"Because of Love").

Aber sie wagte sich in London auch auf die Bühne des Adelphi-Theaters:
1937 mit der Revue-Operette *"Home and Beauty"* wieder von ihrem Leib-
Komponisten Brodszky, der seinen Vornamen Miklós, wohl schon die ungarische Variante seines ursprünglich ukraïnischen Taufnamens aus Odessa,
in London ebenso zu Niklas oder Nicholas (oder gar Alexander) mutieren
ließ wie seinen originären Familiënnnamen Braunstein zu Brodky oder eben
Brodszky: ein Entwurzelter.

Gustav Fröhlich neidete oder diffamierte diesen Auftritt seiner Ex-Gemahlin noch in jenen Memoiren des Greises von 1983:

"Obwohl sie sich mit größtem Fleiß nach der Fremdsprache Deutsch nun auch das Englische angeeignet hatte und obgleich sie so schön sang wie eh und je, war ihr persönlicher Erfolg in Alexander Brodkys 'Home and Beauty' nicht so umwerfend, wie sie es aus Berlin gewohnt war. Die Engländer wollen offenbar in der Operette und im Musical puppenhübsche Frauen sehen. Das war die Alpár nie. Auch eine Nasenoperation hatte nicht weitergeholfen".

Das ist auch die ungalante Tonart eines, der sich selbst die Emigration zu ersparen gewußt und nie erlitten hat, was es heißt,

in einer fremden Sprache Theater spielen

zu müssen.

Gitta Alpár jedoch soll in London sogar in Nachtclubs aufgetreten sein und drehte jedenfalls 1937 noch den englischen Film *"Mr. Stringfellow Says No"* unter der Regie von Randall Faye. Die geplante Verfilmung von *"La Traviata"* kam dann zwar ebensowenig zustande wie der gleichfalls angekündigte Streifen *"Stardust"*, aber die *Columbia Pictures*, die sich damals in Hollywood gerade mit vielen gewonnenen *Oscars* stabilisierten, schlossen einen Vertrag mit ihr ab, der ihr Beschäftigung in den USA unverbindlich garantierte.

Überbrückende Tourneeën mit einer neuen Operette von Brodszky oder einer anderen von Karl Komiathy über das Leben der französischen Königin Marie Antoinette wurden 1937 angekündigt, aber zerschlugen sich aus unüberlieferten Gründen.

1938 wurde Österreich samt Operettengemeinde von Hitler annektiert.

In Berlin und München publizierte der *Zentralverlag der NSDAP* einen Bildband, der *"Der ewige Jude"* hieß und es schon im Vorwort seines Herausgebers Dr. Hans Diebow für unmöglich erklärte, *"sich mit dem deutschen Staatsbürger jüdischen Glaubens, d. h. orientalisch-vorderasiatischäthiopischer Rasse oder hethitisch-assyrisch-babylonisch-chaldäisch-chur-*

risch-kassitisch-syrisch-jüdischer Nationalität zu identifizieren". In der folgenden Galerie abscheulicher Judenporträts gab es auch zwei Fotos von Gitta Alpár. Das eine war vorsätzlich neiderregend so untertitelt: *"Die ungarische Jüdin Gitta Alpár, die für ihre rein formale Stimmbegabung und ihre sehr zweifelhafte Schönheit eine Riesengage bezog"*. Das andere ist ein niederträchtig mißbrauchter Schnappschuß und zeigt sie essend während einer Probe im Zuschauerraum dicht zwischen ihrem hemdsärmelig schlafenden Intendanten Alfred Rotter in Hosenträgern und dem ebenso hemdsärmeligen österreichischen (Lehár-) Librettisten Ludwig Herzer (*recte* Herzl) gleichfalls in Hosenträgern: offenbar im Hochsommer. Hierunter war zu lesen:

"Juden schufen die Amüsierbühne. Autor Jude, Sängerin Jüdin, Theater-Direktor Jude – alles in bester Ordnung. Direktor Alfred Rotter (eigentlich Schaie), der allein 1932 600 000 Mark veruntreute und schließlich mit einer Schuldenlast von 3,5 Mill. Mark flüchtete, bei der Theaterprobe mit Gitta Alpar und Dr. Herzer" (*et cetera*) [9].

Gleichzeitig ging Gitta Alpár auf Welttournee.

Als sie in Brasiliën auftrat, brach in Europa der *Zweite Weltkrieg* aus.

Sie begriff, wie gefährdet nun der gesamte *Alte Kontinent* war, und beschloß unzögerlich, in der *Neuën Welt* zu bleiben: in den USA. Also ließ sie sich pragmatisch gleich in Hollywood nieder, wo sie ja schon mit den *Columbia Pictures* einen Vertragspartner besaß.

Dort aber trat sie inzwischen schwerlich noch als Londoner Filmstar in Erscheinung, sondern eher als eine der lästigen Bittstellerinnen unter all den europäischen Immigranten, die sich nunmehr alle auf ihre unbeweisbaren Karriëren in einer vergangenen Welt beriefen. Also verzichteten die *Columbia Pictures* auf jedes Rollenangebot auch für ihre Vertragspartnerin Gitta Alpár.

Stattdessen im amerikanischen Theater aufzutreten, verbot sich schon aus Mangel an Gelegenheit. Es gab dort keine Operettenbühnen. Opernhäuser gab es im ganzen riesigen Subkontinent damals nur so wenige, daß sie die Besetzung ihrer Premieren und Repertoirevorstellungen längst und auf lange Sicht mit den besten, meist abermals aus Europa immigrierten Sängern von Weltruhm vereinbart hatten, und inzwischen war es ein Jahrzehnt her, daß diese Gitta Alpár noch Rosina, Gilda, Violetta oder Sophie gesungen hatte.

Für den Broadway mit seinen autonomen Einzelproduktionen von Musicals kam sie mit ihrem ungarisch-deutschen Dialog-Akzent, dem Volumen ihrer Verdi-Stimme und der junonisch imposanten Körperfülle einer mittlerweile Vierzigjährigen trotz mancher Ankündigung wohl nicht mehr ernsthaft in Frage.

Trotzdem wurde sie 1940 als Opernsängerin in einem Hollywood-Film beschäftigt, den allerdings nicht die *Columbia Pictures*, sondern die *Universal Pictures* drehten und den der Franzose René Clair (gemeinsam mit Norman Krasna) geschrieben hatte, selbst inszenierte und (zusammen mit Joe Pasternak aus Ungarn) produzierte: *"The Flame of New Orleans"*. In die amerikanischen Kinos kam er Ende April 1941 und löste 1942 drei *Oscar*-Nominierungen aus. Als er 1948 in deutsche Nachkriegs-Kinos kam, hieß er *"Die Abenteurerin"*.

Aber die Hauptrolle spielte Marlene Dietrich.

In ihrem Schatten durfte Gitta Alpár, selbst noch kürzlich Protagonistin so vieler internationaler Filme, nun nur noch eine Episodenrolle mit einer einzigen Szene im Opernhause von *New Orleans* und mit namentlicher Erwähnung ganz am Ende des Nachspanns spielen. Dabei handelte es sich um Teile eines Duëtts aus Donizettis Oper *"Lucia di Lammermoor"*. Aber die Kamera war dabei meist in den Zuschauerraum gerichtet, stand also hinter den Singenden und zeigte sie und den englischen Tenor Anthony Marlowe nur rücklings oder gar nicht. Gitta Alpárs kamera-erprobtes Gesicht *"ist nur in einer einzigen sekundenkurzen Einstellung zu sehen"* [3]. Als aber Marlene Dietrich nicht Donizetti, sondern Sam Lerner's Song *"Sweet as the Blush of May"* sang, tat sie das überwiegend in Großaufnahmen, und das, fand *"Motion Picture Guide"*, *"ist allein es wert, den ganzen Film zu sehen"*.

Gitta Alpár mag diesen Auftritt als verheißungsvolle Tür zu angemesseneren Beschäftigungen in Hollywood betrachtet haben. Aber er war dort nicht nur ihr erster, sondern zugleich auch ihr letzter Film.

Er war auch der letzte ihres Lebens.

Er war das Ende ihrer großen Karriëre.

"Gitta Alpárs Karriere war zerstört." [3]

Wie um nachzutreten, gaben die Nazis jetzt noch im fernen Berlin ein *"Lexikon der Juden in der Musik"* heraus. Es war

"zusammengestellt im Auftrag der Reichsleitung der NSDAP, auf Grund behördlicher, parteiamtlich geprüfter Unterlagen, bearbeitet von Dr. Theo Stengel, Referent in der Reichsmusikkammer, in Verbindung mit Dr. habil. Herbert Gerigk, Leiter der Hauptstelle Musik beim Beauftragten des Führers für die Überwachung der gesamten geistigen und weltanschaulichen Schulung und Erziehung der NSDAP"

und erschien just im selben Jahre 1941 im Berliner *Bernhard Hahnefeld Verlag.* Es konstatierte gleich im ersten Satze seines Vorworts:

"Die Reinigung unseres Kultur- und damit auch unseres Musiklebens von allen jüdischen Elementen ist erfolgt. Klare gesetzliche Regelungen gewährleisten in Großdeutschland, daß der Jude auf den künstlerischen Gebieten weder als Ausübender noch als Erzeuger von Werken [...] öffentlich tätig sein darf".

Daher sollte das vorliegende Lexikon

"ein sicherer Wegweiser sein für Kulturpolitiker, für Bühnenleiter und Dirigenten, für den Rundfunk, für die leitenden Persönlichkeiten in den Dienststellen der Parteigliederungen und in den angeschlossenen Verbänden" [10].

Noch ganze acht Jahre nach ihrer Auswanderung wurde da auch aufgelistet:

*Alpar, Gitta, geschiedene Stangel, * Budapest 5. 2. 1903, Sängerin – Berlin.*

Ihre zweite Ehe mit dem Günstling Gustav Fröhlich konnte da unerwähnt bleiben, weil sie vor dem neuen NS-Gesetz nie bestanden hatte.

Dieses Lexikon mit seinem Eintrag dürfte Gitta Alpár nie vor Augen gekommen sein.

Mittlerweile waren überdies, ebenfalls 1941, die USA in den Krieg gegen Deutschland eingetreten. Da dürften auch in Hollywood kaum noch Neigungen bestanden haben, eine blonde Heroïne zu beschäftigen, die aus Berlin kam und dort – nazilegal oder nicht – mit Gustav Fröhlich, diesem Favoriten von NS-Babelsberg, versippt gewesen war.

Der nämlich hatte dort auch noch seit 1933 jährlich immerhin durchschnittlich drei Hauptrollen in insgesamt 31 Kinofilmen gespielt und zählte mit Hans Albers, Willy Fritsch und Heinz Rühmann zu den meistbeschäftigten Schauspielern des Nazi-Kinos.

Dessen Besetzungen wurden inzwischen einzig vom Reichspropagandaminister Dr. Joseph Goebbels entschieden. Da mag es insofern zunächst auch günstig gewesen sein, daß Fröhlich und seine Baarová auf ihrer Havel- oder Wannsee-Insel Schwanenwerder die direkten Nachbarn dieses *"Filmministers"* [11] waren.

Freilich hatte es den Nachteil, daß auch

Lída Baarová (geborene Lidmila Babková, 1914-2000)

da in eigener Sache so lange über den Gartenzaun geplänkelt haben mag, bis der berüchtigte *"Bock von Babelsberg"*, dem sie angeblich erstmalig 1936 ausgerechnet bei der Berliner Olympiade begegnet war, Feuer fing, sich heillos in diese Tschechin verliebte und sie seinem Nachbarn oder Kino-Protagonisten ministeriell und nachhaltig ausspannte.

Natürlich wehrte sich der Beraubte. Es soll lautstarke Auseinandersetzungen gegeben haben. Daß Fröhlich *"den Doktor"* geohrfeigt habe, wird ebenso oft dementiert wie kolportiert. Immerhin war es berüchtigt genug, um dem Kabarettisten Werner Finck, von Reichsjägermeister Göring just zu Goebbels' Ärger aus dem Konzentrationslager Esterwegen wieder freigelassen, in seiner Conférence des *"Kabaretts der Komiker"* diese Pointe zu liefern:

"Ich möchte auch mal fröhlich sein".

Ganz Berlin beklatschte das und erzählte es weiter, ganz Deutschland belachte es heimlich.

Aber diesem Joseph zuliebe, gewatscht oder nicht, lehnte die Baarová 1937 ein Angebot nach Hollywood ab. Stattdessen wurde sie vom Ministerium dieses neuen Geliebten in eine offiziëlle Liste der "Begünstigten" eingetragen und drehte immerhin die Hauptrollen in zehn NS-deutschen Kinofilmen.

Eine Triole, mit der da Ehefrau Magda zumindest das erotische Dilemma schließlich lösen wollte, kam für die Baarová nicht in Frage. Hätte Hitler, der auch seinerseits die Dreharbeiten dieser undeutschen Schönheit zu besuchen liebte und sie wiederholt zum Tee bat, nicht auf Veranlassung der düpierten Frau Goebbels persönlich eingegriffen, wäre sein Propagandaminister wegen dieser *"Liduschka"* zurückgetreten und mit ihr nach Tokio gegangen. Das war schon so geplant, aber just kurz vor Beginn seines Weltkriegs für Hitler völlig aussichtslos.

Also bestand er auf einer Fortdauër dieser "Musterehe" seines "Paladins", verbot der betörenden Tschechin ab 1938 jede weitere deutsche Dreharbeit und schob sie 1939 vollends, nachdem sich ihr Joseph nur noch telefonisch von ihr verabschieden durfte oder mochte, unter bürokratischen Schikanen in ihr heimatliches, mittlerweile aber NS-großdeutsch besetztes *"Reichsprotektorat Böhmen und Mähren"* ab.

Dann marschierte Hitler in Polen ein, und Goebbels verklärte das trickreich. Aber anders als alle Kollegen dieser selben Größenordnung wurde Gustav Fröhlich von Goebbels keineswegs vom Kriegsdienst freigestellt, sondern 1941 zu einem Landschützen-Regiment nach Posen einberufen. Einzig zum Filmen wurde er dort jeweils dennoch beurlaubt und nach 18 Monaten Wehrdienst wieder ins Leben eines "unabkömmlichen" Filmstars zurückentlassen. Von 1942 bis über das Kriegsende hinaus drehte er noch einmal ganze zehn Filme. Er stand auch jahrelang mit 279 Kollegen auf Hitlers Liste jener ausdrücklich *"Gottbegnadeten"*, die vor Fronteinsätzen sicher waren.

Aber der Reichspropagandaminister, der so allerhöchste Gunst nicht vereiteln konnte, zerriß sein Foto von jener *"vollendet schönen Frau"* erst zwölf April-Tage vor seinem eigenen Selbstmord 1945 [19].

Gitta Alpár hatte da in Kaliforniën inzwischen den acht Jahre jüngeren dänischen Tänzer Niels Wessel de Bagge geheiratet und lebte von dessen Ersparnissen. Die mochten nicht immer genügen. Aber ihre Mitwirkung bei einem Konzert ihres Landsmannes Emmerich Kálmán (Imre) in *New York* oder bei einer Revue des Musical-Regisseurs John Murray Anderson blieben Einzelfall oder nur Gerücht. Zeitweilig soll die Alpár in Hollywood auch als Stimmlehrerin dazuverdient haben. Gar als Sprechlehrerin – bloß in welcher Sprache, bitte: Ungarisch? Oder Deutsch?

Aber ihrer Rivalin oder Nachfolgerin bei Gustav Fröhlich ging es mittlerweile nicht viel besser. Zwar hatte diese

Lída Baarová

in Prag inzwischen mit importiertem Gagenvermögen aus Berlin im Villenviertel Hanspaulka hälftig für sich und ihre Eltern einen Luxuspalast gebaut, drehte da auch noch acht Filme in ihrer untermenschlich slawischen Muttersprache, aber ihrem dortigen Kollegenkreise galt sie natürlich als *"Nazi"* und *"Goebbels-Liebchen"*. Sie wurde in einem Maße zum *"Symbol, an welchem sich die antideutsche Stimmung der Tschechen entlud"* [12], daß SS-Gruppenführer Karl Hermann Frank, *Deutscher Staatsminister für Böhmen und Mähren*, ihr just ab 1941, als auch Gitta Alpár ihren letzten Film abgedreht hatte, jede weitere Filmtätigkeit selbst im Ghetto dieses Protektorats noch untersagte.

Sie ging ins faschistische Italiën, drehte dort 1942/43 einige Filme, bis sie sich durch die amerikanische Besetzung Roms 1943 gezwungen sah, nach Prag und Hanspaulka zurückzukehren.

Um dort nur ja wieder arbeiten zu können, drohte sie erfolgreich mit Selbstmord und ergab sich bis zur nahen Befreiung der Tschechoslowakei durch die *Rote Armee* dem Tröster Alkohol. Mit ihrer strikt antideutschen Familië bieb die Villenbesitzerin auch hiernach überworfen und wohnte nur noch in Hotels.

Als Prag 1945 sowjetisch erobert wurde, bot Hans Albers, freundschaftlicher Kollege aus gemeinsamen Berliner Jahren, der Hochgefährdeten seine Villa am *Starnberger See* zum Unterschlupf an. Ende April 1945 flüchtete sie also in dieses Asyl, wurde da aber vom Geheimdienst der US-Armee stundenlang verhört, wochenlang im Gefängnis von Stadelheim und schließlich in der Münchner Irrenanstalt eingesperrt.

Währenddessen wurde in Prag auch ihre Mutter vom Geheimdienst verhört und nach dieser argen Tochter befragt, erlitt einen Schlaganfall und starb daran im Mai 1945: just im Todesmonat auch jenes geliebten Dr. Joseph.

Im September 1945 brachten tschechoslowakische Soldaten die sündige Tochter nach Prag, wo eine fortgesetzte Haft sie vollends vor der Lynch-Justiz einer aufgebrachten Menge bewahrte.

Aber ihrer jüngeren Schwester Zorka (1921–1946), die sich als Schauspielerin

Zorka Janů

nannte und 1939 noch mit ihr gemeinsam *"Ohnivé léto"* unter Frantisek Cáp gedreht, aber Lídas deutsche Karriëre trotzdem immer radikal verurteilt hatte, war es inzwischen eben *"als Schwester von Lída Baarová"* verboten worden, im jungen tschechoslowakischen Staate ihren Beruf auszuüben. Im März 1946 nahm sie sich das Leben.

Nur durch Bemühungen ihres Vaters, dem Anfang 1946 ein Bein amputiert werden mußte, wurde

Lída

zu Weihnachten 1946 aus der Haft entlassen. Sie erfuhr, daß ihr ganzes Vermögen konfisziert und ihre Hälfte der Luxusvilla in Hanspaulka enteignet worden war.

Schon seit Herbst 1946 stand sie überdies vor Gericht. Erst nach günstigen Zeugenaussagen, auch aus Gestapo-Kreisen, wurde ihr Prozeß 1948 eingestellt.

Inzwischen hatte sie versucht, beim Puppenspieler Jan Kopecky, der sie im Juli 1947 heiratete, auf dessen Tourneën im ganzen Lande so lange mitzuarbeiten, bis ihr auch das noch amtlich verboten wurde.

Gitta Alpár hingegen hätte nach 1945 versuchen können, nach Europa zurückkehren und dort ihre Arbeit wiederaufnehmen, ihre gewaltsam abgebro-

chene Karriëre fortzusetzen. Tatsächlich erschienen da wieder Schallplatten
mit Aufnahmen ihrer Vorkriegsstimme. Aber die Presse paßte oder hatte mit
einer neuën Generation ihren früheren Liebling vergessen, protegierte und
umbuhlte jetzt vorrangig nachgewachsene Fachkolleginnen wie Sari Bara-
bas, Anneliese Rothenberger, Renate Holm, Anna Moffo, Margit Schramm
oder Ingeborg Hallstein.

Einzig eine Radiozeitung, Axel Springers *"Hör zu"*, fragte 1951 in ihrer Ru-
brik *"Wo sie blieben, was sie trieben"* doch noch einmal nach Gitta Alpár
und berichtete von einer neuen Show am Broadway, die ebenso fest geplant
sei wie auch ihre baldige Rückkehr nach Europa.

Beides hat sich nicht verwirklichen lassen. Aber sie wollte es wohl auch
nicht ernsthaft, mochte allzu deutlich spüren, wie sehr die Emigranten von
1933 in Deutschland inzwischen vergessen waren und wie wenig ihre Wiederkehr jetzt gewünscht wurde. Zwar waren ihre Eltern, Kantor Kalisch und
seine Frau, rechtzeitig kurz vor dem Einmarsch der Nazi-Deutschen in Ungarn gestorben, und

ihre beiden Brüder,

der eine Geiger, der andere Pianist, hatten die Haft in den nazideutschen Konzentrationslagern Bergen-Belsen und Mauthausen wundersam überlebt.

Aber eine Wiederbegegnung mit den Tätern von damals und den jetzigen
Verdrängern oder Leugnern dürfte sie nicht eben allzu magnetisch angezogen haben. Niemand scheint sie auch gerufen oder gebeten zu haben. Sich
selbst anzubieten, aber dann verschmäht zu werden, dürfte sie nicht sehr gereizt haben. Kein Geringerer als ihr großer Kollege und Schicksalsgenosse
Ernst Deutsch aus Prag, der durchaus und erfolgreich aus seinem amerikanischen Exil ins Nachkriegsdeutschland wiederkehrte, hat dort noch 75jährig
in eine Fernsehkamera von 1965 hineingelächelt:

*"Es ist die Emigration wirklich das Ärgste, was einem Menschen passieren
kann. Nur eine unheilbare schwere Krankheit ist grauenhafter. Ich möchte
das Kapitel der Emigration damit beschließen"* [18].

Ein DEFA-Film für das Fernsehen der DDR hatte da 1961 zwar verheissungsvoll den Titel *"Premiere im Admiralspalast"* getragen, Gitta Alpárs Gesang jedoch nur noch aus dem Schallplattenarchiv bezogen.

Ex-Ehemann Gustav Fröhlich, der das Ende der Nazizeit unbeschadet überstanden und dann gleich auch problemlos hatte Rollen übernehmen dürfen, die dem Kollegen Rühmann noch versagt blieben, spielte da in München und Düsseldorf längst auch schon wieder expopniert Theater und führte sogar postfaschistische Film-Regie.

Doch auch dieser persönliche Anknüpfungspunkt mit einem neuen Film- und Theaterleben in Deutschland wurde von Gitta Alpár nicht genutzt. *"Sie ist allen Versuchen einer Versöhnung mit mir"*, behauptete Fröhlich später in seinen Memoiren,

"mit Menachem-Beginscher Härte entgegengetreten" [7].

Dieser geschmacklich deplacierte Vergleich mit dem politischen *Hardliner* an der Spitze des Staates Israël fand wirklich noch 1983 ein antisemitisches Pendant, als Fröhlich an die Juden im Berliner Kulturleben vor 1933 erinnerte und die Leser seiner Memoiren zu realisieren bat,

"daß diese jahrzehntelange 'Überrepräsentanz' unterschwellig eine Gegenbewegung hervorrufen mußte" [7].

Er dürfte das so noch von nachbarlichen Kaminabenden auf Schwanenwerder in Erinnerung behalten haben.

Seine einstige Ehefrau mochte diese Gesinnung kennen und sich ihr nun nicht mehr stellen wollen. In einem Interview räumte sie lediglich ein,

daß sie diesem Nazigünstling *"vielleicht verzeihen könnte, wenn er nur mir etwas angetan hätte. Aber daß ich ihm nie verzeihen kann, wie er seinem Kind gegenüber gehandelt hat. Wir hätten damals sterben können, und er hat keine Hand für uns gerührt"* [6].

Das mochte sie dieser Hand wohl auch jetzt nicht zumuten.

Er selbst beschwichtigte sich schließlich zynisch:

"Heute hält sie ihre Altersbronchitis im Klima des berühmten Wüstenkurorts Palm Springs in Kailfornien in erträglichem Rahmen" [7].

Er selbst drehte zwischen 1946 und 1963 noch einmal 26 Filmhauptrollen, wurde mit dem Bundesfilmpreis ausgezeichnet und spielte noch bis 1976 regelmäßig Theater. Inzwischen wohnte er in Brissago am *Lago Maggiore*.

Auch von einer postfaschistischen Versöhnung mit seiner heißgeliebten

Lída Baarová

ist nichts überliefert. Sie war 1948 nach der Stalinisierung der tschechoslowakischen Nachkriegsregierung durch einen anonymen Anruf informiert worden, daß ihre Verhaftung als Kollaborateurin unmittelbar bevorstünde. Sie versteckte sich sofort bei Freunden, floh dann mit ihrem angetrauten Puppenspieler über Bratislava nach Österreich, um von dort ins faschistenfreundliche Argentiniën auszuwandern. Aber sie erkrankte, und Ehemann Kopecky reiste allein nach Südamerika. Sie folgte ihm erst später, aber fühlte sich dort nicht wohl und kehrte allein nach Europa zurück. Ihre Ehe mit dem Puppenspieler wurde geschieden.

In Rom konnte sie ihre Filmbeziehungen aus Mussolini-Zeiten auffrischen und drehte dort mehrere Filme unter Regisseuren immerhin wie Roberto Rosselini, Vittorio de Sica und Federico Fellini (*"I Vitelloni"*, 1953, mit *Silbernem Löwen* in Venedig und *Oscar*-Nominierung in Hollywood).

1956 beëndete die 42jährige ihre Filmarbeit, tauchte zeitweise in Francos Spaniën unter und spielte dann im ganzen deutschen Sprachraum, seit 1960 auch in der Bundesrepublik auf kleinen Boulevardbühnen jene Art Amüsier- oder Zimmertheater, die damals zwischen den großen traditionellen Staatstheatern einerseits eines Barlog oder Gründgens, bei dem Gustav Fröhlich spielte, und der Avantgarde andererseits schon eines Peter Zadek oder des *Politischen Theaters* der sechziger und siebziger Jahre ein rechtschaffen verachtetes Dasein fristete.

1969 heiratete Lída Baarová ihren Arzt, den schwedischen Prof. Dr. Kurt Lundwall, der aber schon nach drei Ehejahren starb. Sie blieb in seinem Salzburger Hause, verzichtete seither darauf, sich die Haare zu färben, und kehrte nur noch einmal zum Film zurück, als der *Ufa-*

süchtige Rainer Werner Fassbinder die inzwischen 60jährige 1975 in seinem Film *"Die bitteren Tränen der Petra von Kant"* besetzte.

Mit Hilfe eines tschechischen Autors schrieb sie zwei Erinnerungsbücher, deren erstes (*"Fluchten"*) im selben Jahre 1983 erschien wie auch die Memoiren Gustav Fröhlichs, das zweite (*"Ein Leben süßer Bitternis"*) erst 1991.

Im selben Jahr trat sie 77jährig, gleichwohl immer noch schön, in einer Fernsehdokumentation der deutschen ARD über *"Joseph Goebbels. Gesehen von dem Ufa-Star"* auf und bezeugte dort anrührend oder auch nur halsstarrig ihre große Liebe zum Filmminister der Nazis, *der auch ihr allerbester Liebhaber gewesen sei.*

Ihre letzten Jahre verbrachte sie weißhaarig, einsam, verbittert und schön, aber alkoholisch auf ihrem Witwensitz in Salzburg.

Da war aber mittlerweile auch Gitta Alpár noch einmal ins Rampenlicht der Öffentlichkeit zurückgekehrt: freilich in unverwüstlichem Blond.

Denn 1987 wurde ihr in Berlin *"für langjähriges Wirken im deutschen Film"* der Bundesfilmpreis mit dem *Filmband in Gold* verliehen. Auf der Vorschlagsliste für diese Auszeichnung ist nachzulesen:

"Gitta Alpár hat das Land, in dem sie einst Triumphe feierte, seit 1933 nicht wieder betreten. Das Goldene Filmband wäre eine späte versöhnende Geste. Hätte sie in Deutschland bleiben können, gäbe es gewiß mehr Filme mit ihr. Man sollte den Terminus 'Für langjähriges Wirken' in ihrem besonderen Fall nicht zu wörtlich nehmen" [13].

Wirklich fragte ausgerechnet der Berliner *"Tagesspiegel"* am 12. Juni 1987:

"Wer ist Gitta Alpár?".

Tatsächlich kam sie zur Verleihung dieser Auszeichnung 87- (oder 84?)-jährig aus *Palm Springs* nach Berlin geflogen und betrat da nach 54 Jahren erstmals wieder deutschen Boden.

Gustav Fröhlich hat dieses späte Nachrücken seiner abgeschmetterten Ehefrau in seinen Orden der deutschen Filmbandträger eben noch miterlebt. Ein Vierteljahr später starb er 85jährig in Lugano.

Ob sie selbst diese Ehrung für mehr gehalten hat als ihren persönlichen *Paul-Abraham-Weg in Neubrandenburg oder sonstwo*, ist nicht bekannt.

Das ZDF mag hierin mit seinem Seniorenmagazin *"Mosaik – Treffpunkt der Generationen"* einen unguten Vorschub geleistet haben, indem es am 21. August 1988 auch für diese Bundesfilmpreisträgerin Gitta Alpár ein Viertel-stündchen seiner kostbaren Sendezeit erübrigte. Voyeuristisch zeigte es die eben hüftoperierte Greisin in rosa Gewändern, im Rollstuhl, im Bett mit ih-ren Hunden und kommentierte diese kalifornisch bizarre Misere aus dem *off* mit einem unbarmherzig unrealistischen Journalistensatz:

"Seit Jahren nicht mehr an die Realität angepaßt, lebt sie ein Leben in der Vergangenheit, zu dem nicht so leicht Zugang zu finden ist" [3].

Drei Jahre später starb die vermutlich 90jährige am 17. Februar 1991 im ka-lifornischen *Palm Springs* und wurde im dortigen *Westwood Memorial Park* bestattet.

Die deutschen Mediën nahmen kaum, die amerikanischen gar keine Notiz von diesem Tode. Denn Gitta Alpárs Weltkarriëre, die nur zwölf Jahre lang angedauërt hatte, lag inzwischen ein halbes Jahrhundert zurück. Gut fünfzig arge Jahre lang war sie seither verfolgt, verleumdet, verkannt, absolut igno-riert und vergessen worden.

Ihr Ehemann Niels Wessel de Bagge war da schon ein Jahr zuvor im Alter von 82 Jahren verstorben.

Lída Baarová starb 86jährig am 27. Oktober 2000 in Salzburg und wurde versöhnlich im Prager Familiëngrabe beigesetzt.

(Quellen und Anmerkungen zu diesem Kapitel auf Seite 584 f.)

"Weißt du noch, daß ich sang?"

Paul Celan, 43: *"Flimmerbaum"*, 1963

"Es hat mich bittre Tränen gekostet, da ich mich entschloß,
mein Vaterland noch jetzt zu verlassen, vielleicht auf immer.
Denn was hab' ich Lieberes auf der Welt?
Aber sie können mich nicht brauchen."

Friedrich Hölderlin, 31: Brief vom 4. Dezember 1801 aus Nürtingen
an den Freund Casimir Ulrich Böhlendorff

"Ihr, die ihr einen zu gern Lügen straft:
nehmt uns doch wahr!
Nicht-wahrnehmen-wollen ist das Hauptgeschäft der Verlogenen."

Paul Celan, 39: Büchnerpreis-Rede, 22. Oktober 1960

"Als der beliebte Komiker Karl Valentin alt wurde,
klapperte er die Sender vergeblich um Auftritte ab.
Er kam heim: 'Sie sagen, ich bin nicht mehr komisch'
und verkaufte in den Wirtschaften Holzlöffel.
Nach seinem Tode wurde ihm in München ein Denkmal gesetzt.
Così fan tutti."

Ernst Jünger, 92: *"Siebzig verweht"* IV, 7. Sepember 1987

GIOVAN DOMENICO (TOMMASO) CAMPANELLA

Stilo ist ein Städtchen in der süditaliënischen Provinz Calabriën.

Dort liegt es mit pittoreskem Panorama und Blick auf das ionische Mittelmeer im mittleren Osten, auf selbem Breitengrade etwa wie gegenüber im Golf von Korinth die delphische Todesschlucht Äsops, in jener Sohle also gleichsam des italischen Stiefels, die das archaïsche Bruttium und das römisch antike *Calabria ultra* war, an den Hängen des bizarr zugespitzten *Monte Consolino*: als Felsennest mitten im Übergang sozusagen vom zentralen Gebirge der *Serre* im calabrischen Apennin hinunter zur mediterranen Küste, die hier nur noch knappe dreizehn Wanderkilometer entfernt ist.

Genuïn eine griechische Gründung unbekannten Datums vermutlich schon vor jenem *Zweiten Punischen Kriege* im 3. Jahrhundert vor Christos, war dieses Stilo, das heute etwa 2 800 Einwohner zählt, in der ersten christlichen Jahrtausendhälfte ein bedeutendes Zentrum des oriëntalischen Basilianer-Ordens und mitsamt seinem Umland etwa *anno Domini* 1000 eine der wichtigsten byzantinischen Regionen Calabriëns, bevor es normannisch, dann sizilianisch, dann französisch (Anjou), dann neapolitanisch und spanisch wurde: *Corona de Aragón, Corona d'Aragó* oder eben *Krone Aragón*.

Seine Architektur, dominant sakral, stammt entsprechend aus dem 10., 11., 12. bis 14. und 17. Jahrhundert: die byzantinische Kreuzkuppelkirche Catolica, die Wallfahrtskirche *San Giovanni Vecchio*, der Dom *dell'Addolorata*, Dominikanerkirche und Franziskanerkloster aus dem Barock, doch auch Ruïnen noch eines normannischen Kastells.

Aber um die Mitte des 16. Jahrhunderts, als dieses malerische, gutkatholische Stilo auf dem Höhepunkt der Renaissance mit ganzer Umgebung aragonisches Kronland geworden war und politisch zum spanischen Vizekönigreich Neapel gehörte, lebte hier Geronimo Campanella.

Er war Schuster und in ärmlicher Hütte mit Catarinella Martello verheiratet. Am Sonntag, dem 5. September 1568, wurde ihnen gegen sechs Uhr nachmittags ein Sohn geboren, der am vorgeschrieben siebenten Lebenstage auf die Vornamen *Giovan Domenico* getauft wurde.

Allzu früh mutterlos, wuchs diese Halbwaise aufmerksam zu einem Knaben von frühreifer Intelligenz heran, der durch vielseitige Interessen auffiel. Schon fünfjährig verblüffte er mit grammatischen und katechetischen Kenntnissen, schnellen Kombinationen und verläßlichem Erinnerungsvermögen. *"Er selbst erzählt uns von dem staunenswerten Gedächtnis, das er schon als fünfjähriger Knabe gezeigt"*, bestätigt sein Nachfahre Christoph Sigwart, selbst Philosophieprofessor im fernen Tübingen, *"indem er alles, was Eltern, Prediger und Lehrer gesagt, zu wiederholen vermochte"* [10].

Vollends der Dreizehnjährige, dessen Vater mit all seinen Söhnen vor lauter Armut ins Nachbardorf Stignano übergesiedelt war, konnte dort bereits *"über ein beliebiges ihm aufgegebenes Thema, gleichviel ob in Prosa oder Versen, eine Rede aus dem Stegreif"* [1] halten und verknüpfte diese rhetorische Begabung überraschend früh mit philosophischen Neigungen und poëtischen Talenten. Er selbst hat später in seinen hinterlassenen *"Syntagma"* drei *"Mächte"* angegeben,

die *"von Kindheit an sein geistiges Schaffen beherrschten:*

1. Der Wissenstrieb, der ihn die alte und neue Literatur eifrigst durchforschen hieß;

2. die dichterische Fantasie, der schon in frühen Schülerjahren mannigfaltigste Gedichte entquollen, dazu

3. das religiöse Interesse, das ihn schon als Knaben ins Kloster führte" [2].

Knapp vierzigjährig gestand er später dem spanischen Könige brieflich, er habe schon seit frühester Jugend über eine *"rinnovazione del secolo"* oder Erneuërung seines Zeitalters nachgedacht,

schon höchstens dreißigjährig dem mitbrüderlichen Landsmann Domenico Petrolo aus gemeinsamem Stignano wörtlich, er habe wirklich dreizehnjährig *"solche Gedanken im Bauch gehabt"*: *"questi pensieri nello stomaco"* (zitiert nach [4]).

Zwar wollte sein Vater, mittelloser Analphabet, ihn ins ferne Neapel schikken und dort bei einem anverwandten Jura-Studenten Rechtswissenschaften erlernen, ihn später also als Richter in dieser unsozialen Welt für Gerechtigkeit zwischen Arm und Reich, zwischen Oben und Unten sorgen lassen.

Aber der Einfluß eines Dominikanermönchs, dessen Predigten den pubertierenden Schüler (nach einer lebensgefährlichen Erkrankung schon in Stilo) zur Lektüre so großer Theologen wie Thomas von Aquin oder Albertus Magnus, aber auch bereits zu ersten Studiën der Logik inspirierten, war da zunehmend stärker als alle väterlichen Schusterträume.

Solche Studiën fortzusetzen, gab es für den Unbemittelten freilich einen einzigen gangbaren Weg: die Laufbahn eines Klerikers. Seine Kenntnisse der hierfür erforderlichen lateinischen Sprache erlaubten es ihm schon früh, sich in Prosa und Versen dieses artifiziëllen Idioms eloquent zum Ausdruck zu bringen.

Dreizehn- oder vierzehnjährig verließ er Vaterhaus und Heimatdorf, ging ins zwanzig Kilometer südlichere Placanica und verbrachte im dortigen Dominikanerkloster zunächst ein halbes Probejahr als Postulant dieses Predigerordens. Wohl schon dort opferte er den sakral erworbenen Taufnamen *Giovan Domenico* einem seiner geistlichen Idole auf und nannte sich hinfort *Thommaso*. Als

T o m m a s o   C a m p a n e l l a

ging er in die Geistesgeschichte ein.

Im Frühjahr 1583, noch vierzehnjährig, wechselte er ins rund sechzig Kilometer westlichere und vollends zentralcalabrische *San Giorgio Morgeto* über, wo er im *Convento dell' Annunziata* regulärer Novize des erkorenen Mönchsordens war und nach etwa dreizehnmonatiger Prüfungszeit, also etwa fünfzehnjährig, die *Zeitliche Profeß* ablegte, somit ein Leben in Armut, Ehelosigkeit und Gehorsam gelobt und sich den Satzungen des Dominikanerordens für zunächst drei Jahre unterworfen haben dürfte.

Auch diese Frist scheint er noch im selben Kloster absolviert, sie mit den nunmehr obligaten theologischen und philosophischen Studiën gefüllt und sich *"mit unglaublicher Schnelligkeit die Werke der Klassiker wie der Kirchenväter"*[7] angeeignet zu haben. Das bedeutete damals primär die Auseinandersetzung mit dem scholastisch kanonischen Aristotéles, dessen Schriften freilich das ganze rezente Mittelalter hindurch *"die Immanenz Gottes in der Natur"* zu ignorieren empfohlen hatten. Erst von der aktuëllen Opposition der Renaissance wurde diese ihre scholastische Dogmatik zunehmend angefochten.

Auch der wache junge Bruder Tommaso, dessen erste Niederschrift eigener *"Lectiones logicæ, physicæ et animasticæ"* aus den Jahren 1583/85 verloren oder verschollen ist, zweifelte allzubald an der aristotelischen Orthodoxie und all ihren griechischen, lateinischen oder arabischen Kommentatoren, die ihn nur immer tiefer in die Dialektik von Glauben und Wissen verstrickten.

Für seine Fragen *"nach den Gründen und Quellen der Erkenntnis"*[3] und einem damals fast grassierenden Verständnis der Welt als eines lebendigen Gottesbuches fand er aber auch bei seinen leidenschaftlichen Studiën des kürzlich wiederentdeckten Platon, des Plinius und Galenus, der Stoïker und antiken Atomisten keine hinlänglich befriedigenden Antworten.

Umso exponierter beteiligte er sich an scholastischen Disputationen des klösterlichen Geisteslebens oder an öffentlichen Redeturnieren und bestach allenthalben durch Eloquenz, Rhetorik, Kenntnisse und brillante Argumentation. Vollends bei einer Festlichkeit des lokalen Feudalherrn *Giacomo II. Milano* fiel der Siebzehnjährige mit seinem Vortrag einer eigenen Ansprache in Hexametern und einer sapphischen Ode, die beide verschollen sind, nicht zuletzt dem regionalen Bischof auf, der zur prominenten Adelsfamilië der *Del Tufo* gehörte.

Aber mit seinen kritischen Ausbrüchen aus den geistigen und geistlichen Konventionen befremdete dieser talentierte Professe auch bereits; er mißfiel gar schon.

Den Dominikanern freilich, diesem Orden einer predigenden Verkündung und Ausbreitung katholischen Christentums, ging es damals primär nicht eben um solche theologischen und philosophischen Prinzipiën wie ihrem rigorosen jungen Bruder Thomas. Zeitgleich nämlich war eine zunehmend militante Rivalität zum Jesuïtenorden virulent geworden, ihrem gleichsam negativen Spiegelbilde, das alle ihre konstruktiven Verbreitungen christlicher Lehren durch aggressiven Kampf gegen alles vermeintliche Ketzertum zu kontrapunktieren trachtete und zu einem Streit zwischen diesen beiden Orden um menschliche Freiheit und göttliche Gnade führte.

In den unumgänglich zugespitzten Macht- und Einflußzwistigkeiten zwischen so konträren Methoden zum letztlich selben Behufe war den Domini-

kanern freilich die Streitbarkeit ihres jungen Nachwuchsstrategen Tommaso
nur umso willkommener. Immerhin enthielt das historische Register ihrer
Ordensbrüder außer so manchem späteren *Heiligen Vater* auch so verpflich-
tend prominente Namen wie Albertus Magnus, Thomas von Aquin, Giordano Bruno, "Meister" Eckhart (von Hochheim), Girolamo Savonarola, den
sächsischen Anti-Luther Johann Tetzel, den großen Maler Fra Angelico,
aber auch den spanischen Großinquisitor Tomás de Torquemada. Ihrer aller
Vermächtnis sollte angemessen verwaltet und gegen protestantisch oder je-
suïtisch fanatische Widersacher verteidigt werden.

Wohl schon nach seiner definitiv gelobten *Feiërlichen (Ewigen) Profeß*
wurde dieser achtzehnjährig gläubige Thomas als nunmehr voll akkreditier-
ter Erbe eines solchen Legates und verantwortungsbewußter Kämpe eines
neuën Schöpfungs- und Schöpferverständnisses von den militanten Ordens-
aktivitäten im Gefolge des gegenreformatorischen *Konzils von Trient* (1545-
1563) etwa im Herbst *anno Domini* 1586 zu jenem anderen missionsbegei-
sterten *Convento dell' Annunziata* versetzt, der neunzig Kilometer nördlich
im selben calabrischen Nicastro lag, das damals schon seit tausend Jahren
Bischofssitz war, erst 1968, wie zu Campanellas 400. Geburtstag, in die
heutige *Città di Lamezia Terme* am tyrrhenischen Golf von *Santa Eufemia*
eingemeindet wurde und dort inzwischen auch über einen Flughafen für
Touristen verfügt.

In jenem damaligen Nicastro also, wo die posttridentinisch rückläufigen
Tendenzen ein verlängertes und intensiviertes Pflichtstudium aristotelischer
Logik, Physik und Metaphysik festgeschrieben hatten, setzte der oppositio-
nell entflammte Bruder Thomas seine konträren Forschungen fort und fand
dort in Fra Pietro Ponzio und dessen noch sehr viel vertrauterem Bruder
Dionisio Ponzio junge Geistesverwandte, die mit ihm gemeinsam *"si sieno
manifestati desiderii e concetti di un migliore avvenire del paese"*[5], sich
also Wünsche und Entwürfe für eine bessere Zukunft ihres Landes anver-
trauten, wie sie Campanellas späterer Exeget Luigi Firpo freilich als *"vaghi
discorsi sulla rinovazione imminente del secolo"* und *"speranze di una ven-
iente età libera, spontanea e fraterna senza costrizioni e ipocrisie"*[6] definierte: als

*"unverbindliche Gespräche über künftige Erneuërungen ihres Jahrhun-
derts"* und

"Hoffnungen auf ein bald schon freiës, offenes und brüderliches Zeitalter ohne Zwänge und Heucheleiën" [28].

So aufmüpfig progressive Kumpanei brachte Feindschaften bei den subalterneren Mönchen ringsumher, erst recht bei den Vorgesetzten ein, die über alle inhaltlichen, theologischen wie politischen Divergenzen hinweg auch Verletzungen des gelobten Gehorsams anmahnen mußten. Aber sein Verehrer und Gefolgsmann Johann Gottfried Herder, selbst ja Kleriker, wußte noch runde zweihundert Jahre später auch,

"wie ihn von Jugend auf der Neid verfolgte" [17].

Vollends die unverkennbare Neigung des Fra Tommaso zum außerklösterlichen Umgang mit gleichgesinnten Ärzten, Juristen und Aristokraten machte konvent-intern böses Blut.

Da bat ihn sein Philosophieprofessor aus *San Giorgio Morgeto*, ihn und die Standpunkte ihres Ordens bei einer öffentlichen Disputation des Franziskanerklosters im nordcalabrischen Cosenza zu vertreten. Dort wurde der fast noch milchbärtig neunzehnjährige Ersatzmann mit Enttäuschung begrüßt, aber als Sieger ihres Streitgesprächs verabschiedet, denn *"Telesii animam in Campanellæ corpus migrasse"*: die Seele des Telesius lebe in Campanellas Körper fort (zitiert nach [27]).

Wer war Telesius?

Spätestens hiernach konzentrierte sich der junge Campanella vollends auf diesen zeitgenössischen Naturphilosophen

Bernardino Telesio (1508-1588),

der seinerzeit als Pionier und Wortführer aller Kritiker des Aristotéles galt.

Auch er war Calabriër, in ebendiesem Cosenza geboren und jetzt auch wieder wohnhaft, aber nach Studiën in Padua, Rom und Neapel schon das geworden, was sein jüngerer Kollege Francis Bacon als *"novorum hominum primus"* pries: einen Wegbereiter der Moderne.

27jährig ließ er sich für zehn Jahre in einem Benediktinerkloster nieder, aber ohne dort je die Weihen anzustreben, auch ohne je für Universitäten zu arbeiten. Stattdessen nahm er öffentliche Ämter an, war in Cosenza Bürgermeister, heiratete auch und wurde Vater von vier Kindern. Als Papst Pius IV. ihm trotzdem anbot, Erzbischof seiner Heimatstadt zu werden, lehnte er das ab, um lieber seinen wissenschaftlichen Arbeiten weiterdienen zu können.

In Neapel begründete er in solchem Sinne eine *Academia cosentina* (oder auch *telesiana*), die als Muster wissenschaftlicher Bürgervereine jegliche dogmatische Schule kontrapunktierte und noch bis in die Neuzeit dem Studium der Naturwissenschaften ebenso vorbehaltlos gewidmet war wie auch Telesios eigene Arbeiten.

Aber Eugenio Garin, florentinischer Kulturphilosoph und -historiker des 20. Jahrhunderts, nannte ihn den *"Mann eines einzigen Buches, dem er Jahrzehnte widmete"*: *"De natura iuxta propria principia"*. Erst 57jährig publizierte sein zögerlicher Autor es 1565 zunächst zweibändig, ließ 1570 eine erweiterte Neuauflage, 1573 eine italiënische Übersetzung und erst 1586 schließlich, selbst inzwischen 78jährig, eine neunbändige Neufassung erscheinen.

Sie enthält eine erste fundamentale Kritik an allen metaphysischen Fiktionen oder Spekulationen aristotelischer oder sonstiger Autoritäten des Mittelalters und macht die sinnliche Erfahrung zur alleinigen Basis allen Forschens und Denkens. Damit führte er die unabhängige Naturphilosophie der Renaissance ein, gab ihr eine wissenschaftliche Theorie und etablierte sie in der Geistes- und Wissenschaftsgeschichte als jenen empirischen Sensualismus, der nicht mehr Meinungen, sondern Fakten sammelte. Diese sollten exklusiv auf authentischen Wahrnehmungen und dialektischen Folgerungen beruhen, denn *"mundum esse Dei vivam statuam"*: *die Welt sei das wahre Abbild Gottes* (zitiert nach [1]).

Telesios ganze Erkenntnis nämlich gründete sich auf eine tiefe, freilich unakademische Frömmigkeit, provozierte daher klerikale Antipathieën und konnte mit all seinen hochgradig unorthodoxen Texten nur veröffentlicht werden, weil sein Autor Gunst und Freundschaft von Päpsten und anderen einflußreichen Kirchenfürsten genoß.

Dennoch wurde er der Ketzerei beschuldigt und entwich aus Neapel ins unbeachtetere Cosenza.

Aber schon ein einziges Lustrum nach dem dortigen Tode des Achtzigjährigen wurde sein Werk vom 1592 neugewählten Papst Clemens VIII. auf den Index gesetzt: also verboten und beschlagnahmt, eingeschlossen und unzugänglich gemacht. Seine ganze Lehre sollte so getilgt sein.

Das geschah so 1593, im ersten Amtsjahr also schon dieses clementinisch "mild" verheißenen Pontifikats, das den schismatischen Gegenpapst gleichen Namens und gleicher Numerierung (1423-29) aus der Kirchengeschichte löschen sollte. Im dritten Jahre dieses zweiten *Achten Clemens*, 1596 also, erschien die erweiterte und rigorosere Neufassung des *Index Librorum Prohibitorum* (Liste der verbotenen Bücher), dem auch zahllose Schicksalsgenossen des Telesius zum Opfer fielen.

Unkundig aller drohenden Schrecken unter Clemens VIII. ab 1592, aber tollkühn auch alle Verfolgungen und Hinrichtungen schon unter dessen prüdem Vorgänger, Sixtus V., ignorierend,

ließ sich der junge Tommaso Campanella im Sommer 1588, nicht einmal zwanzigjährig, zu den Dominikanern in ebenjenem "telesischen" Cosenza versetzen, wo er so erfolgreich gestritten hatte. Er mag da nun auf eine persönliche Begegnung mit seinem greisen Leitbild gesetzt (und begierig gewartet) haben, dem er sich freilich als gehorsamer Bruder einer neuen Klostergemeinschaft eigenmächtig *"nicht zu nähern wagen durfte"* [8]; vermutlich *"verboten seine Lehrer"* jeden Besuch: *"wegen der Gefahren, welche der Umgang mit einem Ketzer im Gefolge hatte"* [1].

Aber je begeisterter er dessen Texte las, umso weniger fand er das Wohlwollen seiner hiesigen Oberen. Als Guru Telesio schon nach wenigen Monaten, Anfang Oktober 1588, achtzigjährig in ihrer beider Cosenza verstarb, riskierte Bruder Tommaso einen Besuch wenigstens des aufgebahrten Leichnams in der hiesigen Kathedrale: *"um sich die Züge seines verehrten Lehrmeisters einzuprägen"* [8].

Er widmete ihm ehrerbietigst ein eigenes Sonett, das er *"Al Telesio cosentino"* nannte und in dem er sich selbst – mit seiner Verkündigung von *"Ursa-*

che und Ziel alles Seiënden" ("il prinicipio e 'l fin degli enti") [23] — als den *"Vollender des Werkes von Telesius"* [9] präsentierte, den Aristotéles aber definitiv als den *"Tyrannen der Geister"* verurteilte:

> *"Telesio, il telo della tua faretra*
> *uccide de' sofisti in mezzo al campo*
> *degli ingegni il tiranno senza scampo;*
> *libertà dolce alle verità impetra"* [23] :
>
>
> *"Telesio, der Pfeil aus deinem Köcher*
> *tötet von all den Sophisten in offener Feldschlacht*
> *den Tyrannen der Geister ohne jeden Fluchtweg*
> *und sucht, was Wahrheit liebt: nach Freiheit"* [28] .

In einer weiteren Strophe ersetzte er schon hier seinen eigenen Namen Campanella durch das italiënische Synonym *squilla* und bezeichnete sich selbst mithin als die *"Glocke für neuë Akzente"* oder *"neuë Deutungen"*: *"la squilla per li nuovi accenti"* [23] .

Bei alledem jedoch war Telesio, dieser angeschwärmte Freiheitsheld geistiger Wahrheit, *"der erste Lehrer, welcher der Seele Campanellas den Aufruhr einhauchte"* [1] .

Insofern war er nun bei seinen Superioren hinlänglich "mißliebig", um schon nach halbjähriger Anwesenheit im Konvent von Cosenza strafversetzt zu werden: weitere sechzig calabrische Kilometer nordwärts in die Diaspora des abgelegenen Dominikanerklosters Altomonte.

In der dortigen Abgeschiedenheit dieses architektonisch und kunsthandwerklich preziosen Gebirgs- und Winzerdorfes, des römischen Balbio, hatte er schon erste Visionen seines grausamen späteren Schicksals. Dennoch begann er, sei es noch so beargwöhnt, mit der Arbeit an seinem ersten eigenen Text nunmehr größeren Gewichtes und Umfangs: einem Plädoyer Telesios und jener seiner unkanonischen Lebensleistung einer neuën Naturphilosophie und mit scharfen Attacken auf zeitgenössische Epigonen des scholastischen Aristotelismus.

Außerdem mißbrauchte der junge Autor die Monate seiner hiesigen Klausur auch wieder zu ungern gesehenen Kontakten mit belesenen Laiën des Umlands, wieder freigeistigen Medizinern, Juristen und Gutsherren, diesmal gar einem greisen, aber eindrucksvoll mysteriösen Rabbiner, der ihn in Astrologie und Alchimie unterwies, und fand so erstmals auch Zugang zu Hermetik und Kabbalismus.

Schon nach einem Jahr, Ende 1589, verließ er ohne Genehmigung, aber in Begleitung ausgerechnet dieses Rabbi Abraham, der ihm prophetische Berufung verhieß, seinen Konvent in Altomonte und floh, sei es über den Umweg des Seewegs, in die Metropole Neapel:

zunächst noch ins dortige Dominikanerkloster *San Domenico Maggiore*, wo sein Idol und Namensstifter Thomas von Aquin gelehrt, Giordano Bruno zehn Jahre lang studiert hatte

und dessen große Bibliothek im Gebäude der Universität unter Campanellas Beteiligung auch öffentliche Disputationen dieses geistigen Zentrums und progressive Kontakte zu laïzistisch liberaler Kultur ermöglichte.

Ab 1590 jedoch zog er als veritabler Hauslehrer in den Stadtpalast jener Marchesi Del Tufo, die ihn ja schon in *San Giorgio Morgeto* geschätzt und gefördert hatten. Jetzt vermittelten sie ihrem generös aufgenommenen Hausgast auch so dienliche Begegnungen wie

mit dem Astrologen, Apotheker und Naturaliënsammler Ferrante Imperato,

mit dem rebellischen Arzt, Polyhistor und Dramatiker

Giambattista della Porta (1535-1615),

früh neuzeitlichem Naturwissenschaftler, Autor einer vielbeachteten *"Magia naturalis"* und Delinquenten der Inquisition, die ihn zwar wieder laufen, aber auch nachhaltig verstummen ließ,

und mit dem Philosophen, Arzt und Mathematiker

Nicola Antonio Stigliola (1546-1623),

einem Enzyklopädisten und *"lincio"* (Schlaufuchs), mit dem er folgenreich über eine *"mutazione di stato"*, Veränderung der Zustände, beriet und der schon bald von der Inquisition verfolgt wurde.

Aber Campanellas adlige Gastgeber sorgten auch für hilfreiche Gegebenheiten zu immer unorthodoxeren Studiën und Niederschriften. Bald galt er hier als außerordentlich gebildet auch im weltlichen Sinne. Er studierte, schrieb, experimentierte und disputierte in einem Umfeld, dessen *"kulturell-politische Opposition"*

durch seinen *"Widerstand gegen die spanische Regierung, gegen die Herrschaft von Adel und privilegiertem, zunehmend geadeltem Bürgertum und gegenreformatorische Tendenzen der Kirche"* negativ bestimmt war,

positiv hingegen durch *"das temporäre Bündnis zwischen den Vertretern der neuen Wissenschaft, dem Kleinbürgertum, den ärmeren Volksschichten Neapels und Teilen des Klerus"* [4].

Das alles fand seinen zugespitzten Niederschlag zunächst in der brillierenden Rhetorik seiner öffentlichen Auftritte: *"Überall errang er glänzende Erfolge, die ihn berauschten, die aber den Neid erregten und auf sein Haupt die Eifersucht und den Haß der anderen geistlichen Orden, namentlich der Gesellschaft Jesu, heraufbeschworen. Letzterer erklärte er geradezu den Krieg und forderte ihre Ausrottung, weil sie 'die reine Lehre des Evangeliums fälsche, um sie dem Despotismus der Fürsten dienstbar zu machen' "* [1].

Noch größeres Aufsehen freilich erregten Campanellas hiesige Texte. Schon nach einem Jahr war sein telesisches Manuskript druckreif. Da auch ein älterer eigener Text (*"De investigatione rerum"* von 1586) verschollen ist, muß uns diese achtteilige *"Philosophia sensibus demonstrata cum vera defensione Telesii"* von 1589 als sein philosophischer, schriftstellerischer und theologischer Einstand gelten: eine *"Sinnlich bewiesene Philosophie mit fundierter Verteidigung des Telesius"*.

Sie erschien Anfang 1591 mit einer Widmung für seinen Gastgeber Mario Del Tufo Lavelli, attackierte ungemein gut informiert all jene sophistischen

Haarspaltereiën naturentfremdeter Akademiker, forderte Erfahrung als unabdingbare Basis für die *libertas philosophandi* und kulminierte in einer mutig emanzipierten Kosmologie, die er aus ihrem Ghetto theologischer Spekulationen befreite und gleichfalls physikalisch integrierte oder aber seinem sehr viel frommeren *nemo scit* unterordnete: *niemand wisse das*.

Hierbei ging er deutlich über den telesischen Sensualismus hinaus, den er für "mechanistisch" und bloß beschreibende "Physik" zu halten begann: keine begründende und folgernde Philosophie. Er *"forderte eine empirische und experimentelle (per viam sensus et experientiæ) Wissenschaft, die jedoch einen allgemeinen Wahrheitsanspruch erheben können sollte"*[9]. Also suchte er schon hier *"die Beantwortung der Frage, warum es sich so verhält, wie es sich in der Natur verhält"*[9].

In so prinzipiëller Wahrheitssuche lag für Campanella der eigentliche Sinn und Anfang all seines Philosophierens. Von seinem Zeitgenossen Galilei und anderen Erfahrungsphysikern der Renaissance unterschied ihn aber jetzt schon und bleibend, daß er die Prinzipiën all ihres neu verfochtenen Empirismus für unbekannt, vielleicht sogar unerkennbar, unbeweisbar erklärte. Denn niemand kenne sie: *nemo scit*.

Erst *"das Vergangene und das Zufällige"*, begriff Ruth Hagengruber, insofern schon Erbin Heisenbergs und Einsteins, mit ihrem Text von 1994 über Campanellas *"Philosophie der Ähnlichkeit"* nur umso besser, *"machen nach der Überzeugung Campanellas den Gegenstand der Wissenschaft aus: Das mangelnde Wissen müsse als notwendige Voraussetzung des Erkennens akzeptiert werden"*[9].

"Alle jene" nämlich, hat Campanella später selbst in seinen *"Metaphysica"* definiert, *"welche glauben, daß sie etwas wissen, glauben dies deshalb, weil sie denken, daß sie die Sache so, wie sie ist, wissen. Diejenigen hingegen, die nichts zu wissen glauben, glauben dies deshalb, weil sie denken, daß sie keine Sache so, wie sie ist, wissen"*[32].

Noch lakonischer, griffiger und dezidierter formulierte das der Siebzigjährige in seinen *"Universalia philosophiæ"* von 1638 (zitiert nach [9]):

"Wenn wir wissen, daß die Dinge in beständigem Flusse sind und nicht ge-

wußt werden können, wissen wir richtig":

"Si scimus res in continuo fluxu esse nec posse sciri, recte scimus".

Selbst die mathematischen Chiffren und Formeln sei es eines Kollegen vom
Range Galileo Galileis, der *"rationale Entitäten (d. h. die Mathematik) absolut gültig setzte"*, bezeichnete Campanella auch später noch als fiktiv und
unklare *voces fictas* in *obscuris dictis*: *"ihre Geltung in der Natur ist nicht
besser bewiesen als die eines anderen metaphysischen Prinzips"*[9].

Er erkannte, daß Galilei und dessen Gefolge *"von der Idealität der Mathematik und ihrer Geltung in der Natur sprachen, sie aber nicht begründen
konnten. Die neue Aufgabe Campanellas lag nun darin, nicht allein die In-
halte der empirischen Beobachtung, sondern auch die Gültigkeit der idealen
mathematischen Gesetzlichkeit aus einer Philosophie der Ähnlichkeit zu begründen"*[9].

Als so bilderstürmende Ansätze in Neapel jählings schwarz auf Weiß nachzulesen waren, kam es zu heftigen Disputen mit dortigen Franziskanern und
sonstigen Orthodoxen. *"Empfindlich kränkte er seine Widersacher durch die
Geringschätzung, welche er für die Meinungen ihrer Lehrer und der früheren Philosophen bezeugte. Deshalb machten sich die Jesuiten die Erbitte-
rung zunutze, welche er überall, wohin er kam, erregte"*[1].

Aber schon in seinem Vorwort hatte dieser tollkühne Gipfelstürmer zwei
weitere Schriften angekündigt, an denen er schon arbeite: *"De sensu"* (später *"Il senso delle cose e della magia"*) und *"De investigatione rerum"* (verschollen oder anderweitig integriert). Denn sein Wissensdurst und Erkennt-
nishunger schienen unstillbar. Einem eigenen Sonett vertraute er da an, was
sich in deutscher Prosa so liest:

*"Alle Bücher, welche die Welt in sich faßt,
können meinen tiefen Wissensdrang kaum befriedigen.
Wieviel habe ich davon verschlungen, und dennoch
sterbe ich aus Mangel an Nahrung,*

Das Studium des Weltalls bietet mir kräftigere Nahrung,
und dabei wird mein Hunger immer größer.
Verlangend und suchend prüfe ich es nach allen Richtungen,
und je mehr ich erkenne, desto weniger weiß ich" (zitiert nach [1]) .

Einem anderen seiner Sonette, das er *"Modo di filosofare"* nannte, gestand er ungeduldig:

"Die Welt ist das Buch, worin der ewige Verstand
seine eigenen Gedanken niederschrieb, sie ist der lebende Tempel,
welchen derselbe ganz mit lebenden Bildern schmückte,
worin er seine Werke und sein Ebenbild zeichnete. [...]

Wir aber, deren Seelen an Bücher und an tote Tempel,
schlechte Abschriften des lebenden Buches, gefesselt sind,
wir ziehen jene diesem vor" (zitiert nach [1]).

Aber in jenem Buche der Schöpfung also las er nicht nur, inhalierte er nicht nur. Immer noch lehrender Gast der Del Tufos, schrieb er auch

"De insomniis" (Traktat über Traumphänomene),

"De sphera Aristarchi" (zum Heliozentrismus),

"Exordium novæ metaphysicæ",

"Philosophia Pythagorica" (drei Bände in lateinischen Hexametern),

"Philosophia Empedoclis",

"De rerum universitate" (einen ersten von zwanzig geplanten Bänden)

und viele lateinische oder italiënische Gedichte;

alle diese Texte sind verschollen.

Aber um sie zu schreiben, frequentierte er umso unvermeidlicher auch selbst die Klosterbibliothek seiner Dominikaner. Dort aber durften Bücher nur mit Genehmigung des Papstes ausgeliehen werden; andernfalls drohte dem leselustigen Studiënfreunde alsbaldige Exkommunikation.

Hierauf hingewiesen, soll Campanella, inzwischen etwa 23 Jahre alt, respektlos rückgefragt haben:

"Com' è questa scomunica? si mangia?": *"Was ist das: Exkommunikation? was zum Essen?"* (zitiert nach [3]).

Damit schien das Maß nun voll zu sein.

Bei einem nächsten Besuch in seinem Kloster *San Domenico Maggiore* wurde er im Mai 1592 verhaftet.

Ein neidischer Ohrenzeuge hatte ihn denunziert: weil er von einem Dämon so besessen sei, daß er die Exkommunikation verachte. Aber ein Ordenstribunal verhörte ihn hauptsächlich wegen telesianischer Meinungen, die er mündlich und schriftlich, vor allem in seiner rezenten Publikation verbreitet habe.

Nach dreimonatiger Untersuchungshaft und Verhandlung wurde er Ende August 1592 verurteilt, Reuë zu bekunden, jeglicher Meinung des Telesio abzuschwören und innerhalb einer Woche nach Calabriën heimzukehren: er sollte verschwinden, wurde abgeschoben.

Innerhalb dieser einen Woche beschloß Campanella aber, sich durch einen Bravourstreich aller engstirnig provinziëllen Ordensmißgunst in ein nächstes kulturelles Exil zu entziehen. Er reiste ab: aber statt in sein hinterwäldlerisches Calabriën lieber ins urbane und ferne Rom zu prominenten Politikern, Geistlichen und Gelehrten, mit deren Schützenhilfe und Empfehlungen schon nach vierzehn römischen Tagen weiter in die nördlich noch fernere Toscana: zunächst nach Florenz.

Vom dortigen Großherzog Ferdinando I. de' Medici, dem er das ungedruckte Manuskript seines Buches *"De sensitiva rerum facultate"* widmete, erhielt er in persönlicher Audiënz zwar Komplimente und einen Obolus, aber den erhofften Lehrstuhl in Pisa oder Siena nur in vage vertröstende Aussicht gestellt.

Schon nach zwei Wochen reiste er daher enttäuscht nach Bologna weiter, wo er bis Jahresende 1592 im Dominikanerkloster blieb. Dort wurden ihm von "falschen Mönchen", also wahren Agenten der Inquisition alle Manuskripte seiner aktuëllen Arbeiten skrupellos gestohlen:

eine neue Metaphysik (mit den Prinzipiën Notwendigkeit, Schicksal und Harmonie), eine Beschreibung pythagoreïscher Philosophie in *"lucretiani-*

scher Form", seine sektenkritische *"Physiologia iuxta propria principia"* und lateinische Poëme. Alles das war plötzlich weg.

Anfang Januar 1593 reiste er also ab und ins venezianisch freistaaliche Padua weiter, wo er im Kloster diesmal der Augustiner ein hoffentlich weniger diebisches Obdach fand, da jedoch sofort und allzu bereitwillig in die Ermittlung vermeintlicher homosexuëller Straftaten des Ordensgenerals verwickelt, freilich schnell für unschuldig befunden und freigesprochen wurde.

In Padua, einem Zentrum ausgerechnet jener aristotelisch sonderlich reaktionären Averroïsten, lebte er als "spanischer Student" ein Jahr lang armselig von Privatunterricht. Dabei rekonstruierte er den gestohlenen Text *"De rerum universitate"*, entwarf, diktierte oder schrieb eine *"Nova Physiologia"* über Nerven, Venen und Arteriën, eine *"Apologia pro Telesio"* (verschollen), eine *"Rhetorica nova"* (verschollen), eine *"Consultazione ai Veneziani"* (verschollen) und jenen weitläufig konzipierten Traktat *"Della monarchia dei Cristiani"* (verschollen), der jene frühen politischen Visionen eines ersten religiösen wie auch zivilrechtlichen Globalismus zu durchdenken und vorzuschlagen begann, wie Campanella sie später in seinen *"Discorsi ai principi d'Italia"* und *"Discorsi universali del governo ecclesiastico"*, diesen beiden anti-partikularistischen Utopieën einer nationalen Einheit und Wohlfahrt (*"salute comune"*), noch dezidierter entwickeln sollte.

Doch lernte er hier in Padua immerhin Galileo Galilei kennen, mit dem er Zeit seines weiteren Lebens korrespondieren sollte.

Während all dessen, schon seit Anfang Juli 1593, prüfte in Rom die *Congregazione dell' Indice* seine entwendeten Werke im Hinblick auf ein mögliches Verbot. Im selben Jahr setzte sie auch die wichtigsten Texte des Telesio postum auf ihren Index.

Anfang 1594 wurde Campanella auf Veranlassung der Inquisition in Padua

v e r h a f t e t :

wegen höchstkarätiger Dogmendebatten gar mit jenem jüdischen Doppeloder Re-Konvertiten und Christusleugner, den er überdies anzuzeigen unterlassen hatte. Alle neuën Manuskripte Campanellas wurden ebenso beschlagnahmt wie auch sein verboten abergläubisches Buch über Wahrsagekunst.

Schon Anfang Februar 1594 beschloß in Rom das *Heilige Offizium* der Inquisition seine Folterung.

Sie wurde im Mai wiederholt und im Juli verschärft vollzogen.

Der also dreifach Gemarterte jedoch verweigerte jedes gewünschte Eingeständnis häretischer Verschuldung.

Ein gewaltsamer Befreiungsversuch durch Freunde scheiterte, hatte nur erschwerte Haftbedingungen und im Oktober 1594 schließlich eine Überstellung des vermeintlichen Delinquenten nach Rom zur Folge.

Im dortigen Palazzo des *Heiligen Offiziums*, heute noch Adresse der Glaubenskongregation zu Seiten des Petersdomes, wurde die Anklage gegen Campanella noch erweitert:

er habe ein blasphemisches Sonett auf Jesus Christus geschrieben,

sei Anhänger des vorsokratisch ionischen Naturphilosophen Demokrĭtos, jenes unliebsam "lachenden" Atomisten, Materialisten und Atheïsten aus dem 5. Jahrhundert vor Christos,

und Autor jener anonymen religionskritisch skandalierenden Texte *"De tribus impostoribus"*, die schon seit mindestens vierhundert Jahren allen Kirchenkritikern oder Reformatoren zu unterstellen üblich war.

Schnell konzentrierte sich jetzt die Anklage auf die Essenzen seines Philosophierens und offenbarte hierbei ihre genauë Kenntnis jener entwendeten Texte ihres Angeschuldigten. Der jedoch schlug sich nur umso couragierter und verteidigte sich mit unklugen Gegenangriffen, aber auch mit opportunen, theologisch konformen Texten: *"De Monarchia Christianorum"* und *"De regimine ecclesiæ"*, das er devot Papst Clemens VIII. widmete.

In der Kerkerzelle verfaßte er indessen seine *"Fisiologia comprendiosa"* (verschollen) und weiterhin lateinische oder italiënische Gedichte. Er vollendete da auch die lateinische Fassung des *"Compendium de rerum natura"*, das später *"Prodromus philosophiæ instaurandæ"* hieß und erst nach 23 Jahren erschien, sowie eine italiënische Zusammenfassung seiner physiologischen Theorieën, die er unter dem Titel *"Epilogo Magno di quello che del-*

la natura delle cose ha filosofato fra T. Campanella servo di Dio" wieder
seinem neapolitanischen Gönner Mario Del Tufo widmete. Sie präsentieren
Zusammenhang oder wechselseitige Abhängigkeit von Kosmos, irdischer
Natur und *"Krone der Schöpfung"* im unendlichen Raum: *"als Funktionali-
sierung aller Teile in Bezug auf das Ganze und ihre gesellschaftliche Verwendung"* [4]. Mehr und mehr jedoch begriff er jetzt allmählich das ganze
Universum als *"organische Einheit, in der jede einzelne Veränderung auf
das Ganze zurückwirkt und wo alle Veränderungen zum Wohl des Ganzen
wirken"* [4].

Aber Anfang 1595, immer noch in denselben Inquisitionsverliesen des *Tor
di Nona*, in denen damals auch Giordano Bruno und Francesco Pucci
schmachteten, schrieb er sogar noch seine Poëtik einer *"Arte versificatoria"*,
lehrte da, lateinische Metren im Italiënischen anzuwenden, und ergänzte sie
durch zwei philosophische Gedichte und viele andere eigene Verse (alles
verschollen).

Mitte März 1595 wurden Ermittlungen und Verhöre beëndet. Der Beschuldigte durfte sich vor Gericht mit einem eigenen Plädoyer verteidigen. Vermutlich hierbei legte er die schriftliche Rechtfertigung der eigenen wie der
telesianischen Philosophie vor: *"Apologia pro philosophis Magnæ Græciæ
ad Sanctum Officium"*.

Das Resultat war Ende April 1595 eine nächste Folterung.

Anfang Mai wurde er verurteilt, sich vom *"schwersten Verdacht der Häresie"* (*"de vehementi hæresis suspicione"*) durch öffentliche Abbitte zu be-
freiën.

Schon zwei Wochen später, am 16. Mai 1595, fügte er sich mit zehn anderen Verurteilten bei einer feiërlichen Zeremonie der Dominikanerkirche
Santa Maria sopra Minerva, in deren Kloster am Pantheon vormals Giordano Bruno logierte, und widerrief.

Aber unverzüglich wurde der nunmehr Freigesprochene im Dominikanerkloster neben der Sabinenkirche auf dem römischen Aventin unter Hausarrest gestellt: ausdrücklich *"loco carceris"*.

Erst dort kroch er scheinbar wirklich zu Kreuze: mit seinem halbwegs bereits politischen *"Dialogo politico contro Luterani, Calvinisti ed altri ereti-*

ci", den er Ende 1595 in demonstrativer Reuë seinem Ordensprotektor widmete.

Ende Mai 1596 bat er das *Heilige Offizium* schriftlich um Rückerstattung seiner entwendeten und beschlagnahmten Manuskripte,

Mitte Juni 1596 um die Ausweitung seines Hausarrests auf das ganze römische Zentrum,

doch durfte er nur ein einziges Mal den *Bereich der Sieben Pilgerkirchen* (*sette chiese*) besuchen.

Anfang Juli 1596 wurde sein schriftliches Gesuch mit abermals denselben Bitten kommentarlos abgelehnt.

Immer noch in *Santa Sabina* eingesperrt, schrieb er dort den *"Trattato dell' arte cavaglieresca"* (verschollen) und eine italiënische Poëtik, die er Cinzio Aldobrandini, einem Neffen des Papstes, widmete.

Irgendwann dort und damals mag ihm auch beigefallen sein, sich selbst als *la campanella* oder *"squilla septimontanus"* zu bezeichnen: *das Glöckchen der sieben Hügel*: also selbstbewußt *die Glocke Roms*.

Schon nach zwei Monaten jedoch auf jenem Aventin, Anfang März 1597, rettete ein Landsmann aus Stilo sich selbst vom Galgen, indem er Campanella als Ketzer denunzierte.

Sofort wurde der Bezichtigte wieder verhaftet und in den Kerker der römischen Inquisition gesperrt.

Seinen dortigen Verlieskumpan

Francesco Pucci (~1540-1597),

einen fast sechzigjährigen Florentiner, weitgereisten Europäër und *"heterodoxen Denker zwischen den Konfessionen"* [30], dessen Hauptwerk *"Forma d'una repubblica catolica"* eine antidogmatisch ökumenische Kirche auf der Basis des Apostolischen Glaubensbekenntnisses forderte,

der jedoch für so toleranten Universalismus 1593 in Salzburg verhaftet, vier Jahre lang durch die Inquisition verhört und gefoltert, Anfang

Juli 1597 als Ketzer enthauptet und auf dem *Campo de' Fiori* verbrannt wurde,

ihn beweinte Campanella vorwurfsvoll mit seinem *"Sonetto fatto sopra uno
che morse nel Santo Uffizio in Roma"*.

Erst im Dezember 1597 wurde er freigelassen: wieder seinem Orden überstellt, aber zur Festigung seines labilen Glaubens und Vermeidung von gefährlichen Infektionen in ein Kloster der politischen, wissenschaftlichen und
religiösen Diaspora verbannt – weit weg nach Calabriën.

Viele seiner Werke wurden jetzt verboten.

Ohne diese Ernte kehrte der nahezu dreißigjährige Campanella nun nach
sechsjähriger Freiheitsberaubung, vier Prozessen und vier Folterungen gebrochen und scheinbar unterwürfig dorthin zurück, von wo er vor fast zehn
Jahren in die Freiheit aufgebrochen war.

Wieder machte er jetzt auf halber Strecke in Neapel Station, verdiente sich
dort seinen Lebensunterhalt mit Erdkunde-Unterricht für Aristokraten und
schrieb eine *"Cosmografia"*, auch eine *"Encyclopedia facilis dictata princi-
pibus"* (beide verschollen).

Im Juli 1598 kehrte er auf dem Seeweg in den calabrischen Golf von *Sant'
Eufemia*, von dort ins doppelt nahe Kloster Nicastra, schon im August 1598
ins heimatliche Stilo zurück, wo er im kleinen Dominikanerkloster *Santa
Maria di Gesù* eine Bleibe fand.

Sein Ausbruch in die mondäne Prominenz eines intellektuëllen Protagonisten war gescheitert. Sein Angebot neuër Wege in eine verbesserte Zukunft
der Gesellschaft war verleumdet, kriminalisiert und endgültig abgeschmettert worden. Zwar verteidigte er noch die tomistische Prädestinationsdogma-
tik in etwa fünfzig Artikeln, aber die sind ebenso verschollen wie sein jetziger Traktat *"De episcopo"* und die Tragödie *"Maria, regina di Scozia"* über
das Ende der enthaupteten Königin und Katholikin auf dem Schottenthron.

Mit seinem Alltag kehrte er geërdet und demütig in die provinziëlle Norma-
lität von Stilo und seines kleinen Klosters zurück. Er führte das Leben eines

Tommaso Campanella

Kupferstich eines unbekannten Künstlers
im 17. Jahrhundert
aus der *Bibliotheca Chalcographica*,
Heidelberg und Frankfurt am Main 1664

einfachen Dominikanermönchs, resignierte und schwieg. An die Stelle geistiger Höhenflüge traten die besinnlichen Kontemplationen eines Bilanzierenden, traten aber auch die profaneren Probleme einer Kleinstadt.

Plötzlich kämpfte er für den Bau einer Kirche und ließ sich auf friedensrichterliche Beratung zerstrittener Familiën ein. Auch in seinen öffentlichen Predigten lernten seine Landsleute ihn da als kundigen Theologen, Mediziner, Astrologen, Propheten und Universalgelehrten kennen, den sie mit all dem Charme seiner Bildung und Beredsamkeit bei der Lösung ihrer sozialen, auch juristischen Alltagsprobleme immer lieber um Hilfe baten.

Gern führten sie ihm auch "besessene" oder anscheinend geisteskranke Mitbürger zu und ließen sich von diesem jungen Weisen überzeugen, daß es sich da oftmals um psychische Imaginationen oder natürliche biografische Ursachen handelte: nicht um Dämonenwerk, das unterwürfig hätte hingenommen werden müssen.

Kurz: der abstrahierende Theoretiker wurde zum sozialen Praktiker. Das hieß dann eines Tages auch: der Philosoph war zum Politiker geworden. Aber Paul Lafargue hat rund 320 Jahre später auf jene *"religiöse und politische Einheit"* hingewiesen, die in Campanellas Texten immer nur das Ziel habe, aller *"Zwietracht ein Ende zu machen und auf der Erde Friede und Glück zu begründen"* [1].

Weitere 75 Jahre später hat dann Gisela Bock wohl ebenso zurecht behauptet, daß *"der Bezug von Religion und Politik [...] in allen Phasen seines Denkens und Handelns"* eng war. Immer war für ihn

"die Aufgabe der Religion die Errichtung eines Reiches der Gerechtigkeit und des Glücks in der irdischen Welt"[4].

Vollends nunmehr aber sah und erlebte er täglich die Misere unverschuldeter Armut und Unterdrückung durch Fürsten und Kirche, die Hilflosigkeit von Ahnungslosen, Bildungslosen, Wehrlosen, Mittellosen.

Denn *"er traf seine Heimat in unruhiger Gärung, in Konflikten zwischen dem spanischen Vizekönig und den geistlichen Behörden; die Bischöfe entzogen einen großen Teil der Bevölkerung den königlichen Gerichten, die Klöster gewährten den Opfern der letzteren und ganzen Scharen von Banditen Schutz. Dazu Parteikämpfe in den Städten, Plünderung der Küste durch eine türkische Flotte unter dem Bassa Cicala"*[10].

Der philosophische Betrachter erkannte da mehr und mehr die unabdingbare Notwendigkeit einer *mutazione*, Veränderung oder ebendessen, was ihm schon seit frühester Jugend als "Erneuёrung seines Zeitalters" vorgeschwebt hatte: *"Weg mit der spanischen Despotie und der römischen Tyrannei!"*[3]

"Der Begriff der 'Mutation'",

hat Karl Korsch das in seiner Karl-Marx-Biografie auch für den deutschen Sprachgebrauch definiert, *"ist ursprünglich auf gesellschaftliche Veränderungen angewendet und erst später auf die Naturwissenschaft übertragen worden. Man bezeichnet damit bis in die neuere Zeit den Vorgang, der heute als 'Revolution' bezeichnet wird"* (zitiert nach [4]). Gisela Bock hat das ergänzt und auf die Analogie von *"mutazione"* und *"rivoluzione"* auch im Italiёnischen, auch schon bei Campanella hingewiesen:

"In seiner Ausweitung auf das gesamtkosmische Geschehen" bestimme dieser ursprünglich eher politische Begriff einer *mutazione* aber tatsächlich auch schon *"einen großen Teil der Philosophie Campanellas, steht später im Zentrum seiner geistigen Verarbeitung der Niederlage und wird in den

Prozeßakten und seinen Verteidigungsschriften in mehrfacher Bedeutung verwandt" [4] .

Dem gescheiterten Heimkehrer aus der *bel étage* der Renaissance-Gesellschaft war inzwischen freilich klar, daß er nicht philosophisch, theologisch oder wissenschaftlich unterlegen, sondern mit Mißständen konfrontiert worden war, die er jetzt als strukturell und prinzipiëll, als Human- und Vitalprobleme seiner Zeit und Gesellschaftsordnung zu durchschauën lernte. Er begriff jetzt, *"daß die* mutazione *unausweichlich sei"* [4] , eine angemessene Veränderung zu gebotener Verbesserung aber nie und nimmer von oben, von den Mächtigen, vielmehr einzig und allein vom erniedrigten, vom gebeutelten, vom ausgenutzten, aber ahnungslosen Volk zu erwarten sei.

Das dem Volk klar zu machen, war da unverhofft zu seiner eigenen Aufgabe geworden. Seine immer häufiger gepredigte These, *"daß eine Veränderung m ö g l i c h sei [...] , verband sich mit der anderen, daß eine Veränderung n ö t i g sei"* [4] . Vor der eigenen und allgemeinen Frömmigkeit legitimierte er so rebellische Parolen mit der Formel, *daß Gott die Welt verändern könne*: *"Dio poteva mutar il mondo"* (zitiert nach [4]).

In Höchstem Sinne und Auftrage also seiën *"Vorbereitung, Ausführung und Lenkung der* mutazione*"* gerade in einem so gottesfürchtigen Volke wie den Calabriërn nicht zuletzt *"die Aufgabe des Menschen"* [4] .

Er muß da selbst begriffen und verinnerlicht haben, *"daß eine neue, auf die Bedürfnisse der Unterklassen bezogene Gesellschaftsverfassung nicht durch die Kirchenorganisation und die von ihr vertretene Religion, sondern allein durch die unterdrückten Schichten selbst im Bündnis mit andern oppositionellen Kräften hergestellt werden könne"* [4] .

Schon vor vier Jahren, Ende 1595, hatte er in seinem *"Dialogo politico contro Luterani, Calvinisti ed altri eretici"* ein- oder hellsichtig vom *"volgo, di cose nuove sempre desideroso"* zu schwärmen begonnen: vom *"Volke, das sich immer nach Neuëm sehnt"*, weil *"la plebe ancora è desiderosa di mutazione"* [4] , weil die Sehnsucht sogar noch des Pöbels nach Veränderung ungestillt sei.

Mehr und mehr ging er folgerichtig dazu über, alle *"Klagen über finanzielle Not und sozialen Unfrieden"* [4] auf unumgänglich nahende *"bewaffnete Invasionen und kriegerische Ereignisse"* zu verweisen, für die sich jedermann bereit halten und selbst bewaffnen, mit denen er sich eines baldigen Tages solidarisch erklären und vereinigen müsse. Gott nämlich strafe jedes *"Volk, das sich ohne Widerstand mißhandeln lasse"* [4].

Solche Mobilmachung vorläufig der Geister und Seelen legitimierte er in seinen Predigten immer häufiger durch entsprechende Deutung calabrischer Erdbeben, eines aktuëll veritablen Kometen, des Kalenderjahres 1600 (*"da 16 die Summe der heiligsten Zahlen 7 und 9 ist"* [10]) und durch vermeintlich astrologische Weissagung baldiger Umwälzungen zur nahenden Jahrhundert- und Zeitenwende – *"um die Zuhörer zum Bewußtsein ihrer eigenen Interessenlage zu bringen"* [4]:

"ho predicato e detto che seranno mutazioni" (zitiert nach [5]). Gorbatschows *"perestroika"* und Obama's *"change"* hatten hier ein Muster und Vorbild: nur runde vierhundert Jahre zuvor.

Es verfing auch damals und dort. Was Campanella anstrebte und erreichte, war eine autonome *"Aktion der Unterdrückten"* zur *"Erneuerung der gesamten Gesellschaft"*. Denn *"nicht nur der dazu erforderliche Wille, auch die Macht liegt in den Händen des Volkes, das, wäre ihm diese bewußt, mit einem Schlag seine Herrscher stürzen könnte"* [4].

Noch später nannte Campanella diesen seinen Versuch meist *"revolutioni di populi"* oder *"una revolutione di gente"*. Wie auch Obama's *"this victory belongs to you"*.

Aber um ebenso siegreich zu sein, versicherte sich dieses calabrische Mönchlein potenterer Mitstreiter, als es *volgo* und *plebe* damals je zu sein vermochten oder wagten. Er fand sie im oppositionellen Landadel, aber auch unter mißvergnügten Klerikern.

Der gemeinsame Feind konnte da jedoch nicht länger nur die Kirche sein.

Die spanische Usurpation in Neapel, Siziliën, Sardiniën und Milano mit ihrem *"Regime der brutalen Gewalt, der schwersten wirtschaftlichen und sozialen Bedrückung und Ausbeutung"* [13] einerseits,

die Kollaboration machtbewußter Barone mit Escorial, Vatikan und Inquisition zum anderen wurden gleichfalls zum Objekt einer gärenden Empörung, die Campanella sich als Basis für *"nuove leggi, et nuovo modo di vivere"* (*"neue Gesetze und neue Lebensformen"*) in einer Republik erträumte, *"dove si havesse da vivere in commune"*: *wo man als Gemeinschaft zusammenleben könne* (zitiert nach [4]).

Namhafte Aristokraten, die sich jetzt mit ihm verschworen, waren jedenfalls Lelio Orsini aus der Familië Del Tufo und Nicola Bernardino Sanseverino (Fürst von Bisignano), ferner Geronimo Del Tufo, der Herzog von Vietri, der Baron von Cropiani, der Marchese von Arena und die adeligen Familiën der Carnevale und jener Contestabile, aus deren Sippe Maurizio di Rinaldo als militärischer Kopf des geplanten Aufstands hervorging, und viele Lehnsherren oder *"baroni provinciali in numero ben grande"*: der politische und soziale Unmut muß verblüffend groß gewesen sein.

Theologischer oder klerikaler Unmut veranlaßte da zumindest Marc' Antonio Del Tufo, Bischof von Mileto, auch Cinzio Aldobrandini, jenen Neffen des Papstes und Kardinal von *San Giorgio*, und die Bischöfe in Nicastro, Gerace und Oppido zur Mitverschwörung. Auch *"die Mönche dieses Landstrichs unterstützten ihn mit glühendem Eifer; […] mehr als dreihundert Dominikaner, Auguustiner und Franziskaner waren in die Bewegung verwickelt, im Augenblick des Losschlagens sollten zweihundert Prediger aufs Land ziehen, um die Empörung anzufachen, achtzehnhundert Verbannte waren kampfbereit"* [1].

Campanella kannte die meisten dieser Mitstreiter schon von früher persönlich, vielfach aus Neapel und übte vermutlich *"starken intellektuellen Einfluß"* [4] auf all diese gesellschaftlichen Antipoden aus. Wirklich sahen sie alle in ihm den unverzichtbaren, unersetzlichen Kopf ihres ganzen Aufruhrs.

Aber nicht zuletzt gilt heute der geplante Einbezug auch noch türkischer Hilfstruppen als historisch gesichert. Campanella begründete diese exotische Unterstützung durch "heidnische" Moslems nicht nur militärisch, sondern auch schon mit erstaunlich ökumenisch-globalistischen Utopieën: die benötigte Erlösung der ganzen Menschheit von ihren Unterdrückern sei zumindest und zunächst in Calabriën einzig durch das Zusammenwirken von Christen und Juden mit Muslimen denkbar.

Doch in eine erste *"Einigung Italiens als Vorstufe eines auf lange Sicht die ganze bekannte Welt umfassenden Reiches konnte die bestehende Gesellschaftsordnung nicht unverändert übernommen werden; war auch hier das Fernziel eine kommunistische Lösung, so das Nahziel die Beseitigung der zum Privatbesitz gewordenen Privilegien in einer feudalen Gesellschaftsverfassung"* [4].

Die aktuëlle Schwäche der Kolonialmacht Spaniën nach dem Tode ihres allmächtigen Königs Felipe II. erst im vorigen Herbst 1598 sollte nunmehr unter seinem zwanzigjährigen Thronerben (und nach niederländischem, albanischem und sizilianischem Vorbilde) konkret zu einem Aufstand genutzt werden, dessen Ablauf so geplant wurde:

Landung von türkischem Militär, Besetzung von süditaliënischen Häfen und Plünderung von Waffenarsenalen;

Ermordung königlich spanischer Beamter, einiger Bischöfe wie auch Ordensgeistlicher;

hierauf Waffengänge von Türken, Piraten und Calabriërn gegen Truppen der Obrigkeiten und

befreiënde Eroberung von Städten wie Stilo und Catanzaro, von Kastellen wie Gerace, Castelvetere und Cotrone;

Sicherung der eroberten Gebiete durch gleichgesinnte *"signori"* und *"potentati"*,

nationale Autonomie eines republikanischen Königreichs Neapel mit neuën Gesetzen und neuër Lebensart *"in commune"*,

langsame Ausweitung auf das ganze Königreich und Befreiung ganz Italiëns,

später der gesamten bekannten Welt

mit dem Nahziel einer Beseitigung feudaler und klerikaler Privilegiën, auch allen Privatbesitzes, eines gewaltsamen Ausschlusses aller Jesuïten, Befreiung von Gefangenen und Verbrennung von Prozeßakten,

aber dem Fernziel einer

kommunistischen Gesellschaftsordnung –

schon runde 250 Jahre vor Karl Marx und Friedrich Engels.

"Das Ziel", definierte die wohlinformierte Gisela Bock 1974, war *"eine von der Macht der Religion gewährleistete Volksherrschaft (sacerdozio e 'l popular dominio)"* [4].

Als philosophischer Überbau seiner revolutionären Agitation diente Campanella damals die Idee einer *"Nutzbarmachung der Naturkräfte für die Gesellschaft"* [4], aber auch einer Wiederbelebung und Erweiterung jenes urchristlichen Kommunismus im Klosterleben.

"Die erfahrensten jungen Mönche" oder *"i più dotti giovani"* sollten daher eingangs eine Rückbesinnung auf *"die kommunistisch organisierten, wissenschaftlich geschulten und den Bedürfnissen der unteren Volksschichten nachkommenden Mönchsorden"* [4] in die Wege leiten, aber vorrangig ausgewählt werden

"per predicare la renovazione del secol felice": um die Erneuërung eines glücklichen Jahrhunderts zu predigen [34].

Vollends im Juni und Juli 1599 reiste Campanella zur Organisation des Komplotts, aber auch zur Koordination all der rivalisierenden Verschwörerfraktionen zu vielen Gemeinden und Herrensitzen im calabrischen Umland, auch noch zu seinem Vater nach Stignano und wechselte mit vielen Komplizen wohlchiffrierte Briefe. Angeblich *"für den 10. September war der allgemeine Aufstand in Aussicht genommen"* [3] und die türkische Eroberung calabrischer Häfen vereinbart.

Das alles konnte nicht unbemerkt vor sich gehen. Schon Mitte Juni 1599 informierte der Bischof von Squillace das *Heilige Offizium* der Inquisition über Campanellas verdächtiges Verhalten. Aber am 10. August 1599 wurde seine Aktion von den beiden Mitverschwörern Fabio di Lanco und Giambattista Biblia in der Kreisstadt Catanzaro dem spanischen Amtsrichter Xarava gemeldet, der sofort den spanischen Vizekönig informierte. Die Denunzianten wurden zur Belohnung geadelt und gut bezahlt (aber Biblias Bruder von den Rebellen zur Strafe ermordet).

Nur vier Tage später wurde Campanella auch noch persönlich von einem Dominikanerbruder Cornelio beim *Sanctum Officium* denunziert.

Die Sache war aufgeflogen.

Schon am 27. August 1599 landeten in Calabriën unter Führung von Carlo Spinelli, einem der besten Offiziere des spanischen Vizekönigs, zwei Kompanieën aus Neapel, spürten *"mit allen zu Gebote stehenden Mitteln"* sämtliche Verdächtigen auf und lieferten die Verhafteten massenweise wegen Aufruhrs und Ketzerei an ein spanisches Gericht aus.

Viele Feudalherren schlossen sich spontan dieser Niederschlagung an und unterstützten sie, meist aus materiëllen Gründen, einer wurde dafür Herzog.

Campanella selbst flüchtete sich sofort zunächst von Stilo zu Freunden nach Stignano, wenige Tage später von dort ins zwanzig Kilometer entfernte Franziskanerkloster *Santa Maria di Titi* und nach nur einer Übernachtung über vierzig autolose Kilometer weiter nach *La Roccella*, wo er sich als Bauër verkleidete und in einer Hütte versteckte, die Antonio Mesurace gehörte. Dieser war der Familië seines plötzlichen Asylanten sehr zu Dank verpflichtet, versprach ihm daher ein sicheres Fluchtboot, aber fürchtete seinen Fürsten Don Fabrizio Carafa und zeigte seinen Urian daher lieber an.

Von seiner Verhaftung werden zwei Äußerungen als authentisch kolportiert:

"Ich komme gern und werde sagen, was alles getan, und begründen, warum es getan werden sollte" [28] (*"Io vengo volontieri, et dirò quanto si voleva fare, et dimostrarò con che ragione si voleva fare"*);

"Wenn die Herren sehen, daß die Völker aufwachen, werden sie zumindest lernen, weniger maßlos über ihre Untertanen zu herrschen" [28] (*"Almeno da questo impareranno li signori a governare bene li vassalli e non eccederanno, mentre vedranno che li popoli si risentono"*).

Wahrscheinlich hat er beides gesagt, kurz danach aber, schon als Gefangener, angeblich auch noch dies:

"Gott schickt Kriege, um Zustände zu ändern oder damit die Herrschenden Gefahren erkennen, sich läutern und hiernach besser regieren" [28] (*"Manda*

Dio le guerre, o per mutare lo stato, o per fare che quel che regna diventi meliore, havendo visto il pericolo, et poi governi più bene":

alles zitiert nach [4]).

Schon am 6. September 1599, nur einen Tag nach seinem 31. Geburtstag, wurde Tommaso Campanella ins nahe Gefängnis von Castelvetere im heute touristischen Wassersportzentrum *Marina di Caulonia,* etwa dreißig Kilometer südlich seines Stilo, eingeliefert.

Seine Weltrevolte schien kläglich zusammengebrochen.

Aber unverzüglich schickte er jenem Richter Xarava aus freiën Stücken eine schriftliche Darlegung all seiner calabrischen Aktionen und belastete sich selbst mit diesen unvorsichtigen Auslassungen zugunsten seiner Gefährten erheblich. Nach einer Woche wurde er über siebzig autolose Kilometer ins nordcalabrische Kastell Squillace verlegt, dort vor Gericht gestellt, doch schon vierzehn Tage später, Ende September 1599, über neunzig Kilometer ins südcalabrische Gerace überführt, nachdem erst zwei Tage vorher zwei seiner Mitverschworenen in Catanzaro aufgehängt worden waren.

Ende Oktober 1599 wurden 156 Angeklagte paarweise aneinander gekettet, so zu einem Gänse- und Fußmarsch ins rund hundert Kilometer entfernte *Vibo Valentia* gezwungen und im Hafen von Bivona auf vier Galeeren eingeschifft, die am 8. November 1599 in Neapel eintrafen. Vier der Gefangenen waren da schon weithin verschreckend an den Masten aufgehängt, zwei andere unterwegs geviertelt worden, wieder andere wurden erst im Hafen von Neapel öffentlich zerstückelt.

Campanella wurde mit vielen Gesinnungsgenossen im *Castel Nuovo,* der Stadtburg, eingekerkert, in deren *Sala dei Baroni* heutzutage das Plenum des neapolitanischen Stadtrats tagt. Dort schrieb er unverzüglich Gedichte, die das eigene Unheil beklagen, seinen Leidensgenossen aber, die er brieflich zum Widerruf jedes bisherigen Geständnisses aufforderte, Mut zu machen trachteten. Ein *"Sonett des Vorwurfs"* (*"Sonetto di rinfacciamento"*) ist an seinen Denunzianten gerichtet und fragt ihn vier Verse lang fassungslos nach den Gründen (*"Ma perché ... / perché ... / perché ... / perché ... ?"*) [23].

Schon nach drei Festungstagen forderte die Inquisition vom spanischen Vizekönig eine Auslieferung aller häretisch Belangten dieser calabrischen Rebellion nach Rom.

Aber trotzdem begann der Prozeß gegen alle wegen generell politischer Verschwörung vor einem weltlichen Tribunal aus vizeköniglichen und päpstlichen Juristen

im spanischen Neapel: am 18. Januar 1600.

Maurizio di Rinaldo,

politisch-militärisches Oberhaupt der Verschwörung und Campanellas engster Mitstreiter, *"wurde nach peinlichem Verhör, in dem er alles gestand und viele bisher nicht Ergriffene namhaft machte, nebst einer Reihe seiner Anhänger auf dem Platze vor dem Castelnuovo in Neapel öffentlich gehängt"*[8].

Ihre Latifundiën wurden konfisziert. Einer der Richter gehörte zu jener Familië, die sich auf Rinaldos Besitz kaprizierte.

Aber dieser Freiheitsheld soll sich *"trotz wiederholter Folter standhaft geweigert haben, gegen seine Genossen auszusagen"*, erst *"auf Drängen seines Beichtvaters zur Entlastung seines Gewissens"*[10] schließlich auch Campanella schwer belastet haben.

Dieser hat im Prozeß wiederholt auf die materiëllen Interessen ihrer Verräter und Verfolger, auch auf die Unterschlagung jener Gelder hingewiesen, die von calabrischen Klöstern zur Unterstützung der Verhafteten gespendet wurden.

Als er sich aber gleich im ersten Verhör selbst für schuldlos ausgab, weil er nur göttlichen Eingebungen gefolgt sei, wurde schon an diesem ersten Prozeßtag in Rom die Genehmigung eingeholt, ihn zu foltern.

Nachdem sein Widerstand auf so gewaltsame Weise gebrochen schien, wurde er vorsorglich noch für eine Woche in ein Kellerverlies gesperrt, das wegen seiner Grausamkeit als *"Krokodil"* berüchtigt und gefürchtet war. Er verließ es krank und zermürbt, um sofort noch extremerer Folterung unterworfen zu werden, die schon am Folgetage wiederholt wurde.

Hiernach legte er ein umfassendes Geständnis ab, leugnete zwar jedweden Plan einer Rebellion, aber räumte ein, einen neuën Typus von Republik für ganz Italiën angestrebt zu haben.

Damit war seine Lage als Kopf des Aufruhrs aussichtslos. Nur noch als juristische Formalität wurde ihm eine Anklage präsentiert, gegen die er sich sogar verteidigen durfte. Ein Armenadvokat plädierte mutig, aber effektlos. Es gab keinerlei Hoffnung mehr: die Todesstrafe war unumgänglich.

Hinzu kam, daß am 17. Februar 1600, also während dieses Prozesses sein Vorbild, vielfacher Bezugspunkt und Dominikanerbruder

Giordano Bruno (*recte* Filippo Bruno, 1549-1600),

dieser zeitüberragende Philosoph, Poët und Forscher, auf Veranlassung der Inquisition 52jährig wegen Ketzerei und Magie bei lebendigem Leibe auf dem *Campo de' Fiori* in Rom verbrannt worden war [22]

(und erst vierhundert Jahre später, *anno Domini* 2000, von päpstlichem Kulturrat und einer theologischen Kommission als schuldlos rehabilitiert wurde).

Kaum vorstellbar, daß Campanella in seinem Kerker von diesem Autodafé nicht erfahren haben sollte und es erschreckend vor Augen sah.

Am Morgen des Osterfestes oder 2. April 1600 fanden seine Wärter ihn unverhofft rücklings und lebhaft fantasierend auf seinem Strohsack, der in Flammen stand und die ganze Zelle mit lebensbedrohlichem Qualm erfüllte. Nur unter solcher Selbstgefährdung *"erregte er"*, hat noch dreieinhalb Jahrhunderte später sein Biograf, Exeget und Herausgeber Luigi Firpo begriffen, *"im Bewußtsein seiner disparaten Situation so tollkühn wie hartnäckig den Eindruck, wahnsinnig geworden zu sein. Es war der einzig verbliebene Ausweg zur Rettung seines Lebens"* [11 und 28].

Feuër und Rauchvergiftung kaum entronnen, erweiterte er seine Verteidigungsschrift um völlig unbrauchbare Zusätze, die ihn vollends von Sinnen erwiesen. Er führte auch *"verwirrte Reden von einem Kreuzzug, von einem Besuch des Papstes"*[10].

Gleichwohl arbeitete er unausgesetzt an seinen Texten zur *Prima* und *Secunda delineatio defensionium* mit einer Verharmlosung oder sophistischen Verschleiërung der calabrischen Ereignisse und eigener Motive.

Aber schon am 19. April 1600 benannte Papst Clemens VIII. zwei Geistliche als Richter in einem zweiten Prozeß gegen Campanella: nun auch noch wegen Ketzerei (Häresie). Am 10. Mai 1600 war da der erste Verhandlungstag; schon am 12. Mai wurde in Rom die Genehmigung eingeholt, den Angeklagten zu foltern.

Im ersten Verhör erst fünf Tage hiernach führte sich der Zerschundene nach wie vor geisteskrank auf. Anderntags eine ganze Stunde lang "stricklings" gefoltert, blieb er ebenso verwirrt, renitent und unzugänglich wie auch noch bei seiner dritten Vernehmung.

Drei Wochen später, nun schon Anfang Juni 1600, wurde in Rom jede weitere Folterung dieses Beschuldigten dem Ermessen seiner Richter anheim gestellt.

Mitte November 1600 lagen schließlich die Aussagen von zehn befragten Zeugen vor, die Campanella einmütig für wahnsinnig hielten. Daraufhin konnten die Ermittlungen abgebrochen werden.

Dennoch befaßte sich das unwiderleglich geistesgestörte Folteropfer in seinem Verlies unausgesetzt mit astrologischen Berechnungen, schrieb autobiografische oder fromme Verse, politische Sonette, Gelegenheitsgedichte oder Liebeslyrik an Schicksalsgenossen.

Ein politisches Gedicht, das erst nach 234 Jahren in Lugano erstmals publiziert wurde, reflektiert Gefühle des gescheiterten Volkstribunen und dürfte damals entstanden sein:

"VOM PÖBEL

Das Volk ist ein wandelbares, unverständiges Tier,
das seine Kraft nicht kennt und schwerste Schläge

und Lasten mit Geduld erträgt;
es läßt sich leiten durch ein schwaches Kind,

das es mit einem einz'gen Stoß zu Boden werfen könnte.
Aber es fürchtet selbiges und unterwirft sich allen seinen Launen.
Es weiß nicht, wie sehr man es fürchtet, und daß seine Herren
einen Zaubertrank bereiten, der es dumm macht. [...]

Alles, was zwischen Himmel und Erde sich befindet,
gehört ihm, aber davon weiß es nichts, und wenn ihm jemand
sein Recht enthüllt, so steinigt es und tötet ihn (zitiert nach [1]):

DELLA PLEBE

Il popolo è una bestia varia e grossa,
ch'ignora le sue forze; e però stassi
a pesi e botte di legni e di sassi,
guidato da un fanciul che non ha possa,

ch'egli potria disfar con una scossa;
ma lo teme e lo serve a tutti spassi.
Né sa quanto è temuto, ché i bombassi
fanno un incanto, che i sensi gli ingrossa. [...]

Tutto è suo quanto sta fra cielo e terra,
ma nol conosce; e, se qualche persona
di ciò l'avvisa, e' l'uccide ed atterra. "[23]

Aber fast fieberhaft schrieb er damals auch jene scheinbar konträre *"Monarchia di Spagna"*, die das iberische Königreich unverhofft als die einzige global versöhnliche Weltmacht des Christentums pries: vermutlich in antiklerikaler Dialektik und nicht ganz uneigennützig.

Ende Mai 1601 wurde aus Rom eine definitive Untersuchung und Diagnose verlangt: ob Campanellas Wahnsinn echt war oder Finte. Denn ein Geisteskranker durfte damals, weil er nichts bereuën konnte, nicht hingerichtet werden: die ewige Verdammnis seiner Seele wäre schuldhaft seinen verantwortlichen Richtern angelastet worden.

Nach vierzehn Monaten wohlweislich durchgehaltener Simulation einer unüberführbaren Geistesverwirrung bekräftigte Campanella sie vollends, als er Anfang Juni 1601 jene Tortur namens *"Nachtwache"*, einen vierzigstündigen Schlafentzug, bei geplatzten Adern und einem Blutverlust von *"zehn Pfund"* [10] standhaft ertrug. Dreißig Jahre später beschrieb er sie im Vorwort zu seinem *"Atheismus"* so:

"Ich bin in fünfzig verschiedenen Kerkern eingeschlossen gewesen und siebenmal der grausamsten Folterung unterzogen worden. Das letzte Mal dauerte diese Marter vierzig Stunden. Ich wurde gewürgt von straff angezogenen Stricken, die mir das Fleisch bis an die Knochen durchschnitten, und, die Hände auf den Rücken gebunden, über einem spitzen Pfahl aufgehängt, daß mein Blut überströmte. Nach Verlauf von vierzig Stunden hielt man mich für tot und machte meinen Martern ein Ende. [...] Nichts hat mich wankend gemacht, und man hat mir nicht ein einziges Wort entreißen können" (zitiert nach [1]).

Auch bezeichnete er *"diesen schrecklichsten Augenblick seines Lebens als Prüfung menschlicher Willensfreiheit, die aber selbst von äußerster körperlicher Unterdrückung nicht gebrochen werden kann"* (zitiert und übersetzt nach [12]).

Sein Zeitgenosse Janus Nicius Erythraeus (*recte* Gian Vittorio Rossi) hat noch nach Campanellas Tod in seiner *"Pinacotheca imaginum illustrum"* von 1643-48 bezeugt, daß nach dessen 35stündiger Folterung *"alle Venen und Arterien um seinen After herum gerissen waren, das aus den Wunden sich ergießende Blut nicht gestillt werden konnte und daß er trotzdem diese Tortur mit größter Festigkeit aushielt und nicht ein einziges Mal ein Wort sich entschlüpfen ließ, das eines Philosophen unwürdig gewesen wäre"* (zitiert nach [1]).

Denn *"ein Geständnis"*, wußte noch 1889 sein Biograf Christoph Sigwart, *"hatte man nicht erhalten, da er auch in der Tortur sich verrückt gezeigt und zuletzt ganz geschwiegen hatte"* [10].

Fast hundert weitere Forschungsjahre später bestätigte auch der Campanella-Spezialist Klaus J. Heinisch noch in einer elitär exklusiven Zürcher Edition für Wenige, wie eine *"der 600 bedeutendsten Persönlichkeiten unserer Welt"* von ihren Zeitgenossen behandelt worden war: *"Man habe ihn mit Stricken so gebunden, daß ihm das Fleisch bis auf die Knochen durchschnitten worden sei, dabei habe er mit rückwärts gefesselten Händen auf einem messerscharfen Holz, eben dem poledro gehangen, wobei ihm anderthalb Pfund Fleisch vom Gesäß geschnitten worden sei"*[27].

Trotzdem überstand dieser Bruder Tommaso das alles: zwar erschöpft und halbjährig krank, aber hiernach immerhin vom Scheiterhaufen gerettet. *"Nach sechsmonatiger Krankheit wunderbarer Weise geheilt, warf man mich in eine Grube"* (zitiert nach [1]).

Aber Zeit seines Lebens mußte er seither nie wieder für eine Freiheit kämpfen, die allein ihm auf dieser Welt jene Reformen auszuführen erlaubte, für die er sich vorherbestimmt oder auserkoren fühlte: die Freiheit, weiter zu atmen.

Bei einer unverhofften Durchsuchung seines Kerkers wurde ein Heft mit 82 seiner Gedichte in der Kopie seines mitangeklagten Freundes und Klosterbruders Pietro Ponzio ebenso beschlagnahmt wie auch ein engzeiliges Manuskript, das Campanella noch zu retten versuchte, indem er es aus dem Fenster warf: es enthielt den Text jenes *"Epilogo Magno"*, den sein Autor unter der Folter bereits widerrufen hatte.

Im Verlaufe seines Kerker- und Prozeßjahres 1601 befaßte sich Campanella mit Graphologie, schrieb weitere Gedichte und vermutlich auch seine *"Aforismi politici"*. Aber 1602 notierte er außer philosophischen Versen auch die erste italiënische Fassung seiner dreiteiligen *"Metafisica"* in fünfzehn Bänden und schrieb in italiënischer Muttersprache seinen *"Sonnenstaat"*: *"La Città del Sole"*.

In diesem poëtischen Dialog zwischen einem genuësischen Admiral aus dem Gefolge des leibhaftigen Columbus und einem Großmeister des Malteserordens hielt sein malträtierter Autor ungebrochen fest, was ihm politisch mißlungen, aber als Idee überlebenswichtig war: *"eine mehr als platonische Republik"* (zitiert nach [17]).

"Ein Philosoph", schrieb er da aus eigener qualvoller Erfahrung auf, *"konnte trotz der Martern, welche ihn seine Feinde vierzig Stunden lang haben aus-*

halten lassen, nicht gezwungen werden, auch nur eine Silbe von dem zu ent-
hüllen, was zu verschweigen er sich vorgenommen hatte" (zitiert nach [1]).

Jetzt aber gab er es preis.

Dieser Wortlaut gilt noch heute als Campanellas wichtigstes Vermächtnis.
Er schrieb ihn unter erbärmlichsten, menschenunwürdigsten Haftbedingungen, rettete ihn konzessionslos über jegliche Beschlagnahme hinweg und erwies sich mit diesem programmatischen Reformtext als der unerschütterte
Utopist einer andern menschlichen Gesellschaft:

"Unter seinem utopischen Aufputze", bilanzierte der Historiker Friedrich
Meinecke, *"stellte der Sonnenstaat die Idee eines wirklichen Gemeinschafts-*
staates der Idee des Machtstaates entgegen", wußte aber auch *"die prakti-*
schen Wege zu zeigen, die aus dem Egoismus der ragione di stato [oder der
Staatsräson] *heraus und zu der sozialen Solidarität des Sonnenstaates hinü-*
berführen sollten" [13].

Denn sein Autor beschrieb hier das fiktive *"Modell einer idealen Gesell-*
schaft, die im Gegensatz zur Gewalt, Chaotik und Unvernunft der realen
Welt im Einklang mit der Schöpfung war, wie sie als Ausdruck göttlich
wahrhaftiger 'Kunst' und Weisheit begriffen wurde" (zitiert und übersetzt
nach [12]).

Noch fast dreihundert Jahre später (1889) und als Zeitgenosse Bismarcks
gestand sein Tübinger Kollege Christoph Sigwart ihm hiernach zu:

"Er ist derjenige, der zuerst ein vollkommen sozialistisches System wissen-
schaftlich begründet hat, an Geist und Konsequenz den meisten seiner
Nachfolger weit überlegen" [10].

Postwilhelminisch ergänzte Paul Lafargue das 1921 aus eigener sozialistischer Perspektive:

"Die Utopie Campanellas ist eine der kühnsten. vollständigsten und schön-
sten Utopien, die je geschrieben worden sind" [1],

während Friedrich Meinecke ihm 1957 auch noch postfaschistisch eine
"große Vorahnung kommender Entwicklungstendenzen" bestätigte:

"Sein höchstes Ideal war [...] der reine, auf sozialer Gemeinschaft und Gerechtigkeit beruhende Kulturstaat mit der Herrschaft der Philosophen und der idealen Interessen" [13].

Gisela Bock begriff 1974 im Berlin der *"Achtundsechziger"*,

"daß Campanellas Vorstellung [...] darauf abzielte, die oberste Gewalt des herzustellenden Reichs auf die Städte als fundamentale politische Einheiten zu stützen:

nach außen Träger der antifeudalen Bewegung,

nach innen Träger der neuen wirtschaftlichen Tendenzen

und reformiert im Sinn einer kommunistischen Verfassung" [4].

Noch 1977 hingegen attestierte Klaus J. Heinisch aus dem schweizerischem Kapitalismus seiner Zürcher Publikation heraus, daß hier

"Lehrsätze und Schlußfolgerungen zu Zukunfts- und Wunschbildern von exorbitanten Dimensionen umgewandelt werden"

und daß dieser *"Sonnenstaat"* wahrhaftig *"den Spiegel oder die zentrale Illustration [...] einer weitgespannten Staats- und Sozialphilosophie"* [27] präsentiere.

<u>Auszüge aus Tommaso Campanella, *"Der Sonnenstaat"* (leicht gekürzt)</u> [26]:

"Die Menschen flohen vor der Geißel der Zauberer, Räuber und Tyrannen und beschlossen, gemeinsam ein philosophisches Leben zu führen.

*

Alles bei ihnen ist Gemeinbesitz.

*

Alle Gleichaltrigen nennen einander Brüder.

*

Vermögen und Vorräte achten sie gering, da ja jedem das geliefert wird, was er braucht ...

*

In der Sonnenstadt werden die öffentlichen Dienste jedem einzelnen zugeteilt; deshalb genügt es auch, wenn jeder kaum vier Stunden arbeitet.

Die übrige Zeit verbringt er auf angenehme Weise mit Lernen, Disputieren, Lesen, Erzählen, Schreiben, Spazierengehen, geistigen und körperlichen Übungen und Vergnügungen.

*

Der Handel steht bei ihnen nur in geringem Ansehen.

*

Die Sonnenstaatler weigern sich, Geld anzunehmen; vielmehr tauschen sie die Waren, die sie selbst brauchen, ein ...

*

Nach der Mahlzeit danken sie Gott mit Musik. Dabei werden die Taten aller Völker besungen, und das macht ihnen Freude, denn sie kennen niemandem gegenüber Mißgunst und Neid. Man singt Hymnen auf die Liebe und die Weisheit und auf jede Tugend ...

*

Eins sollst du rasch noch erfahren: daß sie bereits die Kunst des Fliegens erfunden haben, die allein der Welt noch zu fehlen scheint, und daß sie in Kürze Fernrohre erwarten, mit denen man verborgene Sterne erblicken, sowie auch Hörrohre, mit denen man die Harmonie der Sphären hören kann.

*

Eins will ich allerdings nicht vergessen, daß sie nämlich die Freiheit des Menschen voll und ganz anerkennen und erzählen, daß, als einer ihrer grossen Philosophen von Feinden vierzig Stunden lang aufs Grausamste gequält wurde, diese ihn doch nicht zwingen konnten, auch nur ein Wörtchen von dem zu verraten, was sie wissen wollten, weil er fest entschlossen war zu schweigen.

Also könnten auch die Sterne, die sich weit von uns entfernt und langsam bewegten, uns nicht zwingen, gegen unseren Entschluß zu handeln.

Genausowenig würden wir durch den Zwang des göttlichen Gesetzes bestimmt, da der Mensch ja so frei sei, daß er sogar Gott lästere.

> *Gott aber zwingt weder sich selbst noch andere gegen sich."*

Im Oktober 1602 gelang es

Dionisio Ponzio,

jenem anderen Hauptangeklagten und vermutlich homosexuëllen Intimus oder *"fanatischen Gefolgsmann"*[8],

dem sein "Bruder" Tommaso aus gemeinsamen Klostertagen in Nicastro vor etwa fünfzehn Jahren (*"Wahrlich, obwohl Mönch, war er nichts weniger als ein Heiliger!"*[3]) in *"tiefer Freundschaft"*, einer *"amicizia profonda"*[11], und mit mancherlei Utopie immer noch eng verbunden geblieben war,

gemeinsam mit einem weiteren mitbeschuldigten Dominikanermönch aus ihrem Kerker im *Castel Nuovo* auszubrechen und über Malta nach Konstantinopel zu flüchten.

Dort entrann Dionisio den Häschern der Inquisition nur durch Übertritt zum Islam,

kam jedoch bei der Schlägerei mit einem zwangskonvertierten Janitscharen aus der elitären Leibwache des Sultans ums Leben.

Nur einen Monat nach diesem Verluste eines solchen Freundes wurde Tommaso Campanella am 16. November 1602 in seinem Ketzerprozeß zu einer lebenslangen Freiheitsstrafe verurteilt, die bereits jetzt von jeglicher späteren Begnadigung ausgeschlossen war. Dieses Urteil wurde ihm am 8. Januar 1603 verkündet.

Schon einen Monat später lernte der vermeintlich Vernichtete zwei deutsche Zellennachbarn kennen, die als Reisebegleiter eines fälschlich verdächtigten Grafen Johannes von Nassau nur durch eine Vornamensverwechslung der spanischen Justiz im selben *Castel Nuovo* einsaßen: Hieronymus Tucher und jenen Christoph Pflug, der schicksalhafte Kontakte zum fränkischen

Philologen Kaspar Schoppe und über diesen auch zum Hause Fugger, diese einflußreichen Großunternehmer, hatte.

Diesen beiden bald schon wieder freigelassenen Mitgefangenen gab Campanella alle irgend verfügbaren Texte nach Deutschland mit. Zwanzig Jahre später sollte das allerbeste Folgen haben.

Der gleichwohl hoffnungslos Zurückgelassene sah sich aber nach wie vor als politischen "Verschwörer" noch immer jener anderen Gerichtsverhandlung ausgeliefert, die die spanische Justiz seit seiner klerikalen Verurteilung als Ketzer nur noch lustlos fortgesetzt zu haben scheint.

Im Juli 1603 schließlich heiratete gar der Richter dieses Prozesses, durfte daher über Geistliche nicht mehr zu Gericht sitzen, und das ganze Verfahren gegen jenen Aufruhr der Mönche verlief auf so profane Weise im Sande dieses Ehebetts. Sie alle wurden knapp zwei Jahre später einvernehmlich freigesprochen.

Einzig *"gegen Campanella erging kein Urteil. Die Spaniër hielten ihn jedoch fest [...] , zum Teil in den finstersten Löchern unter dem Meeresspiegel, ohne Luft und Licht"* [10] .

Aber seine sämtlichen Werke, *opera omnia*, wurden per Dekret eines Padre Francesco Maria Guanzelli, *Maestro del Sacro Palazzo*, am 7. August 1603 auf den Index gesetzt und waren seither verboten; eingezogen; beseitigt; nicht mehr vorhanden.

Gottlob hatte ihr Autor schon im April dieses Jahres Kopiën zumindest seiner *"Monarchia di Spagna"* und des *"Epilogo Magno"* jenen beiden Deutschen anvertraut und sie so in die Freiheit ihres evangelischen Buchmarkts hinausgeschmuggelt.

Nur umso besessener schrieb er nunmehr in seinem Kerker weiter, befaßte sich auch mit praktischer Magie, mit Geisterbeschwörung und astrologisch untermauërten Befreiungsverheißungen des Planeten Merkur im Sternbild des Schützen. Er arbeitete an seiner vierbändigen *"Astronomia"*, am (verschollenen) *"Prognosticum astrologicum de his quæ mundo imminent usque ad finem"* und seiner italiënischen *"Metafisica"*, die er sämtlich trickreich an Freunde in der Freiheit zu verteilen wußte, wo sie teils verloren gingen.

In Befürchtung eines Fluchtversuchs nach dem Beispiel seines Freundes Dionisio wurde Campanella im selben August 1603 in die Isolationshaft einer verschärften Sicherheitsverwahrung im Turm des Kastells verlegt. In Ermangelung von Quellen oder sonstigem Studiënmaterial schrieb er dort philosophische Verse. Gleichwohl wurde da ein Zettel entdeckt, der seinen Ausbruch in die Wege zu leiten schien. Die Bewachung wurde noch weiter verschärft.

Aber im Juli 1604 wurde dieser unheimlich emsige Scribifax sicherheitshalber aus dem *Castel Nuovo* ins *Castel Sant' Elmo* auf dem stadtbeherrschenden Hügel Vomero verlegt, der noch heute nur mit der Seilbahn erreichbar ist und bis 1952 als Militärgefängnis diente. Seither beherbergt es, wohl unfreiwillig ironisch, die *Behörde für Denkmalschutz* und eine kunsthistorische Bibliothek.

In diesem *Castello Sant' Elmo* also wurde Campanella in einem lichtlosen, feuchten Kellerverlies an Händen und Füßen angekettet: wohl um sein verdächtig uferloses Weiterproduzieren unkontrollierbar exotischer Texte zu unterbinden.

In dieser äußersten Freiheits- , Licht- und Bewegungsberaubung verbrachte er ganze drei Jahre: angekettet.

Vermutlich hier und jetzt begann er, sich selbst nach jenem Kulturstifter, Feuërbringer und Lehrmeister, der in der griechischen Mythologie zur Strafe an den Kaukasus angeschmiedet wurde, gern Prometheus zu nennen. *"Ego tanquam Prometheus in Caucaso detineor"*, schrieb er noch am 1. Juni 1607 an Kaspar Schoppe: *"Ich bin hier angekettet wie Prometheus im Kaukasus"* (zitiert nach [13]).

Denn mehr als drei Jahre verbrachte auch er als Kulturstifter oder Feuërbringer in so äußerster Erniedrigung: angekettet.

Zu den Gedichten, die der Gefesselte in diesem Kellerloch allenfalls diktieren konnte, gehören das *"Sonett im Kaukasus"*, die *"Prometheïsche Klagerede"*, drei *"Metaphysische Psalmodieën"*, vier Lieder zur *"Verachtung des Todes"*, aber zweifellos auch jenes *"schmerzlich schöne Lied der Reue"*[11]: *"Canzone a Berillo di pentimento desideroso di confessione ecc. fatta del Caucaso"* von 1606.

Im sechsten Madrigal dieses Liedes über *"sehnsüchtige Reue im Kaukasus"* und *"temporären Verzicht auf unmittelbare Aktion"* wiederholt sein Verfasser, inzwischen 38jährig, jene *"Einsicht, daß die Welt akzeptiert werden müsse, wie sie ist"*[4] und wie Gott sie wolle:

> *"Dove Dio tace e vuole, taci e vogli"*[23] :
>
> *wo Gott was will, aber schweigt, da schweige auch du, und wolle dasselbe.*

Aber was hier als Resignation verstanden werden könnte, behandelt in den meisten anderen philosophischen Gedichten gerade dieser schwersten Prüfungsphase mit einer Beharrlichkeit, die kaum nachvollziehbar scheint,

"die theoretische Möglichkeit einer umfassenden, auf das Ziel einer gewaltlosen Natur und Gesellschaft bezogenen mutazione, die nicht mehr vom Willen und Entschluß der Unterdrückten zur Auflehnung abhängt, sondern von den als objektiv verstandenen [...] natürlichen, metaphysischen und theologischen Bestimmungen des Seins"[4] .

Sein altes Ziel also einer Weltverbesserung war da nicht etwa aufgegeben, sondern lediglich aus politischen in kosmische, in ontologische, sei es religiöse Dimensionen verlagert und entsprechend erweitert worden. Besonders in seinen Canzonen *"Al primo senno"* ringt er da um seine einverständliche Theorie eines Gottes, der *"das Böse und das in der* mutazione *selbst enthaltene Leid des Einzelnen zulasse"*[4] .

Wirklich meldete aktuéll ein Freund dem *Heiligen Offizium* nach Rom, daß Campanella von den königlich spanischen Behörden schwere Mißhandlungen erleide.

Diese Meldung blieb ohne jedes Echo.

Hierauf raffte die unbesiegbare Vitalität dieses Strafgefangenen sich selbst zu mehreren praktischen Aktionen, Petitionen, Eingaben, Denkschriften auf, die er an Papst und Kardinäle, an Kaiser und König, Inquisitoren und Nuntius, Bischof, Abt und einen österreichischen Erzherzog verschickte:

um seine Situation irgend zu verbessern; er sei krank, sei unterernährt, vegetiere ohne geistlichen Beistand.

Jede einzelne Seite all dieser Bittgesuche atmete *"seine unerschöpfliche Leidenschaft, für das Wohl der Christenheit zu wirken, und das endlose Wiederaufleben ewig unerfüllbarer Hoffnungen"* [11].

Die meisten dieser Hilferufe verhallten resonanzlos.

Nach 15 Monaten in Ketten gelang es ihm, von zwei Prälaten inspiziert zu werden, die ihn freilich als überspannten Fantasten bëurteilten und angekettet beließen.

Nach 24 Monaten in Ketten gestand ihm Rom *"einen klugen und diskreten Beichtvater"* zu [11], aber der spanische Vizekönig in Neapel bestand just für solche Intimität auf einem Spaniër mit fremder Zunge und fremden Ohren.

Nach 33 Monaten in Ketten wies Rom diesen spanischen Beichtvater Gaspar Peña an, seinem Pönitenten für alle anhängigen Verfehlungen die Absolution nur unter einer Bedingung zu erteilen: er müsse ihm *"il recognoscimento"*, seine eigenhändig schriftliche Abkehr vom Ketzertum, zum Versand nach Rom überlassen.

Nach 36 Monaten in Ketten prüfte das *Heilige Offizium* zwei weitere Denkschriften Campanellas, in denen er um Verlegung in ein humaneres Gefängnis, um Überführung nach Rom und dort um einen neuërlichen Prozeß bat. Wirklich wurden jetzt eine weniger grausame Zelle im selben neapolitanischen *Castel Sant' Elmo* und eine Revision seiner Akte zugestanden. Er selbst schrieb da sein *"Canzone della prima possanza"*: *"Lied von der Höchsten Gewalt"*.

Denn irgendwie fand der Angekettete gleichwohl Mittel und Wege zu fortgesetzter schriftstellerischer Produktion. Er selbst offenbarte und verrätselte noch in seinen späten *"Syntagma"*: *"Heimlich ward alles geschrieben, wenn sich die Gelegenheit dazu gab"* [2]. Doch die Gelegenheit zu wissenschaftlicher Recherche gab sich so gar nicht mehr. *"Weil mir Bücher versagt wurden, schrieb ich auf Latein und Italienisch viele Gedichte"* [2], und Biograf Christoph Sigwart berief sich da plausibel auf jenes exorbitante Erinnerungsvermögen schon des puërilen *Giovan Domenico* in Stilo: *"Sein riesiges Gedächtnis ersetzt ihm den Mangel äußerer Hülfsmittel"* [10].

Monograf Luigi Firpo verwendet hierfür später meist die italiënische Vokabel *dettare*, die sowohl *diktieren* als aber auch allgemein *verfassen* bezeichnet und sich insofern nicht festlegt, wie dieses Wunder möglich wurde.

In seinem Kellerloch ohne Tageslicht brachte der Angekettete jedenfalls auch diese Manuskripte zu Papier:

1604

die italiënische Neufassung des verlorenen Textes *"De sensitiva rerum facultate"* von 1590 unter dem Titel *"Del senso delle cose e della magia"* mit ihrer revolutionären Gleichsetzung von *Empfindung* und *Erinnerung* (*"sentire e ricordarsi"*) als Basis seiner ganzen Philosophie des Ähnlichen

und *"De regimine regni Neapolitani"*, einen Ratgeber zu Händen des spanischen Vizekönigs, 1608 in seine *"Arbitrii"* eingefügt;

1605

den lateinischen Text *"Cur sapientes et prophetæ nationum omnium in magnis temporum articulis fere omnes rebellionis et hæresis tamquam proprio crimine notentur ac morti violentæ subiacent, e postmodum cultu et religione reviviscant"*

zur immerwährenden Frage an die Völker aller Zeiten und Kulturen: *"Warum werden die Weisen und Propheten aller Nationen in großen Umbruchzeiten fast alle als rebellische und häretische Verbrecher verunglimpft und erleiden einen gewaltsamen Tod, um schon bald in Kultur und Religion wieder aufzuerstehen?"*,

auf Italiënisch die radikal rationale Verteidigung des Christentums in *"Recognoscimento filosofico della vera universale religione contro l'anticristianesimo macchiavellistico"*, später verarbeitet im lateinischen *"Atheismus"*,

auf Italiënisch auch essentiëlle Teile seiner verlorenen *"Monarchia dei Cristiani"* mit dem Entwurf einer ideal ökumenischen Theokratie, ihrem neuën Titel *"Monarchia del Messìa"* und im Anhang einem *"Discorso delle ragioni che ha il Re Cattolico sopra il Mondo Nuovo e altri regni d'infideli"*

samt Fortsetzung seiner lateinischen *"Articuli prophetales"*, einer dauërhaft verbindlichen Zusammenfassung all seiner theoretischen und politischen Positionen mit ausgedehntem Manifest seines eigenen Chiliasmus;

1606
die *"Salmodie"* über Schönheit der Schöpfung und menschliche Fähigkeiten,

die Ausarbeitung seines lateinischen *"Epiologo Magno"*

und jener italiënischen *"Avvertimenti"* (Notizen) mit ihrer fortgesetzten Diskussion von Theorieën antiker Philosophen nach den Rudimenten des verlorenen Textes *"De rerum universitate"* von 1593,

wohl auch die Rekonstruktion seiner italiënisch komprimierten, später erweiterten *"Discorsi del governo ecclesiastico"*,

seine dreibändigen Vorwürfe und Vorschläge eines Papisten an Venedig (*"A Venezia"*) in dessen Aufbegehren gegen ein aktuëlles Interdikt des Vatikan

und einen Bekehrungstext für *"Inder des Oriënt und Okzident"*, später Band 2 seines *"Quod reminiscentur"*.

Aber seit 1607
kam es außer alledem auch unverhofft zu einem relativ regen Briefwechsel mit einem Bekannten jenes vor vier Jahren mitgefangenen deutschen Sympathisanten Christoph Pflug namens

K a s p a r   S c h o p p e ,

damals dreißigjährigem Zwielicht aus der bayrischen Oberpfalz, der auf dubiose Weise als Publizist, purgierender Philologe des Lateinischen, streitbarer Kritikaster und *"canis grammaticus"* oder bajuwarischer "Hundsgrammatiker" in die Literatur gleichermaßen der Sitten-, Kirchen- und Sexualgeschichte eingegangen ist.

Sproß einer Nürnberger Pastorenfamilië und Sohn eines evangelischen Amtmanns in Burgtreswitz bei Mosbach, damals lutherisch-calvinistischem Kernland, studierte er klassische Philologie in Heidelberg, in Altdorf bei Nürnberg und an der namhaften Jesuïtenakademie in Ingolstadt.

Schon neunzehnjährig schrieb er da, wiewohl er doch *"studentische Ausschweifungen verabscheute"*[18], zu jenen *"Priapeia, sive diversorum poetarum in Priapum lusus ... "*, einer anonymen Anthologie von fast hundert lateinischen Epigrammen und Distichen vom Vergil, Ovid, Catull, Tibull, Martial, Horaz und anderen klassischen Autoren des 1. und 2. Jahrhunderts über Figur und Thema des Priapos und sonstiger Sexualitäten,

einen Kommentar, den er selbst *"Conlectanea de Priapo"* nannte und *"in welchem die schmutzigsten Dinge"*, empörte sich noch dreihundert Jahre später sein wilhelminisch sächsischer Philologenkollege Conrad Bursian, *"mit einem gewissen Behagen erörtert werden"*[14].

Da aber hatte schon knapp hundert prüde Jahre vorher, 1790, kein Geringerer als Goethe persönlich seine nicht minder frivolen, daher vorsorglich lateinischen *"Bemerkungen zu den 'Carmina Priapeia' "* jener antiken Spitzenlyriker niedergeschrieben, seinen Vorgänger *"Scioppio"* wiederholt zitiert und als *"Archæologiæ Phallicæ studiossimum"* bezeichnet: *"auf die Geschichte des Phallus versessen"*[15].

Derlei muß aber 1595 noch sehr viel tollkühner gewesen sein als zu Goethes Zeiten: absolut manisch. Oder neurasthenisch-psychotisch.

Ähnlich abstrus vollzog der 22jährige Schoppe in Prag seine Konversion zum Katholizismus: prompt so fanatisiert, daß seine protestantischen Jugendfreunde ihn seither als *"Erzverräter"*[19] mieden und der Historiker Friedrich Meinecke ihn später *"einen der hitzigsten Konvertiten und Ketzerverfolger in Deutschland"*[13] nannte. Im Gefolge eines *Kaiserlichen Gesandten* beim Vatikan ging er nach Rom, gerierte sich dort katholischer als jeder genuïne Papist und wurde in einem Maße zum radikalen Propagandisten der akuten Gegenreformation, daß er Aufmerksamkeit und Gunst der Kurië, gar des Papstes persönlich errang. Als Scioppius oder Gaspare Scioppio wurde er hierfür zum *"Ritter des Heiligen Petrus"* und *Grafen von Claravalle* erkoren.

In die Kulturgeschichte ging er weniger mit seinen agitatorischen Pamphleten oder schulmeisterlichen Bearbeitungen ein als durch seine (freiwillige?) Anwesenheit *"als Sprecher des Chores der Zünfte"* bei der Verbrennung des genialen Giordano Bruno auf dem römischen *Campo de' Fiori* im Februar 1600. Noch am selben Tage beschrieb er dieses abscheuliche Autodafé in einem Brief an seinen Braunschweiger Philologiekollegen Conrad Rittershausen und diente seither unzählige Male (und mit eigenen Hervorhebungen des Autors) als Quelle für die folgenden Zitate:

Aber Kaspar Schoppe rechtfertigte den Zynismus dieser wahrhaft unbluti-
gen Verbrennung gutkatholisch mit Brunos Behauptung so *"schrecklicher
und absurder Sachen"*, wie sie zumindest in der astrologisch heutigen Ära
des Wassermannes inzwischen freilich als eher fortschrittlich zu gelten begonnen haben:

So kühne Neuartigkeiten schienen diesem schamlos geifernden Voyeur oder
gar Sadisten aus Burgtreswitz ebenso blasphemisch wie jenen Freislers der
Inquisition von 1600.

Aber früheren Freunden und Kollegen im protestantischen Deutschland
mißfiel jener *"Heiligenschein strenger Sittenreinheit"* dieses liebedienern-
den Renegaten. Wirklich war er mit seiner *"maßlosen Streitlust und
Schmähsucht"* schließlich *"allgemein verhaßt, so daß er seine Werke zum
Teil pseudonym veröffentlichen mußte"* (Meyers Konversationslexikon).
Aber alles, was er publizierte, gab *"ebenso sehr von seinem Scharfsinn und
seiner Belesenheit als von seiner Eitelkeit und Selbstgefälligkeit Zeugnis"*[14].

Nur umso gereizter reagierte dieser Schoppe, als sein knapp zwei Jahre jüngerer Altdorfer Kommilitone und "Gehilfe" Melchior Goldast von Haiminsfeld, den er brieflich noch vor wenigen Jahren *"seinen höchst integren
Freund, meinen Melchior"* genannt hatte, auf der Frankfurter Herbstmesse
1606 jene *"Carmina Priapeia"* mit besagt obszönem Kommentar publizierte
und Schoppe als dessen Autor, wenn nicht gar als Herausgeber dieser ganzen Frivolität bezeichnete. Der Bezichtigte dementierte das zwar, aber halb-
herzig und nur partiëll, gab einige eigene *"Priapeiaglossen"* immerhin zu,
aber verwechselte leichtfertig oder bösartig *"seinen höchst integren Freund,
meinen Melchior"*, mit dessen Bruder Sebastian und verleumdete ihn damit
skrupellos als Frauënmörder, der *"auf dem Rade"* hingerichtet worden sei[20]
– *per* Rufmord.

Aber noch 1977 kam der Spezialist Frank-Rutger Hausmann mit seiner Untersuchung, *"wie man mit Büchern Rufmord betreibt"*, zum wohlfundierten Resultat, *"daß der überwiegende Teil des Kommentars wohl doch ein opus iuvenile Schoppes ist"* [19].

Im Vatikan inzwischen nichtsdestotrotz (oder auch ebendeshalb?) lieb Kind, scheint dieser Scioppius schon im selben Spätherbst 1606 von Papst Paul V. persönlich auf den querulanten neapolitanischen Häftling Campanella in seinem spanischen Gewahrsam angesetzt worden zu sein.

Vermutlich schon als Reaktion auf dessen jüngste Petition vom August 1606 *"bemühete sich der Papst selbst um seine Befreiung"*, wußte noch Johann Gottfried Herder im Kommentar zu seiner eigenen Übersetzung von Gedichten dieses Dauërgefangenen, *"und schickte deswegen den bekannten Scioppius nach Neapel; vergebens"* [17].

Wirklich scheint sich dieser Opportunist zunächst brieflich die Sympathie Campanellas in einem Maße erschlichen zu haben, daß im Februar 1607 ihre dauërhafte Korrespondenz entstand. Schoppe versprach dem Eingekerkerten, sich seines Falles anzunehmen.

Schon im April 1607 reiste er pflichtschuldigst nach Neapel. Dort gelang ihm nicht einmal, die Genehmigung einer persönlichen Begegnung mit seinem Schützling zu erhalten. Er blieb auf lokalen Notenwechsel angewiesen, von dem sich der immer noch Angekettete zumindest Hafterleichterungen versprach. Schoppe mag sich hinlänglich aufgewertet und berechnend aufgespielt haben. Denn er *"hing an Campanellas ideenreichem Munde und lernte von ihm"* [13].

Aber statt dem Ohnmächtigen irgend konkret zu helfen, wußte er ihm nur Manuskripte und Ideën für seine eigenen polemischen Texte abzulisten. Mit ihnen im Gepäck kehrte er Mitte Mai 1607 ansonsten erfolglos schon wieder nach Rom zurück.

Doch schon zehn Tage später schickte ihm der Verlassene wie einen Hilfeschrei eine Abschrift all seiner disponiblen Werke hinterher: hierunter die *"Discorsi ai principi d' Italia"*, die *"Apologia pro Telesio"* von 1593 (inzwischen verschollen), das *"Prognosticum astrologicum"* von 1603 (verschollen), die *"Aforismi politici"* mit ihrem Konzept einer Förderung von Talenten und die lateinische Fassung seiner *"Recognitio veræ religionis"* mit der

Bitte, diesen Versuch einer Missionierung der Ungläubigen ins Deutsche zu übersetzen und in Deutschland für Konversionsbemühungen zu benutzen: also dort zu publizieren.

So kämpfte er auf der Talsohle aller Hoffnungen um sein Fortwirken.

Schoppe beschränkte seine erbetenen Bemühungen auf eine eigenmächtige Änderung des Titels *"Atheismus"* zum abträglich mißverständlichen *"Atheismus triumphatus"*: "Der Atheïsmus hat gesiegt". Das Gegenteil war gemeint, die Auswirkung "desaströs".

Denn erst nach 37 Monaten in Ketten wurde Campanello schließlich am 17. August 1607 von der römischen Inquisition zur Verlegung durch den spanischen Vizekönig in ein menschlicheres Gefängnis vorgemerkt: *"ni una prigione meno disumana"* [11]. Sechs ganze Kettenmonate später, im Frühjahr 1608, wurde sie endlich auch vollzogen: er kam ins neapolitanische *Castel dell' Uovo*.

Hier durften Anhänger und Freunde ihn zeitweilig gar besuchen. Sein abermaliges Gesuch, nach Rom überführt und dort einer juristischen Revision unterzogen zu werden, war da vom neuën Papst, Paul V., schon abgelehnt worden. Auch ein erneuter Versuch des *Sacrum Officium*, ihn in einen Gewahrsam der Inquisition zu verlegen, scheiterte.

Dem Scioppius hingegen scheint dort seine indirekte Beschlagnahme aller Texte Campanellas als Erfolg verbucht worden zu sein. Denn schon Anfang September 1607 schickte ihn der Papst ohne formelle Akkreditierung, aber zu unterschwellig und gegenreformatorisch umso effiziënterer Interessenvertretung des Vatikans auf ausgedehnte Diplomatenreise nach Tirol, nach Bayern und nach Graz: mit Campanella-Kopieën im Reisegepäck.

Angebliche Versuche, unterwegs im emilianisch liberaleren Bologna oder im autarken Freistaat Veneto einige dieser Texte drucken zu lassen, zeitigten als einziges Resultat, daß sie in Venedig beschlagnahmt wurden: das dreibändige Manuskript *"A Venezia"* vermutlich deshalb, weil "Scioppio" ihm abermals eigenmächtig den verdächtigen Titel *"Antiveneti"* gegeben hatte; aus *"An Venedig"* war so ein spielverderberisches *"Gegen die Venezianer"* geworden: für diese damals ein *"contumeliosum"*, eine Schmach, und ein *"scandalosum"*.

Schoppes nächstes Reiseziel war Graz, wo ihn Erzherzog Ferdinand III., der ihn beim Papst angefordert hatte, als *"Erzherzoglichen Rat"* in steirische Dienste nahm, die bis 1617, ein ganzes Jahrzehnt lang, andauërn sollten und sich auch auf gemeinsame Reisen ins kaierliche Prag und nach Regensburg zum dortigen Reichstag bezogen.

Schoppes Einflußmöglichkeiten dürften damals so beachtlich gewesen sein, daß er Kaiser Rudolf II. sogar gegenreformatorische Ratschläge *"zur Wiederherstellung der katholischen Religion im Reich"* erteilen durfte.

Campanella aber, der den Eifer dieses treulosen deutschen "Freundes" erkalten sah, erinnerte im Sommer 1608 brieflich an die zugesagten Freilassungsbemühungen und wurde stattdessen mit einer Übersetzung seiner *"Discorsi ai principi d'Italia"* just ins Lateinische und einer Drucklegung in München vertröstet, die aber nie zustande kam.

Ein ganzes Jahr später, Mitte Mai 1609, flehte er diesen Scioppius abermals an, sich für seine Freilassung einzusetzen. Drei Wochen später, Mitte Juni 1609, informierte der *Apostolische Nuntius* in Graz das *Heilige Offizium* in Rom über diese fortgesetzte Korrespondenz und die Übersendung von Campanellas brieflich fixierten Behauptungen, Wunder vollbringen und prophezeiën zu können. Schon zehn Tage später befahl der Papst eine Durchsuchung der Zelle dieses häretischen Häftlings, verbot ihm alles weitere Schreiben und ließ sich die Prozeßakten bringen.

Vier weitere Wochen später ordnete der Papst die Überführung Campanellas nach Rom an.

Schon eine Woche später lag die Ablehnung dieser Anordnung durch den spanischen Vizekönig auf dem päpstlichen Tische.

Wiederum zwei Wochen später schickte der Papst einen Nuntius zum spanischen König nach Madrid: Campanella möge ausgeliefert werden! Doch *Seine Katholische Majestät* reagierte da lieber gar nicht.

Gleichzeitig gab der gedemütigt schwache Vatikan jedoch ein Verzeichnis sämtlicher "Irrtümer" in Auftrag, die sich in Campanellas Schriften finden lassen.

Dieser aber korrespondierte während alledem noch immer bittstellerisch und blauäugig mit Kaspar Schoppe, der aus Graz nach Rom zurückgekehrt war, über seine Freilassung, sehr ausführlich über den Antichrist (wo immer er den sehen mochte) und pragmatisch über eine Übertragung seiner italiënischen Texte ins Lateinische: zur besseren Verbreitung in Deutschland!

Er selbst übersetzte hierfür *"Del senso delle cose e della magia"* zu *"De sensu rerum et magia"*:

jene Theorie einer

u n i v e r s a l e n "S y m p a t h i e",

die alle Dinge beseele, miteinander verbinde, unsterblich mache und mittels der Magie nachzuweisen sei. Denn solche Sympathie oder *"magische Allbezüglichkeit"* sei der einzige Weg, dem *"geheimen Sinn der Dinge"* nachzugehen oder *"alles mit allem zu verbinden und alles mit allem als ähnlich zu erkennen, als die Beziehung des Menschen zu seiner Welt"*. Dieses *"Wesen aller Magie"* nämlich, eine *"kaum kontrollierbare und überall wirksame Kraft wird dem Menschen zugeschrieben"*[9].

Doch *"die allermagischste Tat des Menschen"*, schrieb Campanella hier in solchem Kontext, *"ist der Entwurf von Gesetzen für die Menschheit"*[28]: von Ordnung also im vermeintlichen Chaos (*"La più grande azione magica dell' uomo è dare leggi agli uomini"* (zitiert nach[4]).

Dieser *"Magie- und Ähnlichkeitslehre"* Campanellas hat Ruth Hagengruber noch 1994 eine ganze Publikation gewidmet. Denn seine eigene Analyse dieses Sympathie-Begriffes

"ist geeignet, den einheitlichen Charakter seines gesamten Schrifttums zutage zu fördern", weil diesem Thema *"sein gesamtes theoretisches Werk gewidmet ist. Unter diesem Aspekt ist es nicht verwunderlich, daß sich Campanella von der Philosophie der Renaissance löste und zum Visionär einer Philosophie des Selbstbewußtseins wurde, denn die Überlegungen zur Begründung der Ähnlichkeit führten Campanella zu einer radikalen Erneuerung der erkenntnistheoretischen Grundsätze"*[9].

An seinem Beispiel kann Hagengruber gar *"den Umschwung von einer 'magischen' zu einer subjektivistischen Weltdeutung ablesen"*[9], wie sie die Neuzeit später bevorzugte.

Aber in jenem produktiven Jahre 1609 entwarf Campanella überdies eine Erweiterung seiner physikalisch-ethischen Abhandlung *"Epilogo Magno"* und der *"Aforismi politici"*, schrieb an seiner dreibändigen *"Filosofia epilogistica"*, an einem Vorwort zu *"De gentilismo non retinendo"* und konzipierte seine *"Etica"*. Ferner begann er jene weitreichenden *"Quæstiones physiologicæ, ethicæ et politicæ"*, deren erste Fassung erst vier Jahre später vorlag, skizzierte eine erste *"Medicina"* in zwei Bänden und arbeitete an einer zweiten lateinischen *"Metaphysica"* ebenso wie an seiner Lieblingsidee, die Juden zu missionieren: *"De utilitate potus calidi"* (verschollen).

Aber Ende März 1609 bat er Papst Paul V., König Philipp III. und Kaiser Rudolf II. schriftlich um seine Freilassung aus einer Haft, die nun schon zehn Jahre dauërte.

Auch *"die Fuggers bemüheten sich am Spanischen Hofe für ihn; vergebens"*[17]; diese Bankiers des Hauses Habsburg *"setzten alles daran, ihn zu befreien; man ging den deutschen Kaiser um seine Vermittlung an; aber vergeblich"*[10].

Lediglich eine neuërliche Überprüfung des Falles wurde gnädigst anberaumt.

Ende April 1610 bestellte das *Heilige Offizium* auch bei der neapolitanischen Inquisition eine Auflistung aller anfechtbaren Textstellen in Campanellas Schriften, um hierfür eine erneute Durchsuchung seiner Zelle veranlassen, mit dem spanischen Vizekönig über die Gründe für fortgesetzt erschwerte Haftbedingungen oder über mögliche Erleichterungen verhandeln zu können.

Nach zwei Wochen gab der beauftragte Prälat bekannt, er habe in den inspizierten Texten Campanellas außer all den aktenkundigen antiken Theoremen keinerlei Irrtümer aufspüren können. Hierauf genehmigte der Vizekönig *"religiösen und geistlichen Personen"* [sic!], den Häftling zu besuchen.

Aber schon vierzehn Tage später widerrief er dieses Zugeständnis, weil bei einer weiteren Durchsuchung seiner Zelle der Torso jener zweiten *"Metaphysica"* beschlagnahmt worden war.

Campanella rekonstruierte nunmehr unverdrossen eine dritte und dreibändige lateinische *"Metaphysica"* und ließ sich von Galileo Galileis Publikation seines epochalen *"Sidereus Nuncius"* ("Der Sternenbote") mit ersten Beobachtungsresultaten eines Teleskops zur Arbeit an einer eigenen *"Astronomia"* ebenso stimulieren wie auch zu seinem begeisterten Brief vom 13. Januar 1611 an diesen Pionier und Kollegen.

Nach zwiefacher Anfrage der neapolitanischen Dominikaner (im Auftrage Campanellas), inwiefern sein versandetes Verfahren wegen Verschwörung zu einem anscheinend abschließenden Urteil habe führen können, ordnete Rom im März 1611 eine entsprechende Überprüfung jener ominösen Beëndigung seines weltlichen Prozesses und seiner möglichen Überführung in die römischen Gefängnisse des *Heiligen Offiziums* an. Es erwies sich, *"daß die Acten verloren oder vernichtet waren und ein regelrechter Abschluß gar nicht mehr möglich war; trotzdem hielten ihn die Spanier fest, und die Curie [...] überließ ihn der spanischen Gewalt"*[10].

Campanella fügte inzwischen seinen *"Articuli prophetales"* einen zusätzlichen Appendix an, korrigierte die italiënische Fassung seines *"Sonnenstaates"*, erweiterte seine *"Medicina"* und richtete wieder Bittgesuche an Papst, König und Vizekönig mit neuërlichen Zusicherungen seiner Missionierung von Juden und Moslems. Hierbei leitete ihn nach wie vor sein unverändert ökumenischer Wunsch, *"nicht allein die kleine Zahl der Christen, sondern die gesamte Menschheit zur Erlösung"*[4] hinzuführen.

Im Mai 1611 wurde bei erneuter Durchsuchung seines Kerkers das Manuskript der *"Astronomia"* beschlagnahmt; seither ist es verschollen.

Ende Oktober 1611 bat Campanella den Papst um Überstellung an die römische Inquisition: statt demnächst vermutlich nach Spaniën abgeschoben zu werden. Er bat auch um benötigte Kleidungsstücke und Medikamente, die ihm nach fünfwöchiger Bedenkzeit zögerlich zugebilligt wurden.

Ein halbes Gefängnisjahr hierauf, Mitte Juli 1612, gingen beim *Heiligen Offizium* in Rom sowohl seine nächste eigene Denkschrift, die um ein Verhör in zentralen Glaubensdingen bat, als aber auch die Beschwerde des Bischofs und Inquisitionskommissars im neapolitanischen Nocera ein: ohne eine gnädige oder willkürliche Erlaubnis des Vizekönigs könne niemand mit Campanella auch nur sprechen!

Sechs Häftlingswochen später berichtete derselbe Würdenträger nach Rom, er habe Campanella nun in seinem Verlies besuchen und von ihm erfahren können, daß die Zivilbehörden einer erbetenen Überstellung an klerikale Obrigkeiten nicht mehr im Wege stünden.

Vier weitere Knastwochen später ließ Papst Paul V. diesen Arrestanten wissen, daß die denkbar größte Vergünstigung für ihn auch in diesem zwölften Gefängnisjahr nur in fortgesetzter Kerkerhaft bestehen könne.

" ... Zweimal sechs Jahre lang erlitt ich
Schmerz in jeder Faser,
siebenfache Folterung der Glieder,
Lästerung und Rufmord durch Idioten,
Entzug des Sonnenlichts,
gerißne Nerven und gebrochne Knochen,
zerfetztes Fleischgewebe,
Qualen, wie und wo ich lag,
Ketten, Blutverluste, nackte Angst,
verdrecktes Essen, viel zu wenig –
Hoffnung einzig noch auf Gottes Schutz und Waffen bauend." [23/28]

" ... Sei e sei anni, che 'n pena dispenso
l'afflizion d'ogni senso,
le membra sette volte tormentate,
le bestemmie e le favole de' sciocchi,
il sol negato agli occhi,
i nervi stratti, l'ossa scontinoate,
le polpe lacerate,
i guai dove mi corco,
li ferri, il sangue sparso, e 'l timor crudo,
e 'l cibo poco e sporco;
in speme degna di tua lancia e scudo."

(aus *"Lamentevole orazione profetale dal profondo della fossa dove stava incarcerato, Canzone III, Madrigale 6"* [23])

Hierauf verteilte Campanella unter seinen Freunden einen *Index librorum* mit inzwischen 36 verbotenen und requirierten Titeln aus eigener Feder. Dann rekonstruierte er seine *"Rhetorica"* von 1593, erweiterte die drei Bücher seiner umfassenden *"Dialectica"*, seine verschollene *"Poëtica"* von 1596, übertrug sie ins Lateinische, vollendete seine vierteilige *"Philosophia rationalis"* und redigierte seinen *"Sonnenstaat"*.

In seinem vierzehnten Kerkerjahr hielt sich 1613 der junge Edelmann Rudolf von Bünau aus dem sächsischen Meißen bei der Rückkehr von einer Bildungsreise nach Jerusalem acht Monate lang in Neapel auf. Sein Bruder Heinrich von Bünau war mit Campanellas zehn Jahre vorher mitgefangenen Sympathisanten Christoph Pflug und Hieronymus Tucher befreundet, aber Rudolfs jetziger Reisegefährte und Erzieher Tobias Adami gar ein Leser und Bewunderer dieses philosophischen Dauёrhäftlings.

Letzterem evangelischen Pädagogen gelang es, die auch ihm verweigerten Besuche bei seinem Idol durch mehr als zweihundert Briefe zu ersetzen und für sich und seinen adeligen Schüler zum Danke je ein belobigend warmherziges Sonett zu erhalten. Auch jenes vielzitierte kirchenkritische und in Zeiten der Gegenreformation brisant ketzerische Gedicht vom *"Deutschen Lutheraner"*, das kein Geringerer als Landesbischof Herder später übersetzt und in seine Gesamtausgabe aufgenommen hat, dürfte sich auf Campanellas Begegnung mit diesem Protestanten Adami beziehen:

"Ein Wandrer zwischen Rom und Ostia
Fiel unter Räuber; sie beraubten ihn,
Zerschlugen ihn und ließen wund ihn liegen.
Vorüber ging ein Mönch und betete
Fort sein Brevier. Ein Bischof kam und gab
Ihm seinen Segen; dann ein Kardinal,
Der rief in heil'gem Zorn:'Verfolgen laßt uns
Das Raubgesind', und unser ist die Beute!'

Ein Deutscher kam anitzt, ein Lutheraner,
Der's mit dem Glauben hält, nicht mit den Werken,
Der trat zu ihm, verband ihn, lud ihn auf

Sein Tier und führet' ihn zur Herberg' hin,
Wo er sein pflegte, bis gesund er war.

Wer aller dieser war der Menschlichste,
Der Gütgste, der Beste?
                            Gutem Willen,
Bei Weitem steht ihm das Wissen nach,
Der Glaube Werken wie der Mund der Hand.
Glaubtest du auch was Irriges sogar,
Das Gute, das du tust, ist gut und wahr. " (zitiert nach [17])

Zum Abschied schenkte der wundgeschlagene und bestohlene Wanderer dieses Gedichtes ein Sortiment fast all seiner noch verfügbaren großen Arbeiten diesem evangelischen Samariter.

Denn inzwischen mußte er eingesehen haben, daß seine Hoffnungen auf jenen anderen deutschen Vermittler getäuscht worden waren: *"Caspar Schopp ließ ihn im Stich"*[10] und wird heutzutage schlüssig *"beschuldigt, Campanellas Manuskripte an sich genommen, aber nicht veröffentlicht, sondern ausgeschrieben"*[27] oder ausgeschlachtet und plagiïert zu haben.

Umso sehnlicher setzte der Bestohlene nunmehr auf die transalpin verheißene Veröffentlichung durch diese neuën deutschen Verehrer und hatte die mitgegebenen Schriften schon im Laufe ihrer täglichen Korrespondenz noch um so energische Rechtfertigungen des Katholizismus wie in *"Epistola antilutherana"*, *"Responsiones"* und *"Responsiones secundæ ad obiectiones"*, später auch noch in *"Quod reminiscentur"* ergänzt.

Er schrieb da gleichfalls große Teile seines sechsbändigen *"Astrologicorum"* und begann mit der Arbeit an seiner riesigen *"Theologia"*. Deren vierten Band schickte er schon im folgenden März (1614) an Galileo Galilei, mit dem er auch andere Texte austauschte und brieflich über astronomische oder astrologische Themen und schwimmende Körper disputierte.

Im Mai dieses selben fünfzehnten Haftjahrs ging beim *Heiligen Offizium* in Rom die Beschwerde seines sizilianischen Dominikanerbruders Angelo Romano über all die Schriften ein, die Campanella im Kerker verfassen und an die "Ketzer" vieler Nationen verteilen durfte. Eine hierauf anberaumte Untersuchung verlief erfolglos.

Aber ein neuër spanischer Vizekönig begann, jene allzu mühelosen Kontakte dieses Strafgefangenen mit der Außenwelt zu mißbilligen, und ließ ihn aus seiner Zelle im *Castel dell' Uovo* wieder zurück in den sehr viel strengeren Vollzug im *Castel Sant' Elmo*, dem Ort seiner Ankettung, überstellen.

Dort beëndete Campanella gleichwohl die lateinischen Fassungen seiner *"Ethica"* und *"Physiologia"*, begann zumindest die *"Politica"* und ergänzte den *"Sonnenstaat"*.

<u>Auszüge aus Tommaso Campanella, *"Der Sonnenstaat"* (leicht gekürzt)</u> [26]:

"Alle werden gemeinsam in sämtlichen Künsten und Fertigkeiten ausgebildet.

*

Du hast gehört, daß bei ihnen der Militärdienst, der Ackerbau und die Viehzucht gemeinsam zu leisten sind. Jeder muß diese Dienste, die sie als Betätigungen ersten Ranges feiern, kennen.

*

Wer mehrere Berufe versteht, wird für vornehmer angesehen, und wer zu einem besonders geeignet ist, wird angehalten, ihn zu lernen.

*

Ebenso verlangen sie von ihm die Kenntnis aller Handwerke – außerdem auch der Physik, Mathematik und Astrologie.

*

Vor allem aber muß jeder Metaphysik und Theologie beherrschen, den Ursprung, die Grundlagen und die Beweise aller Künste und Wissenschaften kennen, die Übereinstimmungen und Verschiedenheiten der Dinge, die Notwendigkeit, das Schicksal und die Harmonie der Welt, die Macht, die Weisheit und die Liebe Gottes und seiner Werke, die Stufenfolge des Seienden, seine Zusammenhänge mit den Erscheinungen des Himmels, der Erde und des Meeres und mit den Gedanken Gottes ... .

*

Weiterhin behaupten sie, daß harte Arbeit die Menschen feil, hinterlistig, verschlagen, diebisch, hinterhältig, landflüchtig, lügnerisch, meineidig usw. mache,

der Reichtum aber unmäßig, hochmütig, unwissend, verräterisch, grundlos eingebildet, prahlerisch, gefühllos, streitsüchtig usw.

Die echte Gemeinschaft aber mache alle zugleich reich und arm: reich, weil sie alles haben, arm, weil sie nichts besitzen; und dabei dienen sie nicht den Dingen, sondern die Dinge dienen ihnen."

Im April seines sechzehnten Kerkerjahres 1615 veranlaßte das *Heilige Offizium* den päpstlichen Nuntius in Neapel, eine Kopie von Campanellas *"Atheismus"* einzuziehen und ihrem Autor jedes weitere Schreiben definitiv unmöglich zu machen. Diese aufgenötigte Untätigkeit machte seine Haft nur umso unerträglicher, ihn selbst offenbar nur umso aktiver, gar aggressiver.

Denn als er erfuhr, daß die Inquisition noch immer Galileis kopernikanische Theorieën mißgünstig examinierte, verfaßte er hastig, gar im Auftrage zweier einschlägig einbezogener Kardinäle, seine schlüssige *"Apologia pro Galilei"* und verteidigte hier so Diskutierbarkeit wie theologische Irrelevanz dieser brisanten Thesen. Ein so selbstloses Plädoyer für die Wahrheit *"represents an act of great courage and intellectual honesty"* [12], denn

"es gehörte ein geradezu verzweifelter Mut dazu, Galileo Galilei, den notorischen Vorkämpfer der Freiheit der Wissenschaft gegenüber jeder, also auch der päpstlichen Autorität, aus den Kerkern der Inquisition heraus zu verteidigen" [27].

So resümierte Klaus J. Heinisch diesen Text noch nach 365 Jahren:

"Man müsse Galilei auf jeden Fall gewähren lassen, müsse ihm sogar zustimmen, da er von exakten Beobachtungen im Weltall ausgehe, nicht aber von bloßen Annahmen (ex opinione). Die Heilige Schrift könne man gemäß den Erklärungen der Kirchenväter auslegen, aber [...] mit demselben Recht auch gemäß dem 'Buch der Natur', dem 'vorzüglichsten Buch der Welt' [...] .

*Denn die Wahrheit liege in Gott selbst, daher auch in seiner Schöpfung ver-
borgen. Man müsse notfalls sogar Widersprüche der Wissenschaft gegen die
Heilige Schrift hinnehmen, wenn sie dem Streben nach Wahrheit entstamm-
ten, zumal derartige Widersprüche wohl doch nur scheinbare sein könnten.
Gott habe schließlich die Welt den forschenden Menschen überlassen, und
so laufe man am Ende noch Gefahr, mit einer Ablehnung der Arbeiten Galileis die Heilige Schrift zu verhöhnen. Denn welche Beschämung würde es
für die Kirche bedeuten, wenn Galilei recht hätte!"* [27]

Mit einer Widmung für den Kardinal Caetani schickte Campanella diesen
seinen tollkühnen Text nach Rom und hoffte, seinem großen Wissenschafts-
freunde in Pisa damit zu helfen.

Aber da hatte die Inquisition jene heliozentrische Theorie bereits verurteilt
und Galilei davor gewarnt, sich weiterhin zu derlei Häresie zu bekennen.
Diese Warnung mochte sich zumindest indirekt auch auf solche Apologeten
wie jenen vorlauten Strafgefangenen in Neapel erstrecken.

Im Hochsommer dessen 17. Kerkerjahres ließ ihn jener neuë spanische Vizekönig, der ihn interessant fand, wieder zurück in die milderen Haftbedingungen jenes anfänglichen Untersuchungsgefängnisses *Castel Nuovo* überführen. Das ermutigte den, seinem Kollegen Galilei mitzuteilen, er sei schon
nahezu frei: *"sto quasi in libertà"* (zitiert nach [11]).

Denn dieser spanische Potentat *Don Pedro Téllez-Girón de la Cueva, Graf
von Ureña und 3. Herzog von Osuna, "besuchte ihn häufig und holte in
Staatsangelegenheiten seinen Rat ein, er erlaubte ihm zu arbeiten, mit seinen Freunden zu korrespondieren und diese sogar in seinem Gefängnis zu
empfangen"* [1]:

stand dieser Vizekönig doch selbst mit Jesuïten und römischer Inquisition
auf Kriegsfuß, weil er ihnen die angestrebten Vollmachten in seinem neapolitanischen Imperium versagte. *"Unterstützt durch mächtige Feinde, die er
am Hofe von Madrid hinterlassen hatte"*, referierte Paul Lafargue das noch
dreihundert Jahre später, *"intrigierten sie, um ihn aus seiner Stellung zu ver-
drängen, in der er sich durch glänzende Erfolge [...] ausgezeichnet hatte.
Lieber als sich absetzen zu lassen, beschloß er, sich von Spanien unabhängig zu machen und sich zum König von Neapel und Calabrien ausrufen zu
lassen"* [1].

Hierin mag Campanella damals seine einzige Chance gesehen haben. An einem kritischen Novembertage 1616 versuchte er die gute Gelegenheit einer veritablen Audiënz beim Vizekönig zu nutzen, um seine Freilassung zu erbitten. Der jedoch reagierte unverhofft reserviert und ließ ihn stattdessen in die argen Verliese des *Castel Sant' Elmo* zurückverlegen.

Aber von diesem potentiëllen Renegaten, der sein heikles Verhältnis zur Inquisition sogar noch als spanischer Vizekönig permanent ausbalancieren mußte, heißt es dennoch, daß er für seinen geplanten Abfall *"von Campanella beraten und ermutigt wurde, der in ihm das Werkzeug gefunden zu haben glaubte, um seine politische und soziale Revolution auszuführen"*[1].

Etwa gleichzeitig publizierte sein neuër deutscher Verehrer Tobias Adami in Frankfurt am Main sein *"Compendium de rerum natura"* von 1595 (mit einem eigenen Vorwort an deutsche Philosophen und einem Sonett von Campanella für Adami) unter dem verheißungsvoll veränderten Titel *"Prodromus philosophiæ instaurandæ"*: Vorbote weiterer Texte dieses neuzeitlichen Denkers.

Prompt erschien im holländischen Leiden anonym und unter eigenmächtigem Titel eine lateinische Collage antispanischer Exzerpte aus dem 28. Kapitel seiner *"Monarchia di Spagna"*, die schon von einem *Vereinigten Europa* auf dem Wege zum Globalismus träumt: *"Der Tag, an dem sich diese Einheit des Menschengeschlechts verwirklicht, ist nicht mehr fern"* (zitiert nach[1]).

Erste Vorstufe hierzu mochte eine internationale Kommune seiner Leser werden. *"Aus der Tiefe seines Kerkers heraus"*, begriff später sein Verehrer Paul Lafargue, *"füllte Campanella Europa mit seinem Ruhm"*[1].

Von all solchen Aufwertungen und Hoffnungsschimmern womöglich stimuliert, schickte dieser allzu frühe Europäer dem Papst im Dezember 1617 als das Produkt seines achtzehnten Häftlingsjahres, nunmehr also wieder aus dem *Castel Sant' Elmo*, ein Widmungsexemplar seines fast vollendeten *"Quod reminiscentur"*.

Schon im Frühjahr seines neunzehnten Gefängnisjahres (1618) reichte er ein *"memoriale"* nach Rom ein und bat um Freilassung aus seinem *"unterirdischen und ungesunden"* Kerker.

Das *Heilige Offizium* reagierte mit einer Beschwerde über zugestandene Hafterleichterungen und bestand auf zusätzlichen Absicherungen gegen jeden Fluchtversuch.

Diese bestanden dann schon im selben Mai 1618 aus seiner vizeköniglich trotzigen Wiederverlegung zurück in jenen mildesten neapolitanischen Vollzug im *Castel Nuovo*, wo er weiterhin die Gunst seines unberechenbar lavierenden Vizemonarchen erfuhr, mit ihm konspirieren und sogar Schüler unterrichten durfte, für die er nunmehr *"Mathematica"*, *"Grammatica"* und sein ebenso didaktisches *"Compendium physiologicæ"* zu schreiben begann und in freiër Entscheidung, inzwischen fast fünfzigjährig, die Revision oder Fortsetzung früherer Schriften jedem Entwurf von neuën vorzog:

also die Vervollständigung der *"Theologia"* und eine lateinische Fassung der *"Monarchia Messiæ"* mit ihrem Zusatz *"De iuribus Regis Catholici in Novum Orbem"* von 1605.

Aber er schrieb auch wieder Briefe an Kaspar Schoppe, und für Filiberto Vernat, einen vornehmen junge Flamen, auch wieder hier nur irrtümlich mitgefangen, stellte er ein ausführliches schriftliches Horoskop: *"Calculus nativitatis"*. Eine flämische Version seines *"Discursus"* über die Niederlande löste dort jetzt heftige und polemische Reaktionen aus.

Seine *"Orationes de laudibus divi Thomæ"* aus diesem selben Produktionsjahr wurden von einem Klosterbruder in Neapel sogar öffentlich vorgetragen, aber sind verschollen.

Zu Weihnachten noch desselben Jahres 1618 richtete er eine umfangreiche Denkschrift voller Bitten und Versprechungen an Papst Paul V. und fügte ein neunteiliges Werkverzeichnis als ersten Entwurf einer wünschenswerten Gesamtausgabe seiner *opera omnia* hinzu.

Ende Mai 1619 prüfte endlich das *Heilige Offizium* dieses Amnestiegesuch und beschied es abschlägig.

Das jedoch mag jetzt mit dem Scheitern jener vizeköniglichen Rebellion in Verbindung gestanden haben. Denn dessen politischer Emanzipationsversuch mißlang: *"Der Plan wurde verraten"* [1].

Im Sommer 1620 wurde dieser Vizekönig *"durch den Kardinal Borgia ersetzt und [...] eingesperrt"* [1].

Zum Zwecke baldiger Revision seines eigenen Prozesses verfaßte Campanella in diesem 21. Haftjahr unter neuëm spanischem Regiment eine *"Informazione sopra la lettura delli processi fatti 1599 in Calabria"* und eine *"Narrazione della istoria sopra cui fu appoggiata la favola della ribellione"*: eine Nacherzählung jener Ereignisse, auf die sich die Revolutionslegende bezieht.

Ende desselben Jahres 1620 beschwerte er sich schriftlich beim neuën Vizekönig, jenem Kardinal *Gaspar de Borja y Velasco,* weil das fällige Kostgeld für seine Verpflegung seit vier Monaten überfällig war.

Gleichwohl arbeitete er seinen *"Sonnenstaat"* um und übertrug ihn für die Nachwelt ins klassische Latein einer überprovinziëllen Weltsprache:

*"CIVITAS SOLIS.
IDEA REI PUBLICÆ PHILOSOPHICÆ".*

Etwa gleichzeitig erschienen in Deutschland Buchausgaben seiner *"Monarchia di Spagna"* (sogar auf Deutsch) und von *"De sensu rerum".*

Im Frühling seines 22. Haftjahrs schickte er dem neuën Papste, Gregor XV. (der auch noch *ex cathedra* einer bisherigen Mätresse die Treuë bewahrte [21]), seinen Text *"Quod reminiscentur",* der dem Kardinal Bellarmino zur beliebigen Korrektur und Veröffentlichung überlassen wurde.

Gleichzeitig wies die Inquisition ihn vorsorglich darauf hin, daß seine prinzipiëlle Verurteilung von 1603 noch immer unverändert in Kraft sei.

Hierauf beantragte er schriftlich ihre Revision wie auch die Druckerlaubnis für alle seine Werke. Die Kongregation der Inquisition lehnte das alles nicht nur ab, sondern verfügte sogar erneut ein striktes Schreibverbot.

Nach dreimonatiger Prüfung war die Meinung des Kardinals Bellarmino über *"Quod reminiscentur"* schließlich günstig genug, um einige Korrekturen in Campanellas Schriften vorzuschlagen. Die kollegialen Purpurträger hielten es aber für angemessener, dessen schriftstellerische Tätigkeit ganz zu beënden und sie nach wie vor einzig ihrem *Heiligen Offizium* anheim zu stellen.

Campanellas Verteidigungsschrift *"Ad cardinalem Bellarminum contra censuram librorum meorum"* erreichte ihren Adressaten erst auf dem Sterbebette und blieb da so ungelesen wie verschollen.

Ein halbes Jahr später bat ihr Autor den Kardinal Alessandro d'Este um Protektion.

Mit Hilfe des toscanischen Grafen Ludovico Cattani, dem er die sechzehnbändige Endfassung seiner *"Metaphysica"* mit der Hoffnung auf eine Veröffentlichung in Frankreich anvertraute, kamen in Paris wenigstens Teile dieses Werkes dem Philosophen und Theologen Marin Mersenne, Brieffreund des Descartes, und einigen Gelehrten der Sorbonne, andere Texte einem Buchhändler in Lyon vor Augen und hatten Chancen, transalpin die Verbote der Inquisition zu umschiffen und gedruckt zu werden.

In Deutschland publizierte da der unermüdliche Tobias Adami die *"Apologia pro Galilei"* und eine *"Auswahl philosophischer Poesie"* mit 89 Gedichten von Tommaso Campanella.

Nur umso rigoroser lehnte die Kongregation des *Heiligen Offiziums* seine Bitte ab, wieder die Messe lesen zu dürfen.

Aber ungebrochen und unverdrossen empfahl er nach dem Tode Papst Gregors XV. noch im selben Sommer seines 24. Gefängnisjahres dem einberufenen Konklave in gleichlautenden Briefen an die beiden einflußreichsten Kardinäle, den neuën Papst nach ausschließlich persönlichen Verdiensten um das Wohl der Kirche zu wählen.

Maffeo Barberini aktivierte kurz danach als Papst Urban VIII. wieder einmal Campanellas Hoffnung, freigelassen zu werden.

In der Wartezeit bis dahin kam er in seiner *"Theologia"* bis zu Band XXVII (27). Aber in Deutschland erschien seine *"Monarchia di Spagna"* schon in zweiter Auflage und mit einem politisch konservativen Nachwort ihres deutschen Übersetzers, des schwäbischen Juristen und konvertierten Staatsrechtlers Christoph Besold, dessen Freund Johann Valentin Andreæ in seinem Straßburger Büchlein *"Geistliche Kurzweil"* in eigener deutscher Übertragung erstmals auch Gedichte von Campanella publizierte. Tobias Adami gab jetzt in seinem Frankfurt eine *"Philosophia realis"* desselben Verfassers heraus, den er aber, sicherheitshalber?, als die *Squilla Septimon-*

tanus codifizierte, vereinigte hier dessen *"Physiologia"*, *"Ethica"*, *"Politica"*, *"Œconomica"* und utopische *"Civitas Solis"* zu ihrer aller Erstveröffentlichung und leistete so noch in Herders Augen einen wesentlichen Beitrag, diese Glocke *"Campanella tönen zu machen für alle Völker und Zeiten"*[17].

Auszüge aus Tommaso Campanella, *"Der Sonnenstaat"* (leicht gekürzt)[26]:

"Alle Beamten, besonders die höheren, sind Priester.

Ihre Aufgabe ist, die Gewissen zu reinigen.

*

Sie behaupten, daß der Eigentumsbegriff daher komme, daß wir unsere eigenen Wohnungen und eigene Kinder und Frauen haben. Daraus entsteht die Selbstsucht. Wenn wir aber die Selbstsucht aufgeben, so bleibt bloß noch die Liebe der Gemeinschaft übrig.

*

Wohnungen, Schlafräume, Betten und andere lebensnotwendige Dinge besitzen sie gemeinsam.

*

Aber nach jeweils sechs Monaten wird von den Behörden festgesetzt, wer in diesem und wer in jenem Schlafraum schlafen soll ...

*

Dabei sind die Behörden auch sehr darauf bedacht, daß keiner innerhalb der Bruderschaft dem anderen ein Unrecht tut.

*

Da nach Art der alten Spartaner bei den Übungen auf dem Sportplatze alle, Männer und Frauen, völlig nackt sind, erkennen die Beamten, die die Aufsicht führen, wer zeugungsfähig ist und welche Männer und Frauen ihrer körperlichen Veranlagung nach am besten zusammenpassen. Dann erst weihen sie sich, nach einem Bade, dem Liebeswerk. Sie schlafen in getrennten Kammern bis zur Stunde des Beilagers.

*

Wenn eine Frau von einem Manne nicht empfängt, verbinden sie sie mit einem anderen; wenn sie auch dann unfruchtbar bleibt, wird sie zum Gemeinbesitz.

*

Wer bei Sodomie ertappt wird, wird gerügt und muß zur Strafe zwei Tage lang die Schuhe um den Hals gebunden tragen zum Zeichen, daß er die Ordnung verkehrt und den Fuß auf den Kopf gestellt hat."

Campanellas *"Sonnenstaat"* forderte die Abschaffung von Ehe und Familië. Damit protestierte er gegen zeitgenössische und calabrische Konventionen: gegen Ehe als Gelegenheit zu Vergewaltigung, Inzest, Ehebruch, Eifersucht, Betrug und Mord, aber auch gegen Clans, Fraktionen, Besitzstand und Privilegiën von verfeindeten oder rachedurstigen Großfamiliën und zusammengeheirateten Sippen oder umneideten Mitgiftballungen.

Seine stattdessen vorgeschlagenen Frauëngemeinschaften sollten einer allgemeinen Befreiung und Erlösung auch von sexuëllen Nöten dienen: nicht zuletzt unterdrückter Frauën in ihrer vielgestaltigen Vernuttung.

Außerdem sollte alle Geschlechtlichkeit auf diese Weise normalisiert und von jenen klerikalen Zwängen befreit werden, *"die mit ideologischen (Sündhaftigkeit des Koitus) und disziplinären (Mönchtum, Zölibat, Fasten) Mitteln die Sexual- und Fortpflanzungsfunktionen und damit auch die numerische Erstarkung der Unterschichten einschränke"*[4].

Diese sexuëlle Liberalisierung hin zum biblischen *"Crescite (Wachset und mehret euch)!"* oder zur *"Natürlichkeit und Legitimität des Geschlechtsverkehrs"*[4] erstreckte sich auch auf Zölibat und Verbot von Priesterehen, erlaubte allen Geistlichen des Sonnenstaates die *"Befriedigung ihrer physiologischen Bedürfnisse"*[4], berief sich hierbei tollkühn sogar auf den historischen Jesus Christus und dessen erotische Körperkontakte zu Johannes, Maria Magdalena oder Marta und predigte schlankweg:

Vermutlich um nicht vergessen zu werden, sondern immer wieder und wieder auf sich aufmerksam zu machen, schrieb der mißhandelte Philosoph für das Kardinalskonsistorium des neuën Papstes seinen opportun wohlgefälligen Text *"De assistentia dominorum Cardinalium in Curia et de non residentia in episcopatibus, nisi ubi ociantur Romæ, sostenendo che ai Cardinali non spetta la cura d'anime, ma l'assistenza al Papa"* mit seiner unerbeten lateinisch-italiënisch gesprenkelten Ermahnung der Purpurträger, sich weniger um Seelsorge als um Unterstützung des Papstes zu bekümmern.

Gleichwohl beëndete er in seinem 25. Kerkersommer *anno Domini* 1624 den letzten oder dreißigsten Band seiner *"Theologia"* und arbeitete an seiner 24. *"Quæstio physiologica 'de cometis' "*.

Brieflich bat er den Kardinal Barberini, Neffen immerhin des Papstes, um Überführung nach Rom. Die dortige Reaktion: *er bleibe besser, wo er sei.*

Also ersuchte er den aufgeschlosseneren Kardinal Trejo um Protektion

und seinen prominenten Leser Marin Mersenne um persönliche Förderung einer Publikation seiner *"Metaphysica"* in Frankreich.

Seine Aktivität war unerschöpflich.

Dem abermals neuën spanischen Vizekönig in Neapel, diesmal dem 7. Herzog von Alba, übersandte er Exemplare seiner *"Monarchia di Spagna"* und *"Discorsi ai principi d'Italia"* mit der vergeblichen Bitte um Druckerlaubnis, dem Kardinal Trejo mit persönlicher Zueignung seine liniëntreuë Schrift

"De conceptione beatæ virginis"

und einem calabrischen Freunde das inzwischen zehnteilige Verzeichnis seiner Werke.

In einer Eingabe an den Vizekönig bat der 56jährige um Auszahlung des zustehenden Kostgeldes und klagte, dem Hungertode ausgeliefert zu sein: *"costretto a morirsi di fame"* (zitiert nach [11]).

Calabrische Dominkanerbrüder wandten sich im Mai 1625 mit ihrer Bitte um seine Freilassung an den neuën König von Spaniën, der in Madrid sein hierfür zuständig erachtetes *Supremo Consiglio d'Italia* um Rat bat; es verwies ihn auf den Vizekönig, der in Neapel veranlassen werde, was ihm dort gerecht erscheine: *"faccia in questo ciò che gli parrà sia giustizia"* (zitiert nach [11]).

Einen Monat hierauf verweigerte das römische *Heilige Offizium* seinem Dominikanerbruder Campanella erneut das erbetene Recht, die Messe zu lesen. Seine abermals folgende dritte Bitte um diese Erlaubnis wurde Anfang 1626 einer ausführlichen Überprüfung gewürdigt.

Im Frühjahr dieses selben 1626 traf in Neapel endlich ein Schreiben des spanischen Hofes an seinen hiesigen Vizekönig ein und empfahl ihm, die Freilassung Campanellas zu beschließen.

Am 15. Mai 1626 verfügte das *Consiglio collaterale di Napoli*, hiesige Landesbehörde, daß Tommaso Campanella zwar durchaus nicht für unschuldig zu erklären, gleichwohl unter Kaution, mit lokaler Präsenzpflicht und gegen die Bürgschaft dreiër neapolitanischer Bürger freizulassen sei.

Am 23. Mai 1626 verließ der 58jährige nach 27jähriger Haft unter zeitweilig schwersten Bedingungen das Gefängnis im *Castel Nuovo*. Die vorherige Zeit in den Kerkern von Neapel, Padua und Rom mitgerechnet, war er jetzt nach 33 Häftlingsjahren endlich wieder auf freiëm Fuße.

Er dürfte da heimat-, obdach- und hilflos durch ein fremdes Neapel gezogen sein.

Seinen behördlich verfügten Unterschlupf fand er in jenem selben Dominikanerkloster *San Domenico Maggiore*, das vor 34 Jahren Zeuge seiner jugendlichen Erfolge und Rebellionen, aber auch seiner allerersten Verhaftung gewesen war. Schloß sich da ein Kreis?

Kaum nämlich erfuhr das *Heilige Offizium* von seiner Freilassung, da beschloß es schon, ihn nach Rom zu berufen. Nach einer Freiheit von nur einem Monat wurde er in Neapel auf Veranlassung des dortigen Nuntius erneut verhaftet und zu einem Brief an den Papst mit der Bitte um Überführung nach Rom gezwungen.

Dieser Transport fand drei Tage lang per Schiff, in geistlichem Gewande, in Ketten und unter dem falschen Namen Giuseppe Pizzuto statt, um die spanische Regierung nur ja nicht zu verstimmen: denn er erfolgte illegal.

In Rom wurde der Entführte im Palast der Inquisition eingesperrt, um da einem geistlichen Tribunal über sämtliche Verfehlungen, die seine weltlichen Richter ungeahndet belassen hatten, Rechenschaft abzulegen. Schon nach zehn Tagen begann das *Sanctum Officium* mit einer Wiederaufnahme seines Verfahrens und verfügte eine fortgesetzt strikte Isolationshaft dieses Angeklagten (wenn auch unter erträglicheren Bedingungen).

Die Erlaubnis zu schreiben nutzte der gewitzte Campanella sofort zu einer aktuëllen Rechtfertigung päpstlicher Autorität über alle weltlichen Potentaten – und gegen ein spektakuläres Votum der Pariser Sorbonne.

Schon nach sechs Wochen wurde er mit Rücksicht auf seine angeschlagene Gesundheit zwar aus seinem Kerker in eine Zelle noch immer im Palast der Inquisition verlegt, aber weiterhin eingeschlossen und ausdrücklich *"loco carceris"*: anstelle einer Kerkers.

"Das Dämonische seines Wesens, das bei jeder Gelegenheit, im Verhör wie im Gespräch, zum Ausdruck gekommen sein muß", hat später sein Exeget Klaus J. Heinisch plausibel rekonstruïert, *"mag es wohl auch gewesen sein, was die Richter mißtrauisch machte und zögern ließ [...] , die endgültige Begnadigung und Freilassung auszusprechen"*[27] .

Vermutlich erst sein verheißungsvolles Horoskop für den lebensbedrohlich siechenden Papst, auch ein siebenter Band seines *"Astrologicum"* mit der illustrierten Anleitung, astrologischen Konstellationen zu entrinnen, und sein Kontext *"De fato siderali vitando"* (*"Wie man seinem Sternenschicksal aus-*

weicht") verhalfen ihm zu päpstlicher Audiënz, zu Sympathieën, Begünstigungen und versöhnlicherer Einstellung Urbans VIII.

"Offensichtlich stand Campanella Urban sehr nahe", hat Ruth Hagengruber noch 1994 gemutmaßt:

"Doch wurde dieses Verhältnis durch den Kardinal des Sanctum officium *gestört. Kardinal "Il mostro", wie er auch von Campanella genannt wurde, veröffentlichte wahrscheinlich ohne dessen Wissen dessen Astrologie, die er Urban gewidmet hatte, und führte so den Bruch zwischen den beiden herbei"*[9].

Kurz von Weihnachten 1626 referierte dann vollends *"ein Kardinal"* dem *Heiligen Offizium* über die hervorstechenden Irrtümer in Campanellas *"Atheïsmus"*. Hierauf eröffnete die Inquisition ein eigenes Gerichtsverfahren, um herauszufinden, ob der Angeklagte die resultierenden Verwirrungen beabsichtigt habe und sein beschuldigter Text von ihm selbst verbreitet worden sei – oder von unbefugten Fremden

Campanella wurde verhört. Er leugnete, aber bat um Nachsicht und Milde.

Im holländischen Leiden erschien da die vierte Ausgabe seines *"Discursus"* über die Niederlande.

Anfang 1627 entschloß sich das *Heilige Offizium*, alle beanstandeten Thesen in Campanellas *"Atheismus"* einzeln zu durchleuchten. Der Angeklagte mußte auch alle seine anderen Werke ausliefern und erläutern. Auch bei Kaspar Schoppe und in den Dominikanerklöstern des Reiches wurden handschriftliche Kopieën aufgespürt.

Nach fast vier Monaten sah sich der 59jährige veranlaßt, seine Ankläger, aber auch den Papst persönlich um Gerechtigkeit, angemessene Anhörung, das Recht zum Messelesen, einen Diener und erträglichere Unterbringung zu bitten. Genehmigt wurde hiervon einzig ein künftiges Zusammenleben mit Filippo Borelli, dem Sohn seines Kerkermeisters in Neapel, als vermeintlichem Neffen und Gehilfen.

Seine Richter kaprizierten sich inzwischen auf ganze achtzig Behauptungen seiner Prädestinationstheorieën im *"Atheismus"* und seines Pansensismus in *"De sensu rerum"*. Prompt verteidigte er sich hiergegen mit zwei ausführlichen neuën Texten: *"De prædestinatione"* und *"Defensio libri sui De sensu rerum"*.

Außerdem arbeitete er in diesem römischen Jahr 1627 an zwei kurzen *"Discorsi sulla libertà e felice suggezione allo Stato ecclesiastico"* und an ausführlichen grammatischen, metrischen und philosophischen Kommentaren zu lateinischen Jugendgedichten des Papstes, um so noch dessen Sympathieen wiederzugewinnen.

Aber schon beim nächsten Prozeßtermin klagte er über seine Krankheit, bat um Verlegung – sei es in ein Kloster seines Ordens, sei es in die Engelsburg – oder wenigstens um uneingeschränkte Bewegungsfreiheit im *loco carceris* des Inquisitionspalastes. Zugestanden wurde ihm einzig der Verbleib seines Dieners Filippo, ein halbes Jahr später auch noch ein monatliches Kostgeld von zehn Scudi aus der Kasse seines Ordens.

Neuë Klagen über seinen Gesundheitszustand und stetige Bitten, aus der Zellenhaft befreit zu werden, wurden im Frühjahr 1628 schließlich vom Papst persönlich nicht mehr abgelehnt, aber an die Bedingung geknüpft, bei der Verhandlung gegen seinen *"Atheismus"* endlich nachzugeben.

Hierauf erklärte sich die Inquisition im Falle seines *"Atheismus"* für unzuständig und folgte so unverkennbar jedweden päpstlichen Sympathieën für Campanella.

Unter Verweis auf eine zeitweilige Geistestrübung während seines neapolitanischen Prozesses erklärte dieser sich nunmehr zu jeglicher Wiedergutmachung bereit, sofern er in Würdigung seiner Schriften freigelassen werde. Mit einer Bitte um Entschuldigung für abergläubische Experimente beharrte er auf Zulassung zu den Sakramenten und bat um Milde.

Zehn Tage später, also Ende April 1628, wurde ihm gestattet, sich *loco carceris* innerhalb des ganzen Inquisitions-Palastes frei zu bewegen.

Offenbar begann man, sich nach rund 36jähriger Verfolgung

e n d l i c h   z u   a r r a n g i e r e n .

Campanella legte jetzt dem Papst seine Kommentare zu dessen eigenen Poëmen vor, widerlegte grassierende astrologische Ankündigungen vom baldigen Ableben Urbans VIII. und erstellte sogar noch für den *"Maestro del Sacro Palazzo"* ein günstiges Horoskop.

Ende Mai 1628 wurde ihm erlaubt, auch wieder die Messe zu lesen, Ende Juli schließlich, den *Palazzo des Sant' Uffizio* zu verlassen und sich abermals in jenem Dominikanerkloster neben der Sabinenkirche auf dem römischen Aventin, freilich auch dort noch immer *loco carceris* einzuquartieren.

Dort erhielt er auf persönliche Anweisung des Papstes alle seine Bücher zurück, um sie, revidiert und korrigert, unverzüglich einer nächsten Überprüfung durch jenen *Maestro del Sacro Palazzo* vorlegen zu müssen.

Einmalig durfte der eben sechzig Gewordene jetzt, sei es unter strikter Bewachung auch wieder jenen internen *Bereich der Sieben Pilgerkirchen* (*"sette chiese"*) besuchen. Das Leben dieser *"Glocke Roms"* schien sich zu wiederholen.

Im November 1628 wurde gar seine *"Philosophia rationalis"* kirchlich gebilligt.

Nur umso stimulierter verfaßte er auch weitere neuë, teils verschollene Texte, so seine unbelehrbar kritischen *"Avvertimenti"* für den Papst und die Könige von Frankreich und Spaniën über frühere und jetzige Mißstände (*"alli passati e presenti mali"*) in ganz Italiën.

Anfang 1629 wurde er nach vorbehaltloser Distanzierung von seinen deutschen Publikationen durch das *Sant' Uffizio* endgültig freigesprochen, rehabilitiert und auch zu höheren Ämtern seines Ordens wieder zugelassen: er war frei.

Nach insgesamt 36 Häftlingsjahren war der Sechzigjährige endlich wieder frei.

Herr seiner Entscheidungen.

Doch umso weniger gab er jetzt Ruhe, umso mehr wollte er agitieren, seine Bücher veröffentlichen, politisch beraten, theologisch disputieren und ein calabrisches Missionskollegium begründen.

Seine Rente wurde auf armselige fünfzehn Scudi monatlich erhöht.

Der Name Campanella wurde am 6. April 1629 im Index der verbotenen Bücher gestrichen.

Das römische Dominikanerkapitel verlieh ihm gar den begehrten Titel eines *"magister theologiæ"*.

Seine umfangreichen Kommentare zur Poësie des Papstes wurden kirchlich gutgeheißen.

Aber dieser ganze plötzliche Aufstieg, der ihm auch freiën Zugang zu Ämtern und Ehrungen zu eröffnen, ihn gar für den Titel eines Kardinals kandidieren zu lassen schien, brachte ihm prompt auch wieder Feindschaften, Mißgunst oder Verdächtigungen ein und untergrub so allmählich sein neues Ansehen: die obersten Prälaten seines eigenen Ordens wurden nunmehr aus Eifersucht seine arglistigsten und hartnäckigsten Widersacher.

Als in Lyon nunmehr sein *"Astrologicum"* im Druck erschien, schickten neidische Ordensbrüder auch ein Exemplar seines siebenten Bandes *"De fato siderali vitando"* dorthin, um durch den Vertrieb eines unverkennbar abergläubischen Textes den Ruïn eines solchen Rivalen zu befördern. Mit entsprechendem Nachwort verbreitet, löste dieses Buch in Rom dann zielgenau die Empörung des Papstes aus. Unverzüglich ließ Campanella eine richtigstellende Verteidigungsschrift erscheinen, die ihn bei seinen klerikalen Zensoren entlastete.

Um einen nächsten Skandal zu vermeiden, veröffentlichte er seine *"Astrologia"* nur anonym und fand sie prompt auf dem Index wieder.

Aber wohlweislich verwahrte er sich brieflich beim Papst persönlich gegen Verleumdungen und Intrigen seiner Gegner und Neider. Er schrieb auch an Kaiser Ferdinand II., versicherte den seiner Ergebenheit und kündigte das baldige Erscheinen vieler neuër Werke an. Denn seine deutschen und französischen Publikationen erlebten inzwischen wiederholte Neuauflagen, teils bereits in Landessprache.

Als sein *"Atheismus"* im Mai 1630 inquisitorisch endlich gebilligt wurde, ließ er ihn als *"ersten Teil des 6. Bandes"* einer nunmehr geplanten Gesamtausgabe seiner Werke drucken. Doch ehe noch das fertige Buch vertrieben werden konnte, beanstandete ein Berater des *Heiligen Offiziums* es erneut und verweigerte das benötigte *publicetur*. Erst mit 32 veränderten und nachgedruckten Seiten durfte dieses umkämpfte Werke Anfang 1631 endlich erscheinen.

Kaum ein halbes Jahr später freilich wurde das enthaltene Horoskop der Kirche mißbilligt und das Buch beschlagnahmt. Campanellas Proteste, sein Zugeständnis gewünschter Änderungen und eine ganze Verteidigungsschrift hoben diese Konfiskation nicht auf.

Bei den Piaristen im latinischen Frascati war der 63jährige inzwischen in deren pädagogischen Programmen für Kinder unbemittelter Familiën als Gastdozent tätig. Aber auch dort sah er sich noch veranlaßt, sich schriftlich beim Papst über Machenschaften seiner Feinde zu beschweren.

Dennoch machte er brieflich schon bald danach dem nicht minder inkriminierten Galileo Galilei den ebenso selbstlosen wie lebensgefährlichen Vorschlag, sich in seinem drohenden Prozeß vor der Inquisition von Campanella verteidigen zu lassen.

Sein eigenes Leben vertraute er in Gestalt der verschollenen Autobiografie *"Vita Campanellæ"* und jenes bilanzierenden *"Syntagma"* seiner Bücher und Studiën dem französischen Kardinals-Bibliothekar Gabriel Naudé an, dessen Freundschaft er gewonnen zu haben glaubte. Der aber unterließ die erhoffte Veröffentlichung und holte sie für das Syntagma mit eigenmächtigen Veränderungen erst drei Jahre nach Campanellas Ableben nach: 1642 in Paris.

Trotzdem schien Naudé, sei es intuïtiv, als eine erste direkte Schleuse nach Frankreich erprobt zu werden. Denn in mehreren Schriften verteidigte Campanella jetzt den französischen König und pries dessen Regierungschef, den Kardinal de Richelieu.

Da wurde in Neapel am 15. August 1633 sein Schüler und Klosterbruder Tommaso Pignatelli verhaftet, weil er naïv und schwärmerisch eine Verschwörung gegen das spanische Regime und die Vergiftung des Vizekönigs mitsamt seinen Paladinen anzuzetteln versucht haben sollte.

Sofort wurde in Neapel wieder Campanella verdächtigt, Hintermann, Auftraggeber oder Drahtzieher Pignatellis zu sein. Dieser soll das, gefoltert, sogar bestätigt haben. Ein Neffe des Philosophen wurde daraufhin in Calabrien verhaftet und einer seiner Brüder zur schnellen Flucht nach Rom veranlaßt.

Anfang Oktober 1633 wurde Pignatelli in seiner Zelle erdrosselt.

Vorher soll er seine Bezichtigung Campanellas noch widerrufen haben. Dieser jedoch wurde von den Spaniërn weiterhin lauthals einer strafbaren Komplizenschaft beschuldigt.

Anfang 1634 beschlagnahmte die Inquisition in Rom sein Buch *"Monarchia Messiæ"*, inzwischen in Jesi im Druck erschienen, erklärte dessen theokratische Ideën für aufrührerisch und vernichtete es.

Selbst noch immer in Frascati bei den Piaristen und deren Zöglingen, floh Campanella vor der angeforderten Auslieferung nach Neapel in den Schutz der französischen Botschaft im römischen *Palazzo Farnese*. Dort riet ihm nun sogar Papst Urban VIII. persönlich, der den dortigen Diplomaten jede Protektion dieses Flüchtlings zugesagt hatte, aber einem drohenden Konflikt mit Spaniën lieber aus dem Wege gehen wollte,

z u r   f i n a l e n   F l u c h t   n a c h   F r a n k r e i c h .

Denn dort besaß Campanella inzwischen mehr Freunde und Anhänger als in Rom.

Am 21. Oktober 1634 verließ er also sein römisches Asyl bei Nacht und Nebel wohl nur durch einen Hinterausgang, unter falschem Namen, in der irreführenden Kutte eines Franziskaners und in der Kutsche der französischen Botschafter Jean Gallard de Béarn, Grafen de Brassac, und François de Noailles, die ihn vor den Aggressionen aufgehetzter Belagerer ihres Palais in den Hafen von Livorno retteten, wo ihm an Bord eines Schiffes nach Marseille im letzten Moment noch zu flüchten gelang.

So verließ der 66jährige nun auch noch seine italiënische Heimat und verbrachte die letzten Jahre seines Lebens als Emigrant im französischen Exil: für einen so Gebeutelten wie ihn vielleicht erst zweitrangig jenes *"Ärgste, was einem Menschen passieren kann"* [18].

Aber ahnungslos schlug er mit dieser Flucht auch persönlich eine räumliche Brücke vom papistischen Mittelalter zum Geburts- und Tatort einer revolutionären Neuzeit. Es war die Brücke vom Lateran zur Bastille.

Aus seinem ersten Obdach bei einem Brieffreund und Geistesbruder, dem angesehenen Numismatiker, Parlamentsrat und Altphilologen Nicolas-Claude Fabri de Peiresc, in Aix-en-Provence beschwerte sich dieser Flüchtling brieflich sofort beim Papst pauschal über alle erlittenen Verfolgungen in Bausch und Bogen.

Zwei Wochen später zog es ihn nach Lyon zum Verlage oder Drucker seiner französischen Buchausgaben, bald schon weiter nach Paris, von wo aus er sich brieflich beim Kardinal Barberini über all das Unrecht beklagte, das ihm in Rom widerfahren sei. Er blieb ein Kämpfer, trotzte auch hier und jetzt noch allen römischen Versuchen, ihn durch päpstliche Nuntien zu diskreditieren, und wurde von allen politischen und akademischen Autoritäten nicht nur willkommen geheißen, sondern endlich auch angemessen respektiert und gewürdigt.

Er logierte zwar wieder im Kloster seiner Dominikaner, die sich hier freilich Jakobiner nannten, in der *rue du Faubourg Saint-Honoré* und war dort in seinem siebenten Lebensjahrzehnt endlich frei und in Sicherheit.

Umso mehr blieb er aktiv, widmete sich der französischen Politik, der Konversion von Hugenotten, der Überarbeitung und Drucklegung vieler seiner Bücher und deren Versand nicht zuletzt triumphierend in den Vatikan: der vierteiligen *"Philosophia realis"*, der fünfteiligen *"Philosophia rationalis"* (mit den Abteilungen Dialectica, Grammatica, Rhetorica, Poetica und Historiographia), der Neuauflagen von *"De sensu rerum"* und *"Atheismus"*,

vorrangig aber einer Neufassung seiner *"Metaphysica"*, die er selbst als die Bibel jedes Philosophen bezeichnete. Dieses Projekt aus dem Jahre 1590 war mitsamt seiner Einleitungs-These, *"daß die sinnliche Empfindung das Resultat eines Ähnlichkeitsurteils ist"*[9], im Laufe seines Lebens verschollen, beschlagnahmt, übersetzt, verschenkt, zurückgezogen, fünfmal *"in meliorem formam"* rekonstruïert und in schließlich achtzehn Bänden über fast vier Jahrzehnte hinweg an einer Spiritualität interessiert, die seinen ursprünglich telesischen Sensualismus nicht ersetzen, sondern überwinden, über diesen hinaus ins eben Meta-Physische seiner sympathischen Sympathie-Theorie finden lassen sollte.

Ausgangspunkt war schon eine These Telesios zur Sympathie gewesen: *"Jedes Seiende suche das ihm Ähnliche, um sich im Sein zu erhalten, das Unähnliche bedeute den Verlust des Seins"* (zitiert nach [9]). Erst Campanella stellte die Frage, wie denn der Mensch das ihm Ähnliche vom Unähnlichen unterscheiden könne, und fand heraus, daß Ähnlichkeiten keineswegs objektiv vorhanden seïen, sondern durch magische Sympathie ermittelt werde und

"daß der Mensch zwischen den Partikularia eine Beziehung herstelle, die eben als Ähnlichkeitsbeziehung zu bewerten sei. [...] Allein das Subjekt stelle die Beziehung zwischen den Dingen her. [...] Nach Campanella ist Ähnlichkeit die subjektive Beziehung zur Welt" [9].

"In seiner Philosophie ist Ähnlichkeit an die Erfahrung des Subjektes und an die Kontinuität seines Bewußtseins gebunden, Welt und Selbst sind unterschiedslos. Gerade aus diesem Verständnis von Ähnlichkeit baut Campanella seine Idee von der Identität eines Subjektes auf. Diese Identität wird von ihm als der Beziehungsraum alles Ähnlichen gedeutet, den das Subjekt zu umgreifen vermag. [...]

Die Geschichte der Ähnlichkeiten, die die Seele herstellt, wird zur Geschichte der Seele. Die Ähnlichkeiten häufen sich in der Seele zu einer Erinnerungsgeschichte, in der die Seele eine Erkenntnis über sich selbst, mittels der von ihr verähnlichten Welt, gewinnt. Die Analyse der Ähnlichkeitsverkettungen führt zu einem Wissen, durch das sich die Seele selbst entdeckt" [9].

Gleichwohl wurde dieser immigrante Sympathisant mit solchen Thesen auch in Frankreich wieder angefeindet und umneidet. Römisch-jesuïtische Handlanger verboten den hiesigen Buchhändlern den Verkauf seiner unsympatischen Bücher und versuchten, die Gelehrten der Sorbonne gegen seine Schriften zu beeinflussen.

Dennoch fand er auch maßgebliche Freunde wie den Mathematiker und Theologen Marin Mersenne, diesen Jugend- und Brieffreund Descartes', den Physiker und Philosophen Pierre Gassendi und jenen Gabriel Naudé, Bibliothekar inzwischen Richelieus, des allmächtigen Kardinals und hierzulande faktisch königlichen Regierungschefs.

Dieser persönlich empfing den skandalumwitterten und klerikal verfolgten Asylanten schon zwei Wochen nach dessen Ankunft in Paris, beauftragte ihn mit einer politisch ebenso brisanten wie verheißungsvoll geratenden Prophetie zur ungelösten Thronfolge der jungen Bourbonen-Dynastie und ließ sich den hierfür notfalls vorgesehenen Bruder des Königs tatsächlich chiromantisch ausreden (*"Imperium non gustabit in æternum"*: *"Er wird die Herrschaft nie und nimmer genießen"*!). Richelieu stellte diesen calabrischen Wahrsager unter seinen persönlichen Schutz und konsultierte dessen Prophezeiungen auch noch späterhin.

Für einen Historiker vom Range Friedrich Meineckes, Repräsentanten immerhin der deutschen Geschichtswissenschaft in der ersten Hälfte des 20. Jahrhunderts und ersten Rektors der *Freien Universität Berlin*, war es noch 1957 durchaus zweifelhaft,

"aus welchen Gründen und in welchem Grade Richelieu den merkwürdigen Flüchtling geschätzt und geschützt hat, ob nur als den großen [...] Philosophen, ob nicht auch als einen trotz aller Phantastik mit politischem Späherblick begabten Kopf" [13] . Immerhin ist dessen brieflicher *"Geheimbericht über die in den Mönchsklöstern betriebene spanische Propaganda"* [13] brisant und aktenkundig.

Weniger bekannt ist, daß Richelieu die Tradition wissenschaftlicher Gesprächsrunden in der Abtei Saint-Victor wieder aufgriff, in der Pariser *Galerie de Conflans* erneut etablierte und Campanella zum Moderator oder Präsidenten einer Institution machte [37], aus der sich die zahllosen wissenschaftlichen Akadmieën Europas entwickeln sollten: ihre jetzige Entstehung *"ließe sich unschwer [...] mit Campanella in Verbindung bringen"* [3] .

Er seinerseits schrieb in diesen Pariser Jahren politische Traktate, die *"für die Augen Richelieus und seiner Leute geschrieben zu sein"* [13] scheinen, gleichwohl ungedruckt blieben. Sicher fühlte er da *"über alle Wesensverschiedenheit"*, diagnostizierte Meinecke, *"etwas Verwandtes in Richelieu heraus: die große Leidenschaft für die Sache, die Hingabe des eigenen Ichs an ein Ganzes, an die großen Angelegenheiten der Menschheit. Der kommunistische Weltreformer huldigte dem Begründer des französischen Absolutismus, der ihm zugleich den Weg bahnen sollte zum Sonnenstaate."*

Richelieu seinerseits *"durfte sich also rühmen, daß einer der tiefsten philosophischen Denker seiner Zeit, und noch dazu ein Ausländer, sein nationalpolitisches Lebenswerk vollkommen begriff"* [13].

Umgekehrt empfahl Campanella diesem effiziënten Realpolitiker eine Umsetzung seines eigenen *"Sonnenstaates"* in die Wirklichkeit, schenkte ihm hierfür ein Exemplar dieser abermals überarbeiteten, dieser neu aufgelegten Utopie und schrieb eine Widmung mit diesem Schlußsatz hinein:

"Et Civitas Solis per me delineata, ac per te œdificanda, perpetuo fulgore nunquam eclipsato, abs tua eminentia splendescat semper":

"Auch dieser Sonnenstaat, von mir skizziert und von dir zu errichten, soll immer im ewig unverfinsterten Lichte deines Glanzes erstrahlen!"

<u>Auszüge aus Tommaso Campanella, *"Der Sonnenstaat"* (leicht gekürzt)</u> [26]:

"Der oberste Herr bei ihnen ist ein Priester, den sie in ihrer Sprache SOL nennen; in unserer würden wir sagen: Metaphysikus.

*

Sie sind sehr gelehrig, und wer immer unter ihnen dabei Anführer ist, wird König genannt; denn ihrer Meinung nach gebührt dieser Titel nur solchen Leuten und keineswegs Unwissenden.

Es ist einfach großartig, wie Männer und Frauen truppweise einherkommen und niemals ihrem König ungehorsam sind oder Widerwillen an den Tag legen; denn sie betrachten ihn wie einen Vater oder älteren Bruder ...

*

Tatsächlich sind wir gewisser, daß in einem so gebildeten Menschen die Weisheit zum Herrschen steckt, als ihr, die ihr ungebildete Männer zu Herrschern macht, die ihr lediglich deswegen für geeignet haltet, weil sie von

345

Fürsten abstammen oder von der gerade herrschenden Partei gewählt wurden.

*

Unser Sol jedoch, wenn er auch noch so unerfahren in der Herrschaft ist, wird niemals grausam oder verbrecherisch oder tyrannisch sein, weil er so viel weiß.

*

Niemand gelangt zur Würde des Sol, der nicht die Geschichte aller Völker kennt, ihre Sitten und Gebräuche, ihre Religionen und ihre Gesetze, die republikanischen und die monarchischen Einrichtungen, ferner die Gesetzgeber und Erfinder der Künste und Gewerbe, die Ursachen und Gründe der Erd- und Himmelserscheinungen.

Ebenso verlangen sie von ihm die Kenntnis aller Handwerke, außerdem auch der Physik, Mathematik und Astrologie.

*

Sie sind unsicher, ob außer der unseren noch andere Welten bestehen, und glauben, es sei unsinnig zu behaupten, daß das Nichts sei; sie sagen vielmehr: Nichts sei weder innerhalb noch außerhalb der Welt.

Gott [...] dulde das Nichts nicht neben sich.

*

Gott der Herr ist das Sein, und das Nichts ist das Fehlen des Seins, und zwischen diesen Grenzen geht das physikalische Geschehen vor sich.

Denn nichts wird, was ist, also war nichts, was wird.

*

Den Tod fürchten sie nicht, weil alle gemeinsam an die Unsterblichkeit der Seele glauben und überzeugt sind, daß diese sich nach dem Verlassen des Körpers mit guten oder bösen Geistern, je nach den Verdiensten des gegenwärtigen Lebens, vereinige."

Aber Anfang 1635 wurde dieser exotische Utopist mit allerhöchsten Wangenküssen und gnädigstem Wohlwollen einer Audiënz bei König Ludwig

XIII. gewürdigt und mit einer Rente geëhrt, deren Auszahlung freilich unberechenbar blieb.

Doch es folgte ein überaus ehren- und respektvoller Empfang in der Sorbonne, die seinen Werken ihren akademischen Segen verlieh und so jeden Weg zumindest in Frankreich zu ebnen half.

Hiermit mochte es zusammenhängen, daß 1635 ein Rundschreiben, das René Descartes aus seinem niederländischen Exil an diverse französische Wissenschaftler schickte, auch bei Campanella eintraf. Diese *"Quæstio singularis"* stellte allenthalben die Frage, ob es in der physikalischen Welt jemals einen Beweis für den mathematischen Punkt geben könne: für jene *"magnitudo latitudinis non expers, quæ sit in puncto vere mathematico"* (zitiert nach [9]).

Leicht befremdet verwies Campanella in seiner Antwort auf die vorliegende Lösung dieses Problems in seiner *"Metaphysica"* und fragte zurück, wie denn überhaupt nach einer Größe geforscht werden könne, *"die 'irgendwann und irgendwo' in einem Punkt aufzufinden sein sollte, wo doch etwas, was angeschaut werden kann, immer nur als Relation erfaßt werden könne. Es gebe keinen Punkt, weder in der sinnlichen Welt noch in der Imagination, noch im Verstand:*

Non datur punctum sine partibus vel realibus vel respectivis, neque secundum sensum neque secundum intellectum aut imaginationem [31].

Weder Empfindung noch Intellekt und Imagination könnten etwas Singuläres erfassen; der Mensch begreife nur, wenn er in Beziehungen und Hinsichten denke. Dies gelte auch für den Punkt".

Diese *"Antwort auf die Quæstio singularis verdeutlicht, daß er eine Begründung aus der Intuition ablehnte. Damit stellte er sich gegen eine Lösung, wie sie Descartes entworfen hatte"* [9].

Aber die ungewohnte Anerkennung eines solchen Einbezuges in prominente Erörterungen stimulierte ihn wohl auch zur fünften Überarbeitung seiner achtzehnbändigen *"Metaphysica"* und zur Ausarbeitung des sechsten Bandes seiner *"Theologia"*. Ein sonderlich brisanter Band mit *"Atheismus"*, *"Disputatio in Bullas"*, *"De gentilismo"*, *"De prædestinatione"* und *"Expositio super IX Rom."* wurde König Louis XIII. gewidmet und konnte vom hiesigen päpstlichen Nuntius nicht mehr, wie angeordnet, verhindert, nur noch als realer Beleg in Rom präsentiert werden. Der Papst überließ ihn, recht machtlos, einer Überprüfung durch die Inquisition, die ihn nach einem halben Jahr verdammte und einer strengen Zensur durch Theologen der römischen Dominikaner unterwarf.

Es hörte nicht auf.

Aber Campanella hörte auch nicht auf, mit weiteren kritischen Traktaten den Vatikan zu provozieren und sich neuë Feinde einzuhandeln. So forderte er brieflich die anglikanisch englische Königin Henrietta Maria (aus dem Hause Bourbon) zu einer Heimkehr in die katholische Mutterkirche auf, und beim französischen Kanzler beschwerte er sich über Häresieën des habsburgischen Kaisers, dem er aber nichtsdestotrotz seine Produkte übersandte. Vom Papst verlangte er vollends unverdrossen eine Rückerstattung all seiner konfiszierten Schriften. Er blieb unermüdlich.

Aber just an seinem 70. Geburtstag wurde dem französischen König und dessen Ehefrau Anna "von Österreich", beide da schon 37jährig, der heiß- und langersehnte Thronfolger geboren, den Campanella kürzlich indirekt geweissagt hatte. Wenige Tage später wurde er daher mit einem Horoskop auch für diesen Dauphin beauftragt. Es wurde in Versen als *"Ecloga in portentosam Delphini nativitatem"* abgefaßt, veröffentlicht, mußte schon bald gegen eifersüchtige Höflinge verteidigt werden und bestätigte sich später mit seiner Prophetie einer ganz außergewöhnlichen Zukunft als historisch verblüffend weitsichtig.

Damit war Campanella freilich selbst zur leibhaftigen Muffe zwischen Renaissance und Barock oder Mittelalter und Neuzeit geworden. Denn dieser Säugling, den er da betrachtet, berechnet und beweissagt hatte, sollte als legendär absolutistischer Sonnenkönig scheinbar jenem idealen Sonnen-Hierarchen seines eigenen utopischen "Sonnenstaates" jedenfalls nominell genau entsprechen, dann jedoch als legendärer Ludwig XIV. der strahlende Höhepunkt all dessen werden, was die *Französische Revolution* schon 150 Jahre später zum irreparablen Einsturz bringen sollte.

Als sei mit der zögerlichen und lange verweigerten Epiphanië dieses spätgeborenen Thron-Erben alternder Königs-Eltern ein Zeitenwechsel eingeläutet und ein Maß erfüllt, verhießen die stetig beobachteten Gestirne diesem Astrologen selbst nur ein Vierteljahr später, in der ersten Maihälfte 1639, eine große Gefahr, die er gewieft mit einer Sonnenfinsternis am nahenden 1. Juni 1639 in Verbindung brachte.

Aber Mitte des Monats Mai 1639 erkrankte er plötzlich selbst. Alle Beschwörungsriten, deren Effiziënz er oft genug erprobt und empfohlen hatte, schlugen jetzt plötzlich fehl und erwiesen das drohende Verhängnis nur umso unausweichlicher. Denn just jene Vorsichtsmaßnahmen, die er den Bürgern seines utopischen "Sonnenstaates" zur Abwehr von ekliptisch *"verpesteten Ausdünstungen des Himmels"* in seinem Text *"De siderali fato vitando"* dringendst angeraten hatte, waren für das nunmehr dräuënde Unheil offenbar zu schwach.

"Er schloß sich in eine Kammer mit weiß getünchten Wänden ein, die mit wohlriechenden Essenzen besprengt und durch sieben weithin duftende Wachsfackeln erleuchtet war, und suchte seine Besorgnisse durch die Klänge musikalischer Instrumente und durch Gespräche mit den Mönchen, die ihn für wahnsinnig hielten, zu zerstreuen" [1]. Aber auch versiegelte Fenster und Türen, auch Lorbeer-, Myrten-, Rosmarin- und Zypressen-Aromen, frisches Blattwerk und weiße Seide ringsum als immune Zuflucht zu den verführerischen Farben und Gerüchen einzig der Natur und zu deren ungetrübt heilsamen Kräften

halfen da nicht mehr. Schon zehn Tage vor dieser fast hysterisch befürchteten Finsternis über seinem Sonnen-Kosmos starb Tommaso Campanella am 21. Mai 1639 um vier Uhr früh unter Fürbitten seiner jakobinischen Klosterbrüder.

Eine medizinische Diagnose dieses Ablebens liegt uns nicht vor.

Aber auch naheliegende Verdächtigungen seiner Widersacher liegen uns da nicht vor.

Sein Tod bleibt mysteriös und läßt sich nach Belieben deuten.

Tommaso Campanella war in seinem Pariser Exil gestorben: also am späteren Eruptions- und Geburtsort der historischen Neuzeit.

Er wurde in der Dominikanerkirche *Saint Jacques* in der *rue du Faubourg Saint-Honoré* beigesetzt, als warte er dort nur auf die verheißene Neuzeit seines modernen Sonnenstaates. Nach 150 Jahren brach sie in Paris wirklich aus.

Die Revolution von 1789 machte dann das dominikanisch-jakobinische Kirchenschiff mit Campanellas Grab zum Treffpunkt ihrer Akteure, die sich folglich als *"Klub der Jakobiner"* bezeichneten und eben hier die historischen Reden Dantons, Robespierres und Saint-Justs vernahmen: just über Campanellas, ihres frühesten Verkünders, Ruhestätte hinweg. Den benachbarten Kreuzgang, wo er seinem kommunistischen *"Sonnenstaat"* eine letzte Form ersonnen haben mag, machten sie zurecht, wenn auch eher ahnungslos zum Ballsaal ihrer entfesselten Freudentänze.

Nach Robespierres Guillotinierung wurde 1794 dieser erste Versammlungsort der Neuzeit geschlossen. Der pragmatische Nationalkonvent beschloß die masochistische Schleifung dieses ebenso sakralen wie historischen Gebäudes und die Errichtung stattdessen von Markthallen für das Volk. 1810 wurde diese Umfunktionierung baulich abgeschlossen. Von Kloster und Kirche blieb nichts erhalten. Auch von ihren prominenten Särgen, vermutlich mitgeschleift, und all den 30 000 Büchern ihrer preziosen Bibliothek nicht.

Ihrer aller Standort und Campanellas vermeintliches Grab, das also ebenso verschollen ist wie die meisten seiner fast neunzig Schriften, beanspruchen heute *place* und *rue du Marché-Saint-Honoré* oder *Marktplatz* und *-straße Saint-Honoré*: das absolut Profane. Das Kommerziëlle. Das unmetaphysisch Materiëlle.

Dem entspricht Ruth Hagengrubers Bilanz von 1994, *"daß Campanellas Schriften noch immer nicht vollständig ediert sind. Jedoch ist die Rezeptionsgeschichte gut bibliographiert, aufgrund mangelnden Interesses aber kaum ausgewertet"*[9].

Schon sieben Jahre nach Campanellas Tod freilich wurde in Leipzig der große deutsche Philosoph Gottfried Wilhelm Leibniz geboren, der die *"Monarchia Messiæ"* seines nicht minder großen Kollegen selbst besaß und studierte, weil er ihren Autor für *"einen der größten unter seinen Vorgängern"* oder *"einen der erhabensten Geister"* hielt, *"die es je gegeben"* und die *"durch Größe der Gedanken, der Ratschläge und Entwürfe sich zu den Wolken erheben und leisten, was irgend die Menschheit leisten mag"* (aus dem *"Otium Hanoveranum"* seines eigenen "Eckermann", Joachim Friedrich Fellers, von 1718, hier zitiert immerhin nach Johann Gottfried Herder [17]).

Dieser nämlich (1744-1803) klagte und kritisierte schon: *"Niemand lies't mehr Campanellas Schriften"* und übersetzte daher selbst viele von dessen *"erhabnen philosophischen Canzonen"* für seine eigenen *"Adrastea"* ins Deutsche. Denn ihm gefiel eine solche *"große Absicht"* und wie dieser fast vergessene Geist allen Widrigkeiten zum Trotz versuche, *"allenthalben das große ewige Drei herrschend zu machen, **Macht, Weisheit, Liebe**; oder **Wahrheit, Schönheit und Güte**, die in seinem Weltsystem nur Eins sind. Zu diesem hohen und höchsten Ziel strebte Er!"* [17]

Aber kein Geringerer als Herders Zeitgenosse und genervter Geistesbruder Goethe hielt in ihrer beider Weimar etwa gleichzeitig Campanellas telesischen Einstand *"De sensu rerum"* bei seinem *"höchst aufmerksamen Lesen"* vermutlich der Frankfurter Buchausgabe von 1620 für ein so *"wichtiges Denkmal"*, daß er in seinem Exemplar, das offenbar *"auf so schlechtem Papier so eng und elend gedruckt"* war, wie Herder es vielen Editionen dieses Autors ankreidete, sogar eigenhändig und blindlings alle zeitgenössischen Druckfehler korrigierte: damit es künftige Leser nur ja nicht etwa falsch rezipierten – so maßgeblich war es ihm.

Doch vollends sein Erfurter Zeitgenosse Wilhelm Gottlieb Tennemann (1761-1819), selbst Philosoph, Historiker und vorrangig Philosophiehistoriker in Marburg, hielt in seinem epochalen *"Grundriß der Geschichte der Philosophie"* von 1812 Tommaso Campanella (neben Francis Bacon und Thomas Hobbes) für den eigentlichen Anfang allen neuzeitlichen Philosophierens.

Als dann hundert Jahre nach dem Sturm auf die Bastille, die während Campanellas dortigem Lebensende mit achtzig Kellerverliesen als menschenverachtend brutales Zuchthaus diente,

im hinterlassenen Sonnenstaate jenes heilsgewiß verheißenen Sonnenkönigs auch noch so potente Häftlinge wegschloß wie

Voltaire (*recte* François Marie Arouet: 1694-1778),

legendären französischen Lyriker, Dramatiker, Epiker, Pamphletisten, Satiriker, Philosophen, Historiker, Essayisten, Librettisten, Chronisten, Romancier, Kulturhistoriker, Enzyklopädisten oder Sachbuchautor und Ikone der europäischen Aufklärung,

hier schon wegen eines einzigen politischen Spottgedichtes ganze elf Monate lang, wegen einer frechen Bemerkung später zuerst verprügelt, dann ein zweites Mal eingesperrt und einzig zur Emigration oder Abschiebung ins Ausland amnestiert,

und

Donatien Alphonse François, Marquis de Sade (1740-1814),

prominenten Philosophen, Romancier, Dramatiker, Reiseschriftsteller und libertär praktizierenden Sexualfantasten, zum Tode verurteilt, zwölf Jahre lang Strafgefangener, davon fast die Hälfte hier, wo er beim beginnenden "Sturm auf die Bastille" 1789 den protestierenden Demonstranten zurief: *„Sie töten die Gefangenen hier drinnen!"*;

von den jakobinisch-kommunistischen Sonnenstaats-Rebellen unverzüglich in die Irrenanstalt, wieder ins Gefängnis gesperrt, wieder zum Tode verurteilt, wieder in die Irrenanstalt weggeschlossen, dort auch verstorben:

mit kurzen Unterbrechungen 23 Jahre lang gefangen,

als also just zur Jahrhundertfeiër des Jakobiner-Sturms auf diese grausame Bastille *anno Domini*

1889 im selben Rom, das jenen Campanella Zeit seines qualvollen Lebens bis an die Grenzen des Auszuhaltenden verkannt, mißachtet, gedemütigt und gefoltert hatte,

auf dem blutig stigmatisierten lokalen Marktplatz des *Campo de' Fiori* ein Denkmal errichtet wurde, mit dem der Bildhauër Ettore Ferrari und die römische Stadtverwaltung zur Beschämung des benachbarten Vatikans an dessen hiesige Verbrennung des großen Renaissance-Philosophen Giordano Bruno erinnerten,

da wurden in den Sockel dieser Statuë Reliëf-Medaillons und bronzene Gedenktafeln eingefügt, die sogar heutige Touristen und sonstige Rompilger noch auf Brunos Geistes- und Leidensbrüder verweisen: so auf

John Wyclif (oder Wicliffe oder Wiclef oder Wycliff oder Wycliffe: vor 1330 bis1384),

englischen Philosophen, Theologen, Bibelübersetzer und Kirchenreformer, der für seine Proteste gegen Heiligen- und Reliquiënverehrung, gegen Priesterzölibat, Ohrenbeichte und Transsubstantiationslehre noch dreißig Jahre nach seinem Tode zum Ketzer erklärt, zum Feuertode seiner Gebeine verurteilt, exhumiert und 1418 noch postum mit zweihundert Manuskripten seiner Bücher öffentlich verbrannt wurde;

auch auf

Jan Hus (oder Johannes Huss: 1370-1415),

tschechischen Priester, Universitätsprofessor für Theologie und Philosophie, auch Dekan und Rektor in Prag, als Gefolgsmann Wyclif's Bibelübersetzer und Kritiker des verweltlichten Klerus, mit dem Kirchenbann belegt, exkommuniziert, in die Flucht getrieben,

als Gast des *Konstanzer Konzils* 1414 verhaftet, gefesselt, mißhandelt, verhört, zum Ketzer erklärt, zum Tode verurteilt, zusammen mit seinen Schriften öffentlich verbrannt und in den Fluten des Rhein "entsorgt";

auch auf

Petrus Ramus (eigentlich Pierre de la Ramée: 1515-1572),

französischen Philosophen, Pädagogen, Mathematiker, Rhetor und Humanisten, dessen akademische Methodenkritik in den 250 Neuauf-

lagen seiner *"Dialecticæ institutiones"* wiederholt mit Publikations-
und Lehrverbot, dessen Übertritt zum Protestantismus und Einsatz
"für ein demokratisches, nicht aristokratisches" Kirchenregiment mit
seiner Ermordung in der "Bartholomäusnacht", mit postumer Enthauptung und "Entsorgung" in der Seine geahndet wurde;

ferner auf

Paolo Sarpi (1552-1623),

venezianischen Theologen und Servitermönch mit steiler Ordenskar-
riere bis zum Generalprokurator und -prior in Rom, dort als Kritiker
der posttridentinisch zentralistischen Papstkirche mißliebig, im Prin-
zipiënstreit um geistliche und weltliche Gewalt mit seiner hochkarätigen, international erfolgreichen *"Istoria del Concilio Tridentino"* und
seinem Einsatz für venezianisch autarkes, ökumenisches Staatskir-
chentum exkommuniziert, mit dem Bann belegt, auf den Index gesetzt und von mörderischen Attentaten, vermutlich in klerikalem Auftrage, zu strikter Weltflucht und Klosterklausur getrieben;

aber keineswegs zuletzt eben auch auf

Tommaso Campanella.

In so ehrbarer Gesellschaft schultert dessen Bildnis da gleichsam das Stand-
bild seines noch prominenteren Zeitgenossen, Landsmanns, vermeintlichen
"Fleischesbruders"[22] und Martyriënkollegen Bruno, das inzwischen zum
Touristenprogramm und Weichbild Roms gehört, durch etwas aufgeklärtere
Epochen.

Spätestens die frühen Marxisten machten ihn daher zu ihrem Säulenheili-
gen. Schon

Francesco De Sanctis (1817-1883),

progressiver italiënischer Literarhistoriker und sozialistischer Parla-
mentariër, vor reaktionärer Verfolgung 1849 just ins telesische Cosenza geflüchtet, seit 1850 drei Jahre lang in Campanellas neapolita-

nischem *Castel dell' Ovo* eingekerkert, nach Amerika ausgewiesen, aber nach Malta emigriert, seit 1860 Kultusminister, 1862 gestürzt, 1878 wiederernannt,

sah in Campanella einen politischen Ahnen, aber 1895 bezeichnete Antonio C. de Taviani ihn unverfroren als den *"Homer kommunistischer Ideen"*[35], und Paul Lafargue ergänzte 1921:

"Sein ganzes langes und schmerzhaftes Leben hindurch strebte seine Tätigkeit nur nach einem Ziel, der Einführung des Kommunismus"[1].

Er belegte diese These mit einem Zitat Campanellas:

> *"Wenn die Menschen alles zu ihrem Glück und moralischen Nutzen so gemeinsam machten, wie ich das sehe und lehre, wäre die Welt ein Paradies."*

So bedeutende politische Denker und Akteure wie

Antonio Gramsci (1891-1937),

> von Mussolinis Schergen unter Mißachtung seiner parlamentarischen Immunität zu Tode mißhandelt,

und Benedetto Croce (1866-1952), Ikone der antifaschistischen und marxistischen Literatur Italiëns mit seinem Essay über *"Il comunismo di T. Campanella"* und anderen Texten,

haben sich dieser Perspektive unmißverständlich angeschlossen.

Aber noch 1947 schrieb Giovanni Di Napoli in einem seiner Campanella-Texte:

"Den Sozialismus Campanellas inspirierten Platon, die christliche Urgemeinde, die Utopien Thomas More's und am meisten seine eigenen Fantasien, gespeist von den Gepflogenheiten der Mönche"[36].

Aber für das 20. Jahrhundert hatte da Guido de Ruggiero schon 1925 in seiner *"Italienischen Philosophie"* ganz unübersehbar auch festgehalten, daß dieser malträtierte Calabriĕr uns schon vor rund dreihundert Jahren *"Vorwegnahmen nicht nur cartesianischer, sondern auch kantischer Gedanken"* und in seinem *"universellen Sensualismus"* nicht zuletzt *"eine neue Theorie des Selbstbewußtseins"* hinterlassen habe, in dem bereits *"die Versöhnung von Erkennendem und Erkanntem, von Subjekt und Objekt"* und insofern *"das Ende aller Entfremdung"*[7] stattgefunden habe: Campanella antizipiere da *"die neue Philosophie des Subjekts"*, aber schon *"die des absoluten Subjekts, das die Objektivität in sich einschließt"* (zitiert nach [7]).

Ein halbes Jahrhundert hiernach nannte ein Experte wie Klaus J. Heinisch die schwer erkämpfte *"Metaphysik"* Campanellas einen *"Vorläufer des modernen Relativismus"*[27],

und ein weiteres Vierteljahrhundert später ließ Ruth Hagengruber, Doktorandin des Münchner Philosophie- und Renaissancehistorikers Stephan Otto, das 21. Jahrhundert vorsorglich wissen:

"Campanellas Subjekt weiß zwar nur subjektiv, 'wie die Welt ist'. Was jenseits seiner subjektiven Empfindung ist, weiß es gar nicht". Doch jedes *"Erkennen des anderen wird dadurch für das Subjekt zu einem Teil des Selbsterkennens. [...] Wir erkennen die Welt, weil wir sie mittels 'unseres eigenen Gewichtes wägen' "*[9].

Dieses Campanella-Zitat ist nur über ein anderes zugänglich:

"Wir vermögen, wissen und wollen anderes nur, weil wir uns selbst vermögen, wissen und wollen;

tatsächlich kann ich ein Gewicht von fünfzig Sesterzen nur heben, weil ich mich, damit gewichtet, selbst erheben kann"[33].

Dieser Text des Greises mit seiner Verschränkung oder Identifikation von Subjekt und Objekt war freilich, über fast ein halbes Jahrhundert hinweg, schon in seiner *"Philosophia sensibus demonstrata"* von 1590 vorgegeben, wenn er dort, noch im Aufbegehren gegen den Übervater Aristotéles und in Ergänzung des eigenen Gurus Telesio, darauf beharrte, *"daß* Bewegtwerden *und* Bewegen *nur unterschiedliche Aspekte einer einzigen Handlung seien: In der Natur sei die Bewegung 'per se' , was bewege, werde auch bewegt. Alle Bewegung müsse reziprok gedacht werden. Es könne nicht mehr unterschieden werden, was aktiv und was passiv sei, denn alles sei beides zugleich. In dieser Reziprozität offenbare sich die Selbsterhaltung der Natur. Diese Naturanschauung lasse keinen Schluß auf ein Erstes Prinzip zu, und sie brauchte dies auch nicht"*[9] .

Aus solchen Ansätzen schon vor mehr als vierhundert Jahren erhellt, was die *Stanford Encyclopedia of Philosophy* noch 2009 ermächtigte, diesen Autor sogar noch *online "one of the most important philosophers of the late Renaissance"* zu nennen.

Das eigene Vermächtnis jedoch dieses *"Propheten einer bessern Zukunft"* (zitiert nach [10]) ist da zumindest noch 270 Jahre nach seinem Tode nicht zuletzt – panegyrisch. Was dieser Unterdrückte, Gehinderte, vielfach Gemarterte, was der Bestohlene, der Verfälschte und Verleumdete uns trotzdem hinterließ, ist nicht Abscheu, nicht Verbitterung, nicht Haß oder Ekel, Verachtung oder trost- und hoffnungslose Verzweiflung, ist nicht einmal Protest, ist nicht einmal Kritik.

Nein, es ist Lobgesang: ein *"Preislied"*, unbeïrrbarer *cantus firmus* zum Lobe Gottes, aber auch dessen unbegreiflichen, unentschuldbaren Ebenbildes, ein Hymnus auf den Menschen und dessen Potentiale. Schon in seinem frühen Text *"Del senso delle cose e della magia"* hatte er den Menschen *"ein Wunder dieser Welt"* genannt, *"edler als die Götter oder ihnen gleich"*:

"un miracolo del mondo e più nobile delli Dei o eguale" (zitiert nach [9]).

Dabei blieb er auch noch in Ketten:

"DELLA POSSANZA DE L'UOMO [23]

... Wie trotzt der Mensch dem Schimpf? – Er flieht, hat Tränen.
Ihm schlägt des Wissens Stunde erst am Ende;
doch dann so kühn, daß er im Erdentale
ein zweiter Gott scheint.

*Ein zweiter Gott, ein Wunderwerk des ersten,
beherrscht das Untre er, steigt auf zum Himmel,
selbst unbeflügelt mißt er Schwung und Maß und
des Weltraums Wesen.*

*Erkennt Natur der Sterne, ihren Namen;
weiß, warum den ein Schweif schmückt, jener kahl ist;
der Unglück, jener Glück bringt; wann Verfinstrung
jedwedem zustößt;*

*Wann Mindrung kommt der Luft, dem Trocknen, Nassen.
Er meistert Wind und Meer, der Erde Krümmung
umkreist er segelnd, unterjocht, betrachtet,
tauscht Waren, räubert.*

*Tauscht Waren, raubt. Ein Land ist ihm zu wenig.
Donnert wie Zeus im Krieg – er hilflos, Sterbling!
Ihm trägt den schwachen Leib, ihm beugt sich willig
der stolze Renner. [...]*

*Jedwed' Erkühnen, jede List besiegt er,
macht sie sich pflichtig, prunkt damit im Kampfe.
Baut Gärten, Türme, gründet große Städte,
erläßt Gesetze.*

*Erläßt Gesetze wie ein Gott. Der Kluge
gab stummem Pergamen und leichten Blättern
die Kunst der Rede und, die Zeit zu sondern,
Zunge dem Erze.*

*Zunge dem Erz. Denn göttlich ist sein Wesen.
Nützt Affen, Bären ihre Hand? Zu täppisch,
des Feuers Glut zu meistern. – Er und keiner
sonst schwang so hoch sich.*

*Schwang sich hoch und stahl von Sol die Flamme:
damit zerteilt er Berge, läutert Eisen,
entfacht ein Büschel, wärmt sich dran, bereitet
sich grause Speise;*

Von Wesen, die er tötet, grause Speise.
Milch g'nügt nicht mehr noch Wasser, Kraut noch Same
für ihn: er preßt die Traube, keltert Weine,
den Trank der Götter.

Göttlicher Trank, der alle Herzen heitert.
Mit Salz und Öl erhöht er Schmack der Speisen.
Die Höhle, drin er haust, erhellt er nächtens.
Kränkt alle Satzung.

Gekränkt Gesetz: Ein bloßer Wurm wird König,
wird Schluß- und Einklang, Endziel aller Dinge.
Geheimste Kraft, am eignen Ruhmesglanze
gibst du ihm Anteil!

Gibst Anteil ihm: denn einer weckt die Toten;
der geht – es schluckt ihn nicht – durchs Rote Meer;
Zukünftiges singt Elisa; es schwebt Elias
zu deinem Bündnis.

Zu deinem Bund steigt Paulus auf und findet
handgreiflichen Beweis: Christus zur Rechten
der Höchsten Majestät, die ohne Grenzen.
Denk, Mensch, bedenk es!

Denk, Mensch, bedenk es; juble und lobpreise
den Ersten hohen Ursprung: auf Ihn achte,
daß jedes andere Geschöpf dir diene,
mit Ihm verknüpfe dich der reine Glaube,
und höher als der andern steig' dein Preislied."

(Quellen und Anmerkungen zu diesem Kapitel auf Seite 585 ff.)

*"Nach dieser Zeit der Erniedrigung
kamen Jahrhunderte der Grausamkeit und der Anarchie ...
alle Bürger wurden Mörder oder Ermordete,
Henker oder Gehenkte, Erpresser oder Sklaven
im Namen Gottes oder auf der Suche nach dem Heiland ..."*

Voltaire (1694-1778)

"Wer das Denken nicht angreifen kann, greift den Denkenden an."

Paul Valéry, 55: *"Rhumbs"* (*"Windstriche"*), 1926

*"Das praktische Nachdenken über die Natur
gehört zu den Lebensbedingungen der Kultur."*

Carl Friedrich von Weizsäcker, 65: *"Der Garten des Menschlichen"*, 1977

*"Derjenige, der sich in höherem Sinne ausgebildet,
kann immer voraussetzen,
daß er die Majorität gegen sich habe."*

Goethe, 80: *"Wilhelm Meisters Wanderjahre (Makariens Archiv)"*, 1829

"Verfolgung ist mein Lohn."

Picander, 24: *"Nouvellen"* IV, 1724

CAROLA NEHER

Sie wurde am 2. November 1900 in München geboren und Karolina getauft.

Aber Mutter Katharina stammte von Weinbauern in der Rheinpfalz ab;

Vater Josef war schwäbischer Lehrer, doch so sehr der Musik verfallen, daß er sich in Stuttgart zum Waldhornbläser ausbilden ließ und erst als solcher nach München ging: zum *"Keim'schen Orchester"*, den späteren *Philharmonikern*. Aus gesundheitlichen, finanziëllen, charakterlichen oder sonstigen Gründen wechselte er dort zum Organisten und Chordirektor der Kirchenkapelle des Schlosses Nymphenburg.

Aber um seine mittlerweile siebenköpfige Familië ernähren zu können, unterrichtete der Hochbegabte als Autodidakt noch zusätzlich Privatschüler im Klavier- oder Orgel- , auch Geigenspiel und half im Opernorchester des Münchner Nationaltheaters als Hornist aus.

Trotz alledem sah Ehefrau Katharina sich genötigt, das kärgliche Existenzminimum dieses Hausvaters aufzustocken und weiterhin in der nahen Nymphenburger Pilarstraße als Wirtin jener eigenen *Pfälzer Weinstube* hinzuzuverdienen, in der sie sich von ihrem trinkfrohen Josef erst ein knappes Jahr vor Karolinas Geburt mit ihren beiden Kindern aus erster Ehe hatte erobern lassen. Zwei weitere Kinder folgten.

Doch solcher Kindersegen und Familiënstreß mögen all die Träume im Unterbewußtsein dieses gebremsten Musikanten so enttäuscht haben, daß er zum cholerischen Alkoholiker geworden zu sein scheint.

Seine Kinder freilich hatten die musischen, die musikalischen Talente dieses Vaters geërbt. Tochter Martha absolvierte sehr schnell die Musikhochschule und wurde Harfenistin in diversen Orchestern; Sohn Josef wurde Pianist, später Operndirigent und Generalmusikdirektor am Stadttheater Trier, noch später Dozent der Opernklasse an der Musikhochschule in München.

Auch Tochter Karolina war so hochmusikalisch, daß sie schon früh zum Klavierspiel, das sie zuërst beim Vater, dann beim Kantor just der Münchner Synagoge bis zum präsentablen Chopin-Vortrag entwickelte, nie gezwungen werden mußte. Eher verboten es ihr der väterliche Jähzorn und Antisemitismus zur Strafe für widerborstige Eigenwilligkeiten dieser rebellischen Tochter, die ihr Bruder später als *"sympathischen Teufel"* bezeichnete.

"Ich bin im Krieg groß geworden, in den Kohlrübenjahren", pauschalierte sie selbst, *"und darum wohl nicht ganz fertig geworden mit meinem körperlichen und seelischen 'Aufbau'. Du lieber Himmel, war ich unterernährt, hab ich als Kind gehungert. Oder vielmehr als Backfisch, gerade in den Entwicklungsjahren ...."* [1].

Aber in der katholischen Volksschule "Englischer Fräuleins" war sie trotzdem acht Jahre lang eine gute Schülerin von *"hervorzuhebendem Fleiße"* und *"sehr lobenswertem Betragen"*: also ehrgeizig, zielstrebig, lernbereit. 1914, schon im *Ersten Weltkriege*, folgte die Weiterbildung in einer Handelsschule, die ihr lauter beste Noten gab und ein *"sehr liebenswürdiges Betragen"* lobte. Hiernach bestand sie väterlichen Planungen zuliebe zwar die Aufnahmeprüfung für ein Lehrer-Seminar, trat dann aber "aushilfsweise" ein Volontariat in der Kupon-Abteilung der *Dresdner Bank* an, die ihr von 1917 bis 1919 abermals *"einwandfreie"* Führung, *"Fleiß und Eifer"* attestierte: ein vor- oder aufwärts Wollen.

Von einem ihrer Bankkunden, damaligem Schauspieleleven namens Julius Gellner, und dessen Verehrung oder Liebe ermutigt, nahm sie da heimlich schon Tanz- und Schauspiel- , auch noch Gesangsunterricht bei namhaften Münchner Künstlern.

Denn ihre geballte, unterdrückte und fehlgeleitete, ihre ganze aufgestaute Begabung und Lebenslust, die sie noch gar nicht voneinander zu trennen vermochte, verlangten mit wachsendem Hochdruck nach Befreiung wie auch immer. Julius Gellner, später ein bedeutender Regisseur, unterstützte sie dabei mit seinen verliebten Diagnosen ihres Talents, vermutlich auch mit seinen eigenen ersten Kontakten. Denn immerhin der damals allmächtige Theateragent Frankfurter vermittelte ihr ein Vorsprechen vor dem Intendanten des Kurtheaters Baden-Baden. Es soll aus dem unorthodox exotischen Vortrag von Chopin-Sonaten, dem getanzten *"Frühlingsstimmen"*-Walzer von Johann Strauß und endlich einem Rollenextrakt der Wendla aus Wedekinds *"Frühlings Erwachen"* bestanden und den überrumpelten Theaterpraktiker zum schnöden Votum veranlaßt haben: *"Das Schauspielerische ist das Schwächste"*.

Da starb, als sie eben achtzehn war, der herrische Vater nach einem Leben

"voll Sorgen, Dreck, Alkohol, Jähzorn, Weibern und allmählichem Zusammenbruch. Aber es war auch Glanz darin, Glanz von oben her, Genie und Musik, Musik. Mottl und Strauss haben ihm das Prädikat eines genialen Musikers nicht vorenthalten. Ich hatte seine Begabung zweifellos geerbt" [1].

Ihrer Mutter Katharina nunmehr, so resolut die auch war, wußte Karolina sich zu entziehen: sei es durch die Flucht *"am hellichten Tage"* und den kopflosen Sprung in eine Trambahn, mit der sie der verfolgenden Mutter vor der Nase weg zum Bahnhof, von dort mit dem nächsten Zuge nach Baden-Baden fuhr – wo sie sich im Kurtheater weniger mit erlerntem Können als *"mit List, Charme und brennendem Ehrgeiz sogleich ihr erstes Engagement ergattert"* [2].

Vom wiederum kopflosen Einspringen in die stumme Rolle eines erkrankten Kollegen *"noch am gleichen Abend"* kolportiert die selbstgenährte Legende. Ihre erste reguläre Rolle, die Friederike im Schwank *"Pension Schöller"* von Carl Laufs, mußte sie noch probehalber, *"auf Anstellung"*, spielen wie auch die beiden nächsten Aufgaben.

"So kam ich zum Theater" [3]: schließlich mit einem Jahresvertrag als *"Schauspielerin, Sängerin, Tänzerin"* für 250 Mark monatlich von der Kurverwaltung.

Zwei Jahre lang immerhin, von 1920 bis 1922, in der zweiten Hälfte schon für eine verdoppelte Gage, spielte sie seither in Baden-Baden kleine Rollen in *"Fuhrmann Henschel"*, *"Jedermann"*, *"Wilhelm Tell"*, *"Der Biberpelz"*, *"Die Jungfrau von Orleans"* und *"Zwangseinquartierung"* von Arnold und Bach. In der Silvestervorstellung tanzte sie die *"Ungarischen Tänze"* von Brahms.

"Von nun an wird ihr die Männerwelt zu Füßen liegen" [2].

Aber nicht nur mit ihren Bühnenauftritten, auch *"mit ihren heftigen Flirts macht sie die Baden-Badener Männerwelt auf sich aufmerksam"*. Wirklich war ihre Anfängergage im Theater so unzulänglich, daß sie auch in Tanztournieren auftrat, *"in Baden-Baden Tanzgirl war"* [3] und Tanzunterricht er-

365

teilte. Hierbei wußte sie, daß sie, *"um Karriere zu machen, ihre Attraktivität ausspielen muß und pflegt ihr Image als 'femme fatale' "*. Also kleidet sie sich modisch und extravagant, *"zeigt freizügig ihre hübschen Beine und schmückt sich mit erfundenen oder tatsächlichen Verehrern"* [1].

Sie selbst bestätigte das in jener pseudonymen Autobiografie, die sie ihren ersten Ehemann später notieren, garnieren und publizieren ließ, dieser frühen Vermischung, wohl auch Verwechslung von Kunst und Eros, von Erfolgen bei Publikum und Männern, von Bewunderungen, die sie zu differenzieren noch nicht vermochte. Oder noch gar nicht erstrebte. *"Ich kam in einem billigen Fähnchen an"*, wird da ihr Start in Baden-Baden beschrieben: *"Aber wenige Tage später wohnte ich schon im Grandhotel. [...] Denn ich war als junges Mädchen schamlos, völlig schamlos"* [1].

Sie ließ sich da auch gern als *"Braut eines reichen Russen und Freundin eines eleganten Franzosen"* [1] porträtieren. *"Ein junger englischer Maler benutzte mich als sein Modell, verniedlichte und versüßlichte mich allerdings so sehr, daß ich ihm eines Tages die Zeitschrift um den Kopf schlug"* [1].

Aber *"viele der ihr angedichteten Verhältnisse sind nur raffiniert gespieltes Theater"* [2].

Wirklich waren ihre frühen Jahre samt und sonders die explosive Offerte eines großen Talents an seine Umwelt, sei es nun die Männerwelt, seïen es Auditoriën in Zuschauërräumen. Sie bot sich dar oder an, sie stellte sich aus, hielt oder gab sich hin, sie wollte bewundert und geliebt sein, sie wollte Applaus von wem zunächst und warum auch immer.

Kalkül mag da im lockeren Spiele gewesen sein, aber noch unwiderstehlicher sprach da wohl ihr Naturell: eine hemmungslos vitale Zeige- und Selbstdarstellungslust, sicher auch Lebens- und Liebeslust, ein grenzenloser Exhibitionismus, der gar nachholen oder einkassieren wollte, was dem Kinde jenes schulmeisterlich tyrannischen Vaters an Zuwendung vorenthalten, verweigert worden war. Jetzt endlich schlürfte sie Anerkennung und Liebe in vollen Zügen und maßlosen Dimensionen.

Jedes Mittel scheint ihr zur Stillung dieses süchtigen Durstes recht gewesen zu sein. Körperliche Anmut, aparte Stimme, lange Beine, Charme und eine breite Skala musischer Talente leisteten dabei Vorschub. *"Ich war damals sehr schön"*, beschrieb sich die spätere *"Silberfüchsin"* ihres Ehemannes indirekt, *" – und von einer grenzenlosen Ungezogenheit und Unerzogenheit, die mir aber leider jedermann nachsah"* [1].

Noch später schildert Biograf Matthias Wegner ihren damaligen *"Ruf einer unbedenklichen, dabei aber auch faszinierend naiven Draufgängerin"* und ihre gleichwohl *"schillernde Unnahbarkeit"* [2].

Wirklich: ihr Angebot an die Welt war rigoros, generös und kapriziös.

Nach einem dreist ergatterten, aber wenig erfolgreichen Gastspiel gar mit einer Shakespeare-Rolle in Darmstadt trat sie zum Sturmangriff auf die damals schon legendären, also umso ersehnteren Münchner Kammerspiele unter ihrem noch legendäreren und ominösen Intendanten Otto Falckenberg an. Dessen damaliger Oberspielleiter und Stellvertreter

Rudolf Frank (1886-1979),

promovierter Jurist und erprobtes Multitalent auf vielen Gebieten,

der Elisabeth Bergner und Karl Valentin entdeckte,

erste Stücke von Bertolt Brecht uraufführte,

von den Nazis als Autor auf dem Scheiterhaufen ihrer Bücherverbrennung ausgelöscht, dann verhaftet, dann in die Pseudonymität und endlich in die Emigration nach Österreich und in die Schweiz getrieben wurde [4],

berichtet in seiner Autobiografie

"von einer merkwürdigen Spielerin [...] , die jede Spielregel verachtete und ums Theater herum so lange mit Männern und ihrem Schicksal spielte, bis ihr selbst fürchterlich mitgespielt wurde. [...] Sie nannte sich Carola Neher, war Karoline getauft, doch jedes Briefchen, mit dem sie bei mir anklopfte, trug die Unterschrift 'Ihre Carly'!

Es kam aus Baden-Baden, wo sie im Kurtheater nur winzige Rollen, im Kurhaus und Kurgarten aber privat eine vielbeachtete spielte. Sie schrieb mir: 'Ich komme nächste Woche zu Ihnen nach München und werde Ihnen so gut gefallen, daß Sie mich engagieren" [5].

Franks Absage hielt die wild Entschlossene nicht von einem Antrittsbesuche ab, bei dem sie diesem fremden hohen Herrn der Münchner Kammerspiele gleich unbotmäßig *"um den Hals fiel.*

Sie hatte vorbildlich schöne Beine, wußte sie graziös zu bewegen, und da wir die neue Saison mit Frank Wedekinds Pantomime 'Die Kaiserin von Neufundland' (Musik: Friedrich Holländer) zu eröffnen gedachten und es darin eine noch unausgefüllte Hosenrolle gab, engagierten wir sie. Niemand hielt sie für begabt, aber Verführungskunst ist auch eine Kunst, schöne Beine sind auch ein Talent, und Beharrlichkeit führt zum Ziel. In ihrer stummen Rolle erntete Carly Applaus und verführte von Tag zu Tag mehr. [...] Sie nannte sich jetzt Carola und war heiß bemüht, ihren Namen zu dem einer Diva zu machen" [5].

Zwar erhielt sie von den schamlos angegangenen *Kammerspielen* nur Stückverträge, nach Wedekinds besagtem Grafen Lea-Vilba (ab Februar 1923) auch für *"ein romantisches Fräulein"* in Eichendorffs dramatisierten *"Die Freier"*, für den Hermann Kasimir in Wedekinds *"Marquis von Keith"* und den Gymnasiasten Hugenberg in dessen *"Büchse der Pandora"*, überwiegend also Hosenrollen, die ja spezifisch sexy sein können.

Vier Jahre später schrieb sie gar selbst einen Aufsatz über solchen Geschlechtertausch auf der Bühne und publizierte ihn im Abendblatt der *"Frankfurter Zeitung"* vom 22. April 1926:

"Das Weib als Mann! das Mädchen als Knabe! Seit Jahrtausenden, solange die Herrschaft des Mannes besteht, ist es die Sehnsucht der Frau, sich, wenn auch nur für Stunden oder Minuten, einmal in den Herrn der Schöpfung zu verwandeln. [...]

Wir Frauen in Europa müssen uns vorläufig noch begnügen, den Mann zu spielen. Auf allen Faschingsbällen laufen wir als Pagen, Bauernjungen, Apachen herum und haben hier wenigstens die Hosen [...] an. Wer aber in einem ständigen Fasching lebt, die Schauspielerin also, der findet in der Verkleidung als Mann noch einen besonderen Reiz. Denn er spielt den Mann nicht nur für sich selbst, sondern auch für tausend andere. Sein eigenes Wunschbild vermischt sich mit dem Sehnsuchtsbild der ganzen Menschheit, soweit sie gerade im Theater sitzt. Denn auch die Sehnsucht des Mannes ist es, sich selber einmal als Frau zu sehen. [...] Der Mann will die Frau nicht nur haben, er will sie auch sein. Und umgekehrt. Die Beliebtheit der Hosenrolle beim Publikum – und bei der Schauspielerin hat in den tiefsten Gründen der Liebe und Erotik ihre Wurzeln" (zitiert nach [29]).

Als sie sie damals aber notgedrungen fast ausschließlich spielte, genügten diese Hosenrollen ihrer Gier nach größeren Aufgaben und einem festen Jahresvertrage an den *Münchner Kammerspielen* durchaus nicht.

Also folgte sie episodisch einem Rufe ihres Verehrers Julius Gellner nach Nürnberg und spielte dort unter seiner Regie pure Frauenrollen in Strindbergs *"Kameraden"*, Sternheims *"Manon Lescaut"* und *"Traumulus"* von Holz und Jerschke, ohne deshalb die Sehnsucht nach solchen Rollen an den *Münchner Kammerspielen* zu verlieren.

"Das schwarzhaarige Mädchen, ehrgeizig, glühend, sehr fremd und sehr verlassen", beschreibt sie Arnolt Bronnen, damals 29jähriger Autor erster dramatischer Erfolge, *"hatte sich daraufhin an Feuchtwanger mit der Bitte um ein Rendezvous gewandt, weil sie sich von dem berühmten Dramatiker [...] Hilfe erhoffte. Dieser, der sich der Großzügigkeit seiner Gattin nur diskret bedienen wollte, hatte das Mädchen zwar an den Chinesischen Turm im Englischen Garten bestellt, war aber einigermaßen entschlossen, es zu versetzen. So erzählte er diese Geschichte, ein wenig blinzelnd und ein wenig belustigt [...] den beiden jungen Menschen, für die auch die Untreue noch ein Abenteuer war. 'Sie hat nichts anzuziehen, ein billiges Fähnchen', sagte Feuchtwanger, 'und wahrscheinlich nicht einmal die zehn Mark für eine Tasse Kaffee. Es sollte wer Zeit haben und hingehen, sie ist so eine nette kleine Hur'.*

Sie waren beide gebunden, und doch klang hier ein Appell durch die Ritzen von Feuchtwangers absichtsvoll ironischer Diktion. Eine Schauspielerin, die an Dramatiker appelliert!" Einer der beiden Angestachelten war Arnolt Bronnen selbst: er *"ging zum Chinesischen Turm und zahlte den Kaffee, um das Mädchen aufzuwärmen".* Der andere, Bertolt Brecht, dauerhaft Untermieter auf Feuchtwangers Sofa und gewitzter oder *"klüger, ließ sich von den* Kammerspielen, *denen er irgendwie noch angehörte, die Adresse geben und bestellte das Mädchen zu sich"* [6]: sei es auf Feuchtwangers Sofa.

Das Resultat war eine *"engste Beziehung"* zu Brecht, die über ihren Tod hinaus währen und die Grenzen zwischen Kunst und Sexus in mehreren Etappen gleichfalls verschleiёrn oder mehrfach überschreiten sollte. Denn *"Brecht war entzückt"*, hat sich Oberspielleiter Rudolf Frank erinnert: *"ihre Kaltschnäuzigkeit entsprach seiner Neigung und Theorie"*[5] .

Marieluise Fleißer (1901-1974) jedoch,

die seit ihrer Symbiose mit Brecht zumindest im heimischen Ingolstadt zur *persona non grata* wurde und ab 1935 NS-Schreibverbot haben sollte,

schrieb noch 1950 über die Rivalin von damals:

"Ich [...] sah Carola Neher in einem weißen Pagenkostüm auf große Raubwelt spielen, sie bewegte sich fabelhaft und machte die Männer wild, doch war das noch irgendwie Treibhausluft [...] , erst durch die Zusammenarbeit mit Brecht fand sie den unverwechselbaren Ton, und das wußte sie auch" (im Jubiläumstext für die *Münchner Kammerspiele*, zitiert nach[29]) .

Zur damaligen Zeit ihres schicksalhaften Kennenlernens schrieb und inszenierte Brecht, damals 24jährig, gemeinsam mit dem 30jährigen Erich Engel jenen stummen Kurzfilm *"Die Mysterien eines Frisiersalons"*, der 1922 im Speicher eines Wohnhauses der Münchner Tengstraße gedreht wurde und *"einer der berühmtesten Filme des Komödianten-Duos Karl Valentin und Liesl Karlstadt"*[7] werden sollte. Außer denen beiden wirkten da auch so prominente oder prominent werdende Schauspieler wie Blandine Ebinger, Hans Leibelt, Otto Wernicke, Erwin Faber, ferner jener Kurt Horwitz mit, der hier noch *Den Geköpften*, später nicht zuletzt den Münchner *Mackie Messer* spielte, sowie die epochale Kabarettistin

Annemarie Hase (1900-1971),

gebürtige Annita Hirsch, die ihr englisches Exil nach 1933 als Fabrikarbeiterin, Dienstmagd, Kassiererin, Packerin und Strickerin überstand, bevor die BBC sie schließlich in ihren satirischen Sendungen mitarbeiten ließ.

Aber die Rolle jener *Jungen Dame im Café* dieses Stummfilms war jetzt schon mit Carola Neher besetzt. Ihr Name stand jetzt also schon in einem heute noch film- und theaterhistorischen Vor- oder Nachspann.

In den *Kammerspielen,* wo Brecht damals *"Trommeln in der Nacht"* (1922) und *"Leben Eduards des Zweiten"* (1924) zur Uraufführung brachte, war er seit 1923 immerhin auch Dramaturg. Aber 1925 wurde Rudolf Frank dort wahrhaftig von jenem

Julius Gellner (1899-1983)

abgelöst, der bis 1933 Oberspielleiter und Stellvertreter des Intendanten der *Münchner Kammerspiele* war und zu den bekanntesten deutschen Regisseuren seiner Zeit gerechnet wurde. 1933 verjagten ihn die Nazis, verwüsteten seine Wohnung und zwangen ihn zu Verstecken bei so todesmutig hilfsbereiten Kollegen wie

Edith Schultze-Westrum (1904-1981),

für so illegale Hilfeleistungen und regierungskritische Bemerkungen mit mehrmonatigem Auftrittsverbot bestraft und für die Besetzungslisten der opulenten NS-Spielfilmproduktionen im Hause Goebbels gar nicht erst zugelassen,

oder

Ferdinand Marian (*recte* Ferdinand Haschkowetz, 1902-1946),

der inzwischen mit Gellners erster Frau verheiratet war, deren Tochter Johanna aus jener Ehe zur Stieftochter hatte und ihrem jüdischen Vater nun riskanten Unterschlupf gewährte,

obwohl er selbst da gerade von Goebbels mit infernalischen Methoden gezwungen wurde, die Filmhauptrolle jenes *"Jud Süß"* zu spielen, die den deutschen Film in sein finsterstes Kapitel, Marians Karriëre und Leben aber in den Untergang treiben sollte.

jedoch floh dann bei Nacht und Nebel in Otto Falckenbergs hilfreichem Auto und mit dessen hehlendem Chauffeur über die österreichische Grenze, dann weiter nach Prag, wurde dort 1939 von der SS verhaftet, log sich aber frei und floh nach London, wo er als *"feindlicher Ausländer"* in Schach gehalten wurde. Trotzdem arbeitete auch er da schließlich für BBC und *Old Vic*, für das *Mermaid Theatre* und in Tel Aviv später für das *Habimah-* , auch für das Stadttheater in Haifa.

Nach Deutschland kehrte er bis zu seinem Londoner Tode 1983 nie mehr zurück.

Aber Wolfgang Petzet, sein damals wohlgelittener Nachfolger an den *Münchner Kammerspielen*, hat in seinem Buch über diese Bühne auch von Gellner berichtet:

"Ursprünglich war er für die Spielzeit 1922/23 als Schauspieler verpflichtet worden [...]. Seine Beliebtheit bei Frauen war ungewöhnlich, doch kam sie auch dem Theater zugute. Er sublimierte seine jeweilige Liebe in hingebungsvoller Rollenarbeit und hat [...] aus Carola Neher erst eine Schauspielerin gemacht" [8].

Diese Carola Neher, ließ Petzet sich von seinem Chef Otto Falckenberg berichten, *"schien zunächst ebenso attraktiv wie schön und unbegabt. Erst die fanatische Liebe von Julius Gellner hat [...] sie zur Schauspielerin erzogen"* [8].

Er muß dabei offenkundig so erfolgreich gewesen sein, daß ihr Verehrer Bertolt Brecht den jungen Regisseur Leo Mittler veranlaßte, sie dem Lobe-Theater in Breslau zu empfehlen, das schon vielen Schauspielern zum Sprungbrett in die große Karriere geworden war. Wirklich wurde Carola Neher zur Spielzeit 1924/25 dorthin engagiert.

Aber kurz zuvor will sie im August 1924 von einem märchenhaft fremden Fahrgast ihrer Münchner Trambahn so ungeniert fixiert und angesprochen worden sein, daß sie ihn prompt zu ihrem Auftritt in Wedekinds *"Büchse der Pandora"* lockte. Er kam auch, war definitiv in einer ihrer Vorstellungen, holte sie anschließend am Bühnenausgang ab und vereinbarte ein Rendezvous wiederum im *Englischen Garten*.

Er hieß Alfred Henschke, stammte aus dem damals brandenburgischen Crossen, heutigen *Krosno Odrzanskie* an der Mündung des Bober in die Oder, hatte erste schriftstellerische Erfolge vorzuweisen, gehörte nämlich schon zu den führenden Brettl-Librettisten des berühmten Berliner Kabaretts der frühen Zwanziger und nannte sich als Poët

Klabund (1890-1928),

der schon 1913 als 23jähriger Student mit ersten Vagantenliedern in der Zeitschrift *"Pan"* von den Berlin-Charlottenburger Staatsanwälten wegen *"Verbreitung unzüchtiger Schriften"* angeklagt und zu einer Geldstrafe von 50 Mark verurteilt, von 1917 bis 1925 wiederholt wegen *"Majestätsbeleidigung"* und von rechts-chauvinistischen Parlamentariërn wegen *"Gotteslästerung"* angegriffen worden war – schon wegen Versen wie diesen:

"Es hat ein Gott mich ausgekotzt" und

*"Sie hat an ihrem Liebesmunde
(Verflucht ja!) eine offne Wunde"*;

einzig seine Solidarität mit dem verhafteten anarchistischen Kollegen und früheren Kommilitonen Erich Mühsam brachte ihn während der Münchner Spartakisten-Revolution 1919 zehn Tage lang auch noch ins Straubinger Gefängnis.

Gar sein Tod löste im heimischen Crossen kommunalpolitische Streitigkeiten aus: ob überhaupt und falls ja, dann wo ihm auf dem hiesigen Friedhof ein Ehrenbegräbnis zuteil werden dürfe.

Klabunds pazifistische und sozialkritische Texte waren später auch den Nazis ein Stein des Anstoßes. Vollends nachdem er deren Literarhistoriker Adolf Barthes, *"der die deutsche Literatur nach Juden abgraste"*, ahnungslos nur *"aus Spaß"* aufgebunden hatte, daß seine *"Großmutter jüdisch"* sei, geriet er mit seinem Gesamtwerk auf den NS-Bücherindex und wurde vom "Dritten Reiche" totgeschwiegen. Eine Büste dieses Klabund wurde auf einen Abstellplatz verbannt.

Aber als sein Geburtsort Crossen gegen Ende des *Zweiten Weltkrieges* zu *Krosno Odrzanskie* mutierte, vermuteten die Polen in seinem dortigen Grabmal den Kult einer Nazigröße und zerstörten es nun ihrerseits. *"Was in der Zeit des Dritten Reiches tatsächlich erwogen wurde, nämlich das Denkmal zu beseitigen, vollbrachten nun die Polen"*[9].

Inzwischen freilich ist unter diesem Pseudonym *Klabund* das vielseitig umfangreiche Werk seines kurzen Lebens in die Literaturgeschichte eingegangen.

Schon nach wenigen Tagen, am 18. August 1924, schrieb der damals 33jährige Klabund das erste seiner vielen Gedichte *"Für Carla"*. Es enthält schon Zeilen wie diese:

"Ich bin überwach. Ich komme von dir. Ich fahre zu dir.
Alle Wege führen mich an deine Brust."

Oder: *"Dein Mund springt manchmal auf wie eine rote, reife Feige"* (zitiert nach [10]).

Theaterdirektor Falckenberg hatte erst kürzlich von diesen selben Feigen-Lippen behauptet: *"Ihr Mund ist der einer Leiche"* (zitiert nach [5]).

Aber dieser *"Klabund war mit Brecht befreundet. Zusammen mit dem Komiker Karl Valentin traten sie zum Beispiel nach der Uraufführung von Brechts* Trommeln in der Nacht *in einem Vortragsabend auf und sangen ihre Chansons und Balladen"*[9].

Wer dabei was von wem wußte, ist unüberliefert geblieben.

Klabund jedenfalls beschloß jenes erste Gedicht auf Carola Neher mit der Zeile

"Hinter den Schläfen donnert der Niagara meiner Sehnsucht".

Aber schon im September 1924 entwich die so Besungene nach Breslau. Klabund ließ alles stehen und liegen und folgte ihr. Schon nach wenigen dortigen Monaten heiratete die 24jährige diesen Mann, der just zwei Tage jünger, aber zehn Jahre älter war als sie, überdies schon Witwer (einer schwindsüchtigen Chopin-Pianistin), Vater eines frühgestorbenen Kindes

und selbst mit einer Tuberkulose geschlagen, die sich als unheilbar heraus-
zustellen eben im Begriffe war.

Daß diese Krankheit auch hochgradig ansteckend war, ignorierte die Ange-
betete todesmutig.

Als er nach einem neuerlichen Blutsturz im Breslauer Sanatorium Friederici
lag, wo sich Carola just von zwei Operationen einer verschleppten Blind-
darmreizung mit lebensgefährlicher Blutvergiftung erholte, schlossen dort
diese beiden Moribunden am 7. Mai 1925 eine Ehe, die alles andere als orthodox verlief.

Denn Carola, diese geborene Flirterin, flirtete unverfroren weiter, machte
mit mancher dieser Spielereien auch stichprobenartig Ernst und registrierte
eifersüchtig, daß auch ihr eifersüchtig promisker "Fred" oder "Moni" das
noch nach ihrer Heirat ebenso weiter exerzierte wie schon vorher. (Brechts
Tagebuch: *"Klabund [...] erwehrt sich mühsam der Weiber, die verschos-
sen in ihn sind"* [zitiert nach [2]]).

Gleichwohl muß Karolines Verbindung zu Klabund sehr tief und ernst gewesen sein. *"Jahrelang hab ich herumgeliebelt oder psychologische Diskussionen geführt"*, gestand sie: *"Heute liebe ich und kann gar nicht mehr darüber reden. Nur stammeln. Lallen. Seufzen. Lächeln. Leuchten. Ich bin
glücklich. Oh, wie glücklich ich bin"* [1].

Der junge Ehemann seinerseits vegetierte einzig ihretwegen im verabscheu-
ten Breslau. Er führte dort das frustrierende Leben nicht mehr eines prominenten jungen Autors, sondern das eines ewig an Bühnenausgängen warten-
den Prinzgemahls. Hierin sah er sein Schicksal. Auf dem literarischen Um-
wege über seine *"Silberfüchsin"* ließ er Carola wissen:

*"Du hast von Gott eine große Macht und Kraft mitbekommen, Menschen zu
bezaubern und zu entzücken. Willst du, daß dieser Zauber dauernde Kraft
gewinne und nicht wie ein Feuerwerk verpuffe, dann muß dieser Zauber der
seelischen und leiblichen Anmut durch eine ethische Grundeinstellung zum
Leben befestigt und vertieft werden. Liebe deinen Nächsten wie Dich selbst!
und: Erkenne Dich selbst!"* [1]

Die so Beschworene jedoch mußte den Geliebten immer häufiger in seinen
Sanatorien, meist im graubündischen Davos besuchen, das mehr und mehr

sein Domizil war, tat das auch zuverlässig – aber flirtete auch dort. *"Ich liebe meinen Mann so sehr wie nichts auf der Welt"*, schrieb sie der angefreundeten dortigen Pensionswirtin; nur (auch dies kokett): *"Ich bin eine undelikate Frau. C'est ça"* (zitiert nach [11]).

Richtig war und blieb diese Ehe turbulent und krisengeschüttelt, gleichwohl stabil und zutiefst unerschütterlich. Dem Freunde und Guru Hermann Hesse schilderte der neu Verehelichte seine Eroberung so:

"Sie ist so schön, so klug, so genial, daß sie, in ihrem Jargon gesprochen, mich völlig an die Wand gespielt hat und Sie von mir nicht mehr viel übrig finden werden. Einmal kommt ja die Frau, die uns unbewußt an allen anderen Frauen rächt und die uns radikal frißt. Mit Haut und Haaren, Leib und Seele. Auch nicht ein Seelenzipfelchen bleibt unverspeist. Denn die gesunde Sphinx hat einen guten Appetit. In dem angenehmen Zustand des Gefressenwerdens befindet sich momentan

der ergebenst Unterzeichnete welcher unterzeichnet Klabund recte Henschke" (zitiert nach [2]).

Hans Sahl (1902-1993),

recte Hans Salomon aus Berlin und dortiger Literatur-, Theater- und schon Filmkritiker der Weimarer Republik, floh vor den Nazis 1933 über Prag und Zürich nach Paris, wurde dort bei Kriegsausbruch 1939 mit andern deutschen Immigranten interniert, floh aber nach Marseille und über Portugal in die USA; dort wurde er als Übersetzer von Thornton Wilder, Arthur Miller und Tennessee Williams zum Botschafter des amerikanischen Theaters im Nachkriegsdeutschland, gleichwohl als verdächtigter Sozialist vom FBI observiert und im Adenauer-Staate nicht gerade willkommen geheißen. Als Kulturkorrespondent für führende europäische Zeitungen kehrte er enttäuscht in die USA und erst 87jährig endgültig in eine Heimat zurück, die ihm zwar Orden und Preise, seinen faszinierenden Büchern aber wenig Aufmerksamkeit und erst recht keine Liebe schenkte: er blieb ein Ahasver und *outcast*.

Aber in seinen *"Memoiren eines Moralisten"* schildert er aus dem Breslau seiner Studentenzeit nicht zuletzt die Begegnung mit diesem ungewöhnlichen Ehepaar:

"Die Beziehungen zwischen beiden, Carola Neher und ihm, waren affektbeladen und führten häufig zu heftigen Auftritten und Szenen, auch in Gegenwart dritter. Aber man gewöhnte sich daran. Irgendwie entbehrte diese schamlose, vor nichts zurückschreckende Leidenschaft nicht einer gewissen Größe; Mann und Weib, die in Liebe aneinander verbluteten, der Dichter und die Schauspielerin, beide mit Worten ringend, am Worte leidend, die sich Worte um die Ohren schlugen oder sie einander beseligt ins Ohr flüsterten, ermattet" [12].

Wirklich war diese junge Ehefrau in Breslau nunmehr Protagonistin: für 150 Mark im Monat, mit *"Schulden wie Heu"* (Klabund) und dem Besuch des Gerichtsvollziehers.

Das dortige *Vereinigte Theater Lobe-Theater und Thalia-Theater* wurde damals zwölf Jahre lang von

Paul Barnay (1884-1960)

geleitet, der hiernach von den Nazis 1933 abgesetzt, seines Vermögens beraubt und zur Emigration nach Österreich gezwungen wurde, wo er Intendant am Wiener *Raimund-Theater*, dann am Stadttheater Reichenberg war, von Hitlers "Anschluß" als *"Nichtariër"* und *"Demokrat"* nach Ungarn vertrieben, dort verhaftet und sieben Jahre lang in ein Konzentrationslager eingesperrt wurde, das er aber vital genug überlebte, um noch als 64jähriger die Leitung des Wiener *Volkstheaters* zu übernehmen.

In Breslau machte er ambitioniert von 1921 bis 1933 im privaten *Lobe-Theater* (mit 1100 Plätzen) und im angeschlossen vereinigten *Thalia Theater* (mit 1350 Plätzen) das, was kein Geringerer als Herbert Ihering *"vortreffliches, handfestes Theater und mehr als das"* nannte: mit so guten Schauspielern wie zum Beispiel Käthe Gold, Therese Giehse, Peter Lorre, Franz Lederer, O. E. Hasse, Rudolf Platte und eben Carola Neher. Sie debütierte hier mit der Titelrolle in *"Ingeborg"* von Curt Goetz. Es folgten Niccodemis Scampolo, Schillers Eboli, Heinrich Manns Leda d'Ambre in *"Varieté"* (schon unter Leo Mittler), aber auch die Hosenrolle der Beatrice in der skandalierenden Aufführung von Goldonis *"Diener zweier Herren"* in der Inszenierung des Schauspieldirektors

Renato Mordo (1894-1955),

Sohns jüdischer Christen aus Griechenland, der vor den Nazis nach Prag, dann nach Athen floh, die dortige Staatsoper gründete und leitete, die junge Maria Kalogeropoulos, spätere Callas förderte, von deutschen Besatzern Arbeits- und Ausgehverbot erhielt, ins griechische Konzentrationslager Haidari deportiert, von den befreiten Griechen hiernach als Kommunist diffamiert und aus ihrer Oper in die Emigration nach Ankara vertrieben wurde, wo er abermals eine Staatsoper begünden half und leitete.

Aber in seiner Breslauër Zeit spielte Carola Neher dort nicht zuletzt vom frischgekrönten Nobelpreisträgers George Bernard Shaw sowohl heilige Johanna als auch Cleopatra (für sie *"die schönste Rolle des Jahrhunderts"*).

Schnell war sie Breslauër Publikums- und Presseliebling, und Direktor Barnay war gewitzt genug, ihrem Ehemann die Dramaturgenposition anzutragen. Als dieser, just so krank wie als Autor erfolgreich, nicht anbiß, wurde wenigstens sein Schwank *"Hannibals Brautfahrt"* mit der Neher in der Hauptrolle einer amerikanischen *Miss* als Matinee gespielt.

Klabund jedoch fieberte eben der Uraufführung seines Dramas *"Der Kreidekreis"* in Frankfurt am Main, Hannover und Meißen, mehr noch der Berliner Premiere unter Max Reinhardt und mit Elisabeth Bergner, der Initiatorin dieses Stückes, entgegen. Der Erfolg war allenthalben fulminant.

Der sieche Autor erlebte ihn weitestgehend abermals im Sanatorium von Davos, wo Carola ihn in ihren sommerlichen Theaterferiën besuchte, aber auch mit hiesigen Flirts nicht verschonte: zunächst mit

Jakob Wassermann (1873-1934),

53jährigem Mode-Romancier, dessen literarischer Durchbruch *"Das Gänsemännchen"* (1915) bereits die Verfolgung des Genius durch philiströse Kleinbürger schildert, der 1933 trotz aller Auflagenrekorde seiner Romane verboten, dadurch in materiëllen und psychischen Ruïn getrieben wurde und 1934, erst 61jährig, starb;

dann jedoch, länger und sehr viel gefährlicher, mit

Alexander Moissi (*recte* Alessandro Moisiu),

jenem albanischen und höchst erotischen Star des Berliner Theaters, den Max Reinhardt erst in jahrelangen Kämpfen gegen einen Chorus mißgünstiger und ignoranter Beckmesser durchsetzen mußte, dann aber zum theaterhistorischen Protagonisten machte, den nach *Erstem Weltkrieg*, Fronteinsätzen und Kriegsgefangenschaft die neuën, die expressionistischen und politischen Theatermoden in Berlin passioniert verachteten, hinaus zu triumphalen Welttourneen und 1933 ins Wiener Exil vertrieben, wo er schon 1935, erst 56jährig, starb;

Carola Neher aber flirtete mit ihm in Davos, sie *"tanzt mit ihm auf dem Eisplatz, sie besuchen im Kursaal ein Konzert"*, sie amüsierte sich mit diesem dunkeläugigen *"unfreiwillig väterlichen Freund"*, diesem faszinierenden Exoten und hochprominenten Kollegen, der sich *"wirklich reizend benommen hat, mir liebe Briefe schreibt und so"*, amüsierte sich mit seinem *"südlichen Temperament und der berühmten klangvoll-weichen Stimme"* auch *"auf langen Spazierwegen nach reizvoll entlegenen Winkeln am See"*[29].

Aber schon zu Anfang ihrer zweiten Spielzeit in Breslau spielte sie die Haitang in jener Chinoiserie ihres Ehemannes, die jetzt an vierzig (oder gar hundert?) Bühnen gespielt, später vom Freunde Brecht adaptiert wurde und Klabund jetzt problemlos alle erforderlichen Arztbesuche und Klinikaufenthalte finanziëll ermöglichte.

Die Neher gastierte mit dieser ihrer neuën Paraderolle auch in Chemnitz, gar in Bunzlau, aber mit der Marusja in jener *"Brennende Erde"*, die Klabund schon eigens *"Für Carola Neher"* schrieb, im Frühjahr 1926 in Frankfurt am Main und als Partnerin Heinz Hilperts. In diesem *"Weihespiel"* stellte sie in makabrer Prophetie schon der eigenen Vita eine Märtyrerin bolschewistischer Grausamkeiten dar. *"Diese Frau, die eigentlich eine Art Vogel ist"*, zeichnete Kasimir Edschmid das ebenso hellsichtig nach, *"wird in die Flutungen der Revolutionsmassen hineingezogen"* (zitiert nach [29]) .

Ihr Frankfurter Kollege Ernst Kiefer hat später jene Proben und deren Zentrum so beschrieben: *"Sie war eine bildschöne Frau, die mein junges Herz mit allerlei Sehnsüchten erfüllte und schon damals das war, was man wenig später einen Star nannte, wenigstens in der Art, wie sie auftrat und sich benahm"* (zitiert nach [10]).

Ludwig Marcuse (1894-1971),

Autor und Nietzsche-Forscher, 1933 verboten und zu Exil im südfranzösischen Sanary-sur-mer, in Sowjetunion und USA gezwungen, damals aber noch Kritiker in Frankfurt,

pries da ihre *"greifbare Natur"*, und sein Zürcher Kollege Bernhard Diebold exaltierte sich für diese betörende Protagonistin, *"der Stück und Rolle ganz legitim 'auf den Leib geschrieben' worden"* waren: *"Die knabenhafte, irgendwie an die Bergner erinnernde Gestalt dieser jungen Schauspielerin, ihre seltene Naivität und berückende Uninteressiertheit, das Gerade und Spontane ihres Wesens – strömten das poetische Fluidum über die Szene"* (zitiert nach [10]).

Ähnlich waren schon die Breslauër Rezensenten unbeschadet ihrer subjektiven Bewertungen schauspielerischer Leistung meist primär dem betörenden Charisma oder Eros dieser ihrer Bühnenerscheinung verfallen:

"Sie sieht bezaubernd aus. Wunderschön, auch körperlich zwingend, ihre Stille, ihre Verhaltenheit, die in sich gekehrte Stummheit" und so weiter und so weiter (zitiert nach [2]).

Paul Rilla aber, später Literaturkritiker an der Spree, schmolz schon an der Oder:

"Carola Neher wurde in schönster Steigerung [...] ein verwirrend lockendes Wesen: ein Katzenkind, schmeichlerisch und raubtierhaft, mit heiterer

Gier nach Glück und dunklem Rachetrieb: ein Schleichendes und Lächeln-des, Sanftes und Begehrendes – mit sprunghafter Anmut" (zitiert nach [10]).

Eigentlich waren auch ihre Kritiker meist in sie verliebt, richtiger: unbändig scharf auf sie.

Das änderte sich kaum, als sie am 10. Juni 1926 ihre erste Rolle in Berlin und in Noel Coward's Komödië *"Gefallene Engel"* neben der ebenso jungen Roma Bahn gleich *"spielen, singen und tanzen"* durfte.

Victor Barnowsky (1875-1952),

recte Isidor Abrahamowsky, einer der wichtigsten, vielseitigsten und progressivsten Direktoren verschiedener Theater im Berlin der zehner und zwanziger Jahre, den die Nazis schon 1933 zu einer Odyssee durch halb Europa und 1937 schließlich zur Flucht in die USA zwangen, wo er ungenutzt, verkannt und unbenötigt Dramaturgen und Schauspieler ausbildete, bis er dort 1952 starb,

hatte die Neher an sein damaliges *Theater in der Königgrätzer Straße*, das spätere *Hebbel-Theater* engagiert, wo auch Schauspieler wie Rudolf Forster, Fritz Kortner, Hans Albers, Tilla Durieux und – Alexander Moissi an-spruchsvolle Stücke und zeitgenössische Autoren präsentierten.

Gleich als nächste Rolle spielte Carola Neher am Berliner *Lessing-Theater* die Ann Whitefield in George Bernard Shaw's *"Mensch und Übermensch"* mit Eugen Klöpfer, es folgten im *Renaissance-Theater* die Komödië *"Aber Mama"* von Louis Verneuil, am *Deutschen Künstlertheater* das amerikani-sche Lustspiel *"Chicago"* von Mary Watkins unter Leo Mittler, im *Renais-sance-Theater* Jacques Natansons *"Cœur-Bube"* aus Paris, im *Lustspielhaus* eine farbige Samoanerin in *"Kukuli"* von V. A. Jager-Schmidt und in der *Tribüne* mit so höchstkarätigen Partnern wie Adele Sandrock und Paul We-gener die Katja in Frank Wedekinds *"Liebestrank"*.

So hatte sie bald Geld, zwischendurch auch noch irgendwie Zeit genug, ih-ren Führerschein und ein Auto, nach dem flugs kaputtgefahrenen Steyr ei-nen modischen Mercedes *"für die Dame von Welt"* zu erwerben, mit dem sie quer durch Berlin von Theater zu Theater kariolte. Der große Boleslaw Barlog, sehr viel später Theaterpapst Berlins, damals noch Kaufmännischer Lehrling bei der Hütten-AG, sah sie eines Tages *"in ihrem Auto die Friedrichstraße entlang fahren und fiel mitten auf der Fahrbahn vor ihr auf die Knie. Sie mußte bremsen, und ich rief: 'Carola, bitte überfahren Sie mich! Das wäre mein größtes Glück!' Ja, so waren wir damals"* (zitiert nach [29]) .

Aber selbst die gestrengen Herren Kritikaster waren ihr hier ebenso spontan verfallen.

Monty Jacobs (1875-1945),

englischer Herkunft und damals Anfang fünfzig, seit 1921 Feuilletonchef der ehrbaren *"Vossischen Zeitung"*, von den Nazis zuerst aus dem Amte, dann aus dem Beruf, 64jährig endlich aus dem Lande verjagt,

schwärmte prompt, wie *"anmutig, verführerisch [...] diese junge Künstlerin"* doch sei (zitiert nach [2]), und

Kurt Pinthus (1886-1975),

pseudonym auch Paulus Potter, damals erst vierzigjähriger Juror und Publizist, 51jährig von den Nazis nach Amerika vertrieben,

überschlug sich gar über jenes *"Kukuli"*:

"Katzenschlank und beweglich wie ein Eichhörnchen, bleckt sie bald die Zunge, bald eine kesse Lache aus dem Mund, springt hier als Lauscherin auf einen Baum, dort einer Nebenbuhlerin an den Hals, fletscht lächelnd die weißesten Zähne und läßt in der Stimme (!), was sage ich Stimme, in jeder Bewegung ihres Körpers einen [...] Timbre von süßer Sinnlichkeit fühlen, so daß man kritisch nicht zu mucksen wagt" (zitiert nach [2]).

Ein (ehelich?) dezenter Anonymus der *"Deutschen Allgemeinen Zeitung"* jubelte ungebremst:

"Dieser knabenhafte Körper, dieses spöttische Spiel der Lippe, dies Auge mit seiner behenden Lustigkeit, diese federnde Elastizität sind sinnlicher Reiz, der zugleich geistiger schauspielerischer Wert ist" (zitiert nach [2]).

Felix Hollaender, Dramaturg und engster Berater des großen Max Reinhardt, bestätigte nebenberuflich im *"8-Uhr-Abendblatt"*:

"Den Glanz des Abends strahlt Carola Neher aus. [...] Schon beim ersten Anblick [...] gerät das Parkett in Entzücken, um später, sobald sie in dem bereits erwähnten rosaseidenen Pyjama sich zeigt, in eine Art von Taumel zu geraten" (zitiert nach [29]) .

Das potenzierte noch, so möglich, Stefan Großmann mit seinem Bericht ins heimische Wien:

"Das Gesicht der Carola Neher wirft um, ihr Auge, das Auge einer trunkenen Seele, erzeugt Massenräusche im Zuschauerraum" (zitiert nach [29]) .

Aber vollends

Alfred Polgar (1873-1955),

recte Alfred Polak aus Wien, doch Autor und Kritiker seit den zwanziger Jahren meist in Berlin,

von wo ihn die Nazis nach Prag, nach Wien, nach Zürich und Paris, von dort nach Marseille, Lissabon und Hollywood, schließlich nach New York verscheuchten,

von wo er 76jährig erst 1949 nach Europa, aber nur noch nach Zürich zurückkam;

er hatte noch vor alledem, schon mehr als fünfzigjährig, so über diese Carola Neher berichtet:

"Eine bezaubernde Frau und Schauspielerin, mehr als hübsch, mit der Grazie und Flinkheit eines kleinen Raubtieres, temperamentvoll bis in die Fingerspitzen, blitzend von Klugheit und Humor. Wie wird es diesem leiblichblitzenden Naturwesen im Klima des Burgtheaters ergehen, wohin sie zum Frühjahr verschickt werden soll?" (zitiert nach [10]).

Wirklich war sie eingeladen worden, schon 1927 im Wiener Burgtheater zu gastieren. *"Meine Frau hat zwar einen Antrag, ganz ans Burgtheater zu gehen"*, unkte Klabund in einem Brief an seine erste Schwiegermutter in Passau, *"aber sie traut diesem verkalkten Etablissement nicht ganz und will nur als Gast ein paar Monate hin. Sie ist eine derart moderne, aggressive, irritierende Schauspielerin, daß ich mir in der Tat nicht ganz klar bin, wie das Wiener Publikum und die Wiener Kritik auf sie reagieren werden. Die schwärmen doch so für geistige Mehlspeis, Schmarrn und Gugelhupf"* (zitiert nach [10]).

Zielstrebig (oder größenwahnsinnig) durchkreuzte sie dort die Planungen der sakrosankten Direktion, bestand umso eigensinniger auf ihrem Wiener Debut als Shaw's Cleopatra, spielte dann auch Strindbergs *"Rausch"* und ein englisches Lustspiel: *"Weiberfeinde"* von Benn W. Levy.

"Zuerst war Wien verblüfft, endlich bezwungen", meldete Klabund schon am 18. Mai 1927 einem Freunde aus Crossen: *"Das alte Burgtheater hat gewackelt, als dieser moderne junge Mensch auf seine Bretter sprang"* (zitiert nach [10]).

Das *"Neue Wiener Tagblatt"* begriff sofort:

"Carola Neher: junge Dame mit Etonkopf, kluges, modernes Gesicht. Sie hatte erst ein paar Worte gesprochen und schon einen Eroberungszug begonnen. [...] Das Ohr freut sich ihrer raspeligen Knabenstimme, die weithin trägt, das Auge ihrer gertigen Gestalt. [...] Das Beste aber, was Frau Neher dem Burgtheater mitbringt, ist ihre Jugend ... " (zitiert nach [10]).

Aber auch Alfred Polgar aus Berlin war heimgekehrt zur Stelle und meldete der weltberühmten *"Weltbühne"* nach Berlin:

"Carola Neher hat die Begabung, fraulichen Reiz als künstlerische Begabung geltend zu machen ('enharmonische Verwechslung', wie die Musiker sagen)", aber *"daß ihr Spiel Geist hat und Grazie, war [...] nicht zu übersehen. Sie wird es beim Theater in Wien trotzdem, oder besser ebendeshalb nicht leicht haben"* (zitiert nach [10]).

Doch schon ab Ende September 1927 spielte sie im Trio mit den Burg-Mimen Raoul Aslan und Otto Tressler die Uraufführung eines *"Spiels zu dreien"*, das Klabund *"Carola Neher zu eigen"* geschrieben hatte, *"deren Gestalt über die Bühne nur gehen zu sehen"* ihm *"Freude und Glück bedeutet"* (zitiert nach [2]): als Dramatiker könne er *"es nicht lassen, dieser verehrten und geliebten Frau Stücke auf den Leib, auf die Seele zu schreiben; nur damit er Gelegenheit hat, sie seine Worte sprechen zu hören, sie lächeln und weinen zu sehen aus seinem Herzen"* (zitiert nach [29]) – nunmehr also auch in diesem *"X. Y. Z."*.

(Komtesse Henriette von) Y. ist hier die Frau, Carola Neher, zwischen den austauschbaren Männern X. und Z.

"Carola Neher, Ursache und Wirkung des Abends, bezauberte durch ihr Temperament, ihre Grazie in allen Lagen und Lebenslagen. Das Voraussetzungslose, Unbedingte der Figur trifft sie mühelos. Es scheint, sie hat es", begeisterte sich Alfred Polgar abermals; doch er schwelgte auch: *"Frau Neher tanzen zu sehen, ist ein Vergnügen. Auf weichem Lager, zwischen Kissen von überzeugend symbolischer Form, turnt sie behende und possierlich"* (zitiert nach [10]).

Noch in all diesen schönen und sensiblen Beschreibungen ihrer Auftritte schwingt unverkennbar mit, wie auch die Herren Rezensenten als Männer schreiben und die Kunst der Neher von ihrem Eros ebensowenig zu unterscheiden vermögen wie sie selbst bisweilen.

Sie war charmant oder klug genug, sich erkenntlich zu zeigen, und gestand dem *"Neuen Wiener Journal"* (vom 26. Oktober 1927):

"Wie es mir in Wien gefällt, können Sie daraus ersehen, daß ich es Max Reinhardt abschlagen mußte, an seinem Amerikagastspiel teilzunehmen. Ich werde ein anderesmal hinübergehen, mit ihm oder vielleicht allein. Aber das hat ja Zeit. Jetzt ist es hier auch schön" (zitiert nach [29]).

Zugleich verriet sie demselben Blatt auch ein entscheidendes Rezept für ihre fulminanten Erfolge: *"Ich tue etwas ganz oder gar nicht. [...] Wenn ich ein Ziel sehe, will ich es erreichen"* (zitiert nach [29]).

Vielleicht deshalb (oder eher trotzdem?) wurde ihr Wiener Vertrag um zwei Monate verlängert, also fast verdoppelt. Zwischendurch gastierte und triumphierte sie als umjubelter *"Kukuli"* auch noch in jenen vormals so bedenklichen *"Kammerspielen"* im heimischen München.

Endlich wieder zurück in Berlin, war sie aber nicht mehr der dortige Boulevard-Star, sondern Burgschauspielerin und wurde vom großen Max Reinhardt einer ersten Anfrage gewürdigt: wahrhaftig für Zusammenarbeit gar in Amerika. Tatsächlich sagte sie ab: *"weil Reinhardt schlecht bezahlt und auch die Rollen nicht besonders waren"*, schrieb sie nach Davos: *"Es hätte nur einen Sinn gehabt, wenn ich die Chance zu einem großen persönlichen Erfolg gehabt hätte"* (zitiert nach [2]).

Stattdessen übernahm sie bei Leopold Jessner im *Staatlichen Schauspielhaus* Berlins die Hiddie in der Uraufführung der *"Katalaunischen Schlacht"* ebenjenes Arnolt Bronnen weiland vom *Chinesischen Turm* im Münchner *Englischen Garten*. Das Stück war damals skandalträchtig, wild und kompliziert. Bronnen, als Regisseur noch Novize oder Amateur, inszenierte es selbst. Doch Erika Thiele, seine jetzige große Liebe, schwebte da nach einem gescheiterten, aber kurz vor ihrem gelingenden Selbstmordversuch just in akuter Lebensgefahr. Bronnen gab 25 Jahre später zu Protokoll:

"Inzwischen habe ich mit den Proben zur Katalaunischen Schlacht *beginnen müssen. [...] Den Part der Hiddie hatte Carola Neher übernommen, die ich noch von München 1922 her kannte und mit der mich engere Bande – allerdings nur für kurze Zeit – verknüpft hatten [...] .*

Die Neher brachte alles mit, um die schwierige Rolle zu meistern, aber sie war Frau genug, um von ihrem Regisseur zu verlangen, daß er seinerseits sie meisterte. Die künstlerische Sublimierung eines elementaren körperlichen Spannungs-Zustandes, wie sie jede Regie-Arbeit darstellt, hätte normalerweise gerade zwischen Frau Neher und mir zu guten Ergebnissen führen müssen. Doch Carola Neher kannte mich vielleicht zu gut. Sie sah, was mir fehlte, was ihr fehlte."

Auch mit ihrem Partner, dem namhaften Berliner Komiker

Paul Graetz (1890-1937),

der in seinem US-amerikanischen Exil nach 1933 nur in dortigen *"B-movies"* beschäftigt wurde und schon 1937, erst 46jährig in Hollywood starb, gab es damals Probleme. *"Er warf als erster seine Rolle hin, doch fand man bald Ersatz [...] . Als zweite aber erklärte Carola Neher, daß sie die Rolle nicht spielen könnte.*

Das war die Macht-Probe, die Liebes-Probe. Die Schauspielerin erwartete von ihrem Regisseur den ganzen Menschen. Er hätte nun alles tun können, sie bitten, beschwören, oder sie auch prügeln, schlagen, zerhämmern, nur das nicht, was er tat: ruhig bleiben. Zustimmen: 'Ich weiß, daß Sie die Rolle nicht spielen können'. Der Aufruhr war da. [...] Ich legte die Regie zurück und überließ es Leopold Jessner, über das weitere Schicksal der Katalaunischen Schlacht *zu entscheiden."* [13)]

Carola Neher jedoch, in deren eigener Perspektive wir diese Probenvorgänge leider nie zu lesen bekamen, entschied sich, jetzt ein neuerliches Angebot von Max Reinhardt anzunehmen und in seinem *Deutschen Theater* neben der Ikone Werner Krauß und in der Inszenierung Leo Mittlers lieber die Eliza Doolittle in Shaw's *"Pygmalion"* zu spielen: mit sensationell triumphalem Premierenerfolge am 14. April 1928.

Sie war jetzt ein Spitzenstar des legendären Berliner Theaters jener goldenen zwanziger Jahre und führte auch ein stilistisch und publizistisch angemessenes Leben. Sie ließ sich beim Klettern im Gestänge des Berliner Funkturms, aber auch mit Wildkatzen oder beim Motorradfahren, erst recht als Model in tausenderlei Kostümierung und Moden fotografieren, spielte Tennis, ruderte, schwamm und strapazierte sich mit dem, was später *Fitness* heißen sollte: mit Hanteltraining, Seilspringen und im Gymnastiksalon eines modischen Türken mit allerlei Muskelexerzitiën. Aber im Herbst 1926 tanzte sie auch im "Eden"-Hotel der Budapester Straße mit einem Gigolo und bezahlte ihn dafür: er war zwanzig Jahre alt und hieß Billy Wilder. Es war auch wirklich Billy Wilder: die spätere Hollywood-Legende [43)].

1927 veröffentlichte Carola Neher, offenbar und klug und ironisch oberhalb ihrer selbst, in den *"Berliner Nachrichten"* (Nr. 40) ein eigenes Spottgedicht über alles das:

"Sportbiographie

Ich liebe den Sport
Tous les sports d'été et d'hiver

Eishockey
Eiscremesoda
Bob mit Bobby
Germans
Playing Golf in Germany
Und Polo in Brioni!
Ich ritt in Baden-Baden
Um fünf Uhr früh die Oos entlang
Ich fuhr einen kleinen Steyrwagen
In Wien zuschanden
Ich segelte auf dem Wannsee
Schwamm am Lido
Und bin sogar (wenn auch widerstrebend)
den Watzmann hinaufgeklettert
Ich kann Spagat
Rad fahren
Rad schlagen
Ich laufe gern Eis
Aber noch lieber: Gefahren.
Ich flog
aus meinem ersten Engagement
Und mit dem
Wasserflugzeug von Triest nach Venedig.
Motorrad rasselte ich den Feldberg hinunter.
An einer scharfen Kurve
Wär' es beinah schief gegangen.
Ich tanze
Black and White bottom
Und manchem auf der Nase herum.
Ich spiele
Klavier
Poker
Wasserball
Erdball
Und Theater
Ich habe etliche Herzen

Knock-out geschlagen.
Ski-heil!" (zitiert nach [29]).

Ein schon zugesagtes Gastspiel als Wedekinds *"Lulu"* in Paris sagte diese Primadonna einfach ab, um mit dem siechen Klabund einen Sommerurlaub auf der istrischen, damals noch italiënischen Insel Brioni zu verbringen. Hiernach sollte sie im Berliner *Theater am Schiffbauerdamm* mit den Proben zu einer privaten Produktion des wohlhabenden Impresarios Ernst Josef Aufricht beginnen: *"Die Dreigroschenoper"* von Kurt Weill und jenem Bertolt Brecht, einem andern wiedergefundenen Verehrer aus Münchner Tagen also. Unter der Regie seines damaligen Valentin-Stummfilm-Coregisseurs Erich Engel war sie hier mit der weiblichen Hauptrolle besetzt: der Polly, Mackie Messers Braut. *"Sie war die Idealbesetzung für die Rolle"*, hat Produzent Ernst Josef Aufricht noch 1966 beharrlich betont:

"eine Sumpfblüte unter dem Mond von Soho. Das flächige, regelmäßige Gesicht mit der Katzennase konnte ebenso lustig wie traurig sein. Sie war neben Lotte Lenya die beste Interpretin Brechtscher Texte und Songs von Weill. Sie hatte die große Schnuppigkeit über dem Klirren eines zerbrochenen Herzens." [14]

Am 1. August begannen die Proben zur Premiere am 31. August 1928. *"Nur die Neher fehlte. [...] Wir schrieben, wir telegrafierten und blieben ohne Antwort. Als ich sie endlich telefonisch erreichte, sagte sie mit leiser Stimme, daß Klabund in der Agonie liege, ich sollte aber die Rolle nicht umbesetzen"* [14].

Am 14. August 1928 starb Klabund unter großen Qualen an zusätzlicher Lungen-, Bauchfell- und Hirnhautentzündung: im Alter von 37 Jahren.

Über die Rückkehr Carola Nehers von diesem Schmerzens- und Sterbelager nach Berlin und in die Proben zu ihrer Polly gibt es drei sehr widersprüchliche Berichte.

Der eine stammt von

Ernst Josef Aufricht (1898-1971),

den die Nazis schon bald zur Emigration nach Paris und Amerika nötigten, wo er aber seinen Welterfolg mit der *"Dreigroschenoper"* ebensowenig wiederholen konnte wie später in Adenauers Bundesrepublik mit deren Unlust an Remigranten. Seine nachweislich grossen Talente blieben da chancenlos.

Aber in seinen ebenso amüsanten wie erschütternden Memoiren schildert er die Episode mit der jungen Witwe Carola Neher so:

"In ihrem schwarzen, hochgeschlossenen Kleid mit langen Ärmeln sprach sie die ersten Sätze, und ich sah und hörte, wie sie sich mit der Rolle deckte. Wir probierten einige Zeit, und das Stück sollte zum ersten Mal durchlaufen. Es war eine Abendprobe, wir wollten nicht unterbrechen und nicht eingreifen [...] , bis plötzlich die Neher erklärte, sie spiele nicht, die Rolle wäre zu klein. Brecht mischte sich sofort ein:

'Ich bringe das in Ordnung, bitte, den Vorhang herunter!' Er ließ auf die Bühne einen kleinen Tisch tragen, die Neher saß neben ihm, und er begann zu schreiben.[...] . Als ich beiden vorschlug, ihre Arbeit in meinem Büro fortzusetzen, stand sie auf, schmiß mir das Manuskript vor die Füße: 'Spielen Sie das Zeug allein!' und verließ das Theater. Es war eine Woche vor der Premiere [...] .

'Nehmen Sie einen Strauß Rosen, das Brautkleid der Polly und den Erich Engel und versuchen Sie, die Neher umzustimmen', sagte Brecht [...] . Mit dem Blumenstrauß und einem Karton mit dem Kleid fuhren wir hin. [...] Wir wurden in ein kleines Eßzimmer einer bescheiden möblierten Wohnung geführt und zu warten aufgefordert. Es war ein sehr heißer Augusttag, und wir warteten. Wir warteten eine halbe Stunde, öffneten die Tür zum Korridor, riefen mehrmals: 'Fräulein' und 'Hallo', niemand reagierte. Wir warteten weiter. Nach wieder einer halben Stunde kam das Mädchen und meldete:

'Die gnädige Frau empfängt heute nicht.' [...]

Jetzt mußten wir umbesetzen." [14]

Auch Peter Lorre nämlich gab seine Rolle des Peachum zurück und wurde durch den kaum bekannten Erich Ponto aus Dresden ersetzt. Aber für die Neher sprang deren Freundin und Kollegin Roma Bahn ein: *"in vier Tagen lernte sie die ungewöhnliche Musik, den schwierigen Text und war in der Premiere fehlerlos"* [14] .

Ganz anders liest sich dieser ganze Vorgang in den Memoiren des Filmregisseurs und -autors

Géza von Cziffra (1900-1989),

jenes ungarischen Tycoons zumal deutscher Unterhaltungsfilme vor, in und nach der Hitlerzeit, der noch Anfang 1945, als er im NS-großdeutschen Prag mit Rudolf Prack, Carola Höhn und dem jungen O. W. Fischer *"Leuchtende Schatten"* drehte, von den Nazis verhaftet wurde, nachdem er seinen kriminalpolizeilichen Berater, den SS-Sturmbannführer Heinrich Eweler, einen Angehörigen des Reichssicherheitsdienstes und Bruder der Filmschauspielerin Ruth Eweler, wegen kritischer Einmischungen in die Dreharbeiten des Ateliers verwiesen hatte; im Palais Pecec, Hauptquartier der Prager Gestapo, wurde Cziffra scheinheilig beschuldigt, mehrfach ohne Lebensmittelmarken in einem tschechischen Restaurant gegessen zu haben, hierfür zu einer sechsmonatigen Haft verurteilt und ins Prager Untersuchungsgefängnis Pankrac eingeliefert, von wo er ins Konzentrationslager Theresienstadt überführt werden sollte: lediglich eine Manipulation der Unterlagen, dann das Nahen der *Roten Armee* bewahrten ihn vor diesem Schicksal.

Dieser Cziffra also war 28 Jahre alt und noch ein suchender Journalist in Berlin, als die *"Dreigroschenoper"* dort gestartet wurde. Brecht kannte er zufällig ebenso wie auch *"die hübsche, sehr begehrte und sehr beliebte"* Carola Neher, deren Probenbeginn als junge Witwe er so beschrieben hat:

"Als sie in Berlin ankam, war sie ein verzweifeltes, verweintes Nervenbündel. Nach einigen Probentagen schmiß sie die Rolle hin. Begründung: die Rolle wäre zu klein. – Eines Nachmittags, als ich sie in ihrer Wohnung, die sie in diesen Tagen kaum verließ, besuchte, gestand sie mir den wahren Grund. Sie konnte Brechts Songs, die er zum größten Teil von François Villon abgeschrieben hatte, einfach nicht hören. François Villon war Klabunds Lieblingsdichter, berichtete mir Carola. Er übersetzte einige seiner Gedich-

te schon im Jahre 1918 und gab ein schmales Bändchen über seinen Lieb-
lingsdichter mit dem Titel 'Der himmlische Vagant' heraus. Im Untertitel
hieß es: 'Ein lyrisches Porträt des François Villon'. Sie, Carola, mußte noch
dem Sterbenden immer wieder Villons Gedichte in der Klabund'schen Über-
setzung vorlesen. Oft hatte er auch davon gesprochen, ein Stück über Fran-
çois Villon schreiben zu wollen. Es sollte ein Drama mit Einlagen von Vil-
lons Gedichten werden, vielleicht mit Musik. Meine Frage, ob Klabund
Brecht von diesem Plan erzählte, konnte oder wollte Carola nicht beant-
worten ...

Wir wissen, daß Brecht mit dem geistigen Eigentum anderer sehr freizügig
umgesprungen ist. Er selbst schrieb einmal in einer Erwiderung auf Alfred
Kerrs Plagiatsvorwurf unter anderem:

' ... das erkläre ich mit meiner grundsätzlichen Laxheit in Fragen geistigen
Eigentums'. [...]

Carola zeigte mir das Gedicht, das Klabund einen Tag vor seinem Tode hat-
te hören wollen. Als ich sie darum ersuchte, las sie es mir vor, mit tränener-
stickter Stimme." [15]

Wirklich ist noch heute nachzuprüfen, daß im Besetzungszettel des Pro-
grammhefts zur Uraufführung der *"Dreigroschenoper"* nur vermerkt steht:
"Eingelegte Balladen von François Villon und Rudyard Kipling". Ihr Übersetzer K. L. Ammer (für Karl-Anton Klammer, 1879-1959, aus Wien), den
auch Klabund zu zitieren pflegte, wurde dort ebenso verschwiegen wie noch
in der ersten Buchausgabe.

Noch 1968 bestätigte die Literarhistorikerin Marianne Kesting dem Brecht
wie dem Klabund *"beider Vorliebe für den Vaganten und Dichter François*
Villon":

"Der Vagabund hatte [...] beider Interesse als gesellschaftlicher Outcast,
der gegenüber der sozialen Reglementierung seine Indiviualität in einem
anarchischen Lebensgefühl bewahrt" [9] .

Das mochte für die trauërnde junge Witwe damals eine schmerzhafte Kollision ergeben und war denn also die zweite Version ihres Ausstiegs aus der
"Dreigroschenoper".

Aber die dritte Version all dessen stammt aus der Feder Guido von Kaullas. Er war damals 21 Jahre alt und in Leipzig just mit seiner Dissertation über Klabunds Lyrik befaßt. Ohne ihn vorher gekannt zu haben, bat die verwitwete Carola diesen jungen Interessenten oder Experten, den literarischen Nachlaß ihres Mannes zu sichern und zu sichten, zu ordnen und abzuschreiben. Sie reiste auch mit ihm in "Monis" heimatliches Crossen an der Oder.

"Er besaß Carola Nehers Vertrauen", hat der spätere Schauspieler und höchst produktive Autor von Märchenspielen im zweiten seiner beiden Klabund-Bücher über sich selbst berichtet, *"Vertrauen nicht nur für seine Klabund-Arbeit, sondern auch in seine menschliche Vertrauenswürdigkeit für ihre damals ihm mitgeteilten Beweggründe gegen den schlecht erzogenen Aufricht und gegen Brecht. Die beiden jungen Unternehmer wollten sie ihre (Carolas) Abhängigkeit spüren lassen. Sie hatten den persönlichsten Bereich in ihr nicht respektiert, den sie auch von dieser Männerart respektiert sehen wollte [...] . In rüder Weise, sachlich völlig unnötig, aus machtgieriger Wichtigtuerei hatten sie unentwegt in Davos angerufen, - Brecht immer mit den Worten: 'Ist er schon tot? Ist er schon tot???' [...] Wer Carola Neher kannte, weiß, daß auch diese siebenundzwanzigjährige Frau — nicht unberührt durch das Sterben Klabunds in ihrer Gegenwart — bei dem heftigen Schock auf die ihr gegenüber gezeigte Geringschätzung zurückschlagen mußte. Sie ist Schauspielerin genug, um zu wissen, wie man das gegenüber diesen Männern am wirksamsten in Szene setzt. Die Zeit, in der sie für Theaterleute 'so eine nette kleine Hur' ' war, ist jetzt vorbei; sie hat sich gegen erniedrigendes Benehmen durchgesetzt und Rache genommen. Ihr gegenüber verhalten sich Aufricht und Brecht in Zukunft denn auch wesentlich anders. "*[10]

Keine dieser drei Überlieferungen dürfte ausschließlich falsch sein. Sie schließen sich nicht einmal völlig aus.

Carola Neher selbst jedoch hat der Freundin in Davos noch eine vierte Lesart übermittelt: zweimal sei sie auf diesen Proben in Ohnmacht gefallen, jede Weiterarbeit wurde ihr wegen totalen Nervenzusammenbruchs ärztlich untersagt. Sogar eine zugesagte Lesung von Klabund-Gedichten in einer Rundfunksendung zu Ehren des Verstorbenen sagte sie deshalb ab.

Aber als Emigrantin in Moskau hat sie etwa sieben Jahre später dem jüdisch polnisch-österreichischen Physiker Alexander Weißberg erzählt: als es mit

Klabund *"zu Ende ging, ließ er sie kommen. Er nahm ihr das Versprechen ab, keine Trauerkleider zu tragen und sofort wieder aufzutreten. 'Die Vorstellung, daß du strahlend jung und schön und begabt auf der Bühne stehst, macht mich glücklich, Carola. Du darfst das für keinen Tag unterbrechen, auch wenn ich nicht mehr da bin' "* [16].

Richtig spielte sie statt der zurückgegebenen Polly bei Max Reinhardt die Magdalena in einer Uraufführung, die vielsagend *"Ehen werden im Himmel geschlossen"* hieß und vom Kleistpreisträger

Walter Hasenclever (1890-1940)

stammte (bald schon von den Nazis mit ganzem *opus* verboten, symbolisch verbrannt und ins französische Exil, dort im Internierungslager 49jährig durch die Androhung einer Auslieferung an die deutschen Nazis in den Freitod getrieben).

Jene seine Ehekomödie gelangte am 12. Oktober 1928 zur Premiere.

Aber schon am 28. März 1929 beteiligte sich Carola Neher im Schauspielhaus am Berliner Gendarmenmarkt an jener legendären Gedächtnisfeiĕr des Staatstheaters für den kürzlich verstorbenen Kollegen Albert Steinrück.

Um die Verehrung des ganzen Volks für diesen begnadeten Schauspieler deutlich zu machen, wurde außer dem *"Arbeitsausschuß"* aus Theaterleuten auch noch ein *"Ehrenausschuß"* berufen. Ihm gehörten 35 Mitglieder der gesellschaftlichen und künstlerischen *crème de la crème* an: unter anderen

Paul Löbe (1875-1967),
der als sozialdemokratischer Reichstagspräsident nach vier Legislaturperioden in diesem höchsten parlamentarischen Amte einer Demokratie 1932 von Hermann Göring abgelöst, wegen vorgeblicher Unterschlagungen von den Nazis verhaftet, zwar wieder freigelassen, aber nach dem 20. Juli 1944 wegen seiner Verbindung zu den Widerstandskämpfern um Carl Goerdeler abermals eingesperrt wurde

und nach 1945 bei der Ostberliner Zwangsvereinigung von KPD und SPD aus dem Führungsgremium seiner abermals mißhandelten Partei demonstrativ austrat;

Carl Heinrich Becker (1876-1933),
habilitierter Oriëntalist und wiederholt Preußischer Kultusminister, Initiator von akademischen Staatsbürgerschulen, Pädagogischen Akademiën und einer Demokratisierung des Hochschulwesens, deren parteipolitische Anfechtung durch die Fraktionen des Preußischen Landtags den Rücktritt des Partei- und Lobbylosen zur Folge hatte;

Gustav Böß (1873-1946),
als Mitglied der liberalen DDP acht Jahre lang Oberbürgermeister im Berlin der *Zwanziger Jahre*, Begründer der dortigen *"Grünen Woche"*, ideënreicher Förderer des Berliner Sport- und Musiklebens, namentlich des Opernwesens, Bauherr vieler Berliner Stadiën, des Messegeländes und des Flughafens Tempelhof,

wegen unkorrekter Preisermäßigung beim Ankauf eines Pelzmantels für seine Frau trotz öffentlicher Unschuldserklärung zum Rücktritt gezwungen, nach gerichtlicher Dienstentlassung 1930 von den Nazis nach 1933 noch als Rentner erneut beschuldigt, verhaftet und zu neunmonatiger Einzelhaft verurteilt;

Leopold Jessner (1878-1945)
seit 1919 Intendant des *Staatlichen Schauspielhauses Berlin*, maßgeblicher Regisseur zumal des expressionistischen, des politischen Theaters und Vorstandsmitglied im *"Central-Verein deutscher Staatsbürger jüdischen Glaubens"*, schon 1930 aus der Theaterleitung, 1933 aus dem Theater und in die Emigration vertrieben: zunächst nach England, wo er als Filmproduzent scheiterte, 1935 nach Palästina, 1937 in die USA, wo er als Lektor für *Metro Goldwyn Mayer* sein Dasein fristete und kurz nach Kriegsende in Hollywood verstarb;

Georg Bernhard (1875-1944),
langjährig Chefredakteur der *"Vossischen Zeitung"* und Professor an der Berliner Handelshochschule, aus der SPD ausgeschlossen, für die liberale *Deutsche Demokratische Partei* als Abgeordneter im Reichstag, 1933 über Kopenhagen nach Paris emigriert, dort mit seinem

"Pariser Tagbeblatt" im publizistischen und politischen Widerstand
gegen die Nazis aktiv, nach deren Einmarsch in Frankreich 1940 interniert, aber 1941, schon 66jährig in die USA geflohen, dort nach
drei Jahren verstorben;

Jakob Goldschmidt (1882-1955),
fantasievoller Großbankier mit bis zu 123 Aufsichtsratsposten, auch
bei der neuën *Ufa*, Senator der *Kaiser-Wilhelm-Gesellschaft*, Mitglied
im Initiativkomitee der *Encyclopedia Judaica* und Sponsor beim Ankauf eines van-Gogh-Gemäldes für die *Nationalgalerie*, 1933 in die
Schweiz, 1936 in die USA emigriert, dort nur noch in wenigen und
recht bescheidenen Aufsichtsräten untergeschlüpft;

Edwin Scharff (1887-1955),
bedeutender Bildhauër aus Neu-Ulm, im *Ersten Weltkrieg* schwer
verwundet und ganzjährig Lazarettpatiënt, seit 1923 als Professor in
Berlin, porträtierte dort Max Liebermann und den Reichspräsidenten
Hindenburg, von den Nazis 1933 nach Düsseldorf zwangsversetzt, in
ihre Ausstellung *"Entartete Kunst"* aufgenommen, 1935 zwangspen-
sioniert, 1940 aus der *Reichskammer für Bildende Künste* ausgeschlossen und mit absolutem Arbeitsverbot belegt, das er nicht be-
folgte, so daß die SS noch kurz vor Kriegsende sein Atelier verwüste-
te und zahllose Arbeiten zerstörte;

Ludwig Katzenellenbogen (1877-1944),
Großindustriëller und Generaldirektor des *Schultheiss-Patzenhofer-*
Konzerns, mit der Schauspielerin Tilla Durieux verheiratet und nach
antisemitischer Verwicklung in einen Finanzskandal 1933 über Asco-
na und Prag nach Zagreb geflüchtet, wo die einmarschierenden Nazis
ihn 1941 verschleppten, um ihn 1944 in Berlin zu ermorden;

Bruno Walter (1876-1962),
recte Bruno Walter Schlesinger aus Berlin, führender Dirigent des 20.
Jahrhunderts, seinerzeit *Musikalischer Direktor* der *Städtischen Oper
Berlin* mit prominenten Auslandsverpflichtungen, wurde von den Nazis schon im März 1933 durch massive Bedrohung an einem Konzert
mit den *Berliner Philharmonikern* gehindert, emigrierte nach Österreich, nach Frankreich und in die USA, konnte so seine beispiellose
Karriëre nur noch weiter ausbauën und starb 86jährig in *Beverly*

Hills, wurde auf dem Friedhof von *San Abbondio, Collina d'oro-Gentilino*, im Tessin bestattet;

Herbert M. Gutmann (1879-1942),
bedeutender Bankier mit Direktorenpositionen in *Deutscher Orient-bank* und *Dresdner Bank*, bedeutender Oriënt-Ökonom, bedeutender Kunstsammler und Islam-Experte, schon 1931 von den Nazis aus der *Dresdner Bank* verscheucht, 1936 nach England emigriert, dort noch im *Zweiten Weltkrieg* verstorben;

Theodor Wolff (1868-1943),
bedeutender Publizist und Literat, von 1906 bis 1933 liberaler Chef-redaktur des *"Berliner Tageblatts"*, das er für Bürgerrechte, für demo-kratische Reformen, gegen Dreiklassenwahlrecht und militärische Prioritäten im Kaiserreich kämpfen und hierfür mit Boykotten und Verboten ahnden, international umso angesehener werden ließ, zumal er sich mitten im *Ersten Weltkrieg* für eine Verständigung mit dem "Erbfeind" Frankreich einsetzte;

1918 gehörte er zu den Begründern der liberalen *Deutschen Demo-kratischen Partei*, die er aber verließ, als sie im Reichstag verschärfte Zensur für sogenannte Schmutz- und Schundliteratur begünstigte;

sein *"Berliner Tageblatt"* wurde nach 1918 von rechtsradikalen Chau-vinisten als *"Judenblatt"* angegriffen, sein eigener Name wiederholt auf die Mordlisten dieser Kreise gesetzt;

vor den scharf attackierten Nazis floh er 1933 nach Tirol, wo ihn die Entlassung aus seinem Verlagshause und die Nachricht von der öf-fentlichen Verbrennung seiner Schriften, 1934 auch noch die Aber-kennung der deutschen Staatsbürgerschaft erreichten; nach Nizza weitergeflüchtet, wurde er 1943 im italiënischen Umland von Musso-linis Schergen verhaftet und nach Internierung in italiënischen und französischen Lagern schließlich der nazideutschen Gestapo ausge-liefert, die ihn ins Konzentrationslager Sachsenhausen, unter öffentli-chem Protest ins Berliner *"Jüdische Krankenhaus"* deportierte, wo ihr 75jähriges Opfer an offiziëller *"Herz- und toxischer Kreislaufschwä-che"* verstarb;

Max Liebermann (1847-1935),
bedeutender Vertreter imprssionistischer Malerei, derzeit 81jähriger
Präsident der *Berliner Sezession* und kulturpolitisch engagiert,

aber schon in der Schulzeit als Außenseiter den Schikanen von Gruppen wehrlos ausgeliefert, vom Vater als Dreizehnjähriger bei der ersten Ausstellung eigener Zeichnungen zur Verheimlichung seines Namens gezwungen und von der Universität vollends wegen *"Studien-
unfleisses"* relegiert,

wurde mit seinem ersten großen Gemälde, den *"Gänserupferinnen"*
des 25jährigen, seit der Hamburger Ausstellung 1872 als *"Maler des
Häßlichen"* und in Berlin bald als *"Schmutzmaler"* verabscheut;

als ihm nach den *"Konservenmacherinnen"* der arrivierte Kollege und
Realist Karl Gussow riet, die Arbeit an seiner *"Rübenernte"* besser
abzubrechen, ging er nach Wien zu Hans Makart, aber schon nach
zweitägiger Frustration nach Paris ins erträumte Dorado malerischer
Moderne, die jedoch seine *"Gänserupferinnen"* wenig goutierte. Ex-
kurse nach Barbizon, nach Zandvoort und Haarlem ließen *"Kartoffel-
ernte in Barbizon"*, *"Arbeiter im Rübenfeld"*, *"Holländische Nähschu-
le"*, ein Gemälde badender Fischerjungen und Skizzen aus dem Amsterdamer Waisenhaus entstehen, ohne ihm freilich die ersehnte Pariser Anerkennung einzubringen: als *"nicht französisch"* wurde er Opfer der dortigen Chauvinismen und in depressive Abbruchgedanken
getrieben.

In Venedig und München entstand *"Der zwölfjährige Jesus im Tempel"* des 31jährigen, der hiermit als *"Herrgottsschänder"* nationale
Empörung entfachte: im bayerischen Landtag sprach der konservative
Abgeordnete Daller ihm als Juden das Recht zu einer solchen Darstellung Christi ab, und in Berlin setzte der evangelische Hofprediger
Adolf Stoecker den militanten Antisemitismus dieser Polemik fort. So
erst wurde der 35jährige berühmt.

Mit seinem *"Altmännerhaus in Amsterdam"* erreichte er als erster
deutscher Maler eine Belobigung im maßgeblichen *"Salon de Paris"*,
auch einen Käufer hierfür und für seine *"Schusterwerkstatt"*. Plötzlich
pries ihn das Pariser Feuilleton als beachtenswerten Impressionisten,

Vincent van Gogh suchte vergeblich seine Bekanntschaft, der *Verein Berliner Künstler* nahm ihn als Mitglied auf.

Die Teilnahme an der Pariser Weltausstellung 1889 machte ihn vollends populär, wurde ihm aber von der deutschen Presse verübelt; den angetragenen Ritterschlag der *Französischen Ehrenlegion* lehnte er daher mit Rücksicht auf preußische Animositäten ab.

Der sechzigjährige Präsident des Berliner Kunstvereins *Sezession* wurde jetzt vom Nachwuchs unter Federführung des zwanzig Jahre jüngeren Emil Nolde wegen prinzipiëller Fortschrittsfeindlichkeit und diktatorischer Machtausübung hart attackiert und zur Flucht nach Rom, dann zum Rücktritt genötigt. Von nationalen und internationalen Ehrungen überschüttet, mutierte der einstige Außenseiter mehr und mehr zum privatisierend angepaßten Patrioten; 1920 zum Präsidenten der Berliner *"Akademie der Künste"* berufen, gab er ihr demokratische Strukturen und liberalen Geist; aber die Ernennung des Achtzigjährigen zum Berliner Ehrenbürger blieb parlamentarisch heftig umstritten; als die Nazis sich über das Hindenburg-Porträt dieses Juden empörten, sagte er treuherzig: *"Über so etwas kann ich nur lachen. [...] Ich bin doch nur ein Maler, und was hat die Malerei mit dem Judentum zu tun?"*;

als am 30. Januar 1933 der legendäre Fackelzug zu Ehren des neuën Reichskanzlers Hitler auch an Liebermanns Hause am *Pariser Platz* vorüberdefilierte, sagte er den vielzitierten Satz:

"Ick kann jar nich so ville fressen, wie ick kotzen möchte";

vier Monate später legte er im Anschluß an die Bücherverbrennung alle seine öffentlichen Ämter nieder, isolierte sich auch gesellschaftlich und sagte *"Ich lebe nur noch aus Haß"*, *"Ich will die neue Welt um mich herum nicht sehen"*;

nach seinem Tode 1935 nahm Hitlers Lieblingskünstler Arno Breker die Totenmaske des 87jährigen ab, aber die Mediën erwähnten dieses Ableben kaum, seine Akademie lehnte jegliche Ehrung ihres Alterspräsidenten ab, die Gestapo untersagte jede Teilnahme an seinem Begräbnis auf dem *Jüdischen Friedhof* an der *Schönhauser Allee*, kein Offiziëller kam etwa dennoch, seine 85jährige Witwe Martha, seit einem Schlaganfall im Jahre 1942 halb gelähmt und ans Bett gefesselt, wurde am 5. März 1943 aufgefordert, sich zur Deportation ins Konzentrationslager Theresienstadt bereitzuhalten, und nahm fünf Tage hiernach eine Überdosis Veronal, wurde auf einem Dreirad-Lieferwagen noch lebend ins *Jüdische Krankenhaus* abtransportiert, ihre Villa am Wannsee noch vor ihrer Zerstörung durch angloamerikanische Bomben von den Nazis leergeräumt und das Stadtpalais am *Pariser Platz* wenig später vom *Zweiten Weltkrieg* zertrümmert;

und

Albert Einstein (1879-1955),
zur Zeit der Steinrück-Feiër schon seit fünfzehn Jahren als hauptamtlich besoldetes Mitglied der *Preußischen Akademie der Wissenschaften* und Direktor des *Kaiser-Wilhelm-Instituts für Physik*, seit nunmehr sieben Jahren überdies als Nobelpreisträger in Berlin ansässig,

aber schon als fünfzehnjähriger Sohn eines Elektromeisters, der immerhin den Stadtteil Schwabing verkabelt und das Oktoberfest elektrifiziert hatte, vom Münchner Luitpold- , heutigen Albert-Einstein-Gymnasium gegängelt, beschimpft und vergrault,

als Sechzehnjähriger vom Zürcher Polytechnikum, heutiger *Eidgenössischer Technischer Hochschule (ETH)*, nach der Aufnahmeprüfung für Abiturlose trotz bravouröser naturwissenschaftlicher Leistungen nur wegen unzulänglicher Französisch-Kenntnisse abgelehnt,

gab als Siebzehnjähriger aus Protest gegen vielerlei Mißstände des bürgerlichen Kanons seine württembergische und deutsche Staatsangehörigkeit auf und trat auch aus der jüdischen Religionsgemeinschaft aus;

der 21jährige Aspirant für akademische Assistenzen wurde mit seinem Diplom eines *Fachlehrers für Mathematik und Physik* von mehreren Universitäten abschlägig beschieden, mußte als Hauslehrer in diversen Schweizer Kleinstädten, erst nach Erwerb der Schweizer Staatsangehörigkeit 1902 als *Experte dritter Klasse* beim Bermer Patentamt sein Leben fristen, wo er 26jährig seine Dissertation, aber auch vier seiner wichtigsten Texte schrieb, die Carl Friedrich von Weizsäcker später als *"eine Explosion von Genie"* bezeichnete: *"Vier Publikationen über verschiedene Themen, deren jede [...] nobelpreiswürdig ist"*,

doch noch der 28jährige wurde hiernach von der Universität Bern zur beantragten Habilitation nicht zugelassen,

die erst dem 30jährigen in Zürich zugestanden wurde,

aber Ordinarius für theoretische Physik konnte der 32jährige an der Universität Prag erst nach Erwerb der österreichischen Staatsbürgerschaft werden,

bevor der 35jährige Professor nach einigen Semestern an derselben *ETH*, die ihn als Studenten abgelehnt hatte, von keinem Geringeren als dem Nobelpreisträger Max Planck nach Berlin berufen wurde,

wo der 40jährige aus Protest gegen den Vertrag von Versailles wieder deutscher Staatsbürger wurde, sich für den Zionismus zu interessieren begann

und der 42jährige selbst den Nobelpreis für Physik erhielt, doch gerichtlich gezwungen wurde, das gesamte Preisgeld seiner geschiedenen Frau auszuhändigen;

während noch der 50jährige, den Oberbürgermeister Böß mit einer Immobilië der Stadt Berlin beschenken wollte, sich hierfür so gehässigen Presse-Polemiken ausgesetzt sah, daß der angefeindete Pazifist darauf verzichtete und sich außerhalb, in Caputh bei Potsdam, selbst jenes Haus erwarb, das die Nazis ihm dann schon bald mit all seinem sonstigen Vermögen entwenden sollten,

nachdem er selbst jedoch schon 1932 auf einer Vortragsreise in den USA beschlossen hatte, in die Berliner SA-Randale nicht mehr zurückzukehren

und seinem drohenden Ausschluß aus der *Preußischen Akademie der Wissenschaften* nach 19jähriger Mitgliedschaft durch eigene Aufkündigung schon im März 1933 zuvorzukommen;

gleichzeitig nahm der international vielfache Ehrendoktor die akuten Nazi-Durchsuchungen seiner Wohnungen in Caputh und Berlin zum Anlaß, die deutsche Staatsbürgerschaft abermals zurückzugeben, was aber abgelehnt und erst ein Jahr später durch offiziëlle Strafausbürgerung vollzogen wurde;

nach Austritt oder Tilgung aus den Mitgliederlisten mehrerer wissenschaftlicher Akademiën im faschistischen Deutschland und Italiën wurden im Rahmen der *"öffentlichen Verbrennung undeutschen Schrifttums"* auch seine sämtlichen Arbeiten, die das Weltbild der Moderne grundlegend verändert und korrigiert hatten, dem nazideutschen Feuer übergeben.

In Princeton erhielt der 61jährige zur schweizerischen auch noch die US-amerikanische Staatsangehörigkeit. Trotzdem wurde er dort wegen seiner Vorbehalte gegen nukleare Rüstung vom Geheimdienst observiert, als Sympathisant des Kommunismus verdächtigt und als Sicherhitsrisiko der *Vereinigten Staaten* eingestuft.

Noch das Gehirn des 76jährig Verstorbenen wurde bei der Obduktion vom Pathologen Thomas Harvey aus nebulosen Motiven gestohlen.

Unter dem Protektorate also eines *"Ehrenausschusses"* aus so weitgefächerter Prominenz sprach 1929 bei jener Trauërfeiër für den Schauspieler Albert Steinrück zunächst kein Geringerer als Heinrich Mann die *"Gedenkworte"*.

Dann fand unter der künstlerischen Leitung von Leopold Jessner eine einmalige Nachtvorstellung von Wedekinds *"Marquis von Keith"* statt.

Aber nicht nur die Hauptrollen waren mit den besten deutschen Schauspielern besetzt. Auch noch in den kleinsten Nebenrollen traten da höchstrangige Theaterpreziosen auf: Elisabeth Bergner und Fritzi Massary, Käthe Dorsch und Rosa Valetti, Alexander Granach, Fritz Kortner, Rudolf Forster und Kurt Gerron, Eduard von Winterstein, Trude Hesterberg und Hans Albers, Ernst Deutsch und Curt Goetz.

Aber vollends die einmalig aufgestockte Statisterie der Gästeliste jenes Titel-Marquis nannte Namen wie Marlene Dietrich, Asta Nielsen, Henny Porten, Renate Müller, Lucie Mannheim, Ida Wüst und Agnes Straub, Erika von Thellmann und Maria Koppenhöfer, Roma Bahn, Käte Haack und Elsa Wagner, Walter Franck, Hermann Thimig, Mathias Wieman und 35 weitere Darsteller ähnlich höchsten Kalibers.

Ihnen allen diente in jener Nacht als "Hilfsinspizient" der namhafte Theater- und Film-Regisseur Karlheinz Martin, derzeit Intendant der *Volksbühne am Bülow-Platz*.

Solche Hommage für einen toten Kollegen ist heute aus vielen Gründen gar nicht mehr vorstellbar.

Sie mutet im Abstand gar wie ein makabres Notturno und ein finales Hochamt des Geistes, der Fantasie und des guten Willens an, die allesamt nach einem explosiv kreativen Friedensjahrzehnt zu spüren beginnen mochten, wie sie all ihr Genie nur in einer Feuërpause verpulvert hatten und nunmehr nicht nur einen ihrer Besten, sondern sich selbst und ihren begnadeten, gutgelaunten, turbulenten und einfallsreichen Optimismus zu Grabe trugen, bevor er von der Mißgunst brutalen Stumpfsinns und bestialischer Talentlosigkeit unfeiërlich totgeschlagen werden würde.

Diese Gedenkvorstellung steht heute wie Trauërfeiër und Requiem für eine geniale Ära der Begnadeten, gar für zwei Jahrhunderte humanistischer Kultur vor unsern Augen.

Carola Neher aber stand da inmitten solcher Selbstverabschiedung und in diesem historischen Ensemble an zweiter Stelle der Besetzungsliste zwischen dem genialen Werner Krauß und dem nicht minder genialen Titeldarsteller

Heinrich George (1893-1946),

der später in einem sowjetischen Internierungslager elendiglich zugrunde ging;

sie spielte da wieder jenen Hermann Casimir wie weiland in München, als Klabund sie in solchen Wedekind- und Hosenrollen kennenlernte. Sie persönlich mag in jener Nacht des Abschieds also außer Albert Steinrück und einer sterbenden Epoche auch ihrem Alfred Henschke, erst vor sieben Monaten verschieden, erinnerungsvoll gehuldigt haben.

"An deine Bahre treten,
Klabund, in langer Reih
Die Narren und Propheten,
Die Tiere und Poeten,
Und ich bin auch dabei".

So hatte Carl Zuckmayer erst kürzlich auch aus Carolas eigener Seele heraus gedichtet.

Aber auch deren exponierter Stellenwert im Berliner Theater jener legendär vergoldeten zwanziger Kunst-, Friedens- und Demokratenjahre ist an diesem androgynen Hermann Casimir ablesbar.

Nach der sensationell erfolgreichen Premiere der *"Dreigroschenoper"* freilich, diesem Signal, Symptom oder gar Symbol jener ganzen Ära, will ihr Produzent Ernst Josef Aufricht von ebendieser hochprominenten Carola Neher trotz aller vorausgegangenen Mißhelligkeiten prompt beglückwünscht und ebenso prompt gefragt worden sein:

"Wie lange hat die andere Vertrag? Ich muß die Polly spielen!" [14]

Bei der späteren Rückführung dieses zwischenzeitlich ausgesiedelten Welterfolges wieder in Aufrichts genuïn gemietetes *Theater am Schiffbauerdamm* war dann in einer Neufassung ab Mai 1929 wirklich Carola Neher endlich die Polly.

Die Resonanz war euphorisch. Schon Friedrich Hollaender schrieb:

"Ich habe sie noch nie so abgetönt, so vollendet, so souverän gesehen. Sie ist auf dem Wege, eine allererste Schauspielerin zu werden. Sie singt ihre Chansons mit einem Charme und einer Diskretion, die die Zuhörer hinrissen" (zitiert nach [2]).

Alfred Kerr berichtete von dieser *"hinreißend-lieben, zaubersüßen, volkseinfachen Menschenblume"*,

Herbert Ihering, Kerrs Antipode, Kontrahent und Nachfolger, aber aus der NS-Reichsschrifttumskammer dennoch bald verächtlich ausgeschlossen, referierte diese *"verblüffende Wandlung"* einer *"manchmal drolligen, manchmal matten Zu-fallsschauspielerin"* in *"eine witzige, genaue, prägnante Darstellerin"* (zi-tiert nach [2]),

und in der unvergeßlichen *"Weltbühne"*, die inzwischen von

Carl von Ossietzky (1889-1938),

späterem KZ- und Mordopfer der Nazis,

geleitet und ins Geschichtsbuch der Publizistik eingetragen wurde, jubelte

Manfred Georg (1893-1965),

mit Nelly Sachs blutsverwandt, im *Ersten Weltkrieg* schwer verwun-det, promovierter Jurist und prominenter Berliner Journalist, auch Hörspiel- Revue- und Prosa-Autor, Sozialdemokrat und Zionist, Pazi-fist und Menschenrechtler, 1932 Gründer einer linken Partei, 1933 Emigrant in Prag und Spaniën, 1938 *via* Ungarn, Jugoslawiën, Italiën, Schweiz und Frankreich in die USA, wo er in *New York* erfolgreich die deutsche Emigranten-Zeitung *"Aufbau"* leitete, Manfred George hieß und Amerikaner wurde:

"Sie gab dem Stück, was Brecht ihm schuldig blieb: eine Atmosphäre menschlicher Fülle, Laune, Heiterkeit, Gelöstheit und einen Schwung, der das Publikum begeistert mitriß" (zitiert nach [2]).

Noch ihr Kronzeuge Géza von Cziffra gab zu, *"daß Carola Neher später ih-re Villon-Scheu ablegte und bei der Wiederaufführung der 'Dreigroschen-oper' doch noch die Polly spielte, und zwar mit ungeheurem Erfolg.*

Als ich Carola einmal in der großen Pause in ihrer Garderobe besuchte, sprach ich sie auf ihre offenbar überwundene Villon-Abneigung an.

'Was soll ich tun?' meinte Carola achselzuckend. 'Wo ich auch hingehe, werden diese verdammten Songs gedudelt. Wenn ich dieser Pest entgehen wollte, müßte ich aus Deutschland auswandern. Dann sing ich sie lieber selber'." [15]

Denn sogar Ernst Josef Aufricht konnte noch 35 Jahre später nicht umhin, authentisch festzuschreiben:

"Jedem, der sie in dieser Rolle sah, wird sie unvergeßlich sein".

Das scheint auch damals wieder ihrem ehemaligen Liebhaber Bertolt Brecht so ergangen zu sein.

Gina Kaus (1893 oder -94 bis 1985),

geborene Regina Wiener aus Österreich und erfolgreiche, preisgekrönte Autorin in Berlin, deren Bücher die Nazis vernichteten, die über Zürich und Paris in die USA emigrierte, dort auf *Ellis Island* interniert wurde, ehe sie ihre Drehbücher in Hollywood durchzusetzen vermochte,

hat behauptet, schon zu Klabunds Lebzeiten *"hin und wieder"* persönlich dabei gewesen zu sein, *"wenn Brecht sich um sie bemühte"*, und Carola Neher, *"eine extrem sinnliche Frau"*, habe ihr selbst gestanden,

"wie sehr sie ihn begehrte, aber Brecht stellte die Bedingung: sie müsse zumindest die erste Nacht bis zum Morgen mit ihm verbringen. Es hätte Klabund aber gekränkt, wenn sie eine ganze Nacht nicht nach Hause gekommen wäre, und Carola lehnte es ab, ihn zu kränken. Sie erzählte mir, wie schwer es ihr fiele und wie schwer Brecht es ihr mache, aber sie hielt durch. Als Klabund gestorben war, wurde sie sofort Brechts Geliebte, aber es blieb eine kurze Affäre" [42].

Die etwas jüngere Dänin

Ruth Berlau (1906-1974),

als dreizehnjährige Mutter von ihrer Schule relegiert, mit dem Fahrrad nach Paris und durch die Sowjetunion unterwegs, beteiligte sich auf republikanischer Seite am spanischen Bürgerkriege und verlor sich als junge Schauspielerin nicht nur an den Autor ihrer Rolle in *"Trommeln in der Nacht"*, sondern auf der Insel Fünen auch an den Immigranten und (Ehe-) Mann Bertolt Brecht, der die 28jährige zur

Geliebten und fünf Jahre später inmitten seines Clans von Hitler-
Flüchtlingen auch als Muse und Mitarbeiterin mit nach Schweden
und Finnland, in UdSSR und USA, nach dortigem Bruch schließlich
dennoch auch nach Ost-Berlin nahm, wo sie so lange opferwillig oder
hörig seine Fotografin und Archivarin bleiben durfte, bis sie nach seinem Tode endlich von der legalen Ehefrau Hausverbot erhielt und 68-
jährig vereinsamt in einem Bett der Berliner *Charité* verstarb, das
sich an ihrer eigenen Zigarette entzündet hatte;

diese ewig liebende Geliebte und Ungeliebte also hat in ihren wohlinformierten, gleichwohl erst postum publizierten Erinnerungen über die Hochzeit ihres lebenslänglichen Galans *anno* 1929 mit Helene Weigel preisgegeben:

*"Die Hochzeit von Weigel und Brecht war nicht so lustig, wie Hochzeiten zu
sein pflegen. Jedenfalls haben sich nicht alle darüber gefreut. Brechts große
Verliebtheit zu dieser Zeit war Carola Neher."* [17]

Denn Brecht habe ausgerechnet *"Pfirsichgesichter sehr gern gehabt – und
Carola Neher war ungeheuer schön und zart und lustig. Sie wußte, daß
Brecht sie liebt, und sie wußte auch, daß er ihre große Schauspielkunst bewundert. Brecht hat mir erzählt, wie sie Menschen nachahmen konnte. Das
muß toll gewesen sein [...] Brecht war der Meinung, daß mit dieser Beob-
achtungsgabe und mit dem Talent zur Nachahmung die Schauspielkunst anfängt"* [17].

Manches Gerücht will sogar wissen, daß die Neher zuvor einen Heiratsan-
trag Bertolt Brechts abgelehnt hatte. Aus diesem oder einem andern Grunde
war sie jedenfalls just auf Reisen und erfuhr also zufällig unterwegs,

*"daß Brecht geheiratet hat. Brecht ging zum Bahnhof, um sie abzuholen.
[...] Ein enger Jugendfreund Brechts hatte schnell noch Blumen gekauft –
weil Brecht selber nie auf solch einen Gedanken kam – und sie ihm im letzten Moment in die Hand gedrückt. Der Blumenstrauß sollte Carola Neher
beschwichtigen. Sie hat dem Brecht aber die Blumen um die Ohren geschlagen und ist weggegangen"* [17].

Eine so unbedingt unterwürfige Dienerin ihres Herrn wie Ruth Berlau konnte das unmöglich billigen:

"Carolas Verhalten nach Brechts Heirat war dumm. Für Brecht bedeutete es doch gar nichts, ob man mit Papier und Stempel verheiratet ist. Sie war nicht die einzige, die darüber erzürnt war, aber sie war es in besonderem Maße. Sie hat sich rächen wollen und private Beziehungen und Arbeit nicht auseinandergehalten" [17].

Nur umso lieber provozierte sie Brecht mit Rollen oder gesellschaftlichen Auftritten, die ihm mißfallen mußten, und verkehrte *"mit Künstlern, Kommunisten, Großbürgern und Feudalen. Sie hat es gern elegant und geht zu besseren Gesellschaften. Außenminister Stresemann gehört zu den Verehrern ihrer Kunst"* [29]. Sie verfügte jetzt auch über *"einen üppigen Personalstab, der sie versorgt: eine Köchin, eine Haushälterin und einen Chauffeur"* [29]. Seit ihrer Polly *"gehörte sie zwar zum kommunistischen Brecht- und Piscator-Kreis, flirtete aber zusätzlich mit Monarchisten und wurde die Geliebte des deutschen Ex-Kronprinzen Wilhelm"*.

Das behauptet jedenfalls Rudolf Frank in seinen zitierten Memoiren:

"Ich sah sie, wie sie an seinem Arm in prächtig silberner Robe einen Konzertsaal betrat. Sie erblickte mich, ließ ihren Hohenzollern stehen, strahlend eilte sie auf mich zu und umarmte mich – nicht aus alter Anhänglichkeit, nur um ihn zu ärgern" [5].

Wie sie auch Brecht mit diesem Wilhelm ärgerte? (Oder auch schon: *"Eines Tages ließ ich mich von meinem Russen mit meinem Franzosen überraschen. Absichtlich"* [1]).

Denn *"sie stand der sozialistischen Bewegung sehr fern und bewegte sich [...] zumeist in den Kreisen der Bourgeoisie"* [16], sicher auch mit der Rolle jener Jacqueline in der Boulevardkomödie *"Soeben erschienen"* von Edouard Bourdet, mit der sie schon seit Januar 1929 in Max Reinhardts *Kammerspielen* des *Deutschen Theaters* auftrat.

Alfred Kerr (1867-1948),

recte Alfred Kempner, drei Jahrzehnte lang *primadonna assoluta* der Berliner Theaterkritik, auch renommierter Lyriker und Essayist, aber schon im Mai 1933 mit seinem Gesamtwerk, das *"für das deutsche Ansehen als schädigend zu erachten"* sei, in die NS-Bücherverbrennungen entsorgt und vom Börsenblatt des deutschen Buchhandels sofort aus allen öffentlichen Bibliotheken verbannt, als Person in die englische Emigration vertrieben,

aber schon 1913 Klabunds Entdecker und früher Veröffentlicher, schickte dessen Witwe nach dieser neuërlichen Premiere in aller Öffentkichkeit

"einen besonderen Gruß an die Klabundsche. Hier stellt sie, Carola Neher, eine Provinzlerin dar. Wundervoll durchgeführt bis zum Schluß. Wundervoll dieser Stich Kleinbürgertum [...] . Grundehrlicher Kerl; mit großem Blick. Diese Carola hat nicht nur einen behenden Körper. Sondern auch was auf der linken Seite. (Das ist es!)" (zitiert nach [10]).

Wirklich hatte ihr Herz damals durchaus begonnen, allmählich auch noch so deutlich links zu schlagen, daß der entzückte Brecht jetzt eigens Rollen und Stücke für sie erdachte und teils sogar schrieb:

zunächst jenen Heilsarmee-Leutnant im skandalös fragmentarischen *"Happy End"*, den sie schon seit September 1929 im *Theater am Schiffbauerdamm* mit *"Surabaja-Johnny"* und vielen anderen wiederum unsterblichen Songs des genialen

Kurt Weill (1900-1950)

sang und spielte, dessen Werke die Nazis verbrannten und den sie selbst verbannten: zuërst in zwei elende Jahre in Paris, dann in die amerikanische Unterhaltungsindustrie, der er sich ein Jahrzehnt lang bis zur Selbstverleugnung fügte und anpaßte, bis er dort als loyaler Bürger der USA bereits 49jährig an Herzversagen verstarb.

Mit jenem *"Happy End"* jedoch hatte er sich nur noch tiefer in die Musik- und Theatergeschichte eingetragen: mit Bilbao- und Mandelay-Song, Matrosen-Tango, Ballade der Höllen-Lili und derlei Juwelen noch und noch. Carola Neher war die Erste, die manches dieser klassisch gewordenen Evergreens öffentlich sang.

Brecht hingegen versuchte, diese Scharte seines eigenen Scheiterns wettzumachen, indem er Carola Nehers hiesige Rolle eines Heilsarmee-Leutnants noch in einem weiteren, ambitionierteren Stück aufzugreifen, abermals für sie auszubauën und mit ihren eigenen Charakterzügen zu schmücken begann: der *"Heiligen Johanna der Schlachthöfe"* nach Upton Sinclair und Schiller.

Während er das tat, drehte sie 1930 einen der frühesten Tonfilme: *"Zärtlichkeit"*, eine deutsche Fassung von André Hugons *"La Tendresse"* nach einem Bühnenstück von Henry Bataille, neben Karl Ludwig Diehl und Georg Alexander unter der Regie von Richard Löwenbein.

Sie sang auch in diesem Tonfilm: den modischen Tango *"Ein bißchen Geld und ein paar gute Worte"* und *"Niemand kann so zärtlich sein wie du!"*, ein Walzerlied von

Paul Dessau (1894-1979)

aus Brechts Bekannten- und Gesinnungskreise, schon 1933 von einem Orchestermusiker der Tonaufnahmen zum Leni-Riefenstahl-Streifen *"SOS Eisberg"* bei den Nazis verleumdet und als jüdisch-kommunistisch "abartiger" Modernist gleich dreifach gefährdet, nach Frankreich, dann weiter in die USA geflohen und dort bis zur Wiederbegegnung mit Brecht, der ihn zur Zusammenarbeit nach Los Angeles lockte, unter armseligsten Bedingungen bei einer Hühnerfarm beschäftigt;

nach 1945 wurde er von der DDR, deren Kulturleben er mitzubegründen versuchte, teils ausgezeichnet, teils aber ignoriert und abermals als Modernist mit Verachtung gestraft.

Jenes Filmlied für Carola Neher schrieb er zusammen mit seinem Neffen, dem unvergeßlichen Librettisten und Lyriker

Robert Gilbert (1899-1978),

recte Robert Winterfeld, dessen Liedertexte zum triumphalen *"Weissen Rößl"* just damals ganz Berlin sang oder pfiff: auch er entkam der NS-Verfolgungswut nur durch die Flucht zuerst nach Wien, dann nach Paris, dann in die Misere eines unerwünschten Librettisten und

Barpianisten in New York, von wo der gebürtige Hamburger und Er-
folgs-Berliner nach 1945 nur noch ins distanziert benachbarte Tessin
zurückkehrte – denn *"es reimt sich auf Berlin"*.

Zweiter Kameramann hingegen bei jener ihrer aller *"Zärtlichkeit"* war Bruno Mondi, damals 27 Jahre alt und am Beginn einer Spitzenkarriĕre von solcher Überlebenskunst quer durch alle Systeme, Stile und Moden des deutschen Films, wie sie kaum ihresgleichen hat.

Carola Neher aber trat 1930 neben Grete Mosheim und Paul Hörbiger auch
noch mit Ernst Busch als Dauërtanzpaar im Berliner *Deutschen Künstlertheater* in der Revue *"Ich tanze um die Welt mit dir"* auf, die schon ein schauri-
ger Totentanz war, denn ihr Komponist

Friedrich Hollaender (1896-1976)

war Kurt Weills hochbegabter Kollege, den die Nazis bald zur Flucht
nach Amerika zwangen und ihm irreparabel die strahlende Karriĕre
zerstörten,

während sein Texter

Marcellus Schiffer (1892-1932),

recte Peter Winter aus Berlin und kongenialer Librettist auch für so
konträre Komponisten wie zum Beispiel Mischa Spoliansky und Paul
Hindemith, Mitbegründer der Berliner Kabarett-Revue als Vorform
eines deutschen Musicals und Ehemann der hervorragenden Diseuse
Margo Lion,

sich in jenem Berlin, das schon von SA und anderen barbarischen
Rassisten dominiert wurde, im August 1932 vierzigjährig für einen
Freitod entscheiden sollte.

Noch im Herbst aber jenes selben Jahres 1930 wurde *"Die Dreigroschenoper"* verfilmt. Außer Lotte Lenya, ohne die es die Rechte für die unver-

zichtbare Musik ihres Ehemannes Kurt Weill nicht geben mochte, war aus
der weltberühmten Bühnenaufführung einzig ausgerechnet Carola Neher als
Polly auch hier wieder mit dabei. Unter der Regie von

G(eorg) W(ilhelm) Pabst (1885-1967),

dessen Weltkarriëre nach seinem Start mit *"Die freudlose Gasse"*
durch die Nazis in mehreren Etappen abgebrochen und an angemesse-
nen Dimensionen behindert wurde,

spielte sie jetzt mit Rudolf Forster, Valeska Gert, Reinhold Schünzel, Fritz
Rasp und wieder mit

Ernst Busch (1900-1980),

diesem so begnadet singenden Agitator, der schon drei Jahre später
einer Verhaftung durch die Nazis nur durch Zufall entging, sofort
nach Holland, von dort nach Belgiën, nach Zürich, Paris und Wien
floh, schließlich in die Sowjetunion, von wo er 1937 als Franco-Geg-
ner in den Spanischen Bürgerkrieg zog, hiernach wieder nach Belgiën
floh, wo er 1940 von den Nazis verhaftet und nach Frankreich deportiert, dort bis zu seiner Flucht in die Schweiz 1943 gefangengehalten
wurde; die Schweizer verhafteten ihn, lieferten ihn an die nazideutsche Gestapo, einer Einzelhaft im Gefängnis Moabit und einer Anklage wegen *"Vorbereitung zum Hochverrat"* aus. Hierauf drohte ihm
nun die Todesstrafe, die ihm einzig durch Intervention des früheren
Kollegen und jetzigen Nazi-Günstlings Gustaf Gründgens erspart
blieb und zu vierjähriger Zuchthausstrafe abgemildert wurde, während derer er durch anglo-amerikanische Bomben schwer verletzt
wurde, bevor ihn 1945 die *Rote Armee* befreite und den mittlerweile
45jährigen endlich in sein angemessenes Leben als hochgeschätzter
Schauspieler und Sänger entließ.

Brecht aber, den Busch später oftmals gespielt und gesungen hat, überwarf
sich damals mit den *"Dreigroschen"*-Filmern und reiste mit Weill, Lotte Lenya und Carola Neher 1931 an die sommerliche *Côte d'Azur*: nach *La La-*

vandou. Hiernach zitierte Bruder Josef Neher seine Schwester mit ihrem Votum über Brecht: *"Als Mann ist er nichts für mich"* (zitiert nach [29]).

Denn privat war sie jetzt mit Hermann Scherchen, jenem politisch und künstlerisch so progressiven Titanen am Dirigentenpult meist neuër Musik, verbunden. Ihre Verlobung ist umstritten. Aber *"sie präsentieren sich der Öffentlichkeit als Paar und künden ihre Hochzeit an"* [29]. Carola träumte von einer Familië, wurde schwanger, aber erlitt eine Fehlgeburt.

Das alles mag Bertolt Brecht immerhin veranlaßt haben, seine Arbeit an der *"Heiligen Johanna der Schlachthöfe"* zu unterbrechen, um in vieldeutiger Gedichtform seinen *"Rat an die Schauspielerin C. N."* zu schreiben:

"Erfrische dich, Schwester
An dem Wasser aus dem Kupferkessel mit den Eisstückchen –
Öffne die Augen unter Wasser, wasch sie –
Trockne dich ab mit dem rauhen Tuch und wirf
Einen Blick in ein Buch, das du liebst.
So beginne
Einen schönen und nützlichen Tag." [17]

Das mag als Appell zu dienlicher Bodenhaftung, zu Klarsicht und Durchblick gemeint gewesen sein, wie Brecht sie der immer noch Begehrten auf all ihren Höhenflügen und Experimenten wünschen mochte. Aber das Buch, das sie liebte, dürfte immer das Textbuch ihrer nächsten Rolle gewesen sein.

1931 war das zunächst *"Der Dompteur"* von Alfred Savoir mit Gustaf Gründgens und Peter Lorre am Schiffbauerdamm bei Aufricht, der diesen dringend benötigten Kassenmagneten Carola Neher jetzt gern und oft beschäftigte.

Dann aber waren ihr Lieblingsbuch die *"Geschichten aus dem Wienerwald"* jenes

Ödön von Horváth (1901-1938),

der nur wenige Jahre später auf der *Avenue des Champs Élysées* als heimatlos entwurzelter und umher irrender Immigrant im fremden Paris von einem stürzenden Baum erschlagen wurde.

413

An ihrem eigenen 31. Geburtstag spielte Carola Neher unter der Regie von Heinz Hilpert in Max Reinhardts *Deutschem Theater* die Rolle der Marianne in der Uraufführung dieses inzwischen klassisch gewordenen *"Volksstücks"* von allerhöchstem Range. Für Carola Neher mag das der berufliche Höhepunkt, inmitten von Kollegen wie Hans Moser, Lucie Höflich und Peter Lorre ihr eigentlicher Abschied vom Berliner Theater oder gar ihr dortiger Schwanengesang gewesen sein.

> ***Julius Bab*** (1880-1955),
>
> der bald vor den Nazis nach Frankreich und bis nach Amerika flüchtete, um dort in seiner *"vita emigrationis"* über *"Leben und Tod des deutschen Judentums"* nachzudenken und aufzuschreiben,

dieser gestrenge Julius Bab gab jetzt zu, *"daß diese hochtalentierte Person jene menschlichen Qualitäten besitzt, die zu bezeichnen das große Wort 'genial' heran muß"* (zitiert nach [29]).

Aber ihr steter Laudator Alfred Polgar pries nach Horváths Marianne gar den *"Heiligenschein [...] dieser Madonna aus dem achten Wiener Bezirk"* (zitiert nach [10]).

Wirklich in diesem Wien sollte sie dann Bertolt Brechts endlich fertige *"Heilige Johanna der Schlachthöfe"* spielen und anschließend hiermit durch deutsche Lande touren. Denn Gustaf Gründgens, mit dem die Uraufführung für Berlin verabredet war, sah dort *"wegen der Zeitumstände"* [2] keine Chance mehr und realisierte das Projekt erst ein Vierteljahrhundert später: 1959 in Hamburg. Da waren Brecht und Carola Neher beide tot, aber Brechts Tochter Hanne Hiob spielte nun als legitime Repräsentantin die Rolle ihrer wahlverwandten "Beinahe-Mutter" Carola Neher.

Aber auch jener Wiener Ersatz-Plan zerschlug sich damals. So wurde dieses Stück um eine Heldin humanen Widerstandes zunächst nur gekürzt im Hörfunk gestartet: am 11. April 1932 im Radio Berlin, mit Carola Neher in der Titelrolle (und Fritz Kortner als Partner).

Carola Neher

Foto: Jacobi, 1932

Brecht plante dann noch ein *"Turandot"*-Stück für Carola Neher. Es fand sich später nur noch als Fragment in seinem Nachlaß. Alles ging schon kopfüber und auseinander.

Auch Carolas sommerliche Gastspiele 1931 und 1932 auf Münchner Bühnen können heute schon als erste Absetzbewegungen aus dem Berlin der randalierenden SA verstanden werden. Irgendwann damals unterschrieb sie auch einen Aufruf gegen Hitler und besiegelte so für Deutschland schon im Vorhinein ihr berufliches Ende. Das aber war durch die künstlerischen und persönlichen Kontakte dieser unpolitischen Frau zu Kommunisten wie Brecht und Weill, wie Scherchen und Dessau ohnehin vorgezeichnet.

Denn auch sie, *"die vom Typ eher eine sehr verwöhnte Luxusschauspielerin war, fühlte sich durch die Ideen des Sozialismus angezogen"* [16]. Irgendwann damals trat sie gar bei einer Massenveranstaltung der kommunistischen Parteizeitung *"Rote Fahne"* auf und sang eine Ballade von Brecht und Eisler zum Abtreibungsparagraphen. Spätestens jetzt galt sie rechten Kreisen zumindest als Sympathisantin der KPD.

Ohnehin war damals *"der Einfluß der Kommunisten sehr mächtig in den Kreisen der deutschen Intelligenz"* [16]. Modischen Strömungen niemals abgeneigt, besuchte Carola Neher also, *"möglicherweise angeregt durch*

Brecht" [2)], gemeinsam mit Hermann Scherchen, den ein Gastspiel in Moskau und Leningrad begeistert hatte, die *Marxistische Arbeiterschule*, kurz *MASCH* im Wedding: *"um sich dort zu bilden"* [16)] und Russisch zu erlernen.

Aber das entscheidende und weichenstellende Erlebnis wurde da die Begegnung mit Anatol Becker.

Dieser Bessarabiëndeutsche aus dem klassisch osmanischen Akkerman, heutigen Bilgorod-Dnistrowskij im ukrainisch-moldawischen Grenzgebiet, war zwei Jahre älter (oder drei Jahre jünger?) als Carola, Sohn eines gutsituierten Maschinenimporteurs aus Hamburg, aber russisch-rumänisch, in diesen beiden Muttersprachen aufgewachsen und nach einer Kindheit in Verbannung und Elendsquartieren, in Erdhöhlen, Hunger und russischer Verfolgung nunmehr überzeugter Kommunist: *"der sein Leben aufs Spiel setzen wollte, der nichts fürchtete, kein Gefängnis, keine Erschießung"* [19)] . Nach seinem Studium des Ingenieurwesens an den Technischen Hochschulen Braunschweigs und Münchens verdiente er bei erfolgloser Arbeitssuche seinen Lebensunterhalt als Russischlehrer linksradikaler Sympathisanten.

Carola Neher verliebte sich in diesen idealistischen Dozenten. Beim Münchner Gastspiel der *"Dreigroschenoper"* nahm sie ihn schon dorthin mit zu Mutter und Schwester, aber versteckte sich mit ihm vor Hermann Scherchen in einem kleinen Holzhaus am Wörthsee.

Von Brecht verlangte sie, als eine Uraufführung seiner *"Heiligen Johanna der Schlachthöfe"* noch erwogen wurde, die Inszenierung nunmehr weder Gustaf Gründgens noch dem Autor persönlich, sondern ihrem neuën Geliebten zu übertragen.

Seinetwegen trennte sie sich nun von Hermann Scherchen.

Kein Geringerer als Elias Canetti, 1981 mit dem Nobelpreis für Literatur ausgezeichnet, hat als Zeuge und Chronist erlebt, wie dieser Erfolgsmensch und privatim strikt verschlossene Herr seiner Gefühle eines Nachts in seinem Domizil in Winterthur explodierte, und

"mit einer Leidenschaft, die ich von ihm nicht erwartet hatte [...], kam stoßweise, beinah keuchend, ein Bericht über das letzte Gespräch zwischen Carola Neher und ihm.

Sie wollte weg von ihm, er beschwor sie zu bleiben. Sie wollte etwas tun, dieses Leben war ihr zu wenig. Sie wollte alles stehenlassen, ihre Schauspielerei, ihren Ruhm, und ihn, H., den sie als Popanz von einem Dirigenten verhöhnte. Sie hatte Verachtung für ihn, weil er vor einem Konzertpublikum auftrat, für wen dirigierte er, daß ihm der Schweiß heruntertroff, was für ein Schweiß war das, ein falscher Schweiß, der nicht zählte, für sie zählte ein bessarabischer Student [...] . H. fühlte, daß es ihr ernst war, aber [...] wenn jemand wegging, so war er es. Er ging nur, wann es ihm paßte. Er setzte alle Mittel ein, sie zum Bleiben zu bewegen. Er drohte ihr damit, daß er sie einsperren werde. Er müsse sie vor sich selber schützen. Sie renne in ihren sicheren Tod".

Aber auch solche Hellsicht war da machtlos:

"Dieser Student sei niemand, ein grüner Junge, ohne jede Lebenserfahrung. Er beschimpfte ihn und gab ihr alles zurück, was sie eben noch gegen ihn und sein Dirigieren gesagt hatte. Sie schien unsicher zu werden, wenn er etwas gegen den Studenten als Person sagte. Sie behauptete, es sei seine Sache, die sie ernst nehme, nicht ihn. Wenn es ein anderer wäre, mit einer solchen Sache und ihr so eng verfallen, würde er ihr nicht weniger Eindruck machen."

Eindruck also mit seiner utopischen Heilslehre. Aber auch Scherchen war Mitglied der *Kommunistischen Partei* und beruflich wiederholt in der Sowjetunion.

"Der Kampf dauerte die ganze Nacht. Er wollte sie durch Übermüdung kleinkriegen, sie war von einer unverwirrbaren Zähigkeit und gab seiner physischen Attacke fluchend nach."

Aber dennoch:

"Schließlich, es wurde schon Morgen, glaubte er sie bezwungen zu haben, denn sie schlief ein. Er sah sie noch befriedigt an, bevor er selber einschlief. Als er aufwachte, war sie verschwunden und kam nie wieder.

Während Tagen und Wochen wartete er auf ihre Rückkehr. Er wartete auf eine Nachricht, es kam kein Wort. Er wußte nicht, wo sie war. Kein Mensch hatte eine Spur von ihr. Er ließ nachforschen und man fand heraus, daß auch der Student verschwunden war. Sie war also, wie sie gedroht hatte, mit ihm durchgegangen."

Aber wann und wohin?

"Von allen Theaterorten, wo man sie kannte, kam dieselbe Auskunft. Sie war spurlos verschwunden und schrieb niemandem ein Wort." [19].

Bis heute weiß es niemand genau: wenig vor oder nach der NS-Machterschleichung, vor oder nach dem Reichstagsbrande, vermutlich im Sommer 1933 verließen Carola Neher und ihr Anatol Becker dieses ungemütliche Berlin und Deutschland. Ohne Aussicht auf ein Visum für die Sowjetunion, versuchten sie zunächst, ihr Glück in Wien zu finden.

Dort erkrankte Carola, erholte sich erst auf einer Donaureise bis Budapest, dann im bessarabischen Akkerman bei Anatols Familië in paradiesischer Weltentrückung. Aber kurz vor der Niederkunft mit einem gemeinsamen Kinde hatte sie abermals eine Fehlgeburt. Das Kind wurde in bessarabischer Erde bestattet.

Nun zog es sie wieder nach Berlin zurück. Dort aber, hörte sie, wurde sie schon von der Nazi-Polizei gesucht und in der Presse als Kommunistin diffamiert. Also floh sie weiter. Erst in Prag, das ohne Visum zu erreichen und schon deshalb damals ein erster Fluchtpunkt nazigeschädigter Emigranten war, schien ein Neubeginn zu gelingen: im deutschsprachigen Rundfunk, dann im dortigen *Deutschen Theater*. Hier spielte die Neher an ihrem 33. Geburtstage Shaw's *"Pygmalion"*, später vielleicht noch *"Der Widerspenstigen Zähmung"*, vielleicht sogar *"Die Dreigroschenoper"*. Auch Kafkas Prag war jetzt von ihr hingerissen.

Auch Hans Sahl aus Breslau traf sie in Prag damals wieder und erfuhr von ihrem Plan,

"nach Moskau zu fahren und dort zu leben. Ich beschwor sie, Unheil ahnend, ihren Plan aufzugeben, aber sie beharrte darauf und ließ sich nicht überzeugen" [12].

Denn schon als sie ihre Berliner Möbel bei der Reinhardt-Kollegin

Else Eckersberg (1895-1989),

in zweiter Ehe eine Freifrau Schey von Kromla, in dritter eine Gräfin Yorck von Wartenburg und als solche nach dem 20. Juli 1944 in NS-Sippen- und Einzelhaft,

für die vermeintlich kurze Episode einer Naziherrschaft deponierte, soll sie, nach ihrem Reiseziel befragt, geantwortet haben: *"Wir wollen nach Rußland"*.

– *"Aber da sind die Kommunisten!"*
– *"Na, schöner als hier ist es vielleicht doch."*

Also folgte sie ihrem Anatol in dessen Kinderheimat und emigrierte mit ihm und einem Prager Touristenvisum nach Moskau.

Wirklich, hat erst gut ein halbes Jahrhundert später Elias Canetti begriffen, *"lebte Carola Neher für Abenteuer und wirklich reizten sie nur solche tollkühner Art"* [19].

Diese Deutung sollte möglichst ernst genommen werden.

Sie selbst scheint das schon getan zu haben, als sie sich dem todgeweihten Klabund und seiner hochgradig ansteckenden Krankeit verband: *"Und wenn ich in zwei Jahren tot bin, ich heirate ihn doch"* (zitiert nach [29]). Sie nahm es hin, daß ihr seither schon jede Erkältung als Ansteckung mit dem tödlichen Erreger ausgelegt wurde, und glossierte dieses ihr unvorsichtig tollkühnes Amalgam aus Abenteuërlust, Todesverachtung und sportlichem Wagemut inmitten aller dräuënden Gefahren im tobenden Berlin mit jenem eigenen Gedicht:

"Ich laufe gern Eis

Aber noch lieber: Gefahren" (zitiert nach [2]).

Noch schöner hat Klabund diese Risikogelüste ernst genommen, als er hingerissen ihren Auftritt im Berliner Renaissance-Theater mit *"Kukuli"* besang –

"Für Carola Neher

Kleiner Vogel Kukuli,
flieh den grauen Norden, flieh,

flieg nach Indien, nach Ägypten
über Gräber, über Krypten,
über Länder, über Meere,
kleiner Vogel, laß die schwere
Erde unter dir und wiege
dich zum Himmelsäther – fliege
zwischen Monden, zwischen Sternen
bis zum Sonnenthron, dem fernen,
flieg zum Flammengott der Schmerzen
und verbrenn' in seinem Herzen!" [21]

Statt alledessen war sie nun auf ihrem solchen Fluge zum Himmelsäther irgendwann 1933 eher beim *"Flammengott der Schmerzen"* im sowjetischen Moskau zwischengelandet. Aber

"das Elend, das sie traf, überstieg ihre Vorstellungen. [...] Das junge Paar hatte keine Wohnung" [16],

"sie schlief bei den Freunden ihres Mannes" [22] und war da

"nur noch ein mattes, nervlich labiles Abbild aus besseren Tagen und einer anderen Welt" [2] .

Ernst Ottwalt (1901-1943),

eigentlich Ernst Gottwalt Nicolas und sächsischer Pfarrerssohn, mutierte vom deutschnationalen Freicorps-Kämpfer zum Kommunisten, schrieb sozialkritische Romane hierüber und über Mißstände in der deutschen Justiz, war Co-Autor Bertolt Brechts beim Film *"Kuhle Wampe"* und Hanns Eislers beim Hörspiel *"Kalifornische Ballade"*, warnte hellsichtig vor den Nazis, geriet auf deren Schwarze Liste der Bücherverbrennungen, floh über Dänemark und Tschechoslowakei nach Moskau, wurde dort der Spionage verdächtigt, 1936 verhaftet, zu fünf Jahren Zwangsarbeit verurteilt und starb 41jährig in einem sibirischen Arbeitslager bei Archangelsk.

Über Carola Nehers sowjetische Anfänge hat er noch 1936 ausgesagt [22/23]:

"Ich habe in der ersten Zeit die Neher in bitteren Verhältnissen gesehen, es war grauenhaft. Sie schlief wirklich auf der Erde, wirklich unter den erbärmlichsten Verhältnissen, wie kaum ein Genosse in der ersten Zeit es hier gehabt hat. [...] Das war irgendwo draußen in einem Vorort von Moskau."

Aber ausgerechnet jetzt war sie wieder schwanger.

Das versperrte nun den Weg auf jedwede Moskauër Bühne nur noch zusätzlich. Seelenzustand und eheliche Atmosphäre litten beträchtlich. Zwar fand sich allmählich eine kleine Drei-Zimmer-Wohnung, aber ohne Mobiliar und mit zehn fremden Menschen in ein und derselben Küche, ein und demselben Waschraum, ein und derselben Toilette.

Um dieser *"Moskauer Misere zu entfliehen"*[25], reiste sie im Sommer 1934 noch einmal allein nach Prag zurück. Ihre Gründe hierfür, die gravierend gewesen sein dürften, sind unbekannt geblieben;

Ernst Ottwalt, 1936: *"Ich weiß, daß die Neher seinerzeit in Prag, im Sommer 1934 auf ihren Mann wartete und wieder nach Moskau fuhr, weil sie sagte, er käme nicht weg"*[21].

Guido von Kaulla, 1984: *"Vielleicht wollte sie ihre Chancen am [dortigen] 'Deutschen Theater' erkunden"* und sich so *"dem Machtbereich der Sowjets entziehen"* [10].

Tita Gaehme, 1996: *"Wahrscheinlich sucht sie Möglichkeiten, Moskau zu verlassen"*[29].

Uschi Otten gar hat dem Internet anvertraut, daß Carolas *"aus München angereiste Mutter ihr zur Unterhaltssicherung der nächsten Monate etwas im Mantelsaum hinüber geschmuggelten Schmuck überbringt"*[24].

Aber Kronzeuge Erich Wollenberg, ihre Prager Bekanntschaft, noch 1968: *"Sie war nach Prag gekommen, um dort ihr Kind zur Welt zu bringen. In einem Vorort von Moskau bewohnten die Beckers ein altes Haus, die hygienischen Verhältnisse waren ebenso wie die Ernährungslage miserabel. Carola wollte mit ihrem Baby erst einige Wochen nach der Geburt nach Moskau zurückkehren"* (zitiert nach [25]).

Freilich: weshalb sollte sie da nicht Niederkunfts- und spätere Arbeitsprobleme mit der Entgegennahme mütterlicher Konterbande und der Hoffnung auf den Vater ihres Kindes verbunden haben? Vielleicht gar mit auch noch sonstigen Motiven, von denen wir nichts Genaues wissen?

Hierzu mag auch ihre Prager Wiederbegegnung mit Zenzl Mühsam, der niederbayrisch geborenen Kreszentia Elfinger, zählen, deren Mann

Erich Mühsam (1878-1934),

Freund und Kollege Klabunds, pazifistisch-anarchistischer Lyriker und Publizist, seit seiner Beteiligung an der bayerischen Räterepublik von 1919 auch vom demokratischen Bürgertum geächtet, verfolgt und belangt, von den Nazis vollends unverzüglich verhaftet und just eben, im Juli 1934, im Konzentrationslager Oranienburg, 56jährig, totgequält worden war.

Durch seine fünfzigjährige Witwe,

die sich gegen den Rat ihres Mannes nur deshalb auf der Flucht nach Moskau befand, um dort seine mißachteten Werke endlich angemessen herausgeben zu können

und hierbei auch der Welt *"über die Morde und Grausamkeiten in deutschen Konzentrationslagern und Gefängnissen zu berichten"* [20],

durch diese "Zenzl" lernte Carola Neher nun in Prag auch den Münchner Landsmann Erich Wollenberg kennen: vormals Generalstabchef der *Roten Armee* im Bayern jener Räterevolte 1919, dann Offizier der authentischeren *Roten Armee* in der UdSSR, inzwischen von dort geflüchteter trotzkistischer Dissident des Stalinismus.

Als sich Carola Neher ebenso unergründlich, wie sie nach Prag gekommen war, auch zu einer Rückkehr nach Moskau entschloß, war ihr dieser Wollenberg wertvoll behilflich. *"Carola änderte ihre Absicht, das zu erwartende Baby in Prag auszutragen"*, hat er hinterlassen, *"da sie von ihrem Mann telegraphisch gebeten wurde, sofort nach Moskau zurückzukehren. Es bot sich für die Beckers eine Chance, eine Neubauwohnung in der Stadt zu erhalten, die für junge Eheleute mit Kleinkind [...] vorgesehen war"* (zitiert nach [25]).

Wollenberg gab ihr damals nach Moskau einen Brief für die Münchner Freundin Elsa Taubenberger mit, die er ihr als künftig potentiëlle Kinderfrau wärmstens empfahl.

Zurück in Moskau, konnte Carola Neher freilich weitere Spannungen mit Anatol, dem Vater ihres Kindes, nicht mehr vor endgültiger Entfremdung bewahren. Ihre junge Beziehung war solchen außergewöhnlichen Belastungen nicht gewachsen. Kollege Gustav von Wangenheim, der Carola Neher aus Berliner Zeiten kannte und hier nun in dieser neuën Wohnung besuchte, *"hatte das Gefühl, daß sie mit den Nerven herunter ist"*[23].

Aber Alexander Weißberg bezeugt: *"Als ich Carola Neher im Jahre 1934 in Moskau kennenlernte, hatte sie ihren Mann verlassen. Michael Kolzow nahm sich ihrer an"*[16].

Man trennte sich also irgendwann.

Notgedrungen verdiente sich Carola daher ein paar Rubel mit kleinen Artikeln, die in der dortigen *"Deutschen Zentral-Zeitung"*, jenem Organ der deutschen Sektion der kommunistischen Internationale, über Max Pallenberg und andere exotisch deutsche Schauspieler berichteten.

Das ermöglichte ihr ebenjener

Michail Jefimowitsch Kolzow (1898-1940),

zwei Jahre älter als sie, ein bewanderter Kenner Westeuropas mit einer Schwäche für linke Berliner Künstler, allmächtiger Redakteur des allmächtigen Parteiorgans *"Prawda"*, populärer Feuilletonist, journalistischer Star, selbst Verleger und Stalins liniëntreuër "Hof"-Satiriker mit Sonderlizenzen. *"Er wagte, Dinge zu sagen, die bei anderen zu sofortigem Ausschluß aus der Partei geführt hätten"*[16]. Im Spanischen Bürgerkriege diente er seinem Mitstreiter Ernest Hemingway zum Modell für den Karkow in *"Wem die Stunde schlägt"*.

Heimgekehrt, fiel er dennoch in Ungnade, wurde Ende 1938 verhaftet und 1940 als vermeintlicher Trotzkist 42jährig hingerichtet.

Aber 1934 verhalf er der hilfsbedürftigen Carola Neher nicht nur zu einer überhöhten Honorierung ihrer veröffentlichten Beiträge, sondern auch zu einer unentgeltlichen Bleibe, die er im Moskauër Stadthotel *"Savoy"* auf seinen eigenen hohen Namen anmieten ließ.

Auch das erledigte für ihn seine agile deutsche Geliebte Maria Greßhöner aus Lemgo, die sich vor lauter politischer Sympathie für die Sowjetunion

Maria Osten (1908-1942)

nannte, selbst eine talentierte Autorin war, 1941 aber auch deshalb verhaftet wurde, weil sie laut Informantenbericht mit *"deutschen Spionen"* wie *"der Schauspielerin Carola Neher [...] eng verbunden"* gewesen war (zitiert nach [25]), 1942 wegen angeblich eigener Spionage 36jährig in Saratow erschossen, 1957 juristisch rehabilitiert, aber literarisch seither totgeschwiegen und noch nie gebührend gewürdigt wurde:

"Eine Rezeption ihrer Werke [...] wäre aber lohnend und wünschenswert" (Kirstin Engels [26]).

Am 21. September 1934 erschien in der *"Volksstimme"*, die das *"Organ der Sozialdemokratischen Partei für das Saargebiet"* war, der sogenannte *"Saaraufruf der deutschen Intellektuellen"*. Rechtzeitig vor der nahenden Volksabstimmung nach vier Monaten warnten hier 28 sozialistische Kapazitäten wie Lion Feuchtwanger, Johannes R. Becher, Erwin Piscator, Ernst Ottwalt und Gustav von Wangenheim vor einem Beitritt des französisch verwaltet "autonomen" Saarlands zur Nazi-Nation.

Dieser Appell von antifaschistischen Emigranten enthielt auch so prophetische Sätze wie diese:

"Saarländer! Wollt Ihr Euer Leben verbringen hinter dem Stacheldrahtzaun des riesigen Konzentrationslagers, das sich Hitlerdeutschland nennt? Wollt Ihr mitschuldig sein an Mord, Mißhandlung und grausamer Verfolgung? Wollt Ihr einen neuen furchtbaren Krieg, schlimmer noch als das letzte Weltgemetzel ... ?" (zitiert nach [10]).

Auch Carola Neher hat diesen Aufruf unterschrieben: vermutlich weniger aus Sorge um die fernen und fremden Saarländer als aus Solidarität mit den andern Initiatoren in ihrem Umfeld.

Die Quittung erschien schon am 3. November 1934, einen Tag nach ihrem 34. Geburtstag, in einer *"Bekanntmachung"*, die im *"Deutschen Reichsanzeiger und Preußischen Staatsanzeiger"*, aber auch in deutschen Tageszeitungen verkündete: außer den Schriftstellern Leonhard Frank, Willi Bredel, Wieland Herzfelde, Alfred Kantorowicz und anderen sei auch

"Henschke (Klabund), Carola, geborene Neher, der deutschen Staatsangehörigkeit verlustig, weil sie durch ein Verhalten, das gegen die Pflicht zur Treue gegen Reich und Volk verstößt, die deutschen Belange geschädigt" habe (zitiert nach[2]).

Jetzt gab es keine Rückkehr mehr. Sie saß in Moskau *"in der Falle"*[2]: ohne Paß, war dort vogelfrei – ein Kukuli?

Am 26. Dezember 1934 brachte dieser Kukuli in Moskau einen Sohn zur Welt: Georg Becker.

Den mußte sie jetzt nicht nur versorgen. Sie mußte auch für ihn sorgen: sei es in einer größeren Wohnung wieder für die ganze drangsalierte Familië. Diplom-Ingenieur Anatol arbeitete inzwischen als Schlosser im Werkzeugbau einer Maschinenfabrik, und Mutter Carola aktivierte die Kontakte zur Immigranten-Szene deutscher Künstler in dieser exotischen Diaspora.

So wandte sie sich an den ungarischen Dramatiker

Julius Hay (1900-1975),

den die Nazis zur Flucht aus seinem Wohnort Berlin gezwungen und über Wien und Zürich nach Moskau vertrieben hatten. Nach 1945 Professor an der ungarischen Theater- und Filmhochschule in Budapest, war er Vordenker und Wortführer der ungarischen Freiheits- und Demokratie-Bewegung. Nach dem Aufstand von 1956 wurde er verhaftet, saß bis 1960 im Gefängnis, emigrierte dann in die Schweiz und starb 75jährig im Exil.

In Moskau bat ihn auf einem Empfang bei Michail Kolzow die hilfsbedürftige junge Mutter Carola Neher, als *"Halbpartgeschäft"* mit ihr gemeinsam
ein Drama zu schreiben: der allmächtige Gastgeber Kolzow würde schon für
eine Aufführung mit ihr in der Hauptrolle Sorge tragen. Hay jedoch wußte
und ließ sich von Wilhelm Pieck bestätigen, daß Kolzow das gar nicht
konnte, und distanzierte sich.

Aber

Erwin Piscator (1893-1966),

Regisseur und historischer Pionier des politischen, des epischen, des
proletarischen und technisierten Theaters im Berlin der zwanziger
Jahre,

der die Hölle der flandrischen Stellungskämpfe im Ersten Weltkrieg
als pazifistischer Sozialist überlebte, vor den Nazis in die Sowjetunion entwich, dort einen Spielfilm drehte, als "Trotzkist" angefeindet wurde und nach Frankreich, von da in die USA floh, dort 1951
vor das radikale *"Komitee für unamerikanische Aktivitäten"* des Kom-
munisten- und Hexenjägers McCarthy bestellt wurde und daher in
Adenauers Deutschland, in dessen Unlust an Emigranten einer andern
Ära zurückkehrte und sich hier jahrelang mißverstanden, wenig erwünscht und gedemütigt fühlte,

derselbe Piscator plante noch Mitte der dreißiger Jahre knappe tausend Kilometer südöstlich von Moskau in Engels, vormals Pokrowsk am Wolga-Ufer,
damals Hauptstadt der Wolgadeutschen im Oblast Saratow, ein deutschspra-
chiges Theater zu gründen, dessen Protagonistin Carola Neher sein sollte.
Das Projekt zerschlug sich.

Auch Piscators Filmideën für Carola Neher zerschlugen sich.

Gustav von Wangenheim jedoch, Kollege aus Berlin und Sohn jenes Eduard
Freiherrn von Wangenheim, der als Eduard von Winterstein in die deutsche
Theater- und Filmgeschichte eingegangen ist, glaubte, als langjährig sonder-
lich überzeugter Kommunist eine Moskauër Erstaufführung der *"Dreigro-*

schenoper" organisieren und mit Carola Neher besetzen zu können. Auch das zerschlug sich.

Auch die Idee, in seinem deutschsprachigen Club-Theater oder Laiën-Kabarett *"Deutsches Theater / Kolonne links"* ein ganzes Drama für sie zu entwickeln oder schreiben, zerschlug sich.

Stattdessen durfte sie den Amateuren dieser Kolonne Schauspielunterricht erteilen.

Wangenheim ließ sie auch 1935/36 an seinem Dimitrow-Film *"Der Kämpfer"* (mit Alexander Granach, Ernst Busch und Lotte Loebinger, der Ehefrau Herbert Wehners) mitarbeiten: aber nicht als Schauspielerin – eher vielleicht schon als eine Art Regie-Assistentin wie auch in diesem oder jenem anderen Filmprojekt der monopolistisch allmächtigen Meshrabpom-Produktionsgesellschaft.

Aber *Radio Moskau* beschäftigte sie bisweilen in seinen seltenen Sendungen in deutscher Sprache: so mit der eigenen Inszenierung einer Hörfunkmontage über *"Das Untier von Loch Ness"*. Noch 1935 konnte ihre Stimme so unter Lebensgefahr sogar in Nazi-Deutschland mit Texten so verfemter Poëten wie Heinrich Heine, Klabund und Erich Mühsam vernommen werden

Für esoterische Zirkel aus antifaschistischen Immigranten und genuïne Rußland-Deutsche trat sie mit solchen Rezitationen manchmal auch noch leibhaftig, manchmal mit Zenzl Mühsam und Ernst Busch gemeinsam, manchmal *"mit ihrer zauberhaften Stimme auch als Sängerin auf"* [17].

Als im Mai 1935 Bertolt Brecht hier ein Äquivalent für sein bedrohtes dänisches Exil erkunden kam, referierte er Ehefrau Helene Weigel brieflich: *"Mit dem deutschen Theater steht es faul. Wenige Schauspieler, nur schlechte, außer der Neher, die aber nicht besonders geschätzt wird. (Ihr Kind ist kräftig, sie selbst ziemlich dick und recht nervös)"* (zitiert nach [29]). Am 12. Mai 1935 wurde ihm von Piscator im *"Klub ausländischer Arbeiter"* eine Lesung aus seinen Werken gewidmet. Carola Neher, hieran aktiv beteiligt, sah Brecht dabei vermutlich zum letzten Male. Denn über Schweden und Finnland ging er schließlich doch lieber nach US-Amerika als in die russisch konträre SU.

Er mag da schon gespürt haben, was auch für Menschen wie Carola Neher täglich bedrohlicher und beängstigender wurde: jene gnadenlose *"Säuberung"* der sowjetischen Gesellschaft von der *"neuen Opposition"* vermeintlicher *"Volksfeinde"* oder *"Abweichler"*, denen pauschal das Etikett von *"Trotzkisten"* oder *"Volksschädlingen"* zum Anlaß für jene berüchtigten Schauprozesse diente, mit deren gnadenlosem Terror der Diktator Stalin seit der ominösen Ermordung seines parteiïntern überlegenen Rivalen Sergej Mironowitsch Kirow am 1. Dezember 1934 seine eigene Position zu festigen begann.

In einem Gespräch am 28. Juni 1935 mit Romain Rolland, das heute noch als Stenogramm nachzulesen ist, sagte Stalin wörtlich: *"Um weiteren Missetaten vorzubeugen, haben wir die unerfreuliche Pflicht auf uns genommen, diese Herrschaften zu erschießen"* (zitiert nach [2]). Unter den rund vier Millionen Opfern dieser Aktion seit 1930 waren auch etwa sechzig bis siebzig Prozent jener deutschen Kommunisten, die freiwillig in dieses erhoffte Utopia eingewandert waren.

So fand sich auch Carola Neher mehr und mehr in einem angsterregenden Umfeld von Verdächtigungen und Denunziationen, Verhaftungen und bizarr erbarmungslosen Verurteilungen.

Dennoch exponierte sie sich am 9. November 1935 gemeinsam mit Ernst Busch, Alexander Granach und der bereits observierten Zenzl Mühsam in einer Gedenkveranstaltung für Erich Mühsam, der als Anarchist kein Kommunist sein konnte und aus dessen Werken sie im Speisesaal der Stankosowod-Fabrik dennoch vortrug.

Ihr Söhnchen, wenige Monate alt, war während solcher beruflichen Aktivitäten seiner Mutter in der Obhut jenes Ehepaars Elsa und Hermann Taubenberger, das ihr in Prag empfohlen worden war. In der *"Arbeiter-Illustrierten-Zeitung"*, die in Willi Münzenbergers kommunistischem Mediën-Imperium nach 1933 im Prager Exil erschien, wurde 1935 ein Foto der glücklichen jungen Mutter Carola Neher mit ihrem Baby und dieser Bildunterschrift veröffentlicht:

"Ich hatte seit langem den Wunsch, ein Kind zu haben, aber drüben hatte ich nicht den Mut dazu. Erst in der UdSSR konnte ich den Wunsch in Erfüllung gehen sehen" (zitiert nach [29]).

Am 22./23. April 1936 wurde ihre Freundin Zenzl Mühsam verhaftet.

Nur achtzehn Tage später, am 11./12. Mai 1936 wurde auch Anatol Becker, der Vater ihres Kindes, verhaftet.

Beide wurden bezichtigt, als *"terroristische Komplizen"* jenes Prager *"Trotzkisten"* Erich Wollenberg bei der Maiparade auf dem *Roten Platz* in Moskau ein Attentat nicht nur auf Kliment Jefremowitsch Woroschilow, derzeit Verteidigungsminister und *in spe* Marschall der Sowjetunion, sondern auch auf Stalin persönlich geplant und vorbereitet zu haben.

Wilhelm Pieck, damals Vorsitzender der *Kommunistischen Partei Deutschlands* im Moskauer Exil und nach überlebten stalinistischen *"Säuberungen"* immerhin präsidiales Oberhaupt eines deutschen Staates, beschuldigte Anatol Becker am 10. August 1936 in einem Rundschreiben an die Auslandsleitung der KPD, *"feindliche Verbindungen wahrscheinlich zur Gestapo"*, sogar also zu den deutschen Nazis, unterhalten zu haben (zitiert nach [25]).

Carolas deutscher Kollege und hiesiger Arbeitgeber Gustav von Wangenheim jedoch sagte schon am 1. Juni 1936 bei seiner Vernehmung durch das *Volkskommissariat für Innere Angelegenheiten NKWD* in den Räumen des berüchtigt furchterregenden Lubjanka-Gefängnisses über Anatol Becker aus, er

"machte auf mich ständig den Eindruck eines falschen, niedergedrückten, dauernd etwas befürchtenden Menschen. [...] Trotz meines instinktiven Mißtrauens gegen Becker hatte ich bis Anfang 1934 keinen Grund, ihm nicht zu vertrauen und ihn nicht für einen der Unseren zu halten. Anfang 1934 änderte sich meine Einstellung zu Becker scharf, und ich verlor den Glauben an seine sowjetischen Bestimmungen und Bekundungen. Dies geschah, nachdem ich Anfang 1934 mit dem Genossen Fritz Heckert ein Gespräch führte. Im Laufe des Gesprächs [...] sagte mir der Genosse Heckert über Becker wie folgt: 'Becker ist eine dunkle Figur, seine Parteidokumente sind gefälscht" (zitiert nach [25]).

Nach mehr als sechs Monaten Haft mit *"Prügelfolter und Bedrohungen"* war Anatol Becker zu den abenteuerlichsten Selbstbeschuldigungen bereit, die er am 20. November 1936 nach den Vorgaben des Oberleutnants Horoschilkin vom Staatssicherheitsdienst und in dessen *"amtlicher Diktion"* mit *"vorgestanzten Feindbildern und schablonenartigen Passagen von NKWD-Direktiven"* [25)] zu Protokoll gab und am 26. November 1936 unterschrieb:

"Das Verhörprotokoll entspricht dem von mir Gesagten und ist von mir gelesen worden. (Becker)" (zitiert nach [25)]).

Inzwischen war Carola Neher, seit Anatols Verhaftung *"von allen gemieden"* (Piscator in handschriftlichen Notizen [34)]), also arbeitslos, höchst alarmiert unterwegs und, *"eigene Gefährdung nicht scheuend, sucht in allen Gefängnissen der Stadt nach ihrem verschwundenen Mann, um ihm Lebensmitttel zu überbringen"* [24)].

Da aber wurde ihr der panisch und übereifrig wohlkalkulierte Antrag, selbst Mitglied der *Kommunistischen Partei der Sowjetunion (KPdSU)* zu werden, zum Verhängnis. Sie hatte ihn in der allgemeinen Gefährdung ringsum gestellt, um bei den Obrigkeiten gut Wetter zu machen. Hierbei hatte sie auf gut Glück eine Mitgliedschaft auch schon in der deutschen *Kommunistischen Partei* vorgetäuscht.

Als die zuständige *"Kaderabteilung"* diese Behauptung obligat überprüfte und anzuzweifeln begann, wurde Carola Neher am 25. Juli 1936 *"auf einer Datsche außerhalb Moskaus"* [27)]

v e r h a f t e t .

"Es war ein Blitz aus heiterem Himmel", hat das der Physiker Alexander Weißberg, damals beruflich vor Ort, noch viel später bekundet: *"Carola Neher hatte nie politisiert, sie verstand auch nicht ganz genau, was bei uns eigentlich vorging. Wenn man sie gefragt hätte, wer eigentlich die Opposition in der Partei geführt habe, wäre sie in Verlegenheit gekommen. Es war uns unbegreiflich, was man von ihr wollte"* [16)].

Wahr ist jedenfalls: *"Das Parteialter, d. h. die Dauer der Mitgliedschaft in der KPdSU und KPD, besaß als Anciennitätsprinzip für das Nomenklaturwesen eine zentrale Rolle. Eine Fälschung der Parteizugehörigkeit wurde Carola Neher als schwerwiegendes 'Delikt' in der Anklageschrift des MKOG [= Militärkollegium des Obersten Gerichts der UdSSR] vorgeworfen"* [23)].

Denn inzwischen hatte sie auch ihr Anatol, vermutlich längst blutig geschlagen, durch Selbstbezichtigung einschlägig belastet. Die zuständige *"Überführungskommission"* der deutschen KP bilanzierte nämlich:

"Henschke Karoline (Carola Neher) gab an, seit Mai 1932 Parteimitglied zu sein. Hat sich nach Geständnis von dem hier verhafteten Anatol Becker zu der falschen Angabe verleiten lassen" (zitiert nach [25]).

Folglich wurde sie nun derselben *"trotzkistischen Agententätigkeit"* beschuldigt wie auch ihr Anatol.

Ihren Sohn, jetzt anderthalb Jahre alt, ließ die Eingesperrte in der Obhut jener Taubenbergers zurück.

Als schon am 11. August 1936 auch dieses Ehepaar wegen Konspiration mit jenem Prager Renegaten Wollenberg verhaftet wurde, kam das Kind in sowjetische Waisenhäuser. Dort wuchs es auf, ohne zu erfahren, wer und wo seine Eltern sind.

Seine Mutter hatte sich schon während ihrer Untersuchungshaft im verrufenen Moskauër Gefängnis Lubjanka nach vielen Verhören in den dortigen Folterkellern mit einem Blechstück die Pulsadern aufgeschnitten – aber überlebt. Die Tortur ging weiter.

Ihre *"Untersuchungsrichter"* nämlich waren schon seit vielen Wochen im Besitze von Aussagen ihres Kollegen, des deutschen Schauspielers Gustav von Wangenheim, der später auch noch jener *"geschlossenen Parteiversammlung der deutschen Kommission des Sowjet-Schriftstellerverbandes"* vom 4. bis 9. September 1936 zu Protokoll gab,

"daß in diesem Kreis Piscator, Neher, Busch doch Wachsamkeit zu üben ist" (zitiert nach [28]).

Grundsätzlich bekannte er sich da zu *"bolschewistischer Wachsamkeit"*:

"Selbstverständlich ist, daß ich [...] , sowie ich etwas wußte, dies weitergegeben habe. Das [...] versteht sich bei jedem Fall" [28].

Das schloß ein, daß er auch im *"Fall Neher"* schon *"alles gesagt habe an den Stellen, wo was zu sagen ist"* [28].

Damit bezog er sich auf seine fünfseitige Denunziation bei der *"Kaderabteilung"* seiner KPD, die er bereits im Frühjahr 1936 wissen ließ:

"Neher Carola war Ende 1934 einmal in Prag. Das zweite Mal fuhr sie Ende 1935 nach Prag und sie kam erst vor kurzem zurück. In Prag soll sie enge Verbindung mit dem Trotzkisten Wollenberg haben, der nach unserer Auskunft Verbindung mit dem tschechischen und französischen Generalstab hat" (zitiert nach [25]).

Diese abstruse Bezichtigung hatte Wangenheims Vernehmung durch das NKWD an besagtem 1. Juni 1936 in derselben Lubjanka zur Folge. Das dortige Protokoll, heute in Moskauër Archiven einsehbar, bezeichnete diesen Denunzianten geringschätzig als *"deutsch, Regisseur des 'Meshrabpomfilm', Abstammung: von Adeligen und Schauspielern"* (zitiert nach [23]).

Dessen dortige Auskünfte sind da noch immer aktenkundig und tragen den eigenhändig unterschriebenen Zusatz:

"Das Protokoll wurde mit meinem Wortlaut vollkommen richtig aufgeschrieben, mir ins Deutsche übersetzt und ist mir verständlich. Unterschrift (Gustav Wangenheim)" (zitiert nach [23]).

Im Zentrum seiner Aussagen stand und steht der Bericht über seine eigene Dienstreise im Sommer 1934 nach Prag:

"Ich wohnte dort in einem Hotel [...] , wo auch die aus Moskau angekommene Carola Neher wohnte. Im selben Hotel wohnte auch Wollenberg. [...] Da Neher und Wollenberg miteinander sehr vertraut waren, wußte sie zweifellos, wie auch Becker, von der trotzkistischen Tätigkeit Wollenbergs" (zitiert nach [23]).

Um das Gewicht dieser Anschwärzung richtig einzuordnen, muß daran erinnert werden, daß dieses Prag, das Carola Neher demnach sogar mehrfach aufgesucht haben soll, in Moskau damals als *"trotzkistisches 'Zentrum'"* [25], daß *"Trotzkismus"* aber (nach dem Dissidenten Leo Trotzkij) als Chiffre für jegliche Form von antisowjetischer Kritik oder Opposition galt.

Laut Wangenheims Zeugnis war Carola Neher aber nicht nur Mitwisserin solchen Prager Übels, sondern habe ihm auch neuë Anhänger zugeführt:

"Tatsache ist, daß Neher für Wollenberg Leute anwarb" (zitiert nach [23]).

Wangenheims eigene Bilanz:

"Carola Neher halte ich für eine Abenteurerin, die nach ihrer ideologischen Einstellung nichts Gemeinsames mit der kommunistischen Partei hat. Ihre politische Einstellung ist antisowjetisch" (zitiert nach [23]).

Der Hamburger Archivar Reinhard Müller, Spezialist für die Geschichte der KPD und ihres Exils in der stalinistischen Sowjetunion, hat diese Auskünfte des Barons von Wangenheim 2001 als freiwillig bewertet:

"Anders als die 'Protokolle', die bei NKWD-Verhören von Untersuchungsführern vorformuliert wurden, enthält dieser Text Beobachtungen, Wertungen und Meinungen, die nur vom Zeugen Wangenheim stammen können. Auch Sprachduktus, persönliche Einfärbung und der Vergleich mit seinen Berichten für die Kaderabteilung machen m. E. Wangenheim zum 'Autor' der Aussagen" [25].

Sie können und müssen insofern als authentische Denunziation verstanden werden.

Wangenheim hat auch viele andere Menschen seines Bekanntenkreises ans Messer geliefert: so auch seine beiden Protégés und Regie-Assistenten, die beide noch während der Dreharbeiten zu seinem eigenen Dimitrow-Film *"Der Kämpfer"* verhaftet wurden:

Ernst Mansfeld,

damals 27jährig, nach einem Jahr in Untersuchungshaft zum Tode verurteilt und hingerichtet,

und

Walter Rauschenbach,

33jährigen Wolgadeutschen, wegen *"Päderastie und konterrevolutionärer Agitation"* zu fünf Jahren Lagerhaft verurteilt.

Wangenheim rechtfertigte noch 56jährig in seinem Lebenslauf von 1951 jene damalige *"Wachsamkeit"* so:

"Parteilichkeit in allem, was ich denke und tue. Das war für mich die ernste Lehre aus jener Zeit" (zitiert nach [23]).

Trotzdem mögen jeweils nicht nur parteipolitische Motive für ihn ausschlaggebend gewesen sein. Im Falle Carola Nehers hat er vor jener *"deutschen Kommission des Sowjet-Schriftstellerverbandes"* noch am 8. September 1936 zugegeben, sie habe sich

"unerhört darauf bezogen, daß sie mit Kolzow verkehrt. Sie hat mir deutlich zu spüren gegeben, welches Gewicht sie eigentlich dadurch hat, durch diesen Verkehr" (zitiert nach [23]).

Das mag diesen eitlen Ingo Clemens Gustav Adolf Freiherrn von Wangenheim in der *midlife crisis* eines vierzigjährig glatzköpfigen Aristokraten auch als Sohn eines beruflich sehr viel erfolgreicheren Vaters tief getroffen und beleidigt haben. Carola Neher machte so ihren scheinbaren Gönner und Arbeitgeber *"unter anderem dadurch zum Feind, daß sie mit ihren guten Beziehungen kokettiert, die sie zu höheren Parteisphären hätte"* [29].

Als er das alles vermischte und *"meldete"*, dürfte er verdrängt haben, wie er 1919, vor nunmehr siebzehn Jahren, in Max Reinhardts Kabarett *"Schall und Rauch"* mit und neben Klabund, dem späteren Ehemann der jetzt ans Messer Gelieferten, talentiert und beifallumrauscht auf einer Berliner Bühne stand.

Er dürfte da auch verdrängt haben, daß er der Sohn eines prominenten und allenthalben ungewöhnlich beliebten Künstlers war, den der überaus eingeweihte Alexander Granach noch in den liebenswürdigen Memoiren seines schützenden US-amerikanischen Exils bewußt und absichtlich in ein so strahlend konträres Gegenlicht gehoben hat:

" ... Eduard von Winterstein mit dem Monokel im Auge, der beste Darsteller von Freunden. In jedem Stück, wo Moissi oder Bassermann einen Freund hatte, war es Winterstein [...] . Jahre später, als ich mich mit seinem Sohn Gustav anfreundete, überzeugte ich mich davon, daß er diese Rolle nicht 'spielte'; er war es. Er hatte eine gütige Seele und einen geraden Charakter

[...] . Ein zuverlässiger, wahrhaftiger Freund – er war es wirklich. Ein großartiger Mensch" [41] .

Sein Sohn, ist da zwischen vornehmen Zeilen zu entdecken, war anders geraten. Jetzt jedenfalls, steht fest, löste dessen *"wachsame Meldung"* mit sowjetrussisch siebenwöchiger Verzögerung die Verhaftung Carola Nehers aus.

Über ihre ersten Verhöre, die den Selbstmordversuch zur Folge hatten, liegen noch keine Dokumente vor. Aber das erste einsehbare Protokoll läßt bereits auf vorausgegangene Einschüchterungen, Mißhandlungen oder Folterungen schließen, wie sie in den Kellern schon der Lubjanka zu den üblichen Verhörmethoden zählten.

Aber irgendwann muß sie in das Moskauër Gefängnis Butyrka überführt worden sein. Denn

Jewgenia Semjonowna Ginsburg (1904-1977),

jüdisch russische Historikerin und Publizistin, 1937 als *"Trotzkistin"* wiederholt verhaftet, zum Verlust allen Eigentums und zu zehnjähriger Gefängnisstrafe verurteilt, aber erst nach fünfzehn Jahren in diversen berüchtigten Zuchthäusern und Straflagern nach Moskau entlassen und 1955 als schuldlos rehabilitiert,

traf Carola Neher als unbekleideten Häftling dieser Butyrka, in deren Zellen für jeweils 25 Personen damals bis zu 275 Menschen eingepfercht vegetierten, und berichtete noch dreißig Jahre später über deren Gesicht *"von unwahrscheinlich zarter Schönheit und voller Charme"* [35]. Ohne sie zu erkennen oder kennen, verhinderte die Ginsburg damals eine drohende Denunziation dieser Nackten, weil sie gerade zwei goldene Ringe *"ihres Mannes"* einer Leibesvivitation zu entziehen und in ihrem Haar zu verstecken versuchte: vielleicht ja auch den geschmuggelten Schmuck aus dem Prager Rocksaum ihrer rheinpfälzisch Nymphenburger Mutter?

Aber dieses Butyrka-Gefängnis war auch für seine *"aktiven Verhöre"* berüchtigt, die gerade für Frauën aus Stehfolter, Schlafentzug, fünftägig durchgehenden Vernehmungen, aber auch Verprügelungen bestanden.

Alledem oder mindestens seiner Androhung ausgesetzt, belastete Carola Neher in ihren Verhören hiernach nicht nur Erich Wollenberg in seinem fernen und sicheren Prag, sondern auch ihre "Kinderfrau" Elsa Taubenberger, vor allem aber ihre gute Freundin Zenzl Mühsam just in den Fängen derselben Peiniger:

"Ich kann sie als Feind der Sowjetunion charakterisieren" (zitiert nach [25]).

Das kam einem Todesurteil gleich.

Aber sie scheint da schon nur noch gesagt zu haben, was man von ihr zu hören verlangte: auch über ihre ansonsten unbelegte Rückkehr *"Anfang 1936 von Prag nach Moskau"* mit einem okkulten zweiten Aufenthalt bei den dortigen Trotzkisten, *"um Wollenberg Post zu übergeben"*, auch über wiederholte Begegnungen mit diesem Verräter, teils *"bei Mühsam"*, und dessen *"neue Anweisungen"* – laut fraglichen Aussagen auch noch von jenem

Karl Petermeier (1899-1938),

Dozent der *"Roten Professur"* in Moskau und Leiter der dortigen *Internationalen Bibliothek*, am 2. April 1938 in Butowo zum Tode verurteilt und erschossen.

Aber im Protokoll eines weiteren Verhörs am 19. Oktober 1936 verschärfte Carola Neher (wunschgemäß?) ihre Anschuldigungen Wollenbergs und der Taubenbergers.

Aus diesen und eventuéll noch sonstigen Auskünften der Verhörten erhielt sie schließlich nach achtmonatiger Untersuchungshaft eine

"Anklageschrift im Untersuchungsfall Nr. 4090 vom 17. März 1937 gegen Henschke Karoline J. gemäß §§ 17 – 58 P. 8 und 11 des Gesetzbuches der RSFSR".

In diesem Dokument aus dem KGB-Archiv ist noch heute nachzulesen:

"Aufgrund des Dargelegten wird angeklagt: Henschke (Neher), Karoline Josef(owna), geb. 1900 in München, Deutsche, deutsche Staatsangehörige (nach ihren Worten wurde ihr die deutsche Staatsangehörigkeit aberkannt),

trat auf betrügerischem Weg in Moskau der KPD bei, früher parteilos, vor der Festnahme Schauspielerin des Meshrabpomfilms [...] . Henschke wird beschuldigt, daß sie Bote für das Prager trotzkistische Zentrum war, beim Treffen mit dem Trotzkisten Wollenberg in Prag 1934 von ihm einen Auftrag annahm, den Trotzkisten Taubenberger [...] in Moskau Briefe richtunggebenden Charakters zu übergeben. [...] Sie wird beschuldigt gemäß der im Paragraph SST. 17 – 58 p. p. 8 und 11 des Gesetzbuches der RSFSR genannten Verbrechen.

Henschke bekannte sich schuldig, auf betrügerischem Wege der KPD beigetreten zu sein, von Wollenberg in Prag einen Brief zur Übergabe in Moskau [...] angenommen sowie die Teilnehmer der kontrarevolutionären Organisation als antisowjetische Menschen gekannt zu haben. Sie wird durch die Aussagen von Becker, Taubenberger und Rosenblum belastet" (zitiert nach [23]).

Abraham Rosenblüm (1901-1937)

war ein polnischer Verlagsangestellter und vermutlich Liebhaber der Literatur, der wegen Zugehörigkeit zur *"antisowjetischen, trotzkistisch-sinowjewistischen, terroristischen Wollenberg-Gruppe"* am 29. Mai 1937 zum Tode verurteilt wurde.

Am selben Tage wurde auch Hermann Taubenberger (1892-1937) zum Tode verurteilt.

Anatol Becker hatte inzwischen nach entsprechend *"aktiven Verhören"* gestanden:

"Mitte April 1936 haben ich – Becker, Taubenberger, Hermann, und Siebenhaar, Konstantin, einen Plan der Durchführung eines terroristischen Anschlags auf Stalin und Woroschilow auf dem Roten Platz am Tage des 1. Mai 1936 ausgearbeitet" (zitiert nach [25]).

Der hier mitbeschuldigte

Konstantin Siebenhaar (1902-1937),

ein wolgadeutscher Dirigent und inzwischen Lebensgefährte von Elsa
Taubenberger, zunächst im Gefängnis Sokolniki, dann in einer Moskauër Teigwarenfabrik Kapellmeister wenigstens eines Blasorche-
sters, wurde am 29. Mai 1937 als Mitglied einer *"antisowjetischen
trotzkistisch-sinowjewistischen Terrororganisation"* zum Tode verurteilt.

Auch Anatol Becker wurde an diesem selben 29. Mai 1937 zum Tode verurteilt.

Laut Gesetz vom 1. Dezember 1934 mußte in der Sowjetunion damals jedes
Gerichtsurteil innerhalb von 24 Stunden vollstreckt sein.

Also wurden Anatol Becker, Hermann Taubenberger, Konstantin Siebenhaar und Abraham Rosenblüm alle am 29. Mai 1937 erschossen.

"Kinderfrau" Elsa Taubenberger (1898-1972) wurde am 1. Juni 1937 zu
zehn Jahren Haft verurteilt und nach Sibiriën, nach Verbüßung dieser Strafe
noch zu einem zusätzlichen *"Zwangsaufenthalt"* nach Estland deportiert.

Carola Neher blieb in ihrer Haft ohne jede Nachricht über die Hinrichtung
Anatols, der ja der Vater ihres inzwischen völlig verschollenen Sohnes war.
Aber sie spürte sie. Jewgenia Ginsburg hat das später bezeugt.

Nach vier weiteren Wartemonaten in ihrer Untersuchungshaft wurde diese
bayrisch deutsche Schauspielerin, Sängerin und Tänzerin am 16. Juli 1937
vor das *"Militärkollegium des Obersten Gerichts der UdSSR"* gestellt und
verlas dort als Schlußwort der Angeklagten ein Schuldgeständnis, das ihrem
Tribunal in die Hände arbeitete und vorfomuliert gewesen sein dürfte:

*"Ich gestehe meine Schuld insofern ein, als ich die Komintern belogen habe.
Ich gab mich als Parteimitglied aus, ohne wirklich Parteimitglied gewesen
zu sein. Außerdem machte ich keine Mitteilung von meinen Begegnungen in
Prag mit dem aus der Sowjetunion geflüchteten Wollenberg. Ich habe die
entsprechenden Organe über die konterrevolutionären Gespräche, bei denen ich anwesend war, nicht unterrichtet. Ich bitte das Gericht, mir den Beweis zu ermöglichen, daß ich kein antisowjetischer Mensch bin. Mein Verhalten ist kurzsichtig gewesen"* (zitiert nach [29]).

Hiernach befand das *"Militärkollegium des Obersten Gerichts der UdSSR in der geschlossenen Sitzung in Moskau am 16. 07. 1937"* und verkündete nach dem üblichen Prinzip einer *"Kontaktschuld"* und nach nur 25minütiger Verhandlung dieses Urteil:

"Durch die Gerichtsuntersuchung wurde festgestellt, daß Henschke, Karoline als Bote zwischen dem in Prag befindlichen trotzkistisch terroristischen Zentrum und einer kontrarevolutionären trotzkistischen Terrorganisation, welche der Trotzkist Wollenberg aus Emigranten in Moskau organisierte, war. Sie leistete dem Terroristen Wollenberg einen Botendienst, indem sie von ihm einen direktiven Brief den Mitgliedern der kontrarevolutionären Terrororganisation in Moskau lieferte. Auf diese Weise ist die Schuld von Henschke an den von ihr gemachten Verbrechen nach §§ 17 – 58 und 58 – II des Gesetzbuches der RSFSR bewiesen.

Aufgrund dessen und gemäß §§ 319 und 320 URK der UdSSR hat das Militärkollegium des Obersten Gerichts der UdSSR

Henschke, Karoline zu 10 Jahren Gefängnis verurteilt und hat die Beschlagnahme ihres gesamten Vermögens zur Folge.

Die Untersuchungshaft ab 25. Juli 1936 wird zur gesamten Strafdauer angerechnet. Das Urteil ist endgültig, einer Berufung wird nicht stattgegeben" (zitiert nach [23]).

Damit war ihr Schicksal besiegelt. Unter Verzicht auf eine mögliche Hinrichtung war das damals die verfügbare Höchststrafe der sowjetischen *"Justiz"*.

Erich Wollenberg hat erst 1968 als 76jährig freiër Bürger der *Freien und Hansestadt Hamburg* in der freiën *Bundesrepublik Deutschland* seinem Nachlaß anvertraut, daß die Basis dieses Urteils nicht den Tatsachen entsprach:

"Im Spätsommer 1934 befand ich mich nach meiner Flucht aus Moskau in Prag. Mit Zenzl Mühsam [...] besuchte ich in einer Prager Pension Carola Neher. [...]

Es waren 10 Personen, meistens Frauen kommunistischer Literaten, anwesend, deren Männer entweder im Nazi-Kz saßen oder sich bereits im Exil befanden. Carola, bettlägerig, bat mich, ihr in Moskau die Adresse einer

*kinderlieben Frau zu geben, um dort ihr erwartetes Baby in Pflege zu ge-
ben. Bei ihrem Beruf als Schauspielerin konnte sie sich selbst nicht genügend um ihr Baby kümmern, sie hatte Angst, eine unbekannte russische Kin-
derpflegerin ins Haus zu nehmen. Ich nannte ihr den Namen der Frau eines
meiner ältesten politischen Freunde: Hermann Taubenberger, Kommunist
seit 1919, Mitkämpfer der bayrischen Räterepublik und der Revolutions-
kämpfe 1922/23 in Deutschland. Taubenberger befand sich als leitender Ingenieur seit etwa 1925 in der Sowjetunion. Seine Frau Else T. hatte selbst
vier Kinder [...] . Für russische Verhältnisse hatten die T.s eine gute Wohnung in einer Gartengegend am Rande der Stadt [...] .*

*Bei dem einmaligen Kaffee-und-Kuchen-Zusammensein in der Prager Pen-
sion waren schon infolge der Anwesenheit mehrerer KP-Frauen politische
Fragen nicht einmal am Rande erwähnt worden, d. h. Fragen, die die Sowjetunion und das Stalin-Regime betrafen"* (zitiert nach [25]).

Trotzdem verbrachte Carola Neher eben wegen dieser Plauderei an ihrem
Krankenbett sechs Jahre in fünf verschiedenen sowjetischen Gefängnissen.
Dort hat sie ihr Prager Zusammentreffen mit Wollenberg ebenso begründet
und beschrieben wie auch dieser später. Wohl deswegen gab sie die Hoffnung nie auf.

Denn dieser oder jener Häftling wurde auch jählings wieder freigelassen: ihre Freundin Zenzl Mühsam zum Beispiel sogar mehrfach, aber nur, um immer wieder neuerlich verhaftet, wiederum freigelassen, wiederum verhaftet
und zumindest zu acht Jahren *"Besserungs-Arbeitslager"*(*"Gulag"*), dann zu
"Quarantäne", schließlich zur *"ewigen Verbannung"* in Sibiriën verurteilt
zu werden und insgesamt zwanzig Jahre in sowjetischen Internierungs- oder
"Erziehungs"-Lagern zu verbringen, bevor die 71jährige 1955 in dieselbe
DDR abgeschoben wurde, die noch der 62jährigen die Einreise angstvoll
verweigert hatte.

Sie verdankte dieses relativ glimpfliche Schicksal ihrer eigenen über-
menschlichen Standhaftigkeit, die sich hartnäckig weigerte, irgendeine
Schuld einzuräumen, und auch die vorgelegten Belastungen durch ihre
Freundin Carola, wohl im Wissen um deren Herkunft aus Erpressung und
Folter, für falsch, für unwahr, zur Lüge erklärte.

Aber diese bemerkenswert lange Verschonung Zenzls vor Höchststrafen
war auch auf internationale Proteste prominenter Kollegen oder Gesinnungsgenossen ihres ermordeten Mannes in Zeitungen des Auslands zurück-
zuführen. Auch ihr enger Kontakt mit

Dorothy Thompson (1894-1961),

US-amerikanischer Journalistin und Ehefrau des ersten literarischen
US-Nobelpreisträgers Sinclair Lewis, die ihrer Freundin Zenzl schon
im Juli 1934 nach der Ermordung Erich Mühsams zur Flucht von
Berlin nach Prag verholfen hatte, bevor sie im August 1934 selbst
wegen ihres mißliebigen Interviews mit Hitler die erste Amerikanerin
war, die aus NS-Deutschland ausgewiesen, aber in den USA eine der
öffentlich aktivsten Mitstreiterinnen des Präsidenten Roosevelt und
im *Zweiten Weltkrieg* mit ihren couragierten Artikeln fast täglich in
150 Zeitungen gedruckt, später eine der effektivsten Frauёnrechtlerin-
nen wurde,

deren Freundschaft also scheint Zenzl Mühsam beim Moskauёr NKWD-
Verhör im Januar 1939 genützt zu haben: im Protokoll ist dieser Name vom
Untersuchungsführer vorsorglich angestrichen worden.

Solche Hilfe von außen wurde unverhofft auch dem großen deutschen
Schauspieler

Alexander Granach (1890-1945)

zuteil, der eigentlich Jessaja Szaijko Gronach (oder Gronich?) hieß
und in der ostgalizischen Ukraïne zu Hause war. Erst als sechzehnjähriger Bäcker begann er in Berlin, Deutsch zu lernen, neunzehnjährig
wurde er Stipendiat in der Schauspielschule Max Reinhardts, der ihn
bald an sein *Deutsches Theater* engagierte.

Nach dem *Ersten Weltkrieg*, den er als österreichischer Staatsbürger
in der k. u. k. Armee an der Front und in italiёnischer Gefangenschaft
verbrachte, wurde er bei Hermine Körner, Leopold Jessner und Erwin
Piscator zu einem der populärsten Schauspieler des deutschen Thea-

ters, seit 1921 von Starregisseuren wie Friedrich Wilhelm Murnau, Richard Oswald, Wilhelm Dieterle, G. W. Pabst und anderen auch in ihren legendären Stumm- und Tonfilmen beschäftigt – schon 1921 in *"Nosferatu"*, noch 1931 in der *"Danton"*-Verfilmung neben Gustav von Wangenheim.

1933 floh er als kommunistischer Jude vor den Nazis zuerst nach Wien, dann nach Polen, wo er auf Tournee ging und ein *Jiddisches Theater* gründete. Im Frühjahr 1935 übersiedelte er in die Sowjetunion, um hier zwei Filme zu drehen, zunächst *"Der Kämpfer"* unter der Regie seines Berliner Kollegen Gustav von Wangenheim: aber nicht die beanspruchte Titelrolle des Dimitrow, sondern, vermutlich schon aus opportunistischem Antisemitismus, nur *"einen Provokateur"* – *"also fünfzig Jahre Haß"* [28]. Die Dreharbeiten verliefen demnach *"nicht ohne starke Spannungen zwischen Granach und Wangenheim"* [37].

Denn *"mit diesem Granach, der aus einer polnischen Ecke kam wie viele Juden"*, offenbarte der Freiherr von Wangenheim im September 1936 jener *"Parteiversammlung der deutschen Kommission des Sowjet-Schriftstellerverbandes"*, mit dem *"bin ich in schwere Differenzen gekommen, die auch ihre politischen Seiten hat* [sic!], *was ich der deutschen Sektion seinerzeit gemeldet habe"* [28].

Inzwischen arbeitete Granach gemeinsam mit Carola Neher auch für deutsche Sendungen des *Radio Moskau*, wirkte er bei der Gedenkfeier für Erich Mühsam mit und publizierte er Artikel in der dortigen *"Deutschen Zentral-Zeitung"*, auch über Carola Neher. Er erhielt sogar einen Lehrauftrag am *Institut des Jüdischen Akademischen Theaters* sowie das Angebot einer eigenen Filmregie bei jener Meshrabpom: über das Leben Erich Mühsams, mit Ehefrau Zenzl als Mitwirkender.

Aber der Drehbeginn verzögerte sich ebenso unerklärlich wie auch diverse Pläne eines hiesigen Theaters in deutscher Sprache. *"Das mit dem deutschen Theater hier"*, schrieb er schon im September 1935 aus Moskau, *"ist sehr schwer. Es liegt vor allem an unseren lieben Deutschen selbst. Sie sind so unverträglich und bös. Teils sind sie ja*

*so, und teils ists doch die Emigrantenpsychose – es tut weh, entwur-
zelt zu sein"* (zitiert nach [37]).

Also spielte er am *Jiddischen Theater* in Kiew den Shylock, inszenierte dort auch: *"Mimi"* von Julius Hay.

Im November 1937 wurde Granach als *"Trotzkist"* in Kiew verhaftet.
Der Zusammenhang mit Wangenheims zugegebener *"Meldung"* ist
nur vermutbar, nicht nachweisbar.

Aber im Augenblick seiner Gefangennahme trug Granach einen Brief
des deutschen Schriftstellers und Stalin-Protégés Lion Feuchtwanger
bei sich. Einzig hierauf soll er freigelassen und zur Ausreise aus der
Sowjetunion berechtigt worden sein.

"Er rief mich unerwartet an", hat Julius Hay in seinen Lebenserinne-
rungen festgehalten, *"ich soll sofort zur Bahn kommen, er sei gerade
dabei, mit dem nächstbesten Zug ins Ausland zu fahren. Alex war
blaß, abgemagert, sein schöner Stierkopf mit den schwarzen, silber-
durchwobenen Haaren war ratzekahl geschoren. [...]*

'Wohin? – 'Nach Hollywood.' – 'Wie hat man dich herausgelassen?'

*[...] 'Dein Feuchtwanger hat mich gerettet. Ein Brief, den er an
mich geschrieben hat ... aus Frankreich ... Weil wir uns hier nicht
verabschieden konnten ... '*

*Den Brief hatte der Unterleutnant bei ihm in der Tasche gefunden.
'Zuerst hat er mich wegen der ausländischen Korrespondenz ... ' Er
konnte das Wort 'geschlagen' nicht aussprechen. Statt dessen wiederholte er dreimal: 'der Unterleutnant ... '*

*Plötzlich lachte er auf: 'Schließlich haben sie doch begriffen, daß
man einen Mann, der Briefe von jemandem bekommt, der bei Stalin in
der guten Stube Tee trank, lieber doch nicht totschlägt'."* [36]

Andere Lesarten wollen wissen, daß Lion Feuchtwanger ihn im Dezember 1937 im Rahmen eines Interwiews, das Stalin ihm damals
nachweislich gab, freigebeten habe. Wieder andre bezweifeln das.

Jedenfalls reiste Alexander Granach aus: am 16. Dezember 1937 nach
Zürich, wo er sofort den Macbeth spielte und kompensatorisch seine

Erfahrungen mit Thronräubern und Massenmördern verarbeitet haben dürfte. Erst hiernach ging er 1938 in die USA, wo er eine englischsprachige Karriëre zunächst in Hollywood machte (*"Ninotschka"*, *"Wem die Stunde schlägt"*, *"Das siebte Kreuz"* und anderes), 1944 auch noch im Theater am *New Yorker* Broadway.

Von solcher Fürsprache aber oder solchen protegierten Freilassungen mag die verurteilte Carola Neher in ihrer Zelle irgendwie erfahren, auf sie mag sie gehofft und gewartet haben.

Denn noch als kahlgeschorener Häftling, dessen *"sprossende Haare [...] sich eben wieder ein wenig zu legen"* begannen, dachte sie an ein späteres Leben in Freiheit: *" 'Wenn ich herauskomme, lasse ich die Haare so, wie sie jetzt sind', und Carolas dunkle Augen lächelten strahlend"*, hat noch 1958 ihre Zellengenossin Margarete berichtet: *"Mit welcher Leichtigkeit uns jener Satz 'wenn ich herauskomme' vom Munde ging! In Gedanken sahen wir uns schon im Ausland, in der Freiheit"*[20] .

Diese Margarete selbst, die

in erster Ehe mit einem Sohn des jüdischen Religionsphilosophen Martin Buber,

in zweiter mit Heinz Neumann, einem Berliner Reichstagsabgeordneten und hohen Funktionär der KPD, verheiratet war,

nach dessen Hinrichtung 1937 im sowjetischen Exil selbst zu zehn Jahren Lagerhaft verurteilt,

aber 1940 nach NS-Deutschland ausgeliefert wurde, überlebte tatsächlich im dortigen Konzentrationslager Ravensbrück,

um noch im bundesrepublikanischen Fichtelgebirge als Publizistin und *"Zeitzeugin gegen Diktaturen"* zu kämpfen.

"Als Gefangene bei Stalin und Hitler" hatte sie *"eine Welt im Dunkel"* überstanden, aber in der Moskauër Butyrka auch von Zellenpritsche zu Zellenpritsche erlebt, wie ihre Nachbarin Carola Neher in all dem aussichtslosen Elend einer schon vierjährigen Haft *"noch schöner zu sein schien"* als früher auf Berliner Bühnen. Denn: *"Sie machte Zukunftspläne. 'Vielleicht kann ich

wieder mit Bert Brecht zusammenarbeiten.' [...] Einmal spielte sie uns die Marion aus 'Dantons Tod' vor" [20].

Tatsächlich war dem so utopisch angepeilten Bertolt Brecht in der Sicherheit seines dänischen Exils durchaus bewußt, was da seiner Geliebten und Protagonistin geschehen war.

Hermann Greid (1892-1975),

österreichischer Schauspieler und Regisseur in Berlin und Düsseldorf, vor politischer Verfolgung seit März 1933 auf der Flucht nach Schweden, in die Sowjetunion, nach Finnland,

wo er Brecht kennen lernte, hat nach Carola Nehers Verurteilung von dessen Wut auf diesen *"schändlichen und schamlosen Henkersknecht Stalin"* und dieses *"ganze Pack"* berichtet.

Brecht wußte freilich, wer der Verurteilten helfen könnte, und hatte schon im Mai 1937, also gute sechs Monate vor dem *"Fall Granach"*, an jenen selben Lion Feuchtwanger geschrieben, der ihm vor rund fünfzehn Jahren in München nicht nur sein Sofa, sondern auch diese *"kleine Hur"* kupplerisch anvertraut hatte und von dem er wußte, daß er jetzt bei Stalin einen Edelstein im blutigen Brette hatte.

"Übrigens: Könnten Sie etwas für die Neher tun, die in M(oskau) sitzen soll, ich weiß allerdings nicht weswegen, aber ich halte sie nicht gerade für eine den Bestand der Union entscheidend gefährdende Person", schrieb Brecht aus Skovsbostrand an den Gesinnungsgenossen, Kollegen und überraschend hofierten *"lieben Doktor"*: *"Vielleicht ist sie durch irgendeine Frauenaffäre in was hineingeschlittert. Immerhin ist sie kein wertloser Mensch, und ich weiß nicht, ob sie das drüben wissen, sie hatte keine rechte Gelegenheit, sich zu zeigen. Wenn Sie nach ihr fragen, würde ihr das schon nützen"* [30].

Spätestens jetzt dürften Brecht seine eigenen Unterlassungen oder Fehlschläge bewußt geworden sein, die aber nirgends nachweisbar sind:

"Ich selber habe von niemand auf eine Frage eine Antwort erhalten, was ich nicht schätze. Aber vielleicht haben Sie drüben von ihr erfahren, dann wäre

ich Ihnen dankbar für einige Zeilen darüber. Ich werde immerfort ihretwegen um Auskunft angegangen"[30] .

Schon Ende Mai 1937 fragte er ungeduldig nach, ob sein voriger Brief etwa gar nicht angekommen sei, und wiederholte: *"Haben Sie eigentlich drüben was von der Carola Neher gehört? Sie soll in irgendeine dunkle Geschichte verwickelt sein."*[38] .

Auf welche dieser beiden Anfragen auch immer, antwortete Feuchtwanger schon am 30. Mai 1937: er habe in Moskau keinerlei Brief von Brecht erhalten und könne auch *"über den Verbleib Carola Nehers keine näheren Angaben machen"* (Anmerkung des Herausgebers Günter Glaeser in [30]).

Solch ein Vorenthalt spezifisch von *"näheren Angaben"* mag auch Brecht haben stutzen und schon im Juni 1937 nachhaken lassen:

"Lieber Doktor, sehen Sie irgendeine Möglichkeit, sich beim Sekretariat Stalins nach der Neher zu erkundigen? [...] Sie wissen, daß Gorki seinerzeit für Künstler und Wissenschaftler mitunter intervenierte. Wenn die N(eher) sich tatsächlich an hochverräterischen Umtrieben beteiligt hat, kann man ihr nicht helfen, aber man kann vielleicht durch einen Hinweis auf ihre große künstlerische Begabung erreichen, daß das Verfahren beschleunigt und ihr Fall besonders geklärt wird (was bei dem Ruf, den sie in Deutschland, der Tschechoslowakei und der Schweiz genießt, auch für die Union nötig ist). Eine einfache (nicht publike) Erkundigung würde ihre künstlerische Bedeutung schon unterstreichen, ohne die Arbeit der Justizbehörden zu erschweren"[30] .

Das ging ja denn doch schon ziemlich weit und hätte Feuchtwanger kompromittieren oder gar zum Weiterreichen dieser Petition veranlassen, also negative Folgen für den Bittsteller selbst haben können:

"Es wäre mir allerdings recht", sicherte der sich daher ab, *"wenn Sie diese meine Bitte ganz vertraulich behandelten, da ich weder ein Mißtrauen gegen die Praxis der Union säen noch irgendwelchen Leuten Gelegenheit geben will, solches zu behaupten"*[30] .

Ein halbes Jahr später, als die Neher immer noch in Haft war und Alexander Granach (mit jenem entlastenden Brief desselben Feuchtwanger) just verhaftet wurde, schrieb Brecht *"Ende Nov. 37"* an denselben Adressaten:

"Was können wir wirklich machen für die arme C(arola) N(eher)? [...] Vielleicht sollten Sie doch ein Telegramm erwägen? Wenn sie verurteilt wurde, geschah das keinesfalls ohne reichliches Material, aber man hat ja drüben nicht die Auffassung 'ein Pfund Verbrechen – ein Pfund Strafe', man will lediglich den Sowjetstaat schützen, da kann man Nichtrussen vielleicht ausweisen? Sie ist immer noch ein Wert, eine große Schauspielerin. Wissenschaftler, die sich vergangen hatten (wie Ramsin), hat man mit Recht weiterbeschäftigt, das kann man drüben mit der N. nicht machen, sie spielt nicht russisch. Aber wir können es machen" [30].

Wir können es machen.

Ob sie es wirklich konnten, ob Feuchtwanger es konnte, steht heute dahin. Getan hat er es jedenfalls nicht, als er vier Wochen später bei Stalin "zum Tee" war, für ein gemeinsames Foto posierte und dort bestenfalls gute Worte für Granach, hiernach mit Nachdruck für die blutigen *"Säuberungen"* des Stalinismus gefunden hat. Denn *"obwohl er Carola Neher unter den Verhafteten weiß, liefert er in seinem Reisebericht Moskau 1937 eine auch von Brecht enthusiastisch begrüßte, entschiedene Legitimation der Stalinschen Prozesse"* [24].

Brecht jedoch hat erst recht nichts "getan". Zwar behauptet Ruth Berlau, die ihn gern verklärte, er habe im Falle Carola Nehers *"immer wieder versucht, sie aus dem Gefängnis herauszubekommen. In Kopenhagen, zum Beispiel, war ich mit ihm zusammen beim sowjetischen Botschafter, den ich schon länger kannte, Brecht aber nicht. Als erstes – und das war ziemlich peinlich für mich – fragte er nach Carola Neher, ob man nicht feststellen kann, wo sie ist"* [17].

Man konnte es nicht. Also hat Brecht dann, hat der leidenschaftlich engagierte Michael Rohrwasser noch 1991 bilanziert, *"soweit ich sehe, in keinem einzigen Fall eine öffentliche Anstrengung unternommen, das Schicksal seiner Freunde zu beeinflussen"*, und das mit einem Zitat des Brecht-Monografen Werner Mittenzwei belegt: dies alles sei zu einer Zeit geschehen, als

" 'innerhalb weniger Jahre all die Freunde (verschwanden), mit denen er bisher Kontakt pflegte' [= Ernst Ottwalt, Hermann Borchardt]. Sein Name erscheint unter keiner Petition" [31].

Hierzu hat Günter Glaeser, dieser so akribisch seismografische Herausgeber der zitierten Brecht-Briefe, vollends Zweifel angemeldet, ob Brecht die beiden zuletzt erwähnten Briefe an Feuchtwanger überhaupt zur Post gegeben hat: *"vermutlich nicht abgeschickt"* [30] , beide nicht.

Dann hätte Brecht nachweisbar resigniert. Oder gekniffen, gekuscht. Wirklich ist von diesen drei zitierten Briefen in ihrer großen Gesamtausgabe von 1998, gleichfalls von Glaeser mitediert, einer nicht mehr enthalten: jener ängstliche von Ende Juni 1937 – vermutlich weil die akribischen Herausgeber ihn, unexpediert, nicht mehr für einen realen Brief hielten, nur für einen zurückbehaltenen Entwurf.

Dabei fehlte es seinerzeit durchaus nicht an aktuëllen Protesten gegen solches liebedienerische Duckmäusertum auch jener Wenigen, die sich effiziënt und lautstark ohne eigenen Schaden hätten empören können.

Aber wirklich stellten jene stalinistischen *"Säuberungen"* mit ihren *"Schauprozessen"* all

"jene Intellektuelle, für die Antifaschismus und Loyalität mit der Sowjetunion eins war, vor eine besonders heikle Aufgabe: ihre Verteidigung der Moskauer Gerichtsbarkeit hatte einherzugehen mit der gleichzeitigen Verurteilung der faschistischen Terrorjustiz" [31] .

Schon 1937 hatte Willi Schlamm aus dem galizischen Przemysl, seinerzeit in Prag als Herausgeber der antistalinistischen *"Europäischen Hefte"* tätig, *"polemisch nach dem Unterschied zwischen sowjetischer Justiz und 'der Konterjustiz in den fascistischen Staaten' "* [31] gefragt und blieb damit nicht allein.

Heinz Epe (1910-1942),

Malersohn aus Remscheid, wurde schon während seines Jurastudiums in Köln und Wien als *"Trotzkist"* aus der KPD ausgeschlossen, ging 1933 ins Prager Exil und war dann in Frankreich, Holland, Norwegen und Schweden ein veritabler Mitarbeiter der Emigranten Leo Trotzkij und Willy Brandt, auch Funktionär im Londoner *"Internationalen Büro revolutionärer Jugendorganisationen"* und der *"Internationalen Kommunisten Deutschlands"*.

Für deren Zeitung *"Unser Wort"*, die im holländischen Exil als Replik auf das stalinhörige Moskauër Emigrantenblatt *"Das Wort"* erschien, schrieb er unter dem Pseudonym Walter Held damals aufsehenerregend gute und politisch kluge, kritische Artikel: auch über marxistische Theorie und Stalinismus.

Im Oktober 1938 publizierte er da (im 6. Jahrgang, Heft 4/5) einen Text über *"Stalins deutsche Opfer und die Volksfront"*:

"Das traurigste und beschämendste Kapitel an dieser blutigen Tragödie (der Ermordung Carola Nehers und anderer Emigranten) ist die Haltung der offiziellen deutschen Emigration gegenüber dem Schicksal ihrer nach der Sowjetunion ausgewanderten Mitglieder. Die deutsche 'Volksfront': die Herren Heinrich und Thomas Mann, Bertold Brecht, Lion Feuchtwanger, Arnold Zweig, die 'Weltbühne', die 'Pariser Tageszeitung', die 'Volkszeitung' [...] sie alle, alle hüllen sich in Schweigen" (zitiert nach [31]).

Epe nannte dieses Schweigen *"Verrat. Verrat an euren Büchern und eurer Moral, Verrat an den Opfern Hitlers und an den Opfern Stalins, Verrat an den Massen und Verrat an euch selbst"* (zitiert nach [31]).

Speziëll an Bertolt Brecht appellierte er im Falle Carola Nehers:

"Sie, Herr Brecht, haben Karola Neher gekannt. Sie wissen, daß sie weder eine Terroristin, noch eine Spionin, sondern ein tapferer Mensch und eine große Künstlerin ist. Weshalb schweigen Sie? Weil Stalin Ihre Publikation 'Das Wort', die verlogenste und verkommenste Zeitschrift, die jemals von deutschen Intellektuellen herausgegeben worden ist, bezahlt? Woher nehmen Sie noch den Mut, gegen Hitlers Mord an Liese Hermann, an Edgar André und Hans Litten zu protestieren? Glauben Sie wirklich, daß Sie mit Lüge, Knechtseligkeit und Niedrigkeit die Kerkerpforten des Dritten Reiches sprengen können?" (zitiert nach [31]).

Brecht schwieg auch auf solchen Anwurf.

Als zwei Monate später, im Dezember 1938, auch Michail Jefimowitsch Kolzow, Stalins Günstling und Carola Nehers Gönner, verhaftet wurde, anvertraute Brecht seinem diskreten *"Arbeitsjournal"*:

"januar 39. auch kolzow verhaftet in moskau. [...] niemand weiß etwas von tretjakow, der 'japanischer spion' sein soll. niemand etwas von der neher, die in prag im auftrag ihres mannes trotzkistische geschäfte abgewickelt haben soll" (zitiert nach [31]).

Solche Schuldzuweisung zur Entschuldigung der eigenen Schwäche vermischte sich bisweilen mit den haarsträubendsten Euphemismen. Ruth Berlau, auch hierin gewiß ein getreuës Sprachrohr ihres hohen Herrn, verbreitete noch 1985, Carola Neher

"wurde zu zehn Jahren Gefängnis verurteilt. Auch im Gefängnis konnte sie weiter Theater spielen, inszenieren und singen" [17].

Der Meister persönlich ließ jenem früheren *"Rat an die Schauspielerin C. N."* aus unbelasteteren Tagen nunmehr ein zweites Gedicht folgen, das zwar den unverfänglichen Titel *"Das Waschen"* trug, hierunter freilich als Untertitel die unmißverständlichen Initialen C. N. und Verse, die vor allem ihn selbst in dieser Sache reinwaschen sollten:

"Als ich dir vor Jahren zeigte
Wie du dich waschen solltest in der Frühe
Mit Eisstückchen im Wasser
Des kleinen kupfernen Kessels
Das Gesicht eintauchend, die Augen offen
Beim Abtrocknen mit dem rauhen Tuch
Vom Blatt an der Wand die schweren Zeilen
Der Rolle lesend, sagte ich:
Das tust du für dich und tue es
Vorbildlich.

Jetzt höre ich, du sollst im Gefängnis sein.
Die Briefe, die ich für dich schrieb
Blieben unbeantwortet. Die Freunde, die ich für dich anging
Schweigen. Ich kann nichts für dich tun. Wie
Mag dein Morgen sein? Wirst du noch etwas tun für dich?

Hoffnungsvoll und verantwortlich
Mit guten Bewegungen, vorbildlich?"[39)]

Der Zynismus ist perfekt und in seiner Peinlichkeit nur noch durch die spätere Auslegung Ruth Berlaus, immerhin einer seiner engsten Mitarbeiterinnen auch damals noch, überboten worden:

"Brecht schrieb ein Gedicht für Carola Neher: wie man sich im Gefängnis hilft, wie man sich wäscht, was man tun kann, um sich frisch zu halten und nicht unterkriegen zu lassen"[17)] .

Diese Unsäglichkeit gipfelt in seiner Krönung:

"Ich finde großartig, daß Brecht durch ihr Verhalten nicht beleidigt war"[17)].

Damit dürfte sie Carola Nehers undankbare Ablehnung seines (umneideten?) Heiratsantrags und Blumenstraußes meinen: Strafe muß sein!

Als Brecht drei weitere Jahre später, im Sommer 1941 und inmitten des *Zweiten Weltkriegs*, im neutral geglaubten Skandinaviën vor Hitler nicht mehr sicher war, blieb ihm nur noch die Ausreise aus Europa – doch wohin? Ihm schienen da einzig die *Vereinigten Staaten* des Klassenfeindes opportun. Wie aber dorthin gelangen? Das war nach Lage der Dinge nur noch durch die Höhle des stalinistischen Löwen möglich.

Jetzt bewährte sich all seine frühere Zurückhaltung und Schonung des sowjetischen Systems. Wiewohl in den Augen des NKWD als *"Trotzkist"* gebrandmarkt, gelangte er als ein solcher Passant auf der Durchreise wohlbehalten bis Moskau, ließ dort seine schwindsüchtige Arbeits- und Lebensgefährtin, die Schauspielerin und Autorin Margarete Steffin, ihrem sichtbar nahenden Tode allein entgegen siechen und setzte sich im *Transsibirischen Expreß* über 9 300 Kilometer unbehelligt und wohlbehalten ins pazifische Wladiwostok ab, von da aus per Schiff wohlbehalten direkt nach Kaliforniën und Hollywood *vis-à-vis*.

Er passierte dabei denselben Engpaß wie im selben Kriegsjahr 1941 etwa gleichzeitig auch sein Kritiker

Heinz Epe:

nur daß dieser sich durch ein Einreisevisum, das ihm für die USA immerhin die *"New York Times"* besorgt haben soll, geschützt erachten konnte. Seine Route sollte ihn von Moskau nach Odessa, von dort über das *Schwarze Meer* in den freïen Hafen von İstanbul retten.

Aber zusammen mit Ehefrau und zweijährigem Söhnchen wurde er schon im Zuge nach Moskau verhaftet. Nach entsprechenden Verhören durch keinen Geringeren als den bestialischen NKWD-Chef Berija persönlich wurde Epe wegen *"konterrevolutionär trotzkistischer Tätigkeit"* zum Tode verurteilt und am 28. Oktober 1942 erschossen.

Er war da 31 Jahre alt.

Ehefrau Synnøve und Kleinkind Ivar blieben bis heute verschollen.

In solchem Falle, hatte er bei einer schwedischen Zeitung vorsorglich hinterlassen, sei er *"ein Opfer politischer Rache oder Willkür"* geworden [33].

Selbst Willy Brandt konnte 1989 von seinen Moskauër Erkundigungen nach diesem Mitstreiter, Haftgefährten aus dem Amsterdamer Polizeigefängnis von 1934 und Mitbewohner einer Pension im Stockholm von 1940 nur das Datum seiner Hinrichtung und die schwache Tröstung mitbringen, daß Heinz Epe kurz zuvor für juristisch unschuldig erklärt und insofern "rehabilitiert" worden war. *"Böses"*, rief Brandt ihm freundschaftlich nach, *"kann er nicht im Schilde geführt haben"* [33].

Brecht jedoch, will es die Legende, soll auf jenem unbehelligten Wege in die kalifornische Sonne und Freiheit freiwillig seiner Polly, seiner Heilsarmee-Lilli, seiner Heiligen Johanna der Schlachthöfe und Turandot *in spe* in ihrem Knast einen Höflichkeitsbesuch abgestattet haben.

"Denn man weiß", weiß Marianne Kesting noch 1959 in ihrer Brecht-Biografie, *"daß Brecht nach seiner Freundin, der Schauspielerin Carola Neher, [...] gesucht hat, die man verhaftet hatte. Er konnte sie einmal sprechen, aber nicht ihr helfen"* [32].

Aber Helene Weigel, hierzu befragt, schrieb noch am 27. April 1962 an Guido von Kaulla:

"Es stimmt nicht, daß Brecht 1941 in Moskau mit Frau Neher sprach" (zitiert nach [10]).

Sicher hatte die legitime Ehefrau da Recht: denn im Sommer 1941 war Carola Neher schon lange nicht mehr in Moskau, sondern 350 Kilometer entfernt im Gefängnis Orjol in Orel. Auch dort dürfte sich ihm auf seiner riskanten Passage ins Feindeslager wirklich schwerlich solche Solidarität mit einer Kriminalisierten des eigenen Systems empfohlen haben. Warum auch noch?

Dieser *"Freund und Mitarbeiter"*, hat Margarete Buber-Neumann noch 1958 verharmlost, *"antwortete viele Jahre später, als man ihn nach Carola Nehers Schicksal fragte, sie leite ein Kindertheater, es gehe ihr gut"* [20].

Ihn für diese Lüge zur Rede zu stellen, war da nicht mehr möglich, weil auch Brecht inzwischen tot war.

Aber in Wahrheit war Carola Neher nirgendwo Intendantin, sondern knapp sechs Jahre lang in vermutlich fünf verschiedenen Gefängnissen eingekerkert. Die Fakten hierüber können nur bruchstückhaft zusammengeraten werden.

Nach der Verurteilung im Juli 1937 scheint sie, jedenfalls zwischen Herbst 1937 und Herbst 1938, zunächst runde dreihundert Kilometer nordöstlich von Moskau in der Haftanstalt

J a r o s l a w l

an der Wolga eingesessen und nicht gewußt zu haben, daß es hier auch das älteste russische Theater

und ebenjenes Waisenhaus gab, in dem ihr Sohn Georg nichts von seiner leiblichen Mutter ahnte.

Das hiesige Zuchthaus Korowniki stammt noch aus der Zarenzeit und war jetzt *"Gefängnis der Hauptverwaltung der Staatssicherheit des NKWD"* [25]. Es genoß *"als 'politisches Gefängnis' den Ruf einer besonders strengen Haftanstalt"*, ist von Jewgenia Ginsburg zu erfahren, die dort Carola Neher wiedergetroffen hat:

"Carola hatte sich sehr verändert. Das Gold ihrer Haare war glanzlos geworden. Schmerzliche Falten zeichneten sich um ihre Mundwinkel ab. Aber sie wirkte noch bezaubernder als früher. Das Gesicht von einer gleichmäßigen Blässe, wie aus Elfenbein. Ein kindliches Lächeln, traurige, dunkelgelbe Bernsteinaugen. [...]

Carolas Schönheit und ihre ungewöhnliche Aufmachung erregten allgemeine Aufmerksamkeit";

trotzdem *"ging es ihr tausendmal schlechter als mir, denn sie war zu allem anderen Unglück der Sprache nicht mächtig. In der Zelle, in die sie geraten war, konnte niemand Deutsch. [...]*

Sie weiß nichts von ihrem Mann. Aber sie ist fest überzeugt, daß er nicht mehr am Leben ist. Es trügt nicht, dieses Gefühl unabwendbarer ewiger Einsamkeit, das Carola jetzt überall verfolgt. 'Hier ... ' Sie deutet nicht auf das Herz, sondern auf die Kehle"[35] und meinte wohl die zusätzliche Verbannung in Sprachlosigkeit.

Im heutigen Archiv der Militärstaatsanwaltschaft ist in Moskau nachzulesen, was ein NKWD-Leutnant namens Norinow damals in die sogenannte *"Charakteristik"* dieser Strafgefangenen eingetragen hat:

"Die Gefangene Henschke, Karolina Josifowna, erhielt während der Zeit ihres Aufenthalts im Gefängnis Jaroslawl sieben Rügen:

1) Am 16. November 1937 sprach sie in der Latrine mit einer Gefangenen aus der Nebenzelle – Verbot des Hofgangs für drei Tage.

2) Am 9. Dezember 1937 wegen der Benutzung von Zeitungspapier für Briefe – einmonatiges Briefwechselverbot

3) Am 7. April 1938 wegen lauter Gespräche in der Zelle – einmonatiges Buchleseverbot

4) Am 30. April 1938 wegen lauter Gespräche in der Zelle – Hofgangverbot für fünf Tage

5) Verständigte sich durch Klopfzeichen – dreimonatiges Buchleseverbot

6) Am 8. Mai 1938 ordnete sie sich der Aufsicht während der Verrichtung ihrer Notdurft nicht unter – Hofgangverbot für 5 Tage.

*7) Am 5. September 1938 schrie sie und machte sie in der Zelle Lärm – ein-
monatiges Leseverbot."* (zitiert nach [25]).

Aus diesem gnadenlos reglementierten Jaroslawl scheint Carola Neher ins
NKWD-Gefängnis in

W l a d i m i r ,

runde zweihundert Kilometer östlich von Moskau, am Flusse Kljasma verlegt worden zu sein. Aus der *"Zelle 23"* im dortigen *"Gebäude 8"* jedenfalls
stammt eine Bittschrift, die sie am 14. September 1939 mit Bleistift an den
"Genossen Molotow", damaligen *"Vorsitzenden des Rates der Volkskommis-
sare"* und seit kurzem Außenminister der Sowjetunion, richtete. Hier bat sie
um die Genehmigung wenigstens einer Korrespondenz mit ihrer Familië in
Deutschland:

*"Seit meiner Verhaftung (25. 7. 1936) sind alle meine Bitten um einen direk-
ten Briefverkehr mit meinen Angehörigen (Mutter und Bruder in Deutschland, auch mit dem Schriftsteller Brecht in Dänemark) abgelehnt worden.*

*[...] Wie mir jetzt bekannt wurde, befindet sich Deutschland im Kriegszu-
stand (im vierten Jahr meines Häftlingslebens hatte ich bisher keine Möglichkeit, eine Zeitung zu lesen). Ich weiß, daß auch meine Brüder zum Hee-
resdienst eingezogen werden können, und ich möchte meine siebzigjährige
Mutter wenigstens durch eine Mitteilung über mich beruhigen. Ich bitte um
die Erlaubnis, mich diesbezüglich an das Rote Kreuz zu wenden oder meiner Mutter direkt zu schreiben"* (zitiert nach [25]).

Da der angesprochene Molotow damals just mit seinem Kollegen Joachim
von Ribbentrop den kurz bevorstehenden Nichtangriffspakt zwischen Sowjetunion und Nazi-Deutschland vorbereitete, blieb diese *"Eingabe"* ebenso
ohne jeden Effekt wie auch ähnliche Petitionen im Tone von Beschwerden
an Andrej Januarjewitsch Wyschinskij, damals Generalstaatsanwalt all jener
Schauprozesse gegen *"Volksfeinde"*, oder gar an Väterchen Stalin persönlich.

Aber eine dieser *"unzähligen Eingaben"* [20] hatte zum Resultat, daß ihr im

Zuchthaus Kasan

ein Brief von der Leiterin jenes Kinderheims ausgehändigt wurde, in welchem sich ihr inzwischen knapp fünfjähriger Sohn befand. Dieser Brief mit dem ersten Lebenszeichen des kleinen Georg seit ihrer Verhaftung vor gut drei Jahren war nicht nur *"von rührender Herzlichkeit"*, er beschrieb auch *"ausführlich alle Eigenheiten des Kindes, sprach von seiner Begabung und einer großen Freude am Theaterspielen"*. Auf einem beigefügten Foto *"stand ein kleiner nackter Bursche mit den braunen Augen Carolas und preßte einen Teddybär ans Herz"* [20].

So hat das Margarete Buber-Neumann überliefert, die im Dezember 1939 Carola Neher wieder in der

Moskauёr Butyrka

antraf. *"Die Schauspielerin Carola Neher trug Zuchthauskleidung, und ich muß gestehen – sie stand ihr gut. Im Vergleich zu den Lagerlumpen konnte man dieses Kostüm geradzu elegant nennen. Es bestand aus einer marineblauen Flanellbluse mit roten Aufschlägen, einem dunklen Rock, einer halblangen Jacke aus grauem, glänzendem Stoff, mit Watte gefüttert, und einer ebensolchen Ohrenklappenmütze"* [20].

Die Butyrka diente damals, kurz nach der legendären Ratifizierung des sowjetisch-nationalsozialistischen Nichtangriffspaktes vom 24. August 1939, auch als eine Art Übergangsgewahrsam für Häftlinge, die abgeschoben oder an ihre NS-deutsche Heimat ausgeliefert und hierfür angemessen aufgepäppelt oder wiederhergestellt werden sollten.

"Es gab jeden Tag [...] Borschtsch aus Kohl, mit einer Scheibe Fleisch, Gulasch mit Kartoffelpüree und als Nachspeise 'Kissell' oder Apfelkompott" [20].

Carola Neher wurde hier auf der Ausweisungsliste unter 32 Kandidaten an exponierter achter Stelle geführt: offenbar wollte man sie loswerden.

Doch die eingeschaltete nazideutsche Botschaft in Moskau begründete in einem internen Aktenvermerk ihre zögerlichen Bedenken zu diesem Falle mit

der Ausbürgerung Carola Nehers 1934 wegen *"staatsfeindlicher Betäti-
gung"*. Ein Schreiben des Reichssicherheitshauptamtes in Berlin räumte
zwar am 23. Januar 1940 auch Ausgebürgerten das Recht auf eine Rückkehr
nach Deutschland ein, nahm aber ausdrücklich Juden und solche Personen
hiervon aus, die sich *"während ihres Aufenthalts in der Sowjetunion staats-
feindlich gegen das Reich betätigt haben"* (zitiert nach [25]).

Das träfe laut jenem Aktenvermerk eines Referenten der *Deutschen Botschaft* auf Carola Neher zu, weil sie 1934 während der Saarabstimmung einen *"in der DZZ [= "Deutschen Zentral-Zeitung"] erschienenen deutsch-
feindlichen Aufruf zusammen mit anderen Intellektuellen unterzeichnet"* habe; auch hiernach sei sie *"mehrfach in der Öffentlichkeit herausgetreten"*,
indem sie *"das neue Deutschland und seine Einrichtungen"* verleumdet habe (zitiert nach [25]).

Hierauf wurde das sowjetische Außenkommissariat von der NS-Deutschen
Botschaft gebeten, Carola Neher über die Unmöglichkeit ihrer Rückkehr ins
Deutsche Reich zu informieren.

Stattdessen aber (oder gerade deshalb) trug das NKWD auch dieser Abgelehnten, dieser *persona non grata*, an, als sowjetische Spionin nach
Deutschland zurückzukehren und dort entsprechend zu agitieren. Ein Offizier, hat Margarete Buber-Neumann viel später Carolas eigenen Bericht publiziert, fragte sie

*"ganz unvermittelt: 'Wollen Sie für uns arbeiten? Wollen Sie für die NKWD
tätig sein?' Carola traute ihren Ohren nicht. Nachdem sie als 'trotzkistischer Kurier' zu zehn Jahren Zuchthaus verurteilt worden war, schon vier
Jahre gesessen hatte, nach alledem sollte sie für die NKWD arbeiten? Russische Spionin werden?"* [20].

Der polnisch-österreichische Physiker

Alexander Weißberg (1901-1964),

damals wegen *"staatsfeindlicher Verschwörungstätigkeit"* bei seinem
Aufbau des *Physikalisch-Technischen Instituts* in Charkow seit 1937
in der Butyrka eingesperrt, von dort 1940 als Jude an Nazi-Deutschland ausgeliefert, aber in den polnischen Untergrund entkommen,

hat später diese Strategie des NKWD bestätigt:

"Manche nahmen an, um schneller herauszukommen. Auch Carola erhielt diese Proposition. Sie lehnte entrüstet ab. Sie wolle nicht nach Hitlerdeutschland. Man solle sie nach Kopenhagen zu ihrem Freunde Bert Brecht schicken" [16].

Das NKWD gab ihr hiernach noch eine zweite Chance:

"Man führte sie hinaus in irgendeine unbekannte Abteilung der Butirka und sperrte sie in eine Einzelzelle, in der die Zentralheizung abgestellt war. Sie erhielt kein Essen, keine Matratze, keine Decke. Nach drei Tagen heizte man, brachte gute Speisen und reichte ihr ein Daunenkissen herein. So ging es bis zum zehnten Tag. Da wurde sie wieder vor die beiden NKWD-Offiziere geführt, die die gleiche Frage wiederholten."

Carolas Spionage bei Hitler schien ihnen dringend erwünscht zu sein. Aber

"Carola lehnte ab: Ich eigne mich nicht für eine solche Tätigkeit" [20].

Weißberg: *"Carola Nehers Ausweisung wurde wegen dieser Haltung zurückgestellt. Fast alle anderen verließen die Sowjetunion. Carola blieb dort"* [16].

Aber in dieser Moskauër Butyrka blieb sie nicht. Sie scheint in eine Haftanstalt an der Wolga, dann weiter nach

O r j o l ,

350 Kilometer südwestlich von Moskau, transportiert worden zu sein.

Solche Transporte, wie Carola Neher offenbar viele überstanden hat, fanden in vergitterten, sogenannt *"stolypinschen Waggons"* normaler Eisenbahnzüge oder in den Viehwaggons von Güterzügen oder aber im berüchtigten *"Schwarzen Raben"* statt: das war, hat Jewgenia Ginsburg aus allzu qualvoller eigener Erfahrung beschrieben, *"ein geschlossener dunkelblauër Lastwagen für den Gefangenentransport. [...] Das Innere des Wagens ist unterteilt in winzige, vollkommen dunkle Käfige. In jeden wird ein Mensch hineingezwängt. Man kann kaum atmen"* [35].

So vermutlich wurde auch Carola Neher nunmehr in jenes Orjol befördert.

"Die einzige Deutsche, die dies Lager überlebt hat", weiß Tita Gaehme, *"ist Hilde Duty"*[29].

Diese Erfurterin, die schon 1928 aus Begeisterung für kommunistische Ideën in die Sowjetunion emigriert war und in Moskau als Sekretärin bei der *KOMunistischen INTERNationale* arbeitete, war die beste Freundin Margarete Buber-Neumanns und Anfang 1937 einzig wegen ihrer Zugehörigkeit zum Bekanntenkreise von deren Ehemann Heinz Neumann, Vorsitzendem der KPD, nach dem Prinzip der Kontaktschuld zu zehn Jahren Zuchthaus verurteilt worden. Zwar überstand sie die Strapazen des Kerkers und ständiger Umverlegungen und kam nach Stalins Pakt mit Hitler in besagte Abschiebehaft. Trotzdem wurde die tschechoslowakische Staatsbürgerin einbehalten und mit Carola Neher nach Orjol transportiert. Noch nicht dreißigjährig, hatte diese Mutter einer kleinen Swjetlana da schon schlohweißes Haar.

Einzig sie hat nach ihrer Rückkehr in die DDR 1957 über Carola Nehers Lebensende berichten können:

"Bis zum Ausbruch des Krieges bestanden alle Anstrengungen der Gefangenen nur im Überleben. Carola trug sehr viel dazu bei. Sie rezitierte Gedichte, erzählte von ihren Rollen, ihrer Theaterarbeit, aus ihrem Leben. Am meisten beschäftigte sie die Sorge um ihren Sohn. In all den Jahren, bis zu Beginn des Krieges, hatte sie zwei oder drei Nachrichten über ihn. Eine Fürsorgerin hatte ihr mit sehr viel Wärme über das Kind geschrieben, es sei fröhlich, singe und tanze gern und sei gesund" (zitiert nach [29]).

Am 10. März 1941 schrieb Carola Neher, nun schon in kyrillischer Schrift und russischer Sprache, einen Brief an den Leiter jenes Waisenhauses Nr. 46, wo ihr Sohn inzwischen sechs Jahre alt war.

"Unterzeichnete ist die Mutter des deutschen Knaben Becker, Georg Anatolowitsch, geboren 1934 in Moskau, der sich in Ihrem Kinderheim befindet. Da ich bereits eineinhalb Jahre nichts über meinen Sohn erfahren habe, bitte ich Sie, mir folgende Fragen zu beantworten:

Wie entwickelt sich mein Sohn physisch und geistig? Wie steht es mit seiner Gesundheit? Wie ist sein Gewicht und seine Größe? Womit beschäftigt er sich? Lernt er schon schreiben und lesen? Sie verstehen, ich warte voller Ungeduld auf den Tag, an dem ich ihm direkt schreiben kann. Wann beginnt er mit dem Schulbesuch? Weiß er etwas von seiner Mutter? Ich bitte Sie sehr, mir das letzte Foto von ihm zu schicken. Ist er musikalisch? Zeichnet er auch? Wenn ja, schicken Sie mir bitte ein Bild, das er gezeichnet hat! Ich warte voller Ungeduld auf Ihre Antwort. Ich danke Ihnen aus vollem Herzen für alles Gute, was Sie für mein geliebtes Kind tun können!

Henschke, Karolina I   *10. 3. 1941. Stadt Orel /Postfach 15*

Verzeihen Sie die Fehler in meinem Brief, ich beherrsche die russische Sprache nicht" (zitiert nach [25]).

Ein Wunder geschah: sie bekam eine Antwort auf diesen Brief. Sie durfte sie aber nur unter Aufsicht lesen: und nur ein einziges Mal.

Als Hitler kurz danach seinen legendären Nichtangriffspakt mit Stalin brach und im Juni 1941 die Sowjetunion überfiel, mit seinen Armeën bald schon Smolensk und Kiëw eroberte und Orjol mit seiner Haftanstalt nächtelang bombardierte, wurden die dortigen Gefangenen im September 1941 weiter ostwärts in Sicherheit abtransportiert: zu Fuß über Bombentrümmer bis zu einem Güterzug, in dessen Viehwaggons tagelang in Richtung Sibiriën.

Der Wintereinbruch zwang zu einer Unterbrechung dieser Spedition zwischen südlichem Ural und kasachischer Grenze, zu einer dortigen Zwischenstationierung im *"Schwarzen Delphin"*, jenem Gefängnis in

S o l - I l e z k ,

kleinem Kurort an einem Salzsee der Region Orenburg, rund 1500 Kilometer südöstlich von Moskau. Inmitten einer Bevölkerung aus Russen, Kasachen, Tataren und Baschkiren sollte hier bis zum Weitertransport nach der Schneeschmelze überwintert werden.

Carola Neher war auch hier noch *"eine ganz hervorragende Frau"*, hat Hilde Duty als einzig überlebende Augenzeugin aus Sol-Ilezk berichtet: *"Sehr vital, gescheit. Sie war [...] weit weg, hatte sehr wenig, was wir damals unter Genossen verstanden [...] , sehr großen Wert auf Körperpflege gelegt, Gymnastik betrieben"* (zitiert nach [11]).

Inzwischen drangen die NS-deutschen Heeresverbände weiter gen Moskau vor und erweckten den Anschein eines weiteren siegreichen Blitzkriegs. Das Reichssicherheitshauptamt in Berlin hatte seiner Waffen-SS eigens *"Sonderfahndungslisten UdSSR"* in ihre Tornister gepackt. Auf Seite 125 dieses Konvoluts war zu solcher Fahndung ausgeschrieben:

"Neher, Karola (Deckname: Klabund), 2. 11. 05 [sic!] , München, Schauspielerin, Wladimir, Rayonzentrum des Rayons Wladimir im Südwesten des Gebietes Iwanow. 'Geheim!' ".

Dieser Steckbrief trug den Vermerk *"Weniger gefährliche, aber festzunehmende Person"* (zitiert nach [10]).

Zwischen Skylla und Charybdis also: ohne jeden Ausweg.

In der unhygiënischen Enge des *"Schwarzen Delphin"* von Sol-Ilezk brach bald endemisch eine Seuche aus. Mangels jeder medizinischen Betreuung wurde sie von den Häftlingen laiënhaft als Typhus diagnostiziert. *"Eine Ansteckung war nicht zu verhindern, jede Frau wurde krank, nur unterschiedlich schwer. [...] Das medizinische Personal bestand aus einer Krankenschwester ohne Medizin, und die Gefangenen mußten sich gegenseitig helfen, so gut sie es konnten"* [29].

"Wir haben uns gegenseitig so gut geholfen", hat Hilde Duty, auch hier noch Carola Nehers Zellengefährtin, später von dort berichtet, *"wie es eben ging"* (zitiert nach [2]).

Auch Häftling Nr. 59783 steckte sich an: Carola Neher. Sie *"bekam es von Anfang an und ganz heftig"*, hat sich Hilde Duty erinnert: *"Sie glühte furchtbar"* (zitiert nach [11]).

An ihrem fünften Krankheitstage wurde sie in die Quarantäne des *"Isolators"* verlegt.

Zwei Tage später, am 26. Juni 1942, war sie tot.

Sie wurde 41 Jahre alt.

Ihr Leichnam wurde in der Kalkgrube eines Massengrabes vor Ort versenkt.

Die offiziëlle Sterbe-Urkunde trägt den amtlichen Vermerk: *"Todesursache unbekannt"*.

Ihr Sohn Georg Becker ist später als entronnenes Ziehkind der UdSSR *"durch diese im Sowjet-System in solchen Fällen übliche Mitteilungsform überzeugt, daß seine Mutter erschossen wurde"* [10].

Nach Lage der Dinge sei auch *"anzunehmen, daß man sie wohl nach Ablauf der Strafzeit (1946) nicht freilassen wollte"* [10].

Auch die *"Frankfurter Allgemeine Zeitung"* vom 14. September 1973 druckte in einem Dreispalter über Carola Neher die Meinung ihres Autors Rudolf Lenk ab, dessen unermüdlichen Anstrengungen Georg Becker 1968 endlich die Genehmigung verdankte, aus der Sowjetunion in die *Bundesrepublik Deutschland* auszureisen: *"Sie selbst wurde nach langer Haft [...] als 'Spionin' erschossen, weil sie sich weigerte, als Agentin nach Deutschland zu gehen"* [40].

Auch Andreas W. Mytze, Herausgeber jener *"europäischen ideen"*, die sich 1976 ausführlich mit dem Schicksal Carola Nehers befaßten, schrieb in den *"Nürnberger Nachrichten"* vom 31. Oktober 1975: *"Nach sechs Jahren Haft traf sie der Genickschuß in einem sibirischen Lager: man erschoß sie [...] , weil sie sich weigerte, für die Sowjetmacht in Nazideutschland Spionagedienste zu verrichten"* [34].

Heide Riss, die für die *Encarta ® Online-Enzyklopädie* 2007 über Carola Neher publiziert hat, ist da immerhin noch der Meinung, sie sei *"unter nicht geklärten Umständen"* ums Leben gekommen.

Aber noch *"während des letzten Krieges saßen in Berlin mehrere Theaterleute in einer Kneipe zusammen und sprachen über Carola Neher"*. Das dürfte etwa zwischen Herbst 1943 und Frühjahr 1945 gewesen sein. Daß die Erwähnte da schon lange tot war, konnte da noch keinem der Anwesenden bekannt sein. Marianne Kesting hat mit dieser Anekdote noch 1968 ihr Vorwort zu einer Klabund-Ausgabe beëndet und sie so weitererzählt:

"Plötzlich drehte sich am Nebentisch eine ältere Hure um und behauptete, eine Freundin der Neher zu sein und ihre Hinterlassenschaft zu besitzen. Der Regisseur Karlheinz Stroux suchte sie auf und bekam tatsächlich, neben Kostümen und Kleidern der Neher, eine ganze Kiste mit Klabund-Manuskripten zu sehen. Er versprach, wiederzukommen, um für Gustaf Gründgens, dem er davon erzählt hatte, den Nachlaß aufzukaufen. In der folgenden Nacht war ein schwerer Luftangriff auf Berlin. Und als Stroux nach ei-

nigen Tagen zurückkam, war das Haus vom Erdboden verschwunden. Von der Frau wie von ihrem Klabund- und Neher-Besitz hat man nie wieder gehört" [9].

Gustav von Wangenheim jedoch, der die Schuldlose an Stalins Messer ausgeliefert hatte, überlebte alle Katastrophen und Massaker, kehrte schon im Sommer 1945 nach Deutschland zurück, wurde in Ostberlin Mitglied der neubegründeten SED und Intendant zunächst des *Theaters am Schiffbauerdamm*, wo die *"Dreigroschenoper"* das Licht der Welt erblickt hatte, dann des *Deutschen Theaters* (als Erbe Max Reinhardts) und war dort sein eigener gut beschäftigter Regisseur nicht zuletzt sogar eines *"Hamlet"* mit der Jahrhundertbesetzung Horst Caspar. Auch für die DEFA, Filmproduktion der DDR, zeichnete er als Drehbuchautor und Regisseur bei vielen Spielfilmen der Nachkriegszeit verantwortlich. 1975 verstarb er 80jährig in Berlin.

Sein Opfer Carola Neher, das er um 33 Jahre überlebte, war da im Sommer 1959, zu Zeiten des Stalin-Kritikers Chruschtschow, unter dem Aktenzeichen 4H-1527 juristisch rehabilitiert worden:

"Die Angelegenheit der Henschke, Karoline, verhaftet am 25. Juni 1936, ist vom oben genannten Militärkollegium am 13. August 1959 erneut verhandelt worden. Das Urteil des Militärkollegiums vom 16. Juli 1937 ist nach neu entdeckten Umständen aufgehoben worden. Die Angelegenheit ist abgeschlossen wegen Nicht-Existenz des Verbrechens" (zitiert nach [2]).

Irgendwann soll damals, berichtet Guido von Kaulla, auch Anatol Becker gerichtlich rehabilitiert und für schuldlos erklärt worden sein.

Ob Gustav von Wangenheim, damals 64 Jahre alt, das alles noch erfahren hat, steht dahin. Ohnehin hat seine Denunziation eine unverdiente Chance, historisch verschleiert zu werden, da die ungebildeten Protokollanten des NKWD diesen ehrbar tradierten Aristokratennamen der preußischen Kulturgeschichte ahnungslos verfälschten: zu Waigeiheim, Weigelhem oder Waheiheim. Sogar im *"REVOFORUM"*, dem *"Deutschsprachigen Forum von Revolution"* jener *"Unabhängigen Jugendorganisation"*, die sich *"Revolution on-line"* nennt, wurde noch am 8. Februar 2008 dem *world wide web* des Internet anvertraut, daß Carola Nehers Denunziant Gustav von Wangenbach hieß: seine Reputation hat wirklich Aussichten, unbeschädigt davonzukommen.

Carola Nehers Paul-Abraham-Weg liegt nicht in Neubrandenburg, sondern im Ost-Berliner Verwaltungsbezirk Marzahn-Hellersdorf und heißt da Carola-Neher-Straße.

Auf einer *C(ompact) D(isc)* von *Teldec Classics International* kann man seit 2002 – versteckt zwischen Marlene Dietrich, Lotte Lenya, Kurt Gerron, Curt Bois und Bertolt Brecht persönlich – auch die remasterte Stimme von Carola Neher singen hören: die *"Seeräuber-Jenny"* und den *"Barbara-Song"* von Kurt Weill und ihrem Galan oder Petrus Brecht. Dieser Tonträger ist unter dem irreführenden Titel *"Die Dreigroschenoper Berlin 1930"* im Handel und stammt aus ebenjenem Mai 1929, als Carola Neher endlich die Polly übernahm und Theatergeschichte schrieb.

Aber schon 1926 hatte der geliebte Klabund ihr sein Theaterstück *"Die brennende Erde"* gewidmet, in dem sie als Marusja das Martyrium bolschewistischer Brutalitäten im Voraus erlitt und dem er die eigene Erkenntnis mit auf den Weg gab:

"Es gibt nur eine Hölle: die Erde. Seht, wie sie brennt, und hört das Geschrei der gemarterten Leiber und Seelen".

(Quellen und Anmerkungen zu diesem Kapitel auf Seite 587 ff.)

*"Wir Schauspieler sind erst auf der Bühne in unserem Element –
wir stolpern nur im Leben".*

Carola Neher, 26, im Berliner *Börsen-Courier* vom 3. September 1927

*"Nicht an dir liegts, daß sie dich schmähn und schmähen:
kaum zeigt sich Reines, schon wirds schlechtgemacht.
Wo Himmel blaun, da fliegen bald die Krähen.
Der Schönheit Zierde: Argwohn und Verdacht."*

Shakespeare, Mitte 30 / Paul Celan, 41: Sonett LXX, vor 1600 / 1961

*"Gewisse Tiere heulen, wenn sie Musik anhören.
Meine bessergezognen Leute hingegen lachten,
wenn von Geistesschönheit die Rede war
und von Jugend des Herzens.
Die Wölfe gehen davon, wenn einer Feuer schlägt.
Sahn jene Menschen einen Funken Vernunft,
so kehrten sie, wie Diebe, den Rücken."*

Friedrich Hölderlin, 27: *"Hyperion oder der Eremit in Griechenland"*, 1797

"Vor jedem der wehenden Tore blaut dein enthaupteter Spielmann."

Paul Celan, 26: *"Der Sand aus den Urnen"*, 1946

*"Nicht dass die großen Geister entstehen,
sondern daß sie gewürdigt werden, macht glaub ich die Kultur."*

Friedrich Gundolf, 19: Brief an Stefan George, 1899

ΑΡΧΙΜΗΔΗΣ
ARCHIMÉDES VON SYRAKUS

Auch bevor wir nach Christos unsere Zeit zu beziffern begannen, währte ein Jahrhundert nicht kürzer als heute.

Dreihundert Jahre etwa vom Aísopos bis zum Archimédes waren also ebenso lang wie die Spanne von Barock- zu Rockmusik oder auch von Johann Sebastian bis zu Dirk Bach: mehr als ein Paradigmen-, ein Äonenwechsel – wohl auch damals nicht minder.

Ablesbar ist das schon daran, daß Archimédes uns seine Denk- und Arbeitsresultate wenigstens partiëll auch schriftlich hinterlassen hat: wir können immerhin zehn seiner Texte gar in doppelter, byzantinischer und arabischer Überlieferung zu lesen versuchen. Nur etwa sieben waren Jahrhunderte lang verloren.

Außerdem wissen wir vom Archimédes zumindest das Todesjahr: 212 vor Christos. Da war er schon ein Greis. Doch sein tradiertes Sterbealter von 75 Jahren ist wohl eher eine Schätzung. Hieraus und aus Dokumenten läßt sich auf sein Geburtsjahr zwischen 287 und 283 vor Christos schließen und es *"um 285"* fixieren.

Er lebte seither und starb in seiner vermeintlichen Geburtsstadt, dem sizilianischen Syrakus, *"Drehscheibe zwischen östlichem und westlichem Mittelmeer"* [12], daher mächtigster Stadt der damals bekannten Welt, schon seit fünfhundert Jahren griechisch, noch von Cicero im 1. Jahrhundert vor Christos als *"größte und schönste aller griechischen Städte"* gepriesen, heute gar zum *Weltkulturerbe* der *UNESCO* gehörend:

lauter Angaben, wie sie zum Aísopos noch völlig fehlen.

Ferner wissen wir vom Archimédes selbst, daß er der Sohn eines Königlich Syrakusischen Hofastronomen namens Pheidías war, der ihn mathematisch schon erblich belastet und einen gesellschaftlich privilegierten Status vorgegeben haben dürfte. Denn wer damals Pheidías hieß, war mit großer Wahrscheinlichkeit der Sohn eines Künstlers. *Ergo: "Der Großvater von Archi-*

médes war Künstler" [12]. Sohn und Vater Pheidías freilich dürfte einer zeit-genössischen *"Art von monotheistischer Wissenschaftsreligion"* angehangen haben, denn seinen Sohn *Archimédes* zu nennen, verweist auf die väterliche Verehrung von *"Schönheit und Ordnung im Kosmos"* [12]: es bedeutet *"Ober-ster Geist"*, wenn nicht gar *"Geist des Prinzips"*.

Um 260 vor Christos scheint dieser Künstlersohn Pheidías seinen eigenen halbgaren "Geist des Prinzips" ins *Museīon* des ägyptischen Alexándreia, damals global das Zentrum auch für mathematische Studiën, haben reisen lassen. Dort dürfte der pubertierende Archimédes nicht nur mit der Schule seines großen Vorgängers Eukleídes, sondern persönlich auch mit dem be-deutenden Astronomen Kónon von Sámos und dem Polyhistor Eratosthénes von Kyréne bekannt geworden sein, gar Freundschaft geschlossen haben.

Ihnen beiden nämlich schickte er noch in späteren Jahren seine arithmeti-schen oder geometrischen Themen – aber nie mit seiner fertigen Lösung, sondern immer nur als Problemstellung oder Anfrage: um ihre eigenen Ge-dankengänge zu provozieren oder anzuregen und

"damit die, die immer behaupten, sie fänden alle Lösungen, aber keinen Be-weis zu Ende führen, des Geständnisses überführt werden, daß sie Unmög-liches gefunden haben" [1].

Denn im heimischen Syrakus stand dieser junge Rechner mit seiner Weiter-entwicklung der abstrakten Mathematik ganz vereinzelt da und hatte wohl *"im gesamten Mittelmeerraum höchstens ein paar Dutzend Mathematiker als Ansprechpartner"*, ein *"Netzwerk aus Einzelpersonen"* allenfalls: *"Viele von ihnen lebten isoliert in ihren kleinen Dörfern und warteten ungeduldig auf die nächste Lieferung von Briefen aus Alexandria, dem Verteilerzent-rum: Gibt es irgendetwas neues von Archimedes?"* [12] Der aber war in sei-nem sizilianisch abgelegenen Syrakus oft selbst verzweifelt (*"Niemand, dem ich schreiben kann; kein adäquater Leser"* [12]), gründete aber gleichwohl auch nie eine eigene Schule, arbeitete Zeit seines Lebens wohl völlig isoliert und ohne Eleven: einsam.

Denn *"er war immer wie von einer eigentümlichen Sirene in seinem Innern bezaubert"*, schildert das noch Plútarch,

"so daß er Essen und Trinken vergaß, auch seine sonstige Leibespflege sehr mangelhaft betrieb. Oftmals mußte er mit Gewalt zum Salben und Baden

*hingeschleppt werden. In die Asche des Herdes zeichnete er häufig geome-
trische Figuren, und wenn er eingeseift war, zog er mit dem Finger Linien
hindurch – ganz gefesselt von überglücklichen Gefühlen und von seiner mathematischen Muse wahrhaft besessen"* [2].

Noch 2007 nach Christos bezeichnen ihn seine US-amerikanischen Verehrer
und Exegeten Reviel Netz und William Noel als *"Dichter-Mathematiker!"*
und *"das einfache Spiel"* als eine *"Einführung in die Mathematik"*. Denn
*"seine gesamte Wissenschaft beruhte auf einem Sinn für Spiel und Schön-
heit, auf der Suche nach verborgener Bedeutung"* [12] .

*"Wenn von einer Größe eine andere, die nicht den gleichen Schwerpunkt
hat, fortgenommen wird, so wird der Schwerpunkt der Restgröße auf der
Verbindungslinie jener beiden ersten Schwerpunkte über den Schwerpunkt
der ganzen Größe hinaus liegen und in folgender Weise bestimmt sein:*

*sein Abstand vom Schwerpunkt der ganzen Größe verhält sich zum Abstand
des Schwerpunktes der weggenommenen Größe vom Schwerpunkt der ganzen Größe wie die weggenommene Größe zur Restgröße."*

Archimédes, *"Über das Gleichgewicht ebener Flächen"*, Erstes Buch, § 8 [3]

Ermöglicht wurde ihm derlei nur, weil er sozial zum engeren Umfelde seines Königs gehörte. Das war seit 269 vor Christos Hiëron II., der auf seinen
Traum von einem sizilianischen Großreich unter syrakusischer Führung verzichtete, weil er es mitten in den welthistorischen Machtkämpfen zwischen
Rom und Karthago als nicht realisierbar erkennen mußte. Also entschied er
sich nach einer eigenen militärischen Auseinandersetzung mit Rom notgedrungen für den Friedensschluß von 263/2 und blieb seither ein *"Freund
und Bundesgenosse"* dieser siegreichen Übermacht. Gelegentliche Unter-
stützungen Karthagos dienten da nur noch der Balance und sicherten seinem
Syrakus einen mehr als fünfzigjährigen Frieden mit oligarchisch stabilen
Strukturen und wirtschaftlichem Wohlstand.

Dieser Machtpragmatiker Hiëron scheint beizeiten die Genialität des jungen
Archimédes erkannt zu haben und sie, sei es aus eitlem Mäzenatenstolz, ge-

fördert, finanziert und zur eigenen Beratung herangezogen zu haben.

Da aber diesem königlichen Realisten und Utilitaristen alles Musische ebenso fremd gewesen sein dürfte wie auch eine Arithmetik oder Geometrie im scheinbar luftleeren Raume, mag wirklich er es gewesen sein, der von seinem Hofintellektuéllen eine dienliche Umsetzung von Berechnetem in praktisch Verwertbares verlangte: in politisch Nützliches oder Technik.

Wirklich hat Ivo Schneider, Mathematiker und Wissenschaftshistoriker, noch 1979 nach Christos *"mit ziemlicher Sicherheit"* vermuten können, daß Archimédes *"erst verhältnismäßig spät zur Mathematik im engeren Sinne gekommen ist"*, daß er *"also als Praktiker, als Ingenieur [...] begonnen und als erstes seine mechanischen Schriften veröffentlicht"* habe. Diese seine *"mechanische Methode führte Archimedes auf heuristischem Wege zu ersten mathematischen Ergebnissen"* [4].

Was er also im Laufe der Jahre auf so induktivem Wege für seinen König berechnete und baute, läßt sich heute sicher nur noch fragmentarisch auflisten. Gewißlich waren es, zeitlich weit gestreut, die folgenden Projekte:

eine Erneuërung der Befestigungsanlagen zur Verteidigung von Syrakus auch mit einem Geschützpark

teils aus modernisierten Wurfmaschinen, deren Reichweite er durch Variationen der Federspannung differenziert einzustellen erfand,

teils auch aus neu konstruïierten, verbesserten Katapulten, also riesigen Sprungfedern, die Felsbrocken zielgenau schleudern konnten,

und für Rhodos als Wiederaufbauhilfe nach einem Erdbeben fünfzig Geschütze seiner eigenen Bauart;

marin war es für den Bürger eines Inselstaates, dessen Flotte militärisch ebenso überlebenswichtig war wie merkantil, primär der Bau von Schiffen aller Art und ihre Ausrüstung mit Wurfmaschinen, Katapulten oder Geschützen, deren Reichweite er auf 180 Meter zu steigern

und die er um gefährliche Feuerspritzen anzureichern wußte,

während er den syrakusischen Schiffsbau durch die Konstruktion jener Weltsensation krönte, die *"Syrakusía"* hieß und in ihrer Kombination aus Getreidefrachter, Kriegsschiff und Luxusyacht mit einer Länge von 81 Metern als das größte hochseetüchtige Wasserfahrzeug der Antike galt, dreitausend Tonnen faßte und für die meisten Häfen der mediterranen Welt von damals zu groß,

schon beim heimischen Stapellauf für hundert Männer zu schwer war, aber sogar noch mit Fracht und Mannschaft beladen, einzig mit Hilfe eines listig errechneten Mechanismus vom Archimédes allein bewältigt wurde.

"In einem Brief an seinen König", weiß Plútarch, *"behauptete Archimédes, mit der gegebenen Kraft jede gegebene Last bewegen oder heben zu können. Ja, in jugendlich kühnem Vertrauen auf die Stärke seines Beweises soll er erklärt haben: wenn er nur eine zweite Erde hätte, würde er auf diese hinübersteigen und u n s e r e Erde dann aus den Angeln heben"* [2]: *"δός μοι ποῦ στῶ καὶ γαν κινάσω "* [5].

Sprach's, *"nahm sodann in einiger Entfernung Platz und zog das Schiff ohne große Anstrengung glatt und sicher, als bewege es sich durch die See, über den Boden hin, indem er nur das Ende eines zusammengesetzten Flaschen-zuges (πολύσπαστος) ruhig mit der Hand hielt und daran zog"* [2)+5)].

"Wie die einzelnen Maschinen zum Heben von Lasten aussahen, wissen wir nicht", räumt Ivo Schneider ein [4)], aber jenen virtuëll exterrestrischen Hebelansatz oder Drehpunkt nennen wir seither den *"Archimedischen Punkt"*.

König Hiëron II. habe hiernach, konnte sich der griechische Philosoph Próklos noch im 5. Jahrhundert erinnern, angeordnet, *"von dem Tage an sei dem Archimédes in allem, was er je sagen würde, Glauben zu schenken"* [5)].

So geisterhaft zu Wasser gelassen, war dieses Weltwunder *"Syrakusía"* gegen jede Gefahr eines Unterganges durch *kochlías*, eine Wasserschraube oder Pumpe oder achtkämmerige Wassertrommel, geschützt, mit der ein einziger Mann den Schiffsboden, andernfalls auch geflutete Bergwerke entwässern, aber ausgedörrte Äcker *vice versa* auch bewässern konnte,

wie denn überhaupt die Gesetzmäßigkeiten von Wasser und dessen Berechnung, die er später in seiner Schrift *"Über schwimmende Körper"* beschrieb, vom Archimédes auch zu agronomischen Bewässerungssystemen, in Ägypten gar für einen Deich- und Brückenbau verwendet wurden, der die Probleme der dort alljährlichen Nilüberschwemmungen mit Hilfe seiner Wasserschraube in landwirtschaftlichen Nutzen umzuwandeln vermochte,

als dienliche Wasserkraft ferner diesem Sohne eines Astronomen auch verwendbar schienen, um kugelförmige Planetariën anzutreiben, die die Bewegung von Sonne und Planeten, von Erde und Mond inmitten der Fixsterne während eines Tages, auch Mondphasen und diverse Eklipsen nachvollzogen und insofern als eine Art astronomischer Uhren zu den sensationellsten Leistungen oder Wundertaten des Ingenieurs Archimédes zählten.

"Die Oberfläche jeder in Ruhe befindlichen Flüssigkeit ist eine Kugelfläche, deren Mittelpunkt der Mittelpunkt der Erde ist."

Archimédes, *"Über schwimmende Körper"*, § 2

Hierfür aber erwiesen sich auch seine mechanischen Erfindungen wie Zahnradgetriebe und *Endlose Schraube* nützlich, wie denn überhaupt alle aufgelisteten Großprojekte nur deshalb realisierbar gewesen sein dürften, weil Archimédes sie durch eine Fülle physikalisch-technischer Prämissen ermöglichte, die er selbst zu schaffen oder auszudenken wußte.

Hierzu gehören auch so klassische oder scheinbar axiomatische Grundregeln wie

das Hebelgesetz als theoretische Basis für alle spätere Mechanik und für alle statisch bestimmten Systeme,

auch Flaschenzug (mit fünf Rollen), Keil und Wellrad, Winde und Seilgetriebe, Schnellwaage, Wasseruhr

und schließlich Schrauben entweder zum Antrieb von Zahnradtechnik oder auch als Hohlschraube oder *"Archimedische Schnecke"* zum Heben von Flüssigem,

die Ermittlung einer unterschiedlichen Dichte von Flüssigkeiten wie zum Beispiel Salz- und Süßwasser,

das Kommunizieren von Gefäßen bei hydrostatischen Experimenten

und von solchem Folgenreichtum noch vieles mehr.

"Und doch stellte dieser Mann dem Publikum nichts von allem, was er leistete, als ein irgend bedeutendes Werk vor Augen. Das meiste war bei ihm nur entstanden als Nebenbeschäftigung einer spielenden Mathematik". So war das dem Plútarch noch runde dreihundert Jahre später erinnerlich. Denn dieser Archimédes habe *"ein solches Genie, eine solche Tiefe der Seele, einen solchen Reichtum an theoretischer Wissenschaft"* besessen, daß er über alle seine berühmten Erfindungen *"doch nichts Schriftliches hinterlassen wollte, sondern jeden mechanischen Geschäftsbetrieb, überhaupt jede Kunst, die auf Nutzen und Vorteil gerichtet ist, nur als ein niedriges Handwerk ansah. Sein einziger Ehrgeiz ging ausschließlich dahin, wo das Schöne, das Ausgezeichnete sich nicht mit dem Notwendigen vermengt"* [2].

So habe sich dieser geniale Beherrscher physikalischer Gesetze in einem *"strengen Gegensatz gegen das Materiëlle"* gesehen.

Noch runde 1900 Jahre später bestätigte das der US-amerikanische Archimédes-Forscher Reviel Netz an der *Stanford University* und fügte hinzu:

"Archimedes sagt uns ohne hinzuschauen, wie sich die Welt verhalten muß". Denn *"kein Experiment war für diese Schlußfolgerung notwendig. Der Geist herrscht über die Materie",* und *"letztendlich muß sich auch die geistlose Materie der Logik beugen"*[12]. Insofern also *"knebelt diese reine Spekulation das physikalische Universum".* Solche *"Macht des Geistes über die Materie ist das Faszinierende an der Art, wie Archimedes Wissenschaft betreibt. Galilei und Newton sind ihm darin gefolgt – mit großem Erfolg. Durch reines Nachdenken (und unter Einbezug der Infinitesimalrechnung) entdeckte Newton schließlich das* Gesetz über die Planetenbewegung. *Mit dieser Anwendung archimedischer Ideen legte Newton die Grundlagen für die gesamte moderne Naturwissenschaft. [...]*

Ich bin überzeugt", publizierte Netz noch 2007, *"daß Archimedes die gleiche Art von Physik hätte betreiben können wie Galilei und Newton. Er entschied sich dagegen, weil ihm andere Dinge wichtiger waren"* .

Welche Dinge waren das?

"Für Archimedes", weiß Netz, *"diente die Kombination aus Physik und Mathematik nie dazu, die Physik voranzutreiben, sondern es ging ihm um die Mathematik selbst. Archimedes' Anliegen war nie die Beschreibung der Planetenbewegungen, sondern die Berechnung krummliniger Objekte. In unserem Universum scheinen die Mathematik, die Physik und das Unendliche jedoch so eng miteinander verknüpft zu sein, daß Archimedes in seinem Bestreben, die Mathematik voranzutreiben, gleichzeitig die Grundlagen für die moderne Naturwissenschaft legte"*[12] .

Da er jedoch in seinem Syrakus schwerlich auf Kapazitäten treffen konnte, die einem solchen Jonglieren seines Geistes zu folgen vermochten, schickte er seine Berechnungen mit provokanten Begleitbriefen erst seinem Freunde Kónon in Alexandreía, auch zur Weitergabe an Geistesbrüder, und nach Kónons Tode zunehmend nur noch dessen Schüler Dosítheos von Pelúsion, fügte auch ganze Manuskripte hinzu, deren Einleitungen der *circa* Vierzigjährige namentlich diesem mutmaßlich jüdischstämmigen Empfänger zuschrieb oder widmete und überließ.

Das geschah so mit seinen Texten über *"Die Quadratur der Parabel"*, *"Über Kugel und Zylinder"*, *"Über Spiralförmige Liniën"*, *"Über Konoïde und Sphäroïde"* samt Angaben *"Über Paraboloïde, Hyperboloïde und Ellipsoïde"*, auch mit seinem Fundament für die Mathematik des Unendlichen, heutige Infinitesimalrechnung (*"eine zusammenfassende Bezeichnung für die Differential- und Integralrechnung"* [12]), aber auch schon mit den wichtigsten Ideën seiner späteren Publikationen.

Diese wichtigsten Ideën waren mehrheitlich zwischen 260 und 250 vor Christos, als Archimédes 25 bis 35 Jahre alt war, entwickelt worden, lagen aber meist erst nach 240 als Manuskripte des über 45jährigen nachlesbar vor. Sie bezogen sich nicht mehr auf praktikable Technik, sondern waren exklusiv und zweckfrei pure Mathematik:

Flächenberechnungen mittels Näherungswerten für Kreiszahl π und $\sqrt{3}$ schon auf dem Wege zur späteren Trigonometrie;

Schwerpunktberechnungen für körperliches Dreiëck und Parabelsegmente;

Oberflächenuntersuchungen zu Kegel- oder Zylindermantel als Kreisfläche;

Volumenbestimmungen von Kegeln oder Kegelstümpfen in Kugeln mit Hilfe von Gleichungen Dritten Grades

und von Paraboloïden mittels arithmetischer Reihen und konstanter Differenz der Glieder;

ein stellenwertbasiertes Zahlensystem (bis zur Größe von 10^{64}),

Auftrieb und Lagestabilität bei schwimmenden oder versenkten Körpern,

schließlich proportionale Flüssigkeitssäule und Bedingungen für stabiles, labiles und indifferentes Gleichgewicht bei schwimmenden Rotationsparaboloïden, wie erst die Mathematiker des 18. nachchristlichen Jahrhunderts sie als Theorie des Metazentrums entwickelten;

ferner Inhaltsbestimmungen zur Spiralen- und Kurvenberechnung mit ihrem Übergang von finitesimaler zu infinitesimaler Betrachtungsweise und zur Differentialrechnung neuzeitlicher Mathematik [4] und [6] –

aber nicht zuletzt auch, weil Kurven und Spiralen *"eine ästhetische visuelle Faszination ausübten"* [12].

Hieraus folgt durch Subtraktion von 1

OE : ED = [CB + 3 BD + 2 BE] : [2 AB + BE + 4 (BC + BD)].

Es ist nun aber *DE : EB = AC : CB = 3 CD : 3 BD = 2 DE : 2 BE*, daher

DE : EB = (AC + 3 CD + 2 DE) : (CB + 3 BD + 2 BE).

Durch Multiplikation dieser Proportion mit der für OE : ED folgt:

OE : EB = (AC + 3 CD + 2 DE) : [2 (AB + BC) + 4 (BC + BD)].

Hieraus folgt durch Addition von 1

OB : EB = (3 AB + 6 BC + 3 BD) : [2 (AB + BE) + 4 (BC + BD).

Da nun die Reihen ED, DC, CA und EB + BD, DB + BC, CB + BA denselben Quotienten haben, so wird *ED : (DC + CA)*, das heißt

ED : DA = (EB + BD) : [(DB + BC) + (BC + BA)]

sein, daher folgt durch Addition von 1:

EA : DA = (EB + BD + DB + BC + BC + BA) : (BD + BA + 2 BC) oder

EA : DA =[(EB + BA) + 2 (BD + BC)] : (BD + BA + 2 BC) oder

*EA : DA = [2 (EB * BA) + 4 (BD + BC)] : [2 (BD + BA) + 4 BC]*.

Hieraus folgt

EA : ⅗ DA = [2 (EB + BA) + 4 (BD + BC)] : ⅗ [2 (BD + BA) + 4 BC].

Es war aber *EA : ⅗ DA = BE : ZH*.

Also ist

BC : ZH = [2 (EB + BA) + 4 (BD + BC)] : ⅗ [2 (BD + BA) + 4 BC].

Es war aber bewiesen worden, daß *OB : BE = [3 (AB + BD) + 6 BC] : [2 (AB + BE) + 4 (BC + BD)]*

ist, durch Multiplikation folgt *OB : ZH = [3 (AB + BD) + 6 BC] : ⅗ [2 (BD + BA) + 4 BC]*.

Aber die rechte Seite hat den Wert *3 : ⁶⁄₅ = 5 : 2*. Also ist *OB : ZH = 5 : 2*.
Es war aber bewiesen worden, daß *OA : FH = 5 : 2* ist. Also ist auch

(OB + OA) : (ZH + HF) = 5 : 2 oder *AB : ZF = 5 : 2*.

Daher ist *ZF = ⅖ AB*, was zu beweisen war.

Archimédes, aus Berechnungen *"Über das Gleichgewicht ebener Flächen oder*

Alles das jedoch wurde mitsamt seinen folgenschweren Anregungen für eine Weiterentwicklung nach fast zweitausend Jahren erst einmal für ein rundes Jahrtausend vergessen. Erst seit den Kommentaren, mit denen der byzantinische Mathematiker Eutókios aus dem palästinensischen Aschkelon in der ersten Hälfte des 6. Jahrhunderts nach Christos die Schriften des Archimédes wiederentdeckte, wurde deren Autor namentlich für alle Kreisberechner des Altertums und der Renaissance zur unabdingbaren Basis.

Schon Isidor von Mílet und Anthemios aus dem lydischen Trálleïs, die Architekten der *Hágia Sophía* in Konstantinopel, befaßten sich im 5./6. Jahrhundert mit Archimédes und besorgten eine erste Werkausgabe, der viele weitere folgten und seit dem 9. Jahrhundert durch eine arabische Archimédes-Tradition ergänzt wurden. Aber erst die lateinischen Übersetzungen des Gherardo da Cremona im 12. und Willems van Moerbeke im 13. Jahrhundert wurden zur Inspiration nachfolgender Mathematiker wie des Jordanus Nemorarius und Leonardos aus Pisa im 13. Jahrhundert, des Johannes de Muris und Nicole Oresmes im 14. Jahrhundert und des Franciscus Maurolicus im 16. Jahrhundert.

Auch Galileo Galilei, Leonardo aus Vinci, Nikolaus von Kues, Pierre de Fermat, Kepler, Huygens und Leibniz bezogen ihre mathematischen, physikalischen und mechanistischen Arbeiten auf Archimédes, und noch im frühen 19. Jahrhundert machte Carl Friedrich Gauß den Archimédes und dessen *"rigor antiquus"* zum *"Maßstab mathematischer Strenge"* und zum *"Vorbild eines um keine Lösung und keinen Beweis verlegenen Mathematikers"* [4].

Sie alle aber waren auf Kopieën jener Kopieën angewiesen, die die barbarische Plünderung und Zerstörung Konstantinopels und seiner Bibliotheken durch venezianische und französische Soldaten des Vierten christlichen Kreuzzugsheeres im Jahre 1204 überstanden hatten. Aber von den drei dort und damals überlieferten Bänden archimedischer Texte und Diagramme war dann vollends der *Codex B* seit dem 14., der *Codex A* seit dem 16. Jahrhundert in italiënischen Renaissance-Bibliotheken verschollen.

Codex C hingegen, der bis 1907 nicht einmal in Abschriften bekannt war, tauchte da erst in einem Palimpsest auf, das sich in der Bibliothek des *Griechisch-Orthodoxen Patriarchats* in Konstantinopel befand und nach Umwegen über Frankreich (mit Besitzerwechsel) *anno* 1998 schließlich als Gebetbuch des 13. Jahrhunderts im *New Yorker* Auktionshaus *Christie's* zur Versteigerung angeboten wurde.

Für zwei Millionen US-Dollar erstand es ein Londoner Archivar für einen anonymen Kunden, der es kostspieligst allen irgend denkbaren chemikalischen und elektronischen Behandlungen unterziehen ließ. Nach acht langen Jahren aufwendigster Bearbeitung offenbarte es 2006 schließlich teils bekannte, teils aber wirklich große Fragmente bis dahin unbekannter Texte nicht zuletzt des Archimédes, wie sie um 970 nach Christos von einem Kopisten auf Pergament übertragen worden waren.

Kurz vor dem 14. April 1229 waren sie da jedoch von einem Geistlichen ausradiert und neu überschrieben, nach abermaliger Beschädigung schließlich auch noch mit Bildern übermalt worden. *Anno* 2006 also fanden sich unter Gebeten und sonstigen Texten des 13. Jahrhunderts sowie unter noch zerstörerischeren Brand- und Schimmelflecken des 20. Jahrhunderts diverse Textrudimente

aus Reden des großen griechischen Rhetors Hypereídes (4. Jahrhundert vor Christos),

aus Kommentaren zum Aristotéles,

aus byzantinischen Hymnen des späten 10. Jahrhunderts,

aus einer Heiligenlegende und

aus Fragmenten eben nicht zuletzt auch von Schriften des Archimédes.

Drei seiner Texte wurden hier erstmalig zugänglich:

1) *"Über Schwimmende Körper"* (unterhalb eines Ostersegens für Brote und eines Gebets zur Reuë) als Basis heutiger Hydrostatik wohl die komplizierteste archimedische Berechnung: über *"Bedingungen, unter denen ein Kegelausschnitt in Form eines Schiffsrumpfs stabil im Wasser schwimmt"*[12];

2) die *"Methodenlehre"* (unter je einem Gebet zur Hochzeit, zur Weihe einer Kirche und für die Toten) mit ihrer ausführlichen Beschreibung einer Ma-

thematik des Unendlichen und ihrer Anwendung auf die Physik: Sockel neuzeitlicher Integralberechnung und Mengenlehre. Ihre diesbezügliche Flächenbestimmung eines Parabelsegmentes gilt als *"Höhepunkt von Archimedes' Schaffen"*, weil sie *"auch die Grundlagen für die moderne Wissenschaft legt"* [12];

3) das *"Stomachion"* (lila übermalt, besonders stark verschimmelt, durchlöchert und kaum noch rekonstruierbar) als diagraphisch fantastisches *Puzzle*, das ein Quadrat in vierzehn Dreiëcke unterteilt und die Frage stellt, auf wieviele unterschiedliche Arten diese vierzehnfache Gliederung möglich ist. Archimédes lieferte hier 17 152 Möglichkeiten und eröffnete so die wissenschaftliche Kombinatorik oder Wahrscheinlichkeitsrechnung, die im Zentrum heutiger Computer-Technik steht und *"Einsichten in die Entstehungsgeschichte der abendländischen Wissenschaft"* [12] gewährt.

Der Lebenslauf jedoch dieses genialen Gedanken-Jongleurs mit all seinen Einwirkungen mindestens auf die nächsten beiden Jahrtausende vereinsamte keineswegs in der störungslosen Klausur seiner Abstraktionen und Theorieen.

Hiëron II., sein königlicher Gönner und Auftraggeber, hatte Gelon, den Kronprinzen und frühen Mitregenten, hinlänglich bilden und wissenschaftlich erziehen, gar vom Archimédes persönlich unterrichten lassen, um diesem als königlicher Ansprechpartner für die vermeintlich letzte Arbeit zu dienen:

> *"Etliche glauben, König Gelon, daß die Zahl der Sandkörner unendlich sei. Ich spreche dabei nicht allein vom Sand um Syrakus und im übrigen Sizilien, sondern auch von dem Sande der ganzen bewohnten und unbewohnten Erde. Andere gibt es, [...] die meinen, daß es keine so große Zahl gebe, die die Zahl der Sandkörner übertreffe. Ich aber werde versuchen, dir mit Hilfe von geometrischen Beweisen klar zu machen, daß etliche Zahlen vorhanden sind, die die Zahl der Sandkörner auch in einer Kugel übertreffen, die so groß ist wie der Kosmos."*
>
> Archimédes, *"Die Sandzahl"*, Erstes Kapitel [3]

Das notierte er in seiner Schrift *"Die Sandzahl"* mit ihrer astronomisch-kosmologischen Problemstellung.

"Über die Sandkörner setze ich folgendes voraus: Es soll ein Raum von Mohnkorngröße nicht mehr als 10 000 Sandkörner fassen, und es sei der Durchmesser eines Mohnkorns nicht größer als der 40. Teil einer Fingerbreite. Dies setze ich voraus ... "

Archimédes, *"Die Sandzahl"*, Zweites Kapitel [3]

Dieser Text scheint in Stil wie Thematik zwar höchsten Ansprüchen zu genügen, gleichwohl schon die Abgeklärtheit und Heiterkeit, gar Ironie des Alters zu verströmen.

"Es ist aber bewiesen worden, daß die Menge des Sandes in einer Kugel von der Größe des Kosmos [...] weniger Sandkörner enthält als

10 000 · 10 000 · 10 000 · 10 000 e_7.

Der Wert dieser Zahl ist aber 10 000 000 e_8.

Ich glaube, König Gelon, daß dies der Menge der nicht mathematisch gebildeten Menschen unglaublich erscheinen wird, den mathematisch gebildeten Menschen, die über die Abstände und die Größenverhältnisse der Erde, der Sonne, des Mondes und des ganzen Weltalls nachgedacht haben, aber keineswegs. Deshalb glaubte ich, daß es auch dir wünschenswert sein würde, dies zu erkennen."

Archimédes, *"Die Sandzahl"*, Viertes Kapitel [3]

Das alles muß aber jedenfalls früher als 216 vor Christos berechnet und niedergeschrieben worden sein: denn da verstarb dieser Adressat Gelon, vermutlich väterlich anberaumt, weil er in den politischen Wirren des *Zweiten Punischen Krieges* zwischen Rom und Karthago geputscht zu haben scheint.

Sein mehr als neunzigjähriger Vater und vermeintlicher Exekutor, jener Hiëron II., starb nur wenige Monate später: Anfang 215, aber immerhin nach 54jährigem Friedens- und Wohlstandsregime.

Freiwillig sohnlos, überließ er die Herrschaft seinem 15jährigen Enkel Hiëronymos, der sich trotz seiner 15 großväterlich bestallten Vormünder auf der Seite der Karthager zum Feinde Roms erklärte und infolgedessen, aber auch wegen Lasterhaftigkeit und Grausamkeit schon im 15. Monat seiner Amtszeit ebenso ermordet wurde wie auch seine ganze Sippschaft: Familië und Hofstaat. Das soll vom syrakusischen Volke so beschlossen worden sein.

Nur den Archimédes, obwohl ja Berater und engen Vertrauten des Hofes, ließen sie am Leben: ob aus Bewunderung und Verehrung oder aus politischem Kalkül wegen *"seiner Unentbehrlichkeit als militärischer Fachmann"* [4], steht bis heute dahin.

Rom nämlich hatte inzwischen beschlossen, das karthagisch besetzte Sizilien mit Krieg zu überziehen, und unternahm das unter der Leitung seines Feldherrn, fünf- bis siebenmaligen Konsuls, Auguren und Ädilen *"der höheren Ordnung"* (*"Ædilis curulis"*) Marcus Claudius, den es als *Marcellus*, den Martialischen, oder auch als *"Roms Schwert"* bezeichnete. Jeder Rombesucher begegnet seinem Namen auch heute noch, wenn er jenes *Marcellus-Theater* besichtigt, das Kaiser Augustus um die Zeitenwende einem seiner liebwerten Nachfahren und Namensvettern spendierte.

Dessen potentem Ahnen freilich sollte es 214 vor Christos ein Leichtes sein, gleich zu Beginn seines sizilianischen Feldzuges dieses abtrünnige und anarchisch führerlose Syrakus zu erobern.

Aber das scheiterte.

Es scheiterte an der genialen Bewaffnung dieser Stadt durch ihren greisen Mathematiker.

Der nämlich muß in den 54 müßigen Friedensjahren unter seinem König und Mäzen Hiëron II. ein ganzes Arsenal bislang unbekannter, aber unbesiegbarer Angriffs- und Verteidigungswaffen ersonnen und hergestellt haben. Immerhin Autoren wie Livius und Plútarch und deren Quellen, die Historiker Polýbios aus Megalópolis in Arkadiën und Poseidónios aus dem syrischen Apámeia, beide nur wenig jünger als Archimédes und auf römische Geschichte spezialisiert, haben übereinstimmend berichtet, wie Marcellus mit seiner hochgerüsteten römischen Armee und Flotte dieses Syrakus im Handstreich von zwei Seiten gleichzeitig einzunehmen unternahm.

Aber zunächst zu Lande wurden sie von *"Geschossen der mannigfaltigsten Art und ungeheuren Steinkolossen"* empfangen, *"die mit Höllenlärm und unglaublicher Schnelligkeit niederstürzten"* und *"haufenweise niederstreckten"*, was in den Wurf geriet: *"alle Reihen und Glieder kamen in Verwirrung"* [2]. Denn ihr Erfinder und Berechner konnte neuërdings unverhofft *"vorhersagen, wo ein Wurfgeschoß landen würde"* [12].

Auf der Seeseite, wo Marcellus persönlich ganze *"sechzig fünfrudrige Galeeren kommandierte, die mit Bewaffneten und Geschossen aller Art angefüllt waren"*, streckten sich gegen sie plötzlich

"hornartige Balken auf der Mauer hoch in der Höhe und gaben ihnen entweder mit einem kolossalen Druck einen Stoß von oben, so daß sie in den Abgrund versanken, oder sie packten ein Schiff mit eisernen Händen oder einer Art Kranichschnabel aus Eisen, zogen es mit dem Vorderteil in die Höhe, bis es aufrecht auf dem Hinterbug stand, und tauchten es sodann wiederholt unter das Wasser. Manches Schiff wurde auch durch inwendig eingekrallte Gegenzüge herwärts gezogen und im Kreise herumgedreht, bis es an den Felsenriffen, die sich unten an der Mauer befanden, zerschellte, womit sich ein großer Verlust an Mannschaft verband, die gleichfalls jämmerlich zerschmettert wurde. Oftmals kam es vor, daß ein Schiff völlig aus dem Meer gehoben wurde. Es wirbelte dann hierher und dorthin und bot, wenn es hoch in freier Luft schwebte, einen schauerlichen Anblick dar. Schließlich wurden die Menschen herausgeworfen und fortgeschleudert, worauf das Schiff leer an die Mauern anprallte oder, wenn die Haken sich lösten, in die Tiefe versank" [2].

Ob sich die restlichen Schiffe just im Fokus archimedischer Brennspiegel einzig durch Sonnenlicht und -wärme entzünden und verbrennen ließen, wird von der Literatur über Archimédes unterschiedlich beurteilt und vielfach bestritten. Aber zuzutrauen wäre es ihm. Denn Licht in Hohlspiegeln zu bündeln, wußte er durchaus schon.

Lucius Apuleius (~ 125 bis ~ 170) jedenfalls,

karthagisch-griechisch-römischer Schriftsteller und Philosoph aus
dem Maghreb, hat sich noch im 2. Jahrhundert nach Christos mit
seiner *"Apologia"*,

mit der sich dieser Intellektuëlle im heimatlichen Tripolis vor Gericht
gegen den gravierenden Vorwurf unstatthafter Zauberei zu verteidigen versuchte [4],

auf die scheinbar magischen Künste des großen Syrakusers schon vor
rund einem halben Jahrtausend berufen:

*"Außerdem ist auch die Überlegung notwendig, [...] warum Hohlspiegel,
wenn sie auf die Sonne gerichtet werden, einen in die Nähe gebrachten
Brennstoff entzünden [...] , was der Syrakusaner Archimedes in einem riesigen Buch behandelt."*

Auch jene römische Sturmmaschine, die *Sambýke* hieß, weil sie in ihrer
Form an diese Harfenart erinnerte, und die so groß war, daß sie nur von acht
zusammengebundenen Schiffen aus angreifen konnte, ließ Archimédes
schon vorher, als diese sich langsam aus großer Entfernung zu nähern begannen, plötzlich von zehn Zentner schweren Steinen getroffen werden: sie

*"fielen mit furchtbarem Lärm und heftiger Wellenbewegung auf die Maschi-
ne selbst, zertrümmerten ihre Fundamentierung, zersprengten und zerrissen
die Nägelverbindung"* [2] ,

waren also ebenfalls absolut desaströs.

Marcellus bemerkte ihre riesige Reichweite und versuchte, sie durch einen
nächtlichen Angriff zu unterwandern, weil sie einen Feind, der sich schon
hinlänglich genähert hatte, völlig wirkungslos hätten überfliegen müssen.
Mit diesem Kalkül jedoch, das seinen Gegner intellektuëll auszutricksen
hoffte, mußte er in die nächste Falle des Archimédes tappen.

Der nämlich hatte

*"für diese Fälle kurze Geschosse und derartige Bewegungen seiner Instru-
mente vorbereitet, daß sie für jede Distanz angemessen waren. Und da sich*

überall an den Mauern [...] Schießscharten befanden, so standen dort die sogenannten Skorpione mit kurzer Reichweite, zum Treffen in der Nähe sehr geeignet und für die Feinde völlig unsichtbar, die also abermals einem Hagel von Würfen und Schüssen ausgesetzt waren; Felsstücke flogen von oben gleichsam senkrecht auf sie herunter, und allenthalben kamen aus der Mauer Wurfgeschosse heraus [...] .

Es war", resümiert der große Plútarch, *"als wenn die Römer mit den Göttern im Kampfe lägen, weil unendliches Unheil sich über sie ergoß aus u n s i c h t b a r e n Räumen"* [2].

Marcellus aber soll sich sarkastisch an die ratlosen Techniker und Maschinenmeister seiner eigenen Armee gewendet und vorgeschlagen haben:

"Wollen wir nicht aufhören, gegen dieses mathematische Monster anzukämpfen, das in aller Seelenruhe am Meer sitzt, unsere Schiffe spielerisch umherwirft und mit seinen Wurfgeschossen schlimmer ist als die hundertarmigen Riesen der Mythen!" [5].

Faktisch hatte dieses Syrakus sich als immun erwiesen und sein Archimédes die römische Armee abgeschmettert. Er allein hatte ihre riesigen Potentiale durch die Erfindungen seines listigen Gehirns besiegt.

So hatte dieser alte Mann sein Syrakus gerettet.

Marcellus, *"Roms Schwert"*, war hier der Verlierer.

Er mußte sich das auch eingestehen und zusehen, wie seine römischen Soldaten, *"sobald nur ein winziges Tau oder ein kleines Holzstück sich [...] über die Mauer hervorstreckte, jedesmal zu schreien anfingen, Archimédes lasse wieder eine Maschine gegen sie spielen. Und dann drehten sie sich um und liefen davon"* [2].

Also entschloß sich der zähe Marcellus, eine damals revolutionäre und *"neue Form der Kriegsführung"* anzuwenden

und Syrakus zu belagern. Er tat das auch und überließ es so der Zeit, dieses unüberwindliche Genie da drin zu besiegen. *"So hing das Schicksal des Mittelmeerraums von dieser einen Frage ab: Konnte Syrakus lange genug durchhalten?"* [12]

Archimédes

Antikes Marmorrelief, antike Münze

Das vermochte es zumindest zwei bis drei Jahre lang. Dann erst sorgten ein Deserteur, Verrat und die festlich pflichtvergessene Trunkenheit von Mauerposten für eine römische Bresche zunächst in solchen menschlichen Schwächen, dann in den syrakusischen Befestigungsanlagen. Der Rest war hierauf nur noch ein Handstreich.

Nach so langer Wartezeit freilich brachte es der kultivierte und musische Marcellus *anno 212 ante Christum natum* nicht mehr über sich,

"dem Wunsche der Soldaten, ihren Beutel durch Raub zu füllen," [2]

zu widerstehen. Nur zögerlich

"gab er die Erlaubnis zur Wegnahme von Wertgegenständen und Sklaven, wogegen er jedes Antasten freier Personen untersagte. Somit erteilte er gemessenen Befehl gegen Mord, Schändung oder Verkauf irgendeines Syrakusers" [2].

Aber was dann wirklich ausbrach, als seine so beschiedene Soldateska endlich plündernd und randalierend durch Syrakus zog, *"erreicht selbst für römische Verhältnisse nie zuvor da gewesene Ausmaße. Es wird alles mitgenommen, was sich mitnehmen läßt"* [12].

Diese Eroberung von Syrakus war in jenem *Zweiten Punischen Kriege*, der
für die ganze Antike eine ähnliche Bedeutung hatte wie für die Neuzeit der
Zweite Weltkrieg, ein ebenso peripetischer Wendepunkt wie später Stalin-
grad oder Hiroschima.

Aber der greise Archimédes war da just damit beschäftigt, geometrische Figuren in den Sand zu zeichnen und über ihre Berechenbarkeiten nachzuden-
ken.

*"Wenn eine arithmetische Reihe von Strecken gegeben ist, deren Differenz
dem kleinsten Gliede gleich ist und außerdem eine Anzahl von Strecken,
ebensoviel wie die Anzahl der Glieder jener arithmetischen Reihe, der
Größe nach aber alle dem größten Gliede der arithmetischen Reihe gleich,
so wird die Summe der Quadrate der Strecken, die dem größten Gliede der
arithmetischen Reihe gleich sind, vermehrt um das Quadrat des größten
Gliedes und das Rechteck, gebildet aus dem kleinsten Gliede und der Summe der arithmetischen Reihe, dreimal so groß sein wie die Summe der Quadrate der arithmetischen Reihe."*

Archimédes im Begleitbrief *"Über Spiralen"* an Dosítheos von Pelúsion[1]

Plötzlich stand so ein römischer Marodeur vor ihm.

Was jetzt geschah, liegt uns in seinem Ablauf mit verschiedenen Überlieferungen vor. Selbst Plútarch, dem Ereignis und seinem Tatort sehr viel näher
als unsereins, war da ratlos. Ohnehin ein Fünftel, ganze zwanzig Prozent
seines Textes über den *"Lebenslauf des Marcellus"* hat er einer Darstellung
des Archimédes gewidmet und so betont, daß die Biografie dieses römischen Feldherrn weitestgehend nur durch dessen Zusammenstoß mit dem
großen Rechner von Syrakus überhaupt erst für ihn notabel wurde.

Daher entschloß sich dieser souveräne Autor, der seine Texte sehr wohl zu
strukturieren und zu proportionieren wußte, diese Begegnung eines entfesselten Vandalen mit dem rechnenden Genie nicht nur einmal, sondern dreifach, in drei tradierten Varianten, aufzuschreiben.

Sie alle drei sollen nun auch hier samt zwei weiteren Versionen jenes barbarischen Hergangs in ihrer ratlosen Fülle nachgezeichnet werden.

1.

Der römische Soldat befahl dem alten Mann, ihn zu Marcellus zu begleiten.

Aber Archimédes wollte vorher noch sein geometrisches Problem einer Lösung zugeführt haben.

"Da geriet der Soldat in Wut, zog sein Schwert und hieb ihn nieder" [2].

2.

Der Soldat trat schon mit gezücktem Schwerte und der Absicht, diesen Greis zu töten, vor ihn hin.

Archimédes bat ihn *"flehentlichst nur um einige Augenblicke Frist, um nicht das Gesuchte unvollendet und ohne wissenschaftlichen Beweis zurückzulassen; allein*

der Soldat kümmerte sich nicht darum und machte ihm den Garaus" [2].

3.

Archimédes war im Begriffe, *"einige Sonnenuhren, Kugeln und Quadranten, womit man die Größe der Sonnenscheibe [...] mißt, gerade zu Marcellus zu tragen"* [2].

Da traf er auf marodierende römische Soldaten, die in seinem Kistchen Gold vermuteten und ihn aus Habgier erschlugen.

4.

Aber der große römische Historiker Livius, nur wenig älter als Plútarch, hatte da kurz zuvor um die Zeitenwende schon beschrieben, wie Archimédes

"inmitten der wüsten Szenen, die sich nach der Eroberung von Syrakus abspielten, bei der Betrachtung einiger Figuren, die er in den Sand gezeichnet, angetroffen und von einem Soldaten, der ihn nicht kannte, erschlagen wurde" [7]:

" ... in tanto tumulto, quantum pavor captæ urbis in discursu diripientium militum ciere poterat, intentum formis, quæ in pulvere descripserat, ab ignaro milite quis esset interfectum" [7].

5.

Doch die populärste Variante haben gleichermaßen nach der Zeitenwende im 1. Jahrhundert der römische Architekt Vitruvius, noch im Byzanz des 12. Jahrhunderts der Polyhistor Ioánnes Tzetzes, versierter Kommentator antiker Autoren, in seinem *"Bíblos historiõn"* und schließlich der Chronist Ioánnes Zonarás notiert:

nach ihnen allen habe Archimédes zu jenem Soldaten, der ihn ermorden wollte, in seinem mundartlich sizlianischen Dorisch die vielzitiert klassischen Worte gesagt:

"Μη μον τονς κύκλονς τάρατε".

Falls er aus Höflichkeit das Latein seines römischen Mörders verwendete, sagte er:

"Noli turbare circulos meos".

Beides ließe sich ins Deutsche am besten so übertragen:

"Störe meine Kreise nicht!"

In welcher Sprache auch immer und verstanden oder nicht, habe das den Soldaten so erzürnt, daß er zuschlug.

Mit wenig Mühe scheinen alle diese Berichte auch zu einem einzigen verschmolzen werden zu können. Nichts schließt da was anderes vollkommen aus. Die Wahrheit könnte leicht in ihrer aller Summe oder Mitte liegen.

Wenig glaubhaft ist da nur die Behauptung, der Soldat, ein ungehobelter Rambo, habe nicht gewußt, wen er da erschlug. Denn auch im damaligen Syrakus dürfte es schwerlich noch andere Greise gegeben haben, die Zahlen und geometrische Figuren in den Sand zeichneten und sich in deren Betrachtung versenkten.

Überdies hatte jener barbarische Römer just eine zwei- bis dreijährige Belagerung dieser Stadt mit Hunderten von Tagen und Abenden hinter sich, an denen eben der siegreiche Syrakuser Archimédes in der Langweile eines endlosen Lagerlebens von dieser abgeschmetterten und blamierten Soldateska einer Weltmacht nur allzuoft erörtert, geschmäht und verflucht worden sein dürfte. Auch hatte er ihnen ja viele ihrer Kumpel getötet, verstümmelt, verwundet und war so mit Sicherheit eines der häufigsten Themen ihres täglichen Palavers. Da müssen sich, grade in so bildungslosen Vandalen, Haß und Aggressionen gegen diesen vermeintlich magischen Rechenkünstler und überlegenen Intellektuëllen angestaut haben.

Dann eines Tages – unverhofft oder auch nach akribischer Fahndung – endlich vor diesem Erbsenzähler und dessen Hexeneinmaleins zu stehen und ihm auf sein verdammtes Gehirn schlagen zu können, mochte da eine äußerst willkommene Wollust sein.

Marcellus dürfte das ähnlich gedeutet haben. Denn in tiefem Bedauërn ließ er jenen Mörder keineswegs etwa amnestieren, sondern *"wie einen schweren Verbrecher"* [2] bestrafen. Er schickte auch eine ehrerbietend kondolierende Delegation zur Verwandtschaft des Ermordeten und sorgte für ein angemessenes Grabmal, wie Archimédes sich das ohnehin längst erbeten hatte: nur einen Stein mit geometrischem Zylinder inmitten einer Kugel und als Inschrift einzig die mathematische Formel zum Volumenverhältnis dieser beiden Körper – wohl als Hinweis auf seinen meistgeschätzten Text über *"Kugel und Zylinder"*.

Aber zur Erinnerung oder als Trophäe dieses seines nicht allzu rühmlichen Sieges über einen Unbesieglichen nahm Marcellus aus Syrakus zwei jener archimedischen Planetariën mit nach Rom, wo sie einem allgemeinen Interesse an griechischer Kultur zur Mode zu werden verhalfen und noch gute hundert Jahre später in den Schriften des

Marcus Tullius Cicero

mehrfache Erwähnung finden. Dieser große römische Politiker und Philosoph, Literat und Rhetor (106 – 43),

der wegen seiner brillanten Plädoyers für ein republikanisches Rom auch noch nach der Diktatur Iulius Cæsars von dessen machtlüstern rivalisierenden Nachfolgern Marc Antón und Octavián auf bestialische Weise seiner beredten Zunge, seiner schreibenden Hand, seines denkenden Kopfes beraubt und zur Abschreckung sonstiger Demokraten in so verstümmelter Gestalt durch Rom geschleift wurde,

dieser Cicero war 31jährig Quæstor in Siziliën und suchte da als hoher römischer Beamter auch nach besagtem Grabmal des verehrten Archimédes in
Syrakus. Er fand es schließlich nahe des Tores zum Stadtteil Achradina,
richtig mit jener Kugel im Zylinder, aber in verwahrlostem Zustande, ließ es
wieder richten und rügte die Syrakusaner auch schriftlich für solche Nichtachtung dieses größten Mathematikers, Physikers und Ingenieurs der ganzen
Antike.

Erst 1965, als der Massentourismus für Syrakus und dessen kommerziëlle
Blüte ein Faktor kommunaler Kalkulationen zu werden begann, widmete
sich die Stadtverwaltung geschäftig einer Suche und Pflege dieses Grabmals, fand jedoch in jener Gegend des Stadttors nach Acradina zwei gleichermaßen potentiëlle Ruhestätten und erklärte sie kurzer Hand beide zu
Gräbern des Archimédes [8] – analog zu

*Friedrich Schiller*s

beiden nonchalant getürkten Särgen in Weimars Fürstengruft [9].

Tatsächlich hatte Schiller (1759-1805) selbst schon 1795 auf poëtische Weise einen Bezug zum verehrten Archimédes hergestellt oder nachgewiesen:

"Zu Archimedes kam ein wißbegieriger Jüngling:
 'Weihe mich', sprach er zu ihm, 'ein in die göttliche Kunst,
Die so herrliche Früchte dem Vaterlande getragen
 Und die Mauern der Stadt vor der Sambuca beschützt.'
'Göttlich nennst du die Kunst? Sie ist's', versetzte der Weise,
 'Aber das war sie, mein Sohn, eh sie dem Staat noch gedient.
Willst du nur Früchte, die kann auch eine Sterbliche zeugen,
 Wer um die Göttin freit, suche in ihr nicht das Weib'."

Göttlich, will das lakonisch besagen, war diesen beiden Geistesbrüdern, Archimédes und Schiller, über zwei Jahrtausende hinweg, aber gleichermaßen
nur das zweckfrei Spirituëlle.

Kann solche Überlegenheit des Geistes über die krude Materië sich souveräner dokumentieren als in der Absurdität eines doppelten Grabes? Von all den Millionen von Flaschenzügen, Hebeln, Zahnrädern, Schrauben und Winden in aller Welt seither ganz zu schweigen; erst recht von all den Computern und digitalen Prozessoren zu schweigen, die uns ohne ihren Vordenker Archimédes und dessen Pionierarbeit auf den Gebieten der Kombinatorik, der Informatik und Bildgebung schwerlich zur Verfügung stünden: sie alle singen mit Schiller chorisch das ewige Requiëm für ihren schändlich massakrierten genialen Erfinder und spielenden Fantasten.

Seit 1544 sangen in diesem Chorus auch all' jene großen Nachfolger mit, die jetzt müheloser nachlesen konnten, was von den Diagrammen und Folgerungen des Syrakusers im helvetischen Basel endlich auch gedruckt worden war und in Buchform vorlag: es wurde jetzt *"von Omar Khayyam, Leonardo da Vinci, Galileo Galilei und Isaac Newton gelesen [...] , und die neue Wissenschaft war geboren"*. Erst diese Koryphäen nämlich *"waren seine eigentlichen Leser, und durch sie erlangte seine Arbeit ihre Bedeutung. Er muß gewußt haben, daß er für die Nachwelt schrieb"*[12] .

Schon knappe achtzig Jahre nach jenem Basler Erstdruck sagte Galilei vom aufgeschlagen vor uns liegenden großen Buche des Universums: *"Dieses Buch ist nicht zu verstehen, ehe man nicht gelernt hat, die Sprache zu verstehen, und die Buchstaben kennt, in denen es geschrieben ist. Es ist in der Sprache der Mathematik geschrieben, und die Buchstaben sind Dreiecke, Kreise und andere geometrische Figuren. Ohne diese Mittel ist es dem Menschen unmöglich, ein einziges Wort davon zu verstehen"* (zitiert nach [12]).

Aber *"Archimédes hat uns gezeigt, daß diese Metapher tatsächlich funktioniert"*, applaudierte Reviel Netz noch 384 Jahre später im kalifornischen *Palo Alto*: *"Das Buch des Universums wurde zuerst von ihm entziffert – und es ist geschrieben in der Sprache der Mathematik"*[12]

Vom Monde erklingt daher heute noch ein exterrestrisches Echo aus dem dortigen *Mare Imbrium*, dessen inneren Kreis mit seinem Radius von sechshundert Kilometern zwei Krater flankieren: sie heißen Pláton und Archimédes.

Zum eindrucksvollsten hiesig zivilen Erbe des Letzteren dürfte freilich jene sogenannte *"Rinder-Aufgabe"* gehören, die Archimédes brieflich seinem

Freunde Eratosthénes von Kyréne für alle Mathematiker in Alexándreia schickte. Erst Lessing soll sie 1773 in seiner Herzoglichen Bibliothek in Wolfenbüttel aufgespürt haben. Diese Aufgabe, angeblich spielerisch und souverän sogar in Distichen formuliert, fragt nach der genauën Anzahl von Rindern in vier sizilianischen Weideherden. Jede dieser Herden bestand aus Kühen wie aus Stieren, unterschied sich aber je von den andern drei durch Farbe und Menge der Tiere in haargenau vorgegeben wechselndem Proporz.

"Kannst du sagen genau, mein Freund, wieviele der Rinder
  Dort nun waren vereint, auch wieviele es gab
Kühe von jeder Farb' und wohlgenährte Stiere,
  Dann recht tüchtig, fürwahr, nennet im Rechnen man dich."

Aber damit noch nicht genug, ließ er die weißen und schwarzen Stiere ein Quadrat, die braunen und scheckigen ein ebenso exklusives Dreiëck bilden und fragte auch bei diesen beiden Formationen nach dem Proporz ihrer Anzahl:

" ... dann magst du stolz als Sieger einhergehn,
  Denn hell strahlet dein Ruhm nun in der Wissenschaft."

Hier also ging es insgesamt um *"die Lösung eines homogenen Gleichungssystems aus 7 Gleichungen für 8 Unbekannte, wobei noch zusätzlich zwei zahlentheoretische Bedingungen die Lösungsmenge einschränken"* [4].

Die Lösung einer solchen Aufgabe, die fälschlich nach dem griechischen Mathematiker Dióphantos von Alexandriën (~ 3. Jahrhundert nach Christos) als *"diophantische Gleichung"* [4], später ebenso fälschlich nach dem englischen Mathematiker John Pell (1610-1685) als *"Pell'sche Gleichung"* bezeichnet zu werden pflegt, versuchte in ihrer Gänze vermutlich erstmals 1880 der deutsche Mathematiker A(ugust?) Amthor [10].

Nach dessen Berechnungen würde die angefragte Rinderzahl mit 7760 beginnen und hätte insgesamt 206 545 Ziffern. Amthor verwies auf die siebenstelligen Logarithmentafeln seiner Zeit mit ihren fünfzig Zeilen (zu je *circa* fünfzig Ziffern) pro Seite und errechnete, daß für alle acht unbekannten Größen dieser archimedischen Rinder-Aufgabe ein Buchband von 660 Seiten erforderlich wäre. *"Man darf sehr wohl Zweifel hegen, ob Archimédes die vollständige Aufgabe gelöst hat"* [5].

Hundert Jahre später, 1980/81, wurde diese Lösungszahl voll und ganz auf 47 Seiten ausgedruckt.

Weitere zwanzig Jahre später, 2001, präsentierte der Erlanger Mathematiker Wulf-Dieter Geyer eine Lösung mit *"mehr als 100 000 Dezimalstellen;*

die gesuchten acht Anzahlen der Rinder der verschiedenen Farben und Geschlechter sind daher größer als $10^{200\,000}$.

Diese Zahl", kommentierte Geyer sein Ergebnis, *"übertrifft auch die großzügigsten Schätzungen der heutigen Physiker und Kosmologen über die Anzahl der Elementarteilchen des Universums bei weitem"* [11].

"Allen denen aber, die dazu imstande sein werden, sei anheim gestellt, alles, was ich gefunden habe, kritisch zu betrachten."

Archimédes in seinem Begleitbrief an Dosítheos zu *"Kugel und Zylinder"* [3]

(Quellen und Anmerkungen zu diesem Kapitel auf Seite 590)

"In jedem Staubkorn schlummern Buddhas ohne Zahl."
Indisches Sprichwort

"Jede Sicht der Dinge, die nicht befremdet, ist falsch."
Paul Valéry, 55: *"Rhumbs"* (*"Windstriche"*), 1926

*"Warum werden die Weisen und Propheten aller Nationen
in großen Umbruchzeiten fast alle
als rebellische und häretische Verbrecher verunglimpft
und erleiden einen gewaltsamen Tod,
um schon bald in Kultur und Religion wiederaufzuerstehen?"*

Tommaso Campanella, 37: *"Cur sapientes et prophetæ nationum omnium
in magnis temporum articulis fere omnes rebellionis et hæresis tamquam
proprio crimine notentur ac morti violentæ subiacent, e postmodum cultu et
religione reviviscant"*, 1605

"Die Knospe duftet und der Wurm muß nagen"
Shakespeare, Mitte 30 / Paul Celan, 41: Sonett LXX, vor 1600 / 1961

"Weiß denn der Sperling, wie dem Storch zu Mute sei?"
Goethe, Aus dem Nachlaß (Über Literatur und Leben)

FRANCISCO JOSÉ DE CALDAS Y TENORIO

I

Popayán ist eine Stadt im südwestlichen Kolumbiën.

Knapp oberhalb des Äquators, runde 1800 Meter hoch *"im Herzen der Anden"*[3)] gelegen, wurde sie dort angeblich 1537 vom andalusischen Conqista-
dór Sebastián Moyano de Belalcázar gegründet, als der sich von Nicaragua
aus auf seiner fieberhaften Suche nach dem legendären Goldlande *Eldorado*
über das heute ecuadorianische Quito nordwärts durchschlug.

Insofern rühmt sich dieses Popayán, inzwischen eine Großstadt von 230 000
Einwohnern und Bezirksmetropole des *Departamento Cauca*, seines spanischen Ursprungs und wirbt mit so katholischen Attraktionen wie Passions-
prozessionen in der Karwoche oder Mehl- und Schuhcrème-Exzessen im
Karneval.

Aber da es seinen Namen vermutlich vom Häuptling eines Guambiano-
Stammes ableitet, dürfte der Platz schon vor seinen spanischen Usurpatoren
indianisch besiedelt gewesen sein. Das *website* der heutigen Provinzhaupt-
stadt verleugnet zwar diesen legendären Kaziken Payán, übersetzt aber ihren
Namen Popayán aus dessen Sprache verächtlich mit *Zwei Strohhütten*. Eben
die zumindest muß es also schon vor der christlichen Erlösung hier gegeben
haben. Eher waren es wohl noch einige mehr.

Denn als noch knappe drei Jahrhunderte später kein Geringerer als Alexander von Humboldt auch in dieser Gegend reiste und forschte, begriff und
notierte er: hier habe man gleichfalls

die Indianer

*"ausgerottet, in den Minen, als Lasttiere und besonders, weil bei ei-
ner schlechten Regierung die ganze Last auf der ärmsten, niedrigsten,
hilflosesten Klasse ruht. So haben die vornehmen Familiën in Popayán und vorher die Jesuiten durch tausenderlei Ränke die Indianer*

*von Puracé, Coconuco, Poblazón um ihre Äcker bringen können.
Diese unglücklichen Indianer, die alten, rechtmäßigen Herrn des
Landes, sind auf die höchsten und kältesten Bergrücken verwiesen,
wo der Reif ihre Kartoffeln und Zwiebeln und ihren Kohl tötet, während sie auf ihren ehemaligen Gütern im milderen Klima die schönsten Weizenähren blühen sehen. Aber so ist es in allen Weltteilen"* [1].

Auch diese christlich spanische Siedlung, Opfer zahlreicher Erdbeben und zu Humboldts Zeiten erst 9000 Einwohner groß, mußte sich dessen harsche Kritik gefallen lassen:

"Die Stadt selbst ist elend gebaut [...] . Der große Platz, die Plaza Mayor, nach deren Zierde man hier den Wohlstand einer Stadt beurteilt, ist kaum zu zwei Dritteln mit Häusern umgeben und ebenso dicht mit Rasen bewachsen wie in jeglichem Dorf. Die Kathedrale liegt in Schutt, das Haus des Gouverneurs ist eine elende Hütte [...] . Wie ist auch Architektur möglich in einem Land, wo man das Bauholz von ferne anschleppen muß und wo die alles bekleisternde und verschlingende Termite (comején) die Häuser fast schneller auffrißt, als man sie erbaut. [...]

Die hohe Gebirgslage hat verderbliche politische und moralische Folgen".
Denn ihretwegen seïen hier *"viele hundert Menschen nur mit der Zufuhr der Lebensmittel beschäftigt und in einem armen, bedürftigen Lande für die Produktion verloren. Daher die Liebe zur Vagabundería, zu einem nomadischen Leben. [...] So verteuern die jetzigen Hauptstädte unmäßig die Lebensmittel und hindern die Landeskultur. Sie selbst aber bringen nichts, gar nichts hervor; selbst die Dochte der Talglichter versteht man nicht zu drehen und führt sie von Quito ein. Die Trägheit ist in Popayán noch sträflicher als in Santa Fé* [de Bogotá]. *Die ganze Provinz Popayán ist ein potrero, eine Viehweide, man sieht fast nirgends beackertes Land",*

trotzdem aber sei der eigene Tierbestand *"so elend"*, daß man hier *"vom Rindvieh des Magdalenentals"* lebt; man *"bezieht sein Mehl von Pasto"* und produziert so wenig eigenen Kakao, daß er hier *"teurer ist als in Europa!!
[...] Das Hauptübel liegt im Mangel freier Menschen [...]. Daher ein großer Bedarf an Sklaven"* [1].

In dieser glaubhaft beschriebenen Misere erblickte wohl im November 1768, also etwa zeitgleich mit Humboldts Berliner Geburt in eine preußische Offiziersfamilië hinein, das fünfte von fünfzehn Kindern eines spanisch-kreolisch gemischten Ehepaars das Licht dieses Anden-Städtchens im damals spanisch kolonialistischen Vizekönigreich Neugranada:

Francisco José de Caldas y Tenorio.

Vater José Caldas y García (oder Rodríguez?) de Camba war gebürtiger Spaniër, Mutter Vicenta Tenorio y Arboleda schon Kreolin, beide aus vornehmen Familiën. Aber die Lebensumstände dieses zeugungsfreudigen Paares dürften eher bescheiden, wenn auch nicht ohne eigenen Landbesitz, dennoch keineswegs opulent gewesen sein.

Immerhin besuchte Sohn Francisco José, der sich noch vierzigjährig daran erinnerte, *"mit einer unwiderstehlichen Neigung zur Mathematik, namentlich zu geografischen und astronomischen Berechnungen, geboren"* worden zu sein, im heimischen Popayán das *Seminario Mayor*, eine jener drei Realschulen Neugranadas, in denen auch Mathematik und Naturwissenschaften schon Unterrichtsfächer waren. *"Sechzehn Jahre alt, sah ich einige geometrische Figuren und einige Globen"* (zitiert nach [2]).

Sein entscheidender Lehrer war da José Félix Restrepo aus dem nördlich fernen Antioquía, selbst nur zehn Jahre älter als dieser Schüler, aber seinerseits elitärer Privat-Eleve des legendären José Celestino Mutis, Begründers der kolumbianischen Botanik und eines ersten Lehrstuhls für Mathematik am *Colegio Mayor* in Bogotá. Später beantragte derselbe Restrepo als Kongreßabgeordneter in seinem Antioquía die Abschaffung der Sklavenhaltung, wurde Präsident der Verfassungsversammlung in *Villa del Rosario de Cúcuta* und Mitglied eines Obersten Gerichtshofs.

Der Unterricht eines so liberalen und fortschrittlichen Geistes dürfte für einen aufmerksamen Schüler aus Popayán schon in dessen jungen Jahren wegweisend gewesen sein. Francisco José jedenfalls berichtete später noch von diesem *"erleuchteten Lehrer"*, der schon damals *"jenes scholastische Zeug verachtete, das bei uns die schönsten Fächer der* [Natur-] *Wissenschaften überwuchert hat. Unter seiner Führung widmete ich mich nach und nach der Mathematik und Experimental-Physik"* (zitiert nach [2]).

Trotz solcher Einflußnahme und unübersehbaren Neigungen bestand Papa José darauf, daß Sohn Francisco José sich einem Jura-Studium in *Santafé de Bogotá* unterzog. Fünf Jahre lang war er, wohl von 1788 bis 1793, Student des dortigen *Colegio Mayor de Nuestra Señora del Rosario, "fand aber weder an den leges noch am Justinianus Geschmack"* [40] und machte in seiner Freizeit damals schon Mathematik, Physik und Astronomie zu seinen Liebhabereïen.

Dennoch vorschriftsmäßig graduïert, ließ sich der Baccalaureus hiernach brav und unverzüglich im heimischen Popayán als Rechtsanwalt und speziëller Privatadvokat für familiäre Immobiliënprobleme nieder. Er war jetzt 25 Jahre alt und stand am Beginn eines bürgerlich vorprogrammierten Lebens *comme il faut*. Lino de Pombo, sein späterer Schüler und erster Biograf, beschrieb ihn 1852 so:

"von durchschnittlicher Statur und robustem Naturell; mit braunem, rundlichem Gesicht, hoher Stirn, dunklen, leicht melancholischen Augen, schwarzem Haar, gradem, kurzem Halse und leichtfüßigem, aber langsamem und bedächtigem Gange. Meist trug er einen dunklen Gehrock, den er beständig, aber so schief auf- und zuknöpfte, daß die Knöpfe nicht lange hielten; und niemals war er ohne schlanken, elastischen Spazierstock in der Hand und ein kleines Stück Kautabak im Munde anzutreffen. Er war sauber, aber unauffällig gekleidet, verhielt sich ruhig, war freundlich und im Umgang liebenswürdig" [3] .

Gleichwohl fühlte er sich *"nicht zur Rechtsberatung geboren"* [40] .

Auch einer nunmehr fälligen Familiëngründung enthielt er sich und beschrieb sich selbst noch sehr viel später als *"einen Mann, der alle Frauen auf Erden mit kalter Gleichgültigkeit betrachte: que un hombre que ha mirado con la más fría indiferencia a todas las mujeres de la tierra"* (zitiert nach [44] .

Das konnte so nicht lange gut gehn. 26- oder 27jährig erkrankte er rätselhaft. Er konnte sich nicht mehr konzentrieren und war so geschwächt, daß er den Beruf aufgeben mußte. Ratlose Ärzte untersagten ihm vorsorglich jegliche Lektüre oder sonstige geistige Anstrengung.

Mit so strikt verordneter Untätigkeit konfrontiert, traf er die verwunderliche Entscheidung, eine Art Straßenhändler, Hausierer oder Handlungsreisender zu werden, der Lebensmittel, Textiliën, Schmuck und sonstige Waren in die gebirgig schwer erreichbaren Dörfer und Städte des oberen Magdalenen-Tales östlich von Popayán transportierte: nach Neiva, Timaná, Pital, Gigante und andern tropischen Ortschaften im Hochland jener *"cordillera central"*.

Hierfür war er nun täglich in den Anden unterwegs, fühlte sich frei von den beruflichen und gesellschaftlichen Verpflichtungen in Popayán und entdeckte so auf eigene Faust das üppige Umland seiner Heimatstadt mit all dem Reichtum äquatorialer Landschaft oder Natur:

"Das weite und unebne Tal von Popayán in einer Höhe von 1600 Metern und mit seiner Temperatur zwischen 10 und 18 Grad Celsius scheint von Poeten erfunden zu sein" (zitiert nach [4]).

Denn *"die Lage von Popayán ist köstlich"*, bestätigte das später auch Alexander von Humboldt, trotz aller Kritik an dieser verwahrlosten Siedlung, in einem Brief, den er am 10. November 1801 von hier aus an José Celestino Mutis, jenen Guru neugranadischer Naturforschung, schrieb:

"Eine malerische und mannigfaltige Landschaft, schöne Vegetation, ein gemäßigtes Klima, der majestätischste Donner, den man je gehört hat, die tropischen Erzeugnisse im Gegensatz zu den schneeweißen Gipfeln der Anden und zu den Kratern, die Dampf und schwefliges Wasser ausstoßen, diese Mischung des Großen und Schönen, diese so verschiedenen Kontraste, die die Hand des Allmächtigen in der vollkommensten Harmonie anzuordnen wußte, füllen die Seele mit den größten und interessantesten Vorstellungen aus" [5].

Anders, aber ähnlich wie dieser exotische Europäer muß auch de Caldas auf seinen Wanderungen durch heimatliche Umwelt von den unerforschten Wundern der Natur berührt und so ergriffen worden sein, daß er schon 1796 beschloß,

N a t u r f o r s c h e r   z u   w e r d e n .

"Die Menge der Pflanzen, die mir unbekannt und wirklich selten sind, hat mich viele Stunden lang ausgefüllt", schrieb er schon am 9. Dezember 1795 aus *La Jagua* an einen Freund: *"die Fische, Tiere, Flüsse, Hügel, Geister,*

Gebräuche, Gewerbe, Leute, ihre Laster und Tugenden füllen mich jeden Augenblick völlig aus" [42].

Denn jede Unterteilung der Naturwahrnehmung in Fachgebiete war dort und damals noch unbekannt. Natur wurde noch als undividierbare Ganzheit empfunden, freilich als holistisches Rätsel, dessen Geheimnisse es noch in allen Bereichen zu ergründen galt. Hierzu fühlte sich der junge Lieferant, der *"noch weitere kostbare Jahre meines Lebens zu verlieren"* [40] nicht gewillt war, plötzlich unwiderstehlich berufen und *"widmete mich lebhaft der Astronomie, die ja zur Schiffahrtskunde, zur Geographie, zur Chronologie in so enger Verbindung steht. Aber was konnte ich leisten in einem Lande, in welchem Zirkelquadranten, Teleskope und Pendel selbst dem Namen nach unbekannt waren?"* [40].

Er beëndete vorläufig seine kaufmännischen Aktivitäten und fuhr noch 1796 in die Hauptstadt seines Vizekönigreichs: nach *Santafé de Bogotá.* Denn als Neuling und Autodidakt benötigte er Bücher und Instrumente, wie sie sich in seinem Popayán damals ebenso wenig auftreiben ließen wie kompetente Gesprächspartner oder Lehrmeister.

In Santafé scheint er instinktiv (oder unumgänglich) auf Publikationen jener französischen Expedition gestoßen zu sein, die vor sechzig Jahren, von 1737 bis 1743, im Auftrage ihrer Pariser *Académie des sciences* zur Ermittlung der damals noch umstrittenen Form des Globus unter Leitung der Naturforscher Charles Marie de la Condamine, Louis Godin und Pierre Bouguer nach Lateinamerika gekommen war, um in Quito vom dortigen Äquator aus einen Längengrad der Erdvermessung präzise zu ermitteln. Erst diese *"Geodäsische Mission"* gab der hiesigen Bevölkerung ein frühes Bewußtsein von der geographischen und klimatischen, auch geologischen und botanischen Besonderheit ihres Landes am längsten Breitengrade dieses Planeten.

Auf die diversen Publikationen jener *"expédicion de La Condamine"* dürfte nun auch der junge Caldas in Santafé gestoßen sein. Jedenfalls standen bald La Condamines *"Mens de trois degrées"* und *"Introduccion Historique"* auf seiner Liste konsultierter Literatur. In Bougers *"La Figure de la Terre"* studierte er, wie Barometer für Höhenberechnungen, in Jorge Juans *"Observaciones Astronómicas"*, wie astronomische Messungen zur terrestrischen Positionsbestimmung zu verwenden sind. Er vertiefte sich auch in Veröffentlichungen des Biologen Linnæus, des Geologen Buffon und des Astronomen Lalande. Bézouts Navigationstabellen schrieb er sich sogar eigenhändig ab.

Ferner kaufte er in Santafé einen Kompaß, ein Schiffsbarometer, zwei Thermometer und einen Spiegeloktanten zur Winkelmessung. Das war seine erste unberaten intuïtive Grundausstattung.

Schon im August 1796 erprobte er sein Barometer an der Kapelle auf dem Gipfel des Berges Guadeloupe oberhalb von Santafé, im Oktober bei der Rückreise nach Popayán ermittelte er unterwegs in *La Mesa de Juan Díaz*, Tocaima, Gigante und Pital bereits Höhen und Temperaturen, auch Breitengrade mit der Sonnenuhr eines selbstgebauten Gnomons und notierte sich vornehmlich seine geografischen und meteorologischen Beobachtungen.

Wieder in Popayán, ließ er sich von dortigen Handwerkern nach Anweisung seiner Bücher einen astronomischen Quadranten zur stellaren Positionsbestimmung bauen, verwendete er das Perpendikel einer alten englischen Standuhr als Chronometer und brachte er sich autodidaktisch bei, wie die Beobachtung astronomischer Vorgänge und deren Vergleich mit den Berechnungstafeln seiner Vorgänger die Ermittlung von Längengraden möglich macht. Im Innenhof seines Elternhauses errichtete er eigenhändig eine Plattform für sein Observatorium.

Denn mit einigen Linsen, die es ihm sogar in Popayán aufzutreiben gelang, baute er sich selbst ein Spiegelteleskop, das tatsächlich funktionierte: *"Es war ein Uhr nachts, doch ich konnte weder den Himmel noch mein Teleskop verlassen. Saturn und Jupiter traten auf und in meine Phantasien ein"*, protokollierte er, *"ihre Zonen, der Ring, ihre Monde, alles das erfüllte meine Seele mit Genugtuung und Freude"* (zitiert nach [41]).

Auf weiteren Wanderungen zwischen Popayán und Quito bestimmte er mit Hilfe von Mondfinsternissen oder Verfinsterungen von Sternen und Jupitermonden die Längengrade von Städten und Dörfern, die er passierte.

In Timaná, damals noch einem Dorf, das er kürzlich noch mit Lebensmitteln beliefert hatte, half er jetzt Grenzstreitigkeiten schlichten, indem er mittels einer Mondeklipse am 3. Dezember 1797 den Längengrad dieser Ortschaft ermittelte und folglich eine authentische Landkarte dieser hiesigen Umgebung herzustellen wußte. Das alles nahm drei Monate in Anspruch, wurde nun aber bald seine Vorzugsbeschäftigung.

Am 22. Dezember 1798 beobachtete er erstmals das Hervortreten eines Jupitermondes aus seinem Planetenschatten.

Je mehr er sich aber vorarbeitete, umso schmerzlicher empfand er seine wissenschaftliche Isolation. Er blieb hier ohne jede geistige oder materiëlle Unterstützung. *"Mir bricht das Herz"*, schrieb er einem Jugendfreunde nach Santafé, *"wenn ich in ganz Neugranada keinen Astronomen finde und keinen einzigen Menschen fragen kann, wie man Längengrade mißt"* (zitiert nach [4]).

An eigene Grenzen stieß er, als er sich außer Stande sah, in seinen Büchern jene damals unverzichtbaren Buchstaben des griechischen Alphabets zu entziffern. Er brauchte Hilfe. Da er keine fand, schuf er sich auch die selbst, indem er Schul- oder Jugendfreunde zu jungen Wissenschaftlern und Gesprächspartnern eigens heranzog:

so vor allen den mütterlich anverwandten Antonio Arboleda y Arraechea und Santiago Pérez de Arroyo y Valencia, beide aus Popayán gebürtig, beide zum Studium in Santafé und erfolgreich promovierte Juristen, aber beide auch naturwissenschaftlich infizierbar, Arroyo als Meteorologe, Arboleda, dieser *"intelligente junge Mann und Liebhaber nützlicher Kenntnisse"*, auch als Mitglied eines ganzen Freundeskreises naturwissenschaftlich Interessierter, mit denen gemeinsam de Caldas in einem aufwendigen Konvoi indianischer Helfer auf Mauleseln zu Feldforschungen ins Umland von Popayán oder zu Expeditionen, achttägig gar in den nahen Vulkankrater Puracé aufbrach.

Aber aus solchen Exkursions- und Gesprächspartnern machte er auch allzu gern intime Freunde, ihre Freundschaft, auch untereinander möglichst wechselseitig, emotionalisierte er gern fast ekstatisch. Auch noch lange jenseits pubertärer Exaltationen schwärmte er Antonio Arboleda brieflich von *"mi amado Santiago"*, seinem andern *"geliebten Freunde"*, *"este amigo querido"*, vor und appellierte an sie beide:

"Wenn ich erreiche, daß du ihn ebenso liebst wie ich und daß er das erwidert, hätte ich nichts Süßeres, nichts Kostbareres mehr zu wünschen Antonio" (sogar ohne das hier gebotene Komma vor dessen inbrünstig einverleibtem Namen!); denn *"wenn es hier auf Erden je Glückseligkeit gibt, dann ist es die Liebe unserer besten Freunde, el amor de nuestros buenos amigos,*

du kennst die Bedeutung des geheiligten Worts AMIGO, heutzutage abscheulich auch für Menschen mißbraucht, die nicht einmal zu Mitmenschen taugen. Ach, die süße und stille Liebe eines Freundes, el amor dulce y tranquilo de un amigo, hat nichts mit jenem hektischen Feuer, jenem Heißhunger fleischlich wohlfeiler Seelen gemein, die das Opfer geistesgestörter Leidenschaft sind und nicht lange existieren können, ohne die Kräfte von Geist und Körper aufzuzehren. Wir aber lieben uns in Reinheit, Muße und Noblesse, nosotros nos amamos con pureza, con tranquilidad y con nobleza. Unsere Herzen inspirieren sich am Gedanken an einen Freund, der uns niemals stört, den wir niemals leid werden, und sind glücklich. Selig solche Freundschaft, noch seliger ich, der ich zu meinen wenigen Freunden den Antonio, den Santiago und den Abate zähle" [46].

Der sowas schrieb und empfand, ahnte dabei nichts vom ekstatischen Freundschaftskult eines schwäbisch wortgewaltigen Zeitgenossen im thüringisch fernen Jena.

Vom Freunde Santiago ließ sich de Caldas damals in Santafé weitere Fachbücher, Landkarten und Ephemeriden besorgen, ein Teleskop ausleihen und bei meteorologischen Beobachtungen assistieren, mit dem Freunde Antonio korrespondierte er immer lebhaft.

Aber dessen Bruder Dr. Manuel María Arboleda, Jura-Professor und als Generalvikar des Bischofs von Popayán vermutlich jener *"Abate"* des de Caldas, wurde gar dessen erster Mäzen, ließ ihn auf seinem Landsitz Poblazón, oberhalb von Popayán, experimentieren und finanzierte den Ankauf speziëll botanischer Literatur wie die *Parte Practica* von Linnæus und eines achromatischen Teleskops im abgelegeneren *Santiago de Cali. "Hätte er mir nicht persönlich und finanziëll geholfen"*, hielt Caldas fest, *"wären meine Ideen längst vergessen und verbrannt"*, er schulde diesem Vetter *"Dank und Liebe"* [6].

Diese Gebrüder Arboleda freilich wie auch Freund Arroyo hatten mancherorts selbst wieder Freunde und Verwandte,

so in Santafé jenen Juristen und akademischen Vize-Rektor

Camilo Torres y Tenorio,

heroïschen Freiheitskämpfer aus Popayán und leiblichen Vetter des
jungen Francisco José,

oder im nördlichen Cartagena den erfolgreichen Unternehmer, Wirtschafts-
funktionär und Handelsrichter José Ignacio de Pombo aus Popayán, nur sieben Jahre älter als de Caldas, Onkel des Naturforschers

Miguel de Pombo y Pombo,

auch für Humboldt auf seiner Durchreise durch die exklusive Hafenstadt
Cartagena ein

*"Kaufmann [...] , der teils aus Neigung, teils aus Eitelkeit die Wissenschaf-
ten kultivierte, englische, italienische, französische Bücher besaß und wie
alle Popayañejos für sein Vaterland enthusiastisch eingenommen war"* [1] ,

schon insofern generöser Sponsor von Landschaftserschließung, Straßen-
bau, Tierschutz und medizinischer Chinarindenforschung,

nun aber bald auch des jungen de Caldas, dem er – nicht zuletzt nach Humboldts Vorschußlorbeeren für die *"bewunderungswürdigen Fortschritte dieses starken Geistes in den sublimsten Künsten und Wissenschaften ohne alle
Hilfsmittel"* (zitiert nach [2]) – Reisen, Instrumente und Forschungsprojekte
mäzenatisch finanzierte. Der so großzügig Unterstützte bedankte sich später
mit der Namengebung Pombea für eine neu entdeckte Pflanze: als *"æternum
amoris et gratitudinis signum".*

Denn inzwischen widmete sich de Caldas mit gleicher Besessenheit auch
der Botanik. Doch war sie gleichfalls nur Bestandteil eines holistischen Mo-
saïks, das er als berauschende Lebensaufgabe vor sich sah. Mit der Vitalität
eben eines 31jährigen und jenem allumfassenden Elan, wie er im fernen
Deutschland noch vor kurzem *Sturm und Drang* hieß, listete er dem Freunde
Arroyo in einem seiner vielen Briefe *"einige unserer Projekte und Absich-
ten"* auf, die *"sehr weitreichend seiën"* – *"algo de nuestros proyectos y de
nuestras miras. Estos son muy vastos":*

*"Die Geografie, die Astronomie, die Botanik, Zoologie, Ornithologie, Mine-
ralogie, Chemie, Meteore, Agrikultur, Architektur, Malerei, Musik, Bildhau-*

*er- und Gravierkunst, alle Künste, Handel, Politik, Steuërn, Studiën, Rheto-
rik, Sprache, Medizin, Pädagogik, Charakter, Brauchtum, Kleidung, Wohn-
raum, Mobiliar, Miliz, Justiz, historische Bauwerke, alles, was in unser kur-
zes Gedächtnis hineinpaßt oder todo cuando quepa en nuestros cortos conocimientos und was sich unsern Augen darbietet, sich beobachten läßt: unermeßliche Mengen nur in wenigen Jahren, weil dieses unermeßliche Material, das wir auf unserer Reise aufbereiten und sammeln, auch verarbeitet
werden muß"* [43].

Aber als in Santafé damals, in der ersten Jahreshälfte 1801, eine zweite
neugranadische Zeitschrift namens *"Correo Curioso"* zu erscheinen begann
und auf schlechtem Papier im kleinen Oktav-Format ungenau geschätzte
Höhenangaben zu den beiden dortigen Bergen Guadalupe und Montserrat
publizierte, reichte Caldas diesem Blatte seinen ersten wissenschaftlichen
Text ein: *"Observaciones sobre la altura del Cerro de Guadalupe que do-
mina esta ciudad"*. Schon in seinen Ausgaben Nr. 23 bis 25 druckte der
"Correo Curioso" im Juli und August 1801 die korrigierenden Meßresultate
dieses Neulings ab, die sich noch schüchtern auf die revolutionären Methoden von Pierre Bouguer oder Jorge Juan beriefen, aber schon auf eigenen
Barometerberechnungen beruhten.

Zwar quasi anonym unter F. J. C. eingereicht, machte dieser Beitrag auf seinen Autor aufmerksam und stellte bereits im August 1801 einen ersten Kontakt zum legendären José Bruno Mutis her.

Dieser Spaniër aus Cádiz war 1761, sieben Jahre also vor Francisco Josés
Geburt, als 29jähriger Mediziner mit einer Expedition nach Santafé gekommen und als Leibarzt des hiesigen Vizekönigs im Lande geblieben. Weit
über seinen therapeutischen Beruf hinaus machte er sich hier und in Spaniën
einen Namen als Anatom, Biologe und Mathematiker. Er lehrte an jenem
Colegio de Nuestra Señora del Rosario, das 1768 Universitätsrang erhielt,
auch Mathematik, Astronomie und jenes klerikal geächtete *Kopernikanische
Weltsystem*, das ihm unweigerlich Konflikte mit der Kirche eintrug. Aber
seine Beziehungen zum Vizekönig Antonio Caballero y Góngora, der sein
Patiënt, aber auch sein Erzbischof war, ließen König Carlos III., die Katholische, aber aufgeklärte Majestät in Madrid, diesen scheinbar unbequem
neuzeitlichen Wissenschaftler als *"meinen ersten Botaniker und Astronomen"* bezeichnen und hoch dotieren.

Sicherheitshalber ließ der sich 1772, vierzigjährig, zum Priester weihen, nannte sich seither José Celestino, den himmlischen Mutis, verteidigte vor solchem Hintergrunde, ein gelehriger Schüler des schlauën Galilei, schon 42jährig das strittige kopernikanische Weltsystem sogar vor der Heiligen Inquisition und kam damit tatsächlich durch.

Vom Spanischen König erhielt so der 51jährige in Anerkennung seiner zwanzigjährigen Bemühungen um neugranadische Fauna und Flora die beantragte Genehmigung, Finanzierung und Ausstattung einer königlich-spanisch offiziëllen und stationären *"Expedición Botánica"*

"zur methodischen Überprüfung natürlicher Produkte in Meinen amerikanischen Besitzungen, um aber nicht nur den Fortschritt der physikalischen Wissenschaft zu fördern, sondern auch um alle Zweifel und Streitigkeiten zu beseitigen, die es in Medizin-, Farb- und sonstigen Künsten gibt,

und um den Handel auszubauen" (zitiert nach [4]).

Für alles das wurden ausdrücklich botanische Sammlungen und Artbestimmungen anberaumt.

Diese *"Botanische Excpedition"*, deren Gründungs-Direktor Mutis wurde, war das erste wissenschaftliche Institut in jenem Neugranada, dann viele Jahrzehnte lang die höchste naturwissenschaftliche Instanz in diesem frühen Kolumbiën und trug zur Erfassung der dortigen Botanik, namentlich der Chinarinde zur Bekämpfung der Malaria, und von Schlangengiften bei. Sie wurde auch zu einer kulturellen Institution, beschäftigte viele haupt- und nebenberufliche Mitarbeiter und war seit etwa 1795 gar ein Sammelbecken politischer Oppositioneller in ihrem Kampfe gegen die spanische Okkupation; manche von denen wurden wegen Übersetzung und Verbreitung zensurierter oder demokratischer Texte sogar verhaftet.

Mit solchen Kreisen also kam de Caldas seit seiner ersten Veröffentlichung von 1801 und dem Beginn einer folgenschweren Korrespondenz mit Mutis in Verbindung. Denn Mutis persönlich, dieser *"Patriarch neugranadinischer Wissenschaft"* [2], hatte die Initiative ergriffen und diesem verheissungsvollen Novizen eigenhändig und spendabel geschrieben. Wir kennen seinen Brief, der schon am 3. August 1801 bei de Caldas eintraf, nur aus dessen Antwort vom 5. August:

" ... nicht genug kann ich es bewundern, daß ein Mann von Ihrem Verdienst [...] mich ohne mein Wissen zu unterstützen beginnt, ja mir Bücher und Instrumente sendet. [...] Welch ein Abstand zwischen uns beiden! Sie ein Gelehrter, bekannt in ganz Europa, noch in Skandinaviën vom kompetenten Sohne Linnés gerühmt, auch national gepriesen [...] , Kopf eines glänzenden Unternehmens, dessen wertvolle Früchte von der wissenschaftlichen Welt mit Ungeduld erwartet werden; ich hingegen? Ignorant, selbst hierzulande unbekannt, in einem Winkel Amerikas ein dunkles, bisweilen klägliches Leben fristend, ohne Bücher, ohne Instrumente, ohne sonstige Lehrmittel und ohne meinem Vaterlande irgendwie dienlich sein zu können"[40] .

Längst aber hatte er da, in abermals eigenbrötlerischem Alleingang als unverbesserlich autarker Autodidakt, entdeckt, daß der Siedepunkt kochenden Wassers vom Luftdruck abhängt, und hieraus die eigene Konstruktion eines hypsometrischen Thermometers abgeleitet. Mit dessen Hilfe ließ sich aus der divergierenden Temperatur eines Siedepunktes die Höhe des jeweiligen Standorts berechnen: je früher erhitztes Wasser zu kochen beginnt, desto höher befindet sich der Messende mit seinem Thermometer. *"Mithin ist das Thermometer"*, hielt de Caldas 1802 in jenem *"Ensayo de una memoria sobre un nuevo método de medir las montañas por medio der termómetro"*, der erst siebzehn Jahre später, 1819, just im europäisch fernen Bordeaux erschien, lapidarisch fest, *"ebensogut für Höhenmessungen zu gebrauchen wie das Barometer"* (zitiert nach [2]).

Das war mindestens dortzulande absolut neu und beschäftigte de Caldas seither fast ausschließlich. *"Wir befinden uns"*, hatte er schon am 20. Mai 1801 an Freund Arroyo geschrieben, *"am Vorabend einer Entdeckung, die meinem Lande zur Ehre gereichen wird"* [45] : denn er habe ein Mittel gefunden, einzig mit dieser seiner neuën Thermometerskala die Höhe jedweden Ortes haargenau zu bestimmen.

Was er in seiner weltabgeschiedenen Isolation nicht wissen konnte: ein erstes solches Thermometer hatte schon vor 67 Jahren in Danzig der deutsche Physiker Daniel Gabriel Fahrenheit entwickelt, vor 58 Jahren in Uppsala der schwedische Physiker Anders Celsius gründlich erörtert und schließlich vor erst 24 Jahren in London die *British Royal Society* mit ihren Physikern Cavendish, Heberden und DeLuc bestätigt.

Von alledem aber waren in jenen Büchern, die 1801 in Popayán zur Verfügung standen, nur die entsprechenden Experimente des Londoner Mediziners William Heberden mit einem Luftthermometer erwähnt. *"Wie traurig ist das Schicksal eines Amerikaners!"*, notierte de Caldas 1802: denn *"wenn er nach langer Arbeit zufällig etwas Neues findet, kann er höchstens behaupten – in meinen Büchern steht das noch nicht!"* [6].

Noch aber hielt er seine Entdeckung geheim: auch Mutis gegenüber. Umso erschreckender traf ihn im Mai 1801 Freund Arroyos Nachricht, daß der deutsche Naturforscher Alexander von Humboldt, über dessen Aufsehen erregende Reise durch Südamerika Caldas da schon informiert war, just im nahen *Santafé de Bogotá* dieser Tage den Siedepunkt von Wasser gemessen habe.

Caldas schloß daraus sofort, daß Humboldt *"das Gesetz der Ausdehnung von Thermometerflüssigkeit in Wasser kennt und auch weiß, wie man damit Höhen berechnet. Es steht also fest, daß wir hinter Europa zweihundert Jahre zurück sind!"* [7].

Trotzdem wollte er seine eigenen Erkenntnisse *"noch nicht für nichtig halten"* [7] und antwortete Arroyo mit wissenschaftlich emotionsloser Sachlichkeit und Unvoreingenommenheit:

"Laß uns diesen weisen Baron erwarten, laß uns seine Prinzipien und Folgerungen auch beim Beobachten erhitzten Wassers prüfen. Dann erst werde ich Dir sagen, ob an meinen eigenen Beobachtungen und unserer Theorie etwas neu ist oder ob ich da nur auf Dinge gestoßen bin, die in Europa schon längst bekannt sind" [7].

Er scheint da schon gewußt zu haben, daß Humboldt

eigens in Santafé war, um Mutis zu treffen: *"seine Bibliothek zu benutzen, unsre Pflanzen mit den Seinigen zu vergleichen"* [1] und von diesem als *"sehr mürrisch und zurückhaltend beschriebenen [...] alten Mann"* mit *"einem Triumphzug"* empfangen, im eigenen *"Haus mit Hof, Garten und Küche, mit damastenen Kanapees, dem non plus ultra amerikanischer Pracht"* [1] königlich beherbergt und bewirtet, *"in den innigsten Freundschaftsverhältnissen"* (zitiert nach [8]), auch *"mit Güte und Wohltaten überhäuft"* [1] worden war, aber nach seinem dortigen Aufenthalt, der wegen einer Malaria-Erkrankung seines wichtigsten Reisegefährten zwei unverhofft ganze Monate lang für geologische, botanische, magnetische, astronomische und barometrische Beobachtungen und Messungen genutzt werden konnte, von *Santafé de Bogotá* nach Quito weiterreisen

und unterwegs just auch in Popayán Station machen wollte: in seinem, in Francisco Josés Geburts- und Wohnort Popayán! Humboldt in Popayán!

Auch diese Rücksichtnahme auf den erkrankten Freund

Aimé Bonpland (1773-1858),

recte seinen Namensvetter Alejandre Goujaud, einen französischen Arzt und Biologen, speziëll Botaniker aus *La Rochelle,*

den Humboldt, selbst ja Sohn einer Hugenottentochter namens Colomb, zufällig in einem Pariser Hotel in der *Rue Colombier zu treffen "das Glück hatte"* [8] und ebendort für diese Abenteuërreise just ins Colombianische angeheuërt hatte,

war damals schon über alle wissenschaftlich wertvolle Zusammenarbeit und Kollegialität hinaus auch mit erotischem Flair oder Makel behaftet.

Dieser vier Jahre jüngere Duzfreund, einer von dreiën in Humboldts ganzem Leben, blieb auch noch über viele spätere Jahrzehnte räumlich extremer Entfernung *"mein teurer und ausgezeichneter"* (1849) oder *"lieber und bester Freund"* (*"cher et excellent"*, noch 1853, 84-jährig), mit dem ihn ausdrücklich *"alle Bande herzlicher Freundschaft"* (*"les liens de la plus affectueuse reconnaissance"*) verknüpften, die *"erst mit meinem Leben enden wird"* (*"qui ne cessera qu' avec ma vie"* [9], 1835).

Noch 1842 hatte der 73jährige einem Brief, der Bonpland erst sechs Jahre später erreichte, seinen *"heftigen Wunsch"* gestanden, *"Dich vor dem Tod, der nicht fern sein kann, noch einmal zu umarmen"* [9].

Wieviel leidenschaftlicher müssen da jene *"mille tendres amitiés"* (*"tausend zärtlichen Freundschaftlichkeiten"* [9]) des 66jährigen Briefstellers gewesen sein, als er 31jährig mit dem 27jährigen Malaria-Rekonvaleszenten noch in den Gastlichkeiten von *Santafé de Bogotá* genüßlich zu schwelgen vermochte!

Wohl noch dort wie auf vielen anderen Stationen ihrer abenteuёrlichen Reise durch Südamerika lasen sie abends immer wieder in Bernardin de Saint-Pierre's damals ungemein populärem Moderoman *"Paul et Virginie"*, der die rührend tragische Liebesgeschichte zweiёr unehelich illegitimer Exoten erzählt, wie sie auf einer Insel mitten im *Indischen Ozean* alle konventionellen Schranken ignorieren und sich denen zum Trotz tollkühn lieben.

Humboldt und Bonpland lasen sich auch gegenseitig begeistert und tränenselig vor, wie dieser Autor im Gefolge Jean-Jacques Rousseaus *"die Schönheit der Tropennatur mit der sittlichen Schönheit eines kleinen Gemeinwesens in Einklang zu bringen"* [10] wußte, in welchem Humboldt *"zwei anmutvolle Gestalten in der wilden Pflanzenfülle des Waldes sich malerisch, wie von einem blütenreichen Teppich sich abheben"* [11], gar als Spiegelbild auch ihres eigenen Männerpaares sah: als Außenseiter der bürgerlichen Gesellschaft.

"Fast sechs Jahre lang", weiß Humboldts Biograf Kurt Schleucher, war dieses *"erste literarische Dokument des Exotismus"* Humboldts einziger belletristischer Reisebegleiter, *"sein Vademecum"* und *"auf seinem Grund ein Innenspiegel, in dem man Humboldts seelisches Beteiligtsein zu gewahren meint"* [8]:

"Wir empfanden ein Entzücken, von dem wir uns keine Rechenschaft zu geben vermochten", denn *"ein Freund tröstet den andern [...] , um einem einzelnen Menschen Freude und Hoffnung zu bringen"* (zitiert nach [8]).

Kein Zweifel, daß diese ihre wechselseitigen Tröstungen nicht nur literarisch blieben, auch manchem Augenzeugen auffielen und sich als "stille Post" durch die Lande und durch die Zeiten kolportierten. Wilhelm Schulz jedenfalls, emeritierter Hochschullehrer der argentinischen Universität in Tucumán, spielte noch 1960 verschämt darauf an: *"Wie Brüder vereint eroberten Humboldt und Bonpland eine neue Welt"* [9], und Kurt Schleucher bezeichnete Bonpland noch in seiner

Humboldt-Biografie von 1985 mit klassisch gebildeter Verschlüsse-
lung, aber ungeniert als *"einen sanften Patroklos, der den feurigen
Achilles furchtlos in die grüne Hölle"* begleitete, und versäumte da
nicht, dessen künstlichen Vornamen vielsagend zu übersetzen:

*"Hätte er schöner, sinnvoller heißen können? Aimé – der Gelieb-
te!"* [8] . Humboldt selbst sagte über diese Verbindung schon vor ihrer
Reise: *"Welche Verheiratung!"* [1] .

In so intimer Kumpanei also reiste dieses Paar nach Bonplands Genesung
im Herbst 1801 von *Santafé de Bogotá* nach Quito und machte nach einer
Fußwanderung (*"Nous préférâmes d'aller à pied"* [12]), gar *"über die Mittel-
kette der neugranadinischen Anden"* [2] und durch Flußbetten, schlammige
Hohlwege, lebensgefährliche Bambussümpfe, die ein tägliches Pensum von
höchstens *"sechs bis neun Meilen"* [1] ermöglichten, Station zuërst auf etwa
halber Strecke in der Ortschaft Buga. Aber um ins eigentlich angestrebte
Popayán zu gelangen, mußte Humboldt erst mit ganzer Equipe den *"unwirt-
lichen Quindío-Paß"* und das Cauca-Tal überqueren.

In Popayán, das von Bogotá heutzutage über 370 Luftkilometer oder knappe
anderthalb Flugstunden zu erreichen ist, traf die Expedition mit ihren fünf
indianischen Lastträgern (*"für feinere Instrumente, Barometer, Thermometer, Hygrometer"* [1]) und einer Herde von zwölf Ochsen und Maultieren erst
nach genau zwei Monaten am 4. November 1801 ein.

Ausgerechnet da jedoch hielt sich Francisco José de Caldas, der einem Treffen mit dieser europäischen Koryphäe nun also auch im Messen von kochendem Wasser ungeduldigst entgegenfieberte, schon seit drei Monaten
gar nicht in seinem Popayán auf. In Begleitung von

Toribio Rodríguez,

einem freiheitlich gesonnenen Philosophie-Dozenten und Rechtsanwalt in lokalpolitisch vielfältiger Verantwortung,

war er am 11. August 1801, nur eine Woche nach seinen ersten Kontakten
mit dem großen Mutis, ins südlich weit entfernte, heute ecuadorianische

Quito aufgebrochen: zur juristischen Vertretung seiner Eltern und Geschwister in Erbschaftsstreitigkeiten just gegen seinen hochverehrten, seinen *"amadísimo"* Vetter

Camilo Torres y Tenorio (1766-1816),

Vizerektor der Universität in Santafé, Autor und politischen Kopf der kolumbianischen Unabhängigkeitsbewegung, den de Caldas gleichwohl als einen Freund bezeichnete, *"den ich enthusiastisch liebe"*: *"un amigo que amo con entusiasmo"* [45].

Familiär und juristisch aber unumgänglich, mußte er zu so perversen Berufungsverhandlungen eines Prozesses, den er in Popayán schon gewonnen hatte, in die fremde Metropole.

Von dort aus schrieb er auch seinem Freunde Antonio Arboleda nach Popayán, vergatterte ihn brieflich, seine ominöse Erfindung jenes Thermometers für Höhenermittlung dem Berliner Stargast *ante portas* strikt zu verheimlichen, ihm aber gleichwohl aufmerksamst zuzuhören und *"jeden irgend möglichen Nutzen aus einer solchen Gelegenheit zu ziehen, die zu unsern Lebzeiten vermutlich einzigartig bleiben wird"* (zitiert nach [4]): die kulturelle Sensation einer Audiënz, die das gelobte Europa in diesem speziëllen *Wilden Westen* zu suchen sich herabließ.

Was de Caldas gar nicht gewußt zu haben scheint: auch dieser vertraut delegierte Antonio befand sich da gar nicht in Popayán, sondern zur Lösung von Problemen seiner eigenen Familië auf deren Hacienda weit außerhalb.

In Popayán wohnte Alexander von Humboldt mittlerweile auf Empfehlung eines königlich spanischen Beamten aus jenem nördlich passierten Honda bei dessen Bruder Don Francisco Diego, hiesigem Tabakadministrator, und seiner Ehefrau Doña Manuela Angullo, *"deren Vater das Geld zur Caucabrücke in Popayán zinsfrei vorschoß"* [1].

Dieser gastliche *"Francisco ist fast sechzig Jahre alt, ein Gemisch von Mürrischkeit und Laune, von sehr vielem gesundem Verstand und natürlichem Talent, aber unendlich plump und unverschämt grob gegen alle Kreolen. Auch wir mußten viel von seiner Unfeinheit leiden; voll unerbetenen Rats *mischte er sich in alles; kaum zog man ein Instrument aus dem Koffer, so legte er es weg, damit es sicherer sei. Alle Mittag zankte er mit der Frau"* [1] .

Aber durch diesen Gastgeber lernte Humboldt auch die hiesigen Honoratioren, teils Spaniër, teils Kreolen, kennen: Gouverneur Diego Nieto, Münzmeister Joaquín Valencia und jenen Manuel María Arboleda, hiesigen Provisor des Bistums (und mit seinem absenten Bruder Antonio Verwandter und Freund des absenten de Caldas), die ihm sämtlich wiederholte Höflichkeitsbesuche abstatteten.

"Die Einwohner der hiesigen Stadt", schrieb Humboldt schon nach einer Woche an Mutis nach Santafé, *"haben eine viel höhere Kultur, als man erwarten konnte, aber eine viel geringere, als sie sich einbilden. Hier verschreiben alle Rezepte, weil sie Tissot gelesen haben, alle kennen Chemie und Physik, weil sie das Schauspiel der Natur gesehen haben"* [30] .

Übrigens aber sei doch *"die Liebe zu den Wissenschaften sehr schwach, deren sich die hiesigen Einwohner so sehr schmeicheln. Keiner wollte uns bei unseren schwierigen Exkursionen begleiten [...] , keiner hat die Wunder untersucht, die es hier ringsherum gibt, solche wie die Krater eines Vulkans, dessen Höhe und Lage ... "* [13] .

Humboldt selbst nämlich unternahm hier mit Aimé Bonpland drei ganze Novemberwochen lang solche Expeditionen ins Umland, um auch hier die Flora zu studieren, drei Tage lang den Krater des Vulkans Puracé und den *Río Vinagre* mit seinen schwefelsauren Katarakten zu erkunden und so beeindruckte Notizen wie diese an Mutis zu versenden:

trotz mancher Enttäuschung sei er doch *"sehr zufrieden, hier gute Anlagen zu sehen, eine geistige Regung [...] , den Wunsch, Bücher zu besitzen und die Namen von berühmten Männern kennenzulernen"* [13] .

Er seinerseits hatte hier durchaus auch höchst begierig (*"deseocísimo"*) auf eine Begegnung mit Francisco José de Caldas gehofft. Denn durch Mutis war er wohlinformiert über diesen erstaunlichen jungen Kollegen aus dem Hochgebirge, hatte schon dessen Beitrag über Höhenmessung im *"Correo Curioso"* gelesen und ihn mit dem Merksatz archiviert, dieser Caldas müsse ihm die beiliegenden Erkenntnisse *" e t   c e t e r a "* zugänglich machen: *"Demander à Mr. Caldas afin qu'il procure les notions suivantes etc."* (zitiert nach [2]).

Freilich war er da im nördlichen Cartagena schon jenem potenten Gönner
José Ignacio de Pombo aus Popayán begegnet, von dem er gehört haben
dürfte, was dieser über Caldas und dessen *"Genialität"* bei anderer Gelegenheit gern auch niederschrieb:

*"Seine Integrität, seine Liebe zu Mitarbeitern und Wissenschaften, sein ge-
mäßigtes und makelloses Verhalten, sein Patriotismus, sein Eifer und uner-
müdlicher Fleiß, sein gutes Urteil und schließlich seine Frömmigkeit schon
in jungen Jahren machen ihn zu einem außergewöhnlichen Menschen"* (zitiert nach [4]).

Aber ganz abgesehen von so charakterlicher Wertschätzung entsprachen jene astronomischen Beobachtungen, die Mutis ihm als die Basis auch all der
geometrische Messungen dieses Caldas referierte, genau Humboldts eigenem Forschungsprogramm auf dieser ganzen Reise. Schon vor einer persönlichen Begegnung mit diesem vielgepriesenen Genius schrieb er daher am
15. November 1801 in sein Tagebuch von Popayán:

dieser Caldas sei *"geradezu ein Wunder in der Astronomie, in diesem finsteren Popayán geboren, noch niemals weiter gereist als bis Santafé, aber baut
sich selbst Barometer"* und sonstige Instrumente für Messungen und Beobachtungen. *"Jetzt zieht er Meridiane, jetzt mißt er Breiten! Was würde dieser junge Mann nicht alles in einem Lande leisten, wo er [...] sich nicht alles selbst beibringen müßte!"* (zitiert nach [36]).

Bei so positivem Vorurteil mag es in Popayán für Humboldt ein Leichtes
gewesen sein, wenigstens José Caldas y García de Camba, Franciscos Vater,
kennenzulernen, der ihm bereitwillig jene Aufzeichnungen zu lesen gab, mit
denen der Sohn seine Beobachtungen protokolliert hatte. Dabei war für
Humboldt besonders interessant, wie de Caldas von beobachteten Verfinsterungen der Jupitermonde auf die Berechenbarkeit von terrestrischen Längengraden schloß. Das entsprach genau dem, was und wie er selbst es tat.

In Briefen an die führenden europäischen Astronomen José Jerónimo Le
Français de Lalande in Paris und Sir Neville Maskelyne in London machte
Humboldt schon jetzt in Popayán auf de Caldas aufmerksam und empfahl
ihn ihrem künftigen Interesse [104].

Umso aufgeschlossener sah er natürlich der voraussehbaren Begegnung mit diesem unbekannten Protégé in Quito entgegen, wohin er mit seinem ganzen Troß am 27. November 1801 in Popayán aufbrach.

Auch de Caldas war wohl angemessen informiert. Denn am 6. Dezember 1801 entschloß er sich in Quito zu einem schwergewichtigen Brief an den nahenden *"Herrn Baron"*:

"Seitdem ich Nachricht von Ihrer Reise um die Welt hatte und Sie die Grenzen von Neugranada berührten, hat mich weder ein anderer Gedanke beschäftigt, noch habe ich andere Nachrichten gewünscht als die auf Ihre Kenntnisse, Ihre Beobachtungen und Ihre persönlichen Eigenschaften bezüglichen. Das waren meine Lieblingsbeschäftigung und der fast einzige Gegenstand meiner Unterhaltungen und der Korrespondenz mit meinen Freunden in Cartagena und Santa Fé. [...]

Es ist sehr eigen von einem Mann, der trotz seiner Geburt im Herzen Amerikas und inmitten eines Volkes, in dem die Wissenschaften im allgemeinen gering geschätzt werden, aus den Händen der Natur eine heiße Liebe zu diesen und zu denen, die diese lehren, empfangen hat. Mit diesen Fähigkeiten ausgestattet, konnte ich nicht gleichgültig der Ankunft eines so angesehenen Gelehrten in unseren Ländern zusehen, eines Gelehrten, der, nachdem er Europa bereichert hat, zu uns gekommen ist.

Auch ist es vielleicht die einzige Gelegenheit, die sich mir in meinem ganzen Leben bietet, mit einem wirklich gebildeten Mann zu verkehren [...] , der mir bedeutende Lektionen über Gegenstände geben könnte, die im gebildeten Europa zwar allgemein bekannt, aber noch nicht auf den neuen Kontinent gelangt sind. [...]

Wenn dieses von den Historikern und Naturforschern der Neuen Welt fast vergessene Land von den gelehrten Nationen wahrgenommen wird, wird es anfangen, unter den europäischen Kolonien eine Rolle zu spielen [...] , wird es meinen Landsleuten die Augen öffnen, es wird sie auf die vorteilhafte Situation aufmerksam machen, daß sie durch Reichtümer, deren Besitzer sie sind, sich auf die höchste Stufe der Macht, der Bildung und des Ruhms erheben können" [14] .

Dieser erstaunlich hellsichtig zutreffenden Situationsbeschreibung ließ der junge de Caldas dann gegen Ende dieses langen Briefes eine demonstrative

Geste allerhöflichster Huldigung folgen und kündigte an, dem hohen Gast gute hundert Kilometer entgegenzureisen und ihn in *San Miguel de Ibarra*, heutiger Metropole der ecuadorianischen Provinz Imbabura und von rund 115 000 Menschen bewohnt, endlich persönlich willkommen zu heißen:

"wo ich Sie erwarte und wo ich auf Ihre Anordnungen hoffe" [14].

Hiernach erst holte der geschickte Briefschreiber, damals eben 33 Jahre alt wie fast auch Humboldt, zum eigentlichen Anlaß dieser Epistel und seiner ganzen überschwänglichen Annäherung aus. Er offenbarte, was er sich unübersehbar gründlichst überlegt und mit nüchterner Analyse als jene unwiderbringlich *"einzige Gelegenheit"* seines ganzen hinterwäldlerischen Lebens *"hinter den sieben Bergen"* der hohen Anden und am Ende der damaligen Welt begriffen hatte:

"Ich bin glücklich, wenn ich Ihnen bei jeder Gelegenheit, während Sie unter uns weilen, zu Diensten sein kann!" [14]

Das aber war erst die konkrete *captatio benevolentiæ* zum Kernsatz seines Planes:

"Tausendmal glücklicher, wenn ich frei von den Ketten, die mich an diesen, den Wissenschaften feindlichen Boden binden, Ihnen bis zu den entferntesten Regionen folgen könnte" [14].

Er trug sich da schon als Reisebegleiter an.

Er trug sich jetzt schon, prophylaktisch, als unprovinziëllen Globetrotter an, dessen Fernziel bereits Humboldts Heimat, das europäische *Orplid* gewesen sein dürfte, wo man Entdeckungen in Danzig, Uppsala und London nicht nur rechtzeitig erfahren würde, sondern sie selbst auch weiterentwickeln und in wissenschaftlichem Scheinwerferlicht überragen, überstrahlen und ausstechen könnte.

Humboldt sollte offenkundig schon im Vorhinein diesen Herzenswunsch, diesen Anspruch, diesen Ehrgeiz kennen und ihr baldiges Treffen unmißverständlich in solchem Lichte sehen.

Eine kühne, eine kluge, eine selbstbewußte Attacke.

Aber um wirklich aufs Ganze zu gehen, legte de Caldas in den Schlußformeln dieses Briefes seinen heikelsten Sprengsatz: er spielte auf erotische

Bereiche an und ergänzte seine erstaunlich weitsichtig, fantasievoll und formvollendet ausgebreiteten Wünsche für Humboldts Wohlergehen um diesen prekären, intimen und wohlinformierten Zusatz:

"Die gleichen Wünsche übermittle ich Ihrem Freunde und Reisegefährten, Herrn Bonpland, dem Sie Liebe und ein Wohlwollen entgegenbringen, das auch ich ihm bekunde, und beide können Sie in allem auf mich als Ihren Bewunderer rechnen: ambos podéis contar con todo lo que puede vuestro amirador

F. J. de Caldas"[14].

Er unterstellte da unverkennbar, daß Humboldt schon wußte oder allzubald erfahren würde, daß auch er mit seinen 33 Jahren noch immer unüblich unbeweibt und an Frauën uninteressiert war.

Jetzt waren sie beide schon *a priori*

auf dem allerschlüpfrigsten Parkett

dieses ganzen spanischen Vizekönigreichs.

Mitten im Vorspiel aber zu dieser wagemutigsten Aktion und Weichenstellung seines ganzen Lebens teilte er noch vierzehn Tage später, als Humboldt noch zu Füßen des Vulkans Galeras auf halber Strecke in *San Juan de Pasto* pausierte und zwischen lauter *pastusos*, dortigen Ostfriesen, diesen Brief seines unbekannten Verehrers schon gelesen hatte oder gerade las, am 21. Dezember 1801 noch aus demselben Quito einem Freunde brieflich mit:

"Ich beeile mich, nach Ibarra zu reisen. Ich möchte diesen großen Mann allein und ohne das Heer seiner Schmeichler treffen. Ich hoffe, ihm alle meine diversen Beobachtungen zeigen und seine weisen Kommentare zu alledem entgegennehmen zu können. Welche wohlbegründetsten Hoffnungen ich habe, ein richtiger Astronom zu werden!" (zitiert nach [4]).

Zehn Tage später, am Silvestermorgen des ersten Jahres in jenem neuën, dem 19. Jahrhundert, standen sich Francisco José de Caldas y Tenorio und Friedrich Wilhelm Heinrich Alexander Freiherr von Humboldt, 33 und 32 Jahre alt, um elf Uhr vormittags, *"a las once del día"*[44] und 2 200 Meter über dem Meeresspiegel im spanisch indianischen Andenstädtchen Ibarra erstmals gegenüber: *"Qué momento tan felix"*, welcher Glücksmoment [44]!

In *"einer der freundlichsten Ortschaften des Anden-Hochlandes"* [2] gestand da *"dieser junge Preuße"* (*"este joven prusiano"* [44]) sofort völlig offenherzig und freimütig (*"con una franqueza y liberalidad sin igual"* [44]) seine Neugier und Spionage im Elternhause Caldas y Tenorio ein und machte schon bei ihrer ersten gemeinsamen Mahlzeit vor Ohrenzeugen Komplimente, die der heimlich Ausgespähte in späteren Briefen so zitiert hat:

"Ich habe schon Ihre wertvollen astronomischen und geographischen Arbeiten gesehen. Sie wurden mir in Popayán gezeigt. Ich habe da Höhenmessungen von solcher Präzision gesehen, daß sie sich von meinen eigenen nur um höchstens 0,01 Gradsekunde unterscheiden. [...] Ihr Vater hat mir ohne Ihre Zustimmung eine Kladde mit Aufzeichnungen von Beobachtungen und Berechnungen des verfinsterten ersten Jupitermondes gezeigt, die genau denselben Längengrad ergeben wie mein eigenes Chronometer – lesen Sie selbst!" [15]

Er habe dann, berichtete de Caldas schon am 21. Januar 1802 dem Freunde Santiago nach Santafé, eine französische Lobeshymne zu sehen bekommen, wie er sie gar nicht verdiene: *"He visto un elogio en francés, que no merezco"* [15].

Einzig diesem *"amadísimo amigo"*, seinem *"depositario de todos mis pensamientos"* oder Depot für geheimste Gedanken, könne er, wenn auch nur schamrot (*"lleno de rubor"*) und in höchst fehlerhafter *olla podrida* ihrer beider Idiome, Humboldts Votum wiedergeben:

"Il este ettonant que ce jeune americain se haya elevado hasta las más delicadas observaciones de la astronomía por sí mismo, y con unos instrumentos, hechos de sus manos" [15]: das sei erstaunlich, wie dieser junge Amerikaner sich aus eigener Kraft und mit selbstgebauten Instrumenten zu den heikelsten Beobachtungen der Astronomie aufgeschwungen hat!

"This was clearly", hat Biograf John Wilton Appel noch 1994 in Philadelphia begriffen, *"the beginning of a mutually beneficial relationship"* [4] – der Beginn einer wechselseitig bereichernden Beziehung.

Ihr fachlicher Kontakt muß unverzüglich vorhanden gewesen sein. Denn auch für Humboldt war es die erste hiesige Gelegenheit seit zwei Jahren, sich über astronomische und geographische Beobachtungen so professionell, kompetent und authentisch auszutauschen.

Beglückt ließ de Caldas den Europäer weitere astronomische Aufzeichnungen sehen und zeigte ihm auch jene beiden Landkarten, die er von Timaná und der Gegend zwischen Tocaima und Neiva am *Oberen Río Magdalena* angefertigt hatte. Sie ergänzten Humboldts eigene Karten zu einem kartografischen Gesamtbild jenes ganzen gewaltigen Magdalenen-Flußtals, das die westliche *cordillera central* (mit Popayán) und die *cordillera oriental* (mit Bogotá) majestätisch und reisegünstig trennt (oder eher verbindet).

Humboldt gestand, er habe in all den offiziëllen Büros von Carácas, Cartagena und Santafé zahllose Landkarten gesehen, aber die einzige astronomisch fundierte sei jetzt diese hier von Timaná gewesen. Er ließ sie sich ebenso kopieren wie die astronomischen Beobachtungen und Ortsbestimmungen, die de Caldas von Popayán und unterwegs von Ibarra nach Quito angefertigt hatte, und sagte dann auch jenen entscheidenden und sehnlichst erhofften Satz:

er wolle, daß die ganze Welt ihn kennenlerne: "quiere que me conozca el mundo entero" [15/44].

"Welche Ehre, welcher Ruhm für mich, mein geliebter Antonio, meine Arbeiten neben denen des Barons vor dem Antlitz des Universums erscheinen zu sehen – ver mis trabajos aparecer a la faz del universo!" [15/44].

De Caldas seinerseits lernte von Humboldt gleich eingangs die physikalische Wahrheit über negativ geladene Elektrizität, die er bislang nur *"für ein Spannungsdefizit gehalten hatte"* (zitiert nach [4]).

Gemeinsam verbrachten sie noch zwei oder drei stimulierend harmonische Tage in diesem Ibarra ihrer stigmatisierenden Begegnung. Gemeinsam überlebten sie dort auch ein Erdbeben in jenen allerersten Januartagen 1802 und fielen um ein Haar einem anschließend jähen Hochwasseranstieg zum Opfer: ertranken fast gemeinsam.

Solche Lebensgefahr mag sie nur umso enger verbunden haben. Hiernach brachen sie gemeinsam auf, überquerten zu Fuß und zu Füßen des 5 800

Meter hoch unbestiegenen und tief verschneiten Vulkans Cayambé gemeinsam den Äquator und erreichten am 6. Januar 1802 ihr Reiseziel *San Francisco de Quito*, den damals *"bedeutendsten Platz des gesamten Vizekönigreichs Neu-Granada"* [2)] und mit etwa 3 500 Einwohnern *"äußerlich präch-
tiger und europäischer als Bogotá"* [2)] .

"Die Provinz Quito, die höchste Hochebene der Welt", beschrieb sie Humboldt später in einem Brief an den französischen Astronomen Jean Baptiste
Delambre in Paris, *"bot uns ein weites Feld für naturwissenschaftliche Beobachtungen. So unermeßliche Vulkane, deren Flammen sich oft bis 900
Meter hoch erheben [...] , stoßen Wasser, Schwefelwasserstoff, Schlamm
und kohlensauren Ton aus. Seit 1797 ist dieser ganze Teil der Welt in Bewegung. Alle Augenblicke erleiden wir fürchterliche Erschütterungen, und das
unterirdische Getöse [...] ähnelt dem eines unter unseren Füßen einstür-
zenden Berges"* [17)] .

Schon am vierten hiesigen Tage, dem 10. Januar 1802, unternahmen Humboldt und de Caldas eine erste gemeinsame Wanderung in dieses Hochgebirge vornehmlich östlich von Quito. Dem folgte ein halbes Jahr lang noch
manche andere. In Sonderheit die unzugänglich hoch gelegenen und lebensgefährlichen Krater der vierzehn aktiven Vulkane rings um Quito zogen
Humboldt magisch an: Pichincha mit seinem Zwilling Rucu-Pichincha, Antizana, Cotopaxi, Iliniza und all die anderen.

Noch seine dritte Expedition auf den sonderlich sorgfältig vermessenen Pichincha, die er *"am 28. Mai* [1802] *, morgens viereinhalb Uhr"* [1)] unternahm, fand in Begleitung von de Caldas und Bonpland statt. *"Der arme
Bonpland"*, steht in Humboldts Tagebuch, *"bekam keine Luft mehr. Er fiel
wiederholt in Ohnmacht"* [1)] .

Ihm selbst, der beim ersten Versuch vor fünf Wochen gleichfalls in Ohnmacht gefallen war, wurde *"noch vier Tage nach der Rückkehr vom Antizana"*, wo *"wir glaubten zu ersticken"*, gesteht er im Tagebuch, *"in Quito
schlecht, sobald ich etwas schneller ging. Lautes Sprechen benahm mir den
Atem. Nach diesen Erfahrungen glaube ich, auf 5 600 oder 5 800 Metern
könnte man sehr leicht Blutstürze riskieren und in gefährlichem Umfang das
Bersten der Lungengefäße erleben"* [1)] .

Der ortskundigere Francisco José war hier zwar zu Hause geblieben: vorgeblich aus Gesundheitsgründen. Aber er war Humboldt gern behilflich, die vielen Gesteinsproben all der erklommenen Vulkane in Kisten zu verpacken und an die Naturaliënkabinette in Paris, Madrid und Florenz abzuschicken: *"Die Vulkan-Produktionen der hiesigen Gebirge haben bis jetzt kein europäisches Cabinet geziert; heute schicke ich sie"*, schrieb Humboldt im Geleit: *"Ich habe die Topographie der meisten dieser Kolosse aufgenommen, sie barometrisch und geometrisch gemessen und sorgsam die Gesteinsformationen untersucht"* (zitiert nach [8]).

Hierbei, unterwegs und an den Ruhetagen zwischendurch fand de Caldas viele Gelegenheiten zu ersehnten Fachgesprächen mit diesem freundschaftlich aufgeschlossenen prominenten Experten aus Berlin und Paris. Humboldt seinerseits fand die barometrischen Höhenmaße dieses kolumbianischen Kollegen notierenswert und revanchierte sich mit der freigestellten Lektüre seiner eigenen Notate, mit methodischen Hinweisen und seinen Anleitungen zum Gebrauch astronomischer und meteorologischer Instrumente. Er überließ ihm auch astronomische Tabellen, einen Sternenkatalog mit 560 Himmelskörpern anstelle jener 120 hier bisher aufgelisteten und ein Verzeichnis von Buchtiteln, Instrumenten und künftigen Projekten, *"die mich unsterblich machen können.*

Ich bin außer mir",

gestand er Santiago Arroyo brieflich: *"yo estoy fuera de mí"*[106]. Denn nicht nur für sich persönlich, auch für seinen Vater, seinen hilfreichen Freund Santiago und das ganze heimische Popayán begann er, von *"Unsterblichkeit"* zu träumen: *"a immortalizar a él, a su casa y a Popayán"*, das durch die Leistungen dieses seines Sohnes *"alle amerikanischen Städte überragen werde"*: *"distinguirse entre todas las ciudades de América"*[106].

"In der Astronomie", frohlockte der so Beschenkte, *"kenne ich mich nicht wieder. Ein dicker Schleiër von Problemen vor meinen Augen ist verschwunden, und vielen meiner Beobachtungen und unvollendeten Arbeiten fehlte nur diese Hand eines Meisters, um ihnen den letzten Anstoß zu geben"* (zitiert nach [4]).

Sie vermaßen auch gemeinsam, und de Caldas konnte feststellen, *"was er wußte und was er nicht wußte [...], wie lückenhaft sein Wissen und was für ein guter Wissenschaftler er trotzdem schon war"* [4].

Aber *"¡qué terrible situación es la mía!"*, beklagte er seine Lage schon nach drei Wochen in einem Briefe wieder an Freund Antonio Arboleda als ausdrücklich schrecklich:

"Von der Natur die noch schrecklichere Liebe zur Wissenschaft geschenkt zu bekommen, aber sich gezwungen zu sehen, mitten unter diesen barbarischen Quiteños zu bleiben. Diesem Manne nicht bis ans Ende der Welt folgen zu können, gleicht einer Verurteilung zur Ignoranz. O glückloses Schicksal, suerte desgraciada! Wofür lebe ich, wenn ich zum Glück unserer Gattung nicht beitragen darf? Mi genio, mi destino oder mein Genius, meine Bestimmung ist die Wissenschaft. Aber ich soll in der finstersten Barbarei begraben bleiben? Ach, mein Antonio! Ich bin außer mir und gerate in eine Wut, die der Verzweiflung gleicht, que se equivoca con la desesperación!" [15/44].

Aber in diesem selben Briefe stand auch schon der verräterische Satz: *"Yo estoy resuelto a seguirlo a Guayaquil: ich bin fest entschlossen, ihm in den Hafen von Guayaquil zu folgen"* [15/44].

Das alles schrieb de Caldas schon Ende Januar 1802 nach Popayán.

Inzwischen aber wurde sein lehrreicher und fruchtbarer Austausch mit *"dem Baron"* noch beflügelt, weil Humboldt mit einer Empfehlung jenes Gastgebers José Ignacio de Pombo in Cartagena sein hiesiges Logis bei dessen Freunde und Kollegen Juan Pío Montúfar y Fraso Larrea, *Zweitem Marqués de Selva Alegre*, gefunden hatte. Kaum zehn Jahre älter als sein willkommener europäischer Gast, hatte dieser Krösus *"die Güte, uns ein herrliches Haus einzurichten"*, das neben dem Stadthaus an der *Plaza Mayor* lag und *"uns alle Bequemlichkeiten bot, die man nur in Paris oder London erwarten könnte"* [12].

Der sich da so generös erwies, war der jüngst ernannte *Erste Alcalde Ordinario* (Stadtrichter), zuvor schon oder gar zugleich auch *Intendente de Policía* (Polizeichef), *Juez de Comercio* (Handelsrichter), Oberstleutnant der Infanteriemiliz von Ibarra und in Quito gar *regidor perpetuo*: Ratsherr auf Lebenszeit.

Schon sein Vater, noch im andalusischen Granada geboren, war in Quito Präsident der allmächtigen *Audiencia*, Oberster Verwaltungsbehörde und Appellationsgerichtshofs in Einem, gewesen und vom spanischen König 1747 in Anerkennung von *"calidad, méritos y circonstancias"* (*Rang, Verdiensten und Umständen*) als *Marqués de Selva Alegre*, quasi *Markgraf eines Freundlichen Urwalds*, in den vererbbaren Adelsstand erhoben worden. Das war dort damals die denkbar *"höchste soziale Auszeichnung, die eine Person und Familie erreichen konnte"* [19]. In ganz Quito gab es inzwischen nur elf solche Marquesate.

Namentlich im Falle der so nobilitierten Familië Montúfar, die sich rechtzeitig mit der ebenso einflußreichen Sippschaft der Larreas, auch aus Spaniën, ehelich vermischt hatte, waren Adel und Ämter überdies an beträchtlichen Wohlstand gekoppelt. Als Humboldt eintraf, gehörten dieser Familië zehn ererbte oder erworbene Haciendas, über das ganze Umland verteilt, mit etwa 14 000 Schafen und 1 000 Rindern; später kamen noch vier weitere solche Latifundiën mit Viehzucht und ertragreicher Landwirtschaft hinzu.

Aber dieser Marqués war so nicht nur eine der wichtigsten Honoratioren von Quito, sondern dort auch einer der vielseitigsten und wohltätigsten Sponsoren. *"Eifrig um den Fortschritt der Wissenschaften bemüht"*, hat Humboldt ihm später in seinem Reisetagebuch bestätigt: *"ein leidenschaftlicher und großzügiger Patriot [...] , der die ersten europäischen Erdbeeren nach Quito einführte, wo es sie heute in Fülle gibt, der eine Patriotische Gesellschaft gründete, der Landwirtschaft und Manufaktur ebenso klug wie großzügig fördert"* und nicht zuletzt versuchte, *"die Flüsse der Provinz zu beleben (wiederzubeleben). Er ließ mehrmals Fische aus dem Río Napo kommen, dem nächstgelegenen Fluß mit Fischen"* [1].

Dieser einfallsreiche Ahnherr heutiger Ökologen lud nun seine europäischen Edelgäste allzubald auch in jene Hacienda ein, die er in *Los Chillos*, einer Art Villenvorort etwa dreißig Kilometer südlich von Quito, mit seiner eigenen markgräflichen Familië bewohnte.

"Mehr als einen Monat verbrachten wir im Tale Los Chillos, auf dem schönen Landsitz des Marqués [...] , dessen Familie uns mit beispielloser Großzügigkeit bewirtete" [1].

Doch *"bei Tische"*, hat Rosa, die einzige Tochter des Hauses, später über diesen exotischen, aber *"immer galanten und liebenswürdigen"* Gast aus Preußen berichtet, *"verweilte er nie länger, als notwendig war, den Damen Artigkeiten zu sagen und seinen Appetit zu stillen. Dann war er wieder draußen, schaute jeden Stein an und sammelte Kräuter. Bei Nacht, wenn wir längst schliefen, guckte er sich die Sterne an. Wir Mädchen konnten all das noch viel weniger begreifen als der Marqués, unser Vater"* [1].

Auf diesem Landsitz, hat Humboldt selbst akribisch festgehalten und bestätigt, *"vollendete ich die Karten von Orinoko und Río Negro; ich berechnete meine astronomischen Beobachtungen von Bogotá; ich lehrte die Söhne des Marqués, Pläne aufzunehmen, militärische Positionen zu zeichnen; ich arbeitete dort über Elektrizität, vermaß sehr sorgfältig den Pichincha. Aber ich wartete vergeblich auf die Verfinsterung der Jupitersatelliten. Innerhalb eines Monats konnte man nicht eine einzige beobachten"* [1].

Denn wirklich vom 16. Februar bis zum 19. März 1802 blieb er mit Bonpland in diesem Tale von *Los Chillos*, *"studiert die Topographie der Provinz"* [8] und unternahm von hier aus seine riskanten Expeditionen.

Das jedoch tat er hier nicht, wie zuvor überall, einzig und allein mit seinem Aimé. Seinen neuën Favoriten, diesen Francisco José aus Popayán, der ja gar nicht zur eingespielten Eskorte gehörte, sondern schon seit sechs Monaten als zugereister Erbschafts-Advokat in diesem Quito agitierte und logierte, hatte Humboldt tatsächlich in das gastliche Landgut der Montúfars in *Los Chillos* mitzunehmen oder einzuschleusen verstanden.

Zwar gab es dort nicht genügend Gästezimmer für jeden von ihnen separat, zwei mußten sich da schon ein Schlafgemach teilen. Humboldt und Bonpland waren das von unterwegs gewohnt, wo sie sich auf Dschungellichtungen in allabendlich indigen improvisierten Unterständen aus Lianenranken jeweils zwei Liegeplätze mit fünf oder sechs Indianern (und *"deren Ausdünstungen und gasförmigen Entbindungen"* [1]) problemlos zu teilen pflegten. Hier jedoch tat das Humboldt, warum auch immer, nicht mit seinem Pátroklos Aimé. Der nämlich wurde nun vielmehr mit Francisco José zusammengegeben: *"vivo en un mismo cuarto con este"* [20] – aus welchem Grunde und mit welcher Absicht, steht heute noch auf jenem verfinstert unsichtbaren Jupitermonde. Sollte ein Dritter in ihrem Bunde unverfänglich getestet werden?

Jedenfalls wissen wir so auch nicht, was dort wohl 31 Nächte lang erwartet, angeboten, ausgeschlagen, angenommen und erfüllt oder ignoriert und enttäuscht und versäumt oder aber eben ausgelebt wurde. Alles sowas ist da möglich.

Wir wissen nur, daß diese beiden Zimmer- oder Bettgenossen jedenfalls tagsüber beste Freunde waren und einvernehmlichst zusammenarbeiteten. Ganze *"37 Tage"*, hat John Wilton Appel in Philadelphia großzügig nachgerechnet, bescherten de Caldas da *"Instruktionen, Lektüre, Kopien, Feldforschung, Pflanzenbestimmung, Skelettierung und einen Intensivkurs in Botanik"* [4]. Dabei könne die Rolle, die der französische Bettnachbar für ihn spielte, gar nicht hoch genug eingeschätzt werden:

"cannot be overemphasized" [4].

Denn während *"der Baron"* sich mit seinem ganzen Riesenpensum aus Geologie, Botanik, Zoologie, Astronomie, Anthropologie und Sonstigem befaßte, verfolgte Bonpland seine Pflanzenstudiën auf akribisch, systematisch und hartnäckig spezifiziertere Weise und übernahm dabei mit großem Vergnügen auch noch die Kür eines Tutors. *"Der weise und gründliche Bonpland gab mir Bücher, sein immenses Herbarium und seinen Rat"*, hat de Caldas festgehalten, *"und ließ mich an seinen Studien teilhaben und alles kopieren, was ich wollte"* (zitiert nach [4]). So hoffte er jetzt, auch selbst zum Botaniker zu werden, notierte sich schon lateinischsprachige Bestimmungen und *"ging auch mit diesem freundlichen und erfahrenen Botaniker Pflanzen sammeln. Ich legte schon ein fabelhaftes Herbarium"* an: mit schließlich *"mehr als zweihundert getrockneten Pflanzen und lateinischer Beschriftung, die Bonpland korrigiert"* (zitiert nach [4]).

Die Atmophäre muß bestens, die Harmonie ihres Trios überaus stimulierend gewesen sein. Denn noch 33 Jahre später bat Humboldt an seinem eigenen 66. Geburtstag in einem Brief aus Paris den emigrierten Bonpland in *Buenos Aires*, er möge sich bitte *"an unser Leben in Chillo bei Quito"* erinnern und *"wie glücklich wir damals waren"*: *"Te souviens [...] de notre vie de Chillo près Quito. Que nous étions heureux alors!"* [22]

Auch de Caldas genoß es damals, *"wie wir einen Monat lang in einer schönen Hacienda zusammenlebten"* (*"como hemos vivido un mes juntos en una
bella hacienda"*) [49] . Er dürfte diese Annehmlichkeit umso beglückender
empfunden haben, als noch im Februar 1802 *"die Wohltaten, die ich hier
von diesem Gelehrten empfange, gar kein Ende nehmen"* [47] . Er sprach von
"nuestro calor": *"unserer Wärme"* oder *"Glut"* [47] . Humboldt seinerseits
nannte ihn nach wie vor auch noch hier in *Los Chillos* als Astronomen einfach *"ein Wunder"*:

*"Was hätte dieses Genie in einem gebildeten Volke geleistet, ¡qué habría
hecho este genio en medio de un pueblo culto!, und was könnten wir von
ihm in einem Lande erwarten, wo er nicht alles selbst machen müßte!"* [48]

Das mag de Caldas schließlich bewogen haben, nunmehr endlich, nach
mehr als acht Wochen solcher Gemeinsamkeit und Hochschätzung also, jenes größte Geheimnis seines jungen Gelehrtenlebens zu offenbaren: die Erfindung seines hypsometrischen Siedepunkt-Thermometers als optimalen
Höhenmessers.

Dessen fällige Weiterentwicklung hatte er im Hinblick auf die bevorstehen-
de Begegnung mit Humboldt für zehn Monate unterbrochen. Erst jetzt im
März 1802 wagte er, den *"Baron"* darüber zu informieren und nach befürchteten europäischen Parallelen oder Vorläufern zu befragen.

Humboldt verwies ihn ungerührt auf den Schweizer Naturforscher Horace-
Bénédict de Saussure (1740-1799), der in der Tat schon kochendes Wasser
zur Höhenmessung verwendete, wenn auch fehlerhaft: *seine Methode habe
sich als zu ungenau überholt.*

Später soll Humboldt (laut Caldas) nachgetragen haben, daß Saussure, wie
auch schon Heberden in England, Höhen gar nicht mit Hilfe von Wasser-,
sondern einfach von Lufttemperaturen gemessen habe. Aber die sehr viel
einschlägigeren Entdeckungen von Fahrenheit, Celsius und den Physikern
der *Royal Society* scheint Humboldt da gar nicht erwähnt zu haben: weil er
sie selbst nicht kannte? Oder aus Schonung für diesen bedauërnswerten
Francisco José? Oder etwa gar, um den in die frustrierende Falle des Epigonen, gar des Plagiators tappen zu lassen?

Wie auch immer: de Caldas dürfte von Humboldts unbegeisterter, halbher-
zig kärglicher Reaktion auf seine Offenbarung hinlänglich enttäuscht worden sein. So half sie wenig weiter.

Oder er spürte da schon erste Vorbehalte, etwa Plagiatsbefürchtungen eines
strapazierten Geistes – wenn nicht gar erste Symptome von Mißgunst: von
Rivalität. Vielleicht deshalb nahm er am 14. März 1802 an jener Expedition
nicht teil, die Humboldt zum Krater des Vulkans Antizana in 5 800 Metern
Höhe und von einem Basislager aus unternahm, das er an dessen Hang in
Pintag, der Hacienda des Aristokraten Don José Aguirre, etablierte.

Währenddessen scheint de Caldas freilich jede Verstimmung überwunden
zu haben. Denn schon im selben März 1802, vielleicht ja wirklich während
Humboldts Exkursion zum Antizana, schrieb der Abgewimmelte seinem
Freunde Santiago Arroyo über Saussures nur theoretischen Vorsprung:

*"aber die Formel und der Ruhm, dieses physikalische Problem auf elegante
Weise gelöst zu haben, gehören mir. [...] Jetzt kannst du mir gratulieren.
Ich weiß jetzt, was man in Europa darüber weiß [...] und habe mit meinen
miserablen Büchern eine eigene Berechnung von solcher Perfektion ausgearbeitet, wie es sie in Europa gar nicht gibt"* (zitiert nach [2]).

Mit so verbissen behaupteter Selbstgewißheit begann er nun auch, sein vita-
leres Fernziel und Lebensinteresse wieder für wichtiger zu halten als die
Details seiner Hypsometrie: nämlich in Humboldts Reisegruppe auf- und ins
verklärte Europa mitgenommen zu werden. Nach den jüngsten Wochen mit
Humboldt und Bonpland war ihm das als einzige Chance für einen provinziëllen Kreolen nur umso unverzichtbarer.

Um aber diese anstehende Bitte oder Anfrage beim *"Baron"* nicht als vermeintlicher Parasit, als Schmarotzer vorzutragen, mußte der Mittellose vorher für eine angemessene Finanzierung so gewaltigen Unterfangens Sorge
tragen.

Also schrieb er in jenem Frühjahr 1802 an den Herzens-Vetter Camilo Torres, wiewohl juristischen Widersacher, an den Kollegen Miguel de Pombo
(als den Neffen seines wohlhabend einflußreichen Gönners José Ignacio de
Pombo), an den Mentor Mutis und mit überliefertem Wortlaut an den
Freund Arroyo:

"Ließe sich nicht ein Weg finden, mit Humboldt zumindest in Amerika zusammen zu bleiben? Könnte nicht Señor Mutis, dieser Schirmherr aller Wissenschaften im Vizekönigreich, den Vizekönig dahingehend beeinflussen, daß ich imstande wäre, noch einige Zeit mit diesem Weisen weiterzureisen?" (zitiert nach [2]).

Denn Humboldts Plan, seine südamerikanischen Forschungen nahtlos von hier aus in die Expedition einer französischen Weltumsegelung übergehen zu lassen, schien schon damals kaum noch realisierbar und wurde mehr und mehr auch durch die Idee eines ausgedehnteren amerikanischen Aufenthaltes ersetzt.

Als Caldas aber Ende März 1802 mit Humboldt und Bonpland aus *Los Chillos* nach Quito zurückkehrte, legte zunächst Freund Arroyo anstelle der angefragten Subventionierung, gar durch den spanischen Kolonisator, einen andern Plan vor: Freunde und Verwandte sollten jeweils Anteile an den Unkosten jener vorgeschlagenen Reise übernehmen. De Caldas war begeistert.

Auch Mutis scheint hilfsbereit eingewilligt zu haben. Am 3. April 1802 schickte er de Caldas einen Brief mit seiner Zustimmung, einem ersten beträchtlichen Obolus und der Mitteilung, daß er etwa gleichzeitig an Humboldt geschrieben und diesem eng verbundenen Logiergast und Kollegen seinen schüchternen jungen Landsmann als weiteren Reisebegleiter ans Herz gelegt habe. Denn dessen *"glühendste Wünsche werden nur in Erfüllung gehen, falls mein innigst geliebter Herr Baron von Humboldt uns seine Zustimmung gibt"* [36].

Hiernach freilich fand der siegessicher selige de Caldas in Humboldt jählings einen kühl reservierten Preußen an, der von keinem solchen Empfehlungsschreiben aus Bogotá zu wissen vorgab.

Er beantwortete es auch einfach gar nicht, so daß der große Mutis sich runde sieben Wochen später zu einer bestürzten Bitte um Entschuldigung bemüssigt fühlte und am 21. Mai 1802 erneut an Humboldt nach Quito schrieb:

"¿Qué es esto, mi amadísimo Baron? ¡Qué! = Was ist das denn, mein geliebtester Baron? Was! Kann ein höchst aufrichtiger und freimütiger Vorschlag unsere stabile Freundschaft irritieren? Ist es meine Schuld, wenn Caldas sich mit einem solchen Enthusiasmus für den erlauchten Baron begeistert, daß er ihn durch beide Amerikas zu begleiten gedenkt? Kann ich

ehrlicher, als mein Brief es mit seinen Formulierungen tut, Informationen übermitteln, damit Euer Gnaden sie und meine Antwort mitsamt einer Überweisung an Caldas zur Kenntnis nehmen? War meine Absicht nicht lauter, Ihnen einen Schüler zu schicken, von dem ich glaubte, er gefiele Ihnen? Brechen Euer Gnaden also Ihr Schweigen, und setzen Euer Gnaden Ihre Korrespondenz mit einem teuren Freunde fort, als wäre nichts geschehen! [...]

Wie vieler erfreulicher Mitteilungen hat mich der Herr Baron durch sein anhaltendes Schweigen beraubt. Möge Euer Gnaden mich so schätzen wie ich Sie; und falls Euer Gnaden durch meinen indiskreten Vorschlag beleidigt wurden, verdient er die Nachsicht jenes großherzigen Freundes, den ich herzlich verehrt habe und für den ganzen Rest meines Lebens verehren werde." [23]

Aber als diese noblen Zeilen in Quito eintrafen, hatte de Caldas dort längst, wohl schon Anfang April 1802, auf einem offenen Wort bestanden und Humboldt es ihm so gewährt:

"Mein Freund, ich habe Sie belogen. Mutis hat mir in dieser Angelegenheit ausführlich geschrieben. Ich jedoch

h a b e   m i c h   e n t s c h i e d e n ,   a l l e i n   w e i t e r z u r e i s e n ,

und wollte Sie mit diesem Entschluß nicht verletzen" [36].

Schon das war ein schwerer Schlag für de Caldas, der seine ganze hochfliegend ambitionierte Lebensplanung sofort gescheitert sah. Die glückhaft einzige Chance für eine Weltkarriere als Naturwissenschaftler war vertan: ihm unbegreiflich aus der Hand geschlagen von einem vermeintlichen Gönner, dessen ganze bisherige Freundschaft plötzlich rückwirkend fragwürdig wurde. *"Humboldt opfert mein Glück, meinen Ruhm einer scheinbaren Bequemlichkeit"* [36]. Denn nach all den bisherigen Belobigungen seiner wissenschaftlichen Leistung und Begabung war diese Absage ebenso unverhofft und unverständlich wie nach all der angetragenen persönlichen, dieser privaten Nähe und Zuwendung eines *"Liebhabers in knabenhafter Ungezwungenheit"* (*"amante de un desembarazo pueril"*) [36].

Zumal das alles ja nicht von irgendwem kam. Dieser weltweit größte Experte im gemeinsamen Ressort, der erst kürzlich insgeheim in Popayán für die Finanzierung einer Europareise dieses Schützlings aktiv geworden war, hatte nun das ganze vielbewunderte, oft gerühmte und angeblich so importierenswerte Talent seines kreolischen Kollegen verworfen, verleugnet und verstoßen.

Diese Tür war zu.

Noch 1970 sprach der Experte Jorge Arias de Greiff unverhohlen vom *"Bruch mit dem Preußen"*: *"el rompimiento con el prusiano"*[105].

Das alles mußte verkraftet, es mußte verarbeitet und durch ein anderes Konzept in neugranadisch provinziëller Bescheidung, durch eine auch wissenschaftliche Existenz doch eher im Schatten des europäisch globalen Fortschritts ersetzt – oder gar gänzlich aufgegeben werden.

"Con las lágrimas en los ojos"[36] , also noch mit Tränen in den Augen entschied er sich gegen jegliche Resignation und kündigte seinem Mutis umgehend, schon im selben April 1802, die Zusendung eines neuen Projektes an, das autark und pragmatisch war.

Es appellierte an den zaghaft erwachenden Patriotismus seiner Gönner und potentiëllen Geldgeber, indem er ihnen, ohne Humboldt überhaupt noch zu erwähnen, drei wissenschaftliche Expeditionen vorschlug, die der Erforschung ihrer engeren und weiteren Heimat dienen sollten.

Die erste dieser Reisen sollte nach gründlichen Erkundungen der europäisch neuërdings aufgewerteten Äquatorial-Provinz Quito vornehmlich dem Amazonas, dem Chimborazo und den westlichen Anden (ihrer *cordillera occidental*) gelten und von dort zurück in ihrer aller Metropole Quito führen;

eine zweite Reise würde sich dann schon weiter ins südliche Loja an der peruanischen Grenze vorwagen, die dortige Chinarinde als medizinisches Exportkapital studieren, auch den gesamten Vulkanismus ihres Landes untersuchen und in topografischen Atlanten fixieren;

erst nach solchen Vorstudiën sollte eine dritte Reise schließlich möglichst bald von ihrer südpazifischen Hafenstadt Guayaquil aus nach Guatemala, nach Mexico und Veracruz, bis ins atlantische Cuba, von dort über Jamaica und Puertorico zurück ins heimatliche Cartagena und Bogotá unternommen werden und ein umfangreiches kartografisches Werk über die stolze und begünstigte Lage ihres Heimatlandes zwischen all seinen Nachbarn und inmitten zweiër Ozeane ermöglichen.

"Dem Baron habe ich nichts von diesen Sachen gezeigt": sie sollten sich als neugranadische Unternehmung von aller europäïschen Bevormundung frei halten und die erbetene Finanzierung jedem potentiëllen kreolischen Sponsor nur umso attraktiver erscheinen lassen. *"Für meinen Reiseplan"*, ließ er Mutis auch später noch wissen, *"beginne ich schon morgen zu arbeiten; im Juli kann ich von hier direkt nach Guayaquil abreisen und im Jahre 1803 nach Bogotá kommen. Nur anderthalb oder zwei Jahre wären für diese Fahrt erforderlich, dann besäßen wir etwas, um der Geringschätzung Humboldts zu begegnen, ja, der Geringschätzung"* (zitiert nach [2]).

Als das autarke Resultat so autonomer Expeditionen nämlich sollten Botanik, Zoologie und Astronomie, aber auch Ackerbau, Gewerbe, Handel, Kunst und Wissenschaft, Staatseinrichtung, Landesbrauch, Wohnweise und Volkscharakter in einer vielbändigen Enzyklopädie ihres Landes erfaßt werden, die diesen Titel tragen sollte:

"Bericht über eine Reise in beiden Amerikas, geplant unter der Leitung des berühmten Directors José Mutis und glückhaft ausgeführt durch seinen Schüler Francisco Caldas und N. N.".

Diesem emanzipatorischen Konzept fügte der mißtrauïsch gewordene de Caldas sicherheitshalber auch sein Memorandum über Höhenmessung mittels Thermometern hinzu, datierte es aktuëll mit dem April 1802 und stellte sich mit solchem Akzent über Humboldts Bedenken hinweg auch als bemerkenswerten neugranadischen Entdecker vor.

Das Projekt war verführerisch: namentlich für ihrer aller jungen Nationalismus am Vorabend seiner Erhebung gegen die spanische Unterdrückung. Don José Ignacio de Pombo schlug Mutis brieflich auch noch vor,

dieses kreolisch neugranadische Naturtalent der Naturwissenschaften in Begleitung ihrer beider einschlägig interessierten Neffen, seines eigenen

Miguel de Pombo y Pombo *also*

und jenes

Sinforoso Mutis y Consuegra,

zusätzlich zu einer Studiënreise nach Europa zu schicken.

Aber noch ehe de Caldas an jegliche Verwirklichung seiner Reisepläne auch nur zu denken beginnen konnte, wurde seine wunde Seele von einem zweiten Schlage womöglich noch empfindlicher getroffen. Denn er stellte fest, daß Humboldt ihn noch ein weiteres und noch schmerzlicheres Mal belogen hatte.

Etwa gleichzeitig mit der Absage an ihn hatte Humboldt, der doch vorgeblich allein weitereisen wollte, den jungen Carlos Montúfar eingeladen, ihn ab sofort auf seiner Reise durch das übrige Amerika und zurück nach Europa zu begleiten.

Carlos Montúfar y Larrea (1780-1816)

war der jüngste Sohn jenes generösen Gastgebers in Quito und _Los Chillos_, aber keineswegs Naturwissenschaftler, sondern militärisch ausgerichtet und 22 Jahre alt: ein _Twen_ also und ein Soldat – Soldat aber eben wie auch Humboldts Jugendliebe Reinhard von Haeften, _recte_ de Cocq, mit dem er noch vor sieben Jahren durch Schweiz und Lombardei gereist war: damals schon teils zu dritt mit Carl Freiesleben, dem andern Geliebten, einem späteren Oberberghauptmann [24].

Reisen, gar selbst in preußisch dunkelblauër Hofuniform mit gelben Aufschlägen, weißer Weste und weißer Hose wie auch auf seiner ganzen Expedition durch Amerika, scheinen für Humboldt ebenso erotisierend gewesen zu sein wie Offiziersanwärter und Triolen.

"Reisen", hat ihm sehr viel später der weise Ungar Karl Keréniyi ausführlich und verführerisch bestätigt, _"ist die gegebene Situation zum Lieben"_ [25].

Jetzt im bereisten Quito gefiel ihm dieser junge Edelmann und Fähnrich der hiesigen Dragonermiliz, den er ja in der ländlichen Idylle der väterlichen Hacienda von *Los Chillos* schon im Zeichnen vermeintlich *"militärischer Positionen"* unterrichtet und zu waghalsigen Besteigungen der Vulkane Antizana und Pichincha mitgenommen hatte, schon in all seiner *"unfestgelegten Jugendlichkeit"* (*"irresolute youth"* [4]), weil *"dieser junge Mann [...] voll von Eifer und Intelligenz"* (*"jeune homme [...] plein de zèle et d'intelligence"* [26]), aber auch *"jung und kerngesund"* [1], deutlich *"energischer"* als sein *"sehr sanfter"* älterer Bruder Francisco Javier Montúfar [27] und ein *"treuer Kamerad bei allen Expeditionen"* [1] war.

Er war das, wie Schillers *"Dritter im Bunde"*, auch für Bonpland beim Skelettieren und Konservieren eines Lamas: *"Unser Freund Carlos Montúfar begleitete ihn. Ich sah sie gern losziehen ... "* [1] – wie ein (fleisches-) fraterner Kuppler oder Voyeur.

Humboldts Biograf Werner Biermann hat diesen jungen Aristokraten noch 2008 als *"liberal erzogen, intelligent, wenn auch bisher ganz ohne wissenschaftliche Interessen"* und *"ein gewiß gutwilliges, doch eher verwöhntes und bisher intellektuëll nicht hervorgetretenes Herrensöhnchen"* [28] beschrieben.

Aber für Alexander von Humboldt mit all seinem Vorsprung einer persönlichen Bekanntschaft war er *"ein junger, liebenswürdiger Offizier von jener Leichtigkeit in der Auffassung, die das wahre Talent auszeichnet"* [1].

Das scheint ihm nachhaltig in Pintag bewußt geworden zu sein, in jener Hacienda, die der Familië Aguirre gehörte und Humboldt beim Aufstieg zum spaltenreichen und wetterlaunischen Gipfelkrater des Vulkans Antizana mit seiner Höhe von 5 700 Metern als luxuriöser Ausgangspunkt diente. *"Ich teilte das Lager mit Carlos Montúfar"*, hat Humboldt in aller Unschuld oder allem Freimut seinen dortigen Reisenotizen anvertraut, *"mit dem uns seit der Ankunft in Quito innigste Freundschaft verband"*. Aber *"der arme Junge"* litt da bei Hochgebirgsorkan so sehr *"an Leib- und Brustschmerzen, an Koliken"* oder einer Art Höhenkoller, daß sich der große und verwöhnte

Freiherr von Humboldt wiederholt erbot, mitten in der Nacht *"aufzu-stehen, um meinem Freund ein warmes Fußbad zu machen"* [1].

Später in Tablón, an der Grenze zwischen heutigem Ecuador und Pe-ru, gingen diese beiden Freunde, Alexander und Carlos, eines Tages spazieren: *"um Pflanzen zu sammeln und aus der Höhe den Río Cal-vas zu überblicken [...]. Wir blieben lange sitzen, die Augen auf die Kordillere und die benachbarten endlosen Einöden geheftet. Ein herrlicher Abend. Mond, Venus, Jupiter und Saturn standen nahe bei-einander"* [1]. Auch sie persönlich mögen da leibhaftig so nahe beiein-ander gewesen sein, daß sie sich selbst, alle Außenwelt und jede Oriëntierung verloren. Denn *"auf dem Rückweg verliefen wir uns. Wir irrten drei, vier Stunden umher, arbeiteten uns von Vipern bedroht durch den Wald [...]. In diesem Augenblick hörten wir Bonpland schreien. [...] Wir freuten uns, wieder vereint zu sein"* [1].

Schon auf dem Vulkan Pichincha hatte Humboldt seine Gemeinschaft mit *"Bonpland und Don Carlos Montúfar"* als feste Größe empfun-den: *"wir drei"* [1].

Noch später freilich, in der südlicheren Hafenstadt Guayaquil, hörten sie kurz vor ihrer dortigen Abreise nach Mexico über zweihundert Luftkilometer hinweg den Cotopaxi einen Ausbruch verkünden: *"Wir hörten Tag und Nacht das Brüllen des Vulkans"*. Humboldt beschloß spontan eine ungeplante Bootsfahrt zu diesem Naturereignis. *"Jeder-mann sagte uns, wir würden unterwegs sterben, so unzugänglich sei das Gebirge. Das hielt uns nicht zurück. Wir sahen es als unsere Pflicht an, das Ungeheuer aus der Nähe zu prüfen. So brachen wir auf Carlos und ich"* [1], nur sie beide, in todesmutiger Schicksalsge-meinschaft (ohne auch nur noch trennendes Komma).

Die Bootsfahrt auf dem *Río Guayas* dauërte vier Tage und gereichte diesem Globetrotter, all der Nüchternheit dieses preußischen Wissen-schaftlers zu einer seiner schwärmerischsten Schilderungen einer Na-turidylle. Es mochte da auch die Idylle seines Herzens singen. Voll-ends das Flußdorf *Las Bodegas de Babahoyo*, wo ihr Gefährt im Ka-nal von Chijo stecken blieb, ist ihm *"ein Anblick wie in Venedig"*. Seine Seele flatterte oder flitterte oder flirtete und schwelgte da un-verkennbar.

Auch Carlos neben ihm schwelgte: freilich in vorfreudiger Erwartung eines hiesigen Wiedersehens mit seiner Freundin.

Das aber ließ den enttäuschten Humboldt einen Eilboten von Bonpland zum willkommenen Anlaß nehmen, diese ganze lebensgefährliche, pseudo-venezianisch romantische Flitterwoche kurzer Hand abzubrechen und stracks zu ihrem Segelschiff gen Acapulco zurückzukehren. *"Carlos war voller Wut und Schmerz. Woher nahm er die Einbildung, Marica, seine Herzenskönigin, wäre ihm schon nach Riobamba entgegengekommen? Ich hatte alle Mühe, es ihm auszureden. Er wollte nicht wahrhaben, daß wir so bald schon fortsegeln mußten. Endlich gab er nach, er ist ja im Grunde ein sanfter, guter Junge"* [1].

Bei vielen offiziëllen Anlässen ihrer weiteren Reise durch Mexico und die USA ist dieser gute Junge dann auch auf allen Empfängen oder Einladungen, auch bei Grüßen und Empfehlungen in zahllosen beruflichen Briefen immer mit Bonpland gemeinsam die *"amable compañía"*, liebenswerte Gesellschaft oder Lebensgemeinschaft des großen Einzelreisenden Alexander von Humboldt. Oder das Feigenblatt für einen, dem der Klatsch einen einzelnen Geliebten eher zutrauën würde als gleich zwei?

Insofern jedenfalls mochte der abgelehnte, der brutal verschmähte Francisco José de Caldas in jenem fremden Quito nicht nur aus plumper Eifersucht die tieferen Gründe für Humboldts knallharte Absage in erotischen Bereichen suchen und auch finden.

Schon am 6. April 1802, kurz nach der Katastrophe, aber noch während Humboldts Anwesenheit in Quito, kolportierte er seinem Guru Mutis nach Santafé, Humboldts lebhaftes Temperament grenze an Unrast, er sei schwatzhaft und liebe Geselligkeit. *"Woher sonst die Intimität, die Vergnügungen mit jungen Männern, die weder addieren können noch wissen, was ein Winkel ist. Echte Freundschaft und wahre Liebe unterscheiden sich von dem, was der Baron in Quito mit solchen Leuten an den Tag legt"* [36]. Schon seit ihrem ersten Tage habe er gewußt, *"daß unsere Geister nicht zusammenpaßten"* (*"que nuestros genios no eran análogos"*) [36].

Mutis scheint da widersprochen zu haben. Denn schon zwei Wochen später, am 21. April 1802, als Humboldt sich immer noch in Quito aufhielt, antwortete de Caldas nach Santafé:

"Wie sehr unterscheidet sich doch die Lebensführung des Barons hier in Quito von allem, was er in Santafé und Popayán offenbarte! Hier ist sie würdelos ... Kaum im hiesigen Babylon, war er der Freund

von   liederlichen,   obszönen   Jünglingen.

Sie schleppten ihn in Häuser, wo verkommene Liebe regiert. Diese schändliche Leidenschaft beherrscht sein Herz und verblendet diesen jungen Gelehrten in einem Ausmaß, daß man es kaum glauben kann" [49].

Er verglich diesen jungen Preußen auch mit seinem Vorgänger Newton, der gleichfalls nie *"zu einer Frau fand"* (*"no llegó a una mujer"*) und kritisierte seinen *"Baron"*: *"Seine mathematischen Arbeiten wurden lasch, zielten nicht mehr nach den Pyramiden"* – weil er nämlich *"seine Faibles mit den sublimen Funktionen der Wissenschaft zu vermischen"* beliebte.

Wenn er zum Beispiel in der Ebene von Quito eine Fläche vermaß und *"seine Liebschaft oder ein Komplize seiner Anfälligkeit"* [49] erschien, verweigerte er sich nur selten. Meist nahm er lieber Verwirrung oder Ärger seines unanfechtbaren Eleven de Caldas in Kauf, den er allmählich, just weil der sich allen *"finsteren und weibischen Vergnügungen"* versagte, für einen *"unbeweglich strengen Trauerkloß mit ernstem Gesicht und ohne Charme"* hielt: für *"trocken"* (zitiert nach [49]).

Besonders in *Los Chillos* hatte es für Humboldt *"wiederholt Gelegenheiten gegeben, in Erfahrung zu bringen, wie konträr de Caldas über Vergnügungen dachte [...] Wie aber konnte ich"*, fragte nun dieser so mißliebig Werdende seinen Gönner in Santafé, *"da noch je bestehen, ohne mich zum Komplizen zu machen?"* [49]

So also sei dieses Quito, zitiert ihn auch Humboldts Reisebiograf Werner Biermann noch 2008 und umso ausführlicher, *"eine vergiftete Stadt, eine Art Babylon, ein Tempel der Venus"*, wo dieser weise Europäer *"wie Telemachos auf der Insel der Kalypso"*, also allzu wollüstig lebe und ebendeshalb bisweilen bloß noch flüchtig arbeite: um nur ja *"möglichst bald zu seinen Geliebten zurückzukehren"* [28] : im Plural!

Aber schon 1872 hatte Biermanns Vorgänger Julius Löwenberg in der Humboldt-Biografie von Karl Bruhns behauptet:

"Vor allem war es der liebenswürdige jüngere Sohn des Marqués de Selva Alegre, Carlos Montúfar, der sich ihm auf das Hingebendste anschloß" [29] .

Auch Biermann bringt nun jene vermeintlichen Ausschweifungen mit Carlos Montúfar in persönlch direkten Zsammenhang:

"Er schließt sich dem Kreis der Freunde von Carlos Montúfar an, intelligenten, genussorientierten und wohlhabenden jungen Männern, die sich, wie alle Señoritos (Herrensöhnchen), zu amüsieren verstehen. Die 'jeunesse dorée' von Quito" [28] .

Derselbe Biermann betont freilich gleichwohl, daß diese Bezichtigung von de Caldas *"tatsächlich bis heute, auch nach der Entzifferung seiner Tagebücher"*, der absolut einzige Hinweis auf sexuëlle Eskapaden des reisenden Humboldt seïen: *"und auch die beweisen nichts"* [28] .

Aber daß dieser Zurückgestoßene da nicht nur allzu hohe Trauben für sauër erklärte, bestätigte Humboldt selbst noch ein halbes Jahr später in einem französisch geschriebenen Brief aus Lima an seinen Bruder Wilhelm in Rom:

"Trotz aller Schrecken und Gefahren, mit denen die Natur sie ringsumher umgibt, sind die Einwohner von Quito fröhlich, lebendig und liebenswürdig ["gais, vifs et aimables"]. Ihre Stadt atmet nur Sinnenlust und Luxus ["la volupté et le luxe"], und vielleicht nirgends gibt es eine entschiedenere und verbreitetere Vergnügungslust" [12/18] .

Seinem ebenso französisch verschlüsselten Tagebuch vertraute Humboldt gar an, daß diese Quiteños unter allen Amerikanern superlativisch *"die meisten Naturtalente"* haben: *"eine gewisse Leichtigkeit, eine Liebenswürdigkeit, eine Fähigkeit, alles zu erlernen"*: *"une certaine légèreté, une amabilité, une facilité de tout apprendre"* [30] . Er bewundere diese Eigenschaften *"besonders bei der Jugend"*: *"On admire ces qualités surtout dans la jeunesse"* [30] .

Vielleicht ebendeshalb fand er jenes halbe Jahr in Quito noch im Nachhinein so *"angenehm"*: *"J'ai passé un temps très-agréable à Quito"* [17].

Aber irgendwann und -wo schrieb er auch: *"Ich habe bereits das Wunderbarste der Welt gesehen – Quito"* (zitiert nach [2]).

Daß Humboldt sehr wohl auch solche und jede Form von hiesiger Sexualität nicht zuletzt zum Arbeitspensum seiner Forschungsbereiche zählte, ist mit zwei misogynen Einzelbeobachtungen seiner Reisenotizen zu belegen – :

vom Indianerstamm der Laches am westlichen Ufer des *Río Sogamoso* über die legalisierte Aufzucht jedes sechsten Sohnes in ein und derselben Familië zum transsexuëllen Berdaschen, einer effeminierten *cusmo*: *"so eine cusmo heirateten die Männer, sie zogen sie sogar den echten Weibern vor"* [1];

und in *Villa de San Bonifacio de Ibagué*, nach dem Indianerhäuptling seines Gründungsjahres 1550 heute nur noch als Ibagué bekannt und runde 140 Kilometer westlich von Bogotá jenseits des Magdalenen-Flußtals gelegen, als Zeuge von Sodomie, die zwei Indios mit eigens eingegrabenen Mauleselinnen (*mulas*) begingen: *"Sonderbar, daß in einem Lande, wo es so ungeheuer viel und unverhältnismäßig mehr Weiber von allen Farben gibt, die Mulas das Geschäft der Weiber verrichten"* [1].

Solche Notizen waren damals nicht eben üblich und in ihrer offenen Benennung von Allerverschwiegenstem eher ungewöhnlich.

Doch nach alledem scheint es eher sehr, sehr glaubhaft und beileibe nicht verleumderisch, wenn de Caldas nach Humboldts Abreise aus Quito am 9. Juni 1802 notierte:

"Baron von Humboldt reiste hier am 8. in Begleitung Bonplands und seines Adonis ab, der bei dieser Reise nicht so stört wie Caldas" – *"con su Adonis, que no le estorba, para viajar como Caldas"* [50].

Damit könnte er den wirklichen Grund für Humboldts rätselhaftes Verhalten in dessen tiefstem Unterbewußten schon gestreift haben, ohne sich dessen vermutlich auch selbst überhaupt schon im Klaren zu sein. Sein eigenes Bewußtsein biß sich da noch in den vordergründigeren Bereichen erotischer Präferenzen fest und machte seiner handfesten Eifersucht in einem Brief an Mutis hinlänglich Luft:

"Ist es nicht widersinnig, daß er jetzt mit einem jungen Manne reisen will, welcher wissenschaftlicher Kenntnisse vollständig bar ist [...] ? Ich habe gesehen, daß er [...] seine Zeit damit verlor, auf kleinem Terrain Winkel zu messen und ein Dreieck graphisch darzustellen, nur um seinen des Rechnens unkundigen neuen Schüler zu unterrichten. Wie kommt es, daß dieser junge Mann seinen Reisezug nicht belästigt, daß er ihn zu belehren Zeit findet? Ach, daß auch die größten Männer ihre Schwächen haben!" (zitiert nach[2]).

Domingo Antonio Delgado, ein Kakonikus, den Humboldt südlich von Quito in Cuenca kennen lernte, schrieb ihm noch im Mai 1803 hinterher:

"Carlitos Montúfar es el unico objeto de toda mi embidia = Karlchen Montúfar ist der enzige Gegenstand meines ganzen Neides, denn auf ein Glück wie seines zielt mein ganzes Streben. Ich kann sein Glück nicht erreichen. Aber gestatten Sie mir, daß ich Sie bitte, mich immer auf irgendeine Weise an diesem Glück teilhaben zu lassen",

und er grüßte dieses so beneidete Karlchen ebenso wie auch Bonpland,

"mit denen beiden Sie viele lange Jahre sehr glücklich leben mögen, was Ihnen Ihr wahrer Freund und ein ergebener Kaplan wünscht, der Ihnen die Hand küßt"[21].

Der nämlich sah das alles eingeweihter und folglich umso ähnlicher wie der abgeblitzt ernüchterte und illusionslose de Caldas. Humboldt selbst mag sie beide bestätigt haben, indem er schon nach einem halben Jahr aus Guayaquil – eben kurz vor ihrer Flitter-Flußfahrt zur fatalen Maraica – den Gobernador der nordandalusischen Provinz Jaén wissen ließ, daß Carlos jetzt *"engorda demasiado"*: zu dick geworden sei[31], und nach seiner Rückkehr bilanzierte er in Paris:

"Ich habe auf der Tropenreise insgesamt ausgegeben 33 500 Taler und überdies in Vorschüssen für Don Carlos Montúfar verloren 5 000 Taler"[29].

Das wären, falls diese Abrechnung richtig ist, für diesen Favoriten fast sieben stattliche Prozent der gesamten Reisekosten. Immerhin wurden sie da schon nach- oder vorgerechnet: aber unter Auslassung der stattlichen Apanage aus der Kasse des väterlichen Markgrafen und im Sinne keineswegs von *"eingeladen"*, sondern von *"ausgehalten"* und von *"verloren"*.

Heimkehrer Humboldt frühstückte und dinierte damals, im Frühherbst 1804, meist bei Schwägerin Caroline von Humboldt, der Frau seines Bruders, die aber ihrem Wilhelm über diese Mahlzeiten aus Paris nach Rom gestand:

"Auf seine Reisegefährten hab ich mich nicht eingelassen, sie zum Essen zu haben", wohl weil auch sie, eine geborene von Dacheröden und Busenfreundin der Schiller-Damen von Lengefeld, in diesen Begleitern eher anstandswidrige Betthasen sehen mochte: *"aber Alexander nimmt vorlieb"* [32], bestand nicht mehr darauf, sondern kam auch ohne sie gern zum guten Essen in angemessenerem *ambiente*.

Wie er selbst diesen seinen sei es verachteten oder vorgeworfenen, sei es bewunderten Lebensstil verstand und sah, mag in einer selbstbewußten und zivilcouragierten Formulierung jenes Briefes aufzufinden sein, den vermutlich der 73jährige dem getreuën Bonpland noch 37 Jahre später nach Argentiniën schrieb, wo erst sechs weitere Jahre später der inzwischen 76jährige die Gelegenheit erhielt, diese Lebensmaxime des Freundes zu lesen:

"Ich habe den Mut meiner Meinung über die Freiheit bewahrt" [33].

Oder hatte er da eher die Meinung über seinen Mut zur Freiheit bewahrt?

Für das menschlich und beruflich ebenso hohe Niveau des verstoßenen de Caldas scheint inzwischen auch zu sprechen, daß er sich nach der brachialen Vertreibung aus seinem wissenschaftlichen Paradiese nicht als pikierte Mimose verhielt: sondern als pragmatischer Realist.

"Man will mich nicht mitnehmen", eröffnete er sich seinem Guru Mutis brieflich, aber: *"Meine Gefühle habe ich in meiner Brust verborgen, habe in all meiner Verzweiflung Würde gezeigt, habe die Herren glauben gemacht, daß ich von ihren Gründen überzeugt sei. Da ich nie so erscheinen wollte, als hätte ich eine andere Auffassung als der Baron, setzen wir die bisherige Freundschaft fort, so daß ich seine Kenntnisse ebenso genieße, wie ich auch seine Instrumente benutze"* (zitiert nach [2]).

Er blieb *"dem Baron"* bis zu dessen Abreise freundschaftlich behilflich, Aufzeichnungen zu kopieren und noch die sperrigsten Mineraliën oder sonstige *"Naturalien"* postfertig zu verpacken, und rühmte noch bis zum Abschied, *"welche Reichtümer er in diesen letzten fünf Monaten"* von Hum-

boldt *"erworben habe! [...] Ich liebe ihn, habe aber die Geringschätzung
gespürt, die dieser Weise mit nichts in der Welt wiedergutmachen kann"* [51].

Also begleitete er Humboldt und dessen neuën Favoriten Carlos sogar noch
bis Ende Mai 1802 bei ihrer sonderlich beschwerlichen Expedition zum
Vulkan Pichincha, in dessen Krater *"der Baron"* angeblich ganze 123 Male
stürzte und dessen Erde da auch wieder erheblich bebte. Keine vierzehn Tage nämlich vor ihrem Aufbruch aus Quito suchte Humboldt seinen abge-
wimmelten Jünger *"eines Tages persönlich auf, um mich"* – nach vorge-
stern gescheiterter Besteigung des nahen Pichincha ohne de Caldas – nunmehr

*"für einen zweiten Versuch zu gewinnen, indem er mir vorschwärmte, wie
wichtig es sei, diesen Vulkan aus nächster Nähe zu betrachten. Das wäre
nun die Gelegenheit gewesen,*

m i c h   i h m   z u   e r k l ä r e n .

*Aber ich mochte nicht mehr, nahm seine Einladung also an und ging mit.
Ich werde diese kleine Expedition nie bereuen. Welch ein Schauspiel!
Stellen Sie sich einen Krater vor, dessen zerklüftete und schwarze Ränder
ein Tohuwabohu bieten, dessen Radius mehr als einen Kilometer beträgt,
aus dessen Schlund von etwa 350 Metern Tiefe eine blaue Flamme mit sehr
viel Rauch emporsteigt und dessen Felsen wieder und wieder beben. Kaum
war es möglich, sich von irgend einer Seite diesem Ort des Schreckens und
Grauens zu nähern, ohne sich von Gefahren umzingelt zu sehen. Man stapf-
te durch tiefen Schnee, weil der ganze Schlund davon umgeben war, und
mehr als einmal tat man so zwischen zwei Felsen einen Fehltritt. Ich sah
den Baron so in tödlicher Gefahr, trat da aber auch selbst just auf ein
schneeüberdecktes Felsloch dicht am Rande des Abgrunds."*

Vorsätzlich oder nicht überließ er den treulosen Humboldt da also, ohne zu
helfen, seiner akuten Lebensgefährdung. Gern "unterlassene Hilfeleistung"?

Doch *"ein Indio ging vor ihm und bewahrte dieses kostbare Leben vor solchem Tode. Ich ging dicht hinter dem Baron und erreichte mit ihm gemeinsam als Erste den Gipfel. Dieser Reisende ist sehr mutig, dort am Rande des
Felsens aber sah ich ihn zittern. Ich teilte diese ganze Gefahr mit ihm und*

zitterte also nicht weniger. Ich half ihm bei seiner Barometervermessung und stieg dann wieder abwärts. Mr. Bonpland wurde dreimal bewußtlos, und mir fiel ein, wie er mir gesagt hatte, sie nähmen mich nach Lima und Mexico nicht mit, weil ich ein Schwächling sei. Nun hatte ich die Genugtuung, Humboldt sehen zu lassen, daß ich Manns genug bin, die schrecklichsten Gebirge zu besteigen ... " [50].

Humboldt seinerseits bezeichnete ihn auch jetzt noch in einem Brief an Mutis (dem er inzwischen wieder schrieb) als *"einen ausgezeichneten Physiker"* (zitiert nach [2]).

"Die letzten Augenblicke sind sehr traurig, sehr niederdrückend", zitiert Werner Biermann eine Abschiedsschilderung (leider ohne Quellenangabe): *"seit dem Vorabend schwimmt alles in Tränen"* [28], und der nicht minder kundige Biograf Hermann A. Schumacher, Vater des berühmten Hamburger Architekten, hat schon 1884 beschrieben:

"Vor den Augen von Caldas entschwand das leuchtende Gestirn, und er, der begeisterte Jünger der Wissenschaften, konnte nicht folgen. Statt dessen begleitete die Europäer jener Edelknabe ... " [2]: auf zum Chimborazo, nach Peru, nach Mexico, in die USA, nach Europa ...

"Ich freue mich", schrieb der Zurückgebliebene seinem Antonio ins heimische Popayán, *"den Anblick dieses falschen Freundes los zu sein"*:

"Yo me alegro de perder de vista este despreciador de su amigo" [51].

Was aber hatte der so verletzt Zurückgelassene damit ausdrücken wollen, als er sich selbst zu einem Störenfried in Humboldts Leben erklärte?

Erst runde 130 Jahre nach Humboldts Tod (1859) begannen dessen Exegeten zu ahnen und aufzuschreiben, daß zwischen diesen beiden naturwissenschaftlichen Hochtalenten gravierende methodisch prinzipiëlle Differenzen bestanden, denen ein markanter Generationenkonflikt, aber auch so primitive Emotionen wie berufliche Eifersucht, Neid, Rivalität, Plagiatsbeschuldigungen und ein Prioritätenwettstreit zugrunde lagen.

Armando Espinosa scheint 1986 just in Popayán als erster von mehreren kolumbianischen Autoren auf diese Konkurrenz zwischen Humboldt und de Caldas hingewiesen, gar den Begriff des Plagiates eingebracht zu haben [35]. John Wilton Appel hat sich 1994 in Philadelphia auf diese Verdächtigung

Espinosas berufen und ohne jede nationalchauvinistische Parteinahme angelsächsich diskret gefragt:

"Could it be that Humboldt regarded Caldas as a rival?" [4]

Mit detaillierten Argumenten gab er sich selbst und aller Welt die Antwort, daß es sinnvoll und ergiebig sei, Caldas als professionellen Konkurrenten zu begreifen:

"The notion that Caldas was a competitor has its merits" [4].

Aber schon 1872, eben erst zwölf Jahre nach Humboldts Tod, hatte Julius Löwenberg in Leipzig behutsam darauf hingewiesen, daß dessen *"mühe- und gefahrvolles Besteigen großer Höhen"* oberhalb der Schneegrenze,

"zumal wenn der Aufenthalt sich nur auf wenige Stunden beschränkt, der eigentlichen Wissenschaft wenig Interesse und noch weniger Gewinn" [29] biete.

Diese *"eigentliche Wissenschaft"*, die damals schon latent vom unerwähnt verbleibenden Caldas repräsentiert wurde,

"will, daß alles erspäht, daß wenigstens versucht werde, was nicht errungen werden kann" [29].

Damit wurde ein Prinzipiën- und Generationskonflikt andeutungsweise ins Bewußtsein gehoben, den Appel 120 Jahre später in der Tat zwischen Humboldt und Caldas ausbrechen sah:

"Caldas was more methodical and cautious in his operations" – methodischer also und gründlicher. Der weltberühmte Humboldt sei da doch oberflächlicher und allzu holistisch oriëntiert gewesen. Caldas hatte das wohl erkannt und schon im April 1802 seinem Tutor Mutis nach Santafé mitgeteilt:

"Als Persönlichkeiten sind Humboldt und Caldas sehr unterschiedlich. [...] Letzterer besteht trotz aktivem Hintergrunde auf einer gewissen Langsamkeit seiner Arbeit; wortkarg, eher asketisch und verschlossen im Lebensstil, nach außen meist ruhig, selten lächelnd, springt, singt, rennt oder kämpft er auch kaum je. Hier liegt der Urgrund für die Absage des Barons von Humboldt" [36].

Aber noch während die beiden in Quito zusammen und scheinbar gute Kollegen waren, fing de Caldas an, Humboldt nicht länger *"den Baron"* oder *"el sabio"*, *den Gelehrten*, wörtlich gar *den Weisen*, zu nennen, sondern meist nur noch *"este viajero"*: *diesen Reisenden*. Den Passanten?

Seinen Mutis ließ er nun auch schon wissen:

"Zu den Eigentümlichkeiten, welche ich in den geographischen Arbeiten dieses Gelehrten bemerkt habe, gehört die Liebhaberei, daß er Gewisses mit Zweifelhaftem vermischt; beseelt von dem Wunsche, alles zu umfassen, stellt er neben ein Meisterwerk eine Skizze von unwissenden Leuten. [...] Ich verachte es, Leistungen Anderer herabzusetzen, allein die Wahrheit muß gesagt werden: die nachfolgenden Geographen werden, glaube ich, nicht an den Orten, welche der berühmte Reisende selbst besucht hat, wohl aber an denen, welche bloß nach Erzählungen von ihm gezeichnet worden sind, genug zu verbessern haben. Mir tut derartige Vermischung der Quellen leid. Ich hoffe, daß bei der Veröffentlichung durch irgendeine Fußnote das Ungewisse vom Gewissen getrennt wird. Denn sonst können wir die Fortschritte, welche die Geographie durch diesen Reisenden gemacht hat, gar nicht erkennen.

Ich meinesteils werde auf dem geographischen Gebiete zu unterscheiden wissen und nur das Sichere aufnehmen: was ich mit eigenen Augen gesehen habe" (zitiert nach [2]).

Höflich formuliert, ist das schon schweres Geschütz. Doch aus solchen und ähnlichen Bemerkungen, in denen Caldas seine eigene Seriosität im Kontrast zu Humboldt genüßlich beschrieb, hat vollends Werner Biermann 2008 in Berlin recht schlüssig abgeleitet, daß Caldas im Gegensatz zu Humboldt und Bonpland kein *"flüchtiger"* Forschungs-Reisender war, der Fakten mit unbewiesen Aufgeschnapptem vermengte, sondern jener neuë Typus eines Naturforschers, der, akribisch und langsam, *"am liebsten ein großes festgelegtes Gebiet gründlich und systematisch untersucht hätte"* [28]. Biermann resümiert plausibel:

"Im Grunde ist Caldas deshalb der 'modernere' Forschertyp von beiden, er tendiert bereits in Richtung extremer Spezialisierung. Humboldt ist der letzte Forscher, der einen universellen Anspruch verfolgt. Beinahe alle seine wissenschaftlichen Einzelbeobachtungen werden im 19. Jahrhundert von

*den jüngeren Experten korrigiert oder widerlegt werden. Erst heute, zwei-
hundert Jahre später, nach der Aufsplitterung des Wissens in unendlich
viele Einzeldisziplinen, beginnen wir wieder, ein Denken zu schätzen, das
ökologisch nach größeren Zusammenhängen sucht und eine holistische
Sicht verfolgt, eine Gesamtschau. Humboldt und Caldas haben einander
hoch geschätzt – und gründlich mißverstanden"* [28].

Nur daß der seismografisch begabte Humboldt das gespürt, vielleicht auch
als Bedrohung seines universalen, seines panoramischen Weltbilds durch
horizontloseres Spezialistentum so durchschaut und gefürchtet oder abgelehnt hat wie zeitgleich der alte Goethe mit seiner *"panoramic ability"* [39]
das beginnende 19. Jahrhundert und all dessen gnadenlose Verengungen
einer mißdeuteten und mißbrauchten Aufklärung.

Just 35 Jahre nach seiner unguten Trennung von de Caldas hat Humboldt in
einem Vortrag vor der Berliner *Akademie der Wissenschaften* am 9. Februar 1837 auf *"den relativen Unwert"* seiner eigenen geognostischen Beobachtungen hingewiesen und deren verspätete Veröffentlichung mit *"dem Unterschiede zwischen dem veraltenden und dem von der Zeit unabhängigen Teile"* seiner Arbeiten begründet [37].

Insofern gab es für die Kollision mit jenem genialischen Hinterwäldler
schon mehr als drei Jahrzehnte zuvor kaum eine zutreffendere Bezeichnung
als dessen Begriff

e i n e r   *"S t ö r u n g"*   d e s   Ü b e r k o m m e n e n.

Die konnte sich der große Humboldt damals keineswegs gefallen lassen.

Schon kurz nach ihrem Abschied hatte er einen venezolanischen Groß-
grundbesitzer nicht ohne arrogante Häme wissen lassen:

*"In Popayán gibt es Quadranten und einen Don Caldas, der die Trabanten
des Jupiter beobachtet!"* [38]:

*"¡Qué en Popayán hai cuadrantes y un D. Carlos que observa los satélites
de Jupiter!"* [38]

Ja, tatsächlich: dabei unterlief dem polylingual so souveränen Weltmann ein freudianisch vielverräterischer Lapsus. Statt *Caldas* schrieb er *Carlos* – eine vielsagend festgeschriebene Verwechslung der Protagonisten seines damaligen Lebens.

So also war da für ihn aus de Caldas jener Carlos Montúfar geworden. Der Erotischere hatte den Bedeutenderen verdrängt und ausgelöscht. Oder der berechenbare Erbe eines nützlichen Krösus faktisch den sozialen Schattenfiguranten, der jedoch auch selbst gefährliche Schatten werfen und auslöschen könnte.

Wahrhaft ausgelöscht mußte Francisco José de Caldas seine ganze wissenschaftliche Existenz empfinden, als Alexander von Humboldt mit Aimé Bonpland am 9. Juni 1802 in Gesellschaft jenes Carlos Montúfar zum Chimborazo, diesem angepeilten Höhepunkt seiner ganzen Reise durch Südamerika, aufbrach und wie eine kometenhafte Ikone aus ihrer Konjunktion in Quito und *Los Chillos* für immer und vermeintlich in den verweigerten Weltruhm eines ersten Chimborazo-Bezwingers entschwand.

Francisco José de Caldas muß sich da auf einen Nullpunkt zurückgeschmettert gesehen haben. Sein Griff nach den Sternen einer europäisch fundierten Weltkarriëre war gescheitert: irreparabel mißlungen und unwiederholbar. Er blieb aussichtslos an den Andendschungel am Ende der geistigen Welt gefesselt.

Also aufhören?

Oder weitermachen?

Aber wie?

Und mit welchem Ziel noch?

II

Daß Francisco José de Caldas, vom großen Kollegen Alexander Baron von Humboldt ins Herz getroffen und schwer beschädigt, trotz alledem nicht aufsteckte, sondern irgendwie weiterzumachen versuchte, war sicherlich

Francisco José de Caldas y Tenorio

Holzschnitt von Rodríguez
aus den *Obras Completas* von de Caldas,
Universidad Nacional de Colombia, Bogotá 1966

keineswegs zuletzt jenem greisen Patriarchen neugranadischer Naturwissenschaften zu verdanken: dem inzwischen siebzigjährigen José Celestino Mutis in *Santafé de Bogotá.*

Als Direktor der königlich spanischen *Expedición Botánica* nämlich, dieser repräsentativen Hochburg dortiger Naturerforschung, sorgte Mutis dafür, daß der angeschlagene de Caldas kurz vor Humboldts brutaler Abreise, schon im Mai 1802, zum Mitglied dieser *Botanischen Expedition* erkoren wurde.

Mutis mag das, unausgesprochen oder gar bekennend, nicht nur aus hilfsbereiter Güte veranlaßt haben. Denn schon im Folgemonat wies er Antonio Cavanilles, neuën Direktor des *Botanischen Gartens* in Madrid, auf einen *"verdienstvollen Zuwachs seiner Expedition"* hin, meinte damit de Caldas und reihte ihn unter seine *"auserwählten Nachfolger und erfreulichen Assistenten"* ein:

"Die gewaltige Bildung und Begabung dieses jungen Mannes gereichen meiner Entscheidung zur Ehre [...] . Er hat sich selbst zu einem tüchtigen Astronomen entwickelt und wird in einem ersten amerikanischen Observatorium seine Aufgaben ehrenvoll erfüllen" (zitiert nach [4]).

Das waren unüberhörbar Klänge stimulierender Zukunftsmusik. De Caldas selbst begriff sie als Verpflichtung auf Sachgebieten, die von Europa und dessen Humboldts unabhängig, die neugranadinisch autark und spezifisch waren. Die Zeit mit Humboldt habe ihn befähigt oder ermächtigt, *"meinen Weg zu finden und Nützliches zu tun"* (zitiert nach [4]).

Schließlich war er im ganzen Südamerika der einzige Kreole, der mit Humboldt Vulkane bestiegen, mit Bonpland hier Pflanzen bestimmt und gesammelt, die Notizen dieser beiden europäischen Koryphäen abgeschrieben, deren Kenntnisse überprüft und um eigene Resultate ergänzt hatte. Als Astronom war er unleugbar Humboldts Schüler.

Er sah sich auch als den einzigen hiesigen Forscher, den Humboldt schriftlich belobigt hatte. Warum also sollte er, mag Hermann A. Schumacher seine langsame Wiederherstellung nunmehr als Mitglied der nationalen *"Expedition"* richtig gedeutet haben, *"warum sollte er, der Sohn des Landes, nicht Ähnliches vermögen wie der durchreisende Preuße"* [2], nur eben gründlicher und authentischer als jener flüchtige Exot?

Ein geeignetes Spezialgebiet, *"ein Stoff, der die gelehrten Hülfsmittel Europas unter den Tropen nicht vermissen ließ"* [2], war schnell in jener heimischen Flora gefunden, die auch Mutis, dieser passionierte Botaniker, ihm, sei es als Mitarbeit am eigenen Lebenswerk seiner *"Flora de Bogotá"*, ans Herz legte.

Aber was de Caldas dann selbst schon nach einem knappen Jahr als seine

"Memoria sobre la nivelación de algunas plantas que se cultivan en las cercanías del ecuador"

präsentierte, war alles andere als exotische Blumenromantik. Nicht etwa Orchideën oder sonstige botanisch poëtische Preziosen oder unbekannte Raritäten waren nun zu seinem Thema geworden, sondern jene tituläre *"Nivellation von Kulturpflanzen"* oder eben Verbreitung von Zuckerrohr, Kartoffel, Gerste, Yucca, Mais, Kakao oder vorrangig Weizen und Bananengewächsen: ausgewiesenen "Nutzpflanzen".

Denn hinter dieser scheinbaren Profanierung aller poesieverklärten Botanik stand eine handfeste Politisierung dieses jungen Kolumbianers. Mehr und mehr war er einer jener emanzipatorischen Geister, die die Bevormundung durch die spanische Besatzungsmacht mit all ihren europäischen Prioritäten beim Namen zu nennen, abzulehnen und zu bekämpfen begannen. Eine sei es chauvinistische Selbstbesinnung auf die Ressourcen des eigenen Grundes und Bodens oder auf die Talente der Kreolen beeinflußte zunehmend auch die wissenschaftliche Erforschung der genuïnen Gegebenheiten.

"Unser Land ist voll von metallreichen Lagern", sollte de Caldas dieses wachsende Nationalbewußtsein später bilanzieren, *"voll von den interessantesten Erzeugnissen des Pflanzenreichs, von fast allen Schätzen der Erde; wir könnten das erste Volk von Amerika sein, wenn wir den Wert dieser Reichtümer zu unterscheiden wüßten, wenn wir die Vorteile einsähen, die wir aus den reichen Gaben zu ziehen vermögen. Umgeben von Smaragden und Amethysten, von Quecksilber und Platin, von Eisen, Kupfer und Blei, auf Gold und Silber tretend, im Schoße des Reichtums sind wir arm, weil wir unsere Güter nicht kennen"* (zitiert nach [2]).

Sie kennen zu lernen und solche Kenntnisse weitestgehend zu verbreiten, begriff der Verschmähte täglich deutlicher als seine eigentliche Lebensaufgabe. In der fundierten und kompetenten Erschließung naturgegebener Ressourcen, die ein durchreisender Humboldt nur transitorisch zu streifen und allenfalls in unzulänglich hochgerechneter Oberflächlichkeit fragmentarisch aufzulisten vermochte, hätte er selbst diese scheinbar unüberbietbare Ikone auszustechen eine reale Chance.

Die sah er primär als Botaniker und Vulkanologe, doch er wußte auch, daß akribische Landvermessung und kartografische Erfassung seines Heimatlands die unabdingbare Basis für alles Weitere sein mußten.

Aber wo beginnen? In Quito zurückgelassen, fühlte er sich hier fremd. Ins heimische Popayán zurückzukehren, verwarf er als Rückschritt. In Santafé bei Mutis und seiner *"Expedición Botánica"* bergenden Unterschlupf zu suchen, war nicht der Lebensstil dieses notorischen Einzelgängers. Also wo in diesem unübersehbar gigantischen Hochgebirgs- und Dschungellande beginnen: wo?

Er war pragmatisch und unstolz genug, sich ausgerechnet vom *Marqués de Selva Alegre*, dem einflußreichen Vater seines siegreichen Konkurrenten in Humboldts Gunst, mit dienlichen Empfehlungen versehen, von dessen Freunde José Ignacio de Pombo in Cartagena finanzieren und vom allseits

glorifizierten Mutis ausstatten und protektionieren zu lassen, als er schon im
Juli 1802, nur einen einzigen Monat nach Humboldts uneleganter Weiterreise, ihr gemeinsames Quito verließ und ausgerechnet nach Ibarra ging: an
den stigmatisierten und stimulierenden Ort seines glücklichsten Lebensmo-
ments, der ersten Begegnung mit dem *"reisenden Baron"* und wohl eben
deshalb sein erklärter, gar verklärter *"Lieblingsaufenthalt"*.

Aber er hielt die umgebende gebirgige Wildnis von Imbabura auch für sonderlich unerschlossen, von Humboldt und Bonpland sonderlich vernachläs-
sigt oder unterschätzt. Hier konnte er nun diese *"eiligen Ausländer"* sonderlich aussichtsreich korrigieren, komplettieren oder übertrumpfen. Hier in
Ibarra und im Nachbarort Otabalo, selbst heute noch berühmt für seinen einzigartigen Indianermarkt, nahm er seine Arbeit als einsamer Wolf wieder
auf,

*"durchforschte diese beiden Gemeinden, erschloß sie astronomisch, geodä-
tisch und kartographisch, vermaß die Erhebungen von Cotacachi, Mojanda
und Imbabura, betrat gar dessen für unzugänglich erachteten Krater und
sammelte, beschrieb und zeichnete auch dortige Pflanzen"* (zitiert nach [2]).

Er tat das alles wieder auf eigene Faust, nur mit indigenen Bergführern und
mit Lasteseln für die Gerätschaft. Er übernachtete bei Gebirgsindianern, die
dieses Instrumentarium für exotisches oder modisches Kochgeschirr hielten
und auf so präzivilisatorische Weise all jene Fachgespräche mit den gebildeten und kultivierten Partnern seiner früheren Vulkanbesteigungen bizarr
kontrapunktierten. Sie mögen ihm aber nicht zuletzt die politische Dring-
lichkeit seiner Unternehmungen augenfällig bestätigt haben.

Hier und jetzt jedoch überwand er sich auch, den Kontakt mit der europäischen Kultur nicht ganz aufzugeben und mit Humboldt wenigstens noch zu
korrespondieren. Erhalten ist ein langer Brief, den er am 17. November
1802 aus Otabalo nach Peru adressierte und den er auf höfliche Weise mit
allen aktuellen Facetten und unüberhörbaren Zwischentönen ihrer höchst
komplexen Beziehung zivilcouragiert und elegant zu spicken oder zu würzen wußte.

Gleich eingangs markierte er die neuësten Resultate seiner astronomischen
Beobachtungen mit unüberlesbar ironischer Devotion als quasi außerhalb jeder prominenten Konkurrenz:

"Denken Sie nicht, daß ich diese Dinge veröffentlichen möchte. Ich betreibe sie nur versuchsweise, zur Prüfung meiner Berechnungen, indem ich sie mit denen der großen Astronomen vergleiche. Stimmen sie mit ihren Resultaten überein, nähern sie sich ihnen, freue ich mich und glaube, auf dem richtigen Weg zu sein. Sind aber die Ergebnisse unterschiedlich, gelange ich zu keinem anderen Schluß, als daß ich nicht zu beobachten verstehe, so beginne ich von neuem. Wenn ich Anfang Dezember nach Quito gehe, die Wintersonnenwende beobachte und alles berechne, werde ich Ihnen meine Resultate schicken und meine Arbeitsweise mitteilen, damit Sie meine Fehler berichtigen und mich belehren": "para que corrija mis defectos y me advierta" [52].

Diese sarkastische Unterwürfigkeit eines Abgelehnten potenziert sich noch in der nachfolgend scheinbaren Verweigerung, sich für Humboldts vorausgegangenen Reisebericht – *"so viel Güte"*, *"tal bondad"* – mit einem eigenen Tätigkeitsrapport zu revanchieren. Denn *"qué diferencia de trabajos"*:

"Humboldt ist reich an Kenntnissen, ein Gelehrter, mit den hervorragendsten Instrumenten ausgerüstet und von Bonpland begleitet [nur von dem? der "Adonis" wird ignoriert!] *, das heißt, Linné verbunden; Caldas ist unwissend, ruhmlos, hat schlechte Instrumente und ist allein"*. Aber trotz eines solchen Gefälles sei er doch unbestreitbar *"der letzte Ihrer Schüler"*:

"el último de los discípulos de Ud." [52].

Erst nach so koketten Wortspielereïen begann de Caldas dann, behutsam zuzustechen:

"Herr Bonpland sagte mir, daß er nach Ibarra zurückkehren wolle wegen der vielen Pflanzen, die ihm entgangen waren. Ich bin Zeuge der Geschwindigkeit, mit der Sie beide die hiesigen Länder passierten": *"yo soy testigo de la velocidad con que pasó Uds. por estos países"*. Daher sei er nun *"in ein fast jungfräuliches Land"* gekommen: *"a un país casi virgen"* – alles ist hier unerledigt geblieben, und *"ich nahm die Topografie des ganzen Gebietes gewissenhaft auf"* (*"he emprendido una escrupulosa topografía de todo el país"*) [52].

Seine inzwischen gesteigerte Kompetenz unterstrich er mit Erwähnung von kompatiblen Geschenken des *"gelehrten und generösen"* Mutis, etwa *"einem Fernrohr von der Größe und Stärke des Ihrigen"* (*"un telescopio del tamaño y fuerza del que lleva Ud."*). So könne er nun auch hierin Schritt halten.

Doch den Abschluß dieses Briefes bilden die Schilderungen seiner hiesigen Vulkanbesteigungen:

"Die schwierigste und kühnste Reise meines Lebens ist [nicht etwa eine der gemeinsamen mit Humboldt, sondern] *die auf den Imbabura gewesen. [...] Ich bin in seinen entsetzlichen Krater gestiegen. Mit der ganzen Aufrichtigkeit meiner Seele bekenne ich Ihnen, daß ich noch immer erschaudere, wenn ich mich an diesen schrecklichen Tag erinnere. Ich sah mich hinabstürzen, ich wäre ohne Rettung umgekommen, wenn der unerschrockene und tapfere Indianer, der mich begleitete und mein Barometer trug, mich nicht gepackt und dreimal der Gefahr entrissen hättte [...] . Der Krater ist nicht so groß wie der des Pichincha, aber gräßlich: gebrannte und zerbrochene Steine, Ton, Schwefel, Kies, Bimsstein, Schnee und Tohuwabohu waren, was meine Augen wahrnahmen ... "*[52].

Das berichtete da mit Nachdruck einer, der vorgeblich wegen *"Schwächlichkeit"* von der gemeinsamen Weiterreise ausgeschlossen worden war.

Aber schon im August 1802 sei er *"zum Cotacachi hinaufgestiegen: an der Nordseite bis zur Schneegrenze. Von dort oben an ist er schon völlig unzugänglich. Ich machte meine Beobachtung mit dem Barometer und mit siedendem Wasser* [!!!] *und nahm eine beträchtliche Anzahl Pflanzen mit hinunter"*[52].

Denn seine *"wichtigste Arbeit ist jetzt die Botanik, weil Señor Mutis es so gewünscht hat, und der Plan meiner Arbeiten auf diesem Gebiet ist umfangreich. Da ich weder die Kenntnisse von Humboldt noch die von Bonpland besitze, sah ich mich gezwungen, keine Pflanze auf dem Feld zurückzulassen, alle die zu beschreiben, zu skelettieren und zu zeichnen, die nicht in meinen elenden Büchern sind. [...] Dieses umfangreiche Material, was gegenwärtig anwächst, [...] wird eine neue Form und Ordnung durch die wissenden Hände des berühmten Mutis erhalten. Nächsten Januar geht meine erste Sendung von mindestens tausend Präparaten ab"*[52].

So eingebunden nämlich sei er inzwischen in die Forschungsarbeiten der hiesigen *Expedición Botánica* oder ihres Direktors und unanfechtbaren Patriarchen Mutis.

Dieser Brief signalisiert mit allen seinen Schattierungen das weitgehend wiederhergestellte seelische Gleichgewicht seines Autors: dessen Regeneration und Stabilisierung. Er war jetzt überzeugt, *"daß er auf dem heimatlichen Gebiet mehr zu leisten vermöge als Humboldt und Bonpland"* [2], und fest entschlossen, das auch zu tun.

Dem hellhörig weitsichtigen Humboldt mögen solche Zeilen aber angekündigt haben, daß da auf dem Terrain seiner eigenen *"Geographie der Pflanzen"* tatsächlich ein beachtlicher, hartnäckiger und ernst zu nehmender Rivale zu befürchten war.

Denn was der naïvere de Caldas noch im Frühjahr desselben Jahres, erst vor fünf Monaten, seismografisch als *"Störung"* gewittert hatte, mag der versiertere Humboldt damals schon analytisch durchschaut und vorausgesehen haben, also energisch und zu seinen eigenen Gunsten zu vermeiden bemüht gewesen sein.

Schon damals nämlich mag es primär um Begründung und Etablierung jener wissenschaftlich neuen Disziplin gegangen sein, die de Caldas, kastilianisch, *fitografía*, Humboldt aber, eher goethedeutsch, *"Geographie der Pflanzen"* nannte. Hinter so diffusen Benennungen verbarg sich freilich ein brisantes Symptom für nichts Geringeres als das historische Gebot ihrer beider Stunde um 1800: für die nicht länger unterschlagbare Bestandsaufnahme einer Natur oder Gottesschöpfung, die bislang nur unreflektiert, als axiomatische Gegebenheit hingenommen worden war.

Hierbei nunmehr auch einen organischen Zusammenhang von Botanik und deren Standorten nachzuweisen, hatte de Caldas zwar erst 1801 auf seiner Wanderung von Popayán nach Quito bewußt in Angriff genommen, nachdem ihm aus Santafé Mentor Mutis den Linné, Freund Arroyo erstmals eine Kopie jener vergleichbaren Notizen Humboldts zugänglich gemacht hatten, die de Caldas noch ungelenk als ein

"Profil barometrischer Messungen zwischen Cartagena und Santa Fé mit Breiten- und Längengraden, Mineraliën und sonstigen Merkwürdigkeiten"

zur Kenntnis nahm.

Humboldt, der auch seinerseits erst kürzlich, erst etwa 1800 in Venezuëla solche Notizen zu machen begonnen hatte, erkannte bei ihrer Begegnung in Ibarra und Quito recht schnell den naturgegeben größeren Reichtum und die Kompetenz in den Aufzeichnungen dieses talentierten Kreolen. Auch er also kopierte da die einschlägigen Arbeiten dieses Anderen, der nämlich schon auf seinen tropisch-alpinen (oder -andinen) Fußmärschen als Handlungsreisender der zentralen Kordillere lange vor Humboldts Ankunft begriffen hatte,

"daß ein Konzept der Pflanzengeographie (oder Phytogeographie) seine wichtigste intellektuëlle Bemühung" [4]

sein mußte: weil geografische Bedingungen, Einschnitte oder Begrenzungen, das Vorkommen von Pflanzen entscheidend bestimmen können.

Da er hierzu auch zahllose barometrische Messungen in den Anden-Regionen vorgenommen hatte, wo Humboldt niemals hin gelangen konnte, übernahm sie dieser nur umso begieriger: hypsometrische Maße, astronomische Daten wie auch jene legendäre Landkarte von Timaná und die Bestimmung bislang unbekannter Tropenpflanzen. *"Wer weiß"*, hatte schon der eben abgelehnte de Caldas paranoïsch an seinen Mentor Mutis geschrieben,

"ob nicht die Furcht, daß ich irgend eine neue Pflanzenart an mich reißen könnte, den Baron bei seiner abschlägigen Antwort beeinflußt hat" (zitiert nach [2]).

Schon war da aus seinem passiv unterbewußten Störungsgefühl ein aktiv höchst bewußter Verdacht geworden. Denn die Summe ihrer beider Naturbeobachtungen zu publizieren, konnte dem großen Humboldt jedenfalls nunmehr, nach diesem November-Brief aus Otabolo, wahrhaftig gar nicht mehr schnell genug erfolgen.

Obwohl sein eigener Text über

"Ideen zu einer Geographie der Pflanzen

nebst einem Naturgemälde der Tropenländer,

Auf Beobachtungen und Messungen gegründet, welche vom 10ten Grade nördlicher bis zum 10ten Grade südlicher Breite, in den Jahren 1799, 1800, 1801, 1802 und 1803 angestellt worden sind"

innerhalb eines dreißigbändigen Gesamtprojektes seiner

"Reise in die Äquinoktial-Gegenden des neuen Kontinents" ("Voyage aux régions équinoxiales du Nouveau Continent: fait en 1799, 1800, 1801, 1803 et 1804" – ohne das Caldas-Jahr 1802?)

erst als der 27. Band, also noch lange, lange nicht erscheinen sollte,

gab er ihm dennoch, im Gefühl einer dringend gebotenen Eile (oder eben Konkurrenz), einen ganz einzigartigen Vorsprung: schon jetzt unterwegs in Peru verfaßte er einen ersten Entwurf dieser revolutionären neuën Disziplin.

Noch bevor er am 17. Februar 1803 mit Bonpland und seinem Carlitos Montúfar in Guayaquil das Segelschiff nach Mexico betrat, schickte er von dort aus diese Skizze mit einer schlau opportunen Widmung

"À Don José Celestino Mutis, Directeur en chef de l'Expédition Botanique du Royaume de la Nouvelle Grenade, Astronome Royal à Santa Fé de Bogotá"

nicht etwa auf direktem Wege an die wohlvertraute dortige Adresse, sondern gezielt nach Quito an den *Marqués de Selva Alegre*: zwar mit der Bitte um Weiterleitung an Mutis' *Botanische Expedition*, aber sicher auch mit der Gewißheit dessen, was der Marqués auch wirklich tat. Er händigte dieses Manuskript stracks de Caldas aus, der just nach ganzen sechs Monaten in Ibarra und Otabolo eben rechtzeitig ins gezeichnete Quito zurückzukehren mutig oder pragmatisch genug war, um diesen brisanten oder provokanten Humboldt-Text in seiner Gänze abzuschreiben. Dafür benötigte er vierzehn Tage.

Als er ihn dann an Mutis nach Bogotá weiterleitete, fügte er das Manuskript seines eigenen diesbezüglichen Textes hinzu, datierte ihn, sicher korrekt, mit dem 6. April 1803 und widmete nun auch seinerseits diese abweichend spezialisierte, aber eben kompetente Konzentration auf seine heimische Domäne am Äquator gleichfalls dem apostrophierten Mutis als einem überparteiïschen Friedensrichter zumindest hierzulande:

"Memoria sobre la nivelación de las plantas que se cultivan en la vecindad del Ecuador".

Schon im zweiten Satze dieses Textes, der erst im November 1852, fast ein halbes Jahrhundert später, in der Zeitschrift *"La Siesta"* veröffentlicht wurde, als sein Autor schon seit 36 Jahren tot und Humboldt eben 83 Jahre alt war, markierte de Caldas hier besitzergreifend das Terrain, indem er den Beginn seiner Forschnungen und Notizen auf diesem neuën Gebiete mit dem Jahre 1796 festschrieb, als Humboldt noch in Europa war und mit seinen eigenen venezolanisch datierten Erkundungen hierzu noch gar nicht angefangen haben konnte.

Empfänger Mutis hätte da auch in Francisco Josés Briefen aus dem Vorjahr nachlesen können, daß da schon im April 1802, als Humboldt mit seinem Exposé noch gar nicht begonnen hatte, von einer *"carta botánica del reyno"*, einer botanischen Landkarte ihres Landes, und dem Begriff einer

"n i v e l a c i ó n   d e   l a s   p l a n t a s"

die Rede war: einer geografischen Höhenbestimmung anhand von Pflanzenvorkommnissen.

Der erste Text zu diesem Thema stammt von de Caldas nachweislich aus dem Jahre 1802, trägt den Titel

"Plano que demuestra la nivelación de algunas plantas que se cultivan en las cercanías del ecuador (Quito), conforme a las observaciones barométricas desde 1796 a 1802"

und befindet sich heute im *"Archivo General de Indias"* in Sevilla: jenem Zentraldepot des gesamten spanischen Kolonialismus.

Aber mit alledem hatte der wachsam gewordene de Caldas seine Priorität auf diesem Hoheitsgebiete angemeldet und den Wettstreit öffentlich ausgerufen: offiziëll und legal.

Kaum in Europa nämlich, publizierte Humboldt reichlich überstürzt seinen inzwischen vollständigen Text zu diesem Thema für die internationale Szene, die von diesem fernen Neugranada am Ende der Welt so gut wie gar nichts wußte,

schon im Vorhinein 1805 in der Weltsprache Französisch: *"Essai sur la géographie des plantes"*

und gleich 1807 bei Cotta in Tübingen auch auf Deutsch.

Diese deutsche Fassung widmete er wohlweislich keinem Geringeren als dem Weltstar Goethe, den sie zu seiner eigenen vielerörterten *"Metamorphose der Pflanze"* stimulierte.

Schon vorher hatte Humboldt umtriebig vorgesehen, gleich den *Ersten Band* seines großen Reiseberichtes Schiller zu widmen, der mit Bruder Wilhelm von Humboldt eng befreundet war, gleichwohl seinen und Alexanders gemeinsamen Verleger Cotta leicht gereizt hatte wissen lassen: *"Herr von Humboldt hat keine Gabe zum Schriftsteller, und seine Reise möchte leicht interessanter gewesen sein, als die Beschreibung derselben ausfallen dürfte"*. Er mochte da schon wittern, was heute clevere Öffentlichkeitsarbeit heißt. Als der betreffende *Erste Band* erschien, war Schiller aber schon tot, und der pragmatische Humboldt unterließ jetzt so nutzlos gewordene Zueignung.

Aber ungeniert integrierte er in jenen andern, seinen weithin beachteten Text mit der Goethe-Widmung auch ein Kapitel unter der Überschrift

"Siedhitze des kochenden Wassers auf verschiedenen Höhen über der Meeresfläche"

und leitete es mit diesem Satze ein:

"Der Wärmegrad, welchen Flüssigkeiten annehmen, ehe sie zum Sieden übergehen, hängt [...] auch von dem Gewichte der Atmosphäre ab, welches auf sie drückt. So wie dies Gewicht mit der Höhe wechselt, so verändert sich auch der Siedpunkt selbst. Die nachstehende Tafel drückt das Gesetz dieser Erscheinung aus"[34].

Mit Hilfe einer detaillierten Tabelle über sieben verschiedene Höhenmaße belegt dann Humboldt die jeweils reduzierte Siedehitze von 100 Grad auf Meereshöhe bis zu lediglich 77 Grad auf einer Gipfelhöhe von 7000 Metern. Da er hierfür keinerlei Quelle oder Autorenschaft angibt, mußte jeder unbefangene Leser dieses Textes damals unweigerlich ihn, den großen Humboldt, für den Entdecker dieses wundersamen Naturgesetzes halten. *"¡Ni una sola palabra"*, überführte Lino de Pombo dieses Plagiat noch zu Humboldts Lebzeiten, *"acerca del descubridor de ese principio en América!"*:

"Kein einziges Wort über den amerikanischen Entdecker jenes Prinzips!"[3]

Daß der seriösere de Caldas mit seinem eigenen Projekt einer *"Fitografía del Ecuador"* so viel säumiger war als sein europäisch beflügelterer Rivale, hing erst zuletzt damit zusammen, daß er seinerzeit wissenschaftlich zu publizieren überhaupt noch gar nicht gewitzt genug und gewohnt war.

Mehr noch dürfte dem ehrenhaft zögerlich und wissenschaftlich zugrunde gelegen haben, was umgekehrt den großen Alexander von Humboldt hinlänglich beunruhigt und veranlaßt haben mag, diesen unbekannten hinterwäldlerischen Kollegen in jener seiner überstürzten Publikation auch dieser preisgegebenen Hypsometrie doch lieber zu erwähnen: wenn auch erst im Nachhinein und eher herablassend oder gar *"geringschätzig"*:

"Ich habe, während meiner Expedition, eine große Menge von Beobachtungen über den Siedepunkt des Wassers auf den Gipfeln der hohen Andeskette angestellt. Ähnliche Versuche des Herrn Caldas (eines jungen Mannes aus Popayan, der mit rastlosem Eifer sich der Astronomie und einigen Teilen der Naturbeschreibung gewidmet), werde ich in meiner Reisebeschreibung bekannt machen. Diese Arbeit hat freilich fast kein Interesse für die Meteorologie; selbst die Theorie des Luftdrucks bedarf ihrer wenig: aber sie zeigt doch, welches Grades der Genauigkeit die Bergmessungen mittelst des Thermometers fähig sind"[34].

Da also wurde derselbe Caldas einer wissenschaftlichen Internationale ganz und gar nicht mehr als jenes *"Wunder"* vorgestellt, nicht mehr als *"Genie"* und jener

"Geist, von dem in einem kultivierteren Lande viel zu erwarten wäre":

eher in der Tat als peripherer Außenseiter oder beflissen dilettierender Mitläufer – gar als lästiger provinziëller Störenfried?

Denn dessen hypsometrische Entdeckung, die hier nur beiläufig in Nebensätzen verbannt und vernebelt blieb, wurde von Humboldt erst 1822, dann aber gar in einem Briefe just an Simón Bolívar, diesen strahlenden Repräsentanten lateinamerikanischer Emanzipation, unter Angabe ihres Autors Caldas rehabilitiert oder zugegeben und anerkannt, dann auch erst erprobt und angewendet. Da aber war de Caldas schon sechs Jahre tot.

Im April 1803 jedoch, als diese naturwissenschaftliche Olympiade ihren historischen Anfang nahm, war Caldas 34 Jahre alt und vital genug, sich solchen und sonstigen Anforderungen effiziënt zu stellen.

Das waren nach wie vor auch astronomische Beobachtungen, namentlich von Jupitersatelliten und Mondeklipse, eine abermalige Besteigung und Botanisierung des Vulkans Pichincha, aber nun auch zunehmend *"atenciones sociales"*: soziale Verpflichtungen.

Er logierte jetzt in diesem selben Quito nämlich sehr viel weniger luxuriös als zu Humboldts Zeiten, meist in eher kärglichen Herbergen, und fand auch andere Bekanntschaften als die etablierten Honoratioren im beflissenen Umfelde jener prominenten Europäer.

Namentlich Bischof Cuero, aber auch Manuel Morales, Sekretär des Regierungspräsidenten in Quito, öffneten dem vorher eher weltfremden Caldas die Augen für *"die fortdauërnde Knechtung der Kreolen, die Rücksichtslosigkeit des* [spanischen] *Mutterlandes [...] , den Druck der Europäer"*[2] und die unerschlossenen Potentiale der Regionen und Bevölkerungen *"Neugranadas"*.

Zur Steigerung jedoch allgemeiner Lebensqualität war hier, knappe dreitausend Meter über dem Meeresspiegel, ein Zugang zum Pazifik im Sinne einer Utopie höchst wünschenswert und erforderlich. Er war bislang nur auf dem mühsamen Landweg über Tacunga, Ambato, Guaranda und Babahoyo endlich in Guayaquil an der weit entfernten peruanischen Grenze im Süden des Landes überhaupt praktikabel.

Der ebenso findige wie mutige Caldas freilich dachte nun noch einige Schritte weiter voraus und konzipierte von hier aus eine Expedition, die er im Februar 1803 seinem Präsidenten Mutis vorschlug. Sie sollte per Schiff an ihrer pazifischen Küste nordwärts bis Buenaventura, dort in den *Río Atrato* führen, der dann endlich in den *Golf von Urabá*, also schon in den jenseitig oriëntalen *Atlantischen Ozean* mündet.

Eben *"wegen dieser geographischen Lage"*, hatte er begriffen, *"scheint Neu-granada für den Welthandel prädestiniert zu sein"*, aber die spanischen Machthaber überhörten solche Möglichkeiten, *"die amerikanischen Wirt-schaftskonzepte zu verändern"* (zitiert nach [4]).

Diese Reise nahm als Idee schon

j e n e n   P a n a m a - K a n a l   v o r w e g ,

der dann präzise hundert Jahre später die beiden Weltmeere ganz im Sinne des träumenden de Caldas verwirklichte und die Weltwirtschaft revolutio-nierte.

Sein Vordenker de Caldas wurde jetzt durch Vermittlung jenes fortschrittli-chen Bischofs Cuero vom derzeitigen Regierungspräsidenten Luis Francisco Baron de Carondelet mit der scheinbar sehr viel kleineren und lokaleren Aufgabe betraut, von ihrem Quito über eine Luftliniё von etwa 160 Kilome-tern hinweg einen möglichst direkten Weg zum *Pazifischen Ozean* auszu-kundschaften. Schon viele Vorgänger waren an diesem schier irrealen Pro-jekt gescheitert.

Vom 18. Juli bis zum 3. Oktober 1803 war de Caldas nun unter größten Strapazen und überwiegend bei strömendem Land- und Tropenregen damit beschäftigt,

von Ibarra aus in Begleitung von ortskundig hilfsbereiten Noánama-India-nern jenen Dschungel von Malbucho, *"so alt wie die Welt"* (zitiert nach [4]),

meist jedoch im Kanu viele reißende kleine Gebirgsflüsse (jene Ríos Mira, Licta, Cayapas, Santiago, Cachaví und Tota) bis zur pazifischen Bucht von San Lorenzo (*Bahía de Ancón de sardinas*) zu passieren,

für einen potentiёllen Lösch- und Ladeplatz künftiger Frachtschiffe schon den Urwald zu roden

und die ersten Hütten einer Ortschaft zu errichten, die er selbst auf den Na-men seines Auftraggebers taufte: *Bodega de Carondelet*, später als *"Neger-dorf"* katholisch umbenannt zu *Concepción*.

Das alles bewältigte de Caldas unter Finanzierungs- und Proviantierungs-
engpässen vermutlich nur, weil er diese Schneisensuche als willkommene
Gelegenheit begriff, seine übergeordneten botanischen, geodätischen, kartografischen und hypsometrischen Ziele zu verfolgen.

Mit etwa dreihundert barometrischen Messungen,

einem Profil des zurückgelegten Weges von der Schneegrenze bis zum
Ozean,

Notizen über dessen Gezeiten und deren Ausmaße,

über Grenzen des Regenwaldes, Magnetfelder und Koordinaten, über Tem-
peraturschwankungen wie auch Mineralfunde unterwegs,

mit zahllosen Pflanzen für sein Herbarium und Vermerken über deren Vorkommen

wie auch das von Giftschlangen und Leguanen, Krokodilen in all den be-
wältigten Flüssen und von Mosquitos, seïen es Anopheles- oder Fiebermük-
ken

kehrte de Caldas Anfang Oktober 1803, selbst malariakrank, nach Quito zurück und präsentierte dem Baron von Carondelet den Vergleich einer bevorzugten Straße zum lebenserleichternden Meere mit einer weniger günstigen:

*"Paralelo entre los dos caminos de Esmeraldas y Malbucho y la utilidad de
la apertura del secundo por F. C.".*

Dieses Manuskript mit einer maßstabgetreuën *"carta del camino de Malbucho"* fand sich später sogar noch in Humboldts Nachlaß.

Aber die Verwirklichung dieser Idee scheiterte damals an einer untiefen
Sandbank in der Mündung des *Río Tota* und an der Strömung des *Río Licta*,
die jeden Brückenbau seinerzeit mit sich fortriß.

Erst 140 Jahre später entstand hier eine Verbindungsstraße, die von Quito
aus in 130 Kilometern ein Gefälle von 2 200 Metern überwand, 1947 fertig
wurde und im Gebiet der Colorado-Indianer bei der Ortschaft *Santo Domingo* endete, die es zu Zeiten des de Caldas noch gar nicht gab, die inzwischen
aber Provinzmetropole, Bischofssitz, mit ihren 240 000 Einwohnern die

viertgrößte Stadt in Ecuador und ein Verkehrsknotenpunkt auf dem restlichen Wege zur pazifischen Küste von Esmeraldas ist.

De Caldas aber war hier als Pionier dieser Hochgebirgs- und Dschungelschneise auch noch mit einem zweiten Auftrag, den sein Protektor Mutis ihm mit auf den Weg gegeben hatte, gescheitert: seiner Suche nach *cinchona*, dem sogenannten Chinarindenbaum, der damals therapeutisch und wirtschaftlich die Gemüter okkupiert hielt.

Denn die Indios bezogen aus seiner Borke ihr effiziëntes Medikament gegen den chronischen Terror der Malaria. Schon seit dem frühen 17. Jahrhundert war es auch in Europa bekannt, und im fernen Uppsala hatte Carl von Linné als Papst der Botanik diesen Baum *cinchona officinalis*, eben wortwörtlich *dienlich* oder *hilfreich* genannt: bis die Ärzte einräumen mußten, daß dieses Mittel nur manchmal, aber keineswegs immer half, und sich im Füllhorn der Natur verschiedene Arten dieses Fieberbaumes unterscheiden ließen: medikable und andere.

Das galt es jetzt zu eruïeren, auch günstige Standorte jener einschlägig heilsamen Unterart für künftig lohnenden Anbau in einträglichen Ausmaßen zu erkunden. Mutis war mit seinen eigenen Aktivitäten in ein Netzwerk übler Machenschaften und Intrigen, Plagiate und Prioritätenkämpfe geraten und drängte nunmehr seinen talentierten Günstling de Caldas zur Erforschung und Erschließung dieser heilkräftig wirksamen Borke namentlich im Auftrage ökonomisch interessierter Hintermänner, die dieses Pharmakon in Madrid bereits zum spanischen Handelsmonopol erklärt hatten.

Da de Caldas zwischen Ibarra und Pazifik auf keinerlei Bestände dieses magischen Gewächses gestoßen war, bereitete er parallel zu Genesungsversuchen in Quito eine nächste große Expedition vor, die im Anschluß an die kontroversen Resultate seiner Vorgänger nunmehr exklusiv einer definitiv authentischen Ergründung dieser mysteriösen Fieberrinde mit all ihren Alkaloïden gewidmet sein sollte:

"Hierauf bin ich so versessen, daß ich es ergründen werde, und koste es mein Leben" – *"aunque cueste mi vida"*[53].

Nach mehreren kurzen Versuchen, zu Beginn des Jahres 1804 wieder Vulkane, zweimal jenen Pichincha, einmal den Corazón zu besteigen, brach de

Caldas am 10. Juli 1804 zu einer Chinarinden-Suche auf, die in den Süden
seines Landes führte und länger als fünf Monate dauern sollte.

Selbst noch fortgesetzt fiebernd und von akuten Malariaschüben immer wieder niedergestreckt, absolvierte er hartnäckig – teils zu Fuß, teils reitend –
jene etwa vierhundert Luftkilometer bis ins einschlägig stigmatisierte Loja
im peruanischen Grenzgebiet, dem er also wegen seiner malariatherapeuti-
schen Chinin-, Chinidin-, Chinchonin- und Chinchonidin-Gehölze eigenbe-
dürftig, aber durchaus auch mit kommerziëllen Utopiën von sonstwem alles
wahrhaft entgegenfieberte.

Vom pseudo-heimischen Quito aus überwand er vielfältig transpirierend etwa die folgende Wegesstrecke:

über Tiopullo, einen wilden Gebirgsstock zwischen den Vulkanen Illiniza
und Rumiñahui,

und die Wasserscheide zwischen pazifisch und amazonisch ausgerichteten
Gebirgsflüssen hinweg,

durch eine große Bimsstein-Wüste

und bei Callo oder Mulalo an einem legendären Hause vorbei, das

>   *die Inkas*
>
>   lange vor dem spanischen Holocaust an ihrem Volke und ihrer Kultur
>   hier gebaut, bewohnt und nachgeborenen Interessenten zur Besichti-
>   gung hinterlassen hatten,

ferner über die östliche Kordillere mit einer abgelegenen Schafhürde des
Marqués de Selva Alegre, also Montúfar *seniors*,

über Sachapungo und Tagualó

erst einmal nach Macuchí, jenem Bergwerk zur Goldgewinnung inmitten einer gigantischen, absolut präzivilisatorischen Waldung im erweiterten
Quellgebiet des Amazonas, mit drei verschiedenen Chinarinden- und inter-
essanten Zimmetbäumen, die der Siechende zwölf Juli-Tage lang alle sorg-
fältigst zeichnete und registrierte;

durch das Tropen-Dickicht von Saquistí

und eine Sandwüste

schlug er sich hiernach über Pilaló und Tigua

weiter nach Ambato mit seinen verheerenden Erdbeben-Ruïnen durch,

von dort durch die Guachipamba-Steppe,

das Ödland der Sabañagas

und die vulkanisch aufgeschüttete Wüste von Tapi

bis ins wiederum stark zerstörte Riobamba, wo ausgerechnet Francisco Javier Montúfar y Larrea, Bruder des konkurrenten Adonis, *Corregidor*, also oberste Verwaltungs- und Gerichtsinstanz und zu Füßen des Chimborazo wie auch mehrerer pittoresker Fünftausender ein generöser Gastgeber für den maladen Besuch aus vergangenen Gemeinsamkeiten in *Los Chillos* war;

der zog dann aber bald schon über den trügerischen Flugsand im Hochland jenes Guamote, wo unterdrückte Indianer erst kürzlich mit einem rassistischen Aufstand gegen ihre Verelendung scheiterten,

in die Waldungen von Alausí mit ihren überaus reichen *cinchona*-Beständen, die er im Dörfchen Cimambe registrierte, wo er aber gleichwohl auch noch den Aufgang eines Jupitermondes beobachtete;

über Guasuntos nach Puma-Llacta gelangt,

überquerte er von hier aus den *"grausig öden"* Bergrücken Asuay,

passierte die indianische Opferstätte Quimso

und stieg in die sumpfigen Niederungen von Puyol hinunter,

traf da zunehmend auf zerstörte Paläste oder Schlösser, die

die Inkas

lange vor dem spanischen Holocaust an ihrem Volke und ihrer Kultur hier aus behauënem Stein ohne jeden Mörtel inmitten von Treppen, Gängen, Doppelmauërn und sonstigen Bauwerken in der Nähe eines reich verzierten Steinsitzes namens *Chungana* kunstvoll errichtet, stilvoll und opulent bewohnt, nachgeborenen Interessenten freilich nur noch als Besichtigungsruïnen hinterlassen hatten

und die Francisco José de Caldas jetzt wenigstens noch auszumessen und mit seinem Zeichenstift zu dokumentieren nicht versäumte,

ehe er schließlich durch die fruchtbaren Cosarbamba-Gebiete am *Río Manchangará*

am 19. August 1804 in die Bischofs-Stadt Cuenca gelangte, deren Honoratioren ihn eben noch begrüßen konnten, bevor er krank danieder und zehn Tage lang mit Vomitiven, Klistieren und Chinin zu Bette lag;

erst hiernach begann er mit seinen ungewöhnlichen Vermessungen und Beschreibungen dieser Stadt;

von ihr aus unternahm er in der ersten Septemberhälfte 1804

eine Exkursion über die Ost-Kordillere hinweg

in die Wildnis des *Río Paute*, der sein Wasser schon dem Amazonas zuführte,

und über *Los Azogues* mit seinen Quecksilberlagern von Huaichun

bis in die Ortschaft Paute, wo er mehrere Arten von Chinarindenbäumen mit Blüten und Früchten antraf und erschließen konnte;

durch die Waldungen von Tablacay und Tejar, wo er die *Pata de Gallinazo* mit ihrer spezifischen Chinaborke zeichnete,

und über den Gebirgszug Supay-Urcu hinweg

gelangte er zum Indianerdorf *San Cristóval*, wo er für astronomische und barometrische Beobachtungen Station machte

und zum Rückweg schließlich über Gualaseo, Jadan und die alte indianische Opferstätte Guagua-Suma

wieder nach Cuenca aufbrach;

von hier aus trat er erst am 5. Oktober die letzte Etappe seines Weges an, die nur noch eine Woche dauërte, über den *Río León*,

wieder an Incapircas, jenen Rudimenten von Festungen, luxuriösen Palästen, sonstigen Innenräumen und königlichen Straßen vorüber, die

die Inkas

lange vor dem spanischen Holocaust an ihrem Volke und ihrer Kultur hier

in der Gegend von Curcuduma, *Las Juntas*, Nabon, Oña, Saraguru und Uduchapa

aus überwiegend perfekt zugeschnittenen Parallelepipeden äußerst kunstvoll erbaut, mit viel Lebensart genutzt, nachgeborenen Interessenten freilich nur noch als Besichtigungsruïnen hinterlassen hatten

und die am 12. Oktober 1804, nach drei strapaziösesten Monaten also, endlich nach Loja führte: in sein angestrebtes *Orplid*, immer noch im schmalen Cosibamba-Tale, mit seinen etwa zweitausend Einwohnern nur runde 150 Kilometer von der peruanischen Grenze entfernt und heutzutage Provinzmetropole, Großstadt mit 120 000 Einwohnern, angemessenem Flughafen und unverändert mildem Klima in seiner Höhe von nur 2 400 Anden-Metern.

Jene Landkarte, die de Caldas damals von den *"Cercanías de Loja"* ringsum zeichnete, dürfte wohl die erste sein, die es je gab.

Von diesem Loja nun, dem *Eldorado* aller vorherigen Chinarinden-Forscher, aus

unternahm auch de Caldas seine Exkursionen zu *"all den berühmten Kina-Distrikten: nach Uritusinga, Caxamisna, Malacatos und Vilcabamba"*[2]. Dort überall nahm er zur Kenntnis, daß es nicht nur vier Arten dieses Baumes gab, wie Mutis ihm vorgegeben hatte, sondern sechzehn. Heute halten wir 38 für noch richtiger.

De Caldas zeichnete an all jenen Standorten *"jede Cinchonen-Art, die er auffinden konnte"*[2], malte sie auch in Farben, beschrieb sie verbal, prüfte ihre Rinden, sammelte und trocknete ihre Blätter, Blüten und Früchte und kehrte *"trotz zahlloser Hindernisse und rasch abnehmender Gesund-heit"* [2] mit einer stattlichen Kollektion nach Loja zurück, wo er schließlich mit hohem Fieber kollabierte.

"Zufällig" war dort

Dr. William C. Wallace,

ein englischer Tropenarzt und Malariaspezialist, just beim abstrusen Freigang aus spanischer Geiselhaft

zur Hand. Er pflegte und kurierte de Caldas nicht nur, sondern assistierte ihm auch mit Interesse und Sachverstand beim Systematisieren seiner aktualisierten Herbariën und begleitete diesen faszinierenden Patiënten, den er teils auch zu finanzieren begann, auf demselben langen Wege (wirklich *"por el mismo camino"*) zurück nach Quito, wo sie am 25. Dezember 1804 *"nach sechs Reise-, Krankheits- und Erschöpfungsmonaten"* [41] unbeachtet eintrafen und erst unbescheiden darauf hinweisen mußten, *"daß weit und breit in Südamerika kein Kreole ein ähnliches Unternehmen durchgesetzt habe"* [2].

Noch 1884 hielt Schumacher diese Reise für *"die bedeutendsten Forschungs-Unternehmungen, denen sich Einheimische in Neu-Granada"* bis dahin unterzogen hatten [2].

Nach drei archivierenden Monaten in Quito, die de Caldas auch zur Niederschrift seines Manuskripts über *cinchona*-Bäume, der

"Memoria sobre el estado de las quinas en jeneral y en particular sobre la de Loja",

nutzte, brach er, wieder gemeinsam mit Dr. Wallace, am 28. März 1805 *"ohne Gruß und Dank"*, aber mit riesiger Sammlung nordwärts auf, blieb unterwegs bei strömendem Tropenregen in aufgeweichten Wegen stecken,

war am 28. April erst auf halber Strecke in Pasto

und irgendwann im Mai 1805 auch endlich wieder in Popayán, wo Francisco José sich im Elternhause zwar notdürftig wiederherstellen ließ, aber mit einer völlig ungewissen Zukunft, ohne Aufgaben und ohne Einnahmen, konfrontiert sah, seinen englischen Arzt und Retter freilich bald schon zu seinem Schwager machte und so vor der spanischen Wiederverhaftung bewahrte.

Irgendwann im Spätsommer oder Frühherbst 1805 machte de Caldas sich schließlich mit all den angesammelten Forschungsresultaten und einer Karawane von sechzehn schwer beladenen Lasttieren auf den abermals beschwerlichen Weg nach *Santafé de Bogotá*. Sein Gepäck bestand aus

einem ansehnlichen Herbarium von fünf- bis sechstausend sorgsam getrockneten Pflanzenskelettierungen,

zwei Folianten mit Pflanzenbeschreibungen und eigenhändigen Zeichnungen,

aus einer Kollektion von bemerkenswerten Samen und ungewöhnlichen Rinden,

zwei ganzen Bänden mit astronomischen, meteorologischen und magnetischen, zoologischen und ornithologischen Beobachtungen,

allen erforderlichen Unterlagen zur Herstellung von geodätischen Landkarten des Vizekönigreichs, botanischen und zoologischen Atlanten, Andenprofilen mit geographischen Höhenmaßen der namhaftesten Bergrücken und mehr als 1 500 barometrisch abgeleiteten Höhenangaben für Ortschaften und Gebirge

sowie zwei Bänden Reisenotizen.

Nach so befrachteter Überwindung abermals von Gebirgspässen

und nach phytografischen Erledigungen unterwegs noch im Magdalenental

traf er mit Sack und Pack am 10. Dezember 1805 in *Santafé de Bogotá* ein.

Bei der Übergabe oder Auslieferung dieser ganzen Fracht, einer ersten Lebensernte, an die finanzierende *Expedición Botánica* fand hier an diesem selben Tag nun endlich auch seine erste persönliche Begegnung mit deren Direktor, seinem Gönner und Guru Mutis, statt.

Sie könnte für beide enttäuschend gewesen sein. Denn der Patriarch war mit seinen mittlerweile 73 Lebens- und 43 Tropenjahren rechtschaffen verschlissen: vergreist, geschwächt und lebensmüde, kränkelte überdies und war antriebs-, auch kraftlos. De Caldas seinerseits war 37, aber nach all den übermenschlichen Kraftakten dieser letzten Expeditionen gleichfalls ausgebrannt und erloschen, erschöpft, auch enttäuscht, illusions- oder perspektivlos und alles andere als jenes enthusiastisch wissensdurstige und kometenhafte Talent oder Gottesgeschenk wie noch vor vier Jahren.

Aber der weise Mutis, immer noch Präses jener *Expedición Botánica* seines spanischen Königs, hatte weitblickend vorgesorgt.

Mit all dem Schuldbewußtsein seines exklusiven Botanikertums, das dem königlich madrilenischen Auftrage eines neugranadinischen Hofastronomen kaum je gerecht geworden war, hatte er schon seit 1802 im Garten seiner *Botanischen Expedition* den achteckigen Turmbau eines veritablen Observatoriums errichten lassen, das schon seit mehr als zwei Jahren darauf wartete, in Betrieb genommen zu werden. Denn mit Hilfe eines einsichtigen Vizekönigs war diese Sternwarte von Madrid aus auch mit allem erforderlichen Instrumentarium ausgestattet worden.

Schon als de Caldas vor zwei Jahren zur Erkundung jenes Straßenbaus zum Meer aufzubrechen im Begriffe war, hatte Mutis ihn in Madrid als den Astronomen dieses vermeintlich ersten lateinamerikanischen Observatoriums vorgeschlagen und ihm auch persönlich mit solcher Perspektive die damals frischen Humboldt-Wunden verschmerzen zu helfen versucht. Der Erkorene selbst hatte damals, bescheiden oder allzu gedemütigt, eher abgewinkt:

"Ich mache mir nichts vor; ich weiß nur zu genau, daß ich kein Gelehrter bin. Ich kenne das Ausmaß dieses Begriffes, und ich kenne mich; ich verdiene ihn nicht, geben Sie ihn mir nicht vorschnell. Bezeichnen Sie mich als Lernenden, was mich ehren würde; und falls Sie mir diese Gunst verweigern, werde ich sie mir erwerben. Welche schmeichelhafte Hoffnung belebt mein Herz, wenn ich mir vorstelle, eines fernen Tages neben dem gelehrten Mutis zu observieren!" [54]

Eben das aber trat nun diskussionslos und zu veränderten Konditionen ein. Mutis, der diesen jungen und hochbegabten Botaniker aus der Verwertung, Ausarbeitung und Veröffentlichung all seiner Expeditionsresultate, namentlich der latent lukrativen Chinarinden-Erkenntisse lieber auf eine Art Nebengeleise abgeschoben sah, ließ ihn vom Vizekönig flugs als Direktor seiner Sternwarte bestallen, also zum hauptberuflichen Astronomen abstempeln und mit einem Jahresgehalt von vierhundert Pesos honorieren. Das war nach den insgesamt 2 700 Pesos von Mutis oder dessen *Expedición Botánica* für alle bisherigen Forschungsreisen ein scheinbar passables und berechenbares Fixum. Sein Weiterleben, seine weitere Arbeit schienen gesichert.

Freilich gab es für diese Tätigkeit innerhalb der Königlich spanischen *Expedición Botánica* keinerlei regierungsamtliche Ernennung oder Bestätigung aus Madrid. Dieses ganze Neugranada sollte auch auf diesem Gebiete *"Vizekönigreich"* und damit etwas unklar Inoffiziëlles, politisch Undefiniertes, diffus oder halbwegs Illegales bleiben: ohne Kontakt oder Unterstützung der übrigen kultivierten Welt.

Probleme der madrilenischen Thronfolge, bald auch die napoleonische Usurpation mögen im verunsicherten Escorial diesen Mißständen Vorschub geleistet und letztlich auch ein neugranadinisches Forscherleben ungut isoliert haben.

Jedenfalls war der geborene Einzelgänger de Caldas nunmehr mitten in der quirligen Landeshauptstadt ein neuës Mal zur Autarkie verdammt.

"Que el mundo corra o pare, poco me importa" [58], schrieb dieser neuë Observatoriums-Direktor seinem Freunde Santiago daher noch 1807: *ob die Welt vorankommt oder still steht, sei ihm fast egal.*

Denn nach abgeschlossener Installation und Vorbereitung hatte er zunächst allein, erst sehr viel später mit einem einzelnen Assistenten und dem Adlatus Lino de Pombo, seinem eines Tages ersten Biografen, diese gut ausgerüstete Sternwarte bezogen, die freilich offiziëll den Namen auch noch ausgerechnet jenes fatal konkurrenten Adonis aus *Los Chillos* trug:

Real Observatorio de San Carlos.

Gleichwohl galt die erste hiesige Arbeit des neuën Hausherrn einer astronomischen Standortbestimmung dieser Königlichen Sternwarte des *Heiligen Carlos*: wo genau war er da eigentlich hingeraten?

De Caldas wohnte jetzt auch "privatim" in diesem aufgetürmt vermessenen hohen Oktagon, schlief hier auf einem Feldbett und vergrub sich autonom in seinen selbstgestellten Aufgaben. Denn wie es keinerlei Einbettung in die kollegiale europäische Szene gab, so blieb ihm auch jedes vorgegebene oder vorgeschriebene Pensum seines Auftraggebers erspart. Er war da so einsam wie frei. Oder so unabhängig wie unbeachtet.

Ein just passierender Komet, diesmal freilich am Himmel, gab dem halbwegs Genesenen die benötigten akuten Impulse, sich hier vorrangig mit Ephemeriden, also auch mit den Planeten unseres Sonnensystems zu befassen, zu denen er schon *"Herschel"*, den späteren Uranus, und vier Asteroïden zählte: *"Hercules"*, *"Piazzi"*, *"Harding"* und *"Olbers"*. Er arbeitete auch an Sternenkatalogen, am Fernziel einer astronomisch fundierten Landkarte seines *"Neugranada"* (*"una mirada rápida y general sobre el Virreinato"*) und nicht zuletzt an der *"atmosphärischen Refraktion"*: jener unerläßlichen Relativierung jedes Sternenortes durch die Lichtbrechung in der Atmosphäre.

"Ich bin glücklich in dieser Einsamkeit", berichtete er nun als solch ein isolierter Türmer und Sterngucker seinem Freunde Antonio Arboleda nach Popayán, *"versunken in die Betrachtung dieser Himmelskuppel, die in jedem Augenblick den Ruhm ihres Schöpfers verkündet. [...] Ich arbeite ohne Zeugen, und dieser Vorteil verhilft mir zu einer umso unschätzbareren Demut. Denn Hochmut, dieser Sohn von Belobigungen und Bewunderung, hat tausend Irritationen im Gefolge, tausend Schwierigkeiten, die seine Beglückungen nicht aufwiegen. Glücklich der Gelehrte, der sich nicht wichtig tut, der in allen Kreaturen den Namen ihres Produzenten erkennt, und noch tausendmal glücklicher, wer ebendiesen lobt und liebt, wer dessen Wohltaten mit untadeliger Lebensführung quittiert"*[55].

Ebenso demütig wie aber immer noch wißbegierig waren hier seine weiteren Forschungen auch meteorologisch oriëntiert.

Nicht zuletzt jedoch bemühte er sich fortan um Korrekturen Humboldtscher Thesen gleichsam *ex cathedra Americana*.

Gleichwohl brach dieser Einsame Wolf oder Anden-Ahasverus am 11. August 1806 schon wieder zu einer weiteren Expedition auf, die seine Chinarinden-Forschung komplettieren, die hiesigen Baumbestände in und um Zipacón, Anolaima, Limones, Melgar, Cunday, Paudi, Fusagasugá und auf der *Mesa de Juan Díaz* abschließend erfassen und die *"Flora de Bogotá"*, dieses Lebenswerk seines greisen Mentors, vervollständigen und aufwerten sollte.

Das glaubte er nicht zuletzt auch Mutis schuldig zu sein, der seine eignen Leistungen nach wie vor zu würdigen wußte und ihn weitestgehend protegierte.

Er designierte de Caldas wohl auch als seinen Nachfolger und wissenschaftlichen Erben. Nicht nur nach Madrid hatte er schon 1802 jene zitierten Signale solchen Inhalts ausgesandt. Auch am jetzigen 9. Februar 1806, zwei kurze Monate schon nach seinem Eintreffen in Santafé, wurde de Caldas bei einer Audiënz offiziëll dem Vizekönig ihres Landes vorgestellt: derzeit Antonio Amar y Borbón.

Hierbei pries Mutis nicht nur seine Qualitäten als *"apoyo"* und *"bráculo"*, *Gehilfe* und *Stütze*, als vertrauënswürdiger *"confidente"* und *"un hombre en quien pueda depositar mis descubrimientos y mis luces"*: einen Mann, dem er seine eigenen Entdeckungen und Erkenntnisse anvertrauën könne. Ausdrücklich soll der 74jährige da *"ein öffentliches Zeugnis für die Wertschätzung"* dieses präsentierten Nachwuchses abgelegt haben (*"un testimonio público del aprecio que hacía de mí"*) und ihn wörtlich als *"den Erben seines Wissens"* (*"el heredero de mis conocimientos"*) und

"e i n e n   N a c h f o l g e r"

bezeichnet haben, *"der die Ehre der Nation, den Ruf seines Vorgängers etc. etc. aufrecht zu erhalten wissen werde"*:

"dejar a mi nación un sucesor que sabrá sostener su honor y mi reputación etc. etc"[55].

Zwar liegt uns die Darstellung dieser Szene mit ihren wörtlichen Zitaten nur aus der Feder des befangenen de Caldas vor, der das alles schon drei Wochen später seinem Intimus Antonio Arboleda berichtete. Aber noch sein neuzeitlichster Biograf, jener John Wilton Appel in Philadelphia, hat 1994 bestätigt:

"Mutis also gave his disciple the impression that the question of succession as director of the Botanical Expedition was resolved. Caldas was the heir apparent"[4]:

Caldas war der rechtmäßige Erbe und Nachfolger als Direktor der *Botanischen Expedition*. Appel schließt aus, daß der naïve de Caldas sich das nur so eingebildet habe:

"He had good reason to believe he was Mutis' chosen successor"[4] :

er hatte gute Gründe, sich für den auserkorenen Nachfolger zu halten.

Appel erklärt die geschilderte Szene beim Vizekönig für glaubwürdig: *"can be believed"*[4]. Denn *"he had nothing to gain by embellishing the truth"*, *eine Beschönigung der Wahrheit wäre hier unergiebig gewesen.*

Diese Darstellung wiederholte sich später unverhohlen auch in seinem Brief vom 30. September 1808 an José Ramón de Leyva, einen zuständigen Sekretär des Vizekönigs, dem er wohl noch weniger etwas vortäuschen konnte als dem eigenen Busenfreunde damals:

Mutis habe ihn, heißt es da ausdrücklich, *"immer mit Hoffnungen und Angeboten versehen"* (*"siempre me alimentó con esperanzas y ofertas"*) und ihm

"viele Male mündlich und schriftlich mitgeteilt, daß ich sein w ü r d i g e r N a c h f o l g e r sei":

"muchas veces me dijo, de palabra y por escrito, que yo sería su d i g n o s u c e s o r : que yo sería su c o n f e s o r p o l i t i c o y el depositario de todos sus conocimientos, de todos sus manuscritos, de todos sus libros y de todas sus riquezas. ¡Cuántas veces me lisonjeó llamándome el afortunado Caldas!"[56] –

daß de Caldas also nicht zuletzt auch *"der Vermögensverwalter all seines Wissens, all seiner Manuskripte, all seiner Bücher und aller Besitztümer"* sei: *"Wieviele Male hat er mir mit dem Ausruf geschmeichelt: 'Der Glückspilz Caldas!' "*[56]

Von Anfang an jedoch war sich dieser vermeintliche Favorit der Brisanz einer solchen Privilegierung bewußt:

"Mehr als einer neidet mir hier mein Glück", schrieb er schon nach den ersten beiden Monaten in Santafé nach Popayán: *"mehr als einer hält es für ungerecht von Mutis, mich seinem Neffen vorzuziehen, und alle sind bestürzt über seinen Nachfolger. Alle Welt fixiert mich, will diesen Popayanero kennen lernen, weil er Liebe und Vertrauen eines Mannes an sich gerissen hat,*

dem sie einen solchen Vertrauensbruch nicht zugetraut hätten. Sie können nicht glauben, daß ein so obskures Möbel ohne einen Pfennig und ohne Namen dieses Heiligtum betreten kann" [55].

Aber schwerlich dürften die so beschriebenen Neider das alles untätig hingenommen haben. Denn als der verhimmelte José Bruno Mutis am 2. September 1808 im Alter von 75 Jahren in *Santafé de Bogotá* nach einer Lungenentzundung gen Himmel fuhr, hatte er tatsächlich keinerlei justiziables Testament hinterlassen.

Lediglich in einem letzten Brief an den Vizekönig hatte er erst vor wenigen Monaten empfohlen, seine Position eines Direktors der *Expedición Botánica* nicht wieder zu besetzen (*"Mit meinem Tode erlischt das Amt"*), es stattdessen so zu dritteln, daß die Expedition ihn vermutlich nicht allzu lange überleben konnte. Noch 1994 sah Appel hierin sein eigentliches Vermächtnis: dieses Institut sollte mit ihm sterben (*"He had determined that the botanical expedition would pass with him"* [4]).

Hiernach sollte de Caldas, dieser vermeintliche Kronprinz, der ihn auch schon lange *"mi padre"*, seinen Vater, nannte, nach wie vor und unverändert unabhängiger Direktor nur der astronomischen und geographischen Abteilung bleiben, finanziëll freilich möglichst aufgebessert und in den Besitz eines eigenen Hausschlüssels zur neuën Hintertür seines Observatoriums versetzt werden: *"damit er immer freien Zugang zum Ort seiner Beschäftigung habe"* (zitiert nach [2]).

Das war alles.

Der private Nachlaß sollte nach ziemlich genauëm Plane in weitere Forschungsprojekte investiert werden; lasse sich das nicht verwirklichen, solle er verkauft und der Erlös an die Neffen und Nichten des Verstorbenen aufgeteilt werden: unter deutlicher Bevorzugung von Sinforoso Mutis, seinem nepotischen Pflegesohn und plötzlichen Protagonisten dieses ganzen Legates.

Wie vor sechs Jahren durch Humboldt sah sich de Caldas nun auch von Mutis hintergangen und um schwer verdiente Honorierung nicht zuletzt seiner gigantischen Expeditionsresultate geprellt. Appel attestierte ihm noch nach nahezu zweihunderet Jahren: *"he was deceived"*, er war betrogen worden – von seinem Entdecker, Förderer, Protektor, Mäzen und Mentor.

Die zugesagte Position eines Direktors der *Expedición Botánica* wäre ihm wichtig gewesen: als Prestige, als wirtschaftliche Sicherheit und als Garantie einer wissenschaftlichen Unabhängigkeit in unbegrenzt vollem Umfang. Als öffentliche Anerkennung seiner übermenschlich strapaziösen Lebensleistung. Als Erleichterung ihrer Fortsetzung. Als Bonus rundum.

Stattdessen stand er abermals vor einem Scherbenhaufen:

abermals vor der lieblosen, untreuën Abschiedsgeste eines vermeintlichen Wohltäters, pseudo-väterlichen Schirmherrn.

Denn Alternativen zum Vorenthaltenen gab es dort damals nicht.

War es also das Ende?

Oder nur eine neuë Stunde Null?

III

Fortsetzung in HALALÍ 2

(Quellen und Anmerkungen zu diesem Kapitel auf Seite 591 ff.)

Quellen und Anmerkungen
kapitelweise

VORSPANN HALALÍ (Seite 5)

Dr. Horst Pelletier (Mitglied des Jagdhorn-Oktetts *"Hinter der Meute"*, Westfalen): Bedeutung und Aussprache des Jagdrufes "HALALI". *www.meutejagd.de/halali.html*

Paul Vialar: La Grande Meute (Die große Meute), Paris 1953; hier frei übersetzt und zitiert nach Horst Pelletier

KAPITEL HEWEL (Seiten 13 bis 26)

Annette Böckler (Hg.): Die Tora nach der Übersetzung von Moses Mendelssohn mit den Prophetenlesungen im Anhang. Berlin 2006

Die Bibel oder die ganze Heilige Schrift des Alten und Neuen Testaments nach der deutschen Übersetzung D. Martin Luthers. Nach dem 1912 vom Deutschen Evangelischen Kirchenausschuß genehmigten Text. Stuttgart o. J.

El Koran das heißt Die Lesung. Die Offenbarungen des Mohammed Ibn Abdallah des Propheten Gottes. Zur Schrift gebracht durch Abdelkaaba Abdallah Abu-Bekr übertragen durch Lazarus Goldschmidt im Jahre der Flucht 1334 oder 1916 der Fleischwerdung. Wiesbaden 1993

Thomas Patrick Hughes: Lexikon des Islam. München 2000

Friedrich Weinreb: Der göttliche Bauplan der Welt. Der Sinn der Bibel nach der ältesten jüdischen Überlieferung. Übersetzung von C. Schumacher. Bern 1978

Johann Wolfgang Goethe: Faust. Der Tragödie zweiter Teil, Dritter Akt ("Arkadien"), herausgegeben von Albrecht Schöne. Frankfurt am Main 1999

Paul Parin / Fritz Morgenthaler / Goldy Parin-Matthèy: Die Weißen denken zuviel. Psychoanalytische Untersuchungen bei den Dogon in Westafrika. Hamburg 1993

KAPITEL PAUL ABRAHAM (Seiten 29 bis 53)

1) Hans Habe: Lieber Pali. In: Aufbau. Reconstruction. Dokumente einer Kultur im Exil. Hg. von Will Schaber. New York / Köln 1972

2) Bernard Grun: Gold und Silber. Franz Lehár und seine Welt. München · Wien 1970

3) Volker Klotz: Operette. Porträt und Handbuch einer unerhörten Kunst. München Zürich 1991

4) Barbara Denscher / Helmut Peschina: Kein Land des Lächelns. Fritz Löhner-Beda (1883-1942). Salzburg – Wien – Frankfurt/Main 2002

5) Robert Dachs: Sag beim Abschied ... . Wien 1997

6) János Darvas: http://www.darvas.de/pail_abraham.pdf

7) *"Neues Wiener Tagblatt"* vom 17. Dezember 1933

8) Manuel Brug: Arte feiert Abrahams ewigen 'Ball im Savoy'. *DIE WELT-online*, 31. März
2008

9) Katja Behling: Die Glanzzeit von Operette und Musikfilm. In: *tachles. Das jüdische Wo-
chenmagazin*, 8. Jahrgang, Ausgabe 19 - Zürich, 7. März 2008

10) János Darvas: Bin nur ein Jonny. Der Operettenkomponist Paul Abraham. Ein Film von
WDR und arte, 2008

11) Joachim Reisaus: Der Ungar Pál Ábrahám – Paul Abraham. In: Leipzig-Almanach. Kultur-
tagebuch, Leipzig März 2004

12) Karsten Grzella: Geschichte der Klinik und Poliklinik für Psychiatrie und Psychotherapie
im Universitätsklinikum Hamburg-Eppendorf, 2008
http://www.uke.uni-hamburg.de/kliniken/psychiatrie/index_15716.php

13) Ernst Klee: Das Personenlexikon zum Dritten Reich. Wer war was vor und nach 1945?
Frankfurt am Main 2003

14) Robert und Einzi Stolz: Servus Du. Robert Stolz und sein Jahrhundert. München 1980

15) Stefan Frey: Paul Abraham. Biographie.
http://www.lexmuni-hamburg.de/object/lexm _lexmperson_ 00002808, Juli 2008

16) Oliver Rathkolb: Führertreu und gottbegnadet. Künstlereliten im dritten Reich. Wien 1991

17) Fotograf, Ort und Zeitpunkt der Aufnahme konnten leider nicht ermittelt werden

KAPITEL **AÍSOPOS** (Seiten 57 bis 86)

1) Moritz Pirol: Kranichrufe. Hamburg 2007

2) Ernst Jünger: Der gordische Knoten. Frankfurt am Main 1954

3) Aesopische Fabeln. Zusammengestellt und ins Deutsche übertragen von August Hausrath.
München 1944

4) Plutarch: Ausgewählte Biographieen. Solon. Deutsch von Eduard Eyth. Berlin o. J. (um
1910)

5) Diodor's von Sicilien historische Bibliothek, nach der Übersetzung von Julius Friedrich
Wurm, Stuttgart 1831

6) Phaedrus: Fabulæ Æsopiæ, III. Buch, 3, 14 – zitiert nach 3)

7) Phaedrus: Fabulæ Æsopiæ, III. Buch, 14, 4 – zitiert nach 3)

8) Niklas Holzberg: Die antike Fabel. Darmstadt 2001

9) Diogénes Laërtíos: Leben und Meinungen berühmter Philosophen. Übersetzt und herausgegeben von Otto Apelt und Hans Günter Zekl. Hamburg 1998

10) Plútarchos, De sera numinis vindicta 12, zitiert nach Aristotéles, Die Verfassung der Delpher, in: Die historischen Fragmente, übersetzt von Martin Hose, Darmstadt 2002

11a) Herodot: Historien. Deutsche Gesamtausgabe. Übersetzt von A. Horneffer, neu herausgegeben und erläutert von H. W. Häussig, Stuttgart 1955, und

11b) Herodotos, erklärt von Heinrich Stein, Berlin 1962

12) Aristophanes: Die elf erhaltenen Komödien. Übersetzt von Wolfgang Schöner. Wien 1989

13) Pláton: Sämtliche Werke, Band 3: Phaidon, 60c. In der Übersetzung von Friedrich Schleiermacher. Hamburg 1958

14) Pláton: *opus citatum*, 61a und b

15) Aus der Sammlung des Máximos Planúdes (Venedig 1299), deutsch von Dietrich Ebener in Die griechische Anthologie, Band 3, Berlin 1991

16) Aristoteles: Die Historischen Fragmente. Übersetzt und erläutert von Martin Hose. Darmstadt 2002

17) John Berger: Velazquez' Äsop. Erzählungen zur spanischen Malerei. Übersetzung: Kyra Stromberg. Frankfurt am Main 1991

18) Johann Wolfgang Goethe: Werke. Hamburger Ausgabe, Band 9. München 1998

19) Johann Wolfgang Goethe: Werke. Hamburger Ausgabe, Band 8. München 1998

20) Wochenschrift für Klassische Philologie 12, 1895, 169-173

21) Phaedrus: Fabulæ Æsopiæ, III. Buch, Prolog, 33-37 – zitiert nach 3)

KAPITEL **FJODOR M. DOSTOJEWSKIJ** (Seiten 89 bis 143)

1) Fjodor Michailowitsch Dostojewskij: Tagebuch eines Schriftstellers. Notierte Gedanken, 1876. Aus dem Russischen von E. K. Rahsin. München 1992

2) Christine Hamel: Fjodor M. Dostojewskij. München 2003

3) Alfred Prugel: Feodor Michailowitsch Dostojewskij. Bild und Leben eines Dichters. Hamburg 1946

4) Nikolai Leontjewitsch Brodskij: W. G. Belinskij. Der große revolutionäre Demokrat, Philosoph und Kritiker. Berlin 1948

5) Karl Nötzel: Das Leben Dostojewskis. Leipzig 1925

6) Alexander Nikolajewitsch Radischtschew, Die Reise von Petersburg nach Moskau. Leipzig 1922

7) Alexander Sergejewitsch Puschkin: Gedichte Poeme Eugen Onegin. Übersetzt von F. Fiedler und anderen. Berlin 1947

8) Elisabeth Hellenbroich: Das Gute, Schöne und Wahre. Zum 200. Geburtstag von Alexander Puschkin. In: Ibykus, Zeitschrift für Poesie, Wissenschaft und Staatskunst, Nr. 66, Wiesbaden 1999.

9) Heinrich Falk S. J.: Das Weltbild Peter J. Tschaadajews nach seinen acht "Philosophischen Briefen". Ein Beitrag zur russischen Geistesgeschichte des 19. Jahrhunderts. München 1954

10) Alexander Herzen: Erinnerungen. Aus dem Russischen übertragen, herausgegeben und eingeleitet von Dr. Otto Buek. Berlin 1907

11) Peter Tschaadajew: Apologie eines Wahnsinnigen. Geschichtsphilosophische Schriften. Leipzig 1992

12) Boris Akunin / Grigorij Tschchartschischwili: Schöner als der Tod. Friedhofgeschichten. Deutsch von Birgit Veit. München 2007

13) Michail T. Jowtschuk: Ein großer russischer Denker. In: 17)

14) Moritz Pirol: Hahnenschreie. Erster Band. Hamburg 2000

15) Rolf-Dietrich Keil: Nikolai W. Gogol mit Selbstzeugnissen und Bilddokumenten. Reinbek bei Hamburg 1985

16) Fjodor Michailowitsch Dostojewskij: Brief vom 22. Februar 1854 an seinen Bruder Michail Michailowitsch. *www.ceeol.com/aspx/getdocument.aspx ...* , gekürzt

17) W. G. Belinski: Ausgewählte philosophische Schriften. Aus dem Russischen übersetzt von Alfred Kurella. Moskau 1950

KAPITEL **CÆCILIA** (Seiten 147 bis 163)

Johann Evangelist Stadler: Vollständiges Heiligen-Lexikon, fünf Bände, 1858-1882. Neudruck: Hildesheim 1975 und 1996

The Catholic Encyclopedia, fünfzehn Bände, 1907-1912

Erhard Gorys: Lexikon der Heiligen. München 1997

Joachim Schäfer: Ökumenisches Heiligenlexikon. *www.heiligenlexikon.de*

Nigel Cawthorne: Das Sexleben der Päpste. Die Skandalchronik des Vatikans. Deutsch von Jürgen Bürger. Köln 1999

H. V. Morton: Wanderungen in Rom. Frankfurt am Main 1957

Reinhard Raffalt: Concerto Romano. Leben mit Rom. München 1972

www.schulferien.org/namenstage/namenstag_vorname_Caumlcilia_611.html

Heinrich von Kleist: Penthesilea. Ein Trauerspiel. In. Sämtliche Werke, hg. von Friedrich Michael. Leipzig o. J.

Curt Hohoff: Heinrich von Kleist in Selbstzeugnissen und Bilddokumenten. Reinbek bei Hamburg 1958

KAPITEL **JOHANN SEBASTIAN BACH** (Seiten 167 bis 236)

1) Wilibald Gurlitt: Johann Sebastian Bach. Der Meister und sein Werk. Mit einem Vorwort von Alfred Dürr. Berlin 1936

2) Franz Rueb: Achtundvierzig Variationen über Bach. Leipzig 2000

3) Charles Sanford Terry: Johann Sebastian Bach. Eine Lebensgeschichte. Übertragen von Alice Klengel. Berlin o. J. (1950)

4) Martin Geck: Johann Sebastian Bach. Reinbek bei Hamburg 1993

5) Christoph Rueger: Johann Sebastian Bach. Eine Biographie. Frankfurt am Main 1989

6) Bachs Brief vom 28. Oktober 1730 an Georg Erdmann; zitiert nach 3)

7) Ferdinand Zander: Die Dichter der Kantatentexte Johann Sebastian Bachs. Untersuchungen zu ihrer Bestimmung. Diss. phil Köln 1967

8) Paul Flossmann: Picander (Christian Friedrich Henrici). Diss. phil. Leipzig 1899

9) Klaus Häfner: Aspekte des Parodieverfahrens bei Johann Sebastian Bach. Beiträge zur Wiederentdeckung verschollener Vokalwerke. Laaber 1987

10) Hans Joachim Kreutzer: Johann Sebastian Bach und das literarische Leipzig der Aufklärung. In: Bach-Jahrbuch im Auftrage der Neuen Bachgesellschaft herausgegeben von Hans-Joachim Schulze und Christoph Wolff, 77. Jahrgang, Berlin 1991

11) J. Franck: Christian Friedrich Henrici. In: Allgemeine Deutsche Biographie. Historische Commission bei der Königl. Akademie der Wissenschaften, 11. Band. Leipzig 1880

12) Frank Schrader: Eine homoerotische Liebesarie in J. S. Bachs Kantate "Der Streit zwischen Phoebus und Pan". In: *www.androphile.org/DE/Library/Articles/FrankSchrader/Frank Schrader.htm*

13) Moritz Pirol: Doppelsonnen. Prosanetze auf den Spuren von Schelmenroman und Schillerlegende. Hamburg 2006

14) Johann Sebastian Bach: Kantate Nr. 201. Der Streit zwischen Phoebus und Pan. Dramma per musica. Klavierauszug mit Text von Picander. Edition Breitkopf Nr. 7201. Wiesbaden o. J. (um 1970) (Ohne Namensnennung des Librettisten)

15) C. L. Hilgenfeldt: Johann Sebastian Bach's Leben, Wirken und Werke. Ein Beitrag zur Kunstgeschichte des achtzehnten Jahrhunderts. Leipzig o. J. (1850)

16) Johann Gottfried Walther: Musicalisches Lexicon. Leipzig 1732

17) Paul Derks: Die Schande der heiligen Päderastie. Homosexualität und Öffentlichkeit in der deutschen Literatur 1750-1850. Berlin 1990

18) Bernd-Ulrich Hergemöller: Mann für Mann. Biographisches Lexikon zur Geschichte von Freundesliebe und mann-männlicher Sexualität im deutschen Sprachraum. Hamburg 1998

19) Werner Neumann: Kritischer Bericht. In: Johann Sebastian Bach, Neue Ausgabe Sämtlicher Werke, Serië I, Band 39. Kassel · Basel · Tours · London 1977

20) Werner Creutziger: Picander oder das Mysterium der Plattheit. In: Neue Deutsche Literatur, 33. Jahrgang, Heft 6, (Ost-) Berlin 1985

21) Kristof Magnusson: "Ihr Dichter, schreibt! Wir wollens lesen". Die Textdichter Johann Sebastian Bachs. In: *Gewandhausmagazin*, Nr. 26, Leipzig 2000

22) Hans Devrient: Johann Friedrich Schönemann und seine Schauspielergesellschaft. Ein Beitrag zur Theatergeschichte des 18. Jahrhunderts. Hamburg und Leipzig 1895. Reprint: Nendeln/Liechtenstein 1978

23) Richard Osborne: Klemperer conducts Bach. Im Begleitheft zu einer Londoner Einspielung der *h-moll-Messe* unter Otto Klemperer 1968 bei *EMI Records Ltd.* 2005

24) Bericht des Komponisten Johann Friedrich Reichardt, zitiert nach Arthur Hutchings, Mozart The Musician, Übersetzung: Franz Koehler. Braunschweig 1976

25) Michael Hochgartz: *Picander. de*

KAPITEL **GITTA ALPÁR** (Seiten 239 bis 264)

1) Helge Rosvænge: Lache, Bajazzo. Ernstes und Heiteres aus meinem Leben. München 1953

2) Carl H. Hiller: Gitta Alpar. In: Opernwelt, Jg. 1981, Heft 10, Seite 54

3) Christoph Dompke: Gitta Alpár. In: Lebenswege von Musikerinnen im "Dritten Reich" und im Exil. Hg. von der Arbeitsgruppe "Exilmusik" am Musikwissenschaftlichen Institut der Universität Hamburg. Hamburg 2000

4) Karl Kraus: Notizen, Briefe, Glossen. In: Die Fackel, Nr. 864-867, Dezember 1931

5) Hannes Heer / Jürgen Kesting / Peter Schmidt (Hg.): Verstummte Stimmen. Die Vertreibung der "Juden" aus der Oper 1933 bis 1945. Katalog zu einer Ausstellung des *Hamburger Abendblatts* u. a.. Hamburg 2006

6) Herlinde Koelbl: Jüdische Porträts. Frankfurt am Main 1989

7) Gustav Fröhlich: Waren das Zeiten. Mein Film-Heldenleben. München 1983

8) Reichsgesetzblatt I, 1935, Seite 1146

9) Hans Diebow (Hg.): Der ewige Jude. München und Berlin 1938, Seite 55

10) Theo Stengel / Herbert Gerigk (Hg.): Lexikon der Juden in der Musik. Mit einem Titelverzeichnis jüdischer Werke. Berlin 1941

11) Felix Moeller: Der Filmminister. Goebbels und der Film im Dritten Reich. Berlin 1998

12) Wolf Oschlies: *www.shoa.de/content/view/619/85/*

13) Gitta-Alpár-Konvolut im Bundesfilmarchiv Berlin

14) Bernard Grun: Gold und Silber. Franz Lehár und seine Welt. München · Wien 1970

15) Norbert Haas, Hansjörg Quaderer: "Jener furchtbare 5. April". Die Rotter"affäre": ein liechtensteinisches Pogrom: Spuren einer Verdrängung: 1933, 2003. Teil I – III. *www.schichtwechsel.li/Bilder/ download/Rotter I [II./III.].doc.pdf*

16) Peter Kamber: Geschichte zweier Leben – Wladimir Rosenbaum & Aline Valangin. Zürich 1990

17) Jan Oberländer: Die Lust auf Leichtes. In. *"Der Tagesspiegel"*, 4. Juli 2008

18) Ernst Deutsch: Fernseh-Interview mit Friedrich Luft, ARD 1965.

19) Ernst Klee: Das Kulturlexikon zum dritten Reich. Wer war was vor und nach 1945. Frankfurt am Main 2007

KAPITEL **TOMMASO CAMPANELLA** (Seiten 267 bis 359)

1) Paul Laforgue: Thomas Campanella. In: Karl Kautsky (Hg.), Vorläufer des neuen Sozialismus. Dritter Band (Die beiden ersten großen Utopisten), Stuttgart und Berlin 1921

2) Tommaso Campanella: De libris propriis et recta ratione studendi Syntagma, hg. von Gabriel Naudé (Naudæus), Paris 1642; hier zitiert nach 3)

3) Johann Kvačala: Thomas Campanella. Ein Reformer der ausgehenden Renaissance. In: N. Bonwetsch und R. Seeberg (Hg.), Neue Studien zur Geschichte der Theologie und der Kirche, Sechstes Stück. Berlin 1909, Neudruck Aalen 1973

4) Gisela Bock: Thomas Campanella. Politisches Interesse und philosophische Spekulation. Tübingen 1974

5) Luigi Amabile: Fra Tommaso Campanella, la sua congiura, i suoi processi e la sua pazzia. 3 Bände. Napoli 1882, hier zitiert nach 4)

6) Luigi Firpo: Lo stato ideale della controriforma, Bari 1957, hier zitiert nach 4)

7) Thomas Sören Hoffmann: Philosophie in Italien. Eine Einführung in 20 Porträts. Wiesbaden 2007

8) Klaus J. Heinisch (Hg.): Der utopische Staat. Reinbek bei Hamburg 1960

9) Ruth Hagengruber: Tommaso Campanella. Eine Philosophie der Ähnlichkeit. Sankt Augustin 1994

10) Christoph Sigwart: Thomas Campanella und seine politischen Ideen. In: Kleine Schriften, Erste Reihe: Zur Geschichte der Philosophie. Biographische Darstellungen. Freiburg i. B. 1889

11) Luigi Firpo (Hg.): Cronologia. In: Tutte le opere di Tommaso Campanella, volume primo, Milano 1954

12) Germana Ernst: Tommaso Campanella. In: Stanford Encyclopedia of Philosophy, hier nach *http://plato.stanford.edu/entries/campanella/,* 2005

13) Friedrich Meinecke: Die Idee der Staatsräson in der neueren Geschichte. München 1957

14) Conrad Bursian: Geschichte der classischen Philologie in Deutschland von den Anfängen bis zur Gegenwart. Erste Hälfte. München und Leipzig 1883

15) Johann Wolfgang Goethe: Bemerkungen zu den "Carmina priapeia". Übersetzung von Manfred Wolter. In: Erotische Gedichte, hg. von Andreas Ammer, Frankfurt am Main und Leipzig 1991

16) Jochen Kirchhoff: Giordano Bruno mit Selbstzeugnissen und Bilddokumenten. Reinbek bei Hamburg 1980

17) Johann Gottfried Herder: Zur Philosophie und Geschichte. In: Sämmtliche Werke, Achter Theil. Tübingen 1808

18) Hugo Altmann: Schoppe (Scioppius, -pio, -pus, Sciop, Schioppus), Kaspar (Gaspar, -e, -rus). In: Biographisch-Bibliographisches Kirchenlexikon, Band XVIII, Herzberg 2001
www.bautz.de/bbkl/s/s1/schoppe_k.shtml

19) Frank-Rutger Hausmann: Kaspar Schoppe, Joseph Justus Scaliger und die Carmina Priapeia oder wie man mit Büchern Rufmord betreibt. In: Kaspar Elm, Eberhard Gönner und Eugen Hillenbrand (Hg.), Landesgeschichte und Geistesgeschichte. Festschrift für Otto Herding, Stuttgart 1977

20) Anne A. Baade: Melchior Goldast von Haiminsfeld. Collector, Commentator and Editor. New York, Bern, Berlin, Wien, Paris u. a. 1992

21) Nigel Cawthorne: Das Sexleben der Päpste. Die Skandalchronik des Vatikans. Deutsch von Jürgen Bürger. Köln 1999

22) Moritz Pirol: Hahnenschreie, Band 2. Hamburg Neuauflage 2008

23) Tommaso Campanella: Poesie. A cura di Giovanni Gentile. Scelta d'alcune poesie filosofiche di Settimano Squilla cavate de' suo' libri detti La cantica con l'esposizione. Bari 1915

24) Tommaso Campanella: *"Ihm, dem Allweisen und Allmächtigen"*, deutsch von Johannes Öschger, hier zitiert nach 25)

25) Michael Landmann (und andere): DE HOMINE. Der Mensch im Spiegel seines Gedankens. Freiburg / München 1962

 26) Tommaso Campanella: Civitas solis. Idea rei publicæ philosophicæ. In: Der utopische Staat. Übersetzt und mit einem Essay [...] , Bibliographie und Kommentar herausgegeben von Klaus J. Heinisch. Reinbek bei Hamburg 1960

27) Klaus J. Heinisch: Tommaso Campanella. In: Kurt Fassmann und andere (Hg.), Die Grossen. Leben und Leistung der sechshundert bedeutendsten Persönlichkeiten unserer Welt. Zürich 1977

28) deutsch von Moritz Pirol

29) Kaspar Schoppe: Brief vom 17. Februar 1600 aus Rom an Conrad Rittershausen. In: Giordano Bruno, Gesammelte Werke, Band 6, herausgegeben und ins Deutsche übertragen von Ludwig Kuhlenbeck: Kabbala, Kyllenischer Esel, Reden, Inquisitionsakten. Jena 1909

30) Erich Wenneker: Pucci, Francesco. In: Biographisch-Bibliographisches Kirchenlexikon, Band VII, Herzberg 1994 – *www.bautz.de/bbkl/s/s1/schoppe_k.shtml*

31) Tommaso Campanella: Mathematica B, hg. von Armando Brissoni, Rom / Reggio Calabria 1989

32) Originaltext: *"Nam quicumque putant, se aliquid scire, propterea ita putant, quod credunt se rem, sicuti est, scire. Qui vero putant nihil scire, propterea ita putant, quod rem nullam, sicuti est, putant se scire"* (Campanella, Metaphysica), hier zitiert nach 9)

33) Originaltext: *"Porro nos possumus, scimus et volumus alia, quia possumus, scimus et volumus nos ipsos; siquidem possum levare pondus quinquaginta sestertiorum, quia possum elevare me ponderatum illis"* (Campanella, Universalis philosophiæ, Paris 1638 - hier zitiert nach 9)

34) Tommaso Campanella: Discorsi universali del governo ecclesiastico (von 1593/94), hier zitiert nach 4)

35) Antonio C. dei Taviani: Fra Tomaso Campanella e la sua dottrina sociale e politica di fronte al socialismo moderno. Nocera 1895, hier zitiert nach 9)

36) Giovanni Di Napoli: Tommaso Campanella, filosofo della restaurazione cattolica. Padova 1947:

"Il socialismo campanelliano è [...] inspirato a Platone, alla prima comunità cristiana, all' Utopia di Tommaso Moro e più che altro, alla sua fantasia alimentata dalla consuetudine dei frati"

37) Paul Pellisson et Pierre Joseph d'Olivet: Histoire de l'Académie Française, Teil 1. Paris 1858

KAPITEL **CAROLA NEHER** (Seiten 363 bis 464)

1) Klabund: Die Silberfüchsin. In: Sport und Bild. Das Blatt der guten Gesellschaft, 1925, Nummern 20 bis 23; seit 1926 in Klabund: Lesebuch. Vers und Prosa, "Für Carola Neher", in: Werke – Band 8, Berlin 2003

2) Matthias Wegner: Klabund und Carola Neher. Eine Geschichte von Liebe und Tod. Reinbek bei Hamburg 1998

3) Carola Neher im "Berliner Tageblatt" vom 19. Dezember 1926, hier zitiert nach 2) und 13)

4) Hans-Rainer John: Nach 60 Jahren zum erstenmal gedruckt. Rudolf Frank: Fair Play oder Es kommt nicht zum Krieg. Roman einer Emigration in Wien. In: Berliner LeseZeichen, Ausgabe 10 / 99, Edition Luisenstadt 1999

5) Rudolf Frank: Spielzeit meines Lebens. Heidelberg 1960

6) Arnolt Bronnen: Tage mit Bertolt Brecht. Geschichte einer unvollendeten Freundschaft. Mit 40 Abbildungen. Wien München Basel 1960

7) *www.filmportal.de/df/69/Credits ...*

8) Wolfgang Petzet: Die Münchner Kammerspiele 1913-1972. München 1973

9) Marianne Kesting: Vorwort zu Klabund: Der himmlische Vagant. Eine Auswahl aus dem Werk. Köln 1968

10) Guido von Kaulla: *"Und verbrenn' in seinem Herzen".* Die Schauspielerin Carola Neher und Klabund. Freiburg im Breisgau 1984

11) Dietrich Nummert: *"Als hielten alle den Atem an"*. Die Schauspielerin Carola Neher (1900-1942). Edition Luisenstadt, Berlinische Monatsschrift, Heft 11 / 2000

12) Hans Sahl: Memoiren eines Moralisten. Zürich 1983

13) Arnolt Bronnen gibt zu Protokoll. Beiträge zur Geschichte des modernen Schriftstellers. Kronberg / Ts. 1954

Mit einem Nachwort von

Hans Mayer (1907-2001),
Literarhistoriker und Publizist aus Köln, 1933 als Jude und Marxist mit Berufsverbot nach Frankreich, von dort nach Genf ausgewichen, seit 1948 als Professor in Leipzig, seit 1956 *persona ingrata* der DDR, 1963 in die Bundesrepublik emigriert, publizierte dort unter anderem dreibändige Memoiren *"Ein Deutscher auf Widerruf"* und 1975 *"Außenseiter"*: über die Diffamierung von Frauën, Schwulen und Juden.

14) Ernst Josef Aufricht: Erzähle, damit du dein Recht erweist (späterer Titel: *"Und der Haifisch, der hat Zähne"*). Berlin 1966

15) Géza von Cziffra: Kauf dir einen bunten Luftballon. Erinnerungen an Götter und Halbgötter. München · Berlin 1975

16) Alexander Weißberg-Cybulski: Im Verhör. Ein Überlebender der stalinistischen Säuberungen berichtet. Wien und Zürich 1993

Mit einem Vorwort von

Arthur Koestler (1905-1983)
aus Ungarn, der als kommunistischer Kriegsberichterstatter am Spanischen Bürgerkriege teilnahm, von den Franquisten 1937 als vermeintlicher Spion zum Tode verurteilt, von England noch eben rechtzeitig freigetauscht wurde, nach den Moskauër Schauprozessen antikommunistisch und antifaschistisch publizierte, bei der NS-deutschen Besetzung Frankreichs 1940 verhaftet wurde, aus dem Lager nach England flüchtete, wo er in vier Sprachen schrieb und veröffentlichte: bis zu seinem Freitod 1983

und mit einem biografischen Nachwort von

Ella Lingens (1908-2002),
die 1935 als österreichische Medizinstudentin in München wegen *"Gefährdung des deutschen Staates durch Judenbegünstigung"* in Schutzhaft genommen, wegen weiterer Fluchthilfe 1942 nach Auschwitz deportiert wurde, dort unter Josef Mengele als Ärztin arbeiten mußte und 1947 nach Abschluß ihres Medizinstudiums in London ihr Auschwitz-Buch publizierte: *"Prisoners of Fear"*. Als Ministerialrätin war sie im Wiener Bundesministerium für Gesundheit und Umweltschutz tätig.

17) Ruth Berlau: Brechts Lai-Tu. Erinnerungen und Notate. Herausgegeben und mit einem Nachwort von Hans Bunge. Darmstadt 1985

18) Bertolt Brecht: Gesammelte Werke, Band 8: Gedichte 1, Frankfurt am Main 1982

19) Elias Canetti: Das Augenspiel. Lebensgeschichte 1931-1937. München – Wien 1985

20) Margarete Buber-Neumann: Als Gefangene bei Stalin und Hitler. Eine Welt im Dunkel. Stuttgart 1958

21) Klabund: Kukuli. In: Die Harfenjule. Neue Zeit- , Streit- und Leidgedichte. Werke, Band 4, Teil 2. Heidelberg 2000

22) Ernst Ottwalt im Stenogramm der geschlossenen Parteiversammlung der deutschen Kommission des Sowjet-Schriftstellerverbandes (4. bis 9. 9. 1936) in Anwesenheit von Johannes R. Becher, Friedrich Wolf, Julius Hay, Gustav von Wangenheim, Willi Bredel, Erich Weinert, Georg Lukács und anderen. Hier zitiert nach 23)

23) Reinhard Müller (Hg.): Die Säuberung. Moskau 1936: Stenogramm einer geschlossenen Parteiversammlung. Reinbek bei Hamburg 1991

24) Uschi Otten: Dem Traum folgen. Vom umjubelten Star der Dreigroschenoper zur "terroristischen Verschwörerin". Erinnerung an die Schauspielerin Carola Neher.
http://www.kpoenet.at/bund/archiv/Stalinismus/otten.htm

25) Reinhard Müller: Menschenfalle Moskau. Exil und stalinistische Verfolgung. Hamburg 2001

26) Kirstin Engels: Zur Biographie Maria Ostens.
In: http://www.ruhr-uni bochum.de/traum/Traum(a)%20Texte%20fertig/Engels-Osten-fertig.pdf

27) Ruth von Mayenburg: Blaues Blut und rote Fahnen. Ein Leben unter vielen Namen. Wien 1969 – hier zitiert nach 25)

28) Gustav von Wangenheim im Stenogramm der geschlossenen Parteiversammlung der deutschen Kommission des Sowjet-Schriftstellerverbandes (4. bis 9. 9. 1936) in Anwesenheit von Johannes R. Becher, Friedrich Wolf, Julius Hay, Willi Bredel, Erich Weinert, Georg Lukács und anderen. Hier zitiert nach 23)

29) Tita Gaehme: Dem Traum folgen. Das Leben der Schauspielerin Carola Neher und ihre Liebe zu Klabund. Köln 1996

30) Bertolt Brecht: Briefe. Herausgegeben und kommentiert von Günter Glaeser. Frankfurt am Main 1981

31) Michael Rohrwasser: Der Stalinismus und die Renegaten. Die Literatur der Exkommunisten. Stuttgart 1991

32) Marianne Kesting: Bertolt Brecht in Selbstzeugnissen und Bilddokumenten. Hamburg 1959

33) Willy Brandt: Links und frei. Mein Weg 1930 – 1950. Hamburg 1982

34) Andreas W. Mytze: Der Tod im Lager. Zur Erinnerung an die Schauspielerin Carola Neher. In: Nürnberger Nachrichten, 31. Oktober 1975

35) Jewgenia Ginsburg: Marschroute eines Lebens. München 1986

36) Julius Hay: Geboren 1900. Erinnerungen. Reinbek bei Hamburg 1971

37) Ursula Ahrens: Bericht über Alexander Granachs sowjetische Exiljahre 1935-37. Aus Briefen im Archiv der Westberliner Akademie der Künste erstellt. In: Andreas W. Mytze (Hg.), *europäische ideen*, Berlin 1976, Heft 14/15

38) Bertolt Brecht: Werke, Große kommentierte Berliner und Frankfurter Ausgabe, Band 29: Briefe 2, Frankfurt 1998

39) Bertolt Brecht: Gesammelte Werke, Band 9: Gedichte 2, Frankfurt am Main 1982

40) Rudolf Lenk: Nachricht über Carola Neher. In: Frankfurter Allgemeine Zeitung, 14. September 1973, Nr. 214

41) Alexander Granach: Da geht ein Mensch. Autobiographischer Roman. Stockholm o. J. (1945)

42) Gina Kaus: Und was für ein Leben ... mit Liebe und Literatur, Theater und Film. Hamburg 1979

43) Hellmuth Karasek: Billy Wilder. Eine Nahaufnahme. Hamburg 2006

KAPITEL **ARCHIMÉDES** (Seiten 467 bis 493)

1) Archimédes: Begleitbrief *"Über Spiralen"* an Dosítheos von Pelúsion. In: *Archimidis opera omnia*, 2. Band, hg. von Johan L. Heiberg, Leipzig 1910-1915

2) Plutarchs Ausgewählte Biographien, Band 21: Marcellus. Nach der Übersetzung von Eduard Eyth. Berlin o. J. (um 1910)

3) Arthur Czwalina (Hg.): Archimedes · Werke. Übersetzt von Arthur Czwalina, F. Rudio und Johan L. Heiberg. Darmstadt 1967

4) Ivo Schneider: Archimedes. Ingenieur, Naturwissenschaftler und Mathematiker. Darmstadt 1979

5) Sir Thomas L. Heath (Hg.): Einleitung zu *Archimedes' Werke*. Nach der Übersetzung von Dr. Fritz Kliem. Berlin 1914

6) Robert Böker: Archimedes. In: Der Kleine Pauly, Lexikon der Antike. München 1979

7) Titus Livius: Ab urbe condita. Band XXV, 31

8) Salvatore Ciancio: La tomba di Archimede. Un sepolcro con colonnella alle porte di Acradina. Rom 1965

9) Moritz Pirol: Sterngucker oder Das Idyll eines Obdachlosen. Hamburg 2005-7

10) A(ugust?) Amthor: Zeitschrift für Mathematik und Physik (Hist. litt. Abteilung), XXV (1880), Seiten 121 und 155

11) Wulf-Dieter Geyer: Vorlesung über antike Mathematik. Universität Erlangen, Sommersemester 2001

12) Reviel Netz / William Noel: Der Kodex des Archimedes. Das berühmteste Palimpsest der Welt wird entschlüsselt. Aus dem Englischen von Thomas Filk. München 2007

KAPITEL **FRANCISCO JOSÉ DE CALDAS** (Seiten 497 bis 577)

1) Alexander von Humboldt: Die Wiederentdeckung der Neuen Welt. Erstmals zusammengestellt aus dem unvollendeten Reisebericht und den Reisetagebüchern. Herausgegeben und eingeleitet von Paul Kanut Schäfer, Berlin 1989

2) Hermann A. Schumacher: Francisco José Caldas. In: Südamerikanische Studien. Drei Lebens- und Culturbilder. Berlin 1884

3) Lino de Pombo: Francisco José de Caldas. Biografía del sabio, erstmals in: La Siesta, Bogotá 1852; hier nach: Suplemento de la Revista de la Academía Colombiana de Ciencias Exactas, Fisicas y Naturales, Bogotá 1958

4) John Wilton Appel: Francisco José de Caldas. A Scientist at Work in Nueva Granada. In: Transactions of the American Philosophical Society Held at Philadelphia for Promoting Useful Knowledge, Volume 84, Part 5. Philadelphia 1994

5) Ulrike Moheit (Hg.): Das Gute und Große wollen. Alexander von Humboldts amerikanische Briefe. Berlin 1999

6) Francisco José de Caldas: Entwurf einer neuen Methode, die Höhe von Gebirgen mit Thermometer und kochendem Wasser zu messen. In: Obras Completas de Francisco José de Caldas. Universidad Nacional de Colombia, Bogotá 1966, hier zitiert nach 3)

7) Eduardo Posada (Hg.): Cartas de Caldas. Biblióteca de Historia Nacional, Band 15. Bogotá 1917

8) Kurt Schleucher: Alexander von Humboldt. Der Mensch Der Forscher Der Schriftsteller. Darmstadt o. J. (1985)

9) Wilhelm Schulz: Aimé Bonpland. Alexander von Humboldts Begleiter auf der Amerikareise 1799-1804. Sein Leben und Wirken, besonders nach 1817 in Argentinien. In: Akademie der Wissenschaften und der Literatur, Abhandlungen der mathematisch-naturwissenschaftlichen Klasse, Jahrgang 1960, Nr 9. Wiesbaden 1960

10) Bernardin de Saint-Pierre: Paul und Virginie. Deutsch von Karl Saar. Stuttgart o. J. (1883)

11) Alexander von Humboldt: Kosmos. Entwurf einer physischen Weltbeschreibung. Frankfurt am Main 2004

12) Alexander von Humboldt: Brief vom 25. November 1802 aus Lima an Wilhelm von Humboldt in Rom; hier zitiert nach 5)

13) Alexander von Humboldt: Brief vom 10. November 1801 aus Popayán an José Celestino Mutis in Bogotá, hier zitiert nach 5)

14) Francisco José de Caldas: Brief vom 6. Dezember 1801 aus Quito an Alexander von Humboldt unterwegs in Pasto, hier zitiert nach 5) und 44)

15) Francisco José de Caldas: Brief vom 21. Januar 1802 an Santiago Pérez de Arroyo y Valencia, hier zitiert nach 16) und 44)

16) Jorge Arias de Greiff: El diario inédito de Humboldt. In: Revista de la Academía Colombiana de Ciencias Exactas, Fisicas y Naturales, Band XIII, Nr. 51. Bogotá, Dezember 1969

17) Alexander von Humboldt: Brief vom 25. November 1802 aus Lima an den französischen Astronomen Jean Baptiste Josephe Delambre in Paris, hier zitiert nach 5) und 18)

18) Alexander von Humboldt: Briefe aus Amerika 1799-1804, herausgegeben von Ulrike Moheit. Berlin 1993

19) Christian Büschges: Familien, Ehre und Macht. Konzept und soziale Wirklichkeit des Adels in der Stadt Quito (Ecuador) während der späten Kolonialzeit, 1765-1822. Stuttgart 1996

20) Francisco José de Caldas: Brief vom 6. März 1802 aus Los Chillos an Santiago Arroyo y Valencia, hier zitiert nach 16)

21) Domingo Antonio Delgado: Brief vom 28. Mai 1803 aus Cuenca an Alexander von Humboldt, hier zitiert nach 18) und übersetzt von Moritz Pirol

22) Alexander von Humboldt: Brief vom 14. September 1835 aus Paris an Aimé Bonpland in Buenos Aires, hier zitiert nach 9)

23) José Celestino Mutis: Brief vom 21. Mai 1802 aus Santafé de Bogotá an Alexander von Humboldt in Quito, hier zitiert nach 18) und übersetzt von Moritz Pirol

24) Bernd-Ulrich Hergemöller: mann für mann. Biographisches Lexikon zur Geschichte von Freundesliebe und mann-männlicher Sexualität im deutschen Sprachraum. Hamburg 1998

25) Karl Kerényi: Hermes der Seelenführer. Das Mythologem vom männlichen Lebensursprung. Zürich 1944

26) Alexander von Humboldt: Brief vom 12. Juni 1802 aus der Provinz Quito an den spanischen Mineralogen und Museumsdirektor José Clavijo y Fajardo in Madrid, hier zitiert nach 18)

27) Alexander von Humboldt: "Reise zum Chimborazo" – das Reisetagebuch vom 23. Juni 1802. In: Oliver Lubrich und Ottmar Ette (Hg.), Ueber einen Versuch den Gipfel des Chimborazo zu ersteigen. Berlin 2008

28) Werner Biermann: "Der Traum meines ganzen Lebens". Humboldts amerikanische Reise. Berlin 2008

29) Julius Löwenberg: Alexander von Humboldt. Sein Reiseleben in Amerika und Asien. In: Karl Bruhns (Hg.), Alexander von Humboldt. Eine wissenschaftliche Biographie in drei Bänden. Erster Band, Leipzig 1872

30) Alexander von Humboldt: Reise auf dem Río Magdalena, durch die Anden und Mexico, Teil I: Texte. Aus seinen Reisetagebüchern zusammengestellt und erläutert durch Margot Faak. Berlin 1986

31) Alexander von Humboldt: Brief vom 18. Januar 1803 an den Gobernador José Ignacio Checa in Jaén, hier zitiert nach 18)

32) Caroline von Humboldt: Brief vom 3. September 1804 aus Paris an ihren Ehemann Wilhelm von Humboldt in Rom, hier zitiert nach 5)

33) Alexander von Humboldt: Brief von 1842 aus Paris an Aimé Bonpland in Montevideo, hier zitiert nach 9)

34) Alexander von Humboldt: Ideen zu einer Geographie der Pflanzen. Darmstadt 1974

35) Armando Espinosa: Relaciones entre Caldas y Humboldt. In: Estado Actual de la Investigación sobre Caldas. Universidad del Cauca. Popayán 1986

36) Francisco José de Caldas: Brief vom 6. April 1802 aus Quito an José Celestino Mutis in Bogotá, hier zitiert nach 44) und übersetzt von Moritz Pirol

37) Alexander von Humboldt: Geognostische und physikalische Beobachtungen über die Vulkane des Hochlandes von Quito. Vorgelesen in der Sitzung der Akademie der Wissenschaften zu Berlin am 9. Februar 1837. In: Kleinere Schriften, Erster Band. Stuttgart und Tübingen 1853

38) Alexander von Humboldt: Brief vom 2. August 1802 aus Ayabaca in Peru an Domingo Conde de Tovar y Ponte in Carácas, hier zitiert nach 18)

39) Johann Wolfgang von Goethe: Kunst und Altertum fünften Bandes drittes Heft, 1826, auch in Maximen und Reflexionen

40) Francisco José de Caldas: Brief vom 5. August 1801 aus Popayán an José Celestino Mutis in Santafé de Bogotá, hier zitiert nach 44)

41) Alfredo D. Bateman: Francisco José de Caldas. El hombre y el sabio. Su vida – su obra. Biblióteca Banco Popular, Band 79 – Cali, Colombia 1978

42) Francisco José de Caldas: Brief vom 9. Dezember 1795 aus La Jagua an Santiago Arroyo y Valencia, hier zitiert nach 41)

43) Francisco José de Caldas: Brief vom 20. Juni 1801 aus Popayán an Santiago Pérez de Arroyo y Valencia in Santafé, hier zitiert nach 44) und übersetzt von Moritz Pirol

44) Alfred D. Bateman / Jorge Arias de Greiff (Hg.): Cartas de Caldas. Academía Colombiana de Ciencias Exactes, Físicas y Naturales. Bogotá 1978

45) Francisco José de Caldas: Brief vom 20. Mai 1801 aus Popayán an Santiago Pérez de Arroyo in Santafé, hier zitiert nach 44)

46) Francisco José de Caldas: Brief vom 28. Oktober 1801 aus Quito an Antonio Arboleda y Arraechea in Popayán, hier zitiert nach 44) und übersetzt von Moritz Pirol

47) Francisco José de Caldas: Brief vom 6. Februar 1802 aus Quito an Antonio Arboleda in Popayán, hier zitiert nach 44), bzw. 105)

48) Francisco José de Caldas: Brief vom 6. März 1802 aus Los Chillos an Antonio Arboleda in Popayán, hier zitiert nach 44)

49) Francisco José de Caldas: Brief vom 21. April 1802 aus Quito an José Celestino Mutis in Bogotá, hier zitiert nach 44)

50) Francisco José de Caldas: Brief vom 21. Juni 1802 aus Quito an José Celestino Mutis in Bogotá, hier zitiert nach 44)

51) Francisco José de Caldas: Brief vom 3. Juni 1802 aus Quito an Antonio Arboleda in Popayán, hier zitiert nach 44)

52) Francisco José de Caldas: Brief vom 17. November 1802 aus Otabalo an Alexander von Humboldt in Peru: hier auf Deutsch zitiert nach 5), auf Spanisch nach 44)

53) Francisco José de Caldas: Brief vom 21. November 1803 aus Quito an José Celestino Mutis in Santafé de Bogotá, hier zitiert nach 44)

54) Francisco José de Caldas: Brief vom 7. November 1802 aus Otavalo an José Celestino Mutis in Santafé de Bogotá, hier zitiert nach 44) und übersetzt von Moritz Pirol

55) Francisco José de Caldas: Brief vom 28. Februar 1806 aus Santafé de Bogotá an Antonio Arboleda in Popayán, hier zitiert nach 44) und übersetzt von Moritz Pirol

56) Francisco José de Caldas: Brief vom 30. September 1808 aus Santafé an José Ramón Leyva, hier zitiert nach 44) und übersetzt von Moritz Pirol

57) Francisco José de Caldas: Bericht vom 1. Juli 1809 an den Vizekönig Antonio Amar y Borbón, hier zitiert nach 44)

58) Francisco José de Caldas: Brief vom 6. November 1807 aus Santafé de Bogotá an Santiago Pérez Arroyo y Valencia, hier zitiert nach 44)

59) Francisco José de Caldas: Brief vom 21. Juli 1808 aus Santafé an Santiago Pérez de Arroyo y Valencia, hier zitiert nach 44)

60) Francisco José de Caldas: Brief vom 6. Februar 1808 aus Santafé an Santiago Pérez de Arroyo y Valencia in Popayán, hier zitiert nach 44) und übersetzt von Moritz Pirol

61) Francisco José de Caldas: Brief vom 21. Januar 1809 aus Santafé an Santiago Pérez de Arroyo y Valencia in Popayán, hier zitiert nach 44) und übersetzt von Moritz Pirol

62) Francisco José de Caldas: Brief vom 6. Februar 1809 aus Santafé an Santiago Pérez de Arroyo y Valencia in Popayán, hier zitiert nach 44) und übersetzt von Moritz Pirol

63) Francisco José de Caldas: Brief vom 6. März 1809 aus Santafé an Santiago Pérez de Arroyo y Valencia in Popayán, hier zitiert nach 44) und übersetzt von Moritz Pirol

64) Francisco José de Caldas: Vorwort (Prefación) zu Humboldts "Geografía de las Plantas" in "El Semanario", Nr. 16 vom 23. April 1809, hier zitiert nach 41) und übersetzt von Moritz Pirol

65) Francisco José de Caldas: Brief vom 6. Februar 1810 aus Santafé an María Manuela Barahona in Popayán, hier zitiert nach 44) und übersetzt von Moritz Pirol

66) Francisco José de Caldas: Brief vom 20. Februar 1810 aus Santafé an María Manuela Barahona in Popayán, hier zitiert nach 44) und übersetzt von Moritz Pirol

67) Francisco José de Caldas: Brief vom 6. April 1810 aus Santafé an María Manuela Barahona in Popayán, hier zitiert nach 44) und übersetzt von Moritz Pirol

68) Luis María Murillo: El amor y la sabiduría de Francisco José de Caldas. In: 3)

69) Francisco José de Caldas: Brief vom 6. Mai 1810 aus Santafé an María Manuela Barahona in Popayán, hier zitiert nach 44) und übersetzt von Moritz Pirol

70) Francisco José de Caldas: Brief vom 21. Mai 1810 aus Santafé an María Manuela Barahona in Popayán, hier zitiert nach 44) und übersetzt von Moritz Pirol

71) Francisco José de Caldas: Brief vom 6. Juni 1810 aus Santafé an María Manuela Barahona in Popayán, hier zitiert nach 44) und übersetzt von Moritz Pirol

72) Francisco José de Caldas: Brief vom 5. September 1810 aus Santafé an María Manuela Barahona in La Mesa de Juan Díaz, hier zitiert nach 44) und übersetzt von Moritz Pirol

73) Francisco José de Caldas: Brief vom 3. Juni 1812 aus Tunja an María Manuela Barahona in Santafé, hier zitiert nach 44) und übersetzt von Moritz Pirol

74) Francisco José de Caldas: Brief ohne Datum aus Tunja an María Manuela Barahona in Santafé, hier zitiert nach 44), Nr. 172 auf Seite 334 und übersetzt von Moritz Pirol

75) Francisco José de Caldas: Brief vom 18. September 1812 aus Tunja an María Manuela Barahona in Santafé, hier zitiert nach 44) und übersetzt von Moritz Pirol

76) Francisco José de Caldas: Brief vom 4. Februar 1813 aus Cartago an María Manuela Barahona in Santafé, hier zitiert nach 44) und übersetzt von Moritz Pirol

77) Alexander von Humboldt: Brief vom 29. Juli 1822 aus Paris an Simón Bolívar, hier zitiert nach 78) und übersetzt von Moritz Pirol

78) Enrique Pérez Arbelaez: Alejandro de Humboldt en Colombia. Extractos de sus obras compilados, ordenados y prologados, con ocasión del Centenario de su Muerte, en 1859. Bogotá 1959

79) Francisco José de Caldas: Brief vom 31. März 1816 aus La Mesa de Juan Díaz an María Manuela Barahona in Santafé, hier zitiert nach 44) und übersetzt von Moritz Pirol

80) Francisco José de Caldas: Brief vom 22. Oktober 1816 aus La Mesa de Juan Dìaz an Pascual de Enrile y Alsedo in Santafé de Bogotá, hier zitiert nach 41) und übersetzt von Moritz Pirol

81) Francisco José de Caldas: Testament vom 29. Oktober 1816, protokolliert und beglaubigt von Antonio Hidalgo und Eugenio de Elorga, hier zitiert nach 41) und übersetzt von Moritz Pirol

82) Aimé Bonpland: Brief vom 28. Januar 1840, hier zitiert nach 9)

83) Alexander von Humboldt: Brief vom 4. Oktober 1853 aus Potsdam an Aimé Bonpland in Montevideo, hier zitiert nach 9)

84) Aimé Bonpland: Brief vom 6. Juli 1814 an seine Schwester Olive, hier zitiert nach 9)

85) Simón Bolívar: Briefe vom 25. Februar und 4. März 1815 aus Santafé de Bogotá an Aimé Bonpland in Frankreich, hier zitiert nach 9)

86) "Crónica Argentina" am 1. Februar 1817, hier zitiert nach 9)

87) Aimé Bonpland: Brief vom 25. Februar 1831 aus São Borja in Brasiliën an den befreundeten Geschäftsmann Domingo Roguin in Buenos Aires, hier zitiert nach 9)

88) Francisco Ramírez: Brief von 1821 an seinen Mitstreiter López Jordán, hier zitiert nach 9)

89) Aimé Bonpland: Brief vom 21. Juni 1821 aus der Gegend zwischen Candelaria und Pindapoy in der Provinz Misiones an Francisco Ramírez, hier zitiert nach 9)

90) Alexander von Humboldt: Brief vom 25. November 1821 aus Paris an Aimé Bonpland in Santa Ana, hier zitiert nach 9)

91) Karin Schüller: Simón Bolívar und seine Zeit. Historischer Abriß. In: 92)

92) Gabriel García Márquez: Der General in seinem Labyrinth. "Für Álvaro Mutis ... ", 1989. Aus dem Spanischen von Dagmar Ploetz. Frankfurt am Main 2004

93) Aimé Bonpland: Brief vom 8. August 1832 aus São Borja in Brasiliën an den französischen Botaniker Alire Raffeneau-Delile in Paris, hier zitiert nach 9)

94) Alexander von Humboldt: Brief vom 20. Juli 1831 aus Paris an Aimé Bonpland in Südamerika, hier zitiert nach 9)

95) Pedro Vicente Ferré: Memoria del Brigadier General oct 1821 a dec 1842. Contribución a la historia de la provincia de Corrientes. Buenos Aires 1921

96) Johann Rudolf Rengger: The Reign of Doctor Joseph Gaspard Roderick DE FRANCIA, in Paraguay; being an account of a six years' residence in that republic, from July, 1819 – to May, 1825. Translated from the French. London 1827

97) William Parish Robertson: Letters on Paraguay, 3. Band: Francia's Reign of Terror. London 1839

98) Simón Bolívar: Brief vom 10. November 1821 aus Santafé de Bogotá an Alexander von Humboldt in Paris, hier zitiert nach 5)

99) Josef Lawrezki: Simón Bolívar. Rebell gegen die spanische Krone – Befreier Südamerikas. Ins Deutsche übertragen von Mathias Moll. Köln 1981

100) Simón Bolívar: Rede vor dem Zweiten Kongreß des unabhängigen Venezuela am 15. Februar 1819 in Angostura [= Ciudad Bolívar], hier zitiert nach 99)

101) Simón Bolívar: Rede bei der Truppenparade am 2. August 1824 in Cerro de Pasco, hier zitiert nach 99)

102) Simón Bolívar: Rede vom 6. Mai 1821 vor dem Kongreß in Cúcuta, hier zitiert nach 99)

103) Adolf Hitler: Rede vom 10. November 1938 im Münchner "Führerbau", hier zitiert aus Hildegard von Kotze und Helmut Krausnick (Hg.), "Es spricht der Führer", 7 exemplarische Hitler-Reden, Gütersloh 1966

104) Antonio Arboleda y Arraechea: Brief vom 5. März 1802 an Santiago Pérez y Valencia, hier zitiert nach 105)

105) Jorge Arias de Greiff: Algo más sobre Caldas y Humboldt. In: Boletín de la Sociedad Geográfica de Colombia (Academia de Ciencias Geográficas), Band 27, Nr. 101, Bogotá de Colombia 1970

106) Francisco José de Caldas: Brief vom 6. Februar 1802 aus Quito an Santiago Pérez y Valencia, hier zitiert nach 105)

Personenregister

Eingeklammerte Seitenzahlen verweisen auf Erwähnung ohne Namensnennung

Bohnen, Michael – *deutscher Opernsänger:* 36

Bois, Curt – *deutscher Schauspieler:* 464

Boldyrew, A. V. – *russischer Zensor und Professor:* 109

Bolívar, Simón (= Santísima Trinidad Bolívar Palacios y Blanco, José Antonio de la) – *venezolanischer Politiker und Nationalheld:* 560 f.

Bonaparte, Napoléon (→ Napoléon I.)

Boner, Ulrich – *Schweizer Fabeldichter:* 78

Bonpland, Aimé (= Goujaud, Alejandre) – *französischer Biologe:* 511 ff. – 522 – 526 f. – 529 – 530 – 535 – 536 – 537 – 540 – 541 – 542 – 544 – 546 – 548 – 550 – 552 – 553 – 554 – 555 – 557

Borja (= Borgia) y Velasco, Gaspar de – *Kardinal und spanischer Vizekönig in Neapel:* 329

Borchardt, Hermann – *deutscher Pädagoge und Autor:* 447

Borelli, Filippo – *Tommaso Campanellas Diener:* 336 – (337)

Bouguer, Pierre – *französischer Astronom:* 502 – 507

Bourdet, Édouard – *französischer Dramatiker:* 408

Brahms, Johannes – *deutscher Komponist:* 232 – 365

Brandt, Karl – *deutscher Arzt und SS-Funktionär:* 49

Brandt, Willy (= Frahm, Herbert) – *deutscher Politiker:* 448 – 452

Brant, Sebastian – *deutscher Schriftsteller:* 79

Brause, Nikolaus – *deutscher Organist:* 168

Brecht Bert(olt) – *deutscher Schriftsteller:* 80 – 84 – 367 – 369 f. – 371 – 372 – 374 – 375 – 379 – 389 – 390 – 391 – 392 – 393 – (404) – 405 – 406 – 407 f. – 409 f. – 411 ff. – 414 ff. – (418) – 420 – 427 f. – 445 ff. – 449 ff. – 452 f. – 455 – 458 – (463) – 464

Bredel, Willi – *deutscher Schriftsteller:* 425

Breitinger, Johann Jakob – *Schweizer Philologe:* 80 – 83

Breitkopf, Bernhard Christoph – *deutscher Verleger:* 227 – 228 – 236

Breker, Arno – *deutscher Bildhauer:* 399

Bressart, Felix – *deutscher Schauspieler:* 33 – 249

Brodszky (Brodky), Niklas (Nicholas) (= Braunstein Miklós) – *ukrainisch-ungarischer Komponist:* 249 – 251 – 252

Bronnen, Arnolt (= Bronner, Arnold) - *österreichischer Dramatiker:* 369 – 386

Brühl, Reichsgraf Heinrich von – *sächsischer Politiker:* 202 – 207 f. – 215 – 232

Brug, Manuel – *deutscher Journalist:* 38

Bruhns, Karl – *deutscher Jurist:* 539

Bruno, Giordano (Filippo) – *neapolitanischer Philosoph, Naturforscher und Dichter:* 270 – 276 – 284 – 297 – 312 ff. – 353 – 354

Brutus Cæpio, Marcus Iunius - *altrömischer Politiker:* 112

Buber, Martin – *österreichisch-israëlischer Religionsphilosoph:* 444

Buber-Neumann, Margarete – *deutsche Publizistin:* 444 f. – 453 – 456 – 457 – 459

Büchner, Georg – *deutscher Schriftsteller:* (442) – (445)

Bünau, Heinrich von – *sächsischer Aristokrat:* 322

Bünau, Rudolf von – *sächsischer Aristokrat:* 322

Bürger-Prinz, Hans – *deutscher Psychiater:* 47 – 51

Buffon, Georges-Louis Leclerc Comte de – *französischer Naturwissenschaftler:* 503

Bulgarin, Faddej Wenediktowitsch – *russischer Literat und Geheimagent:* 118 – 119 – 120 – 123

Burow (= Gaideburow, Pawel A.) – *russischer Publizist:* 132 – 133

Bursian, Conrad – *deutscher Philologe:* 312

Buscaroli, Piero – *italiënischer Musikologe:* 201

Busch, Ernst – *deutscher Schauspieler und Sänger:* 411 – 412 – 427 – 428 – 431

Busch, Wilhelm – *deutscher Schriftsteller und Zeichner:* 83 – 221

Butaschewitz-Petraschewskij, Michail Wassiljewitsch (→ Petraschewskij, Michail W.)
Buxtehude, Anna Margreta – *Tochter von Dietrich Buxtehude:* 171
Buxtehude, Dietrich – *deutscher Komponist:* 170 f. – 203 – 205

Caballero y Góngora, Antonio – *neugranadischer Vizekönig und Bischof:* 507
"Cæcilia" – *römische Märtyrerin:* 147 bis 163
Cæsar, Caius Iulius – *altrömischer Politiker:* 489
Caetani, Luigi – *italiënischer Kardinal:* 326
Caicedo y Cuero, Juan – *neugranadischer Bischof:* 561
Caldas y García de Camba, José (oder Rodríguez ?) – *Vater von Francisco José de Caldas:* 499 – 500 – 516 – (520) – (523)
Caldas y Tenorio, Francisco José de – *neugranadischer Naturforscher:* 499 bis 577
Calderón de la Barca, Don Pedro – *spanischer Dramatiker:* 222
Calixtus I. – *römischer Bischof:* 149 ff. – 153 ff. – 159 – 163
Callas, Maria (= Kalogeropoulos, Maria) – *griechische Opernsängerin:* 378
Camerarius, Joachim – *deutscher Naturforscher:* 194
Campanella, Geronimo – *calabrischer Schuhmacher:* 267 – (268) – (293)
Campanella, Tommaso (Giovan Domenico) – *calabrischer Philosoph:* 87 – 165 – 267 bis 359 – 495
Canetti, Elias – *bulgarisch-britisch-österreichischer Schriftsteller:* 416 ff. – 419
Cáp, František – *tschechisch-österreichischer Filmregisseur:* 259
Caracalla (= Marcus Aurelius Severus Antoninus) – *altrömischer Kaiser:* 151
Carafa, Don Fabrizio – *calabrischer Aristokrat:* 294
Carl Friedrich von Anhalt-Bernburg – *thüringischer Landesfürst:* 179
Carlos III. – *spanischer König:* 507 – (508)
Carondelet, Luis Francisco Baron de – *neugranadischer Regierungspräsident:* 562 – 563
Caspar, Horst – *deutscher Schauspieler:* 463
Castro, Fidel – *cubanischer Politiker:* 43
Cato (Censorius), Marcus Porcius – *altrömischer Feldherr, Geschichtsschreiber, Schriftsteller und Politiker:* 165
Cattani, Graf Ludovico – *toscanischer Aristokrat:* 330
Catull(us), Gaius Valerius – *altrömischer Dichter:* 312
Cavanilles, Antonio – *spanischer Botaniker:* 549
Cavendish, Henry – *britischer Physiker und Chemiker:* 509
Celan, Paul (= Antschel, Paul) – *bukowinisch deutscher Lyriker:* 55 – 87 – 145 – 265 – 465 – 495
Celsius, Anders – *schwedischer Astronom und Physiker:* 509 – 528
Chanoch (= Henoch) – *biblische Mythengestalt:* 20 f. – 22
Chaplin, Charles – *britischer Schauspieler und Fimregisseur:* 43
Chawah (= Eva) – *biblische Mythengestalt:* 13 – 19
Chopin, Frédéric (= Szopen, Fryderyk Franciszek) – *polnischer Komponist:* 364 – 374
Christian Herzog von Sachsen-Weißenfels – *regierender Landesfürst:* 225
Christian Ludwig zu Brandenburg-Schwedt – *Prinz von Preußen und Markgraf:* 179
Chruschtschow, Nikita Sergejewitsch – *sowjetrussischer Politiker:* 463
Cicala, Sinan Bassa – *türkischer Admiral:* 288
Cicero, Marcus Tullius – *altrömischer Politiker und Philosoph:* 467 – 489
Circourt, Graf Adolphe de – *französischer Diplomat:* 111
Clair, René – *französischer Filmregisseur:* 254
Clarke, Kevin – *deutscher Musikologe:* 37
Clemens VIII. – *Papst:* 274 – 283 – 298
Clemens VIII. – *Gegenpapst:* 274

– 510 bis 559 – 563 – 571 – 573 – 576
Humboldt, Caroline Freifrau von – *Ehefrau Wilhelm von Humboldts:* 542
Humboldt, Wilhelm Freiherr von – *deutscher Geisteswissenschaftler:* 539 – 559
Hurlebusch, Conrad Friedrich – *deutscher Komponist:* 186
Hus, Jan – *tschechischer Theologe, Philosoph und Hochschulrektor:* 353
Huygens, Christiaan – *niederländischer Astronom, Mathematiker und Physiker:* 477
Hyákinthos – *mythischer König von Sparta:* 201 – 202
Hypereídes – *altgriechischer Rhetor und Politiker:* 478

Ibagué – *columbianischer Indianerhäuptling:* 540
Ibsen, Henrik – *norwegischer Dramatiker:* 242
Íbykos – *calabrischer Lyriker:* 58
Ídmon (→ Iádmon)
Ignatios Diakonos – *byzantinischer Metropolit und Literat:* 78
Ihering, Herbert – *deutscher Theaterkritiker:* 377 – 404
Imperato, Ferrante – *neapolitanischer Pharmazeut, Astrologe und Sammler:* 277
Irmscher, Johannes – *deutscher Altertumswissenschaftler:* 84
Isaak – *alttestamentarische Erzvater Israëls:* 26
Isidor(os) von Mílet – *spätantiker Architekt und Physiker:* 477

Jaakob – *alttestamentarischer Stammvater:* 26
Jabal – *alttestamentarischer Nomadenpatron:* 22 – 23 – 25
Jacobs, Monty – *deutscher Theaterkritiker:* 382
Jádmon der Ältere (= Ídmon) – *samischer Sklavenhalter:* 59 – 66
Jádmon der Jüngere – *samischer Bürger:* 65 – 72
Jager-Schmidt, V. A. – *Dramatiker:* 381 – (382) – (385) – (419 f.)
Jakuschkin, Iwan Dmitrijewitsch – *russischer Offizier und Dekabrist:* 111
Jannings, Emil (= Janenz, Theodor Friedrich Emil) – *amerikanisch-deutscher Schauspieler:* 242
Janů, Zorka – *tschechische Schauspielerin:* 259
Járay, Hans – *österreichischer Schauspieler:* 40 – 249
Jary, Michael (= Jarczyk, Maximilian Michael) – *deutscher Komponist:* 52
Jasstreschembskij – *russischer Oppositioneller:* 131 – 136
Jerschke, Oskar – *deutscher Dramatiker:* 369
Jessner, Leopold – *deutscher Regisseur und Theaterleiter:* 386 – 387 – 395 – 402 – 441
Jewtuschenko, Jewgenij Alexandrowitsch – *russischer Schriftsteller:* 145
Johann Ernst – *Prinz von Sachsen-Weimar:* 173 f.
Johann Ernst III. – *Herzog von Sachsen-Weimar:* 168 – 173
Johannes de Muris – *französischer Mathematiker, Astronom und Musiker:* 477
Johannes Graf von Nassau – *siegerländischer Landgraf:* 305
Johann Georg – *Herzog von Sachsen-Weißenfels:* 168 – 225
Jordanus Nemorarius – *Mathematiker:* 477
Joseph ben Mathitjahu ha Kohen (→ Josephus Flavius)
Josephus, Flavius (= Joseph ben Mathitjahu ha Kohen) – *syrisch-chaldäischer Historiker:* 140
Jouvet, Louis – *französischer Schauspieler:* 42
Juan y Santacilia, Jorge – *spanischer Mathematiker und Marine-Offizier:* 502 – 507
Jubal – *alttestamentarischer Urvater aller Zither- und Flötenspieler:* 22 f. – 25
Jünger, Ernst – *deutscher Schriftsteller:* 55 – 145 – 265
Jugo, Jenny (= Walter, Eugenie Jenny) – *österreichische Schauspielerin:* 33
Jung, Carl Gustav – *Schweizer Psychologe:* 244

Jung(-Stilling), Johann Heinrich – *deutscher Schriftsteller:* 104 f.
Justinianus (= Flavius Petrus Sabbatius) – *oströmischer Kaiser:* 500

Kästner, Erich – *deutscher Schriftsteller:* 221
Kafka, Franz – *tschechisch-deutscher Schriftsteller:* 84 – 121 – 418
Kajin – *alttestamentarischer Brudermörder:* 13 bis 26
Kalisch Regina (→ Alpár, Gitta)
Kálmán Emmerich (Imre) – *ungarischer Komponist:* 33 – 41 – 257
Kant, Immanuel – *deutscher Philosoph:* 102 – 140 – 187 – 245 – 356
Kantorowicz, Alfred – *deutscher Schriftsteller:* 425
Karl der Große – *römischer Kaiser:* 78
Karlinsky, Simon – *US-amerikanischer Slawist:* 126
Karlstadt, Liesl – *bayerische Komikerin:* 370
Katharina II. – *russische Zarin:* 99 f.
Katzenellenbogen, Ludwig – deutscher *Konzerndirektor:* 396
Kaulla, Guido von – *deutscher Schauspieler und Autor:* 393 – 421 – 452 – 463
Kaus, Gina (= Wiener, Regina) – *österreichische Schriftstellerin:* 406
Kellner, Lonny – *deutsche Schlagersängerin:* 52
Kepler, Johannes – *deutscher Astronom und Naturphilosoph:* 477
Kerényi, Karl (Károly) – *ungarischer Religionswissenschaftler:* 534
Kerr, Alfred (= Kempner, Alfred) – *deutscher Theaterkritiker:* 392 – 404 – 408 f.
Kesting, Marianne – *deutsche Literarhistorikerin:* 392 – 452 – 462 f.
Kettelhut, Erich – *deutscher Bühnenbildner:* 31
Keyserlingk, Hermann Carl Graf von – *livländisch-russischer Diplomat:* 202 – 229
Kiefer, Ernst – *deutscher Schauspieler:* 380
Kiepura, Jan – *polnischer Sänger und Filmschauspieler:* 32
Kipling, Rudyard – *britischer Schriftsteller:* 392
Kirillow, N. – *russischer Lexikologe:* 95
Kirnberger, Johann Philipp – *deutscher Musikologe und Komponist:* 179
Kirow, Sergej Mironowitsch – *sowjetrussischer Politiker:* 428
Klabund (= Henschke, Alfred) – *deutscher Schriftsteller:* (366) – (372) bis 394 – 403 f. – 406 –
409 – 419 f. – 422 – 427 – 434 – (435) – 462 – 464
Kleiber, Erich – *österreichischer Dirigent:* 239 – 240
Kleist, Heinrich von – *preußischer Schriftsteller:* 161 f.
Kleisthénes – *altgriechischer Politiker:* 58
Klemperer, Otto – *deutscher Dirigent:* 231
Klitschko, Wladimir Wladimirowitsch – *ukraïnischer Boxer:* 140
Klöpfer, Eugen – *deutscher Schauspieler:* 381
Klotz, Volker – *deutscher Literaturwissenschaftler:* 34 – 35 – 36
Kobelius, Johann Augustin – *deutscher Komponist:* 168
Kodály Zoltán – *ungarischer Komponist:* 29
Koelbl, Herlinde – *deutsche Fotografin:* 248
König, Johann Ulrich von – *deutscher Schriftsteller und Librettist:* 222
Königer Miklós – *ungarischer Schauspieler:* 35
Körner, Hermine – *deutsche Schauspielerin:* 441
Koestler, Arthur – *österreichisch-ungarischer Schriftsteller:* 588
Kolzow, Michail Jefimowitsch – *sowjetrussischer Journalist und Verleger:* 423 – 426 – 434 –
450
Komiathy, Karl – *ungarischer Operettenkomponist:* 252
Kónon von Sámos – *hellenistischer Mathematiker:* 468 – 474
Konstantínowskij, Matwej – *russischer Geistlicher:* 123 ff. – 142

Philipp IV. (= Felipe IV.) – *spanischer König:* (334) – 338
Picander (= Henrici, Christian Friedrich) – *deutscher Schriftsteller und Librettist:* 188 bis 224 – 235 – 361
Picander, Christiana Eleonora (geborene Adler) – *dessen zweite Ehefrau:* 206
Picander, Johanna Elisabeth – *dessen erste Ehefrau:* 206
Pieck, Wilhelm – *deutscher Politiker:* 426 – 429
Pignatelli, Tommaso – *neapolitanischer Dominkaner:* 340 f.
Pilatus, Pontius – *altrömischer Präfekt:* 157
Pinthus, Kurt (= Potter, Paulus) – *deutscher Schriftsteller:* 382
Piscator, Erwin – *deutscher Regisseur:* 247 – 408 – 424 – 426 – 427 – 430 – 431 – 441
Pius IV. – *Papst:* 273
Planck, Max – *deutscher Physiker:* 401
Pláton – *altgriechischer Philosoph:* 61 – 68 – 69 – 70 – 71 – 72 – 246 – 270 – 355 – 491
Platte, Rudolf – *deutscher Schauspieler:* 377
Platz, Abraham Christoph – *sächsischer Kommunalpolitiker:* 181
Plessis de Richelieu, Armand-Jean I. du (→ Richelieu)
Plinius Secundus Maior, Gaius – *altrömischer Naturhistoriker:* 140 – 270
Pljeschtschejew, Alexej Nikolajewitsch – *russischer Schriftsteller:* 131
Plútarch(os) – *altgriechischer Schriftsteller:* 62 – 65 – 77 f. – 140 – 468 – 471 – 473 – 482 – 484 – 486
Polgar, Alfred (= Polak, Alfred) – *österreichischer Schriftsteller:* 383 – 384 – 385 – 414
Polýbios aus Megalópolis – *altgriechischer Historiker:* 482
Polykrátes – *samischer Tyrann:* 58 – 60
Pombo, José Ignacio de – *neugranadischer Großunternehmer:* 506 – 516 – 524 – 529 – 533 – 551
Pombo, Lino de – *columbianischer Publizist:* 500 – 560 – 572
Pombo y Pombo, Miguel de – *neugranadischer Jurist und Naturwissenschaftler:* 506 – 529 – 533
Pommer, Erich (Eric) – *deutscher Filmproduzent:* 31 – 33
Ponto, Erich – *deutscher Schauspieler:* 390
Ponzio, Dionisio – *calabrischer Dominkanermönch:* 271 – 305 – (307)
Ponzio, Pietro - *calabrischer Dominkanermönch:* 271 – 301
Porta, Giambattista della – *neapolitanischer Universalgelehrter:* 276
Porten, Henny – *deutsche Schauspielerin:* 242 – 402
Poseidón(ios) – *altgriechischer Philosoph und Historiker:* 482
Pottier, Richard – *ungarisch-französischer Filmregisseur:* 251
Prack, Rudolf – *österreichischer Filmschauspieler:* 52 – 391
Príapos – *altgriechische Gott der Fruchtbarkeit:* 312
Próklos – *byzantinischer Philosoph:* 472
Prometheús – *altgriechische Mythengestalt:* 307
Pscherer, Kurt – *österreichischer Regisseur:* 52
Ptolemaĩos I. Sotér – *makedonisch-ägyptischer Diadochenkönig:* 75
Pucci, Francesco – *florentinischer Theologe:* 284 – 285 f.
Pugatschów, Jemeljan Iwanowitsch – *kosakischer Rebell:* 99 f.
Puschkin, Alexander Sergejewitsch – *russischer Schriftsteller:* 90 – 96 – 100 – 102 ff. – 105 – 106 – 113 f. – 115
Pythagóras – *altgriechischer Philosoph:* 58
Pythía – *delphisches Priesterinnenamt:* 61 – 62 – 65 – 73

Qabil (→ Kajin)
Quintilianus, Marcus Fabius – *spanisch-römischer Rhetor:* 185

Rueb, Franz – *schweizerischer Schriftsteller:* 183 – 207 – 220 – 228 – 234
Rueger, Christoph – *deutscher Musikwissenschaftler:* 198 – 224 – 228 – 230
Rühmann, Heinz – *deutscher Schauspieler:* 256 – 261

Sachs, Nelly – *deutsche Lyrikerin:* 405
Sade, Donatien Alphonse François, Marquis de – *französischer Schriftsteller:* 352
Sahl, Hans (= Salomon, Hans) – *deutscher Schriftsteller:* 376 f. – 418
Saint-Just , Louis-Antoine-Léon de – *französischer Revolutionär:* 350
Saint-Pierre, Bernardin de – *französischer Schriftsteller:* 512
Saint-Simon, Henri de – *französischer Soziologe und Philosoph:* 94 – 96
Saljubetzkij – *Freund Dostojewskijs:* 94
Sandrock, Adele – *deutsche Schauspielerin:* 242 – 381
Sanseverino, Nicola Bernardino – *calabrischer Aristokrat:* 291
Sante, Giovanni Pierluigi (→ Palestrina)
Santi, Raffaele – *italiënischer Maler:* 161
Sarpi, Paolo – *italiënischer Historiker:* 354
Saussure, Horace- Bénédict de – *Schweizer Naturforscher:* 528 – 529
Savoir, Alfred – *französischer Dramatiker:* 413
Savonarola, Girolamo – *florentinischer Bußprediger:* 270
Schachowskoj, Dimitrij Iwanowitsch – *russischer Fürst aus der Linie der 1. Jaroslawls:* 111
Schädler, Rudolf – *liechtensteiner Faschist:* 244
Scharff, Edwin – *deutscher Bildhauёr:* 396
Scheibe, Johann Adolph – *deutsch-dänischer Komponist:* 186
Schelling, Friedrich Wilhelm Ritter von – *deutscher Philosoph:* 102 – 104
Schemelli, Georg Christian – *deutscher Kantor und Gesangbuchverfasser:* 227
Scherchen, Hermann – *deutscher Dirigent:* 413 – 415 – 416 f.
Schiff András – *ungarischer Pianist:* 29
Schiffer, Adolf – *ungarischer Cellist:* 29
Schiffer, Marcellus (= Winter, Peter) – *deutscher Librettist und Poёt:* 411
Schiller, Charlotte (von) (geborene von Lengefeld) – *Schillers Ehefrau:* 542
Schiller, Friedrich (von) – *deutscher Dichter:* 115 – 241 – (365) – 378 – 410 – 490 – 491 – (505) – 535 – 559
Schlamm, Willi – *galizischer Journalist:* 448
Schlegel, Johann Elias – *deutscher Schriftsteller:* 222
Schleucher, Kurt – *deutscher Schriftsteller:* 512
Schmiedebach, Heinz-Peter – *deutscher Medizinhistoriker:* 47
Schneeberger, Hans – *österreichischer Kameramann:* 31
Schneider, Ivo – *deutscher Wissenschaftshistoriker:* 470 – 472
Schneider, Magda – *österreichische Schauspielerin:* 33
Schock, Rudolf – *deutscher Opernsänger:* 52
Schönberg, Arnold – *österreichischer Komponist:* 35 – 52 – 231 – 232
Schönemann, Johann Friedrich – *deutscher Schauspieler und Theaterdirektor:* 221 f.
Schoppe, Kaspar (= Scioppius, Caspar = Scioppio, Gaspare) – *fränkischer Philologe und Publizist:* 306 – 307 – 311 bis 317 – 323 – 328 – 336
Schrader, Frank – *deutscher Musikologe:* 201 – 203 – 220
Schramm, Margit – *deutsche Operettensängerin:* 52 – 260
Schröder, Christiane – *deutsche Schauspielerin:* 52
Schündler, Rudolf – *deutscher Regisseur und Schauspieler:* 52
Schünzel, Reinhold – *deutscher Regisseur und Schauspieler:* 412
Schütz, Heinrich – *deutscher Komponist:* 203 – 205

Straub, Agnes – *deutsche Schauspielerin:* 402
Strauß, Johann (Sohn) – *österreichischer Komponist:* 364
Strauss, Richard – *deutscher Komponist:* 40 – (240) – (253) – 365
Strawinskij, Igor – *russischer Komponist:* 40
Stresemann, Gustav – *deutscher Politiker:* 408
Strindberg, August – *schwedischer Schriftsteller:* 242 – 369 – 384
Stroganow, Graf – *russischer Zensurbeamter:* 110
Stroux, Karlheinz – *deutscher Regisseur:* 462
Sue, Eugène – *französischer Schriftsteller:* 115
Suppé, Franz von (= Suppè-Demelli, Francesco Ezechiele Ermenegildo Cavaliere) – *österreichischer Komponist:* 31
Szekely István – *ungarischer Regisseur:* 40 – 249
Szopen, Fryderyk Franciszek (→ Chopin, Frédéric)

Tacitus, Publius Cornelius – *altrömischer Historiker und Politiker:* 140
Taubenberger, Elsa – *Hermann Taubenbergers erste Ehefrau:* 423 – 428 – 431 – 436 – 437 – 438 – 440
Taubenberger, Hermann – *deutscher Ingenieur:* 428 – 431 – 437 – 440
Tauber, Richard (= Denemy, Richard) – *österreichischer Opernsänger:* 240 – 242 – 247 – 250
Taviani, Antonio C. de – *italiënischer Publizist:* 355
Telemann, Georg Philipp – *deutscher Komponist:* 175 – 180 – 181 – 233 – 234
Telesio, Bernardino – *calabrischer Philosoph:* 272 ff. – 275 – 277 – 278 – 281 – 282 – 284 – 342 – 343 – 351 – 357
Téllez-Girón de la Cueva, Don Pedro Graf von Ureña und 3. Herzog von Osuna – *spanischer Vizekönig in Neapel:* (324) – 326 f. – (328)
Tennemann, Wilhelm Gottlieb – *deutscher Philosoph und Historiker:* 351
Tenorio y Arboleda, Vicenta – *Mutter von Francisco José de Caldas:* 499
Tetzel, Johann – *deutscher Dominikaner und Ablaßprediger:* 270
Thellmann, Erika von – *deutsch-österreichische Schauspielerin:* 402 f.
Thiele, Erika – *Arnolt Bronnens Geliebte:* 386
Thiele (= Isersohn), Wilhelm – *österreichisch-amerikanischer Filmregisseur:* 33
Thiers, Adolphe – *französischer Politiker und Historiker:* 115
Thimig, Hermann – *österreichischer Schauspieler:* 33 – 403
Thomas von Aquin – *italiënischer Philosoph und Theologe:* 269 – 270 – 276 – 286 – 328
Thompson, Dorothy – *US-amerikanische Journalistin:* 441
Thukydídes – *altgriechischer Historiker:* 140
Tibull(us), Albius – *altrömischer Dichter:* 312
Tiburtius – *altrömisch christlicher Märtyrer:* 156 ff. – 159
Tiller, Nadja – *österreichische Schauspielerin:* 52
Tinit – *carthagische Göttin:* 153
Tissot, Joseph Clément – *französischer Militärarzt:* 515
Toller, Ernst – *deutscher Schriftsteller:* 145
Tolstoi, Alexander Petrówitsch Graf – *russischer Aristokrat:* 123 – 124 – 125
Torquemada, Tomás de – *spanischer Großinquisitor:* 270
Torres y Tenorio, Camilo – *neugranadischer Politiker:* 505 – 514 – 529
Totleben, Eduard Iwanowitsch – *russischer General:* 141
Trejo y Paniagua, Gabriel – *spanischer Kardinal:* 333 – 334
Tressler, Otto (= Mayer, Otto) – *deutsch-österreichischer Schauspieler:* 384
Tretjakow, Sergej Michailowitsch – *sowjetrussisch lettischer Schriftsteller:* 450
Trotzkij, Leo – *russischer Politiker:* 432 – 448

Tschaadajew, Pjotr Jakowlewitsch – *russischer Philosoph:* 101 f. – 104 bis 114
Tschicharew, Michail Iwanowitsch – *Tschaadajews Günstling:* 106
Tubal-Kajin – *biblischer Stammvater aller Schmiede:* 22 – 25
Tucher, Hieronymus – *Campanellas deutscher Mithäftling:* 305 f. – 322
Turgénjew, Alexander Iwanowitsch – *russischer Publizist:* 110 – 112
Turgénjew, Iwan Sergejewitsch – *russischer Schriftsteller:* 115 – 123 – 142
Tutenberg, Bruno – *deutscher Übersetzer:* 98 f.
Tuwal-Kajin (→ Tubal-Kajin)
Tzetzes, Iohannes – *byzantinischer Literarhistoriker:* 78 – 488

Uhlich, Adam Gottfried – *deutscher Schauspieler und Dramatiker:* 222
Ulrich, Yvonne Louise (→ Stolz, Einzi)
Urban I. – *Bischof von Rom:* 149 – 150 – 156 – 158 – 159 – 160 – 161 – 163
Urban VIII. – *Papst:* 330 – (333) – 336 – (337) – 338 – (339) – (340) – 341 – (342) – (348)
Uwarow, Sergej Semjonowitsch – *russischer Politiker:* 111

Valencia, Joaquín – *neugranadischer Münzmeister:* 515
Valentin, Karl – *bayrischer Komiker:* 265 – 367 – 370 – 374
Valerianus – *altrömischer Ehemann der "Cæcilia":* 148 f. – 156 ff. – 159 – 160
Valéry, Paul – *französischer Schriftsteller:* 361 – 495
Valetti, Rosa – *deutsche Schauspielerin und Kabarettistin:* 402
Varnay, Marcel – *britischer Filmregisseur:* 251
Velázquez, Diego (= Silva y Velásquez, Diego de) – *spanischer Maler:* 82
Verdi, Giuseppe – *italiënischer Komponist:* (239) – (246) – (252) – (253) – 254
Vergil(ius) Maro, Publius – *altrömischer Dichter:* 312
Verlaine, Paul – *französischer Lyriker:* 87
Vernat, Filiberto – *flämischer Mithäftling Campanellas:* 328
Verneuil, Louis (= Bocage, Louis Jacques Marie Colin du) – *französischer Schauspieler, Regisseur und Dramatiker:* 381
Vialar, Paul – *französischer Schriftsteller:* 5
Villon, François (= de Montcorbier oder des Loges, François) – *französischer Dichter:* 59 – 391 f. – 405
Vitruv(ius) Pollio, Marcus – *altrömischer Schriftsteller und Architekt:* 488
Vivaldi, Antonio – *venezianischer Komponist:* 174 – 196 – 204
Voltaire (= Arouet, François Marie) – *französischer Lyriker, Dramatiker, Pamphletist, Epiker, Satiriker, Philosoph, Historiker, Essayist, Librettist, Chronist, Romancier, Kulturhistoriker, Enzyklopädist und Sachbuchautor:* 222 – 352 – 361

Wagner, Elsa – *deutsche Schauspielerin:* 403
Wagner, Richard – *deutscher Komponist:* 168 – 240
Waldis, Burkhard – *deutscher Fabeldichter:* 79
Wallace, William C. – *britischer Arzt:* 569 f.
Walter, Bruno (= Schlesinger, Bruno Walter) – *deutscher Dirigent:* 396 f.
Walther, Johann Gottfried – *deutscher Organist und Komponist:* 203 – 206 – 212
Waniek, Gustav – *österreichischer Germanist:* 223
Wangenheim, Gustav von – *deutscher Schauspieler, Regisseur und Intendant:* 423 – 424 – 426 f. – 429 – 431 ff. - 434 f. – 442 – 443 – 463
Wassermann, Jakob – *deutscher Schriftsteller:* 378
Watkins, Mary – *US-amerikanische Schriftstellerin:* 381
Webern, Anton von – *österreichischer Komponist:* 231 – 232
Wedekind, Frank – *deutscher Dramatiker:* 242 – 364 – 368 – 372 – 381 – 389 – 402

Die Deutsche Nationalbibliothek verzeichnet diese Publikation
in der Deutschen Nationalbibliografie;
detaillierte bibliografische Daten
sind im Internet über <http://dnb.ddb.de> abrufbar.

MORITZ PIROL

HALALÍ 2

Zehn weitere Porträts:

Francisco José de Caldas y Tenorio (III)

Mordechai Gebirtig

Hypatía

Sawaang Lyhkamhahn

Fritz Löhner-Beda

Norbert von Hellingrath

Adonis

Bertha Dehn

Paul Celan

Anonymus

ISBN 978-3-938647-18-9

<ORPHEUS UND SÖHNE> VERLAG